무적자
WITHOUT MERCY

무적자 3

초판 1쇄 찍은 날 2009년 9월 18일
초판 3쇄 펴낸 날 2009년 10월 30일

지 은 이 | 임준욱
펴 낸 이 | 서경석

편 집 장 | 문혜영

펴 낸 곳 | 도서출판 청어람
등록번호 | 제1081-1-89호
등록일자 | 1999. 5. 31

주소 | 경기도 부천시 원미구 심곡2동 163-2 서경B/D 3F (우) 420-822
전화 | 032-656-4452 팩스 | 032-656-4453
http://www.chungeoram.com
E-mail | eoram99@chollian.net

ⓒ 임준욱, 2009

ISBN 978-89-251-1930-4 (SET)
ISBN 978-89-251-1933-5 04810

※ 파본은 구입하신 서점에서 교환하여 드립니다.
※ 저자와 협의하여 인지를 붙이지 않습니다.
※ 이 책은 도서출판 청어람과 저작자의 계약에 의해 출판된 것이므로 무단 전재 및 유포 · 공유를 금합니다.

HUNGEORAM SPECIALIST NOVEL

임준욱 장편 소설

무적자
WITHOUT MERCY

무적자 3권
차례

제1장 잘 놀았지? 그럼 할 일 해야지 / 7

제2장 똥차에 제트엔진 달면 날 수 있을 것 같았어? / 49

제3장 나는 살 만한 가치가 있는 사람인가? / 109

제4장 이제 알겠지, 누구를 건드린 건지? / 151

제5장 당신이 적이라면 끔찍할 거요 / 205

제6장 드디어 마지막 표적인가? / 253

제7장 그냥 미사일 한 방 날리면 안 돼? / 297

제8장 오늘 다 죽어버리면 좋겠는데……. / 355

제9장 내 손에 맞아 죽으면 많이 아프다 / 391

제10장 이런 개 같은 하늘이! / 435

제1장
잘 놀았지? 그럼 할 일 해야지

선민병원 귀빈 접대실의 소파에 털썩 주저앉은 노차신은 두 손으로 얼굴을 가렸다.

"망했다."

특수동의 상황을 통제하고, 시신들을 확인하고, CCTV의 흐린 화면을 개선하고, 경비원들의 진술을 듣는 데까지는 예상 외로 오랜 시간이 걸렸다. 관련된 경비원들의 이마를 뚫어놓고 보니 시간은 7시 20분에 이르러 있었다. 부랴부랴 사람을 풀어 차량을 수배하고, 북경 외부로 빠져나가는 도로들을 봉쇄하고 호텔들과 이스라엘 대사관에 사람을 붙였지만, 늦은 감이 없지 않았다. 9시 30분이 넘도록 아무런 연락도 없다.

시간은 기다려 주지 않았다. 제발 멈추라고 애걸을 해도 똑딱거리며 쉬지 않고 흘러가고 있다.

바브라 세이건은 곧 죽을 것이다. 세이건 가와 인연을 만들어두기 위해 시작한 일 때문에 척을 지게 생겼다. 세이건 가문과 척을 지게 되면 세계로 나가는 일이 난관에 봉착된다. 그동안 심혈을 기울여 왔던 천변 계획 또한 틀어지게 될 것이다.

노차신은 머리카락을 쥐어뜯었다.

"그것만은 안 돼!"

인피면구 제작술에 관한 비급이 발견되고 거기에 현대 의학 기술이 보태어졌다. 표정과 혈색까지 그대로 표현되는 인피면구와 눈가의 주름살마저 생생하게 살려내는 성형 기술의 개발이 가능해지고, 일시적으로나마 혼을 빼놓는 섭혼비술의 비급이 발견됨에 따라, 서문영락은 하늘을 바꾼다는 천변 계획을 수립했다. 노차신은 그 가능성을 확인한 후 그것에 전력을 기울였다.

엄청난 투자가 이루어졌다. 막대한 뇌물을 중국 지도부에 쏟아붓고 법륜공 수련자 탄압에 주도적인 위치를 차지했다. 법륜공 수련자 색출을 위해 만든 특별 수사팀, 610팀 또한 노차신의 지원으로 운용되고 있다. 그에 따른 장기 농장 역시 광목당 산하의 특별팀에서 관리한다.

전국 각지에 연구소가 설립되고 인재를 양성하기 시작했다. 투자금 회수를 위해 선민종합병원을 세움으로써 A급 장기들의 소모처로 삼았다. B급 이하의 장기들은 전국 각지의 대형 병원에서 사용되고 그 수익은 정부 관료들의 비자금으로 조성된다. 쓸모없는 장기 소유자들은 실험용이나 인체 모형의 재료로서 팔려 나간다.

투자금 회수처의 중심이 되는 선민종합병원은 현재 손익분기점을 겨우 넘은 상태다. 선민종합병원은 북경과 상해에 하나씩 설립되었는데, 그 가운데 북경의 경우는 적자다. 환자들의 40퍼센트에 이르는 정부나 군부 고위 관료들로부터 수익을 얻지 못하기 때문이다. 그나마 큰 손해를 보지 않는 것은 부자들이나 차수경 같은 외국인들이 지불하는 엄청난 치료비 때문이다. 북경 선민종합병원의 적자는 경제인들을 주요 고객으로 삼아 운영되는 상해 선민종합병원이 메워주고 있다.

노차신은 수익에 대해서 그다지 연연하지 않는다. 선민종합병원 그 자체로 인맥을 구축하는 창구가 된다. 게다가 병원을 운영해서 얻을 수 있는 돈 따위는 천변 계획의 성공을 통해 얻을 수 있는 이득에 비하면 조족지혈에 불과하다. 적자만 나지 않으면 그만인 셈이다.

애초부터 선민종합병원의 설립 목적은 돈이 아니었다. 천변 계획을 성공적으로 이루기 위한 전문 기술자 양성소. 우상과 같은 의사들의 기술이 극에 이르고, 엄청난 투자만 계속되는 성형외과의들의 수련이 정도에 이르고, 의학 연구소의 인피면구 제작 기술이 절정에 달하면 본격적인 천변 계획이 시작될 것이다.

선민종합병원은 또한 시험 단계에 있는 천변 계획의 실행 실험장이다. 손님들 가운데 천변 계획의 대상이 확정되면 대상의 일거수일투족이 낱낱이 관찰된다. 섭혼비술로 상대가 자신에 대해 털어놓았다는 사실조차 인식하지 못하는 사이에 완벽하게 정보를 빼낸다. 성적 취향에 맞는 미녀들을 제공하여 본인도 모르는 잠자리 습관을 확인하고, 공개적으로 음경 확대 수술까지 시행하여 발기 사이즈까지 맞춰놓는다.

대상이 완벽히 파악되면 대상은 소멸되고 완벽하게 카피한 대체 인력이 투입된다. 대체 인력은 대상이 되어 명천을 위해 일하고 물러나야 할 때가 되면 대상의 모든 것을 명천의 것으로 귀속시킨다. 그것이 현재까지 진행된 시험 상태의 천변 계획이다.

천변 계획은 계속해서 진화 중이다. 세계 각지에 세워진 열일곱 개의 고아원은 천변 계획의 중심 인력인 천변자를 양성하는 곳이다. 특별하게 교육된 자들은 천변자로 쓰이고, 기타 적합하지 않은 자들은 용문관의 예에 따른다. 천변자로 선택된 자들은 세심한 교육을 끝내고 세계 각지로 흩어져 대상자가 될 만한 자들의 측근으로 투입된다. 10여 년 후라면 대상자가 굳이 선민종합병원을 거치지 않더라도 천변 계획을 실행할 수 있을 것이다.

현재 세 명의 천변자가 시험 활동 중이다. 중국에 두 사람, 그리고 일본에 한 사람이 있다. 주변 인물 몇몇을 사고로 위장하여 죽인 후, 천변자들의 활동에는 아직까지 무리가 없다. 그들을 통하여 노하우가 쌓이면 천변 계획은 점차 완벽해질 것이다. 앞으로 10년. 그 정도면 천변 계획을 본격적으로 실행할 수 있게 된다. 기술은 완벽해질 것이고 도구인 천변자들의 교육도 결실을 맺게 될 것이다. 그때가 되면 타깃을 백인들에게까지 확대 시행하게 될 것이고, 결국 명천은 세계를 손에 넣게 된다.

그러한 중요한 시기에 문제가 생겼다. 바브라 세이건이다. 그녀가 죽으면 세이건 가가 적이 될 가능성이 높다. 중국과 화교 세력권에서는 무소불위의 힘을 발휘하는 명천이지만, 세계라면 아직은 세이건 가와 같은 유대계 거대 자본과 그들이 구축한 인맥에 크게 못 미친다. 세이건 가와 적이 되면 중국 밖에서의 활동이 현저하게 위축될 것이다, 아직까지는.

"총 따위를 믿는 게 아니었는데……."

특수동의 중요성에 비하여 경계심이 부족했다. 물론 결과적으로 그렇다는 뜻이다.

선민종합병원 특수동의 경계를 총잡이들에게 맡긴 것은 명천이 주도하는 사업이 아니라 노차신이 주도하는 사업이기 때문이다. 원대한 포부를 몰라주면서 애써 번 돈을 물 쓰듯 쓴다고 비난만 하는 명천 수뇌부들과 굳이 싸우기 싫어 광목당 자체 사업으로 직접 주도하고 결과를 보여주기로 했다. 그 때문에 천무전의 협력을 얻지 않고 독자적으로 키운 총잡이들을 경비로 내세웠다.

일이 터지기 전에는 그것으로 충분하다고 생각했다. 애초에 특수동이 습격의 대상이 될 것이라는 생각은 아예 하지 않았고, 만에 하나의 경우가 생기더라도 특수동처럼 좁은 장소에서 여러 개의 총구가 겨눠진다면 노차 신조차도 감당하기 어렵다고 판단했던 것이다.

"그래도 혹시나 해서 유림이까지 불러 올렸는데, 그 녀석까지 죽어버리다니……. 천변 계획의 가능성과 성과를 제대로 알려 명천의 사업으로 바꿔야겠어. 지금까지 누적된 성과만으로도 가능성 정도는 보여줄 수 있을 거야. 내가 물러나고 공자가 직접 나선다면 다른 놈들도 감히 뭐라 하지 못하겠지. 책임지고 물러나야 해. 하지만 수습이 먼저다."

똑! 똑!

"들어와!"

마종도가 딱딱하게 굳은 얼굴로 들어왔다. 그는 고개만 숙인 후 아무 말 없이 서류첩을 탁자 위에 놓았다.

노차신은 서류를 훑어보다가 범인으로부터 입수한 신분증을 통해 알아낸 석명지의 징체를 확인하고 기가 막힌 표정을 지었다.

"청도방 소속의 석명지? 내 부탁으로 한국에 갔다가 병신이 됐던 놈들 가운데 하나라고? 결국 그놈이란 말인가?"

살인 도구인 못과 한국에 파견 나갔다가 부상을 당했다는 석명지를 같이 떠올려 보면 답은 쉽게 나왔다. 석명지 본인일 턱은 없으니, 답은 그 청부 살수뿐이다. 결국 관심도 없던 한국에서 많은 일이 틀어진 셈이다. 결과적으로 보면, 파탄은 차수경의 일을 맡으면서부터 시작되었다.

"살수라는 놈이 도대체 사람은 왜 구해간 거야?"

서류첩에 답이 있을 리 없다. 노차신의 의문에 마종도가 대답할 수 있을

리 없다. 노차신도 대답을 들을 수 있을 것이라고는 기대하지 않았던 듯 다시 묻지 않았다.

"그런 놈이라면 쉽게 잡히지 않겠지? 가만 있어 봐. 주소지가 천진? 같은 놈일 수도 있다? 모나나 나스트라는 년을 데려간 놈과 이번 일 저지른 놈이 같은 놈일 수 있는지 확인해 봐. 부검 기록들 다시 꼼꼼하게 살펴보고 동일 수법이 있는지 확인해. 모나나 나스트라는 년을 납치했던 그날 호텔의 CCTV도 확인해 봐. 그리고 쓸 만한 놈들 붙여줄 테니까 혼란이 정리되는 대로 한국에 가서 차수경과 관련된 사건 전부를 다시 확인하고 청부자라고 짐작되는 놈을 데리고 와. 미국 지부는 일단 잠수시키고."

그때 노크도 없이 문이 벌컥 열리면서 젊은 사내 하나가 뛰어들어 왔다. 노차신의 독기 어린 눈이 청년에게로 돌아갔다. 하지만 청년은 노차신의 위압감을 느낄 새도 없이 숨을 몰아쉬며 말했다.

"어르신! 그 미국 여자가 죽었습니다."

노차신에게 미국 여자라고 보고할 만한 여자는 단 한 사람, 바브라 세이건뿐이다.

"뭐야?"

노차신은 벌떡 일어났다가 이마를 짚고 털썩 주저앉았다.

⚜

살 수 없다는 것을 느끼기라도 했는지, 바브라 세이건의 상태가 급격하게 나빠졌다. 아직은 괜찮다고 생각하고 있던 우상과 닥터 빈스가 손을 쓸 새도 없이 나빠져 혼수상태에 빠지고 곧바로 죽음에 이르렀다.

"안 돼!"

닥터 빈스는 자신의 미래가 암담해졌음을 깨닫고 병실 바닥에 무릎을 꿇었다. 자신의 이름을 건 심장 전문 센터를 꿈꾸며 중국으로 넘어왔는데, 백일몽이 되어버렸다. 죽지야 않겠지만 죽은 것이나 마찬가지 신세가 될 것이다. 어떤 이유가 되었든 간에 재산은 다 날아갈 것이고 의사로서 살지도 못할 것이다. 가정은 파탄 나고 시골구석에서 술병을 들고 신세 한탄이나 할 신세가 될 것이다. 사회에서 매장시켜도 저항할 수 없을 것이다. 닥터 빈스는 바브라 세이건의 죽음이 아닌, 자신의 암담한 미래를 떠올리며 절규했다.

닥터 빈스의 절규가 병실을 울리는 동안, 경호 책임자 윌러비 존슨은 전화를 걸었다. 그는 전화를 끊자마자 병실의 화장실로 들어갔다. 품속에서 권총을 꺼내 곧바로 소음기를 장착했다. 45구경 콜트 자동권총탄을 사용하는 반자동 피스톨 마크 23이다.

윌러비 존슨은 화장실에서 나오자마자 망연자실한 채 바닥에 엎드려 있는 닥터 빈스의 뒤통수에 총알을 박아 넣었다. 그리고 곧바로 깜짝 놀라 눈을 부릅뜬 우상의 가슴에 두 발을 연이어 쏘았다.

"윽! 왜 나까지?"

우상은 믿을 수 없다는 눈으로 윌러비 존슨을 바라보며 무릎 꿇었다. 그는 광목당 소속이다. 설마 광목당과 척을 지면서까지 자신을 죽일 것이라고는 상상도 하지 못했다.

그것은 그의 착각일 뿐이다. 세이건 가의 입장에서 광목당은 사업 방식이 조금 세련된 범죄 조직의 하나일 뿐이다. 우상을 죽인 것은 너무나 당연한 일이다.

두 사람을 눈 깜짝할 사이에 바브라 세이건과 동행시킨 윌러비 존슨은 차분하게 권총에서 소음기를 분리했다.

임화평이 보았다면 월러비 존슨을 단숨에 난도질했을 것이다. 허무하게 끝나 버린 우상의 죽음이 너무나 편안했기 때문이다.

월러비 존슨는 무덤덤하게 시신들을 바라보는 다른 경호원들에게 명령했다.

"닥터 브라운 호출하고, 출입 통제해. 곧 돌아간다."

월러비 존슨은 곧바로 병실을 나섰다. 시신을 운반할 관과 앰뷸런스가 준비되는 대로 중국을 뜰 것이다. 일단 우상 한 사람을 죽였지만, 그것은 시작을 알리는 신호탄일 뿐이다.

⚜

전화를 끊고 오열하던 매튜 세이건은 한동안 눈을 감고 눈물만 흘렸다.

"라미엘!"

연미복 차림의 중년 사내가 어둠을 벗어나 매튜 세이건의 옆에 섰다. 그가 품속에서 손수건을 꺼내 매튜 세이건에게 건넸다. 손수건으로 눈물을 닦아내며 매튜 세이건이 말했다.

"중국 원숭이들을 이 세상에서 지워 버리는 게 문제가 되나?"

라미엘은 무표정한 얼굴로 또박또박 책을 읽듯 말했다.

"중국은 아프리카나 중동이 아닙니다. 그리고 중국인들은 잘 훈련된 노동력입니다."

매튜 세이건은 눈을 감았다. 다시 맺힌 눈물을 흘러내렸다.

"그렇지. 나라도 어려운 일이지. 와이드 아이, 그놈들에게 미사일 수십 발 날려주는 것 정도는 괜찮겠지?"

"중국은 강대국입니다. 굳이 하시겠다면 가능은 합니다만, 그 후로 오랫동안 주인님께서는 귀찮은 일을 감수하셔야 할 겁니다. 그리고 무엇보다도 먼저 와이드 아이의 실체부터 찾아야겠지요."

"그런가? 그렇겠지."

매튜 세이건이 몰라서 묻는 것은 아니다. 마음속에서 들끓는 분노를 조금씩 풀어놓는 작업을 하는 것뿐이다. 라미엘 또한 그 사실을 잘 알기 때문에 장단을 맞춰주고 있는 중이다.

"무얼 해야 되는지 알겠지?"

"와이드 아이와 관련된 것들은 무엇이든지 다 찾아내겠습니다."

"가용한 모든 수단을 동원하도록! 자네가 껄끄럽게 생각하는 곳에는 내 이름을 걸고 협조를 구해. 뿌리까지 다 뽑아낼 수 있도록 철저히 조사해."

라미엘은 조용히 고개를 숙이고 어둠 속으로 사라졌다.

독기를 줄기줄기 뽑아내던 매튜 세이건의 두 눈이 갑자기 붉어졌다. 다시 눈물이 흘러내렸다. 매튜 세이건은 두 손으로 얼굴을 감싸고 오열했다.

"으허허허허! 바브라! 불쌍한 내 딸!"

매튜 세이건의 사생활은 그가 가진 금력과 권력을 생각할 때 상상할 수 없을 만큼 금욕적이다. 평생 한 여자만을 사랑했고, 그녀에게서 일남 일녀를 얻었다. 그는 하나뿐인 아들 사무엘 세이건에게 후계자로서의 역량을 키울 수 있도록 엄격하게 지도하고 세이건 제국을 지배하는 모든 노하우를 전수했다. 하지만 아내를 닮은 딸 바브라 세이건에게는 아무것도 기대하지 않았고 아무것도 주지 않았다. 경제적인 여유 외에 바브라 세이건에게 준 것은 단 한 가지, 아버지로서의 사랑뿐이었다.

작년 봄, 바브라 세이건은 결혼을 하겠다며 젊은 사내 하나를 소개시켰다. 매튜 세이건의 입장에서는 평범하기 그지없는 남자였다. 슬럼가를 겨우 벗어난 중산층 출신의 평범한 대학 강사. MIT를 나온 재원으로, 유머러

스하고 따뜻한 성격을 지닌 청년이지만 세이건 가와 인연을 맺기에는 배경이 너무 천박했다. 그럼에도 불구하고 매튜 세이건은 사람 하나만 보고 두 사람의 결합을 허락했다. 아들 사무엘이 비슷한 조건의 여자를 데리고 왔다면 여자를 죽여서라도 결합을 막았겠지만, 바브라는 달랐다. 그녀가 환하게 웃는 것만으로 족했다. 외적인 조건이 모자란다면 비범하게 키워주면 그뿐이었다.

결혼 준비를 하는 바브라의 모습을 평범한 아버지의 심정으로 바라보았다. 떠나보내야 한다는 사실에 슬펐고, 어머니만큼 착하고 아름답게 컸다는 사실에 자랑스러웠다.

웨딩드레스를 맞추어놓은 그날, 바브라가 갑자기 쓰러졌다. 심장에 문제가 생긴 것이었다. 딸의 손을 잡고 어떻게 하든 살려주겠다고 다짐했다. 무슨 수를 쓰더라도 웨딩드레스를 입고 환하게 웃을 수 있도록 만들어주겠다고 맹세했다. 그런데 그 딸이 죽었다.

매튜 세이건은 딸과의 약속을 지키지 못한 자신의 무능함을 자책했고, 그 무능함의 원인을 제공한 광목당을 완벽하게 파괴해 버리겠다고 맹세했다.

⚜

위동금은 두 손으로 연신 반원을 그리며 임화평의 잽을 막아내기에 급급하다가 한순간에 하체를 무너뜨리며 엉덩방아를 찧었다. 잽에 정신없이 몰리다가 바닥을 쓰는 듯한 임화평의 발놀림에 걸려 넘어지고 만 것이다.

"어우!"

위동금은 넘어지자마자 튕기듯이 일어나 뒤로 물러섰다. 임화평이 다가

오지 않자 그제야 엉덩이를 주무르며 고개를 설레설레 저었다.

"다시 간다."

위동금은 입술을 깨물었다. 겨우 5분이나 지났을까. 그사이에 수십 번 넘어졌다. 임화평이 봐준 덕에 타격기에 맞은 적은 없지만 그가 할 수 있는 것은 거기까지였다.

슉!

한 발 내딛는 순간 임화평은 어느새 3m 공간을 단축하고 위동금과 붙어 섰다.

타타타타탁!

겨우 70㎝ 남짓의 공간을 사이에 두고 네 개의 손이 연이어 부딪쳤다. 위동금은 무아지경에 가까운 상태에 빠져 쉬지 않고 손을 내뻗었다. 그러다가 갑자기 손의 자유를 잃고 허공으로 치솟았다가 바닥으로 떨어졌다. 그대로 내동댕이쳐졌다면 엉덩이뼈가 박살이 났을 테지만 임화평은 그 정도까지 몰아붙이지는 않았다. 떨어지는 순간 손으로 목덜미를 잡아당기고 발등으로 위동규의 엉덩이를 받쳐 낙하 속도를 줄여주었다.

쿵!

"으갸갸갸갸!"

위동금이 다시 일어나 뒤로 물러서서 엉덩이를 주물렀다.

임화평은 무표정한 얼굴로 위동금을 외면하며 한쪽에 서 있는 위관성을 바라보았다. 퉁퉁 부은 눈이 안쓰럽기 그지없다.

진영영은 엄마를 만난 순간 위관성을 소외시켰고, 오래도록 피폐한 생활을 해온 진영영의 어머니, 마영정 역시 위관성의 상대적인 박탈감을 배려할 정신이 없었다. 위동금이 품에 안아 다독였지만 위관성은 엄마의 품 안에서 잠든 진영영만을 부러운 눈길로 바라보았다. 뒤늦게야 위관성의 박탈감을 깨달은 마영정이 신경을 쓰기는 했지만, 쉽게 가실 서러움이 아니었다. 밤새도록 훌쩍거렸을 것이다.

'그나마 영영이 엄마라서 다행이다. 관성이 엄마였다면 영영이를 달래는 일은 보통 일이 아니었겠지.'

나이에 비해 의젓하다고 해서 슬픔의 크기가 달라지지는 않을 것이다. 참을성있고 속으로 삭일 줄 아는 위관성이 오히려 더 깊은 상처를 입을 수도 있을 것이다. 그러나 옆에서 지켜보는 입장에서야 진영영보다는 위관성을 달래는 일이 더 수월하다.

안쓰러운 모습에 한마디 위로라도 건네고 싶었지만 참았다. 여섯 살 아이에게 건넬 위로의 말을 찾기도 어려웠지만, 마영정이 있고 위동금도 있다. 언제 떠날지 모를 그가 나서야 할 일이 아니었다.

임화평은 애써 위관성에게 눈길을 거두고 또 다른 구경꾼인 오프라 주어와 모나나를 바라보았다. 하루 사이에 많은 말이 오갔는지, 오프라 주어의 표정은 예상보다 더 밝아 보였다.

'예상 외로 침착하고 명석한 여자야. 모나나가 단단히 일렀을 테니 함부로 행동하지는 않겠지. 하! 그나저나 나는 어떻게 해야 하나? 부담스럽게 만드는 일들이 너무 많군.'

남몰래 한숨을 내쉬고 위동금을 바라보았다. 고개를 푹 숙이고 있는 모습을 보니 나름대로 지니고 있던 자부심이 완전히 망가진 모양이다.

임화평은 위동금의 어깨를 두드리며 말했다.

"우선 몸에 익은 화권수퇴(花拳秀腿)부터 버려라. 세세히 가르쳐 줄 형편이 못 된다는 것은 너도 알지? 책값 아까지 마라. 배울 수 있는 것은 모두 배워. 팔괘장을 주목으로 삼고 가지로 삼을 수 있는 기술은 뭐든지 차용해. 너 정도 깊이면 가능해. 겉모습은 신경 쓰지 마. 네 스스로 어색하지 않으면 남보기에 변칙적이고 어색해 보여도 상관없어. 비겁해지는 걸 두려워할 필요도 없다. 상대를 이길 수 있는 방법이면 그 무엇이든 궁리해서 네 것으로 만들어. 무술가가 아닌 싸움꾼이 되어야 한다. 승패의 문제가 아니라 생존의 문제다. 스스로를 지키면서도 너를 얕보게 만들 방법들을 만들어내. 온갖 방법을 다 써서 몸을 지키는 데 주력하고 정신은 오로지 일격의 틈새를 찾는다. 네 심혼이 담긴 팔괘장은 단 한 번 그 틈새를 찌를 때 드러나야 한다. 발경이 가능해지면 따라다녀도 좋아. 황룡기공, 꾸준히 수련하다 보면 가능하다는 느낌이 들 때가 있을 거다. 그때 내게 조언을 구해. 알았니?'

임화평은 자신이 쓸데없는 말을 하고 있음을 알고 있다. 내용으로 보면 제2의 임화평이 되라는 것이나 마찬가지인데, 위동금의 현재 수준으로 봐서는 불가능한 주문이다. 위동금은 나이에 비해 상당한 깊이로 팔괘장을 수련했다. 상당한 이론적 체계를 지닌 동작 하나하나가 뼛속까지 각인되어 있는데 하루아침에 버릴 수 있을 리 만무하다.

임화평이 수년간 중국 생활을 이어가지 않는다면 위동금의 그의 뒤를 따라다닐 일은 생기지 않을 것이다. 임화평은 위동금에게 딴생각하지 말라고 요구한 것이다. 한 가지에 집중하고 몸을 움직여 잡생각을 줄이라는 주문을 한 것이다. 고지식한 위동금의 성격대로라면 한동안은 섣부르게 움직이지 않을 것이라고 판단한 것이다.

위동금은 결연한 눈빛을 드러내며 고개를 끄덕였다.

임화평은 안쓰러움이 드러나지 않도록 눈빛을 단속하고 위동금의 어깨를 두드려 주었다.

'미안하구나. 하지만 네가 나선다고 해봐야 죽는 것 말고는 할 수 있는 일이 없다.'

위동금은 마영정이 풀어놓은 이야기를 바탕으로 생존 이외에 해야 할 일을 찾았다. 아이들을 마영정에게 맡겨도 되는 상황에서 위동금이 할 일은 뻔하다. 장기 농장을 찾는 일이다. 지금까지는 국가가 상대라서 무엇을 어떻게 해야 할지 감을 못 잡고 있었지만, 상황이 변한 것이다.

장기 농장을 찾아 부모를 구한다.

목표가 명확해졌다. 상대해야 할 적이 임화평의 적과 겹친다는 것도 알게 되었다. 임화평이 시키는 일만 하던 위동금의 태도가 적극적으로 변했다. 그러나 임화평이 제동을 걸었다. 젊은이의 적극성은 곧 무모함과 통한다는 사실을 잘 알기 때문이다.

임화평은 위동금이 적들 가운데 한 사람조차 상대할 수 없다는 사실을 분명히 했다. 임화평은 먼저 위동금에게 진실한 무공의 위력을 시연해 보이고 황룡기공을 전했다.

황룡기공(黃龍氣功).

도가와 불가의 후예들이 만든 회천살문의 유일한 심법이다. 도가와 불가의 심법으로는 살문의 살기 넘치는 무공을 펼치기에 적합하지 않다는 판단하에 불가의 웅혼함이나 도가의 유장함은 철저히 배제하고, 내공을 쌓고 그 내력의 빠른 수발에 중점을 둔 실용 심법을 만들어냈다. 실전적인 면에서 유용한 심법이지만 깊이가 모자라 상승심법이라고 하기에는 부족함이 있다. 하지만 무공을 펼친다는 측면에서는 오류귀해공보다 한 단계 위에 있는 심법이다.

사실 팔괘장을 익힌 위동금에게는 도가의 심법이 적절하다. 하지만 오류귀해공 외에 임화평이 알고 있는 심법은 황룡기공이 유일하다. 무공을 목적으로 하기 위해서라면 도가의 기공이 좋겠지만, 수단으로 사용하기에는 범용성이 뛰어난 황룡기공도 나쁘지 않다. 아무리 실전적으로 만들었다고 해도 그 바탕이 되는 심법은 결국 도가와 불가의 것들이기 때문이다.

임화평은 위동금에게 팔괘장에 내력을 실을 수 없는 한 적들과 부딪치는 순간 죽는다는 것을 명확하게 주지시켰다. 지도 대련에 가까운 아침 비무 역시 함부로 나서지 말라는 경고의 일환인 셈이다.

"씻고 나갈 준비해라."

현실로 돌아온 위동금이 물었다.

"어디 갑니까?"

"새 집 구하러 간다."

"하지만 여기 있어도 별문제 없잖습니까? 모두 집 안에서만 생활하는데……."

"집이 문제가 아니라, 이 집 구해준 놈을 못 믿어. 이해득실에 따라 쉽게 뒤통수칠 수 있는 놈이거든. 일단 사람들이 안전해야 편하게 사고 칠 수 있잖아?"

위동금은 위관성과 모나나 등을 돌아보며 고개를 끄덕였다.

※

"짱깨이 물이 생각보다 좋은갑지? 낯반디에서 빛이 나네. 다행이다."

임화평은 이중원의 말투에서 아주 오래간만에 고향의 편안함을 느꼈다. 손을 굳게 잡으며 환한 미소를 지었다.

"여기까지 오게 만들어서 정말 미안하오. 고맙고."

"우리 마누라, 뭔 짓 할라꼬 중국 가냐꼬 난리치더라. 지랄이제? 룸살롱 사장인데 우리나라라꼬 나쁜 짓 못할 것도 아이다 아이가? 와 그라는지 몰라. 그 문디 뿌리치고 온다꼬 내가 얼마나 고생했는지 아나? 미안하제? 알아 모시라이."

임화평은 이중원을 이끌고 택시를 탔다.

"건국반점 갑시다."

임화평의 중국어에 이중원은 눈살을 찌푸렸다.

"니 도대체 뭐 하는 놈이고? 인자는 중국어까지 하나? 알 만하다 캤는데 또 모리겠네? 다마네기 같은 자슥 아이가."

"중국집 주방장이 중국어도 못할 것 같소? 언젠가 중국 와서 중국 음식 모두 먹어볼 계획이었는데, 다른 이유로 와버렸소."

임화평의 씁쓸한 웃음에 이중원은 임화평의 손등을 두드렸다. 그리고 가방 앞주머니에서 사진 몇 장을 꺼내 건넸다.

"바라. 니가 궁금해할 것 같아서 가꼬 와따."

무심코 사진들을 보았다. 거기에 그리운 얼굴들이 모두 있다. 사진의 중심에는 항상 한소은이 있고, 그 외에 초영반점 아이들, 소망원 아이들, 한용우 부부도 있다.

빙긋이 웃으며 한참 동안 말없이 두 엄지로 사진의 얼굴들을 쓰다듬었다. 그리고 그 가운데 한 장의 사진을 뽑아 이중원에게 보였다. 이중원과 그의 부인으로 짐작되는 중년 여인, 그리고 두 사람 사이에서 곰 인형을 안고 있는 한소은, 세 사람이 같이 찍은 사진이다.

"이분이 형수님이요?"

"음, 여시 같은 내 마누라."

"인상이 참 좋으시구려. 미소가 참 아름답소."

"글체? 산전수전 공중전 다 객어바서 그런지 몰라도, 마음이 쪼매 넉넉한 팬이라. 소망원 한번 갔다 오디만, 인자 심심하믄 가자 칸다. 내가 같이 몬 가줄 때는 지 혼자 가뻔다. 소으이하고 인자 마이 친해지따 아이가."

"소은이는 말 제대로 하오?"

"엉. 인자 곧잘 한대이. 표정 보모 알것제?"
사진 속의 한소은을 자세히 살폈다. 이중원의 부인 품에 안겨서 이가 드러날 정도로 미소를 짓고 있다. 사진을 몇 장 넘겨 또 다른 사진을 살폈다. 소은이가 자는 방의 침대를 배경으로 찍은 사진인데, 방 전체가 곰 인형으로 도배된 듯한 사진이다. 주변의 아이들도 모두 곰 인형 하나씩을 안고 환하게 웃는 모습으로 사진을 찍었다. 곰 인형에 들인 돈만 해도 적지 않을 듯했다.

"아! 맞다. 내 니한테 허락 맡을 일이 있다. 소으이 말이다, 입양할라꼬 하는데 개안켓나?"

"형수님이 허락하셨소?"

"마누라 생각이다 아이가. 억수로 이뻐하거든. 내 말이다, 인자 남 부러블 일 음는데 딱 하나, 알라가 음따 아이가. 내 진짜로 귀하게 키울 테이까 네 허락해 도."

임화평은 이중원의 손을 잡으며 환하게 웃었다.

"내 허락이 왜 필요하오?"

"원장님이 그라시더라. 니가 난중에 입양할 생각하고 있다꼬."

"그 생각 하기는 했소. 그런데 막상 하려니까 여자 손이 필요할 것 같아서 많이 망설였소. 그리고 이제는……. 형수님 표정 보니까 예쁘게 키워주실 것 같소. 부탁하오."

"고맙다. 사실 마누라한테도 그 핑계 대고 와따 아이가. 근데 내가 원장님한테 니 만나가꼬 허락받았다꼬 이야기할 수는 음따 아이가. 팬지 한 장 써주믄 안 되것나?"

"걱정하지 마시오. 편지도 쓰고 전화도 하겠소."

사진을 모아 다시 이중원에게 건넸다. 이중원이 손을 흔들었다.

"니가 가꼬 있어라. 그랄라꼬 가꼬 온 기다."

"안 되오."

무슨 의미인지 깨달은 이중원은 쓰게 웃으며 사진을 챙겼다. 그사이에 택시는 건국호텔로 진입했다.

임화평은 그날부터 나흘 동안 자진해서 휴가를 즐겼다. 위동금과 미리 보아둔 망경 지역의 아파트를 계약한 후, 이중원과 함께 머물면서 망중한을 즐겼다. 북경 가이드도 하고, 화과나 북경오리 같은 유명한 음식들을 먹으러 다니기도 하고, 이중원을 위해 2차가 없는 북경 룸살롱 투어도 했다.

다시 한국으로 돌아가는 이중원의 손에 오프라 주어와 모나나 나스트가 쓴 편지가 전해졌다. 두 편지는 각각 시차를 두고 지방의 우체통을 통하여 발송될 것이다.

"형님, 혹시 누가 찾아가거든……."

"안다. 상처한 후로 꾸준히 왔다 간 단골이다, 이 말이제? 중국 현지처 집 마련해 줄라꼬 불리와 가꼬 거하게 대접받았다는 말 아이가."

"그러면 되오."

"알았다. 니도 조심해라이."

이중원이 출국장에 들어가는 모습을 바라보다가 돌아선 임화평은 결의를 다지듯 주먹을 불끈 쥐었다.

"잘 놀았지? 그럼 할 일 해야지."

마음이 많이 편해졌다. 그가 이중원과 함께하는 동안 위동금을 제외한 모든 이들이 망경 지역의 서른 평 아파트로 옮겨갔다. 한국인들과 섞여 살게 되면 일단 들킬 일은 많지 않다. 오프라 주어와 모나나 나스트는 여전히 집 안에서만 생활해야 하겠지만, 아이들은 근처 놀이터 나들이 정도는 할 수 있을 것이다.

임화평은 특별한 경우가 아니라면 그 근처에는 얼씬도 하지 않을 생각이다. 이제 명천에만 신경 쓸 여건이 마련된 것이다.

❦

노차신이 지부 폐쇄 조치를 지시한 것과 동시에 사건 사고들이 터졌다. 6월 중순에 접어들면서부터 미국뿐만이 아니라 영국을 포함한 유럽과 호주, 심지어는 일본에서까지 '중국 마피아들의 난동', 혹은 '삼합회의 지각 변동'이라는 요지의 기사들이 세계 주요 신문에 크게, 혹은 작게 실리기 시작했다. 처참하게 부서진 건물과 줄줄이 이어진 시신들 사진이 기사의 신빙성을 더했다.

홍콩, 대만, 중국과 아시아의 화교계 신문들은 누군가가 중국인들을 세계로부터 격리시키려 한다는 음모론을 주장했다. 범죄 조직과 무관한 피해자들의 신분과 특별한 조짐도 없이 갑작스레 세계 각지에서 동시다발적으로 이루어진 사건들을 음모론의 논리적인 근거로 들었다.

대개 사람들은 파문이나 급작스런 변화를 싫어한다. 삶이 조금씩 나아질 거라는 희망을 담은 점진적 변화는 환영하지만, 불안감을 야기하는 급변에는 감정적으로 대응한다. 기사들의 이면을 살펴보면 화교계 신문들이 오히려 제대로 사태를 파악하고 있지만, 사람들은 시각적 효과를 곁들인 세계 주요 방송과 신문들의 보도에 대하여 고개를 끄덕이며 차이나타운을 멀리할 뿐이다.

노차신은 마종도가 준비한 파일을 모두 읽고 한숨을 내쉬며 눈을 감았다. 광목당의 해외 지부들은 궤멸된 것이나 마찬가지다. 몇몇 소국의 작은 지부들은 노출이 되지 않았지만, 광목당이 심혈을 기울여 설치한 곳은 모두 파괴되었다.

 상대는 아시아계 용병들로 짐작된다. 마종도가 책임지고 있는 광목당의 정보 분석팀 명뇌(明腦) 1팀의 분석에 따르면, 선민종합병원의 고객 유치 활동을 꼬리 삼아 지부를 찾아낸 모양이다. 뉴욕 지부장의 납치 사건이라는 한 번의 실례도 그 분석의 근거가 된다.

 '이로써 10년 공사가 반동가리가 난 셈인가? 세이건 가의 저력이 무섭긴 무섭구먼. 그 많은 지부들을 쉽게도 찾아냈어. 전 세계의 정보기관을 이용할 수 있는 자들이니 어쩌면 당연한 일일지도 모르지. 이제 어떻게 한다?'

 도출할 수 있는 대응법은 두 가지밖에 없다. 해외 활동을 모두 접고 내실을 다지거나, 응전하는 것뿐이다. 무인 노차신의 입장에서는 후자를 선택하고 싶다.

 솔직히 이번 일은 억울하기 그지없다. 바브라 세이건의 일은 세이건 가에서 먼저 제의했고, 광목당은 호의를 가지고 수락했을 뿐이다. 결과는 나빴지만, 어쨌든 광목당 입장에서는 최선을 다했다.

 세이건 가의 뒤통수를 쳐서 조그마한 이득이라도 얻었다면 억울하지는 않을 것이다. 사람은 사람대로 날리고 돈은 돈대로 손해 봤다. 특히 우상과 특수동 스텝들 일부를 잃은 것은 큰 손해였다. 그럼에도 불구하고 세이건 가는 결과만을 따져 광목당을 몰아세우고 있다. 차라리 힘이 없다면 굴종하고 신세 한탄이라도 해볼 것이다. 하지만 무력만큼은 명천 역시 세이건 가에 못지않다.

 미국과 중국의 전쟁이 되지 않는 이상, 세이건 가가 동원할 수 있는 무력이야 뻔하다. 무기라고 해봐야 총기류에서 크게 벗어나지 못할 것이고, 더 보태봤자 테러에 사용되는 폭탄류나 분대 화기류 정도일 것이다. 인력은 돈으로 움직일 수 있는 용병들이 대다수일 것이고, 그 외에 청부업자를 동원하여 수뇌부를 직접적으로 공격하는 저격전 정도를 예상할 수 있다. 그 경우라면 명천이 밀릴 이유가 하나도 없다. 그들이 동원할 수 있는 모든 것을 사용할 수 있고 상대가 동원할 수 없는 살수들, 암전대도 있다.

'상대적으로 모자라는 것은 정보뿐인데, 그것이 승패를 좌우할 수도 있다. 그래도 싸우고 싶구나.'

드러나 있는 세이건 가의 세력은 대개가 경제와 관련된 것들이다. 그것들을 건드리게 되면 세이건을 공격하는 것이 아닌, 미국을 건드리는 셈이 된다. 중국 정부조차 용납하지 않을 일이다. 물론 역으로도 생각할 수 있다. 세이건 가가 아무리 날뛰더라도 미국을 움직여 중국과 싸우겠다는 생각은 할 수 없다.

'매튜 세이건과 그 직계 가족들만 죽인다면 간단히 끝낼 수 있지 않을까? 개인적인 원한 관계 정도로 끝내 버리면 그 파장이 크지는 않을 텐데. 그렇더라도 광목당의 힘만으로는 힘들겠지?'

혼자 결정을 내리고 일을 저지를 수는 없다. 세이건 가와 싸우기 위해서는 친무 전의 힘이 필요하다는 결론을 내릴 수밖에 없다. 게다가 현재의 피해는 천변 계획과 관련된 지부에 한정되어 있다. 중국과 화교권만 제대로 장악해도 충분하다고 생각하는, 근시안적인 명천의 수뇌부들은 지부의 손실을 주머니 속 동전 몇 개 잃어버린 정도로 치부할 것이다.

"후우! 어쩐다? 가만히 있으면 잘못을 인정하는 모양새가 된다. 그런데도 겁먹은 거북이처럼 이대로 중국이라는 귀갑 속에 몸을 숨겨야 하는가? 우리 명천이?"

그때 방문이 열리며 서문영락이 들어섰다. 노차신이 일어서서 예를 취하자 서문영락이 쓴웃음을 지었다.

"앉으세요."

서문영락은 노차신이 내려놓은 파일을 당겨 읽기 시작했다. 그동안 노차신은 묵묵히 앉아 서문영락이 입을 떼기를 기다렸다. 서문영락이 파일을 닫고 노차신을 바라보았다.

"이제 그만 싸돌아다닐 때가 된 것 같군요."

파일의 내용과는 하등 상관이 없는 말임에도, 노차신은 그 한마디로 모든 것이 정리될 것이라는 안도감을 느꼈다.

노차신은 스스로를 명천의 장로나 광목당의 당주라기보다는 서문가의 가복으로 인식하는 사람이다.

제2차 중일전쟁이 한창이던 1942년, 전쟁 영웅 서문창의 눈에 띄어 목숨을 구한 노차신은 열여섯의 나이에 가족을 뒤로하고 서문창의 뒤를 따랐다. 서문창은 눈치가 빠르면서도 충직한 노차신의 천성을 확인하고 아꼈다. 글과 무술을 가르치고 세상을 볼 수 있는 눈을 주었다. 1976년 모택동이 죽고 서문창이 정치적으로 안정을 얻을 때까지, 노차신은 단 한 번의 흔들림없이 서문창의 곁을 지켰다. 영광 앞에서는 늘 한 걸음 물러섰고 죽음 앞에서는 한 걸음 앞섰다. 서문창은 남몰래 노차신의 가족을 찾아 생활에 불편함이 없도록 도움을 줌으로써 그의 충직함에 보답했다. 그 사실을 뒤늦게 알게 된 노차신은 여자를 취하되 결혼을 하지 않음으로써 다시 한 번 충직함을 보였다.

정치적 안정기가 되어 서문창에게 다방면의 인텔리 보좌관들이 필요하게 되었을 때, 노차신은 스스로 물러나 명천의 번영에 앞장섰다. 한때 동생처럼 돌보던 서문재기를 서문창 모시듯 보좌하여 명천을 반석에 올리는 데 일조했다. 한편으로는 유독 딸만 예뻐하고 아들에게는 덤덤했던 서문재기를 대신하여 따뜻하면서도 엄한 아버지로서 서문영락을 돌봤다.

서문창은 죽는 그날까지 노차신의 충직함에 고마워했다. 서문창은 임종을 맞는 그날 노차신의 손을 잡고 '영락은 명천의 위대한 군주가 될 재목이다. 네가 아니었다면 오늘날의 영락이 없었을 것이다. 고맙다'라고 말했다. 그 한마디가 오늘날까지 정열적으로 일하게 만드는 노차신의 자부심이 되었다.

마흔한 살의 서문영락은 서문창의 예언처럼 남다른 점이 많은 사람이다. 서문창의 경략과 서문재기의 무재를 동시에 지녔다. 암흑가에 치우친 명천의 성분을 희석시키기 위해 합법적인 기업을 설립하고 나중에는 직접 기업 일선에 뛰어들어 그룹으로 발전시켰다. 그 때문에 명천의 일에서 한 걸음 물러서 있었고, 노차신은 그것이 권력의 약화로 이어질까 봐 노심초사해 왔다.

야속하게도 서문영락은 노차신의 불안감을 해소해 주지 않고 밖으로 나돌았다. '중국의 명천은 이미 반석에 올라섰다. 이제 세계의 명천이 되어야 하는데, 세상을 모르고는 불가능한 일이다', 서문영락의 그 한마디에 노차신은 지금껏 아무런 말도 못하고 속병을 앓아왔다.

한편 서문영락은 그 바쁜 와중에도 무공 수련에 소홀하지 않아 명천의 수뇌부들을 안심시켰다. 성격 또한 냉철함과 포용력을 동시에 지녔다. 신상필벌에 엄격하면서도 결과만을 중시하지는 않는다. 아랫사람이 실수를 하더라도 역지사지하여 그 과정이 납득할 만하다면 실패의 대가를 크게 요구하지 않는 성격이다. 노차신이 저지른 두 번의 실패에 대해서 따로 질책하지 않은 것도 그런 맥락에서 이해할 수 있다. 물론 노차신이 서문영락에게 있어 특별한 사람이기 때문에 조금 더 너그러웠다고 할 수 있지만, 다른 사람이었다고 해도 그 문책이 마지막 선을 넘지는 않았을 것이다.

노차신의 입장에서는 서문영락의 너그러움이 오히려 부담스럽다. 사실 노차신은 구닥다리 같은 사람이라서 광목당 같은 정보 조직을 운영할 만한 재목이 아니다. 지금까지 서문창을 보좌하던 때 배웠던 것들을 기반으로 관리를 해왔지만 옛사람 서문창과 같이 옛날 방식이다. 기밀을 유지하고 조직을 관리할 수는 있어도 정보를 조합하여 새로운 것을 창출하기에는 머리가 너무 낡고 굳었다. 명천을 사랑하고 스스로에게도 엄격한 성격이니 차라리 집법을 관장한다면 더없을 사람이다. 개인의 영달에 관심이 없는 그가 자리를 지켜왔던 것은 무공광 서문재기의 무관심과 서문영락의 잦은 부재 때문이다.

'공자가 돌아오시고 광목당주의 재목 또한 발견했으니 지금이 물러날 시기인 셈이야.'

14년 전, 천주 서문재기는 잊혀졌던 서문가의 역사 한줄기를 찾아냈다. 서문세가의 마지막 사람들이 묻힌 곳이 항주에서 멀지 않은 서천목산임을 알아낸 것이다. 비밀리에 산 하나를 뒤집는 대대적인 발굴이 진행되었다. 대강의 지역만 언급된 터라 쉽지 않은 발굴이었다. 1년 만에 결실을 보았을 때 서문재기는 다른 사람들에게 단 한 번도 보여주지 않았던 앙천대소를 터뜨렸다.

마지막 석실에서 유골과 함께 발견된 목함에는 유지로 감싸고 밀랍으로 밀봉된 두 권의 책자가 있었다.

개천신공(開天神功)과 세가무학총서(世家武學總書).

개천신공은 세가가 수집한 천하의 무공들을 집대성하여 새로이 창안한 개세의 내공심법이고, 세가무학총서는 세가의 위상에 걸맞은 가신과 호가 무사들의 실전 무학들을 정리해 둔 무보였다. 가문의 직계를 위한 실용 무공이 없다는 사실이 조금 아쉬웠지만, 세가무학총서만으로도 천무전의 무위는 몇 단계 상승했다. 진정으로 놀라운 것은 서문재기가 알던 지금까지의 무공과는 그 궤를 달리하는 개천신공이다.

서문재기는 세가무학총서의 무공들 가운데서 수위를 달리는 두 가지 무공을 스스로 익히고 나머지를 천무전에 베풀었다. 이미 세상에 모습을 드러낸 바 있는 마유림의 패천장과 소도조의 비환도법, 그리고 사방살진의 출처가 바로 세가무학총서다.

3년 전, 서문재기는 그 해석의 난해함 때문에 그동안 수련을 미루고 있던 개천신공의 해석을 마무리하고 무기한 폐관을 선언했다.

개천신공은 500년 전에 만들어진 무공이다. 언어는 변한다. 한자는 더욱 어렵다. 같은 글자라도 그때와 현재의 쓰임새는 달라질 수 있고 문장도 시대의 상황에 따라 달리 해석할 수 있다. 비급은 더욱더 해석이 어렵다. 이끌어줄 스승이 없는 서문재기로서는 해석에 주의할 수밖에 없다. 그래서 먼저 시험 삼아 세가무학총서를 풀이하여 실수를 줄인 후 발굴 10년 만에 개천신공의 해석을 마무리했던 것이다.

노차신은 서문재기의 결정에 반대했다. 결정을 보완, 수정하는 방석의 견해를 내비친 적은 있어도 반대한 적은 그때가 처음이었다. 솔직히 말해서 노차신은 개천신공의 필요성 자체를 느끼지 못했다. 개천신공이 없어도 서문재기는 죄상이라고 자부할 만한 사람이다. 강해지는 것이 나쁜 일은 아니지만, 시대가 이미 무공을 배척하고 있다. 시간이 흐르면 흐를수록 무공의 필요성은 사라질 것이다. 환갑을 훌쩍 넘긴 서문재기가 난해한 신공을 붙잡고 세월을 흘려보낼 생각을 하니 갑갑할 수밖에 없었다.

서문재기도 평생 처음으로 노차신의 의견을 무시했다. 천생 무인인 서문재기는 지금보다 더 강해진다는 것만으로도 수련에 의의가 있다고 보았다. 그리고 그가 익히지 않으면 후손들이 어찌 쉽게 익히겠는가 하는 말로 노차신의 반대를 묵살했다.

그 당시는 서문영락이 홍콩에 설립한 웨스트게이트 그룹의 CEO로 취임하여 한창 정열적으로 일할 때였다. 그룹을 바탕으로 광목당을 측면 지원하며 세계 곳곳을 돌아다녔다. 천주의 부재를 알리고 천주를 대리할 것을 종용했지만 서문영락은 거부했다. 세계를 경영하기 위해서는 세계를 알아야 한다는 것이 그의 일관된 대답이었다. 노차신은 그 대답에서 서문영락이 천변 계획에 거는 기대를 또다시 느꼈다. 노차신은 그 기대를 저버리지 않기 위해 지금껏 묵묵히 일해왔다. 하지만 거듭된 실패로 의기소침한 상태라 이제 서문영락의 복귀와 함께 물러설 생각을 한 것이다.

"공자께서 돌아오시겠다 하시니 이제 마음 놓고 물러날 수 있겠습니다."

"물러나요? 돌아오겠다니까 물러나신다? 아저씨, 저한테 섭섭한 거 있습니까?"

노차신은 쓰게 웃으며 고개를 저었다.

"일이 벌어진 이상, 책임지는 사람이 있어야 합니다. 유림이까지 죽은 마당에 그냥 덮어버리면 뒷말이 많을 것입니다. 그리고 노신의 나이, 이제 일흔이 훌쩍 넘었습니다. 저 같은 구닥다리는 뒤에서 잔소리나 하는 것이 제격입니다. 대리일망정 천주의 자리를 맡으셔야 하는 공자의 주변에 저 같은 늙은이들이 포진해 있다면 공자께서도 마음 편하게 일할 수 없지 않겠습니까? 노신은 이제 혜명원(慧明院)으로 물러날까 합니다."

서문영락은 노차신의 의도를 단번에 알아차렸다.

새 술은 새 부대에.

세대교체를 하라는 말이다. 노차신이 서문영락에게 있어 특별한 의미를 지닌 사람이라는 것은 알 사람은 다 안다. 그가 명천의 원로원 격인 혜명원에 든다면 그와 같은 세대의 수뇌부들 역시 주위의 눈치를 보지 않을 수 없다. 특히 노차신과 같이 장로의 반열에 드는 천무전주와 두 명의 부전주도 물러설 수밖에 없을 것이다. 그 자리를 차지하게 될 사람은 그다음 세대인

십대고수들이 될 것이고, 그렇게 되면 서문영락은 원로들의 눈치를 보지 않고 자연스럽게 천의 권력을 독점하게 될 것이다.

"하지만 아저씨가 아니면 제가 누구를 의지하고……. 누구야?"

문으로 돌아가는 서문영락의 눈에 한기가 어렸다.

문이 열리고 한 사람이 들어섰다. 명천의 소천주와 장로 노차신의 대화에 버르장머리없이 끼어든 사람은 예상외로 젊은 여자다. 많이 봐줘야 서른 중반 정도로 보이는 농염한 여인이다. 틀어 올려 비녀를 꽂은 머리에, 치빠오의 고전미를 취한 개량형의 붉은 비단 드레스를 입었다. 드레스의 왼쪽 가슴에 검은색 장미 수를 놓아 단순한 디자인에 포인트를 주고, 오른손에 검은색 섭선을 쥐었다. 아쉬운 점은 알이 큰 샤넬 선글라스가 얼굴의 반을 가리고 있다는 것이다.

여인은 서문영락의 매서운 눈빛을 받으면서도 당당함을 잃지 않았다.

"오랜만이야, 오빠!"

서문영락의 한기 돌던 눈빛이 일순간에 누그러졌다. 그가 자리에서 벌떡 일어나 여인을 안았다.

"완영아! 네가 여기까지 무슨 일이냐?"

"섭섭하네. 나 못 올 데 온 거야?"

서문영락은 미소를 지으며 그녀의 두 어깨를 토닥였다.

"반가워서 그러지."

서문완영은 입가에 미소를 짓고 노차신에게로 고개를 돌렸다. 노차신도 빙그레 웃으며 다가왔다.

"아가씨! 정말 오랜만에 뵙습니다."

서문완영은 샐쭉한 표정을 지으며 두 손으로 노차신의 거친 손을 잡았다.

"아저씨, 정말 이럴 수가 있어요? 어떻게 단 한 번도 찾아오지 않을 수가 있어요, 일은 산더미같이 떠넘겨 놓고?"

"이 늙은이가 미안한 마음에 얼굴을 들 수가 없군요. 죄송합니다. 안 그래도 상의드릴 일이 있어서 일간 한번 내려갈 생각이었는데, 이렇게 먼저 오셨군요. 앉으시지요."

세 사람이 동시에 자리에 앉았다. 서문영락이 눈살을 찌푸리며 서문완영의 얼굴을 바라보았다.

"실내다. 주름살 얼마나 늘었는지 보게 해주련?"

"나 아직 팽팽하거든."

서문완영이 선글라스를 벗었다. 느낌이 또 다른 얼굴이다. 선글라스를 썼을 때는 나이 서른여섯다운 여인의 농염함과 완숙함이 돋보이더니, 벗은 얼굴은 반대로 청순함이 엿보인다. 나이 또한 서른을 넘지 않은 듯한 느낌이다.

서문완영은 탁자 위에 놓인 찻주전자를 들어 찻잔에 식은 차를 따랐다. 곧바로 차를 입으로 가져갔다가 눈살을 찌푸리며 혀를 내밀었다.

"아우! 아저씨 차는 철관음이었지?"

용정을 즐겨 마시는 서문완영은 노차신의 취향을 뒤늦게 기억해 내고 고개를 저었다.

서문영락이 싱글거리며 농을 던졌다.

"넌 아직도 귀여운 척하는구나. 서른여섯이야, 이것아!"

"홍! 이제는 이 동생이 귀엽지 않다는 말씀?"

삐친 듯한 표정을 짓는 서문완영을 노차신과 서문영락은 즐거운 얼굴로 바라보았다. 실제로 그녀를 향해 귀엽다고 말할 사람이 몇이나 될까. 청순한 얼굴과는 달리, 그녀는 서문영락의 최대의 조력자다. 명천의 재정 담당자이며 동시에 명천의 본부가 있는 항주의 광목당 지부장이다. 그 말은 곧 그녀가 광목당의 이인자라는 의미이기도 했다. 명목상 노차신이 광목당주로 있지만, 노차신이 관심을 두고 있는 것은 북경에서의 인맥 관리와 천변 계획밖에 없으니 나머지 일은 모두 그녀가 한다고 보아도 무방하다. 결국 실질적으로 광목당을 운영하는 사람이 그녀라는 의미고, 그 참담한 선민종합병원의 실상과 법륜대법 탄압에 대한 전모를 모두 알고 있다는 의미이기도 하다. 그런 그녀를 두고 귀엽다고 말할 사람은 서문재기와 현재 그녀의 옆에 있는 두 사람 뿐일 것이다.

"그런데 무슨 이야기를 그렇게 심각하게 하고 있었어요?"

서문영락이 미간을 좁히며 하소연하듯이 말했다.

"복귀할 생각이다. 그런데 아저씨가 물러나겠다고 하시지 않느냐."

"음!"

서문완영은 한동안 심각한 표정으로 노차신을 바라보다가 명쾌한 목소리로 말했다.

"오빠가 복귀할 생각이라면 아저씨가 물러나시는 건 당연한 일이야."

"완영아!"

서문영락이 놀라서 눈을 치떴다. 노차신 또한 상당히 놀랐다. 예의상 한 번쯤은 만류할 것이라고 생각했던 것이다.

"오빠! 아저씨 이제 여생을 즐기실 때도 됐잖아? 그리고 혜명원이 뭐야? 그분들, 우리 명천의 고문이잖아? 언제든지 모셔서 고견을 들을 수 있어. 아저씨가 자리에 연연하시는 분도 아니고, 뭐가 문제야?"

혜명원은 명천의 초창기부터 활동해 온 원로들의 조직으로, 문화혁명 전부터 끌어들인 사람들이 대다수다. 그들은 70년대 중반부터 시작된 명천의 활동에 중추 역할을 해왔던 이들이다. 현재는 특별하게 하는 일이 없어서 노인정 정도로 받아들여지고 있지만, 내공을 익힌 무인들의 집단답게 열 명 남짓의 소수임에도 불구하고 그 실질적인 무력은 천무전 전체와 비견된다.

서문완영은 노차신을 바라보며 말을 이었다.

"아저씨! 물러나시는 건 좋은데, 그냥 가시면 안 되지요. 북경 선민병원 제대로 복구해 놓고 가세요. 난장판 만들어놓고 저보고 수습하라고 하시면 곤란해요. 그리고 일 그 지경으로 만들어놓은 그 녀석, 아저씨 손으로 마무리하세요. 마유림이 당할 정도로 뛰어난 녀석이더군요. 황기창, 소벽, 그리고 잠룡대 정도면 되겠죠?"

서문영락이 눈살을 찌푸리며 말했다.

"마유림을 죽인 자는 상당한 고수다. 살수라서 더 어려워. 혹시 숙청하자는 말이냐? 그 정도로 기강이 흐트러진 것은 아닐 텐데."

황기창과 소벽은 천무전 소속 십대고수에 속한다. 십대고수 가운데 가장 젊은 축에 속하면서 동시에 혜명원에 든 두 사람의 제자들이기도 하다. 또한 잠룡대는 명천 수뇌부의 젊은 제자들이 주축이 되어 구성된 천무전의 예하 조직이다. 천무전 소속 사대조직 가운데 머릿수가 가장 적지만, 개개인의 무위는 천무전 평균을 넘어선다. 일개 살수 하나를 상대하기 위해 동원되기에는 과한 전력일 텐데도 서문영락은 편한 얼굴이 아니다. 그들을 동원하자는 말에 저의가 있음을 느꼈기 때문이다.

"정확한 의도가 무엇이냐? 길들이자는 뜻이냐, 숙청하자는 뜻이냐?"

서문완영이 언급한 이들은 명천 안의 귀족이라고 할 수 있는 자들이다. 젊은 나이에 무공이 뛰어나고 뒷배까지 든든해 안하무인하는 경향이 있다. 특히 황기창과 소벽은 아직 미혼인 서문완영에게 정도에 넘어서는 구애를 하는 자들이다.

"어느 쪽이라도 상관없잖아? 설마 일개 살수에게 다 죽어 자빠지기야 하겠어? 실력이 뛰어난 살수와 실력에 자부심이 강한 자들이 만나면 재미있는 일이 벌어질 것 같은데? 죽어버린다면야 존재할 가치가 없는 녀석들이잖아? 그렇지 않아요, 아저씨?"

서문영락의 말을 듣고서야 서문완영의 의도를 알아챈 노차신은 환하게 미소 지어 서문완영의 의도에 동의해 주었다.

노차신의 생각으로도 명천의 현 상황은 반역을 걱정할 필요가 없다. 서문재기를 향한 수뇌부들의 충성은 절대적이다. 특히 서문재기를 통해 문화혁명의 피해자가 되지 않은 혜명원의 원로들은 반란을 일으킬 생각조차 하지 않을 자들이다. 그리고 서문재기를 가장 잘 알고 있는 사람들이 바로 그들이다. 그의 부재를 틈타 반란을 일으켜 성공시킨다고 해도 서문재기가 복귀하면 그 순간 반란 천하는 뒤집어지고 말 것이다.

반란의 걸림돌은 또 있다. 광목당이다. 광목당은 어디에나 있다. 심지어는 천무전 곳곳에도 자리 잡고 있다. 그 광목당을 쥐고 있는 사람들이 서문영락의 측근으로 있는데 감히 역심을 품을 수는 없을 것이다. 그나마 신경에 거슬리는 것이 있다면 후세들이다. 어려움과 무서움을 모르고 특혜를 받는 자들. 주변에서 받들어주니까 스스로가 호랑이라고 착각하는 자들이 있다. 한 번쯤은 세상 무서운 줄 알게 해줄 필요가 있다.

"괜찮군요. 한 번쯤은 굴릴 필요가 있습니다. 그들을 꾹 집어 움직인다면 수뇌부에 있는 자들도 물러날 시기가 되었음을 깨닫게 되겠지요. 그동안 너무 편했습니다, 그 녀석들. 몇 녀석 시범 케이스로 죽게 놔두면 정신들 차리겠지요."

서문완영이 노차신을 향해 손을 뻗으며 활짝 웃었다.

"오빠! 들었어? 아저씨가 영어 썼어. 시범 케이스라는 말을 썼다구."

노차신이 민망한 마음을 표정에 담자 서문영락이 빙그레 웃으며 그의 쑥스러움을 해소시켜 주었다.

"두 사람의 의견이 그렇다면 그렇게 하도록 하지. 그건 그렇고, 당장 문제는 미국 놈들이란 말이야. 어떻게 하면 좋을까? 아저씨 입장에서야 받은 만큼 돌려주고 싶겠지만, 아직은 시기가 아닌 듯하고. 그렇다고 얌전히 물러서자니 기분이 나쁘잖아. 네 생각은 어떠냐?"

서문완영은 깊이 생각하지 않았다. 이미 결론을 내린 상태로 올라온 모양이다.

"오빠 말대로 아직은 아니야. 치욕적이지만 참아야 돼. 청산의 나무가 없어지지 않는 이상 땔감 걱정할 필요는 없잖아? 그리고 실질적으로 입은 피해는 미미해. 광목당의 지부가 사라진 것이 아니라 천변 계획을 위한 지부들만 없어진 거야. 지부의 복구 또한 어렵지 않아. 인터넷 시대란 말이야. 굳이 인력을 많이 써가면서 지부를 운영할 필요는 없단 말이지. 특수동만 복구된다면 손실은 그다지 큰 게 아니지. 게다가 오빠가 복귀하고 중점적으로 시행할 일이 뭐지? 천변 계획, 그거 지금처럼 광목당 안에서 실험적으로 운영하지 않고 천의 차원에서 본격적으로 가동할 거지? 칼 가는 동안 잠시 숙인다고 생각하면 그만인 거야."

노차신은 묵직하게 고개를 끄덕여 서문완영의 의견에 동의를 표했다. 서문완영의 판단은 늘 명쾌하다. 노차신과 서문영락은 물론, 서문재기까지도 결론을 쉽게 내릴 수 없는 문제에 당면하면 서문완영에게 의견을 구한다. 노차신은 서문완영이 여자로 태어난 것을 정말 다행으로 생각하고 있다.

서문영락도 고개를 끄덕였다.

"나도 그렇게 생각한다. 하지만 우리 중화인은 체면 빼면 시체 아니냐? 마냥 숙이기만 한다면 힘이 없어 그런다고 착각할 거다. 완영아! 국외 지부 모두 가동해서 이번 일에 가담한 용병 조직들 조사해 둬. 저쪽에서 끝났다고 생각했을 때 암전대를 투입한다. 한 놈도 빼놓지 말고 궤멸시켜 버릴 것이다. 함부로 건드릴 상대가 아님을 확인시켜 줄 것이다."

노챠신은 빙그레 미소 지었다. 어차피 세상을 활보하는 용병 조직들은 돈으로 움직인다. 계약 기간이 끝나거나 계약 사항을 완료한 시점이 되면 그때부터는 세이건의 수족이 아니다. 그때 괴멸시켜 버리면 세이건을 건드리는 것이 아니면서도 경고를 하는 모양새가 된다.

노챠신은 서문영락과 서문완영을 번갈아 바라보며 흐뭇한 미소를 지었다. 의좋은 남매다. 두 사람이 버티고 있는 이상, 물러나도 문제가 없다.

'그렇다면 내가 할 일은 젊은 녀석들 적당히 굴리면서 그 살수 놈을 잡는 일뿐인가? 그런데 적당히 굴리는 것도 쉬운 일은 아닐 것 같아 걱정이군. 상대가 상대인만큼 죽일 놈들을 따로 고른다는 것도 쉽지 않아. 아가씨한테는 미안하지만 살수 놈 잡는 게 우선이다. 젊은 녀석들은 나중에 따로 굴려도 괜찮아.'

※

매튜 세이건은 파일을 팽개치며 낮게 소리쳤다.

"성과가 겨우 이거야? 잔가지 친 것에 불과하잖아?"

적당한 선에서 그칠 것이라는 서문영락 등의 판단과는 달리, 매튜 세이건은 적당히 끝낼 생각이 없었다. 광목당의 뿌리를 뽑을 생각이다.

매튜 세이건의 차가운 목소리에도 불구하고 라미엘의 표정에는 변화가 없다. 그가 장단고저가 거의 느껴지지 않는 차분한 목소리로 말했다.

"아직 진행 중입니다만, 예상보다 조직의 규모가 크고 손대기도 껄끄러운 상댑니다."

라미엘의 손짓에 따라 소등되고 화면이 밝아졌다. 화면에 나타난 것은 지은 지 오래되지 않은 듯한 은빛 빌딩이다. 족히 사십 층은 넘어갈 고층 빌딩의 전면에 웨스트게이트 빌딩이라는 상호가 보인다.

"웨스트게이트? 홍콩인가?"

"그렇습니다. 그들의 자금을 추적하다 보니 그 끝에 웨스트게이트 그룹이 있었습니다. 직접 자금을 전달하는 방법이 아닌, 합법적인 무역을 통하여 상품을 공급하고 그 수익을 거점 운영비로 사용하게 한 모양입니다. 아시다시피 웨스트게이트 그룹은 88년 중국계 자금으로 설립된 기업으로, 아시아 특유의 문어발식 기업 확장을 해왔습니다. 97년 영국의 홍콩 반환 이후로 지금까지 급격한 성장세를 유지하고 있지요. 사회로 환원하는 기부금 액수나 세계 각지에 문을 연 보육원 등을 통해 상당히 좋은 평판을 가지고 있습니다. 기업 구성원들을 조사해 본 결과, 대다수가 홍콩에 거주하는 일반인들로 이루어져 있습니다."

"그래서 함부로 손을 못 댄다? 그래, 일반 기업을 대상으로 총질하기는 곤란하겠지. 바탕이 화교 자본이라 흔들기도 쉽지 않겠군. 장기적으로 가야 한다는 소린데……. 선민병원은 어떤가?"

"선민병원의 환자들 대다수가 중국 정부 고위 관료들과 그 친인척들, 그리고 부유층들입니다. 건드리게 되면 중국 정부와 마찰을 피할 수 없게 됩니다."

"그래서 결론이 뭐야? 이 매튜 세이건이 참아야 한다고? 딸을 죽인 놈들이 버젓이 활보하고 있는데 그냥 넘어가라고?"

라미엘이 손가락 튕겨 소리를 내자 화면이 넘어갔다. 군인형 머리카락의 중년인이다.

"웨스트게이트 그룹의 총수 서문영락이라는 잡니다. 중국 중앙군사위원회의 부주석이었던 서문창의 손자지요. 웨스트게이트 그룹이 세계 각지의 와이드 아이 지부에 자금을 전한 것으로 볼 때, 서문영락은 와이드 아이의 자금 지원책이거나 중심 인물일 수도 있습니다."

딱!

손가락 튕기는 소리를 신호로 다시 화면이 바뀌었다. 미로처럼 보이는 구조물인데, 그 화면의 구도가 공중에서 아래로 내려다보는 형국이다.

"위성 촬영한 영상입니다. 베이징에 위치한 전통 가옥들인데, 여러 채의 집을 하나로 묶은 모양입니다. 베이징 중심에서 멀지 않은 곳에 자리한 저러한 집들은 준문화재로 취급되어 상당히 비쌈에도 불구하고, 수십 채를 한 집처럼 쓴다는 것은 주인이 그만큼 영향력이 있다는 뜻이겠지요. 서문창을 떠올리지 않을 수 없는 대목입니다."

영상이 조금씩 클로즈업되어 가고 있다. 윤곽만 보이던 것에서 점차 줄어들어 점으로 보이던 것들이 벽을 통하여 이동하고 있다. 그리고 그 점들이 사람들로 변했고, 그 가운데 한 사람을 집중적으로 클로즈업했다.

일종의 오버 테크놀로지다. 현재 위성 카메라의 성능은 사람을 사람으로 인식할 정도로밖에 확대가 안 된다고 알려져 있다. 하지만 눈앞의 화면은 클로즈업된 인물이 누구인지까지 확인이 가능한 상태다. 구도가 안 좋아 화면 한 귀퉁이에 자료 화면이 떠 있지만, 두 개의 그림을 비교하면 그림 속의 인물들이 동일인임을 쉽게 알 수 있다.

"저자가 서문영락입니다. 저곳은 선민병원에 자주 드나들던 자들이 많이 거주하는 곳입니다. 와이드 아이의 본부거나 최소한 중요 거점은 된다는 게 분석팀의 판단입니다."

딱!

영상이 다시 바뀌었다. 서문영락이 들어간 집에서 벽을 두 번 건너뛴 집의 마당이다. 넓은 마당의 곳곳에 날렵하게 몸을 움직이는 일단의 무리가 보였다.

"건물 곳곳에 저런 자들이 상당히 많습니다. 와이드 아이의 조직원들로 짐작됩니다."

라미엘이 침묵 모드로 들어갔다. 매튜 세이건은 영상에 눈을 고정시킨 채 생각에 잠겼다.

"용병대 투입 가능한가?"

"자금성에서 5㎞ 떨어진 곳입니다. 베이징 한가운데나 마찬가지인 셈이지요. 쉬운 상대도 아니고 퇴로 확보 또한 쉽지 않은 만큼 선뜻 나서는 자들이 없을 겁니다."

"음! 현지에서 제대로 확인해 봐. 서문영락이라는 자와의 연관 관계를 확실히 파악하여 저자와 연결된 다른 조직이 있는지도 확인해. 자네가 말한 것들은 모두 짐작이잖아. 와이드 아이와의 연관성을 확실하게 파악해서 네 짐작이 들어맞는다면 어떠한 희생을 치르더라도 친다. 중국 조직들과의 연관성도 조사해. 서로 경쟁하는 관계라면 그놈들을 이용하는 것도 괜찮아. 선민병원도 가만히 놔둘 수 없어. 병원 관계자들도 조사해. 하나씩이라도 잡아들이란 말이야. 원장이나 이사장 정도면 놈들 실체에 대해서 좀 더 많은 걸 알 수 있겠지. 이 싸움은 와이드 아이와 관련된 자 모두를 지울 때까지 멈추지 않는다."

"시간이 조금 걸릴 것입니다."

"괜찮아. 시간이든 돈이든 얼마든지 써! 대신 오늘같이 불확실한 보고는 하지 마. 아! 웨스트게이트 그룹에서 주식이나 선물거래하는 놈들 몇 놈 포섭해 봐. 전문가들 뽑아 붙여줄 테니까, 협박을 하든지 매수를 하든지 동원 가능한 방법을 다 써서 거덜 내버려!"

라미엘이 고개를 숙였다.

"알겠습니다."

매튜 세이건은 그제야 눈을 감고 의자 깊숙이 몸을 묻었다.
라미엘이 말했다.
"주인님! 5시가 넘었습니다. 7시에 맨해튼에서 FRB 주주 모임이 있습니다만."
매튜 세이건은 눈을 감은 채 심드렁하게 말했다.
"아! 그거? 이라크 쪽 일 때문이겠지? 다 결정된 걸 가지고 떠들어봤자 뭐 하겠다고 모이자는 거야? 그따위 사교 모임에 참석할 정신없어. 사무엘에게 대신 참석하라고 하게."
라미엘은 조용히 고개를 숙이고 돌아섰다.
"아! 거기, 스토니 소렐도 참석한다든가?"
"예. 명단에는 올라 있습니다."
"연락하게. 모임 끝나고 따로 잠깐 보자고 해."
"그럼 직접 참석하시겠습니까?"
"아니. 따로 약속 잡게. 그쪽에서 정하는 곳으로 간다고 해."
라미엘은 다시 고개를 숙이고 어둠 속으로 사라졌다.

뜻밖으로 장소는 마제스틱 클럽으로 정해졌다. 매튜 세이건이 먼저 도착하고 스토니 소렐이 5분 뒤에 나타났다.
"매튜! 오랜만이군요."
마흔아홉의 스토니 소렐은 싱그러운 미소를 지으며 손을 내밀었다. 매튜 세이건의 피곤한 얼굴과는 대조적이다. 매튜 세이건이 그 손을 잡고 자리를 권했다.
"아직도 피곤해 보이시는군요. 뭐라 드릴 말씀이 없습니다."
매튜 세이건은 눈앞의 얄미운 중년인의 얼굴을 바라보며 쓴웃음을 지었다.

스토니 소렐.

대외적으로 흩어졌다고 알려진 소렐 가의 숨은 지배자이며 FRB의 상임 고문이다. 말이 고문이지, 매튜 세이건과 함께 실질적으로 FRB를 좌지우지하는 실력가다. 그 외에 프리메이슨과 연관되었다고 알려진 다수의 모임에서 매튜 세이건과 동등, 혹은 우월한 위치를 차지한 사람이면서 경쟁자이기도 하다.

"바브라가 아직도 가슴속에서 울고 있네. 잠이 오지 않아."

"어여쁜 아이였지요, 바브라는. 그 심정, 이해가 됩니다."

"스카치 하겠나?"

"온더록스로 부탁합니다."

매튜 세이건은 직접 미니 바로 가 스카치위스키에 얼음을 띄워 가지고 돌아왔다. 스토니 소렐은 잔을 받아 살짝 들어 감사의 표시를 하고 차가운 위스키로 입술을 적셨다. 그리고 잔을 탁자 위에 내려놓은 후 말했다.

"피곤해 보이시니 바로 본론으로 들어가지요. 무슨 일입니까?"

매튜 세이건은 스토니 소렐을 빤히 바라보다가 어렵게 입술을 뗐다.

"소렐 산하의 용병 그룹을 사용하고 싶네. 동의해 주겠는가?"

"이해할 수 없는 말씀이군요. 그들은 용병입니다. 의뢰하시면 그만인데 굳이 제게 부탁까지 하시는 이유가 뭡니까?"

"그들 대부분이 소모될지도 몰라."

소렐이 영향력을 행사할 수 있는 A급 용병 그룹은 모두 세 개다. 이름만 대면 그 세계에서 활동하는 모든 이들이 고개를 끄덕일 만한 용병 그룹들이다. 그들을 모두 소모할지도 모를 일이라면 전쟁밖에 없다.

스토니 소렐은 미간에 주름을 잡고 침묵 모드로 돌입했다. 매튜 세이건은 그 침묵을 방해하지 않았다. 돈 주면 고용할 수 있는 용병들을 굳이 협조 요청까지 해가면서 쓰겠다고 한 것은 의뢰의 위험성을 무시하고 무조건 받아들여 달라는 의미다. 결국 스토니 소렐에게 용병 회사 운영진의 반대를 잠재워 달라는 부탁을 한 것이다.

"알겠습니다. 대체 인력이야 지금도 군에서 계속 만들어내고 있으니 문제될 건 없지요. 당분간 매튜의 의뢰 외에는 받지 말라고 하지요. 단, 현재 의뢰 진행 중인 자들은 예외로 하겠습니다."

"고맙군."

"별말씀을. 계약서는 따로 보내라고 하겠습니다. 저한테 빚지시는 겁니다?"

"물론이네. 내가 어떤 사람인지는 자네가 더 잘 알지 않는가?"

두 사람이 웃으며 악수했다. 스토니 소렐은 미소 띤 얼굴로 잔을 비우고 자리에서 일어났다.

"신경 쓰시는 일 빨리 끝내고 편히 주무세요. 얼굴 보기 안쓰럽습니다."

"그러지. 고맙네."

스토니 소렐은 매튜 세이건을 남겨두고 방을 나섰다. 방문 앞에 대기하고 있던 두 명의 보디가드가 그의 뒤를 따랐다.

'저 양반, 정신이 한군데로 쏠려 있구먼. 중심을 잃었어. 우리 같은 사람이 잘하는 건 사람을 조종해서 필요할 때 총을 쏘게 만드는 것이지, 직접 총질을 하는 게 아닌데 뭐 하는 짓이야? 용병 따위를 얻어내려고 나를 직접 만나려 하다니. 직접 총질을 하다 보면 총 맞을 각오도 해야 한다는 걸 몰라? 서커스나 할 아이들 모아놓고 S포스인지 뭔지 만들었다고 하더니만 그걸 믿고 저러나? 이 기회에 좀 흔들어놓을 방법이 없을까? 연구해 보라고 해야겠어.'

음모론을 주장하는 사람들에 따르면, 스토니 소렐의 속마음과는 다르게 유대 자본 간의 연대는 탄탄하다. 음모론을 주장하는 사람들은 유대 자본들과 연관된 조직들 사이에 상하 구분이 분명하고 그 행동이 일사불란한 것처럼 묘사한다. 흔하게 드는 예가 유대인의 세계 지배를 위한 행동 강령인 '시온의 칙훈서'다. 스토니 소렐도 시온의 칙훈서가 성공과 지배권 강화를 위한 훌륭한 교범임을 부정하지 않는다. 그러나 그에게 있어 시온의 칙훈서가 가지는 의미는 수세기를 걸쳐 보완된, 유대인들의 성공적으로 살아남기 위한 교범일 뿐이다. 그 내용이 이제는 너무나 많이 알려져서 개도국이나 제3세계의 정치가들마저 교범으로 이용하고 있는 실정이다.

  탄탄한 연대와 상하가 분명한 명령 체계는 사실상 불가능하다. 인간이기 때문이다. 자식과도 나눌 수 없는 것이 권력이다. 정재계에서 막강한 힘을 발휘하는 권력자들이 사이좋게 공존한다는 것은 환상이다. 마키아벨리도 지적하지 않았던가, 권력자들 사이에서는 오직 힘에 의해서만 신의가 지켜진다고. 유대 조직들의 연대가 탄탄해 보이는 것은 세상이 넓은 만큼 나눠 먹을 것도 많은 탓이다. 그러나 그 같은 상황도 오래가지 못한다. 유대 자본이 세상을 지배하고 있다고 해도 과언이 아닌 상태다. 포화 상태가 되면 연대는 깨질 것이고, 그때가 오면 하나뿐인 왕좌를 차지하기 위해 서로 피 흘리며 싸우게 될 것이다.

  소렐 가는 음모론을 주장하는 사람들이 어둠의 황제라고 일컫는 로스차일드 가와 이미 한 번 부딪쳤다. 영국과 미국이라는 용병 국가들의 대리전을 통해 승리를 거둔 것이다. 그리고 이제 미국을 완전히 지배하기 위해 그동안의 동반자이면서 선의의 경쟁자이기도 했던 세이건 가를 겨냥하고 있다. 돈을 지배하는 자가 곧 세상을 지배한다. 세이건 가가 가진 것을 흡수할 수 있다면 소렐 가는 미국을 독점하게 될 것이다.

제2장
똥차에 제트엔진 달면 날 수 있을 것 같았어?

2001년 6월 21일.

삐꺽대던 톱니바퀴에 기름칠하듯 건조하던 북경에 비가 쏟아지고 있다. 사람들이 말하기를, 장마 같지 않은 장마가 시작된 것이란다. 뉘앙스로 봐서는 장마라고 해서 그다지 비가 많이 오지는 않는 모양이다.

임화평은 방문 앞에 서서 퍼붓듯이 쏟아지는 굵은 빗줄기를 바라보았다. 살수에게 비는 친구나 마찬가지다. 발소리를 죽여주고 종적을 감춰준다. 목표가 있다면 장마는 호기인 셈이다.

아쉽게도 현재의 임화평에게는 뒤를 쫓을 만한 사람이나 목표가 없다. 소빙빙은 죽었고, 우상은 찾을 길이 없다. 이제 그가 목표로 삼을 만한 사람은 변발을 한 노인과 군인 머리를 한 중년인뿐이다. 그러나 그들마저도 호동 근처에 머물지 않는 한 찾을 길이 없다.

오늘따라 비가 원망스럽다. 비만 아니라면 정처없이 북경을 싸돌아다닐 수는 있을 것이다. 우연히 소빙빙을 발견했듯이 노인이나 중년인을 볼 수 있을지도 모를 일이다.

"한국에 전화나 해볼까?"

비는 사람을 감상적으로 만드는 힘이 있다. 지금은 아무것도 하지 않는 시간. 한가로움을 틈타 억눌러두었던 감정들이 새어 나온다. 그를 좋은 사람으로 알고 기억해 주는 사람들의 목소리라도 듣고 싶어진다. 하지만 고개를 저을 수밖에 없다. 감정에 치우치면 실수하기 마련이다.

"하아!"

임화평은 깊은 한숨으로 격해지려는 감정을 다스렸다.

"이럴 때는 생각없이 몸을 움직이는 게 좋은데……."

폭우로 변해 버린 빗줄기를 마주하고 있다 보니 엄두가 나지 않는다. 좌공은 지난 이틀 동안 지겨울 정도로 했다. 육체적으로는 아무런 이상이 없음을 확인했다. 그리고 그동안 약간의 진전도 있었다. 수련이 아닌 실전을 통한 감각의 상승이다. 기대하지 않았는데 한 계단 올라선 것이다. 그 이상의 진전을 기대하는 수련이라면, 지금은 때가 아니다. 살기에 물든 현재의 정신 상태로는 진전을 기대하기보다는 현상 유지를 목표로 하는 것이 현실적이다.

톡!

임화평은 손가락을 뻗어 지붕에서 떨어지는 굵은 물방울 하나를 터뜨렸다.

톡! 토토토토토톡!

임화평의 손이 잔상을 남기면서 쉬지 않고 뻗어나갔다. 중지로 굵은 물방울을 터뜨리고 잘게 부서진 물방울들을 다시 터뜨렸다. 놀고 있던 왼손이 가세했다.

한동안 물방울을 가지고 장난을 치던 임화평은 쓴웃음을 지으며 돌아섰다. 그의 눈길이 위동금의 방을 스치듯 지나쳤다. 기척이 거의 느껴지지 않았다. 아직도 꿈나라에서 벗어나지 못하고 있는 모양이다.

'저녁에는 장 봐서 아파트나 가볼까? 이왕 이렇게 쉬게 된 것, 시간 내서 서천목산도 한번 다녀와야겠군.'

방으로 들어가 임초영이 준 CD 플레이어의 이어폰을 귀에 꽂고 침대 위에 누웠다. 한때는 좋아했다가 요즘은 싫어진 노래 타타타가 흘러나왔다. 임화평은 김국환의 목소리를 애써 흘려들으며 슬그머니 눈을 감았다.

외로움을 잘 참지 못해서 인간(人間)인가 보다. 아파트의 분위기는 의외로 밝다. 말이 잘 통하지 않아서 꼭 해야 할 말만 했는데, 영어가 가능한 사람이 세 사람이나 되다 보니 여자들 특유의 천성이 되살아난 모양이다.

마영정은 의외로 인텔리였다. 북경어문대학에서 영어를 전공하고 사성급 호텔 수도대주점의 비즈니스 센터에서 주임으로 근무했다. 진영영을 되찾아 삶에 대한 희망이 생긴 시점부터 그녀는 겉으로나마 활발해졌다. 오프라 주어도 영어가 가능하다 보니 아파트에서는 영어가 중국어만큼 흔하게 쓰이게 된 것이다.

생활환경도 활기를 불어넣는 데 한몫했다. 한국인 임대자를 겨냥하고 새로 지은 아파트다. 가장 반가운 것은 샤워를 마음 놓고 할 수 있게 되었다는 점이다. 그리고 편지로나마 가족들에게 안부를 전했다는 사실이 모나나와 오프라의 마음을 한결 편하게 만들어주었다. 그때부터 세 여인의 수다가 시작되었다. 함부로 나다니지 못하다 보니, 수다야말로 세 여인의 스트레스를 풀어주는 좋은 수단이 된 것이다. 화제도 많다. 동병상련을 느낄 만한 일을 당했고, 각기 다른 나라에서 살던 사람들이다. 수다의 주제를 정하면 밤을 셀 수 있을 정도의 이야기들이 흘러나왔다.
　물론 난관은 있었다. 위관성이 아닌, 진영영이 한때 문제가 되었다. 엄마를 찾고 보니 아빠가 보고 싶었던 것이다. 울고불고 난리가 났다가 위관성이 엄마가 보고 싶다며 울음을 터뜨린 통에 진영영의 떼 쓰기가 수면 아래로 가라앉았다. 그날 이후, 마영정은 아이들에게 다시 법륜공을 수련시키고 자신도 새로 시작했다. 그것이 그녀의 시한폭탄 같은 마음을 진화시키는 데 좋은 수단이 되어주고 있다.
　한동안 구경만 하던 오프라와 모나나도 미용과 건강에 좋다는 말에 혹해 정식으로 입문했다. 영어로 설명해 줄 강사가 생겼기 때문이다.

　지난번 메뉴에 난자완스와 칠리새우가 더해졌다. 임화평과 장바구니를 확인한 순간부터 눈을 반짝이던 진영영과 위관성은 올챙이배를 하고도 음식이 다 떨어질 때까지 물러나 앉지 않았고, 오프라 주어도 '드디어 중국 음식다운 음식을 먹어본다'며 왕성한 식욕을 자랑했다.
　식사를 끝냈을 때, 위관성과 진영영은 모나나에게 배웠다면서 사운드 오브 뮤직의 삽입곡인 도레미송과 에델바이스를 귀엽게 불러 임화평을 긴장시켰다. 아이들 재롱에 입가에 절로 미소가 배어 나와 그것을 참느라고 안간힘을 썼던 것이다.
　재롱 잔치가 끝나고 각자의 취향에 맞춰 티타임을 가지는 동안 늦은 저녁을 먹은 아이들은 얼마 버티지 못하고 잠들었다. 어느 틈엔가 임화평의 무릎을 차지하고 들러붙은 진영영은 임화평의 가슴에 기대어 침을 흘리고 있었다. 그때부터 세 여인과 두 남자는 아이들이 들을 필요가 없는 이야기들을 시작했다.
　임화평은 직접 할 수 있는 것들은 직접 말하고 복잡한 이야기는 마영정을 통하여 이야기를 진행했다. 마영정이 눈을 마주치지 않으려 해서 조금 곤란했지만, 그래도 그녀를 통하는 것이 짧은 영어를 쥐어짜는 것보다는 효율적이다.

"생각 밖으로 분위기가 밝아서 내 기분도 좋다. 속으로도 견딜 만한가?"
오프라 주어가 대답했다.
"좀 답답하긴 하지만 내 처지에 이만한 환경에서 생활하는 게 어딘가요? 그저 고마울 뿐이에요."
마영정의 대답도 마찬가지다. 정말 고마워서 어떻게 표현을 해야 할지 모르겠다는 심정이 말과 표정에 여실히 드러난다. 하지만 여전히 겁먹은 표정에서 벗어나지 못했다.
같은 내용의 말을 하는데도 모나나는 조금 다른 느낌이다. 바라보는 눈빛이 왠지 부담스럽다. 거침없이 살인하는 모습을 봐놓고도 임화평의 눈을 직시하는 그녀의 눈망울에는 한 점 두려움도 없다. 깊은 신뢰와 포근함이 어려 있다.
"아이들에게 영어 놀이를 가르치다 보니 그다지 답답하지 않아요. 요리하고 청소하니까 스트레스도 쌓이지 않네요. 차분히 기다릴게요. 저희 걱정은 하지 마세요. 그리고 언제 돌아가게 될지, 언제 당신의 일이 끝날지 모르겠지만, 그때가 되면 꼭 하와이로 와주면 좋겠어요. 가능할지 모르겠지만 당신에게 평안을 주고 싶어요."
차갑게 느껴져야 마땅한 바닷빛 눈동자에 지나치게 따사로운 기운이 어려 있다. 완숙해진 봄날의 아침 햇살 같은 눈빛이다. 어둠 속에서 살아야 하는 임화평에게는 부담스럽기 그지없는 눈빛이다. 칼같이 갈아놓은 마음이 저절로 무뎌지는 느낌이다.
임화평은 시선을 자연스럽게 오프라에게로 옮겼다.

"그렇게 말해줘서 고맙다. 그런데 그전에 당신들이 먼저 돌아가야 한다. 솔직히 어떻게 해야 할지 모르겠다. 모나나와 오프라를 노린 자들은 분명히 한 명의 환자를 위해 그 일을 했다. 그 사람이 죽으면 조금은 더 안전해질 거라고 생각하지만, 우리 입장에서 그 사람이 죽었다는 것을 확인하기는 어렵다. 그리고 그 사람이 죽었다고 완전히 마음을 놓을 수가 없다. 당신들을 데려온 나를 원망하고 나를 찾기 위해 당신들을 위협할지도 모르겠다. 미처 생각지 못했는데, 내가 복수하는 입장이다 보니 문득 그런 생각이 들었다. 나야 숨어버리면 되는데, 당신들은 돌아가도 안전하지가 않을 것 같다. 어떻게 해야 하나?"

모나나와 오프라는 물론 마영정까지 충격을 받은 모양이다. 한동안 말을 뱉지 못했다. 임화평의 생각이 기우가 아니라고 생각한 탓이다. 상대는 납치와 장기 밀매를 서슴지 않을 정도로 도덕성이 희박한 사람이면서 동시에 힘이 있는 사람이다. 그런 사람의 행동 방식을 상식적으로 이해하기는 어렵다. 임화평의 걱정은 충분히 실현 가능한 문제다.

모나나와 오프라와는 달리, 마영정의 걱정은 두 사람이 상대의 손아귀에 들어갔을 때부터 생길 수 있는 일과 관련되어 있다.

마영정은 그녀가 당했던 일들에 대해서 지금껏 함구해 왔다. 너무나 고통스럽고 너무나 수치스러워서 언급할 수가 없었다.

4년 전, 잔병치레가 많아 여름에도 감기를 달고 살고 비염 때문에 코로 숨을 쉬지 못했던 마영정은 위동금의 어머니에게 법륜대법을 소개받아 건강하고 활기찬 삶을 살게 되었다. 스트레스가 사라져 입가에는 늘 미소가 감돌고 피부도 팽팽해져 자신감이 살아났다. 부부 관계는 돈독해지고 가정생활도 기쁨으로 충만했다.

호텔에서 근무하던 중에 갑작스레 사복 경찰에게 끌려갔다. 사실 그때까지만 해도 별달리 걱정하지 않았다. 공안이 무서웠지만, 죄를 지은 적이 없기 때문에 곧 풀려날 것이라고 확신하고 있었다. 그러나 그녀는 예상과 달리 어딘지도 모르는 수용소로 끌려갔다. 같은 창살 방에 갇힌 사람들 모두가 그녀와 비슷한 처지였다.

그날 밤 그녀는 자신이 지옥에 떨어졌다는 것을 알아차렸다. 끝도 없이 이어지는 비명 소리와 신음 소리. 만신창이가 되어 돌아온 방 동료들. 그들은 욕창이 생기고 뼈가 부러지고 살이 썩어 들어가는 상태로 방치되었다.

다음날부터 그녀에게도 지옥의 형벌이 시작되었다. 형식적인 취조가 끝나자마자 고문이 시작되었다. 첫날은 더러운 시궁창 물에 가두는 물고문이었다. 전기 충격봉으로 살을 지지는 전기 쇼크 고문에, 상반신을 접어놓고 등에 판자를 올려 짓밟는 고문이 행해지고, 다시 구타가 이어졌다.

첫날 법륜대법은 그저 건강을 위한 좋은 수련법이라서 익혔던 것뿐이라는 말을 했던 마영정은 두 번째 날부터 무조건 잘못했다는 말만 되풀이했다. 무릎을 꿇고 손을 비비며 나라에서 익히지 말라면 익히지 않겠다고 소리쳤다.

고문의 강도가 약해졌다. 하지만 일시적인 것이었다. 정신을 개조해야 한다며 다섯 명의 사복 경찰이 윤간하기 시작했다. 십여 명의 공안들에게 사흘간 연이어 윤간당해 미치기 일보 직전에까지 이르렀다. 만약 진영영의 얼굴을 떠올리지 않았다면 정신을 놓아버렸을 것이다. 하지만 그것도 한계에 부딪쳤다. 바로 그때쯤 극적으로 그녀에게 가해졌던 갖은 고문들이 갑작스럽게 멈춰졌다.

방이 바뀌었다. 상대적으로 깨끗하고, 고문으로 인한 비명과 울음소리도 들리지 않는 방이었다. 그녀의 또래나 더 젊은 여자들이 그 방에 모였고, 그 후로 대우가 달라졌다. 의사들이 상처를 치료해 주고 강제로 운동을 시키고 음식도 좋아졌다.

곧 나갈 수 있을 거라는 기대감에 정신이 오락가락하는 중에서도 포기하지 않을 수 있었다. 하지만 그 기대도 무너졌다. 고문에서만 제외됐을 뿐, 감방 생활은 계속되었다. 한 달이 지나고 반년이 지났다. 삶을 포기하지 못하게 만들었던 최후의 보루, 진영영의 얼굴마저 가물거리면서 그녀의 정신이 조금씩 붕괴되어 가고 있었다.

그때 다시 이동이 있었다. 밖이 보이지 않는 대형 버스에 실려 두 시간 정도 이동한 후에 도착한 곳은 드라마에서 보았던 정신병원 비슷한 곳이었다. 무표정한 의사들과 간호사들이 그녀를 이리저리 끌고 다니며 여러 가지 검사를 거듭했다. 그 후로 다시 수감 생활이 시작되었다. 수용 시설이나 먹거리는 옛 수용소와 비교도 안 될 만큼 개선되었지만 옴짝달싹할 수 없는 감옥 생활이라는 것은 마찬가지였다. 거기서 보낸 시간이 삼 개월 남짓. 그리고 최근에야 작은 밴에 실려 또다시 이동한 곳이 선민병원이었다.

마영정은 모나나와 오프라를 바라보며 진저리쳤다.

'이들은 못 견딜 거야. 못 가게 해야 돼.'

마영정은 모나나와 오프라가 자신이 겪었던 고문 가운데 단 한 가지도 견디지 못할 것이라고 생각했다. 그녀가 경험해 보지 못한, 특히 나이 든 사람들에게 가해졌던, 인간성을 철저히 파괴했던 그 고문들을 보기만 해도 입을 열 것이라고 확신했다. 그녀들이 잡히면 곧 자신과 아이들의 거처 또한 드러날 것이다.

마영정은 임화평을 흘끔거렸다. 솔직히 눈조차 마주치기 두렵다. 그가 사람을 죽이는 모습을 봐서가 아니라 그녀를 강간했던 대부분의 남자들과 비슷한 나이의 중년 남자이기 때문이다. 그나마 근처에 앉아 있을 수 있는 까닭은 지옥에서 탈출시켜 준 남자이기 때문이 아니라 스스로 거리를 두려는 것처럼 느껴지는 차갑고 이성적인 눈 때문이다.

마영정은 결심을 굳히고 그나마 편하게 바라볼 수 있는 유일한 성인 남자 위동금을 향해 말했다.

"동금아! 아이들 잘 자는지 좀 보고 올래? 아니야. 방에 좀 들어가 줄래? 내가 할 말이 있어. 근데 너는 안 들었으면 좋겠다."

위동금은 두 눈에 의혹을 담고 마영정을 바라보았다. 마영정은 위동금의 시선을 외면했다. 굳게 다문 두 입술이 파르르 떨리고 있다. 위동금은 쉽게 자리를 뜨지 못했다. 누가 뭐라고 해도 함께 있는 사람들 가운데 그가 그녀에게 가장 가까운 사람이다. 그런 그에게 말하지 못하고 다른 사람에게는 말할 수 있는 내용이 뭔지 알고 싶었다. 그 이야기가 부모님과 연관된 것이라면 그도 들을 자격이 있다고 생각했다.

임화평은 마영정의 상태를 살피고 위동금에게 눈짓했다. 위동금은 마지못해 일어나서 방으로 들어갔다. 임화평이 자신을 대하는 방식을 잘 알고 있기 때문에 저항하지 않았다. 듣기 괴로운 일이라도 감당할 수 있다고 판단하면 알려줄 것임을 알고 있는 것이다.

마영정은 탁자를 떠나서 물을 한 컵 가득 마시고 자리에 앉았다. 심호흡한 후에 눈을 모나나와 오프라에게 고정시켜 두고 마침내 이야기가 시작되었다.

"…그렇게 된 거예요. 만약 하루만, 하루만 더 그 수용소에 있었다면 나도 다른 사람들과 마찬가지로 미쳐 버렸겠지요. 모나나, 그리고 오프라, 부탁드려요. 정말 안전하다고 생각될 때까지는 제발 함께 있어주세요. 제발요!"

모나나와 오프라는 바르르 떨리는 마영정의 좌우에서 그녀의 손 한쪽씩을 나누어 쥐고 등을 쓰다듬어 주었다. 행동으로 위로하면서도 두 사람 역시 전율을 금치 못했다. 들어보니 인간이 어디까지 악해질 수 있는지에 대한 답을 보여주는 만행이다. 두 사람은 마영정이 당한 고문들이 그나마 다른 사람들에게 행해진 것들보다 강도가 약한 것들이라는 사실에 진저리칠 수밖에 없었다.

임화평은 그녀가 왜 자신의 얼굴을 똑바로 바라보지 못하는지에 대한 해답을 그녀의 이야기 속에서 찾아냈다. 안쓰러웠지만 섣불리 동정심을 드러내지 않았다. 평범한 여자가 견디기는 힘든 고문이지만, 임화평의 입장에서는 그다지 강도가 센 정도는 아니다.

임화평 같은 사람에게 잡혀 고문을 당한다는 것은 결국 죽는다는 것을 의미한다. 죽기 전에 원하는 것을 듣기만 하면 되기 때문에 고문의 강도는 상상하기 어렵다.

원래 고문이란 육체에 고통을 가하여 정신을 붕괴시키는 행위다. 육체적 고통과 비밀을 지키려는 이성의 충돌이다. 고통이 가중되면 이성은 허물어지고 결국 죽음을 통해 고통에서 해방되려는 욕구만이 남는다. 임화평이 하는 고문은 피고문자의 죽음을 기정사실화시켜 놓고 시작한다. 고문의 강도는 강할 수밖에 없다.

임화평은 동정심이 엿보이지 않도록 냉정하게 말했다. 마영정이 통역할 상태가 아니라서 다시 영어를 썼다.

"당신은 좋은 상품으로 선택됐다. 건강해야 장기도 건강하다. 그래서 정도가 약했을 거다. 그리고 모나나와 오프라가 가려면 먼저 누가 그랬는지 알아야 한다. 그전엔 못 간다. 두려워하지 마라."

모나나는 임화평을 바라보았다. 사실 아무런 상관도 없는 사람이다. 복수만 생각해도 시간이 모자랄 사람인데, 생판 처음 보는 그녀는 물론 오프라와 마영정 가족을 거두어 보살펴 주고 있다. 아파트도 그렇고, 생활비만 따져도 적지 않은 돈이 들 것이다. 그럼에도 불구하고 싫은 내색 한 번 하지 않는다. 사람을 고문하고 죽였다는 것을 알면서도 도저히 싫어할 수 없는 사람이다. 그저 고마울 뿐이다. 모나나는 부드럽게 미소를 지어 보이고 다시 마영정을 다독였다.

임화평은 모나나의 미소를 어색하게 받으며 소리없이 한숨을 내쉬었다. 나이 든 사람들에게 오히려 혹독했다는 마영정의 말대로라면 위동금의 부모는 살아 있다고 보기 어려웠다. 젊고 건강한 장기 제공자들이 많으니 나이든 사람들을 싸구려 장난감처럼 취급했을 것이다.

'지금의 삶은 생활이라고 볼 수 없다. 생존해 나간다고 봐야지. 아이들에게도 미래가 없다는 의미겠지. 결국 외국으로 빼돌려야 한다는 것인데, 망명 같은 게 가능할까? 하아! 답답하군. 내 앞가림도 제대로 못하는데, 곤란해.'

2001년 7월 2일.

공항을 빠져나온 마종도는 한국에서 그를 수행했던 열한 명의 사내에게 짧은 휴가를 주고 곧바로 차에 올랐다.

"이 날씨, 정말 환장하겠군."

마종도는 넥타이를 풀고 와이셔츠 단추 두 개를 푼 후 에어컨의 냉기로 끈적끈적한 몸을 식혔다. 전신에 느껴지는 불쾌감이 가시자 차창을 통하여 하늘을 올려다보았다. 오랜만에 보는 파란 하늘이다. 그가 한국으로 떠나던 날에 비가 왔고, 한국에 있는 동안에도 줄곧 비가 내렸다. 아직 한국은 장마 기간이지만 북경은 끝난 모양이다.

"눅눅해도 장마가 낫지. 에휴! 정말 덥구먼."

하늘에서 눈을 뗀 마종도는 가방을 열어 두꺼운 파일을 꺼냈다. 한국에서 수집한 정보들이다. 노차신이 그에게 따로 생각을 정리할 시간을 주지 않을 것임을 잘 아는 터라 다시 한 번 보고할 내용을 머릿속에 정리하려는 것이다.

서류를 한 장 한 장 넘기며 보고할 내용을 정리한 후 마종도는 한숨을 내쉬었다. 청부 의뢰자를 데리고 오라는 노차신의 명령을 그대로 이행하지는 못했다. 여기저기 기웃거려 정보 쪼가리들을 모아오기는 했는데, 그것으로 만족할지 걱정이 태산이다.

"후우! 이걸로 될라나?"

30분 후, 마종도는 노차신을 만났다. 파일을 건네고 간단하게 브리핑했다. 예상외로 노차신은 화를 내는 대신 고개를 끄덕였다.

"수고했다. 만족스럽진 않지만, 이 정도면 넘어가 줄 만하구나."

마종도는 차갑게 미소 짓는 노차신을 남겨두고 방을 빠져나왔다. 홀로 남은 노차신은 그제야 파일을 열어 차분히 읽기 시작했다. 30여 분 후 파일을 닫은 노차신은 손가락으로 탁자를 두드리며 고개를 끄덕였다.

"다른 놈들과 달리 소빙빙은 심하게 고문받았어. 시신을 불태운 것은 그것을 감추려는 의도였겠지. 하와이 계집은 덤이었던가? 호텔에서도 석명지로 화한 놈이 나타났으니, 결국 그놈이 그놈이라는 말이지. 그놈 참, 역용술이 경지에 달했나 보군. 어쨌든 그놈만 잡으면 다 잡는 셈이 되는 건가? 이렇게 되면 한결 쉬워지겠군."

⚜

7박 8일의 절강성 여행을 마치고 돌아온 임화평을 맞이한 것은 한 통의 편지였다. 임화평은 그것을 앞에 두고 눈살을 찌푸렸다. 발신인은 황윤길이고, 내용은 전화해 달라는 것이 전부다.

"찾은 건가?"

임화평은 편지를 소각해 버리고 곧바로 시내로 나가 호텔에서 황윤길에게로 전화를 걸었다.

"오랜만이야. 잘 지냈나? 나? 잘 지내지. 내 일? 음! 반쯤? 지금은 좀 막막한 상황이야. 하지만 언젠가는 찾게 되겠지. 그런데 왜? 찾았다고? 잠깐만!"

임화평은 수첩과 볼펜을 꺼내 불러주는 대로 받아 적었다. 적은 것을 다시 읽어 틀린 점이 없음을 확인한 후 물었다.

"용하네. 쉽지 않았을 텐데 어떻게 찾았어? 고문 변호사와의 통화? 재산을 스위스로? 쯧! 엿듣는 게 버릇됐구나. 대상이 내가 아니라면 상관할 일은 아니지. 일단 알았어. 잘됐네. 약속은 반드시 지킨다. 하지만 언제 처리할지는 나도 장담 못해. 내 눈으로 현장 확인도 해야 되고 거기에 맞춰 준비도 해야 돼. 뭐, 처리하고 나서 연락하지. 이제 편지 같은 거 보내지 마. 뭐? 경호원으로 보이는 자만 넷? 더 있을 수도 있다? 걱정해 줘서 고맙군. 조심하지. 그럼!"

임화평은 집으로 바로 돌아가지 않고 위동금에게 전화하여 아파트로 가지 말고 잠적하라고 지시했다. 그날부터 사흘 동안 집 주변을 샅샅이 훑었다. 근거리, 원거리 그 어디에도 감시의 눈이라고 할 만한 것은 없었다. 그럼에도 불구하고 임화평은 집으로 돌아가지 않고 그대로 잠적했다.

⚜

차수경은 의외로 북경에서 멀지 않은 곳에 있었다.

북경 시내에서 남쪽으로 30km 정도 떨어진 영정하변 석불사 근처에 미국 드라마에서나 볼 수 있었던 그림 같은 별장 단지가 있다. 산이라고 부르기 초라한, 완만한 구릉을 등지고 아홉 개의 별장이 강변을 따라 늘어서 있는데 별장 하나하나가 차수경의 영평 별장 서너 배씩은 될 듯하다. 각 별장의 영역을 구분하는 경계물은 없지만 아홉 개의 별장 전체를 감싸는 담은 있다. 각각의 별장 사이도 100m 가까운 거리가 있어 굳이 담이 아니더라도 별장에 머무는 사람들의 프라이버시를 지키기에는 문제가 없어 보인다.

차수경은 별장의 이층 창문을 통해 별장 입구에서 100m 정도 떨어진 영정하를 바라보았다. 양평 별장의 강물처럼 수영을 할 정도로 깨끗해 보이지는 않지만 눈살을 찌푸릴 만큼 냄새가 나거나 더럽지도 않다. 강폭이 40m 정도 되어 보이는데, 가끔 강 건너편에 낚시꾼들이 보이는 걸 보면 먹을 수 있을 정도의 물고기가 사는가 보다. 말 그대로 한가로운 전원 풍경이다.

"하아! 답답해!"

생활환경은 나쁘지 않다. 주변 풍광도 양평에 못지않을 만큼 평화롭고 한적하다. 한국말을 하는 가사 도우미에 꽤 괜찮은 실력을 지닌 요리사가 있고 다섯 명의 보디가드도 상주한다. 보디가드만 제외한다면, 바쁜 삶을 사는 현대인들 누구라도 꿈꿀 만한 환경이다. 하지만 오랜 칩거 생활을 해 왔던 차수경으로서는 답답하기 그지없다.

건강은 이미 되찾았다. 집 주변을 몇 바퀴 도는 정도라면 심장에 아무런 무리도 되지 않는다. 심장에 큰 부담을 주는 섹스조차 문제없다. 젊은 보디가드의 격렬한 몸짓을 능동적으로 받아들여 쾌락을 취할 수 있을 정도다. 이제 그녀에게 단 한 가지 모자란 것은 자유뿐이다. 은둔 생활을 하기에는 어울리지 않는 성격의 그녀가 건강을 되찾고도 마음대로 나다니지 못하니 답답할 수밖에 없다.

"이것이 딸자식을 잡아먹은 업보라면 감당해야지. 하지만 이 생활도 얼마 남지 않았어."

건강을 되찾고 가진 것을 향유하며 화려하게 정계에 복귀하는 것이 그녀의 계획이었다. 그러나 이제 한국에 돌아가기는 어렵게 되었다. 사위 유현조가 살아서 돌아오지 않는 이상, 유태성에게서 안전을 구한다는 것은 어려운 일이다. 그의 성격을 잘 안다. 죽인다고 했던 말은 한순간 울컥해서 그냥 한 말이 아니다. 실행에 옮길 것이다. 결국 화려한 삶으로 돌아간다는 계획은 포기해야 한다. 차선이라면 누구에게도 위협받지 않는 자유로운 삶 정도다.

다행히 광목당은 중국인답지 않게 신의가 있다. 사실 차수경은 끈 떨어진 연 신세다. 가진 것이라고는 급하게 챙긴 보석 몇 개와 비자도 없는 여권이 전부다. 중국에서는 전 국회의원이라는 신분도 쓸모없다. 죽여서 파묻어 버려도 문제될 게 없는 사람이다. 그럼에도 불구하고 정중하게 대우해 주고 있다. 고장 난 상품에 대한 애프터서비스 정도로 받아들이고 있지만 가슴 한구석에 불안감이 가득하다. 다행스럽게도 최근에 광목당은 자유로운 삶을 최종 보상책으로 제시했고, 차수경은 받아들였다. 새로운 신분과 새로운 얼굴을 얻게 될 것이다. 그때까지의 비용과 편의는 모두 광목당에서 제공하기로 했다.

원래의 계획에 따르면 열흘 전에 수술에 들어갔어야 했다. 그런데 병원에 큰 불이 나 예정일이 늦춰졌다. 화가 났지만 주치의 우상까지 죽을 만큼 큰불이 났다고 하니 참을 수밖에 없다.

다음 예정일은 한 달 후다. 그동안 차수경은 그녀의 이름으로 된 재산을 처분하여 스위스 은행에 넣어둘 생각이다. 현재 거액의 사례를 약속받은 고문 변호사를 통하여 진행 중에 있다. 수술이 끝나고 나면 스위스로 가서 새로운 삶을 살 생각이다. 충분한 돈과 10년은 젊어진 얼굴이 새 삶에 활력을 줄 수 있을 것이다.

"그래, 서너 달 정도야 못 참겠어? 다시 결혼을 해도 될 거야. 수술하고 나면 마흔넷이라고 해도 믿겠지? 40대 스위스인 남편도 괜찮을 거야. 그렇게 하면 한국으로 다시 들어가는 것도 문제없겠지? 아니야. 차라리 이창을 데려가는 게 어떨까?"

서이창은 그녀의 보디가드들 가운데 하나다. 그러나 그의 진정한 신분은 광목당이 제공한 마사지사면서 섹스 파트너다. 아직 20대인지라 종마처럼 힘이 좋고, 물건도 뿌듯하다고 할 만큼 실하다. 섹스 파트너로 지목된 만큼 외모도 빠지지 않는다. 호스트바의 남창이나 제비들처럼 속 보이는 행동도 하지 않고 임무에 충실하다. 서이창의 육체에 맛을 들인 차수경이 40대 후반, 혹은 50대의 사내에게 만족하기란 쉽지 않을 것이다.

"아니야. 비밀을 알고 있는 녀석과 같이 살 수는 없지. 상속자 없는 부자라는 것을 알게 되면 욕심을 부릴지도 몰라. 위험해. 자유롭게 사는 거야."

서이창을 생각하자 사타구니 사이가 달아올랐다. 건강을 회복하자 그동안 묵혀두었던 욕정이 거센 파도처럼 몰려왔다. 차수경은 탁자 위의 식은 차를 벌컥 마시고 육체적 욕구를 가라앉혔다. 이제 겨우 아침 9시다. 엊저녁에 달구어놓은 침대의 열기가 아직 식지도 않았는데 다시 눈치를 주면 그 짓만 생각하는 색녀로 취급받을 것이다.

차수경은 방을 나가 전용 트레이닝 룸으로 향했다. 한 번 건강을 잃은 적이 있는 그녀는 건강이 그 무엇보다도 중요하다는 사실을 잘 알고 있다. 미래를 생각하면 몸매 관리도 충실히 해두어야 한다.

차수경은 트레이닝 룸의 한쪽 벽을 차지한 전면 거울에 비치는 전신을 살폈다. 그동안의 무리 없는 운동과 보양식, 그리고 약물의 힘으로 창백하던 살결은 제 색을 되찾았고, 삐쩍 말라 버렸던 몸은 보기 좋을 만큼의 살이 붙었다. 신경질적이게 보이던 얼굴에도 살이 올라 봐줄 만하다. 제대로 화장을 하면 다시 부인을 찾는 부자 홀아비 정도는 충분히 녹일 수 있을 것이다. 불만이 있다면 처진 가슴과 탄력을 잃은 피부 정도다.

"한국이 그리워. 그곳이라면 30대의 팽팽한 피부도 어렵지 않게 되찾을 수 있을 텐데."

얼굴을 바꾸면서 가슴도 손볼 생각이다. 중국의 성형 기술은 믿지 못하지만, 죽어버렸다는 우상의 실력만큼은 신뢰하고 있다. 느끼지도 못할 만큼 조용하면서도 활기차게 움직이는 심장이 그 실력을 대변해 준다. 광목당에는 그 우상의 기술에 못지않은 성형외과 의사들이 포진해 있다고 했다. 그 결과물을 샘플로 보고 성형에 대한 상담도 끝낸 상태다. 하지만 50대 중반의 피부만큼은 크게 개선될 여지가 없다. 노력하면 조금이야 나아지겠지만 호들갑을 떨 만큼은 아닐 것이다. 한국이라면 다르다. 미용과 성형에 관한 한, 한국의 기술 발전은 놀라울 정도다. 이제는 돈으로 젊음을 살 수 있을 정도에 이르렀다. 차수경은 오른손으로 거친 느낌의 왼팔을 쓰다듬으며 한숨을 내쉬었다.

❦

새벽 3시 30분. 임화평은 옷을 다 벗어 가방에 넣고 검은색 수영복만 걸친 채 차 트렁크에서 검은색 배낭을 꺼내 등에 짊어졌다.

"됐다. 가라. 5시까지 도착하지 않으면 먼저 가. 낮에 말했던 곳에 가방만 숨겨두고 일단 석불사로 자리를 옮겨. 아침 7시까지 연락이 없으면 공용

똥차에 제트엔진 달면 날 수 있을 것 같았어?

주차장에 차를 버리고 빈관에 들어가 며칠 동안 나오지 마라. 안전하다고 느껴질 때까지 아파트로도 가지 마. 알았어?"

위동금은 대답하지 않았다. 그저 안타까운 눈빛으로 바라볼 뿐이다. 어떻게든 돕고 싶다는 무언의 요구다.

"만약을 대비하는 것뿐이야. 별일없을 거다. 이 아저씨, 네가 생각하는 것보다 훨씬 더 고수다. 걱정하지 말고 가."

위동금은 무겁게 고개를 끄덕이고 운전석에 앉았다. 임화평은 시동을 거는 위동금의 옆얼굴을 안쓰러움을 담은 눈빛으로 바라보았다. 생활의 안정을 찾으면서 처음 만났을 때의 그 음울함을 털어버리고 약관의 나이에 어울리는 밝은 눈빛을 되찾았다. 그 눈빛이 다시 어두워졌다. 마영정을 만나 그녀가 겪은 일들의 대강을 알게 된 후부터다. 그 눈빛은 부모의 생사가 확인되는 그 순간까지는 결코 변하지 않을 것이다.

'하! 녀석이 나를 곤란하게 만드는구나. 정신 차려, 임화평!'

차가 떠나가는 순간 임화평의 눈빛은 차갑게 식었다. 차가 완전히 사라진 후에 조심스럽게 영정하에 몸을 담았다. 물은 그다지 차갑게 느껴지지 않았다. 파문을 최대한 줄이며 물속으로 스며들어 흐름에 몸을 맡기면서 강물을 가로질렀다.

500m 정도를 떠내려 와서 도달한 곳은 별장 단지에 설치된 세 군데 보트 계류장 가운데 두 번째다. 그곳에서 차수경이 머무는 별장까지는 100m 정도의 잔디밭이 조성되어 있을 뿐이다.

빈 보트에 올라 누운 채로 배낭을 열었다. 꽉 묶인 비닐 봉투를 풀어 검은색으로 전신을 도배했다. 신축성있는 검은 티와 검은 등산 바지, 그리고 검은색 면장갑과 검은색 운동화를 신었다. 마지막으로 검은색 손수건을 꺼내 눈 아래를 감췄다. 또 다른 비닐 봉투에서 삼단봉 홀더를 꺼내 착용하고 손가방 모양의 작은 가죽 가방을 꺼내 허리 벨트에 찼다. 두꺼운 소가죽으로 각을 세워 만든 가죽 가방은 자석으로 만든 똑딱이 하나로 열리는 간단한 구조의 가방이다.

시계를 보았다. 3시 45분이다. 만 이틀 동안 확인한 바대로라면 5분 전쯤에 단지 전체를 경비하는 경비원 두 사람이 경비견과 함께 앞을 지나쳤을 것이다. 그들이 다시 앞을 지나치는 건 25분 후다. 그들에게 발각되지 않는다면 그가 감당해야 할 경호원은 다섯에서 여섯 정도다. 물론 이틀 동안 집 밖으로 나오지 않은 경호원이 없다는 전제하에 내린 판단이다. 다섯인지 여섯인지를 정확히 알지 못하는 것은 이틀 동안 출퇴근하던 사내의 퇴근을 확인하지 못했기 때문이다. 그리고 차수경으로 짐작되는 여자 외에 또 다른 여자가 하나 있다. 가정부 정도로 판단했지만, 아닐 수도 있다.

문제는 집 안으로의 침투 방법이다. 별장의 뒤쪽 구조에 대해서는 아는 것이 없다. 경비 방식에 대해서도 아는 것이 없다. 유현조의 집을 떠올려서 미루어 짐작할 뿐이다.

임화평은 5분을 더 기다렸다. 그리고 보트에서 벗어나 땅을 밟았다. 낮은 포복을 하여 잔디 위를 **빠른** 속도로 가로질렀다. 어둠 속에서 꿈틀거리는 검은 덩어리 하나, 근처에서 자세히 살피지 않으면 알아볼 수 없을 정도로 은밀하면서도 **빠른** 움직임이다. 감시 카메라의 설치 유무를 확인하며 차수경이 머무는 별장의 좌측면에 붙었다.

바닥에 등을 댄 상태로 이층 별장의 경사진 지붕 아래를 유심하게 살폈다. 전체 경비들이 있기 때문인지 개별 감시 카메라나 적외선 감지기의 존재는 보이지 않았다. 조심스럽게 일어나 집 주변을 돌았다. 뒤쪽에서 불 꺼진 격자 무늬의 창문을 들여다보았다. 어둠 속에서 어렴풋이 보이는 것들은 그에게 익숙한 것들이다. 주방이다.

주방 바깥에서 불빛이 보이는데 그 빛의 색상과 강도가 계속해서 변한다. 낯설지 않은 불빛이다. 전등 불빛이 아닌 TV에서 나오는 불빛일 것이다. 기감을 돋워 창문 안쪽의 상황을 살폈다. 일단 느껴지는 것은 두 사람이다. 청각을 극대화했다. 약간은 들뜬 두 사람의 호흡 소리와 낮고 끈적끈적한 신음 소리가 들려왔다. 보통 사람이라면 주방 안에서도 쉽게 알아차릴 수 없는 낮은 소리들이다.

'주방 바깥이라면 보통은 거실일 텐데, 그런 곳에서 정사를 벌이지는 않을 것이고. 야한 영화?'

임화평은 배낭의 옆 주머니에서 청테이프를 꺼냈다. 테이프를 여섯 개로 나뉜 창틀 가운데 가장 아래쪽 유리창 위에 이어 붙이고 왼손 중지로 유리창을 지그시 눌러 테두리에 금을 긋듯 한 바퀴 돌렸다.

똑!

유리창이 예쁘게 떨어져 나왔다. 혹시라도 움직임이 있을까 봐 20초 정도를 기다렸다. 신음 소리 대신 영어처럼 느껴지는 두 개의 목소리가 들렸다. 정사 장면이 지나가고 의미없는 대사가 오가는 모양이다.

임화평은 유리창 안으로 손을 넣어 창틀 아래쪽과 좌우를 더듬었다. 영화에서처럼 경보기 같은 것이 설치되어 있는지 확인한 것이다.

'없어? 너무 허술하잖아. 외곽 경비와 보디가드들을 믿는다는 건가?'

긴장감이 등줄기를 타고 올라가 머리카락을 쭈뼛거리게 만들었다. 일이 쉬우면 쉬울수록 좋은 건 당연하다. 하지만 경계가 최소한의 정도에도 미치지 못하면 말이 달라진다. 예상 가능한 이유는 두 가지. 방심이 아니면 함정이다.

차수경이 중국에 온 지도 석 달이 훌쩍 넘었다. 그녀를 노리는 사람은 현승과 임화평뿐이다. 그동안 무탈하게 지냈다는 뜻이다. 한적한 장소에서 특별한 변화없이 보낸 석 달이라면 차수경과 경호원들 모두 마음이 해이해질 만한 충분한 시간이다.

'함정? 함정을 판다면 왜 현승을 통하나? 현승을 얼굴없는 살수의 배후로 지목하긴 어려울 텐데? 차수경이 중간에서 농간을 부린 건가? 아니면 현승과의 협상? 그것도 아니야. 놈들에게 사람이 없는 것도 아니고, 집을 가르쳐 주면 그만 아닌가? 굳이 여기까지 끌어들일 필요가 있나?

이성은 물러서라 하는데 감성은 달랐다. 목 메이도록 기다렸던 차수경의 소식을 들었다. 확인하라고 아우성이다. 임화평은 살수답지 않게 그 외침에 굴복하고 말았다. 어떠한 경우라도 한 몸 빼내는 정도는 할 수 있다는 자신감에 따른 결정이다.

임화평은 창문을 열려다가 멀지 않은 곳에 있는 두 개의 대형 프로판가스통을 바라보았다. 도시가스가 들어오기 전에 늘 사용하던 것들이다. 가스통을 흔들어보았다. 하나는 가득 차 있고 다른 하나는 사용 중이다. 사용하지 않는 가스통의 밸브를 분리해 창문 아래로 옮겨두었다.

고리를 따고 유리창을 연 후 안으로 뱀이 작은 틈새를 파고들 듯 집 안으로 들어가 다시 반응을 살폈다. 또다시 신음 소리가 들리기 시작했다. 주방의 어둠 속에서 다시 한 번 넓게 감각을 퍼뜨렸다. 역시 걸리는 것은 가볍게 흥분된 상태의 두 사람뿐이다.

주방의 상태를 둘러본 후 조심스럽게 거실을 엿봤다. 두 사람이 소파에 앉은 채 TV 화면에 몰두해 있다. 뒤통수와 오른쪽 귀만 보인다. 옷차림은 우스꽝스럽다. 민소매의 흰색 상의 위로 임화평과 비슷한 홀더가 일부 보인다. 탁자 위에 올려놓은 네 개의 다리가 맨살인 것으로 보아 팬티 차림이거나 반바지 차림일 것이다.

왼쪽 옆구리에 달려 있는 가죽 가방을 열었다. 세 칸으로 나누어진 가방 안에는 못과 동전과 병뚜껑이 분리된 채 담겨 있다. 동전 세 개를 꺼내 왼손에 쥐고 신발을 벗은 후 까치발로 조심스럽게 이동했다.

'위기 감지 능력이라고는 눈곱만치도 없는 놈들이잖아? 이런 놈들을 믿고 경보기를 포기해?'

임화평이 2m 뒤까지 접근했음에도 불구하고 두 사내는 화면에서 눈을 떼지 못했다. 네 명의 백인 남녀가 한 침대 위에서 동면하는 뱀들처럼 뒤엉켜 꿈틀거리는 모습에 온통 정신을 빼앗긴 모양이다.

그들의 등 뒤에 섰다. 그제야 한 사내가 이상함을 느낀 듯 고개를 비틀었다. 하지만 이미 늦었다. 임화평의 두 손이 그들의 머리를 누르고 있었다. 두 사내는 고개를 모로 꺾으며 축 늘어졌다.

'허! 별꼴을 다 보는구나.'

두 사람 모두 사각팬티만 입고 있는데, 오른쪽 사내는 팬티 위에 손을 얹고 있고 왼쪽 사내는 아예 물건을 내어놓은 채 손으로 쥐고 있다. 어처구니없는 광경이지만 한편으로는 그것이 긴장감을 풀리게 만들었다.

눈살을 찌푸리며 두 사내의 마혈을 짚었다. 그리고 그들의 가슴 어림에 있는 두 자루의 권총을 홀더에서 꺼내 일단 지퍼 백에 담아서 배낭에 넣었다. 아무래도 연구가 필요할 것 같았기 때문이다.

주방으로 돌아가 신발을 신고 일층에 있는 세 개의 방에 일일이 귀를 대어보았다. 빈 방은 하나. 나머지 두 개의 방에서 세 개의 고른 호흡 소리를 확인하고 두 사람이 자고 있는 방에 먼저 들어갔다. 그다지 조심스럽지 않은 움직임이다. 마치 자신의 방에 들어가는 것처럼 자연스럽게 들어가 당연하다는 듯이 두 사내의 마혈과 아혈을 짚었다. 그들을 그대로 놓아두고 다른 방으로 들어갔다. 팬티 한 장만 입은 채 자고 있는 사내는 무척이나 피곤한 듯 코를 심하게 골고 있다. 그 역시 혈을 제압하고 그의 뺨을 두드려

깨웠다.

　사내의 눈꺼풀이 파르르 떨렸다. 20대 후반 정도로 보이는 사내는 객관적으로 상당히 잘생긴 축에 든다. 벗은 몸은 조각 같다. 무술가의 몸은 아니지만 보여주기 위해 만든 것 같은 근육이 상당히 보기 좋다. 보디빌딩으로 심하게 부풀린 몸도 아니라서 보기에 부담스럽지가 않다.

　사내는 마침내 눈을 떴다. 비몽사몽간이라서 임화평을 보고도 놀라지 않았다. 잠을 깨운 것에 대한 짜증만 담겨 있을 뿐이다. 그러나 짜증을 토해야 할 입이 움직이지 않는다는 사실을 깨닫고 의아한 눈빛을 드러냈다. 그리고 다시 임화평을 바라보았다. 그의 눈이 찢어질 듯 부릅떠졌다.

　"이제 말할 수 있게 해준다. 큰 소리 나오면 그 순간 죽는다. 알겠어? 예는 한 번, 아니오는 두 번 눈을 깜빡여."

　사내는 눈을 치떴다가 질끈 감은 후에 다시 떴다. 임화평은 엄지로 사내의 목을 지그시 누른 채 아혈을 풀어주었다.

　"너를 포함해서 일층에 있는 다섯을 제압했다. 집 안에 몇 명 남았나?"

　사내는 공포심이 가득 찬 두 눈으로 임화평을 바라보며 지체없이 대답했다.

　"두 명."

　"젊은 여자 하나, 나이 든 한국 여자 하나?"

　"예."

　사내를 바라보며 눈살을 찌푸렸다. 보여주기 위해 몸을 만든 녀석이라고 생각은 했지만, 그래도 광목당의 경호원으로 짐작되는 녀석이다. 사내처럼 순순히 입을 연 사람은 선민병원의 경비원밖에 없다. 그렇다 보니 긴장을 늦췄던 임화평은 다시 불안감을 느꼈다.

　"너! 경호원 아니지? 도대체 뭐 하는 놈이야?"

"한국 여자의 전속 마사지사입니다."
"마사지사? 혹시 남창?"
사내는 대답하지 않았지만 부인하는 반응도 보이지 않았다.
"젊은 여자도 광목당이냐?"
"예."
"너만 아니구나?"
"예."
"마지막으로 묻겠다. 우상이라는 의사 아느냐? 머리가 하얗게 센 40대 중년 남자다."
"전에는 가끔 왔는데 지난달부터는 본 적이 없습니다."
"고맙다. 쉬어라. 운 좋으면 살 수 있을 거다."

임화평은 사내의 머리를 두드려 기절시키고 혈을 풀어주었다. 방을 나가 네 사내의 사혈을 하나씩 짚어나갔다. 차분하면서도 서슴없는 움직임이다. 그리고 다시 주방으로 가서 가스통을 주방 안으로 옮겨두었다.

조용한 발걸음으로 이층으로 올라갔다. 삼십여 평의 넓은 거실 좌우로 두 개의 방이 있다. 다실 정도로 불리면 무방할 것 같은 작은 공간과 나란히 있는 왼쪽의 작은 방에 먼저 들어갔다. 차분한 인상의 20대 후반 여성이 반듯이 누워 자고 있다. 망설임없이 사혈을 눌렀다.

다시 거실로 나와 오른쪽 방문 앞에 섰다. 아드레날린이 폭주하는 듯 흥분으로 심장이 벌렁거렸다. 왼손 손바닥을 가슴에 대어 지그시 누르며 깊은 호흡으로 널뛰는 심장을 가라앉혔다. 냉정함을 되찾고 문고리를 비틀었다. 예상 밖으로 조용히 문이 열렸다. 부수지 않아도 되어서 편해졌건만, 임화평의 얼굴은 오히려 일그러졌다.

'문단속도 하지 않을 만큼 마음 편하게 살아왔구나, 너는.'

이십여 평의 원룸을 보는 듯한 방이다. 식사만 해결된다면 방 안에서 사는 것도 문제가 되지 않을 만큼 모든 시설이 완비되어 있다. 에어컨이 작동된 상태라 서늘한 느낌이다.

임화평은 킹사이즈의 침대를 바라보았다. 거기에 목까지 이불을 덥고 반듯이 누워 자는 여인이 있다. 침대로 다가가 위에서 여인의 얼굴을 내려다보았다. 넓은 창문을 통해 들어오는 외부 조명의 흐릿한 빛이 여인의 얼굴을 뚜렷하게 보여주었다.

'개만도 못한 년이 정말 편하게도 자는구나.'

임화평은 여인의 아혈을 눌러놓고 이불을 걷어냈다. 실크 느낌은 붉은 팬티 한 장만 걸친 여인의 몸은 쉰다섯의 나이를 감안하면 상당히 날씬하다고 할 수 있다. 좌우로 처진 유방이 눈에 거슬리는 것 말고는 아직은 봐줄 만한 몸매다.

아혈이 눌리는 감각과 갑자기 느껴지는 서늘함에 여인이 눈을 떴다. 파르르 떨리는 눈이 완전히 떠졌을 때 임화평은 손으로 여인의 귀 부위와 목을 더듬었다. 양평 별장에서 경험한 것처럼 이번에도 인피면구를 쓴 여자가 아닌지 확인한 것이다.

여인은 입이 벌어지지 않는다는 사실에 답답함을 느낀 듯 얼굴을 일그러뜨렸다.

"차수경! 이제야 널 만나게 되었구나. 반갑다."

갑작스레 들려온 거친 목소리는 한국말을 토해냈다. 반갑기도 하련만은 여인 차수경은 섬뜩한 느낌에 눈을 치떴다. 거기에 생판 처음 보는 남자가 서 있다. 어두워서 얼굴의 자세한 윤곽은 확인할 수 없지만 빤히 내려다보는 냉혹한 두 개의 눈동자만은 분명하게 보였다.

임화평은 손을 뻗어 차수경의 머리채를 움켜쥐었다. 차수경은 본능적으로 두 손을 위로 뻗어 임화평의 굵은 손목을 잡았다. 사내의 손목에서 느껴지는 것은 완강함이다. 그것을 증명이라도 하듯 힘줄에 강한 힘이 담겼다. 그 순간 차수경의 육신은 침대로부터 무참하게 끌려 내려갔다. 머리 가죽이 다 벗겨져 버리는 것 같은 고통이 느껴지자 차수경은 임화평의 손목을 할퀴려던 손을 펴 다시 그의 손목을 움켜쥐었다.

임화평은 머리채를 잡아당기며 문으로 걸었다. 당기는 완급을 조절해서 차수경이 일어서려고 할 때마다 그 노력을 무의미하게 만들었다. 연약한 차수경으로서는 임화평의 손목에 매달린 채 질질 끌려갈 수밖에 없었다. 머리카락이 몽땅 뽑혀 나가지 않는 것만이 유일한 위안이었다. 소리라도 지르고 싶었다. 그러나 전신에서 유일하게 움직이지 않는 곳이 입술이었다.

쿵! 쿵! 쿵!

계단 아래로 끌려 내려가는 차수경의 육신은 계속해서 계단 모서리에 망치질당했다. 소리를 지를 수가 없으니 할 수 있는 것은 눈물을 흘리는 것뿐이다.

임화평은 차수경을 주방까지 끌고 가서 앞으로 내팽개쳤다. 허공으로 들렸던 차수경의 가냘픈 육신은 대형 냉장고에 부딪쳤다가 바닥으로 미끄러졌다. 임화평은 그제야 차수경의 마혈을 짚고 그녀를 들었다가 다시 놓으며 관절을 조작하여 무릎 꿇은 자세를 취하게 만들었다. 그리고 그녀의 아혈을 풀어주었다.

임화평은 식탁의 의자 하나를 끌고 와 차수경의 맞은편에 놓고 배낭을 벗어 의자 등받이에 건 후 의자에 앉았다. 손을 깍지 낀 채 살짝 벌린 두 다리 위에 놓고 허리를 구부정하게 말아 차수경을 내려다보았다.

계단을 내려오면서 배와 허리, 그리고 다리가 부딪치고 까져 악! 소리가 쉴 새 없이 흘러나왔지만, 차수경은 임화평은 냉혹무비한 눈을 마주한 순간 육신의 고통을 잊어버렸다. 고통 대신 공포가 전신을 지배했다. 뇌가 아닌 가슴의 명령으로 마혈이 짚힌 육신이 파르르 떨렸다.

"집 안에 있는 자들은 모두 죽었다. 소리 질러도 소용없어. 묻자. 우상 어디 있나? 이 별장 제공한 자들 어디 있나?"

"모모모모모, 몰라요. 주, 중국 오자마자 여기로 왔어요. 다다다, 닥터 우는 죽었대요. 벼, 병원에 부, 불이 나서……. 사사사, 살려주세요. 제발! 도도도, 돈 드릴까요?"

"광목당에 대해서 아는 게 뭐야?"

"다다다, 닥터 우, 벼벼벼, 병원 말고는 아, 아는 거 없어요. 도, 도대체 제, 제게 왜 이러시는 거예요? 한, 한국분이시네요. 저 모, 모르세요? 저 구, 국회의원 차수경이거든요. 원하는 건 뭐, 뭐든지 다 해드릴 수 있습니다. 사, 살려주세요."

미칠 것 같았다. 몸을 움직일 수 있다면 무릎걸음으로 달려가 발목을 붙잡고 애걸했을 것이다. 발가락 사이사이를 핥아가며 굴종의 뜻의 밝히고 목숨을 구걸했을 것이다. 하지만 조금 전과는 반대로 움직이는 것은 입뿐이다.

연약한 여자가 살려 달라고 애걸하고 눈물을 뚝뚝 떨어뜨려도 임화평의 냉혹한 눈빛은 조금도 변하지 않았다.

"결국 아는 게 없다는 뜻이구나. 알았다."

의외로 아는 것이 없었고, 임화평은 그것을 진실로 받아들였다. 더 이상 심문할 필요성을 느끼지 못했다. 차분히 일어서서 의자를 뒤로 빼두고 그녀의 머리채를 잡아 가스 오븐 앞으로 옮겨놓은 후 바닥에 눕혔다.

"참으로 초라하구나, 돈과 권력이 없는 너는. 개 같은 네년의 배에서 어떻게 네 딸 같은 사람이 나왔는지 모르겠다. 그녀는 내 손에 죽는 그 순간까지도 의연했다, 너와는 달리."

그제야 차수경은 눈앞에 있는 사내가 딸과 사위를 납치하고 죽인 사람이라는 것을 깨달았다. 소리를 지르고 저주해야 할 사람이다. 그럼에도 불구하고 차수경은 그렇게 하지 못했다.

"살려주세요. 10억! 아니, 30억 드릴게요. 모자라요? 얼마를 드릴까요? 말해보세요. 어차피 식당 주인에게 돈 받고 하는 일이잖아요? 열 배를 드릴게요. 그놈 죽여주면 다시 그만큼 드리지요. 말만 하세요."

딸을 죽인 원수에게 흥정을 거는 그녀를 바라보며 임화평은 기가 막혀 냉정함을 잃을 뻔했다. 그리고 그제야 그녀가 누구와 마주하고 있는지 모른다는 것을 깨달았다.

"정녕 금수만도 못한 년이로구나. 내가 네 딸과 사위를 납치하면서 우려했던 것은 네게 모정이라는 것이 있을지도 모른다는 것이었다. 경찰에 자복하고 발 빠르게 나를 찾으면 어쩌나 했다. TV에라도 나와 무릎 꿇고 딸아이를 살려 달라고 빌면서 자결이라도 하면 어쩌나 했다. 조금 전에도 마찬가지였다. 혹시 딸의 죽음을 알고 눈물이라도 흘리면 어쩌나 했다. 혹시 모정이 되살아나 욕하고 저주하면 어쩌나 했다. 그랬다면 내 손끝이 조금은 떨렸을 것이다. 다행스럽게도 나를 실망시키지 않는구나."

임화평은 배낭에서 가로세로, 높이가 한 뼘 정도 되는 알루미늄 밀폐 용기를 꺼냈다. 뚜껑을 열었다. 내용물은 손수건에 돌돌 말아놓은 일반 볼펜 크기의 길쭉한 무엇이다. 손수건을 풀었다. 은빛 광채를 번뜩이는 수술용 메스다.

메스를 확인한 차수경의 눈에서 굵은 눈물이 흘러내렸다. 그녀가 넋두리하듯이 중얼거렸다.

"살고 싶었어. 혜인아! 엄마는 살고 싶었을 뿐이야."

임화평은 흘러내려 귀에 고인 차수경의 눈물을 바라보며 차갑게 웃었다.

"악어 같은 년! 눈물에서조차 악취를 풍기는구나."

차수경이 악을 썼다.

"살고 싶었을 뿐이야! 내가 무슨 잘못을 했어? 살려고 발악한 것뿐이야! 그 상황에서 나보고 어쩌라고? 개자식아! 네가 내 입장이면 너는 안 그럴 것 같아? 살 수 있는 방법이 있어서 한 것뿐이야! 그게 잘못이야?"

"인간이니까 그런 생각은 할 수 있지. 그런 연놈들 많은 거 알아. 삶에 집착하면 무슨 짓이든 할 수 있는 게 인간이지."

"그걸 알면서 왜?"

"왜 하필 내 딸이었나?"

악을 쓰던 차수경이 멍한 눈으로 임화평을 바라보았다. 청부업자가 아닌, 임초영의 아버지라는 사실을 이제야 깨달은 것이다. 한동안 말을 못하던 차수경은 애원하는 눈빛으로 말했다.

"죄송합니다. 따님이신지 몰랐어요. 살려주세요. 제 딸 데려가셨잖아요. 제 사위도 데려가셨잖아요."

임화평은 어이가 없다는 눈빛으로 차수경을 바라보다가 고개를 저으며 그녀의 아혈을 짚어버렸다. 해부대 위에 놓인 시체를 내려다보듯 차수경의 나신을 바라보았다.

그녀를 보기 전까지만 해도 전신 뼈마디를 부숴 버리고 힘줄을 뽑아내고 근육을 파열시키고 오장을 해체시켜 버릴 생각이었다. 굳이 주방까지 옮겨 온 것도, 가스통을 들여놓은 것도 훼손된 시신을 알아볼 수 없도록 태워 버릴 생각을 했기 때문이다. 하지만 막상 그녀를 앞에 두고 보니 이상하게도 손을 쓸 수가 없다. 그의 무자비한 손길을 움켜쥐는 무엇이 그의 두 눈앞에 있기 때문이다. 좌우로 처진 두 유방 사이에 보이는 짧지 않은 수술 자국이 보이지 않는 손이 되어 그의 손을 감싸 쥐고 있었다.

'뼈마디가 부서지는 고통을 초영이도 느낄까? 힘줄이 뽑히는 고통을 그 아이도 느낄까?'

초영이는 죽었지만 심장은 멀쩡하게 뛰고 있다. 진퇴양난이다. 초영이가 느낀 그 고통을 그대로 전해주고 싶었건만, 실행을 하면 초영이도 같은 고통을 다시 느끼게 될까 봐 두려웠다. 그렇다고 초영이의 심장을 먼저 회수할 수도 없다. 심장을 회수하면 차수경은 고통을 느낄 수 없는 상태가 될 것이다.

'제정신으로 배가 갈라지는 것을 느끼는 것만으로도 최소한의 고통은 될 테지. 초영아, 조금만 참다오. 함께 가지 못했던 네 심장, 이제 돌려보내 주마.'

망설이던 임화평은 눈을 감아 생각을 정리하고 눈을 떴다. 흔들림이 사라진 눈이다. 그의 눈빛이 공포심으로 쉼없이 흔들리는 차수경의 눈에 닿았다. 임화평은 그 눈망울을 노려보며 보란 듯이 메스를 들었다. 눈앞에서 번뜩이는 메스를 본 차수경의 두 눈이 찢어질 듯 부릅떠졌다.

"똥차에 제트엔진 달면 날 수 있을 거라고 생각했나? 나락으로 떨어져라."

임화평은 냉정한 손길로 차수경의 목 아래쪽에 메스를 댔다. 핏방울이 번져 나온다. 메스는 한 치의 멈칫거림도 없이 차수경의 배꼽까지 내려갔다. 겸자를 준비하지 못한 터라 해부용 시체의 배를 열 듯 오른쪽 쇄골 아래쪽에서 왼쪽 쇄골 아래쪽까지를 다시 한 번 갈랐다. 그때까지 거침이 없던 그의 손길이 주춤거렸다. 주방용 가위를 이용하여 조심스럽게 초영이의 심장을 적출하고 그것을 알루미늄 밀폐 용기에 넣었다.

밀폐 용기 안의 심장을 내려다보는 그의 멍한 두 눈에서 눈물방울이 뚝 뚝 떨어졌다. 눈물은 심장 위에 떨어졌다가 스며들 듯 흘러내려 바닥의 핏물을 희석시켰다. 임화평은 옷소매로 두 눈을 훔치고 심장을 향해 미소 지었다.

"피곤했지? 조금만 더 기다려라. 편히 쉴 수 있게 해주마."

밀폐 용기의 뚜껑을 닫았다. 그제야 임화평은 눈을 부릅뜬 채 숨져 있는 차수경을 바라보았다. 다시 무표정한 얼굴로 돌아온 그의 눈은 차갑기 그지없다. 잠깐 동안 차수경의 고통스러운 얼굴을 바라보다가 미련없이 일어선 임화평은 바닥에 고인 핏물을 밟고 싱크대로 다가갔다. 주방용 세제로 손과 얼굴을 씻고 행주를 빨아 밀폐 용기 외부에 묻은 핏물을 깨끗하게 닦아냈다.

밀폐 용기를 배낭 속에 조심스럽게 갈무리하고 나서 긴 한숨을 내쉬었다.

"응?"

임화평은 눈살을 찌푸리며 새빨리 창가로 달려갔다.

"하아! 너무 쉽더라니. 역시 함정이었나?"

창문을 통해 보이는 사람만 해도 십여 명이 넘었다. 거리는 50m 정도. 넓게 포진한 채 천천히 다가오고 있었다. 완만한 곡선을 그리고 있는 것으로 보아 집 주변을 완전히 포위한 듯했다.

사실 임화평은 차수경의 얼굴이 진면목임을 확인한 후 함정일 수도 있다는 우려를 버렸다. 그녀마저 미끼로 사용할 것이라고는 예상하지 못했던 것이다.

"훗! 사면초가인 건가? 이거 곤란하게 됐군."

⚜

세 번째 모니터에서 포르노를 틀어놓고 손장난을 하고 있는 두 보디가드의 민망한 모습이 그대로 노출되고 있다.

노차신은 미간을 찌푸리며 고개를 저었다.

"쯧쯧! 죽을 수밖에 없는 놈들이구나. 에잉! 지금쯤 들어갔을 텐데, 어떻게 된 거야?"

열 개의 모니터 앞에 앉아 있던 보안요원이 집 안 곳곳에 설치된 감시 카메라의 방향을 조작하여 메인 모니터의 화면을 빠른 속도로 바꾸었다. 그때 거실에 임화평의 모습이 나타났다.

보안요원은 붉어진 낯빛으로 말했다.

"일층 주방을 통해 진입한 모양입니다."

다섯 개의 방과 두 개의 거실, 그리고 이층으로 올라가는 계단과 차수경의 방 화장실에 감시 카메라가 숨겨져 있다. 차수경의 방에는 특별히 두 개를 설치함으로써 한 세트 열 개를 모두 소모했다. 그 정도면 집 안 전체를 커버했다고 생각했는데 임화평이 하필이면 주방을 통해 들어온 것이다.

다행히 노차신은 질책하지 않고 임화평의 모습을 주시했다. 보안요원은 책잡히지 않으려고 감시 카메라를 임화평의 발걸음에 맞춰 조작하기 시작했다.

"흠! 대담하게 움직이는군. 그렇지. 그놈들 다 죽여 버려. 정신 상태가 썩었어."

노차신은 임화평이 보디가드들을 하나씩 제압하고 사혈을 짚는 모습을 차분한 눈빛으로 바라보며 고개를 끄덕였다. 상황을 모르는 사람들이 봤다면 노차신이 임화평을 응원하고 있다고 생각할 모습이다.

임화평이 이층에 올라가 차수경의 머리채를 잡고 질질 끌어 아래층으로 내려오고 있다.

"쯧! 안 보이잖아? 어떻게 된 거야?"

"헉!"

실수가 덮어졌다고 안심했던 보안요원이 눈을 부릅떴다. 하필이면 임화평이 차수경을 끌고 일층 주방으로 들어가 버린 것이다.

보안요원은 노차신의 날카로운 눈을 피하며 말했다.

"설마 주방으로 끌고 갈 것이라고는 예상치 못해……."

노차신은 사내에게서 눈길을 거두었다. 실수에 대한 대가는 치르게 할 것이다. 그러나 당장은 임화평이 먼저였다.

"쯧쯧! 그놈 참! 생각대로 움직여 주지 않는구나. 한 가지 약속은 못 지키게 됐어."

마종도를 팀장으로 한 조사팀은 한국으로 들어간 지 단 사흘 만에 임화평의 행방을 찾아내는 일을 포기했다. 청부자를 데리고 들어오라는 노차신의 명을 이행할 수 없게 된 것이다.

입국 전에 차수경의 진술을 들은 바 있는 마종도는 궁여지책으로 차수경이 두려워한 현승과의 접촉을 시도했다. 웨스트게이트 그룹의 북경 지사장으로 신분을 위장하고 차수경의 거처를 알고 있다는 미끼로 접근하여 마침내 황윤길을 만날 수 있었다. 몇 번의 만남과 밀고 당기는 협상 끝에 타협점을 찾았다.

황윤길은 임화평에 대해 예상보다 더 많은 것을 알고 있었다. 임화평의 실력과 성격을 알고 있을 뿐 아니라, 현재의 거처와 연락 방법까지 가지고 있었다. 마종도가 놀란 것은 임화평이 단순한 청부자가 아닌 살수 본인일 가능성이 있다는 사실이었다.

　직접적으로 언급하지는 않았지만, 마종도는 황윤길이 임화평을 두려워한다는 사실을 눈치챘다. 차수경을 내어준다고 했는 데도 불구하고 임화평의 거처를 알려주려고 하지 않았다. 마종도 측에서 실패한다면, 그 화가 자신에게 미칠 것이라는 사실을 너무나 잘 알고 있기 때문이었다.

　두 사람이 합의한 사항은 간단했다. 마종도는 임화평을 원했다. 황윤길이 내건 조건은 두 가지. 하나는 차수경의 목숨이고, 두 번째는 유현조의 상태를 임화평의 입을 통해 듣는 것이다.

　마종도와 황윤길은 실행 방법에 대해서도 합의했다. 마종도 측에서 차수경을 통하여 그녀의 위치를 노출시키면 황윤길이 임화평에게 그녀의 위치를 알려주는 것이다. 임화평이 차수경을 제거하면 그 후 마종도 측에서 임화평을 제거하게 될 것이고, 그 과정에서 임화평과 유현조 부부 납치 사건의 연관성이 드러날 것이다.

　마종도와 황윤길의 합의에 따라 노차신은 별장의 무인 보안 시스템을 해체하고, 대신에 각 방과 거실, 그리고 욕실에 소형 감시 카메라와 도청기를 설치했다. 그런데 임화평이 하필이면 주방에서 차수경을 심문하고 있었다.

　냉정하고 침착한 임화평의 목소리는 흥분됨이 없이 낮았다. 거실의 도청기에 들리는 목소리는 차수경이 악을 썼을 때 했던 말 몇 마디뿐이다.

　못마땅한 표정으로 모니터를 바라보던 노차신의 뒤쪽에서 밝은 목소리가 들려왔다.

　"흠! 상관없잖아요? 상당히 거칠게 다루더군요. 청부업자의 입장으로 여자를 죽이러 왔다면 할 필요가 없는 짓이지요. 짐작대로 저자가 사고 친 당사자라면 저 한국 여자의 시신이 창고의 그 여자만큼이나 훼손되어 있을 거예요. 거칠게 다루는 영상과 함께 여자의 시신을 사진 찍어 보여주면 간접 증거는 될 겁니다."

창고의 그 여자, 즉 소빙빙을 의미한다. 노차신은 서문영락의 설명에 납득하고 고개를 끄덕였다.

"그렇군요. 소천주! 차수경 그 여자, 편하게 죽지는 못했을 겁니다."

서문영락은 며칠 전부터 호칭을 바꿔 부르는 노차신에게 미소를 지어 보였다. 아무래도 생경하게 느껴지는 탓이다.

"그리고 우리가 현승과의 약속을 지킬 필요가 있는 겁니까? 신의라는 것은 지켜서 유리할 때나 최소한 지킬 이유가 엄존할 때 지킬 가치가 있는 겁니다. 그쪽과 우리가 무슨 상관이 있습니까?"

이미 차수경의 뒤통수를 친 셈이다. 신의를 들먹인다는 자체가 위선일 뿐이다. 노차신은 쓴웃음을 지으며 대답을 회피했다.

"좋아! 애들 먼저 보내. 나도 곧 따라간다. 소천주! 함께 나가시렵니까?"

서문영락은 자신의 수면 가운을 내려다보며 고개를 저었다.

"이 꼴로 나가기는 좀 그렇지 않습니까? 전 창문으로 보겠습니다. 쓸 만하다 싶으면 꼭 살려서 데려오세요. 살아만 있으면 현승의 두 번째 조건도 들어줄 수 있겠지요."

섭혼비술을 믿고 하는 말이었다.

"철사자들 손에서 벗어날 수 있다면 살려서 데려오지요. 지금까지의 행적만 봐도 암전대의 전력 상승에 상당한 도움이 될 놈입니다."

"그런데 완영의 부탁을 들어주기는 어려울 것 같군요. 저렇게 독 안의 쥐가 된 상태에서 우리 아이들에게 경종을 울리기는 힘들겠어요."

"일단 잡고 보겠습니다. 녀석들 굴릴 방법은 많으니까요. 다녀오겠습니다."

노차신은 기분 좋은 미소를 입가에 담고 자리에서 일어났다.

❖

 마흔세 살의 황기창은 천무전 소속의 십대고수 가운데 한 사람이다. 옛 사람들의 예를 따라 그럴듯하게 지어 붙인 별호는 영사신편(靈蛇神鞭). 실력만으로 따지면 십대고수 서열 삼위 안에 든다.
 황기창은 닷새 만에 감옥 아닌 감옥 생활에서 벗어났다. 맑은 새벽 공기가 폐부 깊숙이 스며들자 짜증으로 찌푸려졌던 얼굴이 조금이나마 풀리는 듯했다. 그러나 기분이 나쁘기는 마찬가지다.
 황기창은 그보다 20m 정도 앞서 오호 별장으로 다가가는 검은색 군복 차림의 사내들을 바라보며 속으로 투덜거렸다.
 '내가 애새끼들하고 이게 무슨 짓이야? 이런 상황에서 내가 왜 필요한데?
 상대는 달랑 살수 하나다. 그것도 독 안의 쥐 꼴로 별장 안에 갇혀 있다. 그런 놈 하나를 잡자고 동원된 인원이 오십 명이 넘는다.
 우선 광목당에서 운영하는 보안 회사 평정의 철사자들이 2개 조 스물두 명이다. 하나하나 봐서는 별 볼일 없는 자들이지만 대여섯 모이면 황기창으로서도 긴장하지 않을 수 없는 자들이다. 사용하는 무기가 총이기 때문이다. 복장도 특이해 보인다. 검은색 군복에 방검복 같은 것을 덧입었다. 몇몇은 권총이 아닌 산탄총을 들고 있다. 엄폐물이 없는 곳이나, 거리를 둔 상황이나, 좁은 복도 같은 곳에서 그들을 만나게 되면 황기창이라도 두 손 들 수밖에 없다.
 철사자 외에 좋은 부모나 훌륭한 스승 덕을 톡톡히 보고 있는 잠룡대 철부지들이 서른둘이다. 쉽게 동원할 수 있는 총원이며 잠룡대 전체의 삼분지 이에 해당하는 인원이다. 좋은 환경에서 어릴 때부터 상승무공을 익혀 온 아이들이라 실력은 괜찮은 편이다. 어려움없이 특권을 누리는 아이들이다 보니 오만함이 하늘을 찌르지만, 황기창 입장에서는 그저 귀여운 후배들일 뿐이다. 실전 경험이 전무에 가깝다는 점이 마음에 걸리기는 해도 암습을 당할 상황이 아니니 크게 걱정하지는 않는다.

독 안에 든 쥐 같은 살수 하나를 상대하기에는 차고 넘치는 전력이다. 그럼에도 불구하고 황기창 그가 동원되었다. 차라리 혼자라면 잠룡대의 보모 역할을 위해 따라왔다고 자위라도 할 텐데, 소벽도 따라왔다. 그리고 그 위로 실질적인 책임자인 장로 노차신도 있다.

"마유림, 그 나이만 처먹은 병신자식이 뒈져 버리는 바람에 이따위 황당한 일이 벌어지는 거 아냐. 어디 당할 놈이 없어서 살수 새끼한테 당하고 지랄이야. 바보 같은 자식!"

황기창은 마유림이 임화평과 정면 대결을 벌이다가 죽었다고는 생각조차 하지 않았다. 손이 최강의 병기라는 말도 안 되는 소리를 지껄이며 거드름 피우다가 암습에 찍소리 못하고 죽었다고 생각하고 있다.

살수는 어디까지나 살수일 뿐이다. 그런데도 마유림이 숙사 노차신은 살수의 실력을 과대평가하여 잠룡대뿐만 아니라 그와 소벽까지 동시에 불러들인 것이다.

"늙으면 죽어야 해. 저 자식도 마찬가지."

황기창은 사호 별장에서 나와 오호 별장으로 다가서는 소벽을 노려보며 중얼거렸다.

"저 자식, 여기서 정말 죽어버리면 편할 텐데, 그런 즐거운 사건은 안 터지겠지?"

소벽은 나이 서른아홉으로, 십대고수의 막내다. 명천에서 보기 드문 검사다. 사실 검은 실용적인 무기가 아니다. 배우기 어렵고 성취를 보기는 더 어렵다. 명천의 무인들도 검법을 익히기를 꺼린다. 당장 두각을 나타내기 힘들기 때문이다. 그럼에도 불구하고 소벽은 파랑검 하나로 마흔 이전에 십대고수에 들 정도로 성취를 보았다. 물론 황기창에 비해서는 아직 모자란다. 하지만 황기창은 무인으로서 소벽을 존중하는 편이다. 선택의 여지가 있었음에도 불구하고 굳이 검을 선택했다는 사실만으로도 존중해 줄 만했다. 검으로 성취를 보았다는 것은 재능이 남다르다는 뜻이다. 검사의 성취는 나이가 들수록 깊어진다. 아직 절정에 들지 못했음에도 십대고수에 든 이상, 몇 해 지나면 황기창과의 격차도 사라질 것이다.

황기창이 소벽을 싫어하는 이유는 무인으로서의 라이벌 의식이 아닌, 그와 소벽이 서문완영을 두고 경쟁하는 사이이기 때문이다. 소벽은 황기창보다 젊고 발전 가능성도 높다. 게다가 미남이다. 황기창이 스스로 생각해도 그 자신이 모자라 보인다. 세월은 그의 편이 아닌 것이다.

'저놈만 사라지면 경쟁할 만한 놈이 없는데……'

정작 당사자인 서문완영은 두 사람을 귀찮게만 여기는데, 황기창과 소벽은 무한 경쟁에 돌입해 있는 상태다. 서문완영이 두 사람을 두고 갈등하고 있다고 착각하고 있기 때문에, 두 사람 모두 상대가 사라지기만 하면 서문완영과 결혼할 수 있다고 생각하고 있다. 겉으로 드러난 것만 보면 일리가 있는 생각이다. 두 사람 말고는 대개 기혼이거나 나이가 맞지 않거나, 무공이나 배경, 혹은 지위가 모자란다.

'소벽이 나설 정도로 뛰어난 놈이면 좋겠군. 내가 끼어들 여지가 있다면 더 좋을 텐데……. 아니야. 일개 살수 나부랭이 하나 잡으러 와놓고 실수로 놈을 죽였다고 변명한다는 것 자체가 말이 안 돼. 차라리 살수 놈을 내가 잡는 것만도 못한 일이지. 하지만 살수 놈 하나 잡았다고 유세 떨 수도 없으니

그 짓도 별 이득이 없지. 하! 참 게름 같은 놈이로구나.'

황기창이 걸으면서 몽상하는 동안 선두에 선 철사자들이 걸음을 멈췄다. 그 뒤로 잠룡대들 역시 멈춰 섰다. 오호 별장 안에서는 그 어떤 미동도 느껴지지 않았다.

사호 별장에 모니터실을 마련해 두고 처박혀 있던 노차신이 소벽의 뒤쪽에 나타났다. 그가 별장을 바라보면서 낮게 소리쳤다.

"돌입해!"

스물두 명의 철사자가 입구가 될 만한 모든 문과 창문을 통하여 일제히 별장 안으로 뛰어들어 갔다.

❦

절망적인 상황이다. 밤이었다면 희망이라도 가져 볼 테지만, 이미 4시 반이 다 되어간다. 사람의 얼굴을 구별할 정도는 아니지만, 보통 사람들도 사람이 사람임을 알아볼 정도는 될 만큼 밝아졌다. 창문 밖으로 보이는 사람만 해도 십여 명이 넘는다. 별장을 포위했다고 생각하면 사오십 명은 족히 된다는 뜻이다.

사람들의 면면을 살폈다. 앞쪽에서 다가오는 군복 차림의 사내들은 선민병원 특수동에서 봤던 정장 차림의 경비원들과 비슷한 분위기를 풍겼다. 손을 보니 권총으로 짐작되는 시커먼 무언가를 들고 있다. 몇몇은 길쭉한 몽둥이 같은 것을 들었다. 그들 뒤를 따르는 젊은이들은 자유분방한 차림에 각기 다른 병장기들을 들고 있다. 철없는 어린 조폭들처럼 보이지만 기세만큼은 총을 든 이들보다 더 강렬하게 느껴진다.

'집 밖은 숨을 곳 하나 없는 잔디밭이었지? 나가면 벌집 되겠군.'

서두르는 기색이라도 보이면 작은 희망이라도 가져 볼 텐데, 사내들은 조금씩 숨통을 조이듯이 주변과 보조를 맞추며 한 걸음 한 걸음씩 다가오고 있다.

임화평은 쓴웃음을 지으며 주방을 둘러보았다. 먼저 눈에 띈 것은 크기 순으로 배열된 다섯 자루의 주방용 칼이다. 동전과 못이 있는 이상 의미가 없는 것들이다. 다시 살피다가 시선을 멈춘 곳은 가스통이다. 가스통을 집 안에 들여놓은 것은 차수경이 고문당했다는 사실을 확인할 수 없도록 시신을 훼손하기 위해서였다. 그런 의도가 없었다면 차수경을 굳이 주방까지 끌고 올 필요가 없었을 것이다.

'다른 용도로 쓰게 됐지만 결과는 비슷하게 나겠군.'

가스통 다음으로 임화평의 눈길을 끈 것은 두 개의 문이 좌우로 열리는 하얀색 대형 냉장고다.

'내가 인명재천(人命在天)이라는 말을 떠올리게 될 줄이야······. 냉장고가 영화처럼 튼튼했으면 좋겠군.'

임화평은 미제가 볼품은 없어도 튼튼하기는 하다고 믿는 구닥다리다. 중국제가 아닌 제너럴 일렉트릭(GE)이라는 미국 상표를 보고 약간의 위안을 얻었다. 물론 영화처럼 될 것이라고 낙관하는 것은 아니다. 확신이 있다면 하늘에 호감이 느껴지지 않는 그가 굳이 인명재천이라는 말을 떠올리지는 않았을 것이다.

임화평은 거실로 달려가 앞쪽 창문으로 상황을 확인했다. 예상처럼 집 정면으로도 청년들이 비슷한 간격을 유지한 채 다가오고 있었다. 거리는 어느새 20m에 가까워졌다.

임화평은 정안결을 펼치고 거실을 둘러보았다. 천장에서 눈길을 세우고 작은 크리스털이 포도송이처럼 주렁주렁 달려 있는 샹들리에를 바라보았다. 못 하나가 날아가 크리스털 사이에 숨겨져 있는 작은 카메라를 깨버렸다.

볼썽사나운 꼴로 소파 위에 널브러져 있는 두 구의 시신을 소파 뒤로 숨겼다. 현관에서 진입하게 되면 이마 위쪽 부분만 살짝 보일 것이다.

다시 주방으로 돌아와 대형 냉장고의 전원을 뽑고 냉장실의 내용물을 깨끗이 비웠다. 그리고 칼 한 자루를 뽑아 오븐의 뒤쪽으로 연결된 가스 공급 튜브를 잘라내고 고정핀을 뽑아 튜브를 거실로 향하게 하여 바닥에 내려놓았다. 온전한 가스통 역시 주방 입구 쪽으로 옮겨 가스 사출구를 거실 쪽으로 향하게 해놓고 밸브를 열어놓았다. 그 외에 인화성 물질이라고 생각되는 것들은 모두 거실 요소요소에 풀어놓고, 주방 세제를 바닥에 뿌린 후 주변 곳곳에 밀가루를 흩어놓았다.

'밀가루도 폭발한다고 하던데, 어떤 조건에서 그렇게 되는지 알 수가 있나? 모사재인(謀事在人) 성사재천(成事在天)이라! 안 터지더라도 시야 정도는 가려주겠지. 하! 내가 오늘따라 하늘을 많이 찾는군. 이보세요, 하늘님. 쫀쫀하게 굴지 말고 복수 정도는 끝내고 가게 해줍시다.'

임화평은 배낭 속에 든 알루미늄 빌폐 용기를 쓰다듬기 물 묻힌 수건으로 입을 가린 채 배낭을 등에 진 후 다시 창밖을 바라보았다. 선두가 이미 멈춰 서 있는데, 집과의 거리는 5m에 불과했다. 냄비로 물을 받아 머리부터 발끝까지 적시고 냉장고 안으로 들어갔다. 남아 있던 냉기가 소름을 돋게 만들었다. 냉장고가 폭발에 견디기를 기도하며 충격에 대비해 눈을 감고 청각을 닫아버렸다.

경력 6년의 중견 철사자 포정신은 간만에 든 산탄총 레밍턴 M37을 조심스럽게 쓰다듬었다. 묘한 기분이다. 흥분과 긴장이 동시에 느껴진다.

포정신은 지난 2년 동안 최근 새롭게 떠오른 엔터테인먼트 비즈니스 쪽과 관련된 일들을 해왔다. 밝은 곳에서는 화려하고 어두운 곳에서는 추악한 세계지만, 경호원 입장에서는 따분할 뿐, 위험스럽지는 않은 일들이었다. 조직과 관련된 일이다 보니 별다른 위험에 노출될 일이 없었다. 조직에서 운영하는 회사에 딴죽을 걸 만한 간 큰 놈은 많지 않았기 때문이다. 멋모르고 치근덕거리는 상류층 자제들이나, 밝은 면만을 보고 부나방처럼 달려드는 순진한 스토커들이 귀찮았을 뿐이다. 애지중지하는 월터 PPK도 훈련 때 말고는 만져 볼 일이 없었다. 그렇게 생활해 왔는데 갑작스럽게 레밍턴 M37을 쥐게 되었다.

상대가 대단하긴 했다. 선민종합병원에서 근무하는 2개 조를 단신으로 몰살시킨 놈이라고 하니 긴장하지 않을 수 없다. 그러나 그때와는 상황이 다르다. 놈은 혼란스러운 상황을 만들어 암습으로 동료들을 몰살시켰다. 하지만 지금은 놈을 독 안에 몰아넣은 상황이다.

'쥐새끼 같은 놈! 내 손으로 직접 죽여주마.'

병원에서 죽은 동료들 가운데 몇은 포정신과 제법 친하게 지냈다. 돈을 꿔줄 정도로 친분이 있는 녀석들이다. 이왕 산탄총을 들었으니 돈 떼인 것에 대한 화풀이도 할 겸 벌집으로 만들어줄 생각이다.

"놈은 거실 아니면 주방에 있다! 가능하면 생포하도록! 가!"

명령자를 힐끔 보았다. 1년에 한 번 정도 보는 노인이다. 그리고 그가 소속되어 있는 평정의 총경리가 어르신이라고 부르며 굽실거리는 사람이다.

포정신은 동료들과 함께 집 안으로 진입을 시도했다.

챙그랑!

포정신 등의 철사자들이 문과 창문을 통해 일제히 쏟아져 들어가고 잠룡대들이 집 주변의 출입 가능한 통로를 모조리 막아섰다.

창문을 깨고 들어간 다른 동료들과는 달리 포정신은 문을 통해 진입했다. 암기를 조심하라는 조장의 목소리가 들려왔다. 산탄총을 듦으로 해서 선두로 진입한 포정신은 조장의 경고에 유의하면서 현관을 통과했다. 거실의 전모가 보였다. 그의 날카로운 시선이 소파 우측에 살짝 삐져나온 머리를 발견했다.

산탄총의 방아쇠를 지그시 누르고 있던 포정신의 손가락에 힘이 들어갔다.

"쏘지 마!"

절규에 찬 목소리가 주방 쪽에서 들려왔다. 그러나 방아쇠를 당기는 포정신의 손가락에는 이미 관성이 붙어 있었다.

꽝!

포정신은 총구에서 시작된 폭풍과 화염에 휩쓸리면서도 상황을 이해할 수가 없었다.

'내가 들고 있는 게 RPG였나?'

포정신은 화염 폭풍에 휘말려 뒤로 날아가면서 의식을 잃었다.

꽝!

별장이 터졌다. 먼저 뜨거운 폭풍이 창문을 통하여 빠져나가고 뿌연 먼지가 새어 나오면서 유리 조각이 비도처럼 날아갔다. 그리고 뒤따라 시커먼 덩어리들이 창문 밖으로 튕겨져 나왔다.

"악!"

잠룡대원 하나가 유리 조각이 박힌 어깨를 붙잡고 쓰러졌다. 그 뒤를 따라 날아온 유리 조각과 돌 조각이 노차신을 덮쳤다. 노차신은 두 손을 내뻗어 휘돌렸다. 십지에서 뿜어 나온 붉은 지력이 노차신의 손동작에 따라 밧줄처럼 꼬였다. 노차신은 가슴 어림에 모인 두 손을 좌우로 펼쳤다. 그 순간 밧줄이 된 지력이 찢어져 사방으로 흩어졌다. 진기의 방패에 부딪친 유리 조각이 가루가 되어 바닥으로 떨어졌다.

노차신의 수염이 부들부들 떨렸다. 그의 눈길은 그 순간 사상자들을 살피고 있었다. 집이 터져 버리는 듯한 폭발이었다. 집 안으로 진입한 철사자들 가운데 온전한 사람은 아무도 없을 것이다. 더 큰 문제는 잠룡대였다. 군기를 잡기 위해 데려온 것이지 다 죽이려고 데려온 것은 아니었다. 하지만 눈앞의 참상은 보기가 괴로울 정도다. 집 밖에 있었음에도 불구하고 온전한 자들은 반수도 안 될 것 같았다. 몸에 묻은 먼지를 툭툭 털고 일어서는 자들은 예닐곱에 불과했다. 집에 가려 보이지 않는 자들의 피해는 그나마 덜할 것이다. 전면처럼 벽의 반을 차지하는 대형 유리창이 없기 때문이다.

'늙은이들이 난리를 치겠군. 놈! 설마 자폭한 것이냐?'

연료용 프로판가스는 취급에 상당한 주의가 필요하다. 공기보다 무거워 누출될 경우 바닥에 깔린다. 인화성이 강하여 쉽게 폭발한다. 20kg들이 대용량 가스통 한 개 반 분량이 밀림의 장독(瘴毒)처럼 깔려 있는 곳에서 총기가 발사되자 가스는 한순간에 별장을 화염지옥으로 만들어 버렸다. 폭발로 인한 폭풍이 사방으로 퍼져 나가 움직일 수 있는 모든 것을 팽개쳐 버렸고, 그 뒤를 따라서 화염이 번져 나갔다. 폭발은 공간을 한순간 진공상태를 만들어 불꽃을 사그라지게 만드는 듯하다가 새로 유입된 공기와 인화성 물질의 도움을 받아 사방에서 불꽃을 피워 올렸다.

폭발 직후 별장을 빠져나가 곧바로 강으로 뛰어들 생각이었던 임화평은 계획을 실행하지 못했다. 냉장고는 생각 이상으로 그를 안전하게 지켜주었지만, 폭발은 그를 놓아주지 않았다. 그 위력이 얼마나 강했던지, 냉장고는 벽과의 그 좁은 틈새를 채울 정도로 밀려났다가 다시 앞으로 넘어졌다.

임화평은 문짝에 등을 댄 채 두 발로 냉장고를 밀어 겨우 벗어났다. 메케한 냄새와 식도를 긁는 연기가 그의 눈살을 찌푸리게 만들었다. 물에 적신 수건으로 입을 가린 채 별장 주변의 상황을 살폈다. 또다시 눈살을 찌푸릴 수밖에 없었다. 혼란을 기대했건만 상대의 대응은 상당히 냉철했다. 별장 주변에 널브러져 신음을 흘리고 있는 자들을 돕고 있는 사람들은 별장 단지의 경비원들뿐이고, 온전한 자들은 10m 남짓 떨어진 곳에서 굳은 표정으로 별장을 노려보고 있다.

'여기서 견뎌봐야 상황이 달라지지 않는다. 질식해 죽을 테지. 의심이 들 때 물러섰어야 했다. 욕심을 부리는 게 아니었어.'

뒤늦은 후회다. 임화평은 흔들리는 눈빛을 바로잡고 다시 한 번 상황을 살폈다. 그나마 다행인 것은 총을 들고 있는 자들이 눈에 띄지 않는다는 것이다.

'하지만 놈들은 아직 나를 잘 몰라. 뚫는다.'

결정을 내리기 전에는 신중하지만, 결정을 한 후에는 망설임이 없는 사람이 임화평이다. 옆구리의 가죽 가방에서 한 움큼의 못을 꺼냈다. 그리고 곧바로 뿌연 연기를 뚫고 창문 밖으로 튀어나갔다. 두 손을 교차했다가 날개를 펼치듯 좌우로 뻗었다.

피피피피피핏!

여섯 개의 못이 뿌려졌다.

따다다당!

"크윽!"

결과는 불행하게도 임화평의 예상대로다. 네 개의 못은 청년들의 병장기에 부딪쳐 바닥에 떨어졌고 상대의 피를 본 못은 두 개에 불과했다. 두 개의 못마저 상대에게 치명상을 주지 못하고 어깨와 팔에 맞았을 뿐이다.

'과연!'

한 번 뿌려지면 반드시 피를 보던 못도 제대로 된 무공을 익힌 자들에게는 통하지 않았다. 그것은 임화평의 암기술이 특별한 비법을 통한 것이 아니기 때문이다. 반복된 수련과 내력을 이용하여 빠르고 정확하고 강하게 날리는 것뿐이다. 살기를 감지할 수 있는 정도의 무인에게는 치명타를 입힐 수 없는 것이 당연했다. 그러나 그 한 번의 투척으로 짧은 틈이 만들어졌다. 길을 내기 위해 앞길을 막은 두 사람에게 전력을 기울였고, 그 두 사람이 부상당했다. 뒤를 막을 것이 분명한 네 사람에게는 한 걸음 물러설 수밖에 없는 충격을 주었다.

임화평은 바닥에 떨어지자마자 재차 땅을 박차고 앞에 있는 두 사람에게로 쇄도했다. 그림자마저도 버린다는 과장된 이름을 지닌 살수의 보법, 사영보다.

여기서 그림자라 함은 실제로 그림자를 의미하는 것이 아닌, 변화를 의미한다. 강호의 보법은 대개 공방의 이치를 궁리하여 여러 가지 변화를 가미한다. 삼재, 오행, 육합, 팔괘, 구궁 등의 이치를 따져 독문의 무공과 어울리는 변화를 취하는 게 보통이다. 하지만 사영보는 모든 변화를 무시하고 오로지 단거리에서의 속도 하나를 취했다. 일격필살을 노려야 하며 실패하면 바로 물러서야 하는 살수를 위한 보법이기 때문이다.

파팡!

쇄도하는 와중에 좌우로 뻗어나간 스트레이트가 부상으로 주춤거리던 두 사람을 한껏 물러나게 만들었다. 길이 열리자 임화평은 두 사람을 그대로 지나쳤다. 애초에 제압할 생각조차 하지 않았다. 상대는 실수했다. 사람 수는 많았지만 집을 포위함으로써 수적인 우위를 버린 셈이다. 임화평이 일직선으로 나아간다면 그가 상대해야 할 사람은 많지 않다. 곧바로 포위망을 뚫고 강으로 내달렸다. 철사자들의 부재로 얇아진 포위망을 뚫는 순간 강까지는 무인지경이나 마찬가지다. 경계해야 할 사람은 왼쪽에서 앞길을 막아서려고 달려오는 중년인과 등 뒤에서 쫓아오는 네 청년뿐이다.

쉬쉭!

등 뒤에서 두 개의 살기 덩어리들이 날아왔다. 60㎝가량의 짧은 칼이다.

취릭!

임화평은 어쩔 수 없이 신형을 비틀었다. 방향 전환에 중점을 둔 용형신법이다. 허공에서 신형을 비튼 그의 손끝에서 한 줄기 은빛이 뻗어나갔다. 왼쪽에서 두 번째에 자리 잡고 있던 쌍도의 청년이 눈을 부릅뜨며 허리를 젖혔다. 은빛은 하늘을 바라보는 그의 두 눈앞을 스치고 지나갔다. 십년감수한 표정으로 허리를 펴는 순간 이마가 화끈해졌다. 똑같은 궤적을 따라 시간 차를 두고 날아온 두 번째 못을 미처 감지하지 못한 것이다.

임화평은 결과를 보지 않고 땅을 딛는 순간 강을 향해 재차 도약했다. 왼쪽에서 달려오는 중년인이 개중에 가까워졌지만 임화평의 속도에 비할 바가 아니었다. 거리는 6m. 그가 막아설 즈음이면 임화평의 신형은 그 공간을 지나칠 것이다.

재차 도약하며 왼쪽으로 눈길을 돌렸다. 중년인이 허리춤으로 손을 가져갔다가 앞으로 내뻗었다.

한 줄기 하얀 뱀이 임화평의 관자놀이를 향해 날아왔다. 백사는 충분하다고 생각했던 공간을 단숨에 극복하고 임화평의 관자놀이를 노리며 독아를 드러냈다. 임화평은 왼팔을 들어 머리 앞을 가리고 동시에 고개를 숙였다. 백사는 임화평의 왼팔을 할퀴듯이 지나쳐 그의 머리가 있었던 그 빈 공간을 강타하고 허공에서 머리를 들었다.

취뤼뤼뤽!

허공에서 반전한 백사가 조금 전에 스치고 지나쳤던 임화평의 왼팔을 휘감았다.

"큭!"

임화평이 얼굴을 일그러뜨리며 낮은 신음을 토하는 순간, 백사의 주인인 중년인 황기창의 입가에 차가운 미소가 감돌았다.

"잘라 버린다!"

황기창은 그의 애병 영사신편에 남은 진기를 쏟아부으며 잡아당겼다. 진기는 영사신편의 뼈대를 이루는 백절강선을 따라 임화평의 팔에 압박을 가했다.

황기창은 회심의 미소를 지었다. 결과를 아는 탓이다. 사람 몸통만 한 생나무조차 단숨에 절단해 버릴 위력이다. 근육과 살덩어리로 버틸 수 있는 것이 아니다. 당기는 순간 팔은 절단되어 허공으로 튀어오를 것이다.

"응?"

황기창은 영사신편을 당기는 힘을 따라 힘없이 딸려오는 임화평의 신형을 바라보며 의혹을 금치 못했다. 팔이 아닌 전신이 딸려오는데 느껴지는 무게는 팔 하나에 미치지 못했다. 뭔가 잘못됐다고 느끼는 순간 영사신편을 회수하기 위해 손목을 비틀었다. 그러나 그 순간 임화평의 왼손이 영사신편의 몸통을 움켜쥐었다.

파파파팡!

허공을 달리는 듯 연이어 내딛는 두 발이 황기창의 머리와 가슴을 후려 찼다. 황기창은 어쩔 수 없이 영사신편을 놓아버리고 두 손을 쉬지 않고 휘저었다. 음양환혼수다. 손과 발이 연이어 부딪쳤다. 삼격, 사격이 이어지자 황기창의 얼굴은 야차처럼 일그러졌다. 영사신편을 잃고 당황하여 제대로 진기를 운영하지 못하고 육체의 힘으로만 임화평의 강격을 막아냈기 때문이다.

"끄으윽!"

왼쪽 손목과 오른팔이 연이어 부러졌다. 급하게 뒷걸음질치는 황기창의 그림자처럼 임화평이 따라붙었다.

"이놈!"

등 뒤에서 살기와 함께 들려온 목소리다. 임화평은 오른손을 내뻗어 황기창의 오른쪽 어깨를 후려쳤다. 중심이 비틀리는 순간 황기창의 신형이 휘돌았고 임화평의 조금 전 황기창의 어깨가 있던 공간을 지나쳐 그의 뒤로 몸을 숨겼다.

퍽! 퍼벅!

거친 물결처럼 다가오던 세 줄기 검파가 연이어 황기창의 등을 두드렸다. 소벽은 황기창의 등이 갈라지고 피가 튀면서 장기가 파열되는 것을 두 눈으로 보면서도 멈추지 못하고 검을 내질렀다.

"헉!"

황기창은 눈을 부릅뜨며 임화평의 차가운 눈을 마주했다. 냉혹한 눈이다.

'제기랄! 마유림을 욕할 일이 아니었군.'

방심해서 죽었다고 생각해 놓고, 그 자신이 그러했다. 임화평은 몸에 달라붙는 옷을 입었다. 물에 젖어 옷과 팔이 밀착되어 있다. 그 안에 영사신편의 파괴력을 무력화시킬 그 어떤 기물이 장착되어 있을 여지는 없었다. 그 때문에 끝났다고 생각했던 것이다.

'도대체 어떻게 된 거야?'

그 순간 그의 등을 찌른 검은 이미 파열된 심장을 꿰뚫고 앞가슴으로 튀어나왔다.

깡!

검첨과 임화평의 왼팔이 부딪쳤다. 차갑게 미소 짓던 소벽은 황기창의 머리 너머로 임화평의 냉정한 눈을 확인했다. 소벽은 왼손을 검결지로 만들어 황기창의 어깨너머로 임화평의 눈을 찔렀다. 그 순간 임화평의 입가에도 차가운 미소가 어렸다. 명백한 비웃음이다. 소벽은 놀라서 손을 거두고 급히 뒤로 물러서려 했다. 그때 임화평의 오른손 손바닥이 황기창의 가슴을 후려쳤다.

"컥!"

소벽은 찢어질 듯 부릅뜬 눈으로 임화평을 바라보면서 힘없이 주저앉았다. 그의 입가에서 한 줄기 핏물을 흘러내렸다. 황기창의 몸에는 아무런 영향을 미치지 않았던 진기의 덩어리가 그의 심장을 바스러뜨린 것이다.

"격산타우?"

소벽이 마지막으로 내뱉은 말이다. 소벽과 황기창이 사이좋게 무너져 내렸다. 그 순간 그들이 있던 빈 공간을 채우는 인영이 있었다. 분노한 노차신이다.

그토록 찾아 헤맸던 노차신을 눈앞에 두고도 임화평의 얼굴은 불편한 기색이 역력했다. 노차신의 십지에 맺힌 핏방울 같은 홍광 때문이다.

'젠장! 하필 쇄혼지력(碎魂指力)인가?'

이해할 수 없는 무공 내력이다. 엄밀히 말하자면 쇄혼지는 서문가의 무공이 아니다. 500년 전 서문가의 오대빈객 가운데 하나였던 혈지주(血蜘蛛) 강환의 독문 무공이다. 빈객이라 함은 가문의 소속이 아닌, 우대받는 식객이라는 의미다. 그 무공이 500년 세월을 넘어 서문가에 남아 있다는 것을 이해할 수가 없는 것이다. 하지만 당면 문제는 무공의 내력이 아닌 무공의 성격이다.

쇄혼지는 상대하기가 무척이나 까다롭다. 지력이 발출된 후에도 손가락의 움직임에 따라 굴절하기 때문에 막기도 어려울뿐더러 지력의 성격 자체가 음유한 탓에 틈새를 끈질기게 파고든다. 십지에서 동시에 지력을 발출하여 상대를 옥죄기 때문에 강환은 혈지주라고 불렀다. 핏방울이 뚝뚝 떨어질 것 같은 상태를 보면 노차신의 성취는 강환에 못지않다. 그를 앞에 두고 등을 돌릴 수가 없게 된 것이다.

임화평은 뒤늦게 달려온 잠룡대원들이 강으로 향하는 길목을 막아서는 것을 보면서도 어쩔 수 없이 노차신을 향해 쇄도했다. 노차신이 두 손을 세차게 뿌렸다. 노차신의 십지에서 뻗어나간 붉은 거미줄이 임화평의 좌우로 뻗어나갔다. 그와 동시에 임화평도 두 주먹을 좌우로 연이어 내뻗었다. 무영제뢰수가 가미된 잽이다.

노차신의 손가락들이 안으로 굽으려는 순간 임화평의 잽에서 뻗어 나온 진기의 물결이 열 개의 거미줄을 두드렸다.

파파파파파팡!

열 개의 거미줄이 붉은 연기가 되어 흩어지는 순간 임화평의 두 주먹이 곧바로 노차신의 두 손을 향해 뻗어나갔다. 노차신은 두 손을 합장하듯 모아 지력을 발출하고 두 손을 좌우로 펼쳤다. 붉은 몽둥이가 한순간에 방패처럼 펼쳐져 임화평의 권기를 막아냈다.

콰쾅!

두 사람은 동시에 물러섰다. 공력만으로는 박빙이다. 하지만 놀란 사람은 노차신이다. 직접적으로 노리지 않는, 상대를 옭아매는 방식의 쇄혼지력은 처음 경험한 사람이 막아내기에는 당황스런 무공이다. 그럼에도 불구하고 임화평은 한 점 흔들림없이 쇄혼지력을 봉쇄하고 반격까지 해냈다.

살수라고 얕보는 마음이 없지 않았는데, 맞상대해 보니 내공마저 모자람이 없다.

"이, 이놈! 막아!"

노차신을 더욱 당황스럽게 만든 것은 물러난 후의 반응이다. 재격돌을 대비하던 노차신을 뒤로하고 임화평은 충돌의 반발력을 이용하여 뒤로 몸을 날렸다. 노차신이 두 걸음 물러섰던 것을 생각하면 임화평 또한 두 걸음, 혹은 세 걸음 물러서면 족했다. 하지만 그 상황에서 몸을 가볍게 하여 순식간에 5m를 이동한 것이다.

임화평은 뒤로 튕겨지는 순간 허공에서 몸을 반전하여 몸을 활처럼 구부렸다가 활짝 폈다. 궁신탄영의 신법을 펼치는 그 순간 그의 손에는 지금껏 홀더에 얌전히 꽂혀 있던 삼단봉이 들려 있었다.

쉿!

한 번의 휘두름으로 펼쳐진 삼단봉은 그대로 반전했다가 허공을 난자했다. 노차신과의 싸움에 끼어들지 못하고 주위를 감싸고 있던 잠룡대원들이 병장기를 뽑아내는 순간,

쉬쉬쉬쉬쉬쉭!

허공을 난자한 삼단봉의 검첨에서 수십 줄기 무형의 검기가 뿜어나갔다. 실전에서 처음으로 펼쳐진 뇌전연환살검의 절초, 천뢰만균이다. 가차 없는 일격, 공력을 아끼지 않은 일격이다.

급습에 놀란 잠룡대원들이 사력을 다해 병장기를 휘둘렀지만, 내공의 격차를 감당하지는 못했다. 노차신에 모자라지 않는 임화평을 감당하기에는 무공과 함께 보내온 세월이 너무도 짧았다. 노련한 강호의 노고수와 후기지수들의 싸움이나 마찬가지다.

피가 튀었다. 병장기를 떨어뜨리고 상처를 감싸 쥐는 자, 내상을 입어 피

를 토하는 자, 한순간에 절명하여 그대로 널브러진 자들이 속출했다.

임화평은 피를 토하며 주저앉는 한 청년의 머리를 밟은 후 재차 허공으로 치솟아 올랐다.

파르르륵!

등 뒤에서 맹렬한 파공음이 들려왔다. 강까지의 거리는 겨우 10m 남짓. 무시하고 그대로 몸을 날릴 생각도 했지만 파공음에서 느껴지는 속도는 간과할 수 있는 수준이 아니었다. 허공에서 몸을 휘돌렸다. 그 순간 그의 눈에 띈 사람은 노차신과 함께 창고에 나타났던 중년인이다.

'비룡행(飛龍行)!'

두 팔을 옆구리에 반듯하게 붙인 채 머리가 앞으로 쏠리는 특이한 모양새의 신법. 서문세가의 직계들에게만 전해진다는 비룡행이다. 임화평과의 거리는 아직도 7m 이상이다. 그런데도 위협을 느낄 정도의 파공음을 만들어냈다는 것은 비룡행이 절정에 이르렀다는 의미다.

몸을 휘돌려 등으로 바람을 맞아야 했던 임화평은 중년인 서문영락을 떨칠 수 없게 되었다. 임화평은 그것을 느낀 즉시 삼단봉을 왼손으로 옮겨 쥐었다. 그 순간 냉정한 눈빛으로 그를 노려보며 날아오던 서문영락이 허공에서 두 팔을 펼쳐 앞으로 기울어졌던 몸을 바로 하고 오른손을 휘돌려 그대로 내뻗었다.

눈에 보이는 그 어떤 변화도 없었지만 임화평은 그것이 무엇인지 깨닫고 눈을 부릅떴다.

'무형단공장(無形斷空掌)?'

서문가를 세가로서 모자람이 없도록 만들어준 대표적인 무공은 모두 검법이다. 서문 성을 쓰는 사람이라면 누구에게나 개방된 천성단홍검(天星斷虹劍)과 직계들 가운데 가주의 허락을 받은 자만이 익힐 수 있는 탄현복룡구절(彈絃伏龍九絶)이 그것이다. 이 두 가지 검법은 서문가가 무가로서 대접받을 수 있었던 천성검과 탄현오식의 발전형으로, 명대에 이르러 비약적으로 개량 발전된 것이다. 이 두 가지 검법으로 말미암아 서문세가는 이름뿐인 세가가 아닌, 세가다운 무력을 지녔다는 평판을 얻게 되었다.

　서문세가가 검법으로 이름을 떨치게 된 데에는 서문가 사람들의 유전적인 체형과도 관계가 있다. 서문가 사람들은 대개가 키가 크고 뼈가 튼튼하며 몸이 유연하다. 특히 팔다리의 길이가 대개의 사람들에 비해 긴 편이다. 그 특성을 이용하여 쾌를 중시한 천성검과 환을 중점으로 둔 탄현검을 익혔다. 그러나 서문가 사람이라고 모두 비슷한 체질을 타고나는 것은 아니었다.

　원 말기에 태어난 서문전이라는 사람이 있었다. 외탁한 그는 대개의 서문가 사람들과 달리 단구에 팔다리가 짧고 굵어 가전의 검법과는 상성이 맞지 않는 사람이었다. 결국 가문에서 소외될 수밖에 없었고, 한이 맺힌 서문전은 자신에게 맞는 무공을 찾기 위해 가문의 무고에서 두문불출했다. 다행히 서문전은 무공에 재질이 없는 사람은 아니었다. 20년간 양강의 장법 하나에 매달려 장법 하나를 만들어냈고, 그는 결국 그것으로 강남제일장이라는 별호를 얻었다. 그가 만든 무공이 바로 무형단공장이다.

　임화평은 삼단봉을 왼손으로 옮긴 것을 후회하며 주먹을 세 번이나 연이어 허공에 내질렀다. 강호의 이류무사들이 양강의 장공으로부터 스스로를 보호하기 위해 사용했던 삼첩장을 권법으로 펼친 것이다.

　팡! 팡! 팡!

　첫 번째 충돌로 오른쪽 어깨가 빠질 듯한 충격을 받았고, 두 번째 충돌로 심장이 파열되는 듯한 충격을 받았다. 그리고 세 번째 충격으로 인해 오장이 뒤집히는 듯한 내상을 입고 피를 토했다.

피를 토하는 순간 임화평의 얼굴은 고통으로 일그러졌다. 그러나 그 안에 한줄기 미소가 어렸다. 내상을 입었지만 그의 신형은 어느새 10m 정도를 날아 강에 이르렀다. 애초에 삼단봉을 왼손으로 옮기고 상대의 힘을 이용하려던 계획은 성공했던 것이다.

'대단하군. 무공이 불필요한 이 세상에서 이 정도까지 익혀내다니, 자질과 오성이 상당히 뛰어난 놈이야.'

서문영락의 실력에 감탄하며 강 위를 날아가는 순간 가슴에서 둔중한 압박감이 느껴졌다.

생소하면서도 익숙한 느낌!

임화평은 급히 왼손을 내뻗어 허공을 후려쳤다.

팡!

격공장이 터져 나가면서 허공을 날고 있던 임화평의 신형이 누가 뒷덜미를 잡고 잡아당기는 것처럼 빠른 속도로 이동했다.

탕!

왼팔이 떨어져 나갈 것 같은 충격과 동시에 총성이 있었다. 그 순간 임화평의 신형이 비틀리면서 물속으로 떨어졌다. 허공에서 이동하지 않았다면 심장이 꿰뚫렸을 것이다.

촤아!

강물로 빨려들어 간 임화평은 그대로 잠수하여 강 중앙까지 이동한 후 물 밖으로 얼굴을 내밀었다. 서문영락의 강렬한 시선이 느껴졌지만 임화평이 바라보는 곳은 육호 별장의 이층 창문이다. 그다음으로 눈길이 옮겨간 곳은 서문영락이다. 두 사람의 눈이 마주친 그때 다시 이마에 둔중한 압박감이 느껴졌다. 임화평은 그 순간 천근추를 펼쳐 급속히 물속으로 사라졌다. 그때 총알 하나가 그의 머리 위를 스쳐 지나가 강물에 작은 파문을 일으켰다.

충돌로 인하여 어쩔 수 없이 멈춰 서야 했던 서문영락은 임화평이 사라진 곳을 노려보며 주먹을 불끈 쥐었다. 그때 서문영락의 곁으로 달려온 노차신이 소리쳤다.

"놈은 정상이 아니다. 잡아!"

십여 명의 잠룡대원이 급히 보트 계류장으로 달려갔다.

모터 돌아가는 소리가 요란하게 들리는 순간, 물속에서 10m를 이동하여 다시 부상한 임화평이 차가운 눈으로 서문영락과 노차신을 바라보다가 강물 속으로 스며들었다. 서문영락은 아무것도 보이지 않는 강물을 바라보며 중얼거렸다.

"놓쳤군."

노차신이 분노에 찬 눈으로 수면을 가르는 두 대의 모터보트를 보며 고개를 저었다.

"아직 늦지 않았습니다. 놈의 내상이 가볍지 않습니다."

노차신은 임화평이 날아갔던 궤적 아래에 떨어져 있는 핏줄기를 바라보았다. 서문영락은 쓰게 웃으며 고개를 저었다.

"놈의 태도를 보셨지 않습니까? 곧바로 달아나도 모자랄 놈이 저격수를 노려보는 것으로도 모자라 제 얼굴까지 확인한 후 지금까지 모습을 드러내지 않습니다. 수공에도 일가견이 있다고 보아야겠지요."

노차신은 허탈한 표정을 지은 채 표류하듯 강을 오가는 두 대의 모터보트를 바라보았다. 두 대의 모터보트는 끝내 임화평의 그림자를 찾지 못하자 강물을 흐름을 따라 아래쪽으로 달려갔다.

서문영락은 보트에서 눈길을 거두고 노차신을 바라보았다.

"그놈, 어떤 놈일까요? 한국 놈이 틀림없습니까? 홀로 대면했다면 승부를 장담할 수 없었을 겁니다. 한국에도 내공을 그만큼 쌓을 수 있는 무공이 있습니까?"

　노차신으로서도 이해할 수 없는 문제였다. 이제 그자가 임화평이라는 사실조차 믿기 힘들었다. 중국인과 구별되지 않는 유창한 북경어를 구사하며, 그에 못지않은 무공을 익혔다. 그가 구사하는 초식들은 대개가 단순한 현대 무술의 개량형에 지나지 않았지만, 삼단봉으로 펼친 검법은 제대로 체계가 잡힌 무공이었다. 평생을 한국에서 요리사로 살았던 자라고 생각하기에는 무리가 많았다.

　"아저씨! 반드시 잡아야 합니다. 그자가 암습할 경우 감당할 자신이 없군요. 분탕질 치기 전에 잡아야 합니다."

　노차신은 서문영락의 말에 곧바로 마종도를 찾았다. 임화평이 두려워서 현승이 밝히기를 꺼렸던 북경 내의 주소를 알아내야만 했다.

제3장
나는 살 만한 가치가 있는 사람인가?

해동의 뱃사람들을 선조로 둔 임화평이다. 그의 집안의 가업은 수로표국이다. 그리고 오류귀해공의 수련은 수기(水氣)로부터 시작된다. 태어나자마자 물과 친숙할 수밖에 없는 환경이다. 수영 선수들처럼 멋들어지게 수영할 수는 없지만, 기력이 떨어지지 않는 한 물을 땅처럼 여기는 사람이 임화평이다. 일단 물속에 들어가면 반 각 이상 공기를 흡입하지 않아도 견딜 수 있다. 그러나 임화평은 잠수한 채 물길을 따라 내려가기보다는 보트 계류장 아래에서 시간을 보냈다.

물 밖으로 얼굴만 내민 채 오류귀해공을 운공하여 내상부터 가라앉혔다. 오류귀해공은 임화평의 흔들렸던 장부의 위치를 바로잡고 뒤집힌 속을 가라앉혔다. 30여 분이 지난 후, 임화평은 보트들이 탐색을 포기한 채 돌아오던 그제야 물속으로 스며들어 강을 따라 내려갔다.

"푸후!"

물 밖으로 얼굴을 내민 때는 강물의 흐름을 따라 3㎞ 이상 떠내려 왔을 즈음이었다. 물 밖으로 내밀어진 임화평의 얼굴에는 미약하게나마 화기가 감돌았다. 내상이 많이 가라앉은 것이다. 오류귀해공은 내공을 쌓는 데에 있어 그리 뛰어난 점은 없지만, 오장 단련을 목적으로 하는 탓에 내상 치료에 있어서만큼은 탁월한 심법이다. 저격수의 총탄에 빗겨 맞은 왼팔도 심각하지는 않았다. 그러나 정통을 맞았다면 뼈가 부러지는 정도는 감수해야 할 것이다.

"우왝!"

한줄기 핏물을 다시 토해놓고 심호흡으로 들뜬 가슴을 안정시켰다.

"다행이군. 생각보다는 가벼워. 그런데 그자는 왜 무형단공장을 익힌 거지? 검법을 익히기에 부족하지 않은 근골이던데……. 검을 들고 다니기에 어울리지 않는 시대라서 그런가?"

임화평은 생각을 끊고 뭍으로 올라와 그늘 속에 몸을 숨긴 후 시간을 확인했다. 5시 52분이다. 위동금과의 약속 시간으로부터 한 시간 가까이 늦은 셈이다. 배낭을 열어 지퍼 백에 들어 있는 선불폰을 꺼냈다.

"나다. 그래, 무사해. 지금은 아니다. 다시 전화하마. 옷이 젖었다. 한두 시간 걸릴 거다. 끊자."

정황상 황윤길이 배신했다고 봐야 한다. 집과 차는 포기해야 한다. 보통 문제가 아니다. 집이야 없어도 그만이지만 차가 없는 것은 곤란하다. 이동 시 불편할 뿐만 아니라 미행, 추적, 납치, 그 무엇 하나 마음 편하게 할 수 없다.

"후! 차를 어디서 구한다? 훔쳐야 하나? 참 불편한 세상이로구나."

훔친 차를 타고 마음 놓고 다닐 수는 없다. 그렇다고 없이 살자니 일에 막대한 지장이 있다. 답을 구하지 못하고 생각을 끊었다.

가부좌를 틀고 재차 내상 치료에 집중했다. 수기로부터 시작된 운공이 화기에 이르자 전신에서 열기가 뿜어져 나왔다. 그때부터 젖은 옷에서 아지랑이가 피어올랐다. 한 시간 남짓의 운공을 끝내고 눈을 뜬 임화평의 얼굴에 홍조가 어렸다.

임화평은 배낭의 내용물들을 하나씩 꺼내 점검했다. 먼저 꺼낸 것은 지퍼 백에 담긴 두 자루의 장난감 같은 총이다. 길이가 겨우 15㎝ 정도로, 펼친 손바닥에 거의 다 가려진다. 슬라이더 위에 적힌 글자를 보니 독일산이다. 영어식으로는 월터, 독일식이라면 발터로 발음해야 할 것이다.

"현승의 그놈이 가지고 있던 그 총이로군. 놈들도 중국제는 못 믿는다는 건가?"

지퍼 백을 내려놓고 밀봉된 비닐 봉투를 꺼내 그 안에서 젖은 수건을 꺼냈다. 물기를 짜내고 그것으로 알루미늄 밀폐 용기에 묻은 물기를 정성스럽게 닦기 시작했다. 수건을 내려놓고 두 손으로 밀폐 용기를 감싸 쥔 채 부드럽게 어루만졌다. 얼굴 전체에 애잔한 미소가 어렸다.

"고생시켰구나. 조금만 더 참으렴. 곧 편안하게 만들어주마."

또 다른 지퍼 백에서 지갑을 꺼내 바닥에 내려두고, 권총과 밀폐 용기를 다시 배낭 안에 넣고, 수건과 비닐 봉투는 낮은 수풀 속에 던져 버렸다. 그리고 마지막으로 선불폰을 챙겨 들었다. 지갑에서 명함 한 장을 꺼내 그 번호로 전화를 걸었다.

"어이, 황 비서! 잔머리 참 잘도 굴렸더구나. 총 가진 놈만 서른이 넘겠더라고. 기분이 더러워서 다 죽여 버렸다. 닥쳐! 나 어떤 놈인지 몰라? 그 정도 눈치도 없을 것 같아? 내가 죽지 않아 그나마 다행인 줄 알아라. 나 죽었으면 매스컴 난리 났을 거다. 그럼 그 정도 준비도 안 해놓고 왔을까 봐? 뭐라고? 하는 거 봐서. 우선 놈들에게 내 거처 알려줘. 망설이는 척하다가 내일 아침 즈음에 알려줘. 알았어? 다시 연락하지."

임화평은 황윤길과의 통화를 일방적으로 끝내 버리고 전화기를 부숴 버렸다. 어떻게 하겠다고 구체적으로 말하지 않았으니 처분만 기다리는 심정일 것이다. 그렇다고 그쪽에서 연락할 방법도 없다. 임화평이 굳이 여운을 남긴 것은 황윤길로 하여금 쉽게 결단을 내리지 못하게 하려는 것이다.

"귀찮게 해도 한 번은 봐주겠다는 약속, 지켰다."

황윤길에게 받은 여권으로 한국과 중국의 공항을 무사통과했을 때 스스로 약속을 한 적이 있다. 한 번은 봐주겠다고. 황윤길은 모르는 사실이지만 어쨌든 임화평의 스스로의 약속을 지킨 셈이다.

한 시간 반 만에 위동금에게 다시 전화를 걸어 차에 몸을 실었다. 그들이 향한 곳은 북경이 아닌 천진이었다.

⚜

자정에 이른 시간, 천진에서 북경으로 향하는 공로에서 벗어난 이름 모를 벌판이다. 묘한 지세다. 낮은 구릉들이 연이어져 있어 느껴지는 것은 황량함 뿐이다. 그나마 위안이 되는 것은 주변에 인적이 없다는 것뿐이다.

임초영의 심장은 향나무 유골함에 담겨 차곡차곡 쌓아올린 화장용 목재 위에 올려졌다. 공업용 알코올이 뿌려지고 그 위로 성냥 하나가 떨어졌다.

화장식의 참관인은 위동금 한 사람뿐이다. 임화평은 활활 타오르는 불꽃을 바라보며 미소 지었다.

"고향에서 보내줘야 하는데, 미안하구나. 그래도 여기 시원해서 좋잖아? 부족하지만 이 정도로 만족해 주렴."

한여름에 불길까지 거세다. 임화평과 위동금은 얼굴 한번 찡그리지 않고 불꽃이 사그라질 때까지 자리를 지켰다. 불씨만 남았을 때 임화평은 장갑 낀 손으로 불씨를 뒤적여 남은 것이 있는지 확인했다. 재밖에 남지 않았다.

임화평은 불꽃이 남지 않도록 생수를 부어놓고 마침내 한숨을 쉬었다. 그러나 속 시원한 한숨은 아니다.

'우상이 죽었다? 나머지 장기를 가져간 놈들을 어떻게 찾는다? 이렇게 되면 병원의 고위층을 납치하는 수밖에 없나?'

병원장이나 외과 과장 정도면 가능할 것이다. 그러나 임화평으로서는 누가 누군지 알 수 없다. 그것을 알아내는 것만으로도 적지 않은 노력이 필요할 것이다.

'기한이 정해진 건 아니잖은가? 막막하던 때에 비하면 훨씬 낫지. 굵직굵직한 놈들은 다 알지 않는가? 느긋하게 가자.'

불이 완전히 꺼진 것을 확인한 후 위동금에게 말했다.

"그만 가자."

위동금은 불편한 눈빛으로 바라보았다.

"정말 이걸로 괜찮습니까?"

심장 하나에 불과했지만 마음이 편치 않았다. 향도 없고, 지전도 없고, 제물도 없다. 그냥 불 질러 태운 것이나 마찬가지다. 약식이라고 해도 너무나 간단한 화장이다. 그 정도로 과연 한 맺힌 영혼과 임화평의 마음이 달래질 수 있을지 걱정인 것이다.

임화평은 미소를 지으며 위동금의 머리를 쓰다듬었다.

"내 딸 간 지 오래다. 꿈에서도 안 나타는 걸 보니 좋은 곳에 다시 태어난 것 같구나. 분명히 말하는데, 지금 내가 하는 일은 내 마음 편하자고 하는 복수일 뿐이야. 복수가 끝날 때까지 영혼이 구천을 헤매고 다닌다고 생각하면 끔찍하지 않느냐? 이 정도면 충분하단다. 그나저나 곤란하게 됐구나. 집과 차, 버릴 때가 됐다. 집이야 호텔 있고 아파트 있으니 상관없다만, 차가 없으면 너나 나 모두 곤란한데 어떻게 구해야 할지 모르겠어."

임화평도 불편하지만, 위동금도 곤란했다. 아파트에 있는 사람들은 함부로 나다닐 수 없는 사람들이다. 그나마 마영정은 변장을 하여 나다닐 수 있겠지만 대인기피증이 있어 아직까지 집 밖을 나선 적이 없다. 그 때문에 생필품 조달은 위동금이 하고 있다. 하지만 매일 왔다 갔다 할 수가 없어 차로 한 번씩 대량 구입하고 있다.

위동금이 예상 밖으로 밝게 미소 지었다.

"사부님의 절친한 친구분이 중고차 판매를 하십니다. 도와주실 겁니다."

"믿을 수 있는 사람이냐?"

"예. 팔극권의 고수라고 하셨습니다."

조금은 뜬금없는 대답이다. 그러나 임화평은 쉽게 이해했다. 고수라고 불릴 만한 권사가 중고차 판매를 하고 있다. 그 말은 무술을 세상을 살아가는 기술이 아닌 수양의 방편으로 수련하고 있다는 의미다. 단순한 무술가가 아닌, 무예가인 셈이다.

"무슨 뜻인지 알겠다. 가능하다면 이번에 아예 두 대를 구하자꾸나."

한밤중에 북경으로 들어가 공용 주차장에 차를 버리고 사성 급 호텔에서 하루를 묵었다. 아침이 되어 위동금은 두 통의 전화 통화를 끝냈고, 임화평은 생각보다 쉽게 두 대의 차를 구할 수 있었다.

임화평과 위동금이 만난 금평은 50대 중반의 대머리 사내로, 중국에서 가장 대중적인 차인 폭스바겐만 파는 중고차 판매상이다. 금평은 위동금의 처지를 들어서 아는 듯, 측은한 눈빛으로 바라보았다. 처음 보는 순간 믿음이 가는 선한 눈매를 지닌 사내여서 임화평은 그가 권하는 두 대의 차를 별달리 따지지 않고 구입했다. 외형상 신차나 다름없는 98년형 폭스바겐 파사트는 임화평이, 95년형 폭스바겐 폴로는 위동금이 몰기로 했다.

"도움 주셔서 고맙습니다, 아저씨."

"돈 다 받고 하는 건데, 뭐가. 차 사줘서 내가 고맙지. 안전운전만 해다오."

상당한 위험부담을 안고 파는 셈이다. 위조 운전면허증으로 계약된 서류의 판매일은 공란이다. 문제가 생기면 그 전날을 판매일로 기입하기로 했으니, 팔리지 않은 차나 마찬가지다. 사고가 났을 때 미리 연락을 받지 못한다면 그가 곤란해진다.

임화평은 아무런 말도 하지 않고 대신 포권을 취해 고개를 숙여 보였다. 시대에 맞지 않는 인사였지만, 마음만은 충분히 표현한 인사였다. 금평 또한 기분 좋은 미소를 지으며 고개를 숙였다.

오후 2시가 조금 넘어 판매소를 나선 두 사람은 그 자리에서 헤어졌다. 위동금은 이파트로 향했고, 임화평은 집으로 갔다. 간단하게 요기한 후 집에서 시내로 들어가는 도로에 차를 세우고 정처없이 기다렸다. 가지고 놀 수 있는 유일한 장난감인 망원경으로 집 주변을 감시했다. 언뜻 보면 특별한 점이 없다. 그러나 집 주변이 아닌 마을 단위로 보면 뭔가 어색한 점이 있다. 평소에 보지 못했던 세단과 밴들이 집에서 조금 떨어진 곳곳에 정차되어 있고, 양복을 입은 젊은이들도 두어 명 보인다. 외부인의 출입이 그다지 많지 않은 한적한 주택가라는 사실을 간과한 것이다.

'벤만 네 대라? 어림잡아도 스물은 넘겠어. 분위기로 봐서는 총잡이들 같은데……. 결국 따라갈 차는 저것인가?'

임화평은 빌어먹을 벤츠와 그 번호판을 확인하고 시내로 향하는 도로를 따라 한참을 더 나아가서 사거리 근처에 자리 잡았다. 거기서 어디로 빠질지 알 수 없기 때문이다.

연락을 받은 위동금이 택시를 타고 다시 왔을 때가 되어서야 임화평은 간단히 요기하고 잠을 잘 수 있었다.

벤츠와 한 대의 밴이 움직인 때는 새벽 5시가 다 되어갈 무렵이었다. 뒷좌석에서 웅크린 채 잠을 자는 위동금을 깨우지 않을 만큼 느긋하게 뒤따랐다.

'호! 독특하군. 와호장룡에 나오는 그 동네를 축소해 놓은 것 같네.'

차가 선 곳은 자금성 북문, 즉 신무문 북쪽에 자리한 북해공원에서 그다지 멀지 않은 곳이다. 임화평은 주변에 드러나지 않는 공간을 찾지 못해 멀찌감치 떨어진 채 망원경으로 사내들이 들어간 집을 살폈다. 과거와 현대가 공존하는 공간이다. 이어진 지붕들은 과거의 모습 그대로지만, 차가 선 넓은 주차장과 마을을 둘러싼 담장은 옛것을 흉내 낸 현대의 방식으로 만들어졌다.

임화평은 담장과 지붕 위에서 설치된 수십 대의 감시 카메라들을 확인하고 망원경을 내려놓았다.

'규모만큼은 고관대작의 저택에 모자람이 없다. 그러나 하나의 집이라고 생각하기에는 구조가 너무 어색해. 여러 채의 사합원을 하나로 엮은 것인가? 곤란하군. 들키지 않고 들어가기는 어렵겠어.'

사합원 하나만 해도 임화평이 머물던 사합원의 두세 배 규모는 될 듯했다. 한국의 육십 평 아파트보다 커 보이는 사합원이 스무 곳 이상 집단으로 모여 있다고 생각해 보면 그 규모를 짐작할 수 있을 것이다.

임화평은 일단 뒤로 빠졌다. 위동금을 깨워 돌려보내고 근처의 호텔을 잡았다. 숙면을 취한 후 오후 4시가 넘어서야 동대문 총포사에 들렀던 나이 든 그 얼굴로 근처에서 간단히 쇼핑한 후, 화사한 반팔과 반바지를 입고 여느 관광객들과 다름없이 산책을 하듯 이름 모를 호동 주변을 거닐었다. 집을 관찰하기 위한 산책이라기보다는 주변을 파악하기 위한 움직임이다.

 멀지 않은 곳에 북해공원과 공왕부화원이 있어 관광자원으로 삼기에 충분한 가치가 엿보이는 건물군이지만, 묘하게 소외되어 있다는 느낌이다. 건물 자체가 주는 위압감 때문일 것이다. 도심 속의 성처럼 신축된 높은 담장과 보란 듯이 모습을 드러낸 감시 카메라들, 그리고 굳게 닫힌 붉은 문이 근처를 오가는 관광객들을 밀어내는 느낌이다. 주변에 높은 빌딩도 없어 내부를 엿보기도 어려운 위치다.

 건물 주변을 한 바퀴 돌고 나서 다시 정문으로 생각되는 붉은 문 앞으로 돌아왔다.

 '대놓고 들어가기 전에는 어렵겠어. 나올 때를 기다려야 하나?'

 그때 낯선 목소리가 귀를 두드렸다.

 "실례합니다. 우리 사진 한 장만 찍어주시겠습니까?"

 묵직한 남자의 영어다. 집중하지 못해서 제대로 듣지 못했지만, 사진기를 들어 보이는 모습을 보면 누구라도 그 뜻을 이해할 수 있다.

 임화평은 미소 띤 얼굴로 고개를 끄덕이며 상대를 살폈다. 서른 초반에서 중반 정도의 두 사람은 늦깎이 신혼부부처럼 보이는 서양인들이다. 건장한 체구의 금발 남자와 흑발의 라틴계 여인이다.

 니콘 카메라의 뷰 파인더를 통해 다시 두 사람을 바라보았다. 두 사람은 보란 듯이 붙어 서서 서로를 향해 고개를 숙이고 환하게 웃으며 브이 자를 그려 보였다. 그 뒤로 붉은 문과 답답한 담장, 그리고 고색이 창연한 지붕들이 보인다.

임화평은 연달아 두 장의 사진을 찍어주고 카메라를 건넸다. 이번에는 여자가 혀 말린 듯한 중국어로 호들갑스럽게 인사를 하고 사내와 함께 멀어져 갔다.

임화평은 두 사람의 뒷모습을 바라보며 두 눈을 반짝였다.

'뭐 하는 자들이지? 단련된 손에 걸음걸이도 일반인과는 달라. 느긋해 보이려고 하지만 습관을 저버리는 건 쉬운 일이 아니지. 휴가 나온 군인 부부? 눈빛이 아니야. 얼굴은 웃어도 눈은 아니었어. 군인이라도 놀러 왔으면 그런 눈빛을 드러내지는 않아. 그리고 근처에 사진 찍을 곳이 넘쳐 나는데 왜 하필 이곳인가?'

임화평은 두 사람을 멀찌감치 뒤따랐다. 북해공원 방향으로 걸어가다가 관광객들 사이에 합류하자 두 사람의 걸음이 빨라졌다. 조금 전까지 보이던 신혼부부의 모습은 간곳없다. 임화평은 오로지 하나, 사내의 회색 레인저 모자만을 주시하며 멀리서 그들을 뒤따랐다.

교통수단을 이용하면 어쩌나 했는데, 다행스럽게도 두 사람은 호텔로 들어갔다. 북해공원 북서쪽에 자리한 금대호텔이다. 눈에 띄거나 가이드북에 포함될 정도로 유명한 호텔은 아니지만, 시설만큼은 사성 급 호텔에 부족함이 없다. 북경의대제일병원 근처라 임화평도 몇 번 지나치며 보았던 곳이다.

'호텔을 옮겨야겠군.'

임화평은 키를 받아 엘리베이터로 향하는 두 사람을 뒤로하고 호텔 로비를 빠져나왔다.

⚜

스캇 데이비스는 금대호텔 스위트룸에 모인 사람들의 면면을 확인하고 당혹감을 감추지 못했다. 한 사람은 모르지만 나머지 두 사람에 대해서는 잘 알고 있다. 업계에서는 상당히 유명한 인물들이다. 두 사람의 인지도를 생각해 볼 때 나머지 한 사람 역시 안면만 없을 뿐, 두 사람 못지않은 실력자일 것이다.

'휘유! 규모가 큰 작전이라고 듣기는 했지만, 저 인간들하고 같이 할 줄이야.'

올해로 서른일곱 살이 된 스캇 데이비스는 네이비씰 출신으로, 현재 사설 용병 송출 회사인 이규제큐티브 아웃컴즈 소속이다. 아프리카와 남미에서 주로 활동한 그는 용병 경력만 13년이 넘은 베테랑으로, 그쪽 세계에서는 상당한 인지도를 자랑한다.

"요! 스캇, 오랜만이야."

30대 후반의 흑인이 하얀 이를 드러내 보이며 웃었다. 스캇 데이비스는 사내를 향해 쓴웃음을 지어 보였다.

"사이먼! 앙골라 이후 처음이지?"

사이먼 재슨은 미 해병대 출신으로, 현재 사설 용병 기업 블랙 맘바의 팀장으로 있다. 그가 나머지 두 사람을 소개했다. 먼저 가리킨 사람은 용병답지 않게 파란 실핏줄이 보일 정도로 창백한 얼굴을 가진 40대 초반의 백인이다.

"대충 알겠지? 그 아서 메이슨이야. 영국 SAS 출신으로 현재 레드 페어리에서 활동하고 있지. 이쪽은 스캇 데이비스. 이규제큐티브 아웃컴즈의 팀장이다."

아서 메이슨과 스캇 데이비스는 고갯짓으로 인사를 대신했다.

아서 메이슨은 용병 세계에서 학살자라는 잔혹한 별명으로 유명한 사내다. 그의 팀이 지나간 자리에는 생존자가 남지 않는다고 한다. 물론 용병 세계에서는 흔한 일이다. 하지만 아서 메이슨은 총보다 나이프를 선호하는 탓에 피해자들의 사체가 상당히 지저분하다. 그 탓에 학살자라는 좋지 않은 별명이 붙었다.

"그리고 이쪽은 마사오 윌버래. 현재 블랙 워터에 있다는군."

스캇 데이비스는 새삼스러운 눈빛으로 나이를 짐작할 수 없는 동양계 혼혈 용병을 바라보았다. 마사오 윌버도 스캇 데이비스를 바라보며 눈인사했다.

"델타포스?"

스캇 데이비스의 질문에 마사오 윌버는 눈웃음을 치며 고개를 끄덕였다.

"네이비씰?"

스캇 데이비스도 마찬가지 반응을 보였다.

"그래. 와우! 이거 생각보다 규모가 큰 작전이네."

네 사람 모두 분대 규모의 팀을 운영하는 팀장이다. 스캇 데이비스가 4개 팀의 대표로 자리에 참석했으니, 나머지 세 사람도 그럴 가능성이 높다.

"우리 쪽은 네 개 팀인데, 너희들은 어때?"

아서 메이슨과 사이먼 잭슨은 네 개 팀이라고 대답했고, 마사오 윌버는 손가락 여덟 개를 펴 보였다. 스캇 데이비스는 놀란 눈으로 마사오 윌버를 바라보았다.

용병 작전팀은 회사마다 그 규모가 다르다. 다섯 명을 한 팀으로 삼는 곳도 있고, 일개 분대, 즉 열두 명을 한 팀으로 만든 회사도 있다. 스캇 데이비스의 팀은 여섯이 한 팀이다. 그것을 기준으로 해도 최소한 100명, 일반 중대 병력은 된다는 뜻이다.

스캇 데이비스는 간단한 계산을 끝내고 휘파람을 불며 나머지 사람들을 바라보았다. 그들의 감상도 마찬가지인 모양이다.

"블랙 워터는 역시 사람이 많구먼. 지원자가 그렇게 많아?"

마사오 윌버가 싱긋 웃으며 대답했다.

"돈 많이 준다잖아. 이 한 건으로 연봉이 나오는데 안 할 놈 몇이나 될까?"

팀원 개개인에게 지급되는 돈만 10만 달러가 넘는다. 물론 스캇 데이비스 같은 팀장은 더 받는다. 당연히 그도 돈 때문에 참여했다. 은퇴를 생각하는 중에 제의가 들어와 기꺼이 나섰다.

'그만큼 위험하다는 뜻이잖아? 발을 잘못 들인 건가? 역시 셧업 미션에는 끼어드는 게 아닌데……'

의뢰들 가운데 가끔 '묻지 마 작전'이라는 것이 있다. 현장에 도착하기 전에는 임무의 내용을 알지 못하는 작전이다. 기밀 엄수라는 면에서 이해를 못하는 것은 아니지만, 임무의 내용이 대개 비인륜적이거나 위험하기 그지없어 용병들이 꺼리는 경향이 있다. 하지만 그 경우 보수만큼은 확실하기 때문에 그런 일만 찾아 하는 용병들도 있다. 그리고 회사를 통해 들어온 의뢰의 경우 뒤통수 맞을 가능성이 거의 없어 참여율 또한 높아진다.

'잠시 후면 알게 되겠지. 미리 걱정하지 말자.'

방문이 열리면서 세 사람이 들어왔다. 모두의 시선이 세 사람에게로 몰렸다. 들어온 사람은 매튜 세이건의 측근인 라미엘과 얼음장 같은 얼굴을 지닌 중년 사내, 그리고 스캇 데이비스 등을 방으로 안내했던 그 남자였다.

라미엘이 고개를 끄덕이자 안내역을 맡았던 그 남자가 가방에서 작은 기계를 꺼내 TV에 연결했다. 그사이에 라미엘이 무표정한 얼굴로 말했다.

"이번 일은 간단합니다. 목표물에 들어가 20분가량 휘젓다가 나오면 끝납니다. 특정한 타깃은 따로 없습니다."

아무것도 아닌 것처럼 말했지만, 그렇게 쉬울 것이라고 생각하는 사람은 아무도 없었다.

"제이슨!"

라미엘의 말에 TV 옆에 붙어 있던 사내가 TV를 틀고 기계를 조작했다. 화면에 위성에서 찍은 듯한 동영상이 나왔다.

"여러분의 표적이 될 건물입니다. 해야 할 일은 저 건물 안에 존재하는 인간들의 말살입니다. 보시다시피 사람이 제법 됩니다. 하지만 저들의 무장은 기껏해야 권총류와 산탄총 정도. 그 외에 저렇게 서커스 같은 무술을 하는 사람들이 있을 뿐이지요. 참여하신 분들만 백육십여 명에 우리 쪽 사람이 이십여 명 되니까 두당 한두 마리씩 사냥한다고 생각하시면 되겠지요. 단, 이곳이 중국의 수도 한가운데라는 것을 잊으면 안 됩니다. 속전속결로 적을 말살하고 재량껏 북경을 벗어나길 바랍니다. 정작 위험한 것은 작전 종료 후의 탈출 과정임을 명심하고 그 부분에 대해 신경 쓰시기 바랍니다. 북경을 벗어나는 일에 우리 쪽 지원은 없을 겁니다. 사로잡히면 자살을 택하시길 권합니다. 일단 저들 손에 들어가면 편하게 죽을 수 없을 테니까요. 작전 시간은 군대 시간으로 3일 후 18시 30분입니다. 인원 충분하지요? 남은 3일 동안 역할 분담하시고 의견 조율하십시오. 자! 이제 간단히 질문 받지요."

스캇 데이비스가 눈살을 찌푸리며 물었다.

"이렇게 성급하게 작전에 임해본 적이 없습니다만, 꼭 이런 방식으로 일을 처리해야 할 이유가 있습니까?"

"데이비스 씨, 여기는 코소보나 앙골라가 아닙니다. 중국, 그것도 수도 한가운데 타깃이 있습니다. 치고 빠지는 것 말고 다른 대안이 있다고 생각하십니까? 제이슨, 나눠 주게."

제이슨이라고 불린 사내는 서류 가방에서 밀봉된 서류 봉투 네 개를 꺼내 스캇 데이비스 등 네 사람에게 나누어 주었다.

"그 안에 지금 보시는 동영상을 포함한 타깃에 대한 상세 정보가 들어 있습니다. 물론 건물 구조도와 근접 촬영한 사진들 또한 포함되어 있지요. 역할 분담하고 세부 작전 짜는 데 부족함이 없을 겁니다."

스캇 데이비스를 포함한 네 사람은 서류 봉투를 개봉해 내용물들을 살폈다. 대개는 사진들이다. 스캇 데이비스는 급한 대로 머리를 굴려 쓸 만한 작전을 떠올려 보았다. 결과적으로 떠올린 것은 라미엘의 의견과 다름이 없다. 동양인들만 우글거리는 북경 한가운데다. 타깃은 문화재에 가까운 고건물이다. 침투 경로나 탈출 경로를 다양하게 고려하기 어렵다. 사진을 지나치듯 살펴도 경계망이 가볍지 않다. 어떤 방식을 쓰더라도 들킨다고 봐야 한다. 분대 화기나 폭발음이 큰 무기 사용은 가능한 한 자제해 달라는 제한까지 걸려 있다. 도심지라서 그런 제한을 걸었을 것이다. 무리해서라도 쳐야 한다면 결론은 속전속결뿐이다.

라미엘은 스캇 데이비스 등이 서류를 보는 동안 참을성있게 기다렸다. 스캇이 대충 수긍을 하던 그때쯤에 라미엘이 쐐기를 박듯이 말했다.

"여러분이 타깃을 칠 때, 우리 쪽에서 작은 도움을 드릴 겁니다. 타깃의 외곽에 카메라와 스텝들을 준비하여 영화를 찍는 것처럼 주변 환경을 조성할 생각입니다. 그리고 유선 통신이야 그쪽에서 알아서 차단하셔야 하겠지만, 무선 통신의 전파 교란은 우리 쪽에서 맡겠습니다. 그 정도면 20분 정도 혼란이 일어도 외부에서는 그다지 동요하지 않겠지요? 마음껏 휘젓고 나오시면 됩니다."

이번에는 사이먼 잭슨이 물었다.

"18시 30분으로 작전 시간을 잡은 것이 그 영화 촬영과 관련된 겁니까?"

"잭슨 씨, 맞지요? 작전 시간을 그때로 잡은 것은 여러분의 도주의 편의를 위한 겁니다. 북경답다고나 할까요? 근처에 관광지가 제법 됩니다. 관광객들 많겠지요. 퇴근 시간과도 겹칩니다. 스며들기 편하겠지요? 분명히 말씀드립니다. 돈 많이 주니까 위험은 알아서 감수하라는 의미가 아닙니다. 우리 쪽 작전팀의 분석에 따라 내린 결정일 뿐입니다. 물론 위험과 맞대응해야 할 사람들은 여러분입니다. 더 안전하다고 생각되는 작전이나 시간이 있다면 고집하지 않겠습니다. 재량에 맡길 테니, 숙의하시고 여기 이 친구에게 통보만 해주세요. 단, 작전 시간은 지금부터 72시간을 넘길 수 없다는 것만 명심해 주시면 되겠습니다. 질문 또 있습니까?"

라미엘은 지금껏 말이 없던 아서 메이슨과 마사오 윌버를 바라보았다. 아서 메이슨이 고개를 저었다. 마사오 윌버가 물었다.

"의뢰인 쪽에서 준비한 병력은 언제 투입됩니까?"

"없는 셈 치세요. 우리 쪽 사람들은 확인 사살과 표적 인물의 제거에 투입됩니다. 정해진 복장을 한 자들을 건드리지 않으면, 같은 편끼리 부딪칠 일은 없을 겁니다. 팀원들에게 그것만 명확하게 주지시켜 주시면 됩니다. 아! 한 가지 더! 저는 위구르족입니다. 그렇게 아시면 됩니다. 자! 대충 궁금증은 푸셨을 거라고 생각합니다. 벌써 자정이 다 되어가는군요. 그럼 사흘 후 14시에 여기서 다시 한 번 뵙지요."

라미엘은 축객령을 내리면서 처음으로 입가에 가느다란 미소를 그렸다. 하지만 누구도 그것을 미소라고 생각하지 않았다. 스캇 데이비스 등은 순순히 축객령에 따랐다.

네 사람이 나갔다. 그리고 세 사람이 남았다. 베란다에서 가부좌를 튼 채 눈을 감고 있던 임화평은 차분히 눈을 떴다.
'주로 말하던 그자가 이 방의 주인이었던 모양이군. 누군가?'
사진을 찍어주었던 그자, 방의 주인으로부터 제이슨이라고 불리던 그 사내의 뒤를 따른 지 어느새 닷새째다. 처음에는 같은 대상을 감시하는 자에 대한 호기심이었다. 생각지도 못한 곳에서 돌파구가 생길지도 모른다는 기대감을 갖고 호텔까지 옮겨가며 뒤를 따랐다. 결과는 기대 이상이었다.
그는 단순히 감시하는 자가 아니었다. 호텔 안에만 해도 그와 동조하는 자들이 십여 명 이상 분산 투숙하고 있었다. 모두가 제이슨이라는 자에 못지않은 군인들이라는 느낌이었다. 의외로 대어를 낚았다는 심정으로 제이슨의 뒤를 따랐다. 주인도 없는 스위트룸을 하루에 두 번씩 꼬박꼬박 찾아가 점검하는 것도 확인했다.
오늘의 움직임은 다른 때와 많이 달랐다. 주인도 없는 방에 살기를 풍기는 사내들을 안내하기 시작한 것이다. 임화평은 한 마리 도마뱀이 되어 호텔의 벽을 타고 다시 스위트룸의 베란다에 침투했다. 그리고 그곳에서 많은 것을 듣게 되었다. 말이 너무 빠르고 웅얼거리는 듯할 뿐만 아니라 모르는 단어도 많이 나와 제대로 알아듣지는 못했지만, 전체의 줄거리 정도는 눈치챌 수 있었다.
'어쩐다?'
그냥 물러서고자 하면 베란다 아래로 몸을 날리면 그뿐이다. 하지만 그 정도로 끝내기에는 너무나 아쉬웠다.
결심을 굳히고 일어났다. 천연덕스럽게 모습을 드러내고 객실로 통하는 문을 잡았다. 제이슨이 양복 상의를 통해 왼쪽 허리 어림에 손을 넣었다. 러시아인으로 짐작되는 창백한 얼굴의 사내가 눈살을 찌푸리며 두 손을 쥐었다 펴기를 반복했다. 오직 한 사람, 객실의 주인으로 짐작되는 중년 사내만이 무표정하게 임화평을 바라볼 뿐이다.

임화평은 문을 열었다. 두 손을 앞으로 뻗어 손바닥을 보여주며 천천히 방 안으로 진입했다. 그리고 베란다 앞쪽의 의자에 차분히 앉은 후 두 손을 팔걸이 위에 내려놓았다.

제이슨이 허리 어림에서 권총을 꺼내자 라미엘이 손을 뻗어 그를 제지시켰다. 그가 임화평의 맞은편에 앉았다. 제이슨과 러시아인이 그의 뒤에 섰다.

"누군가요?"

라미엘의 목소리는 조금 전과 다름없이 차분했다.

임화평은 라미엘에게서 눈을 떼고 제이슨을 바라보며 말했다.

"당신을 따라다녔다, 닷새 동안. 기억하나? 사진 찍어주었다."

속도가 아주 느린 영어다. 모나나와 오프라 때문에 자주 사용하다 보니 이제 제법 익숙해졌건만, 평소보다 더 느려 더듬거린다고밖에 말할 수 없을 정도의 영어를 썼다. 누구라도 영어에 익숙하지 않다는 것을 알 수 있을 것이다.

라미엘은 질책하는 눈빛으로 제이슨을 바라보았다. 제이슨이 당황한 얼굴로 말했다.

"기억한다. 정말인가? 닷새 동안 날 따라다녔나?"

"1,013, 1,014, 1,101, 1,102, 1,212, 그리고 이 방."

처음에는 무슨 소리를 하는지 알지 못했다. 그러나 그 숫자들이 제이슨의 팀원들이 묵는 방 번호임을 금방 깨닫게 되었다.

"익!"

제이슨은 이를 악물고 임화평을 노려보다가 라미엘에게 고개를 숙였다.

"죄송합니다."

제이슨은 순순히 자신의 실수를 인정했다. 프로페셔널임을 자부하는 그가 낌새조차 느끼지 못했다는 것은 상대가 그만큼 뛰어나다는 의미다. 좁은 호텔에서 따라다녔음에도 눈치를 채지 못했으니 덤으로 백 점 더 주어도 모자람이 없는 상대다. 인정할 수밖에 없는 것이다.

임화평은 그제야 라미엘을 바라보며 말했다.

"통역 가능한 사람 없나? 나 영어 잘 못한다."

라미엘이 제이슨을 돌아보았다. 제이슨은 선불폰을 꺼내 전화를 걸었다. 그리고 3분 뒤 그의 부인 행세를 했던 라틴계 여인이 나타났다. 당시 중국어로 감사 인사를 했던 것을 기억해 냈다. 하지만 그리 유창한 편은 아니라고 생각했는데, 그나마 나은 사람인 모양이다.

임화평은 중국어로 여인과 잠깐 이야기해 보다가 고개를 끄덕였다. 그 당시 일부러 혀를 많이 굴린 모양이었다. 서양인치고는 상당히 잘하는 편이었다. 그때부터 임화평은 라미엘을 바라보며 말했다.

"당신의 적은 누군가? 광목당인가, 아니면 명천인가?"

여인은 광목당과 명천이라는 명칭을 다시 확인한 후 '와이드 아이'와 '브라이트 스카이'라는 명칭으로 통역했다. 무표정하던 라미엘의 얼굴에 변화가 일었다.

"명천? 그게 뭐지요?"

"명천은 광목당의 상위 조직이다. 강하고 그 뿌리도 깊지."

라미엘은 호기심으로 얼굴을 도배했다. 실체를 몰라 정보를 얻는 일이 지지부진하다. 상위 조직의 존재를 알게 되면 매튜 세이건의 명령을 보다 수월하게 처리할 수 있을 것이다.

"명천에 대해 말해주시겠습니까? 대가는 충분히 지불하겠습니다."

임화평은 내심 라미엘을 비웃었다. 지금의 상황에서 그가 지불할 대가라고 해봐야 죽음밖에 없을 것임을 잘 알고 있다.

"그것을 말하기 전에 내 목적을 분명히 해두는 것이 좋겠다. 나는 살인청부업자다. 쓰레기 인생이지. 젊었을 때 상해에 싸질러 놓은 자식이 있었다. 은퇴하고 그 녀석 찾아갔다가 죽었다는 것을 알았다. 그 녀석뿐만 아니라 얼굴도 모르는 며느리와 손자까지 모두 죽었음을 알게 되었다. 쓰레기 아비로서 죽은 자식 일가의 복수를 하는 중이다. 열흘 전에야 원수가 있는 곳을 알아내어 북경까지 올라왔다. 하지만 원수가 있는 조직이 너무 강해서 늙어버린 나로서는 감당할 자신이 없다. 지난 반년간 놈들을 쫓다 보니 아는 것이 제법 된다. 당신이 하는 일, 약간의 도움 정도는 줄 수 있을 것이다. 당신이 그들을 상대할 수 있다면, 내게 한 사람을 넘겨다오. 외국인인 당신이 알 수 없는 정보를 계속 얻어주겠다."

"한 사람? 누구를 말하는 거지요?"

"이름은 모른다. 특징은 안다. 중국 전통 의상에 길게 땋은 머리를 한 노인이다."

라미엘은 서류 봉투에서 위성사진과 망원렌즈로 촬영한 사진이 편집된 사진들 몇 장을 꺼내 탁자 위에 늘어놓았다.

"이자인가요?"

라미엘은 서문영락과 함께 찍힌 노차신을 정확히 지적했다.

"맞다. 그자의 지시로 내 자식 일가족이 죽었다. 넘겨주겠는가?"

"장담할 수는 없습니다. 의향은 있으나 교전 중에 죽는다면 어쩔 수 없겠지요. 그리고 그는 저쪽 세력에 있어 상당한 비중이 있는 자. 심문이 필요할 수도 있습니다. 살인청부업자라고 했으니 우리 쪽에 가담하는 것이 어떻습니까? 돕는다면 당신이 원하는 것을 들어줄 뿐만 아니라 원하는 대가와 편의를 제공할 의사가 있습니다, 만족할 만큼 충분히."

"좋다. 적극적으로 협조하겠다. 당신들이 그들을 뿌리 뽑지 못하면 나는 여생을 복수만 생각하며 살아야 한다. 노후를 보장해 준다면, 내가 가진 기술을 전할 용의도 있다."

호기심을 드러낸 사람은 라미엘이 아닌 제이슨이다.

"기술?"

"내 방은 1,107호다. 이 방까지 아무런 도구 없이 올라왔다."

제이슨은 그제야 임화평이 문이 아닌 베란다를 통해 들어왔다는 사실을 기억해 냈다. 임화평은 쐐기를 박으려는 듯 말을 이었다.

"호텔 안에서 당신을 5일 동안이나 따라다녔다. 은신, 잠입, 추종, 살인, 그 무엇이든 가능하다. 이제 늙어서 현역으로 뛰기에는 역부족이지만, 나이와 가르치는 것은 별개의 문제지. 그렇지 않은가? 당신은 군인으로 보인다. 당신 같은 사람에게 내 기술은 상당히 유용할 것이다. 예를 들자면……."

쉿!

임화평은 보이지 않는 속도로 통역하던 여인의 손목을 잡아 끌어당겼다. 당황한 제이슨이 권총을 잡는 순간 여인은 이미 임화평의 무릎 위에 앉아 있었다. 제이슨이 권총을 뽑아 내미는 그 짧은 시간 동안 임화평의 두 손은 빠른 속도로 여인의 전신을 두드렸다. 제이슨이 권총을 겨누었을 때 여인에게 가려진 임화평은 두 손을 여인의 겨드랑이 사이로 내뻗어 적의가 없음을 드러내 보였다.

임화평이 여인의 귀에 대고 영어로 말았다.

"움직여!"

여인은 꼼짝도 하지 못했다.

"말해봐!"

여인은 입을 열지 못했다.

임화평은 스스로 일어나 여인을 들고 탁자 앞을 벗어났다. 그녀의 관절을 조작해 소변을 보는 듯한 자세로 앉혔다. 여인의 두 눈이 민망함과 당혹감으로 물들었지만, 그녀가 할 수 있는 일은 아무것도 없었다. 그때 임화평이 그녀의 아혈을 풀어주었다.

"말해도 좋아. 할 수 있을 거야. 기분이 어때?"

"엿 먹어!"

중지를 세우고 싶지만 손가락 하나 까닥할 수 없었다. 완벽하게 제압당한 셈이다. 지금 상태에서는 패 죽여도 그대로 맞고 있을 수밖에 없다. 그렇다고 지독한 감기몸살을 앓는 것처럼 무기력하게 느껴지는 것도 아니다. 그냥 몸만 움직이지 못할 뿐이다. 여인은 자신의 기분을 그대로 전했다. 임화평은 그제야 여인의 마혈을 풀어주고 자리에 앉았다.

"움직여도 돼!"

여인은 독살스러운 눈빛으로 임화평을 노려보며 천천히 일어섰다. 팔을 휘돌리고 허리를 굽혀보았다. 움직이는 데 무리가 없다. 죽일 듯이 노려보던 그녀의 눈빛이 경이로 변했다.

"제압된 시간이 짧았으므로 후유증 같은 것은 남지 않았을 거다. 미안하다. 지금은 나를 파는 시간. 보지 못하면 믿지 못하는 게 사람인지라 어쩔 수 없었다."

여인은 상당히 담백한 성격인 듯 피식 웃어주었다.

"괜찮아요. 상당히 놀랍고 당황스런 경험이었어요."

임화평은 여인에게 고개를 까딱이고 라미엘 쪽으로 고개를 돌렸다. 제이슨은 상당히 놀란 표정으로 바라보고 있었고, 라미엘과 러시아인도 호기심 어린 눈으로 임화평을 마주 보았다.

"나는 살 만한 가치가 있는 사람인가? 어느 나라 사람인지 모르겠지만, 편안한 노후를 보장해 준다면 복수를 끝낸 후 기꺼이 따라가겠다."

라미엘은 가볍게 박수를 치며 고개를 끄덕였다.

"동양의 신비라고 할 만한 훌륭한 기술입니다. 우리 쪽 사람들 가운데 관심을 가질 사람이 제법 많을 것 같군요. 단, 이번 일이 끝날 때까지 우리 눈 밖에서 벗어나지 못합니다. 동의합니까?"

"그 정도는 기꺼이 감수해야지."

"좋군요. 마지막으로…… 토네이도!"

그 순간 지금껏 한마디도 내뱉지 않았던 러시아인이 임화평을 향해 갑자기 손을 내뻗었다.

슈웃!

한 줄기 작은 돌풍이 손바닥에서 뻗어 나와 드릴처럼 회전하며 임화평에게로 날아왔다.

팡!

무영제뢰수로 펼친 벽공상과 돌풍이 부딪쳐 폭음이 일었다. 러시아인이 놀란 눈으로 한 걸음 물러섰고, 임화평이 앉은 의자 또한 뒤로 넘어질 듯 움직였다. 임화평은 머리를 앞으로 숙이며 천근추를 펼쳐 의자를 바로 세웠다.

"무슨 뜻인가?"

임화평이 노려보자 라미엘은 미소를 지으며 손을 저었다.

"실례! 간단한 능력 시험이었을 뿐입니다. 토네이도가 원했답니다. 당신의 능력이 자신에게도 도움이 될 만한 것인지 확인해 보고 싶다고 하더군요. 토네이도, 만족하나?"

임화평은 그제야 러시아인이 라미엘의 귀에 대고 한 말의 의미를 알아차렸다. 영어가 아닌 러시아어였기 때문에 알아듣지 못했던 것이다.

러시아인은 고개를 끄덕이며 임화평에게 적의없는 미소를 지어 보였다.

"갑자기 손을 써서 미안하오. 하지만 적의가 있었던 것은 아니오. 있었다면……."

그 순간 토네이도의 옷자락이 펄럭였다. 단정하던 머리가 솟구치며 세찬 돌풍이 그의 전신을 휘돌았다. 그러나 돌풍은 다른 누구에게도 영향을 미치지 않았다.

"초능력자?"

정확히 말하면 일반적인 구분법의 초능력과는 조금 다른 능력이다. 초능력이란 보통 초감각적 지각 능력을 말한다. 불가의 육신통과 비슷한 예지나 투시, 투청, 텔레파시, 혹은 물건과 접촉함으로써 소유자의 정보를 알아내는 사이코메트리 같은 것들을 보통 초능력이라고 한다. 하지만 토네이도라는 이상한 이름을 가진 러시아인의 능력은 초능력 가운데서도 물리적인 힘을 동반하는 능력인 염력처럼 물리적인 힘이 있다. 바람을 다루는 능력, 이것은 전통적인 초능력의 범주에 드는 능력이 아닌 이능력(異能力)이다. 일반인이 가질 수 없다는 점에서 초능력이라고도 할 수 있겠지만, 임화평이 보기에는 마치 무공과 같은 특별한 능력이다.

임화평이 눈을 부릅뜨는 순간 돌풍이 가라앉았다. 러시아인은 들뜬 머리를 단정히 하며 이를 드러내 보였다.

"능력은 있는데 잔기술이 부족하오. 방금 당신이 보여주었던 그 기술이라면 분명히 도움이 될 터. 앞으로 당신과 많은 이야기를 해보고 싶소."

"재미있군. 초능력이라는 것이 있다는 것은 알았지만, 그 정도까지 발현

될 것이라고는 상상도 못했어. 호기심을 충족시키기 위해서라도 기꺼이 대화 상대가 되어주지."

라미엘은 우호적인 분위기에 미소 지으며 말했다.

"이제 좀 더 심도 깊은 대화가 필요한 것 같기는 한데, 밤이 너무 깊었군요. 내일 아침에 뵙도록 하지요."

임화평도 동의를 표했다.

아침 6시. 임화평 덕분에 스위트룸에서 아침을 맞은 카멜라는 한껏 기지개를 켜고 스프링처럼 일어났다. 검은색의 낡은 트레이닝 바지에 스포츠 브라 차림이다. 그녀가 손끝으로 눈곱을 떼고 처음으로 본 것은 거실 창문으로 밖을 내다보는 임화평의 뒷모습이다.

'오십은 넘은 것 같은데, 몸은 청년이네.'

민소매 내의 밖으로 드러난 어깨와 팔의 근육에서 강함과 동시에 부드러움이 느껴진다. 동료들의 과장된 근육에 비해 가늘어 보이지만 그들에게서 찾아볼 수 없는 탄력이 느껴진다. 구릿빛 피부는 매끄럽게 보이고 잘록한 허리는 단단하게 느껴지는 엉덩이로 인해 더욱 강조된다.

'보디빌딩한다고 해서 만들어지는 몸이 아니야. 무술 때문인가? 어쨌든 몸 관리 정말 잘했네.'

그렇다고 카멜라가 나이 든 동양인에게 매료된 것은 아니다. 다만 신비로운 기술을 떠올리며 호기심을 느낄 뿐이다.

카멜라는 침대에서 벗어나 거실로 나갔다.

"부에노스 디아스, 어벤저!"

임화평이 돌아서서 가볍게 미소 지었다.

"부에노스 디아스, 카멜라!"

"어? 스페니쉬 할 줄 알아요?"

"아니. 굿 모닝하면 굿 모닝 하지 않나? 그래서 따라 한 것뿐이다."

"오! 센스 굿인데요."

카멜라는 냉장고에서 생수 한 통을 꺼내 뚜껑을 따면서 물었다.

"제이슨은?"

"옆방 갔다."

라미엘 측의 입장에서 보면 임화평은 감시하기가 곤란한 존재다. 맛보기로 보여준 능력만 보더라도 그를 제어할 만한 능력자는 토네이도 한 사람뿐이다. 죽이려 한다면 제이슨과 그 동료들로도 가능할지 모르겠지만, 아직 아무것도 얻지 못한 상태다. 결국 합의하에 새로 스위트룸을 얻어 제이슨과 카멜라를 감시역으로 붙였다. 임화평은 자신이 쓰고 있는 방을 그대로 놓아두고 몸만 옮겼다.

제이슨은 몰라도 카멜라는 애초부터 감시한다는 생각조차 하지 않았다. 총을 든 채 거리를 둔 상태면 몰라도 그 외의 경우라면 상대조차 되지 않는 사람이다. 능력 밖의 일에 골치를 썩이는 것은 그녀의 성격에 어울리지 않는다. 카멜라는 스위트룸에 묵는다는 것 자체에 만족하며 기분 좋게 숙면을 취했다.

카멜라는 생수를 마시며 임화평의 곁으로 다가가 그가 보고 있던 북해공원을 바라보았다.

"어벤저, 몇 살이에요?"

어벤저는 임화평의 이름이다. 살수에게 이름이란 사치라는 말에 그냥 어벤저로 부르기로 했다.

"쉰여섯이다. 그건 왜 묻나?"

카멜라는 서슴없이 임화평의 어깨를 매만졌다.

"정말이에요? 놀랍네요. 그 나이에 이 정도로 탄력있는 몸이라니."

그제야 임화평도 카멜라를 제대로 바라보았다. 배를 훤히 드러낸 민망한 차림이다. 그러나 임화평은 동요하지 않았다. 아마도 생전 처음 보는 여자의 왕 자 복근 때문이었을 것이다.

"수련 때문이다. 하지만 나이는 어쩔 수 없어. 전성기에 비하면 한참 모자라. 유연성과 지구력 모두 달려. 그래서 은퇴했다. 카멜라는 미국 특수부대 출신인가?"

카멜라는 탐색하는 눈빛으로 임화평을 살피며 싱긋 웃었다.

"확신하는 듯한 질문이네요. 왜 그렇게 생각하죠?"

"미국 영화 때문이다. 특수부대를 소재로 한 영화에서 보면, 다양한 인종이 한 팀이 되어 특수 작전을 수행한다. 흔히들 미국을 인종 전시장이라고 하지 않는가? 제이슨은 백인, 토네이도는 러시아인, 카멜라는 히스패닉 계열이다. 나 같은 사람의 눈으로 보면 제이슨과 카멜라는 틀림없는 군인이야. 하지만 현역이 아니니 용병일 테지. 제대하고도 용병을 할 정도면 그린베레나 네이비씰, 혹은 델타포스 같은 특수부대 출신일 가능성이 높지 않은가? 내 짐작이 틀렸나?"

"후후! 대충 맞아요. 하지만 자세한 것은 노코멘트. 나중에 더 친해지면 말해줄게요. 미안해요."

"상관없어. 그냥 호기심일 뿐이니까."

임화평은 다시 눈길을 창밖으로 주었다.

"그런데 말이에요, 어제 제 몸 못 움직이게 한 그 기술, 저도 배울 수 있나요?"

"쉽지 않다. 오랜 수련이 필요해. 어릴 때부터 시작해서 20년 이상 수련해야 시도나 해볼 수 있을 거다. 육식을 많이 하는 서양 사람들에게는 더 많은 시간이 걸릴 거다. 기름기는 수련의 적이거든. 카멜라도 이왕 중국에 왔으니 차 마시는 버릇을 들여라. 몸에서 기름기를 빼준다. 지금은 몰라도 나이가 들면 효과를 느낄 수 있을 거다."

"아하! 그런 말 들어는 봤어요. 중국 사람들이 날씬한 이유는 차 때문이라지요. 나도 마셔는 봤는데, 맛이 영 밋밋해서 끌리지가 않더라구요."

임화평은 피식 웃으며 고개를 끄덕였다. 커피, 콜라, 맥주와 같이 자극성이 강한 음료에 익숙한 서양 사람이 은은한 차 맛을 느끼기는 힘들 것이다. 기껏해야 맛과 향이 강한 홍차 정도나 마실 테지만, 거기에 설탕 넣고 우유 넣어야 좋아할 뿐, 차 자체의 맛을 즐길 줄 아는 사람은 많지 않다.

"나중에 여유있을 때 진정한 차 맛을 보여주지."

"어? 정말요? 그럼 고맙지요."

그때 방문 열리는 소리가 들렸다. 고개를 돌려보니 제이슨과 토네이도가 함께 들어왔다.

제이슨이 말했다.

"어벤저! 7시 30분에 함께 식사하시겠다고 하오."

"알겠네. 그런데 정장에 넥타이 매야 하나?"

제이슨이 피식 웃으며 고개를 저었다.

"농담도 하시는군."

그때 토네이도가 손을 흔들며 느린 어조로 말했다.

"굿 모닝! 시간 좀 내주겠소?"

임화평은 의자에 앉으며 맞은편 의자를 향해 손을 뻗었다. 토네이도가 마른 얼굴에 미소를 띠며 자리에 앉았다.

"카멜라도 앉아. 통역이 필요할지도 모르니까."

토네이도가 찾아온 이유를 대충 짐작한 카멜라는 흥미로운 눈빛으로 임화평 옆에 앉았다. 제이슨도 호기심을 드러내며 토네이도 옆에 앉았다.

"어제 봤다시피 난 바람을 다루는 능력자요. 어릴 때부터 그랬지. 내 능력을 알아본 연구소에서 능력 개발에 나서서 지금의 내가 되었소. 하지만 늘 뭔가가 부족하다는 느낌이 드오. 내 능력을 효율적으로 사용하지 못한다는 생각이 든단 말이오. 어제 당신은 보이지도 않는 내 바람에 적절히 대응했소. 기습에 가까웠는데도 당황하지 않고 막아냈소. 그것은 마치 또 다른 능력자를 보는 것 같았소. 당신은 능력자요?"

"결론부터 말하자면, 난 너같이 타고난 능력자가 아니야. 오랜 수련을 통하여 능력을 만든 사람이지."

"역시 그렇군. 우선 보여주겠소."

토네이도는 손을 뻗어 손바닥을 천장으로 향하게 했다. 그리고 잠시 후 그의 손바닥 위에 작은 돌개바람이 휘돌았다. 눈에 보이지는 않았지만 누구라도 느낄 수 있는 바람이다. 토네이도는 바람을 소멸시키고 손을 뒤집어 주먹을 쥐었다가 활짝 폈다. 그 순간 손끝에서 바람이 뻗어나가 카멜라가 탁자에 놓아둔 생수병에 구멍을 뚫어놓았다. 마치 지풍을 보는 듯한 광경이다. 제이슨과 카멜라도 본 적이 없는 듯 놀란 눈으로 물이 새어 나오는 생수병을 바라보았다.

"이렇게 손가락이나 손바닥으로 강하고 날카로운 바람을 만들어낼 수 있소. 어제 보여주었듯이 커다란 돌풍을 만들어 사람을 날려 버릴 수도 있소. 하지만 그 정도뿐이오. 당신이라면 기술적인 면을 다듬어줄 수 있을 것 같은데, 도와주겠소?"

스스로 개발한 기술이라면 이미 상당한 경지라고 할 수 있었다. 무공에 비견되는 위력에, 장법과 지법으로 보아도 무방한 기술이다. 총에 비유한다면 사정거리는 토네이도 쪽이 압도적으로 우세한 편이다. 게다가 전신을 바람으로 감싸는 기술은 임화평도 경험해 보지 못한 호신강기와 같은 방편으로 사용할 수 있을 것 같았다.

"너의 능력, 뛰면서도 쓸 수 있나?"

"시도해 본 적이 없소. 힘을 집중시키면 20m 정도는 위력을 발휘하고 총알도 비껴 나가게 할 수 있는데, 굳이 뛰면서 쓸 필요가 있겠소? 어쨌든 시도해 보라고 하면, 모르겠소. 집중력이 필요하기 때문에 두 가지를 동시에 하기는 힘들 것 같군. 하지만 동료들 가운데 가능한 사람이 있소. 움직이는 것이 능력인 사람도 있고."

호풍환우라는 말을 연상시키는 놀라운 능력이다. 파괴력이라는 면에서는 어떨지 몰라도 살상 범위라는 측면에서 무공보다 훨씬 뛰어나다. 다행히 토네이도의 능력 발현 과정에서 작은 허점을 발견했다. 무공과는 달리 임기응변에 약하다는 점과 보통 사람이 알아차리기 쉽지 않은 시간 차가 있다는 점이다. 임화평이 무공의 고수가 아니라면 결코 알 수 없었을 것이다.

'발현 의지를 일으키고 그 구현 결과가 나오기까지 아주 짧은 틈이 있어 보인다. 약간의 거리만 두면 아무런 상관이 없을 찰나의 순간이지만 내게는 틈이 된다. 또 집중력이 필요하다는 것은 정신력의 소모가 막심하다는 뜻. 지구전에 문제가 있을 것이다. 하지만 능력 개발은 가능하다. 결국 정신력의 문제인가? 정신력을 강화시키면 무공처럼 움직이면서도 사용할 수 있을 것이다. 실제로 가능한 인간도 있다고 하니 그런 자는 좀 상대하기가 곤란하겠군.'

토네이도를 빤히 바라보던 임화평이 손을 내밀었다.

"손을 줘."

살짝 눈살을 찌푸렸지만 토네이도는 결국 손을 내밀었다. 임화평은 그의 맥문을 붙잡고 말했다.

"기분이 묘할 거야. 하지만 저항하지 마. 후유증이나 해는 없어. 한 가지 확인을 해본 후에야 적절한 조언이 가능할 것 같아 하는 일이야."

카멜라의 통역을 통해 말을 듣고 나서 토네이도는 무겁게 고개를 끄덕였다.

임화평은 토네이도의 맥문을 통해 진기를 불어넣었다.

'흠! 이건 기맥에 불순물이 잔뜩 끼었다고 봐도 무방한 신체야. 마흔 정도나 되었을라나? 그 나이라면 평범, 그 자체라는 말인데, 능력이 어떻게 발현되는 건가? 역시 상단전인가?'

임화평은 토네이도의 미간에 자리 잡은 세 줄의 굵은 주름을 보며 초능력이 상단전과 무관하지 않을 것이라고 재차 확신했다. 맥문을 놓아주고 물었다.

"능력을 오래 쓰거나 과도하게 쓰면 머리가 아픈가?"

토네이도가 눈을 치떴다. 상당히 놀란 모양이다.

"어떻게 알았소?"

"내 기준으로 볼 때, 너의 육체는 일반인과 다름이 없이. 평범, 그 자체라는 말이야. 그럼에도 불구하고 능력을 쓸 수 있다는 것은 능력이 육체의 힘이 아닌 다른 무엇을 바탕으로 한다는 뜻이겠지. 차크라라는 말을 들어보았나?"

"인도의 요가에 나오는 그 차크라 말이오?"

"그래. 인간의 육신에 존재하는 차크라를 일곱 개로 봐. 그러나 보통 인간은 그것의 존재를 알지 못하지. 차크라는 오로지 고도의 수련으로만 일깨울 수 있는 것이야. 중국 무술의 수련법에도 이 차크라와 상응하는 것이 있다. 상중하의 세 단전이 그것이지. 바로 이곳과 이곳, 그리고 이곳에 위치해 있어."

임화평은 상중하 단전을 하나씩 짚어 보였다.

"어쩌면 중국 무술은 인도의 요가에서 유래됐을지도 모르겠어. 상중하 단전이 마치 차크라의 약식을 보는 듯하기 때문이야. 지루한가? 하지만 배경을 알지 못하면 쉽게 설명해 줄 수 없어. 가능한 한 간단히 설명하겠다. 이 세 단전의 수련은 하중상 단전의 순서에 따라야 해. 먼저 육체를 깨끗하고 튼튼하게 만들고, 에너지를 키운 후 그것을 바탕으로 굴강한 정신을 완성하는 것이지. 이론상으로 그래. 이 상중하 단전을 순차적으로 열게 되면 흔히들 바람을 부르고 비를 내릴 수 있는 신선이 된다고들 하지. 물론 나도 아직 그런 사람 만난 적 없어. 어쨌든 네가 궁금해하는 나의 기술의 원천은 여기 하단전이야. 그런데 내가 보기에 너의 능력은 여기 상단전에서 나오는 것 같아. 묻지. 네 눈에는 네가 만들어내는 바람이 보이나? 보인다고 짐작하네만."

"보이오."

"그렇군. 그건 사실 네 눈으로 보는 것이 아닐 거야. 여섯 번째 차크라가 열렸을 때 생긴다는 제삼의 눈을 통해 보이는 것일 가능성이 커. 스스로 능력을 깨운 상태가 아니라서 자각하지 못하는 것일 테지. 중국 무술의 입장에서는 상단전이 열린 경우지. 내 짐작이 맞는다면, 너에게는 큰 문제가 있어. 흔히 건강한 육체에 건강한 정신이 깃든다고들 하지 않나. 그런데 넌 수련을 통해 정상적으로 상단전을 연 것이 아니라 열린 상태로 살아온 셈이야. 수련없이 상단전이 열린 상태에서 최소의 피해라면 빨리 늙는다는 정도일 것이고, 최악의 경우 미칠 수도 있겠지."

토네이도의 얼굴이 심각하게 일그러졌다. 미친다는 말에 공감했기 때문이다. 연구소에서 도태된 능력자들 대부분이 미쳐 버렸다. 핏줄이 도드라진 상태에서 머리카락을 쥐어뜯고 벽에 머리를 찧다가 정신줄을 놓아버렸다. 그리고 그 이후로 다시 본래의 모습으로 돌아오지 못했다.

'난 성공했어. 그들과는 달라.'

스스로를 위로해 보았지만 불안감은 사라지지 않았다. 그와 비슷한 경로를 밟아 안정적으로 능력을 사용하는 동료들도 정도의 차이는 있지만, 실제 나이보다 겉늙어 보이는 것은 틀림이 없다.

임화평이 확인 사살 하듯이 다시 물었다.

"나이가 몇인가?"

"스물아홉이오."

임화평이 눈살을 찌푸리자 토네이도는 불안한 눈빛으로 바라보며 침을 꿀꺽 삼켰다. 임화평은 제이슨과 카멜라를 보며 물었다.

"너희들 눈에 토네이도가 스물아홉으로 보이나?"

두 사람은 동시에 고개를 저었다. 임화평이 보기에 토네이도는 멋모르고 진원을 뽑아 쓴 이류무사나 다름없다. 원인과 결과는 모르고 힘을 쓰는 방법만 안 상태에서 효율적이라는 이유만으로 무작정 뽑아 쓰고 있는 셈이다. 삼류무사라면 방법을 모를 것이고 일류무사라면 최후의 순간이 아닌 경우 하지 않을 짓이다.

사면초가의 상황에서 고민에 휩싸이면 하룻밤 만에 머리가 하얗게 세는 경우도 있다. 임계치를 넘어서는 정신력의 과도한 소모가 노화를 불러온 것이다. 토네이도의 경우가 그렇다. 육체가 받쳐 주지 못하는 능력의 사용으로 노화가 촉진된 것이다. 임화평의 설명에 혼이 빠져나간 토네이도는 오만하던 표정을 지우고 임화평의 한마디에 목을 맸다.

"어떻게 해야 하오?"

"특별한 경우라서 나도 잘 모른다. 나는 살인청부업자일 뿐이다. 내 경지가 거기에 이르렀다면 산속에서 홀로 수행하고 있을 것이다. 지금 당장 내가 권할 수 있는 것은 능력의 사용을 가능한 한 자제하고 육체의 단련에 힘쓰라는 것뿐이다. 그렇다고 서양식으로 근육을 키우거나 태권도나 가라데 같은 무술을 새롭게 수련하라는 말은 아니다. 너의 경우에는 육체의 정화가 필요하다. 정신을 담을 수 있는 깨끗한 그릇이 필요하다는 뜻이야. 격렬한 무술보다는 태극권과 같은 호흡을 중시하는 동공이나 요가를 수련하거나, 생각을 비우는 명상에 집중하는 것이 좋다. 원한다면 이번 일을 끝낸 후 네게 유용한 공부를 가르쳐 주겠다."

임화평은 자신의 권고가 좋은 결실을 맺을 수 있을 것이라고는 생각지 않았다. 요가에서 말하는 여섯 번째 차크라는 권위, 명령, 무한한 힘을 의미한다. 토네이도가 정신력으로 능력을 발휘할 수 있는 것을 그러한 맥락에서 해석할 수 있을 것이다. 그런데 이 여섯 번째 차크라를 열기 위해서는 역설적으로 욕망의 절제가 전제되어야 한다.

허약한 고승이 오욕칠정을 벗어던지고 용맹정진하다가 육신통을 얻는 경우도 있다. 건강한 육체의 완성이 결여된 상태에서 얻은 신통력이라고 해도 이 경우 잘못되는 경우는 거의 없다. 고승의 경우, 신통력에 연연하지 않기 때문이다. 하지만 토네이도는 욕망을 위해 능력을 사용한다. 이른바 강호에서 말하는 사도다.

강호에서는 상단전을 열면 선인이 된다고 했다. 이 또한 욕망을 벗어던져야 이룰 수 있는 경지다. 토네이도가 삶의 태도를 백팔십도 전환하지 않는 이상, 그 무엇을 수련한다고 해도 좋은 결과를 보지 못할 것이다. 그럼에도 불구하고 임화평이 도우려는 태도를 취하는 것은 토네이도의 환심을 사려는 의도일 뿐이다. 토네이도의 갈구하는 눈빛으로 보아, 그의 의도는 어느 정도 성공한 듯했다.

간단히 식사를 마치고 창가로 자리를 옮겼다. 식사 시간 내내 심각하던 토네이도가 빠지고 나머지 사람들만 찻잔을 들었다.

제이슨이 캠코더를 든 채 임화평에게 물었다.

"녹화해도 되겠소?"

임화평이 고개를 끄덕이자 제이슨은 플레이 버튼을 누른 후 탁자의 주변 전체를 촬영할 수 있는 위치에 캠코더를 옮겨놓았다.

"명천은 500년 전 중국의 큰 가문인 서문가로부터 유래되었다. 사라진 것이나 진배없을 정도로 몰락했다고 들었는데, 아직 남아 있는 모양이다."

라미엘이 두 눈에 이채를 드리우며 끼어들었다. 어제와는 조금 다른 반응이다. 어제는 정중하지만 지극히 차갑고 사무적이었다면, 오늘은 억양에서부터 약간의 부드러운 감정이 느껴진다.

"웨스트게이트? 틀림없이 웨스트게이트인가요?"

"서문을 글자 그대로 영어로 번역하면 웨스트게이트가 되겠지."

웨스트게이트 그룹과 서문영락을 떠올린 라미엘의 얼굴은 건성으로 듣는 듯하던 조금 전의 태도를 바꿨다. 확신을 하지 못했던 그들의 주체를 분명히 알게 되었다. 앞으로의 정보 수집과 분석의 방향이 바뀔 수밖에 없는 중요한 정보다.

라미엘이 계속하라는 듯 임화평에게 손짓했다.

"명천은 어디에나 있다고 그 조직원이 말했다. 중국은 물론 화교 세력권 전역의 정재계에 영향력을 행사할 뿐만 아니라, 삼합회로 대변되는 중국의 폭력 조직에도 스며들어 그 수뇌부에 자리 잡았을 것이다. 결국 실체를 찾기가 힘들다는 소리다. 내가 알아낸 그들의 아지트라고는 이 북경의 광목당과 상해의 연락소, 그리고 항주에 있다는 서문가의 본가 정도다. 명천의 조직 구성은……. …이루어져 있다. 삼합회를 구성하는 큰 조직들에 비하면 수적으로 상당히 작은 조직이지만, 암약하는 자들이 많은 만큼 뿌리 뽑기가 쉽지 않다. 그들은 공안들마저 수족처럼 부린다. 중국 안에서 그들을 상대한다는 것은 상당히 까다로운 일이다. 하지만 이러한 조직에는 약점이 하나 있다. 수뇌부가 붕괴되면 나머지는 저절로 흩어질 수밖에 없다. 명령자가 없는 상태가 되면, 각계에 침투한 자들은 보신에 신경 쓰다가 결국 소속된 조직에 동화될 것이다. 소소한 것을 제외하면 내가 아는 것은 우선 이 정도다."

라미엘은 지루하다고 할 만한 설명을 한마디도 놓치지 않겠다는 듯이 진중하게 듣고 무겁게 고개를 끄덕였다.

"생각보다 크고 탄탄한 조직이군요. 그런데 광목당이 무력 조직이 아닌 정보 조직에 가깝다? 어쩌면 이번 일만큼은 쉽게 끝낼 수도 있겠군요."

임화평이 고개를 저었다.

"얕보지 마라. 정면에서 날아오는 총알 정도는 쉽게 막거나 피할 수 있는 실력자가 적지 않다. 나 또한 그 정도는 되지만, 한 손으로 여러 손을 감당하지 못하는 법이라 함부로 손을 쓰지 못하고 있다."

"총알을 피한다? 그게 정말 가능하다는 말인가요?"

"토네이도만 해도 총알을 비켜 나가게 할 수 있지 않은가?"

"토네이도는 능력자입니다."

임화평은 믿지 못하겠다는 표정을 역력하게 드러낸 라미엘을 바라보다가 손가락으로 본차이나의 허리를 가볍게 건드렸다. 강력 본드에 붙여놓은 듯 제자리에서 꿈쩍도 하지 않는 본차이나에 깨끗한 구멍이 뚫렸다. 연속적으로 내지른 손가락에 본차이나는 여섯 개의 구멍이 뚫린 찻잔으로 변했다.

임화평은 찻잔을 들어 보이며 말했다.

"당신 같은 보통 사람의 눈에는 이 또한 초능력으로 보이지 않는가? 총알이 날아가는 궤적이 변화하지 않는 이상 총구가 드러난 상태에서 쏜 총알은 피할 수 있다. 또 나 정도의 실력자에게 근거리를 허용한다면 총은 무용지물이나 마찬가지다. 내가 노리는 그 늙은이 또한 내가 승부를 장담할 수 없는 실력자다. 책임자가 그 정도면, 아랫사람들 또한 가볍게 상대할 수준은 아닐 것이다. 흘려듣지 말고 참고해 주기 바란다. 나는 당신들이 명천을 궤멸시켜 주기를 원해."

주변에서 환상적인 능력을 지닌 능력자들을 많이 보아왔기 때문에 라미엘은 능력 자체에 있어서 임화평을 과소평가하고 있었다. 그가 임화평에게 호감을 가진 이유는 그의 능력이 수련으로 이룬 것이라고 말했기 때문이다.

토네이도 같은 능력자는 타고난다. 하지만 임화평과 같은 능력은 보통 사람도 수련을 통해서 개발할 수 있다고 했다. 실력이 조금 모자라더라도 임화평과 같은 능력을 지닌 군대가 생긴다면 발견조차 힘든 선천적 능력자들보다 훨씬 더 유용할 것이라고 생각했다. 하지만 이제 생각을 바꿀 때가 됐다. 임화평의 능력 또한 용도에 따라서 능력자들에 못지않음을 깨달은 것이다.

"고맙군요. 기대에 부응하도록 노력하지요. 혹시 더 생각나는 건 없습니까?"

"뒷골목의 잔챙이들 이야기 말고는……. 아! 혹시 명분이 필요한가? 아니지. 중국의 수도에서 총질할 생각인데, 명분 따위를 찾을 일은 없겠지."

라미엘은 그 순간 최악의 경우를 생각했다. 임화평의 말처럼 중국 안에서 난동을 피우는 셈이니 명분이야 어쨌든 신문에 날 제목은 테러가 된다. 하지만 최악의 경우 이번 일이 세이건 가의 행사임이 드러나 버린다면 명분이 있어서 나쁠 것이 없다. 그럴 일이야 없겠지만, 최악의 경우 세이건 가가 명분있는 실력행사를 했다고 주장할 수는 있을 것이다.

"명분? 뭐지요?"

"국제 인권이지. 법륜대법이라고 들어봤나? 현재의 중국 정부는 법륜대법을 사교로 지정하고 탄압하고 있지. 법륜대법을 수련한 사람들을 보는 족족 잡아들이고 있어. 그런데 그렇게 잡힌 사람들 가운데 많은 이들이 강제로 장기 제공자로 동원되고 있다고 하더군. 현재 이 법륜대법의 탄압에 앞장서는 자들의 자금과 인력을 대고 있는 자들이 바로 광목당이라는 거야. 그 대가로 법륜대법의 수행자들을 끌고 가 장기 농장을 운영한다는 것이지. 인권문제로 걸어버리면 면피는 되지 않을까?"

라미엘로서는 그다지 새로운 정보가 아니다. 익히 알고 있는 것이고, 그것을 이용하려고 해도 상대가 맞불을 놓으면 세이건 가도 곤란해지는 문제다. 건드리지 말아야 할 소재란 뜻이다.

라미엘의 표정이 뜨뜻미지근해 보이자 임화평은 그 이유를 알기 위해 고심했다. 위성까지 이용하는 정보력을 지닌 자들이다. 그것을 이용하면 위동금이 그토록 찾기를 원하는 장기 농장의 위치를 파악할 수 있을지 모른다는 생각에 건드려 보았는데 결과는 그다지 신통하지 않다.

"나는 당신이 누군지 몰라. 때로는 호기심이 죽음을 부르기도 하니까 굳이 알고 싶지도 않아. 알려줄 생각이 있으면 알려주겠지. 그런데 한 가지는 궁금해. 외국인이 분명한 당신이 왜 명천과 싸우려는 거지?"

"좋은 질문이군요. 당신은 답을 알고 싶지 않을 겁니다."

"그런 건가? 그렇다면 알고 싶지 않아. 됐지? 그럼 난 이틀 동안 얌전히 방에 틀어박혀 있으면 되는 건가?"

"그렇게 해주면 고맙지요. 충분한, 아주 만족스러운 보답을 있을 겁니다."

"기대하지."

임화평은 싱긋 웃으며 자리에서 일어났다. 임화평이 방을 나서자 카멜라가 뒤를 따랐다. 방문이 닫히자 제이슨이 물었다.

"어떻게 할까요?"

"놔둬. 교관으로서 훌륭한 인재 아닌가?"

"하지만 정체가 의심스러운 잡니다. 지문조차 채취하지 못한 인간입니다. 너무 쉽게 믿는 것 아닙니까?"

"누가 누굴 믿어? 이틀이면 그가 준 정보의 신뢰성을 확인할 충분한 시간이다. 신뢰할 만한 정보를 제공한 자가 신뢰할 만한 행동을 했다고 확인됐을 때, 그의 거취 문제를 생각해 볼 거다. 사실 와이드 아이의 첩자만 아니라면 세이건 가는 그 누구라도 포용할 수 있어. 저 정도 능력자는 흔하지 않아. 서자를 통해 인재를 양성할 수 있다면 미래에 있을 전쟁에 대비해 비밀 무기 하나를 갖는 것이나 마찬가지야."

제이슨은 어쩔 수 없이 고개를 끄덕였다. 역공작을 위한 첩자가 아니라면, 임화평의 정체가 무엇이든 간에 상관없는 일이다. 어차피 임화평은 세이건 가의 중추에 접근할 수 없다. 기껏 해봐야 세이건 가 산하의 민간 군사기관의 교관 정도나 될 수 있을 것이다. 믿을 수 있다는 확신이 생기기 전까지는 세작이라는 전제하에 적절히 이용하면 그뿐이다.

'그가 오늘 말한 것들이 사실이라면, 역공작 또한 걱정할 필요없겠지. 실제로 꽤나 쓸모가 있는 사람이다. 그에게 배울 수만 있다면 여벌의 목숨 하나 정도는 챙기는 일이 될 테지. 용병의 입장에서는 행운이라고 하지 않

을 수 없어.'
　제이슨은 자신이 임화평에 비해 능력이 부족한 사람임을 솔직히 인정하고, 남은 이틀 동안 그를 끌어들일 수 있도록 진심으로 친해져 보기로 했다.

제4장
이제 알겠지, 누구를 건드린 건지?

2001년 8월 15일.

이틀 동안 한가하게 시간을 보냈다. 그가 한 일이라고는 이능력과 무공의 차이를 화제 삼아 이야기하면서 토네이도에게 간단한 요가를 가르치고, 카멜라와 제이슨에게 그들이 가진 격투술이 얼마나 보잘것없는 것인지 깨닫게 만들어준 것뿐이다. 그 덕에 세 사람과 함께 맥주도 마시고 스스럼없이 어깨동무를 한 채 기념사진을 찍을 정도로 친해졌다. 그리고 마침내 운명의 시간이 왔다.

오후 2시. 임화평이 소외된 채 라미엘이 주도하는 미팅이 있었다.

오후 5시. 임화평은 제이슨과 카멜라, 그리고 초면인 그들의 동료들과 함께 북해공원으로 향했다. 주차장에 늘어선 관광버스 가운데 하나에 올라탄 제이슨과 동료들은 커튼을 친 후 과도하게 틀어놓은 에어컨 속에서 각기 다른 간편복 위에 군복을 입고 무기류를 점검 장착했다.

할 일이 없는 임화평은 흥미 어린 눈으로 제이슨의 무기를 살폈다. 제이슨은 차수경의 보디가드에게 구한 월터 PPK에 비해 크고 각이 져 남성미 넘쳐 보이는 권총을 점검하고 허리의 홀더에 꽂았다.

'구경이라는 것이 좀 더 큰 총인 모양이군.'

제이슨의 권총은 흔히들 콜트 45라고 부르는 M1911 A1이다. 개발된 지 90년이 넘은 제식권총계의 베스트셀러지만, 임화평에게는 007권총이라고 알게 된 월터 PPK보다 조금 더 큰 총일 뿐이다.

제이슨이 두 번째로 점검한 무기는 특이한 모양의 소총이다. 임화평이 소총하면 떠올리는 M16에 비해 짧은 반면, 전체적인 총 모양은 우락부락하게 느껴진다. 총구가 뭉툭하게 보이는 것이 소음기를 단 총인 것 같았다.

제이슨은 임화평의 시선을 느낀 듯 총기를 쓰다듬으며 말했다.

"헥클러 앤 코흐 사의 G—36S라는 놈이오. 쓸 만한 놈이라오. 한번 보시겠소?"

임화평과 제법 친분이 쌓였다고 생각했는지, 제이슨은 서슴없이 소총을 내밀었다. 임화평은 어색한 미소를 지으며 고개를 저었다.

"소리 나는 것에는 관심없다. 그건 소리 작은가?"

제이슨은 총구를 툭 치며 웃었다.

"영화에서처럼 픽픽거리지는 않소. 연발로 당기면 꽤나 시끄럽지. 하지만 없는 것보다는 훨씬 낫소. 그런데 총에 관심이 없다면서 월터 PPK는 왜 가지고 다니는 거요?"

며칠 전 임화평이 월터 PPK 한 정을 꺼내 사용법을 가르쳐 달라고 해서 가르친 적이 있다. 그런데도 관심이 없다 하니 이상한 것이다.

"광목당 놈들에게서 얻었다. 상대할 놈들의 주 무기 정도는 파악해 둬야 위기 상황을 대처할 게 아닌가? 성능이나 작동 방식을 알게 되면 대응하기 편하지. 다른 권총과 달리 슬라이드를 당기지 않고 방아쇠를 당겨 코킹 상태가 된다는 것을 알지 못한다면 실제 상황에서 방심했을 거야."

솔직한 대답은 아니다. 임화평은 총에 대해서 아는 것이 거의 없다. 싱글 액션과 더블 액션 방식의 차이점을 모르는 이상 상대가 총을 겨누는 것만으로도 무조건 반응했을 것이다. 안다고 해도 대응법에 차이는 없다. 상대의 권총이 첫 발을 쏘는 것인지 아닌지 알 방법이 없는 이상 무조건 조심하는 게 정석이다. 다른 권총일 때는 알아도 소용없다. 권총의 외형을 보는 순간 어떤 작동 방식의 총인지 알 수 없는 이상, 무조건 조심하는 것이 최적의 선택일 것이다.

임화평은 카멜라 등의 다른 용병들을 바라보며 화제를 돌렸다.

"총이 모두 달라. 괜찮나?"

"우리는 출신 부대가 다 다르기 때문에 자기 손에 익은 무기를 사용하지. 제법 오랫동안 호흡을 맞춰왔으니 상관없소. 아! 카멜라. 여분의 군복 있지? 어벤저에게도 지급해. 겉모습 보고 오인 사격할 수도 있으니까. 어벤지! 무기가 없는 것 같은데, 필요한 것 없소?"

현재 임화평이 가진 무기라고는 삼단봉과 동전 몇 개뿐이다. 호텔을 옮기면서 소지품 대부분을 위동금에게 맡겨두었다. 하지만 나한전은 사용하기 어렵다. 정체가 드러날 가능성 때문이다. 이미 한 번 노출시킨 삼단봉도 절실해질 때까지는 다시 사용하지 않을 생각이다.

임화평은 카멜라를 바라보면서 중국어로 말했다.

"자네들에게 묶여 있다 보니 암기 준비를 못했어. 혹시 날리기 전용 칼 가진 것 있나?"

카멜라는 자신의 M7 대검을 수납하면서 고개를 끄덕였다. 그녀는 버스의 뒷좌석으로 가서 녹색 철제 트렁크를 뒤적여 군복 한 벌과 탄소강 소재의 검은색 비도 한 세트를 가져왔다. 현승의 특경팀과 싸울 때 경험했던 그 비도와 대동소이한 모양이다. 검은색의 질긴 천으로 만든 수납 가방에 열두 개가 나란히 꽂혀 있다.

임화평은 비도들 가운데 하나를 꺼내 손바닥 위에 올려놓았다. 길이 15㎝ 남짓에, 두께는 3㎜ 정도로 얇다. 나뭇잎처럼 생긴 도신의 앞부분이 조금 더 두껍고 무거우며, 손잡이 쪽에는 다섯 개의 구멍을 뚫려 있다. 도신과 손잡이가 일체형으로 되어 있어 실질적으로 손잡이는 의미가 없다. 오로지 던지는 용도로만 사용하도록 만들어진 것이다.

"좋네. 이 정도면 50m 밖에 있는 놈도 격살할 수 있겠다. 고마워."

카멜라가 놀라서 눈을 둥그렇게 떴다. 50m를 날린다는 것과 그 거리 밖에 있는 사람을 격살한다는 것은 완전히 다른 의미다. 미국 MC사의 스로윙 나이프라면 그녀도 50m 정도는 어떻게든 날릴 수 있다. 그러나 정확하게 날려 상대를 꿰뚫으라고 한다면 해보라는 놈의 뒤통수에 비도를 날려 버릴 것이다. 비도라면 10m 정도가 한계일 것이다. 그것이 최대사거리와 유효사거리의 차이다.

'하기야 이 인간이라면 가능할 테지.'

카멜라는 어깨를 으쓱하고 '별말씀을'이라는 말로 대화를 끝냈다. 활달한 그녀도 전투를 앞둔 시점에서는 긴장하지 않을 수 없는 모양이다. 통역하는 일 말고는 쉽게 입을 열지 않았다.

임화평은 다른 사람들과 달리 군복으로 갈아입고 원래 입고 있던 옷을 배낭에 넣었다. 그리고 열두 자루의 비도를 모두 뽑아 열한 자루를 군복 상의의 호주머니에 넣었다. 나머지 한 자루는 손에 쥔 채 그 느낌에 익숙해지도록 만지작거렸다.

제이슨은 임화평이 한쪽에 던져 둔 방탄복을 가리키며 말했다.

"그것도 착용하는 게 좋을 거요."

임화평은 고개를 저었다.

"익숙하지 않다. 없는 게 나아. 적이 그들이라면, 칼을 막는 옷이 그나마 좋을 테지."

방검복이 낫다는 말을 알아듣고는 제이슨은 어깨를 으쓱했다.

오후 6시 10분. 드디어 버스가 움직였다.

앞쪽에 앉아 있던 제이슨이 간략한 약도가 그려진 상황판을 들고 일어나 뒤돌아보며 말했다.

"다시 한 번 작전 개요를 설명하겠다. 18시 30분, 용병들이 타깃을 친다. 18시 33분, 우리는 중심부로 짐작되는 이곳과 이곳으로 진입하여 잔적을 제거하고 사진으로 숙지한 표적들을 확인, 사살한 후 획득 가능한 문서나 전자 파일 정보들을 확보한다. 작전 종료 시간은 용병들이 흩어진 2분 후인 18시 52분이다. 임무 완수 여부를 불문하고 종료 시간이 되면 물러선다. 3분 늦게 진입하는 만큼 위험도는 떨어지겠지만, 그렇다고 방심하지는 말자. 다시 한 번 분명히 하는데, 상대측이나 중국 공안에 잡히는 경우에도 구출 작전은 없다. 협조해도 살 수 없어. 캡슐 삼키고 편히 가는 게 좋아. 집결 장소에서 다시 만날 수 있게 되길 빌겠다. 질문 있나?"

심박 수 조정을 위해 껌을 쩩쩩 씹고 있던 금발의 청년이 손을 들었다.

"파올로!"

이름으로 보아서는 이탈리아계 미국인인 모양인데, 생긴 건 라틴계 마초처럼 우락부락하다. 그가 그의 소총 HK MP—5 SD를 들어 보이며 과장되게 울상 지었다.

"이 녀석 정말 버리고 와야 합니까? 정말 사랑하는데……."

제이슨은 피식 웃으며 고개를 저었다.

"이탈리안 같지 않은 소리를 하는구나. 생환만 해준다면 늘씬한 숫처녀로 구해주마. 헌 애인한테 미련 두지 마."

"오케이!"

이미 충분한 작전 회의를 거듭한 듯, 파올로의 장난스러운 질문 외에 다른 질문은 없다.

"좋아! 시간 맞춘다. 지금 시간 18시 16분 55초, 56초, 57초, 58초, 59초, 17분 셋!"

통신 장비의 주파수까지 맞춰놓고 제이슨은 동료들의 무운을 비는 것으로써 마지막을 장식했다. 그와 동시에 버스가 멈췄다. 버스의 전면 창으로 광목당의 붉은 문이 보인다. 거리는 50m 정도. 그 사이에 빌딩 몇 채가 보인다. 작전에 임한 상태에서 걸어서 움직이기에는 상당히 먼 거리다. 하지만 버스는 더 이상 나아가지 않았다.

파올로와 몇몇 용병들의 껌 씹는 소리가 크게 들릴 정도의 침묵의 시간이 흘러갔다.

6시 22분. 붉은 문에서 멀지 않은 곳에서 분주한 움직임이 있다. 중국인으로 보이는 몇몇 사람들이 카메라를 세팅하고 자리를 잡으며 주변 사람들을 통제하기 시작했다.

6시 25분. 검은 군복을 입고 검은색 스키 마스크를 쓴 사람 오십여 명이 '자금성 영화공사' 라는 커다란 깃발을 든 동양인을 따라 붉은 문을 향해 걸어갔다. 무기를 장난감처럼 든 채 건들거리는 모습으로 느긋하게 걷고 있다. 등에 메고 있는 각양각색의 배낭들이 주변의 긴장감을 늦춰주었다. 그들이 아이들 머리를 쓰다듬으며 장난을 치자, 깜짝 놀라 진로에서 물러섰던 사람들도 곧 호기심 어린 눈으로 바라보았다.

6시 29분. 베레모를 쓴 동양 남자가 메가폰을 통해 무언가 소리치자 한껏 풀어져 있던 검은 군복의 사내들이 붉은 문의 집을 향해 달려갔다. 뒤로 물러선 채 구경하고 있던 사람들이 손가락질하며 낄낄거렸다. 군인들의 등에 진 알록달록한 배낭 때문이다. 영화 촬영하는 것이 분명한데, 벗어두고 갔어야 할 배낭까지 짊어지고 달렸으니 NG라고 생각했을 것이다.

스테인리스 사다리를 든 사람들이 먼저 달려가 담장에 사다리를 걸쳐 놓는 순간, 뒤따르던 사람들이 순식간에 담장을 뛰어넘었다.

그때, 버스 문이 열리고 운전사가 커다란 깃발을 든 채 차에서 내렸다. 제이슨이 마이크에 대고 말했다.

"우리도 간다!"

임화평은 마침내 버스에서 내렸다. 그때 멀리서 콩 볶는 소리가 희미하게 들려왔다.

❧

서편 담장 공략을 책임진 스캇 데이비스는 보란 듯이 달려 있는 감시 카메라를 보며 쓴웃음을 지었다. 무지막지하게 무식한 자전이다. 몇 걸음 더 다가가면 즉시 감시 카메라에 발견될 것이다. 게다가 한여름 18시 30분이면 대낮이나 마찬가지다. 무조건 돌격이라니, 이런 무모한 작전은 아프리카 군대에서도 하지 않을 짓이다.

'이런 무모한 작전에 끼어든 것도 결국 내가 방탕하게 살았기 때문이지. 누구를 탓하겠어.'

돈 때문에 명예로운 길을 포기하고 용병이 되어 세계 각지를 떠돌며 명분없는 싸움에 끼어들었다. 그토록 원하던 돈을 제법 만졌다. 그런데 남은 게 없다. 버는 만큼 씀씀이도 커졌다. 살육에 취해 미쳐 날뛰고 그것을 잊으려고 술과 여자와 도박에 빠져 살았다. 마약에 빠지지 않은 것이 그나마 다행이라고 해야 할 것이다.

작년, 허벅지에 총알 하나가 꽂혔다. 세 번째 총상인데, 느낌이 예전과 달랐다. 예전 같으면 쉽게 회피했을 상황이었건만 그러지 못해서 당황했던 것이다. 느끼지 못한 사이에 몸이 나이를 쫓아가고 있었다. 훈장이라 떠벌리고 의연한 척했지만 죽음에 대한 두려움은 이미 가슴속 깊은 곳에 짙은 그림자를 드리우고 있었다. 명분없는 싸움터에서 이름없는 시체로 죽고 싶은 생각은 없었다. 결국 은퇴를 생각하지 않을 수 없었다.

죽음이 두려워져 은퇴한 선배들이 종종 평범한 사회생활에 적응하지 못하고 돌아오는 경우가 있다. 그들은 하나같이 살육의 향기가 마약임을 증언했다. 자각 증세가 없다가 금단 증상의 고통을 견디지 못하고 돌아오고 말았다고 했다. 스캇도 자신이 그렇게 될 수 있음을 모르지는 않지만, 당장 은퇴하겠다는 생각을 버릴 수 없다. 문제는 통장의 잔고가 바닥에 가깝다는 사실이다.

때마침 좋은 일거리가 생겼다. 한 건만으로도 연봉을 건지고, 작전 중에 무탈하면 같은 조건의 일거리를 몇 번 더 맡을 수 있다. 팀장인 그의 연봉은 전투 수당 제외하고 대충 15만 달러를 오간다. 세 번만 연속 일거리를 맡을 수 있게 되면 50만 달러에 가까운 돈을 챙길 수 있다. 은퇴를 고려하는 그에게 그보다 강한 유혹은 없다.

'이렇게까지 무모한 작전일 것이라고는 예상하지 못했지.'

그나마 다행인 것은 상대의 무장이 빈약하고 위성사진의 상태가 상당히 양호하다는 것 정도다. 구조물의 위치나 상대가 상주하는 위치 정도는 파악했다. 물론 제약도 있다. RPG나 수류탄, 혹은 유탄발사기 등의 폭음이 큰 화기는 사용을 자제해 달라는 요청이다. 결국 소음 소총만으로 임무를 수행하라는 요청인데, 공안의 출동을 최대한 늦춰 편하게 후퇴하자는 취지라서 반발하기도 어렵다.

'초보 갱단도 아니고, 그야말로 미친 짓이지. 마지막이야. 이번 한 번으로 끝이야.'

스캇 데이비스는 피식 웃었다. 과연 마지막이 될 수 있을까 하는 스스로의 의문에 웃었고, 안에서 무슨 일이 벌어질지 모르면서 호기심 어린 눈으로 기웃거리는 사람들 때문에 웃었다.

스텝 하나가 어떤 사람과 실랑이를 벌이고 있다.

"안 돼요, 안 돼! 어렵게 허락을 받았는데 구경꾼까지 왔다 갔다 하면 집주인이 난리를 칠 거요. 물러서요."

중국말은 '니하오' 밖에 모르지만 그들의 움직임을 통해 실랑이의 주제를 쉽게 알 수 있었다. 곧 총알이 난무하게 될 장소로 들어가겠다고 난리를 치니, 세상 참 알다가도 모를 일이다.

스텝 흉내를 내는 중국인 한 사람이 소리쳤다.

"준비하세요!"

스캇 데이비스는 시계를 통해 운명의 시간이 다 되었음을 확인했다. 카메라 옆에 서서 메가폰을 든 중국인이 시작을 알렸다.

"레디, 액션!"

사다리를 든 동료들이 먼저 튀어나갔다. 스캇 데이비스는 MP-5 SD를 고쳐 잡고 그 뒤를 따라 달렸다. 사다리가 걸쳐지는 순간 그의 몸은 이미 사다리를 밟고 담장 위로 오르고 있었다.

'20분이라? 너무 길어. 그 어느 때보다 긴 20분이 될 거야. 살아남아라, 스캇!'

담장에서 뛰어내리는 그 순간 사진으로 구조를 숙지한 옛 건물의 그늘 속에서 중국 전통 복장을 한 청년들이 튀어나왔다. 땅에 착지하자마자 한 바퀴를 굴러 충격을 흡수한 스캇 데이비스는 반사적으로 방아쇠를 당겼다. 그리고 그의 옆으로 동료들이 내려서면서 그가 처리하지 못한 다른 청년들의 숨결을 단절시켰다.

"쇼타임!"

마이크에 대고 낮게 소리침으로써 스캇 데이비스는 자신은 물론 동료들의 긴장감까지도 한꺼번에 풀어주었다. 긴장감이 사라지면 야수의 본능이 살아날 것이다.

❧

기습은 '어어?' 하는 사이에 전격적으로 이루어졌다. 물론 보안요원 상청과 엽문강은 모니터로 다 보고 있었다. 하지만 그뿐이다. 군복에 총까지 들고 있다면 경계를 해야 마땅한데도 촬영 도구와 스텝들, '자금성 영화공사'라는 글자가 적힌 깃발, 군인 복장에 어울리지 않는 우스꽝스러운 가방, 그리고 겁먹지 않고 지켜보는 구경꾼들이 경계심을 누그러뜨렸다. 또 한편으로, 백주에 북경 한가운데서 감히 광목당의 북경 본부를 치려는 놈들이 없을 것이라는 조직에 대한 자부심이 그들을 망쳤다. 적절히 대처하기에는 그동안의 평화가 너무 길었던 것이다.

한 번쯤은 의심해 봤어야 했다. 영화를 찍기에는 너무나 빈약한 촬영 도구와 스텝들이다. 또 영화를 찍으려면 북경시에 허가를 얻어야 했고, 그 장소가 북경 본부 근처라면 미리 연락이 왔을 것이다.

"뭐, 뭐야?"

놀란 눈이 주시하는 것은 사다리를 들고 달려오는 군인들의 모습이 분명하게 보이는 모니터다. 뒤늦게야 경보를 울렸지만 그때 이미 군인들은 사다리를 밟고 담장 위로 뛰어오르고 있었다.

"맙소사! 우린 죽었다."

상청은 아득하게 들려오는 콩 볶는 소리에 눈을 질끈 감았다. 총소리다. 그것도 소음기를 단 소총 소리다. 죽었다는 그의 말은 엄한 질책을 과장한 말이 아니다. 결과와는 상관없이 경계 실패의 책임을 지워 죽일 것이다.

엽문강이 울 것 같은 얼굴로 상청을 바라보며 말했다.

"억울해."

말이 보안요원이지, 실제로 그들이 하는 일이라고는 하루 종일 모니터를 보는 것이다. 파견 근무 5년 동안 그 일만 해왔다. 지난 5년간 단 한 건의 경보조차 울려보지 못했는데, 처음 눌러본 경보 단추가 자신들의 죽음을 알리는 조종일 것이라고는 상상조차 해보지 못했다.

"죽자! 기다리지 말고 한 놈이라도 죽이고 죽자."

상청과 엽문강은 지난번 전반기 종합 평가 때 쏴보고 다시 쏴보지 못한 월터 PPK를 서랍에서 꺼내 장전하고, 그 즉시 경비실 밖으로 튀어나갔다.

⚜

최근 들어 노차신은 차를 바꿨다. 철관음에서 느낄 수 있는 맛이라고는 쓴맛밖에 없어 어쩔 수 없이 용정으로 바꿨다. 찻잔을 내려놓은 노차신은 만족스럽지 않은 맛에 얼굴을 찌푸렸다.

"하기야 지금의 내가 무엇인들 제대로 즐길 수 있을까?"

최근 들어 뜻대로 되는 일이 없다. 차수경과 관련된 일, 세이건 가와 관련된 일은 물론이고, 살수 나부랭이 하나 잡자고 함정까지 파놓고 한 일마저 실패했다.

"일어탁수(一魚濁水)라… 모든 것이 그놈과 연관되어 있다. 그놈만 잡으면 마음 편히 혜명원으로 들어갈 수 있을 것 같은데……."

생각하면 할수록 이가 갈린다. 살수 한 놈이 맑은 강호의 물을 완전히 뒤집어 흙탕물로 만들어 버린 셈이다.

"충분하다고 생각했는데……."

별장에서의 손실을 생각하면 지금도 치가 떨린다. 철사자 2개 조 폭사, 참여했던 잠룡대 사 할이 죽거나 병신이 됐다. 황기창과 소벽은 십대고수라는 말이 무색하게 참으로 어처구니없이 죽어버렸다. 노차신 역시 반백년이 넘는 수련이 허망하게도 임화평을 압도하지 못했다. 노차신이 양보할 수밖에 없는 무력을 지닌 무공의 천재 소천주도 그를 제압하지 못했다.

소천주가 확언했다. 놈이 암습한다면 죽을 수밖에 없다고. 반드시 찾으라고. 천을 장악하기 위해 항주로 내려가면서도 소천주는 임화평의 위험성을 재차 언급했다. 노차신도 그 말에 동의했고, 지금도 찾아내려고 백방으로 알아보고는 있다.

"영악한 놈이야."

현승과의 연대를 알리지 않기 위해 차수경이라는 미끼를 걸고 함정을 팠는데, 미꾸라지처럼 빠져나갔다. 현승을 협박해 거처를 알아냈으나, 열흘이 넘도록 나타나지 않고 있다. 현승과의 연대를 눈치챘다는 의미다.

이제는 방법이 없다. 중국어에 능통하고 변장에도 능한 놈이니 눈앞에 나타나지 않는 이상 잡는다는 것은 불가능에 가깝다.

"약점은 있어. 인정에 약한 놈이야. 꾸준히 봉사 활동하고 기부했던 놈이다. 병원에 침투해 놓고 제공자 몇 명 때문에 물러섰던 놈이야. 그 남창 녀석을 살려주려고 했던 놈이다. 놈의 친지들을 다 죽여 버린다고 하면 나타나지 않겠나? 하! 연락이 돼야 협박이라도 해보지. 아니야. 친지라고 할 만한 놈들은 모조리 데리고 온다. 주위를 맴도는 이상, 놈이 먼저 알아차릴 것이다. 응? 어떤 놈들이?'

시끄럽게 귀청을 두드리는 소리는 외부에서의 침입을 알리는 경보다. 노차신은 벌떡 일어났다. 경보의 패턴이 갑호 비상을 알리는 것이었기 때문이다. 갑호 경보란 본부 인원 전체가 본연의 임무를 도외시하고 사태에 임해야 하는 최악의 상황에서 울리는 것이다.

전화기를 들었다. 생소한 소리가 났다. 몇 번을 두드려 봤지만 역시 불통이다.

노차신이 문을 여는 그 순간 콩 볶는 소리가 사방에서 들려오기 시작했다.

"이 대주!"

노차신의 부름에 검은 무복 차림의 중년인이 나타났다. 무인답지 않은 창백한 얼굴이다. 마치 태양을 피해 다니는 듯한 낯빛이다. 하지만 번득이는 두 눈빛만큼은 칼날 같다.

"수뇌급 두 놈 정도 남겨놓고 다 죽여 버리게. 부탁하지."

명령이 아니라 부탁을 했다. 하지만 사내는 쉽게 부탁을 받아들이지 않았다. 망설인다기보다는 하기 싫다는 표정이 역력하다.

"움직이기에 적절하지 못한 상황이라는 것은 아네. 하지만 자네들이 아니면 막아내기 힘들어. 총소리 가까워지는 걸로 보면 외곽의 철사자들과 철혼단이 속수무책으로 당하는 모양이야."

철혼단은 철사자들 가운데서도 정예만을 뽑아 새로 무공을 가르친 북경 광목당의 수호단이다. 노차신이 가장 편하게 부릴 수 있는 수족들인 셈이다.

"이런 수세적 상황에서라면 우리 쪽 손실 역시 클 겁니다."

"미안하네. 제거가 어렵다면 시간이라도 끌어주게. 공안들이 올 것이네. 놈들도 머리가 있다면 물러날 때를 모르지는 않을 게야."

사내는 어쩔 수 없다는 듯이 고개를 끄덕이고 길게 휘파람을 불며 허공으로 솟구쳐 올랐다.

노차신은 한순간에 정자의 그늘 속으로 숨어드는 사내를 보며 한숨을 내쉬었다. 사내는 천무전 소속의 살수 집단 암전대의 대주다. 임화평의 무위를 뇌리에서 떨쳐 버리지 못한 서문영락이 항주에 도착하자마자 급파했다. 노차신이라도 임화평의 암격을 감당하지 못할 것으로 판단했고, 살수는 살수가 상대하는 게 낫다는 판단도 급파에 한몫했다. 결국 사내의 임무는 노차신을 암중 보호하는 것이지, 광목당 북경 본부의 수호가 아니란 의미다.

"끝장을 보려는 생각으로 온 것이 아니겠지. 시간 싸움이야. 버티면 물러난다. 두고 보자. 더 이상 양보하지 않을 것이다, 세이건!"

노차신은 어금니가 부러지도록 이를 악물고 세이건 가를 저주했다. 확신이다. 중국 안에서 명천을 상대로 총질을 할 배짱이 있는 놈들은 없다. 중국 안의 조직이라면 사전에 징후를 발견하고 엎어버렸을 것이다. 아무리 생각해도 세이건 가밖에 없다.

익숙하지 않은 총소리만 놓고 봐도 그렇다. 젊었을 적에는 전쟁터를 전전했고, 경호 집단 평정을 실질적으로 운영하고 있다. 총기보다는 손을 선호하지만 총에 대해서 무지하지는 않다. 하지만 지금 귀청을 두드리는 총성은 한 번도 들어본 적이 없는 소리다. 평정의 수준을 넘어서는 총이다. 그런 총을 쓸 놈들은 군인밖에 없다. 그것도 총기의 수준에 맞춘 정예일 것이다. 군인들로 하여금 광목당의 북경 본부를 치게 할 수 있는 존재라면, 단번에 떠오르는 사람은 세이건뿐이다.

'지금 전쟁을 하자는 거지?'

어지간하면 그냥 암도를 통해 물러섰을 것이다. 수세에 몰린 상태에서 회피할 방법이 있다면 굳이 싸울 이유가 없다. 문제는 현재 그의 집무실 뒤쪽에 있는 건물에 있다. 중국 평수로 건평 칠백이십여 평밖에 안 되는 작은 이층 건물 안에 지난 10년 동안 축적된 방대한 정보가 쌓여 있다. 중요 자료는 백업되고 항주 본부에 전송되어 있다고 해도 종이 문서로서 일목요연하게 정리된 정보들을 버리기는 아깝다. 게다가 자부심도 문제가 된다. 명천이 적의 내습을 피해 꼬리를 말았다는 소리를 듣는다는 것은 참기 어렵다. 막을 수 있다면 막아내고 싶다.

"마종도!"

"예, 어르신!"

"정보 자료실, 폐기해야 할지도 모른다. 항주에 보내지 않은 정보들 빨리 전송하고 주요 자료만 챙겨두도록! 그리고 내일 다시 한국으로 갈 준비를 하라. 충분한 인원을 붙여줄 테니까 임화평이라는 놈과 연관된 인간들은 모두 데려오도록! 그놈 때문에 모든 일이 엉망이 되어버렸어."

마종도는 점차 다가오는 총소리를 들으며 고개를 숙였다. 그가 달려가는 동안 이를 부드득 가는 노차신의 시선은 정면의 담장을 떠나지 않았다. 담장 위쪽으로 검은 그림자들이 날다람쥐처럼 움직이고 있다.

"흐흐흐! 형님! 요즘 정말 정신없이 깨지는구려. 말년에 복도 없지."

갑작스럽게 들려온 목소리에도 노차신은 놀라지 않았다.

"내가 복장 터져서 죽는 꼴 보고 싶어? 도대체 뭐 하러 왔어? 그냥 혜명원에 처박혀 있다가 승천하면 서로 좋잖아?"

노차신의 등 뒤로 스리슬쩍 나타난 사람은 50대에서 60대 초반 정도로 보이는 거구의 사내다. 부리부리한 호목에 상당히 굵어 보이는 수염도 인상적이다. 그가 바로 장로원의 육장로 사문악이다.

 나이보다 젊어 보이는 사문악은 올해로 나이 예순아홉이 되었다. 전형적인 무인으로서 한때 노차신과 함께 서문창의 쌍위로 활동했으나, 서문창의 권력이 공고해지자 노차신보다 먼저 서문창의 곁을 떠나 명천에서 활동했다. 그 덕에 명천에서의 서열은 칠장로 노차신보다 앞선 육장로다.

 "내가 오고 싶어서 왔소? 소천주께서 형님 좀 살려주라고 부탁하셔서 어쩔 수 없이 온 거지."

 "살려줘? 거머리 같은 놈! 옆에 붙어서 피나 쪽쪽 빨아먹지 마라. 내가 다른 놈한테 죽기 전에 먼저 말라 죽겠다. 제발 이 늙은 목숨 좀 살려줘라. 근처에서 얼쩡거리지 좀 마!"

 사문악은 천성이 사내다. 호탕하고 호색하며 말술이다. 오랜만에 북경 나들이 했으니 재밌게 해달라고 노차신을 들들 볶았다. 안 그래도 골치 아픈 노차신은 사문악으로 인해 골머리를 앓고 있다. 호통 친다고 들어먹을 인간이 아닌 탓이다.

 '소천주께서는 왜 하필 이놈을 보냈는지 몰라.'

 나름대로 배려한 것이다. 사문악과 노차신은 오랫동안 서문창을 보좌하면서 생사를 넘나들었다. 평소 때는 티격태격할지 몰라도 위기를 맞았을 때는 서로 안심하고 등을 맡길 수 있는 존재다.

 "오늘 내가 힘 좀 쓸 모양이오. 이 은혜는 술로 받겠소."

 사문악은 주먹을 불끈 쥐고 객청 아래로 내려섰다. 그 순간 노차신이 한숨을 내쉬며 사문악의 목덜미를 잡아챘다.

 "어? 왜 이러쇼? 힘 한번 써준다는데?"

 "문악! 벌써 노망들었어? 나서는 것도 때와 장소가 있는 법이다. 전쟁을 겪은 놈이 그걸 몰라? 상대는 세이건 가다. 총질만큼은 세상에서 제일 잘하는 놈들만 모아서 보냈을 거다. 사방에서 총질하면 너, 피해낼 수 있을 것 같아? 적어도 여기는 아니야."

사문악은 정색하며 물러섰다. 막무가내인 그도 노차신이 이름을 부를 때는 기분대로 움직일 수 없다. 그것은 두 사람만의 무언의 약속이다, 전쟁터에서부터 시작된.

⚜

두 번째 지붕이자 담장에 난 문을 통과할 때까지만 해도 일사천리였다. 위성사진과 사합원에 대한 자료에 따라 사람들이 거주하는 곳을 집중적으로 노렸다. 경보에 놀라 튀어나온 중국인들이 코앞에 이른 적들에게 당황할 때 스캇 데이비스를 비롯한 용병들은 조준 사격으로 간단하게 적을 무력화시켰다. 두 번째 사합원까지 거침없이 나아갔던 세 번째 사합원으로 들어가면서 발걸음을 늦춰야 했다. 척후로 나섰던 두 용병이 관자놀이에 칼을 꽂은 채 무너졌기 때문이다.

스캇 데이비스와 잭 모리슨은 몸을 날려 문을 통과하고 땅바닥에 닿자마자 몸을 굴리면서 문의 좌우를 향해 총을 쐈다.

투투투투퉁!

총알이 벽을 따라 연이어 박혔지만 거기에 사람은 없었다. 스캇이 본 것은 검은 그림자가 담장을 넘어가는 것이었고, 그 결과는 네 마디 비명 소리였다.

스캇은 재빨리 일어서서 담장 뒤쪽의 상황을 파악했다. 샘과 샤샤가 죽고 두 명의 중국인이 죽었다는 보고를 받았다. 담장 하나를 넘는 중에 대원 넷을 잃은 것이다.

'제기랄! 이럴 줄 알았어.'

적의 반격이 시작되었다. 적은 인간이 아닌 날다람쥐들이다. 2m가 훌쩍 넘는 담장을 나는 듯이 뛰어넘어 지붕을 따라 달리는 놈들이다. 평범하게 은폐물이나 엄폐물을 주의해서는 곤란한 적들이다. 게다가 비도와 같이 소리가 나지 않는 암기들을 주 무기로 쓴다. 먼저 발견하지 않으면 죽기 십상이다.

스캇은 마이크에 대고 경고했다.

"지금까지 상대해 왔던 놈들과는 다른 놈들이다. 중국옷 입은 놈들을 주의해라. 총알 아끼지 말고 의심스러운 곳은 무조건 갈겨!"

가슴이 물러서라고 말하고 있다. 하지만 여기서 멈추면 잔금을 받지 못한다. 결국 스캇 데이비스가 대원들에게 해줄 말은 주의하라는 것뿐이다.

"잭, 마이클, 빌리! 앞장서!"

무겁게 고개를 끄덕이고 잭이 앞장서자 마이클과 빌리가 좌우를 맡아 그늘이 있는 곳마다 삼점사를 연발하며 나아갔다. 스캇의 손짓에 따라 네 명의 다른 대원들이 좌우로 흩어져 방마다 총알 세례를 퍼부었다.

2조의 팀장인 앵거는 방문을 박차고 총알을 퍼부은 후에야 방 안의 상태를 살폈다. 아무도 없는 방 안에 총알만 낭비한 셈이다.

"쯧!"

혀를 차고 뒤돌아서는 순간 문 바로 위쪽 천장에서 검은 그림자 하나가 뚝 떨어져 내렸다. 하얀 빛줄기 하나가 앵거의 뒤통수를 갈랐다. 앵거가 눈을 크게 뜨고 무릎을 꿇는 순간에야 검은 그림자를 발견한 외인부대 출신의 앙리가 앵거의 머리 위로 총을 쐈다.

채채쨍!

대도로 총알을 막아낸 검은 그림자는 어느새 문 앞을 벗어나 격자 창문을 뚫고 밖으로 튀어나왔다. 앙리의 총구가 그림자를 쫓았다.

투투퉁!

다시 연달아 세 방을 쏘았지만 검은 그림자는 마치 총알을 밟는 듯이 허공으로 튀어 올라 지붕에 안착했다. 앙리의 총구가 지붕 위로 향하는 순간 검은 그림자는 이미 지붕 위를 달려가고 있었다.

투투퉁!

은빛 칼을 든 검은 그림자가 지붕 위에서 떨어졌다. 스캇은 총구를 내리고 앵거에게로 눈길을 돌렸다. 쪼개진 뒤통수를 드러내며 앞으로 고꾸라진 앵거는 이미 산 사람이 아니었다.

으드득!

열둘이 한 팀이 되어 출발했다가 이제 일곱이 남았다.

스캇 데이비스는 이를 악물고 세 번째 문을 노려보았다. 그 문을 넘어서면 중심부다. 그곳은 지금까지와는 다른 구조다. 지금까지는 사합원이라고 부르는 중국 전통의 북방식 주택이었다면, 그곳은 사합원 네 개의 부지에 새로 지은 건물들이 들어서 있다. 고풍스러운 중국풍 건물들로, 이층 건물도 있고 정원도 있고 큰 연못과 정자도 있다.

스캇은 시간을 확인했다. 한 시간은 지난 듯했는데, 겨우 6시 36분이다. 약속한 시간이 14분이나 남았다. 생각보다 빨리 온 셈이고, 계약 조건의 태반은 지킨 셈이다. 안쪽은 사합원 같은 밀폐식 구조물이 아니라 오픈된 공간이다. 몸을 드러내 위험을 자초할 이유가 없다.

자제해 왔던 수류탄까지 사용 승인한 스캇은 잭에게 손짓하여 문 좌우를 가리켰다. 잭과 빌리가 수류탄의 안전핀을 뽑아 담장 너머로 토스하듯 가볍게 던졌다.

콰광!

폭발음과 동시에 문 좌우에 선 두 사람이 문 바깥쪽 반대편을 향해 총을 난사했다. 두 구의 시체를 발견하고 중심부를 향해 눈길을 돌리는 순간 빌리의 머리에서 피가 흘러나오면서 뒤로 넘어갔다. 잭은 그 즉시 문밖으로 드러난 몸을 안쪽으로 구겨 넣고 수류탄의 안전핀을 뽑아 담장 너머로 힘껏 던졌다. 한때 투수 지망생이었던 잭이 던진 수류탄은 연못의 중앙에 있는 정자의 지붕 위에 안착했다.

꽝!

폭발음이 들리는 순간 스캇과 잭은 문 좌우에 붙어 총알을 쏟아냈다. 수류탄이 날아오는 순간 연못으로 뛰어들었던 두 사내가 수면으로 떠오르자마자 폭우처럼 쏟아진 총알에 찢겨 나갔다.

"젠장!"

이제 열둘 가운데 여섯 남았다. 욕설을 내뱉은 스캇은 다시 시간을 확인했다. 12분 남았다. 스캇은 무전기를 공용 주파수에 맞추고 네 개로 쪼개진 정문팀과 연락했다. 모두가 정 위치에 자리 잡았다. 담 하나를 사이에 두고 오픈 공간을 바라보고 있는 것이다.

"여기서 총알 퍼붓고 버틴다."

스캇의 말에 대원들은 재빨리 지붕 위로 올라가 엎드렸다.

"쏴!"

무수한 총알이 사람의 그림자도 보이지 않는 이층 건물과 그 앞의 작은 건물로 날아갔다. 그 순간 약속이나 한 듯이 사방에서 총알이 쏟아졌다.

쉿!

등 뒤에서 뻗어나간 검은 줄 하나가 허공을 가로질렀다. 제이슨은 깜짝 놀라 검은 줄의 종착지를 확인했다. 검은 줄이 사라진 지붕 위에서 샷건 한 자루가 굴러 떨어졌다. 그리고 그 뒤쪽에 정장 차림의 사내 하나가 이마에 검은색 비도를 꽂은 채 삼각 지붕의 뾰족한 부분에 턱을 대고 있었다.

제이슨은 고개를 비틀어 임화평에게 말했다.

"고맙소."

용병들이 이미 한차례 쓸고 지나간 곳을 따라가는 셈이라서 저항은 미미했다. 보이는 것이라고는 핏자국과 널브러진 시체뿐이다. 가끔 가다가 재수없이 얼굴에 총을 맞은 용병들의 시신도 있었지만, 상대적으로 희생자가 적은 편이다.

3분 늦게 들어선 제이슨의 팀은 거침없이 중심부로 나아가고 있다. 가끔 부상자들을 확인 사살하는 것 말고는 총을 쏠 일조차 없다. 위기감을 느끼게 만든 자는 단 한 명, 방금 전 지붕 위에서 샷건을 쏘려던 사내뿐이다. 임화평이 없었다면 대원 한두 명 정도는 죽거나 다쳤을 것이다. 그리고 재수가 없으면 그 안에 제이슨 그 자신이 포함될 수도 있었을 것이다.

임화평이 피식 웃으며 말했다.

"한 팀이지 않나."

임화평으로서는 복수행에 나선 후로 오늘처럼 마음이 편한 날이 없다. 제이슨의 뒤쪽에서 느긋하게 따라갈 뿐이다. 용병들이 대다수의 적들을 미리 다 처리해 놓은 탓에 그가 할 일이라고는 기감에 걸리는 적들만 처리하면 그만이다. 오늘처럼만 할 수 있다면 명천을 무너뜨리는 것도 어려운 일은 아닐 것이다.

제이슨은 고개를 끄덕이고 계속해서 나아갔다. 두 개의 사합원을 지나 세 번째 집 앞에 이르렀다. 임화평은 두 손을 교차했다가 좌우로 뻗었다. 두 개의 비도가 지붕 위로 날아갔다. 검은색 무복 차림의 두 사내가 지붕 위를 달리다가 살 맞은 기러기처럼 떨어져 내렸다. 왼쪽 사내의 옆에 떨어진 대롱은 한눈에 보기에도 바람총이다. 임화평이 알아차리지 못했다면 누군가는 중독되어 괴로워하다가 죽어갔을 것이다.

임화평은 왼쪽 사내의 품속을 뒤졌다. 건진 것은 두 개의 비도와 검은 주머니 하나, 그리고 눈에 잘 보이지 않는 은사 정도다. 검은 주머니에서 나온 것은 가벼운 금속으로 만든 매화수전 두 개와 검은 금속으로 만든 원반형 암기 십여 개다.

임화평은 원반형 암기 하나를 손에 쥐고 피식거렸다.

"벌써 만들어서 사용하고 있어? 놀랍군. 확실히 남의 것은 빨리 베낀단 말이야. 그런데 이건 짝퉁이 백배 낫군."

딱 보니 병뚜껑의 고급형이다. 조금 더 무겁고 끝에 요철이 없는 대신 부분 부분이 칼날처럼 날카롭다.

"암기 자체의 위력이 상당하겠는데……. 하지만 잘못하면 손가락 베겠어."

임화평은 고개를 저으며 또 다른 흑의인에게로 가서 바람총과 비도와 검은 주머니를 회수했다. 내용물은 대동소이했는데, 특별한 것은 알루미늄 비슷한 금속으로 만든 바람총의 총알이다. 플라스틱으로 만든 투명한 뚜껑을 벗기고 바람총에 넣어 불게 만들어진 총알의 날카로운 끝이 파르스름하다. 그냥 보아도 독극물임을 알 수 있을 만큼 섬뜩하게 느껴진다.

임화평은 네 자루의 비도와 몇 개의 회선표를 남겨두고 나머지를 배낭에 넣었다. 다시 시신을 살피다가 귀에 꽂힌 플라스틱 재질의 귀마개를 뽑아냈다. 반대쪽 귀에는 없는 것을 보니 단순한 귀마개는 아니다. 보청기나 이어폰일 것이라고 생각했지만 용도는 알 수 없다. 그것을 일단 귀에 꽂았다.

제이슨은 산보하듯 상대의 무기를 챙기는 임화평을 바라보며 고맙다는 말 대신에 고개를 가로저었다. 지붕 위쪽을 주시하고 있던 터라 갑자기 나타난 두 사내를 발견하고 반사적으로 총구를 들어 올렸다. 하지만 상대의 움직임은 나는 새처럼 재빨라 총구를 비틀어야 했다. 그때 임화평의 비도가 두 사내에게 날아간 것이다.

'미리 약속한 것도 아닌데, 어떻게 그렇게 빨리 반응할 수 있는 거지?'

기감으로 보이지 않는 적까지 캐치해 낸다는 사실을 알지 못하니 신기한 것이 당연했다. 적으로 만났다면 방아쇠를 당기기도 전에 죽었을 것이라고 생각하며, 제이슨은 새삼스럽게 임화평의 존재감을 인식했다. 그때 수류탄 터지는 소리가 들려왔다.

제이슨은 눈살을 찌푸렸다. 가능하면 쓰지 말라고 했음에도 썼다는 것은 상대의 저항이 예상보다 더 강하다는 뜻이다. 임화평 덕분에 희생자 하나 없이 세 번째 집으로 들어서려는 제이슨으로서는 이해할 수 없는 상황이었다.

집 안에 들어서서 다섯 번째 용병의 시체를 확인한 제이슨은 그제야 고개를 끄덕였다. 코앞에서 들리는 총소리를 따라가니 담장 위와 문 좌우에 포진한 여섯 용병이 건물을 파괴라도 하려는 듯 총을 난사하고 있었다.

❦

암전대주 이충각은 지붕에 구멍이 뚫린 정자의 아래쪽 물속에서 얼굴만 내민 채 눈살을 찌푸렸다. 상황이 마음에 들지 않는 것이다.

원래 살수는 어지간해서는 수세적 상황에서 활동하지 않는다. 표적이 정해지면 정보를 모으고 때를 기다려 임무를 수행한 후 조용히 사라지는 것이 일반적이다. 하지만 지금의 상황은 임무 수행 중에 적의 경계망에 발각된 것이나 마찬가지다.

'살수는 무위를 자랑하지 않는다 했는데, 이게 무슨 꼴이야.'

살수는 말 그대로 죽이는 존재지, 무인이 아니다. 최상의 살수는 죽을 때까지 얼굴은 물론 이름조차 알려지지 않은 존재다. 상대에게 모습을 드러내고 맞서 싸우는 짓은 최후의 수단일 뿐, 살수가 행할 바가 아닌 것이다. 그런데 지금 이충각은 부서진 정자의 아래쪽에 숨어 오도 가도 못하는 처지가 되었다. 특수한 방식으로 전체를 지휘하다 보니 오픈된 공간에 숨어있었는데, 동료들의 죽음에 분노한 대원 하나가 비도를 쓰는 바람에 수류탄이 날아와 정자를 벗어나지도 못하고 정자 밑 물속에 숨어야 했다. 노차신의 부탁에 할 수 없이 무리수를 둔 죄로 살수도, 무인도 아닌 존재로 전락하고 만 셈이다.

모멸감에 치가 떨렸지만 사방에서 총알이 빗발치는 상황에서 그가 할 수 있는 일이라고는 아무것도 없다. 연못 밖으로 몸을 드러내는 순간 대원들처럼 벌집이 되고 말 것이다.

'내 실수다. 애초에 자리를 잘못 잡은 거야. 누구를 탓하겠어. 총질하는 인간들과 맞상대하는 방식을 몰라서 당한 거야. 두고 보자. 단 한 놈도 살려 보내지 않는다.'

이충각은 품속에서 손 한 마디 길이의 작은 피리를 꺼내 세차게 불었다. 아무런 소리가 나지 않았지만, 이충각은 한동안 피리를 부는 데 시간을 소모했다.

'그래, 마음껏 퍼부어보아라. 돌아가는 길이 편치는 않을 것이다. 아예 다른 길로 가게 해주마.'

피리는 보통 사람의 귀에 들리지 않는 암전대만의 특수한 통신 장비다.

정자에 나와 있었던 까닭도 피리를 원활하게 사용하기 위해서였다. 소리는 귀에 꽂고 있는 리시버로만 들리기 때문에 비밀리에 의사를 소통할 수 있다. 방금 전 그가 내린 명령은 살아남은 암전대는 전원 물러났다가 상대가 후퇴할 때 그들의 본거지를 확인하고 살수 본연의 방식으로 제거하라는 것이다.

'몇이나 남았으려나?'

북경으로 올라온 암전대는 전체의 이 할에 상당하는 4개 조 마흔 명이다. 움직이지 말아야 할 상황에서 움직였으니, 피해가 적지 않을 것이다. 이 충각은 가능한 한 많은 대원들이 살아남아 적들을 몰살시켜 주기를 원했다.

'안 되면 불러올리면 된다. 기다려라, 개자식들!'

그때 사방에서 빗발처럼 쏟아지던 총알이 조금씩 줄어들었다. 그리고 한순간에 총성이 멈췄다.

⚜

마종도는 모니터를 통하여 주변 상황을 보다가 고개를 저었다.

"틀렸어. 빠져나간다. 기름 부어!"

명뇌 1팀이 바쁘게 움직이기 시작했다. 상대의 전파 교란으로 데이터 송신까지 막혔다. 할 수 없이 컴퓨터에서 하드 드라이브를 뽑아내고 자료실 바닥에 기름을 부었다. 불을 붙이면 건물 자체가 전소될 것이다.

마종도는 폭탄을 미리 준비해 두지 않았음을 아쉬워했다. 어차피 날려 버릴 시설이다. 적과 함께 날려 버리면 그나마 쓰린 속이 조금은 풀릴 것이다. 하지만 적이 없다는 자만에 최악의 상황 자체를 염두에 두지 못했다.

"제기랄! 두고 보자. 개자식들! 다 찾아낼 거다."

마종도는 중요 데이터가 가득한 자신의 노트북을 알루미늄 가방에 넣고 잠금장치를 돌렸다.

"빠져나가!"

그림 뒤에 있는 빨간 단추를 누르자 하얀색 대리석으로 된 바닥의 일부가 머리를 쳐들었다. 팀원들이 하나씩 어둠 속으로 사라졌다. 마지막에 구멍 속으로 들어간 마종도는 아쉬운 눈빛으로 지하 방의 전경을 살폈다.

딸깍!

지포라이터의 뚜껑이 열리면서 동시에 불꽃이 올라왔다. 마종도는 지포라이터를 기름 위로 던지고 구멍 밑으로 내려갔다. 빨간 등이 군데군데 박혀 있는 지하 암도를 따라 내려갔다. 한참을 내려가다가 평평한 길을 만났다. 그리고 또 하나의 암도와 만나는 곳에 이르렀다. 그곳에 팀원들이 대기하고 있었다.

"제대로 마무리했나?"

노차신의 목소리를 확인한 마종도가 고개를 숙였다.

"예, 어르신!"

"수고했다."

노차신과 사문악이 앞장서서 걸었다. 그 뒤를 명뇌 1팀이 따랐다. 끝자리를 차지한 마종도는 미련이 남은 눈빛으로 그가 걸어왔던 길을 뒤돌아보았다.

⚜

스캇 팀이 오 할 살아남았다면 나머지도 대동소이할 것이다. 담장에서 건물까지의 거리는 기껏해야 30m 정도다. 근거리에서 팔십여 용병들이 위력사격을 실시했다. 소음 소총 자체의 화력은 약할지라도 한꺼번에 퍼부어진 화력은 무시할 것이 못 된다. 중국풍을 드러내기 위해 지은 이층 목조건물의 외벽이 만신창이가 됐다. 간간이 이루어졌던 반격 또한 멈춘 지 오래다.

제이슨이 스캇 데이비스를 불렀다.

"진입하겠소. 준비했다가 정해진 시각에 흩어지시오."

스캇 데이비스는 고개를 끄덕인 후 무전기에 대고 사격 중지를 명했다. 제이슨 팀이 마지막 문을 지나쳤다. 반파된 연못을 지나면 아담한 일층 건물이 있고 그 뒤에 이층 건물이 있다. 제이슨 팀의 목표는 아담한 단층 건물이다.

"월리! 먼저 가!"

이층 건물이 목표인 월리 팀 십여 명이 먼저 뛰어갔다. 반면 제이슨과 남은 십여 명은 조금 더 조심스럽게 단층 건물을 향해 접근했다.

연못을 지나치는 중에 임화평이 제이슨의 호주머니에 달려 있는 수류탄을 가리켰다.

"그거 물속에서도 터져?"

제이슨이 고개를 끄덕이자 임화평은 반파된 정자의 아래쪽을 가리켰다.

"던져!"

제이슨은 이유를 묻지 않고 수류탄을 던졌다. 지금까지 보여준 능력만으로도 충분히 신뢰할 만했기 때문이다.

쾅!

물기둥이 솟구쳐 올랐다. 그리고 그 물기둥을 밟고 검은 그림자 하나가 치솟아 올랐다.

쉿! 쉿!

임화평의 손을 떠난 두 자루 비도가 검은 인영의 궤적을 따라 날아갔다.

카캉!

허공에서 몸을 비튼 흑의인이 두 팔을 휘돌려 두 자루를 비도를 쳐냈다. 금속성이 나는 것으로 보아 팔 안에 무기를 숨겨둔 모양이다.

임화평의 비도가 처음으로 표적을 죽이지 못하자 제이슨 팀이 동시에 나섰다.

투투퉁! 투투퉁! 투투퉁!

십여 명이 동시에 흑의인을 노렸다. 30여 발의 총알이 허공을 점령하는 순간 흑의인은 전신에서 피를 뿌리며 연못으로 떨어져 내렸다. 물기둥을 밟고 오를 정도의 대단한 실력을 가진 자의 최후라기에는 너무나 허무했다. 지면을 밟고 있었다면 그렇게 어이없이 죽지는 않았을 것이다.

임화평은 서늘해지는 가슴을 다독여야 했다. 무공이 큰 힘을 쓰지 못하는 시대임을 다시 한 번 절감한 것이다.

임화평은 귀에서 귀마개 같은 것을 뽑아 배낭 옆 주머니에 넣으며 고개를 저었다.

'그날 가스 폭발을 시도하지 않았다면 내가 저 모습으로 죽었을지도 모르겠군. 무공이 사라질 수밖에 없는 시대다. 무술이 스포츠화 될 수밖에 없는 시대야. 조심 또 조심하는 수밖에 없다.'

임화평이 생각에 잠겨 있는 동안 제이슨 팀은 이미 고풍스러운 단층 건물에 진입하고 있었다.

투투퉁! 투투퉁! 투투퉁!

군홧발로 밟아가며 사방에 총질을 해댔으나 피는 튀지 않았다. 이상없다는 보고가 연이어 들어왔다. 제이슨은 눈살을 찌푸리며 고개를 저었다.

임화평이 짜증난 표정으로 말했다.

"탈출로가 있든지, 옆 건물로 갔겠지."

제이슨이 고개를 끄덕이며 대원들을 모아 옆 건물로의 이동을 명령했다. 숨겨진 탈출로를 찾는다고 시간을 허비할 생각은 없었기 때문이다.

"명천 사람 아니다. 그건 믿지?"

제이슨이 고개를 끄덕였다.

"여기서 헤어지자. 나중에 전화하겠다. 난 비상구 찾고 늙은이 찾는다."

제이슨은 할 수 없이 고개를 끄덕였다. 임화평이 여기까지 따라온 것은 오로지 노차신 한 사람을 잡기 위해서다. 이미 충분히 도움을 받은 상태에서 반대할 수 없다.

"나중에 봅시다!"

제이슨은 임화평의 어깨를 툭, 치고 건물을 빠져나갔다.

임화평은 노차신의 방으로 들어가 군복을 벗으면서 동시에 방 주변을 살폈다. 기관 제작은 불가능해도 원리와 제작 방식 정도는 잘 알고 있다. 배낭에서 옷을 꺼내 입는 동안 그가 주시한 곳은 벽에 걸려 있는 중절모였다.

"창고에서도 모자 같은 것은 쓰지 않았다."

임화평은 모자를 벗겨내고 옷걸이를 살폈다. 그리고 손으로 옷걸이를 내리눌렀다.

그그그그극!

나무로 된 바닥의 일부가 열렸다. 사람 하나 들어가기에 충분한 구멍이 생겼다. 임화평은 주저없이 구멍 안으로 내려갔다. 폭 1m, 높이 2m에 불과한 좁은 암도다. 드문드문 꽂혀 있는 빨간 등이 암도의 방향을 제시해 주고 있다.

눈을 감고 어둠에 적응한 후 바닥에 엎드려 귀를 대었다.

"제법 많군. 암도가 제법 긴 모양이야."

임화평은 발소리를 내지 않는 한도 내에서 암도를 거침없이 달려갔다. 생각대로 암도는 제법 길었다. 근 200m 정도를 달려왔는데도 끝이 보이지 않았다. 간간이 바닥에 귀를 대어보며 달리던 임화평이 걸음을 늦췄다. 5m도 못 되는 짧은 거리 앞에 검은 그림자 하나가 보였다.

임화평은 살금살금 걸어가 그의 뒤에 바짝 붙어 섰다. 그럼에도 불구하고 마종도는 임화평의 존재를 인식하지 못했다. 무복이 아닌 양복을 입은 것을 보고 가깝게 붙었는데, 예상처럼 기감이 떨어졌다.

임화평은 조심스럽게 두 손을 뻗어 사내의 입을 막고 뒤통수를 잡아 순식간에 사내의 머리를 돌려놓았다. 그리고 그 즉시 왼손과 가슴으로 사내의 무너지는 몸을 받치고 오른손으로 사내의 손에서 떨어지던 서류 가방을 잡아챘다.

임화평은 바닥에 내려놓은 알루미늄 서류 가방을 바라보다가 고개를 저으며 앞으로 나아갔다. 한 사람 한 사람씩 소리없이 같은 방식으로 처리해 나갔다. 내력은 오로지 몸을 움직이고 기척을 숨기는 데에만 사용하고, 사내들을 처리하는 일에는 대지정력을 이용했다.

일곱 사람을 마종도와 동행시킨 후 다시 바닥에 귀를 댔다.

'가벼운 발걸음에 안정된 호흡을 가진 자들이 둘, 그렇지 않은 자가 둘이다. 네 사람이라? 곤란하군.'

뒤쪽의 두 사람이 앞쪽의 두 사람과 약간의 거리를 두고 있다고 해도 그 거리라는 것이 기껏해야 3m 정도다. 제일 뒤에 있는 자를 처리하게 되면 앞쪽 두 사람에게 걸릴 가능성이 컸다. 하지만 좁은 암도의 이점을 버리기도 아깝다. 암도를 벗어나게 되면 아무래도 행동에 제약이 걸리기 때문에 가능하면 암도 안에서 끝장을 보고 싶었다.

'앞쪽 두 사람은 지금까지와 같이 처리하기 어렵지. 그렇다면…….'

임화평은 배낭에 손을 넣어 남아 있는 다섯 자루의 MC사 비도를 모두 꺼내 호주머니에 넣어두고 월터 PPK를 꺼내 들었다.

쉿! 쉿!

비도는 잠깐의 사이를 두고 연달아 날아갔다. 첫 번째 비도가 네 번째에 선 사람의 숨골을 꿰뚫었다. 그가 넘어지는 순간 그의 머리카락을 스치고 지나간 두 번째 비도가 세 번째 사내의 숨골에 박혔다. 두 사람이 억! 소리도 내지르지 못하고 넘어지는 순간 두 번째 사내가 몸을 휘돌리며 소리쳤다.

"이놈!"

거리는 7m 정도다. 임화평이라면 단걸음에 압축할 수 있는 거리다. 상대는 노차신이 아니지만, 발걸음과 호흡 소리, 그리고 기도로 봐서 노차신에 비해 떨어지지 않는다. 하지만 장소가 좋다. 사내는 거의 2m에 육박하는 거구다. 폭 1m, 높이 2m 정도에 불과한 암도를 꽉 채우고 있다. 그의 몸에 가려 노차신이 보이지 않을 정도다.

사내가 허리를 숙이며 땅을 박찼다. 그 순간 임화평도 뒤로 눕는 듯한 자세를 취하고 바닥을 차면서 월터 PPK의 방아쇠를 연달아 당겼다.

탕! 탕! 탕!

임화평은 탄창에 장전된 일곱 발을 모두 소모했다. 9㎜에 불과한, 상대적으로 약한 화력이지만 겨우 5, 6m 앞에서 발사됐다. 게다가 상대에게는 장소가 너무 나빴다. 통로는 좁고 체구는 크다. 사력을 다하여 몸을 비틀어봤지만, 피할 데가 없는 상황이다 보니 일곱 발 가운데 여섯 발이 전신 곳곳에 꽂혔다. 팔에 하나 박히는 순간 몸이 느려졌고, 그 순간 다시 한 발이 왼쪽 어깨에 박혔다. 몸이 경직되는 순간 두 발이 배에 박히고 또다시 두 발이 어깨와 오른쪽 가슴에 박혔다.

"크윽! 제기랄! 형님, 가시오!"

사문악은 비틀거리면서도 무너지지 않고 통로를 꽉 채운 채 두 팔로 벽을 짚었다.

"문악아!"

노차신이 사문악의 이름을 애통하게 부르짖는 그 순간, 임화평의 손에서 또 한 자루의 비도가 날아갔다.

퍽!

이마 한가운데에 비도가 박히자 사문악은 눈을 부릅뜨며 임화평을 노려보다가 서서히 무릎을 꿇었다. 사문악이 50년을 한결같이 수련해 온 무공 한 자락 펼쳐 보지 못하고 허무하게 죽어버린 순간이다.

내려가는 사문악의 머리 뒤쪽으로 슬픔과 분노로 뒤범벅이 된 노차신의 얼굴이 보였다.

"이놈! 육시를 내도 모자랄 놈!"

임화평은 차갑게 웃으며 보란 듯이 총을 바닥에 내던졌다.

"내가 할 말을 먼저 해버리는군."

노차신은 상대가 좁은 통로에서 압도적으로 유리한 무기가 될 수 있는 총을 던져 버리자 냉정을 되찾으며 차갑게 물었다.

"누구냐, 네놈?"

"자세히 봐! 얼굴 껍데기 조금 바뀌었다고 누군지 짐작조차 못한단 말인가?"

"임화평?"

"잘 아는군."

노차신이 눈을 부릅뜨며 부들부들 떨리는 손가락을 내뻗었다. 무공을 펼치는 것이 아니라 삿대질이었다.

"네, 네놈이 어떻게 세이건의 개들과 같이⋯⋯."

그 순간 임화평의 눈빛이 번득였다. 세이건이라는 이름, 그것이 라미엘과 관련된 이름임을 깨달았기 때문이다.

"왜? 안 돼? 접근하기 어렵지 않던데?"

노차신은 그제야 자신들이 세이건 쪽에 임화평에 대한 그 어떤 정보도 제공하지 않았음을 깨달았다.

'제공하지 않은 것이 아니라 못한 것이지. 하! 이런 일이 다 있나? 그사이에 어떻게 세이건을 알고 접근했단 말인가? 정말 약삭빠른 놈이구나.'

노차신은 한숨을 내쉬고 좀 더 차분해진 목소리로 말했다.

"세이건, 그 바보 같은 놈들! 자신들의 진정한 원수와 손을 잡고 우리를 쳐? 암중에서 세상을 지배한다는 놈들이 그렇게 허술할 줄이야."

세이건 가와 연관될 일은 임화평이 아는 한 하나도 없다. 그럼에도 불구하고 노차신이 원수 운운하는 것을 보면, 무슨 일 때문에 그러는지 쉽게 이해할 수 있다. 모나나와 오프라, 두 사람과 관련된 세이건 가의 환자 그 누군가가 죽었다는 뜻이다. 세이건 가는 원망할 대상으로 광목당을 지목하고 전쟁을 벌이는 것이다.

"그 누가 가르쳐 주지 않는 이상, 놈들이라고 어떻게 알겠어?"

노차신은 또 한 번의 심호흡으로 들끓어 오르는 숨결을 가다듬었다. 임화평과의 승부는 그 자신도 장담하지 못한다. 냉정을 잃으면 한순간에 무너질 수도 있는 상대다. 스스로는 가라앉히고 상대는 흥분시켜야 한다고 스스로를 다독였다.

"놈! 네놈이 지금 무슨 짓거리를 하고 다니는지 아느냐?"

"알아! 너무나 잘 알지."

"이놈! 복수심에 불타는 것은 알지만, 과했다. 그만큼 손해를 끼쳤으면 충분하지 않은가?"

조소하던 임화평이 갑자기 소리쳤다.

"미친 늙은이! 과해? 너희들은 뱃속의 똥 덩어리야. 싸다가 충분하니까 그만 싸라고? 애초에 건드리지를 말아야 했다. 아침에 그 아이가 찡그리면 하루 종일 가슴이 아팠다. 저녁에 그 아이가 웃으면 하루의 피로가 사라졌다. 그런 아이를 빼앗아 간 거야. 그 아이를 건드리지만 않았어도 지금쯤 주방에서 한참 요리를 만들고 있었을 것이다. 너희 놈들 따위는 알지도 못했을 것이다. 중국에 놀러 와 맛있는 것 먹고 멋진 풍경에 감탄하고 있었을 것이다."

"그것이 어떻게 우리 잘못이냐? 차수경이 선택했다. 우리는 네 딸이 누군지도 몰랐어."

"이제 알겠지, 어떤 사람의 아이를 건드렸는지."

"말이 안 통하는 놈이구나."

"훙! 말이 안 통해? 그건 네놈들이 인간이 아니기 때문이다. 동족마저 납치해 장기 농장을 운영하는 것들이 바로 네놈들이다. 살육밖에 모르는 마귀들이 어찌 인간의 말을 알아들을 수 있을까?"

"놈! 네놈 따위가 어찌 우리 명천의 원대한 이상을 이해할 수 있으랴? 대의를 이루기 위한 어쩔 수 없는 희생일 뿐이다. 지금의 세상을 보라. 대청이 백인 놈들에게 갈가리 찢긴 것도 100년이 넘었다. 그 긴 세월 동안 우리는 놈들의 노예로 살아왔다. 노동력과 자원의 채취 대상으로 살았단 말이다. 그 같은 굴종의 삶을 앞으로도 계속 살아가야 한단 말이냐? 대의가 이루어지면 백인 놈들에게 맡겨두었던 세상을 우리가 되찾게 된다. 이는 소리없는 전쟁이다. 전쟁에 어찌 선량한 희생자가 없을 수 있으랴."

"또 그놈의 대를 위한 소의 희생이라고 주절거리는 거냐? 선량하다는 말이 무슨 뜻인지 알기는 해? 마귀가 정치꾼들 흉내를 내는 것을 보니 우습기 짝이 없구나. 희생되는 작은이들이 왜 희생해야 되는지 알아야 한다. 그 이유를 납득하고 받아들여야 한다. 죽음으로 내모는 자들이 뼈아파야 한다. 생살을 도려내는 고통을 느껴야 한다. 그것이 진정한 대를 위한 소의 희생인 거다. 네놈들은 생채기 하나 나지 않으면서 어떻게 그런 후안무치한 소리를 해대는 거냐? 대의? 누구를 위한 대의? 중국? 설마? 네놈들이겠지. 언제 서문가가 세상을 위해 피 흘렸단 말인가? 배신을 밥 먹듯이 해대는 더러운 마귀의 피붙이들이. 말살시켜 버릴 것이다. 명천이라는 이름 자체를 이 세상에서 지워 버릴 것이다."

"이놈!"

노차신은 눈이 벌게진 채로 사문악의 시신을 밟고 임화평을 향해 득달처럼 달려들었다.

우웅!

가슴께로 들어 올린 두 손에 열 개의 핏방울이 솟아올랐다. 쇄혼지력이다. 임화평도 복싱의 자세를 취한 채 마주 달려갔다. 3m 거리에 이르렀을 때 두 사람이 동시에 손을 내뻗었다. 열 개의 핏방울이 일시에 튀어나왔고, 무영제뢰수의 운기결에 따른 잽이 연이어 뻗어나갔다.

파파파파파팡!

두 기운이 충돌하면서 열 개의 핏방울이 폭죽처럼 터져 나갔다. 두 사람은 동시에 한 걸음씩 물러섰다. 공력은 역시 박빙이다.

"늙은이! 인내심 하나는 끝내주나 보지? 쇄혼지를 대성할 정도면 참을성이 참으로 대단하다 할 것이다."

재차 달려들려던 노차신은 임화평의 한마디에 흠칫 물러섰다. 명천의 주인이 서문가임을 알더니, 이번에는 쇄혼지까지 언급하고 있다.

"네놈은 도대체 누구야? 어떻게 쇄혼지를 아는 거지?"

쇄혼지는 서문창이 노차신의 성정을 알아보고 내려준 무공이다. 평생 단 한 번 쇄혼지라는 무공명을 입 밖에 낸 적이 없다. 명천 내에서도 제대로 아는 사람이 없다. 손가락에 맺힌 핏방울 같은 강기를 본 사람들만이 혈주지(血珠指)라고 이름 붙였을 뿐이다. 그런데 임화평은 정확한 무공명뿐만 아니라 무공의 성격과 수련 방식마저 알고 있다는 듯이 말하고 있다.

"500년 전에도 있었던 무공이다. 그까짓 이름 안다고 뭐가 그리 대단한가?"

500년 전에도 존재했던 무공이라는 것은 사실이다. 그러나 역사책에 나온 것도 아닌데 알고 있으니 노차신의 입장에서는 더 혼란스러울 뿐이다. 바로 그때 임화평이 몸을 날려 두 발로 가위질하듯이 연속적으로 내찼다. 노차신은 쉴 새 없이 두 손을 흔들어 임화평의 두 발을 막아냈다.

파파파파파파팡!

징그러울 정도로 연속되는 발길질이다. 허공에서 어떻게 그것이 가능한지는 임화평의 두 팔을 보면 알 수 있다. 두 팔로 벽을 짚어 걷듯이 전진하고 있다.

수세를 벗어나지 못하고 계속적으로 밀리던 노차신이 두 눈에 독기를 품고 오른손을 내뻗었다. 지금까지와는 달리 강맹한 주먹질이다.

꽝!

임화평의 오른쪽 발바닥과 노차신의 주먹이 부딪치자 그 굉음 때문에 암도가 괴성을 질렀다. 일관되게 공세를 취하던 임화평이 피를 토하며 뒤로 5m나 날려갔다. 어느새 첫 두 사람의 격돌이 있었던 곳으로 밀려난 것이다. 임화평과 달리 손해를 보지 않고 자연스럽게 물러섰던 노차신은 주먹을 펴고 그 즉시 쇄도했다.

임화평은 두 팔로 암도의 벽을 쳐 신형을 멈추어 세움과 동시에 복싱의 자세를 잡았다.

"염왕철권(閻王鐵拳)? 늙은이, 상성 좋은 무공을 익혔군."

쇄혼지는 수련이 까다롭고 고통스러운 무공이다. 철사장공과 비슷한 수련법으로 십지를 단련하고 다시 염화사라는 특수한 모래로 십지가 몇 번씩 터져나갈 정도로 고련해야 경지에 이른다. 초식도 난해하다. 십지에 배분하는 공력의 수위를 달리함으로써 변화가 막측해진다. 쇄혼이라는 이름이 붙은 것은 상대의 혼을 부순다는 뜻도 있지만, 수련 과정의 혹독함을 표현한 것이기도 하다. 쇄혼지의 수련은 결국 끝없는 반복으로 익숙해지는 수밖에 없다. 비급을 공개하더라도 노차신처럼 대성의 경지를 이룰 만한 사람은 몇 없을 것이다. 하지만 변화에 주력한 무공이다 보니 그 변화에 대처하는 상대에게는 압도적인 위력을 보일 수 없다. 서문가의 절기 가운데 하나인 염왕철권은 단순한 권법이지만 공력을 순간에 폭발시킬 수 있는 무공이다. 노차신이 최악의 상대를 가정하고 쇄혼지의 약점을 보완하기 위해 염왕철권을 익힌 것은 어쩌면 당연한 일일 것이다. 임화평이 상성이 맞는 무공이라고 평한 것도 그러한 맥락이다.

한편 쇄도하던 노차신으로서는 맥이 빠질 수밖에 없었다. 염왕철권까지 알고 있다면 명천의 무공은 줄줄이 꿰고 있는 것이나 마찬가지다. 그런데 도대체 누군지 알 수가 없으니 참으로 곤혹스러웠다. 임화평을 제거하고 나서 또 다른 놈이 나타날까 봐 두려운 것이다. 어쩔 수 없이 걸음을 멈추고 임화평에게 소리쳤다.

"도대체, 도대체 어떻게 우리 명천에 대해서 그렇게 잘 알고 있는 거냐? 넌 도대체 누구냐?"

임화평은 피 묻은 이를 드러내 보이며 차갑게 웃었다.

"원귀가 돼서 따라다녀 봐. 그럼 알게 될 거야."

이번엔 임화평이 먼저 쇄도했다.

쉬쉬쉬쉿!

눈에 보이지 않을 정도로 빠르게 두 주먹을 내뻗었다. 주먹에서 뻗어 나오는 권력이 통로를 가득 메울 정도다. 하지만 노차신으로서는 의아하기 그지없는 공격이었다. 이미 한 번 경험해 본 복싱의 잽이다. 눈에 보이지 않을 정도로 빠르기는 하지만 십지를 자유자재로 놀리는 노차신의 입장에서는 어렵지 않게 방어할 수 있을 뿐만 아니라 쉽게 반격해 나갈 수도 있는 공격이다. 임화평이 어리석지 않다는 것을 잘 아는 그로서는 그 의도를 몰라 조심하지 않을 수 없다.

파파파파파팡!

노차신은 가볍게 십지로 놀려 일일이 경풍을 막아내며 임화평의 암수를 대비했다. 암수를 드러나면 곧바로 반격할 심산이다. 그 순간 잘게 부서진 돌 조각이 가루가 되어 눈을 파고들었다. 한순간의 일이었다. 눈 한 번 깜빡이는 그 찰나의 순간을 이용하여 쇄도한 임화평이 오른손으로 노차신의 왼쪽 손목을 움켜쥐었다. 노차신은 반사적으로 붉게 물든 오른손을 내뻗어 임화평의 왼쪽 손목을 쥐었다. 임화평은 맥문을 움켜쥐려 하고 노차신은 아예 쇄혼지력으로 손목을 파괴해 버리려고 했다. 가늘게 뜬 노차신의 눈과 임화평의 차가운 눈이 마주쳤다. 노차신과 임화평은 동시에 차갑게 웃었다. 그리고 동시에 손에 힘을 주었다.

'응?'

득의만면하던 노차신이 눈을 부릅떴다. 쇄혼지력이 담긴 손가락이 피륙에 불과한 임화평의 손목을 파고들지 못했던 것이다. 그 순간 맥문이 눌린 노차신의 전신에서 맥이 쭉 빠져 버렸다. 임화평은 주저앉으려는 노차신의 콧등을 이마로 찍어버렸다.

"퍽!"

손목을 놓아주는 순간 노차신은 엉덩방아를 찧으려는 자세로 무너졌다. 그때 임화평의 오른쪽 발끝이 노차신의 사타구니 사이에 꽂혔다.

"크아아악!"

노차신이 뒤로 1m나 날려가 엉덩이를 찧고 뒤통수를 찧었다. 두 손으로 사타구니를 쥔 채 부들부들 떨고 있다. 임화평은 두 개의 비도를 꺼내 그의 두 어깨를 향해 가볍게 던졌다.

"퍼벅!"

두 어깨에 비도가 꽂힌 노차신은 더 이상 고수가 아닌 힘없는 노인에 불과했다. 사타구니 사이의 고통이 완화되었는지, 노차신은 고개만 든 채 원독에 찬 눈으로 임화평을 노려보았다.

"이, 비겁한 놈!"

임화평은 무정한 눈빛으로 노차신의 눈빛을 감당해 내며 배낭에서 또 한 자루의 월터 PPK를 꺼내 그의 두 무릎에 총알을 박아 넣었다. 그제야 임화평은 노차신의 발 앞으로 다가갔다.

"비겁해? 뭐가?"

임화평도 노차신이 한 말의 의미를 알고 있다. 연속적인 가위차기로 노차신을 밀어붙였을 때, 임화평은 두 손으로 통로의 시멘트 벽을 짚어나가면서 공력을 가해 조금씩 부숴놓았다. 그리고 일부러 피를 토하며 물러나 미리 부숴놓은 곳에 권력을 가하여 잘게 부수고 그대로 노차신을 향해 밀려가게 만들었다. 그것을 알아차리지 못한 노차신의 눈에 가루가 들어가는 순간을 이용하여 회심의 일격을 가했고, 그때 검기조차 막아내는 왼팔이 일조했던 것이다.

"늙은이! 당신의 눈에는 내가 무인으로 보이나? 난 살수야. 그리고 복수심에 불타는 아버지일 뿐이다. 이용할 수 있는 것은 모두 이용한다. 뭐가 잘못됐나?"

노차신은 파르르 떨리는 두 눈을 굳게 감았다가 다시 눈을 떴다. 그의 두 눈에는 허무함만이 남아 있다.

"허! 졌다. 죽여라."

"한 가지만 묻지. 소빙빙의 창고에 함께 나타났던 그 중년인이 명천의 주인인가?"

"직접 알아봐."

"그렇게 대답할 줄 알았어. 고문해 봤자 마찬가지겠지? 외롭지는 않을 거야. 나머지 동료들도 곧 보내줄 테니까."

임화평은 미련없이 일어났다. 그리고 곧바로 그의 심장에 총알을 박아 넣고 다시 이마에 한 발을 쏘았다. 길게 심호흡하는 것으로써 한숨 돌린 임화평은 노차신과 사문혁에게 박혀 있는 세 자루 비도의 상태를 확인했다. 임화평이 던진 것임에도 불구하고 그다지 깊이 박힌 상태는 아니었다.

"최대한 무공을 숨겼다. 총알까지 먹여주었으니, 이 정도 상흔으로 나를 떠올리지는 못하겠지? 좀 헛갈리려나? 저 열 구의 시신 때문에 혼란스러울까?"

임화평은 그때부터 시신들과 그 소지품을 일일이 확인해 가며 챙길 만한 것들을 모두 챙겼다. 다섯 시신에서 나온 손바닥만 한 은빛 기계 덩어리들과 마종도의 알루미늄 케이스를 챙기고, 월터 PPK의 여벌 탄창 세 개를 챙겼다. 그리고 마지막으로 그가 토해낸 피를 닦아내고 주변 정리를 끝냈다.

시간을 확인했다. 몇 시간은 지난 것 같은데 불과 7시 5분이다.

"어느 쪽으로 가야 하지?"

임화평은 그가 지나왔던 길과 가보지 못한 길을 번갈아 바라보다가 결국 가보지 못한 길을 택했다. 가보지 못한 길의 끝에 무엇이 있는지 모르지만, 적어도 광목당에 공안들이 잔뜩 깔려 있을 것이라는 것은 짐작할 수 있기 때문이다.

임화평은 자신과 체구가 비슷한 명뇌 1팀의 팀원을 택하여 옷을 갈아입었다. 통로의 끝까지는 겨우 30m에 불과했다. 그 30m를 더 가지 못해 임화평에게 덜미를 잡힌 것이다.

"원통하겠군."

임화평은 피식 웃으며 통로가 막힌 곳에 주저앉았다. 운기요상을 하기에는 공기가 너무 탁하다. 그저 몇 번의 심호흡으로 마음을 가라앉히고 청력을 끌어올렸다. 의외로 근처에 기척이 없다. 붉은 단추를 눌렀다. 열린 문을 통해 보이는 것들은 집단처럼 쌓아올려진 잡동사니와 부서진 가구 같은 것들이다.

"창고?"

틀림없이 어딘가의 창고다. 건물의 기둥을 보니 상당히 낡아 있다. 뿌옇게 먼지가 낀 창문을 통해 밖을 내다보니 고풍스러운 건축물의 뒤쪽이다. 임화평은 일단 창고의 벽면을 두루 살펴 홈집이 가득한 물소 뿔을 내리눌렀다. 그르륵 소리를 내며 바닥의 통로가 닫혔.

임화평은 주변의 기척을 확인하고 조심스럽게 밖으로 나왔다. 등 뒤에 바로 높은 담벼락이 있다. 자물쇠가 걸린 쪽문도 보인다. 자물쇠를 움켜쥐고 비틀서 열고 밖으로 나갔다. 폐쇄된 문에서 사람이 나오자 근처의 낡은 집에 앉아 있던 초로인이 놀란 눈으로 바라보았다.

임화평은 초로인의 눈길을 무시하고 긴 담벼락을 따라 걷기 시작했다. 한참을 걷고 난 후에야 임화평은 자신이 빠져나온 곳이 북경에서 가장 잘 보존되어 있는 왕부인 공왕부(恭王府)라는 것을 알게 되었다. 공왕부는 저택과 화원으로 나누어져 있는데, 현재 화원만 개방되고 있다. 결국 그가 빠져나온 곳은 저택의 가장 안쪽인 셈이다.

⚜

임화평은 천연덕스럽게 호텔로 돌아와 그가 원래 쓰던 방을 체크아웃했다. 차를 빼서 공용 주차장에 넣어두고 한국 여관과 비슷한 수준의 빈관에 투숙한 후 위동금을 불렀다.

"이게 뭔지 알겠어?"

임화평이 내민 것은 그로서는 은빛 기계 덩어리라고밖에 말할 수 없는 하드 드라이브다.

"컴퓨터 하드네요."

"하드? 그게 뭔데?"

"컴퓨터의 뇌라고 생각하면 돼요. 물론 스스로 생각하는 게 아니라 정보를 기억하는 장치라고 이해하면 됩니다. 컴퓨터 사용자가 기록을 삭제하지 않는 이상 입력한 데이터는 여기에 보존되거든요."

"그래? 이거 광목당 건데, 그 자료 볼 수 있겠어?"

위동금의 눈빛이 달라졌다. 광목당은 그에게 있어 철천지원수 집단이다. 광목당의 자료가 담긴 하드 드라이브라면 그 안에 위동금이 시간 날 때마다 찾아다니는 장기 농장의 위치가 담겨 있을 수도 있다. 하지만 위동금의 불타오르던 눈빛은 금세 꺾였다.

"일단 컴퓨터가 있어야 시도라도 해볼 수 있지요. 하지만 제 실력으로는 어려울 거예요. 광목당은 명천이라는 곳의 정보를 다루는 곳이라면서요?

그곳에서 나온 하드를 저같이 컴퓨터를 쓰기만 하는 사람이 열 수 있을 거라고는 상상이 안 되네요."

"음! 그럴 수도 있겠다. 영화 보니까 남의 컴퓨터 비밀번호 찾는다고 난리치더라. 전문가들도 그러는데 네가 열기는 어렵겠지. 괜찮다. 열 수 있는 놈들을 안다. 혹시 네가 원하는 자료가 있으면 얻어오마. 일단 가자. 밥 먹고 장 좀 보자. 아! 아니구나."

임화평은 자신의 얼굴을 매만지며 고개를 저었다. 본래의 얼굴보다 10년은 더 늙어 보이는 얼굴. 벌써 며칠 동안 굳어진 얼굴이다. 변환을 풀게 되면 어색한 정도가 아니라 석고상처럼 딱딱하게 굳을 것이다. 세이건 쪽 사람을 다시 만나려면 현재의 얼굴을 하고 있어야 하는데, 모나나 등을 잠시 만나기 위해 얼굴을 바꾸기는 귀찮았다.

"집에는 밤늦게나 가야겠구나. 아이들 자는 동안 다녀와야겠다. 일단 나가자. 배고프다."

장을 보기는 봤다. 요리를 위한 장보기가 아닌, 여러 가지 생필품과 식품류, 그리고 과일류 등을 사서 아파트에 도착한 것이 밤 11시쯤이다. 얼굴이 달라져 있다고 미리 얘기해 두었기 때문에 누구도 동요하지 않았다. 과일과 차를 내어놓고 둘러앉았다.

임화평은 우선 사진 한 장을 꺼내 오프라 주어에게 내밀었다.

"당신 납치한 놈이 혹시 이놈 아니오?"

임화평이 내민 사진은 호텔에서 토네이도와 어깨동무를 한 채 찍은 사진이다. 토네이도를 뚫어지게 보던 오프라 주어가 눈을 부릅뜨며 고개를 끄덕였다.

"맞아요. 이 인간이에요. 어떻게 당신이?"

임화평은 세이건 쪽과 연계하게 된 이야기를 해주었다.

"그 덕에 오늘 광목당의 북경 본부를 이 세상에서 지워 버렸소. 옛날에 당신이 납치 과정에 대해서 말한 적 있지 않소? 이 녀석과 특징이 비슷해서 혹시나 하고 물었는데, 내 짐작이 맞았구려."

오프라 주어가 사진을 뚫을 듯이 노려보는 동안 마영정이 말했다.

"아까 뉴스에 나왔어요. 테러라고 하던데, 그게 그거였군요."

마영정의 목소리는 의외로 활기에 차 있다. 광목당은 마영정에게도 철천지원수다. 직접 하지는 못했어도 상당히 고무된 듯했다.

"이건 가벼운 의미가 아니오. 모나나와 오프라에게도 아주 중요한 일이오. 모나나, 세이건 가문라고 알고 있어?"

"예. 미국의 금융 재벌이에요. 미국에서 영향력이 가장 큰 은행들의 실소유자지요."

"그들이 세계를 암중 지배한다고 하던데?"

"아! 유대계에다가 워낙 영향력이 크다 보니 그들을 중심으로 한 음모론이 종종 떠돌아요."

모나나는 그녀가 아는 한도 내에서 음모론의 대강을 설명했다.

"흠! 이제 대충 알겠군."

임화평은 다시 사진으로 돌아갔다. 토네이도를 손가락으로 짚으며 말했다.

"이놈이 바로 세이건 가의 하수인이오. 결국 모나나와 오프라를 노리는 곳이 세이건 가문이라는 뜻이오."

두 사람은 암담한 눈빛으로 사진을 바라보았다. 세이건 가라면 두 사람의 입장에서는 너무나 큰 적이라서 저항 자체를 생각해 볼 수가 없다.

"너무 두려워할 필요는 없소. 오늘의 싸움은 세이건 가와 명천의 싸움이

오. 왜 싸웠겠소? 모나나와 오프라의 장기를 필요로 하는 사람이 죽었다는 뜻이오. 세이건 가는 그 죽음의 책임이 명천에 있다고 생각하는 듯하오. 무슨 말인지 알겠소? 나는 이제부터 양측이 박 터지게 싸우게 만들 생각이오. 갑갑하겠지만, 조금만 더 참으시오. 무슨 수를 쓰든 두 사람이 집으로 돌아갈 수 있도록 해주겠소. 한동안 못 올지도 모르겠소. 느긋한 마음으로 지내시오."

오프라와 모나나는 그제야 입가에 미소를 지었다.

오프라가 말했다.

"신경 쓰지 말아요. 나는 지금도 괜찮아요. 일 안 하고 놀고먹기가 쉬운 줄 알아요? 살 쪄서 죽겠네."

모나나가 방긋 웃으며 오프라의 말을 이어받았다.

"믿어요. 그런데 편지 또 써도 될까요?"

"두 사람 다 써두시오. 단, 세이건 가문에 대해서는 언급하지 마시오. 시간 날 때 한국을 통해 보내주겠소."

임화평은 시원하게 한숨을 내쉰 후 마영정을 바라보았다. 마영정이 눈을 피했다.

"다 나중 얘기지만, 당신도 외국으로 나갈 생각을 해두는 게 좋을 거요."

마영정은 무슨 뜻인지 몰라 임화평을 바라보았다. 그러나 금세 고개를 숙였다. 임화평은 이미 익숙한 마영정의 태도라 개의치 않고 말을 이었다.

"중국 정부가 언제 법륜대법의 탄압을 그칠지는 아무도 모르오. 언제까지 아이들을 가둬서 키울 수는 없는 일 아니오?"

어린아이들을 집 안에 가둬 키우는 것은 쉬운 일이 아니다. 실제로 진영영은 종종 밖으로 나가려고 시도했다. 잘못되면 엄마가 다시 잡혀가고 너도 공장에 숨어 살아야 된다는 말로 겁을 주어 다시는 나가겠다는 소리를 하지 않지만, 보는 내내 안타깝다. 교육도 문제다. 그녀와 모나나가 가르치고 있기는 하지만 주먹구구일 수밖에 없다. 그런 식으로 가르치다 보면 나중에 사회생활에 적응하는 데 문제가 될 것이다. 건강 문제도 있다. 지금까지는 운이 좋았다고 해야 할 것이다. 진영영이나 위관성이 병원을 가야 할 정도로 아프면 곤란해질 수밖에 없다.

마영정은 중국이라는 나라에 더 이상 미련이 없다. 그러나 그의 남편과 위관성의 부모가 살아 있을지도 모른다는 희망 때문에 함부로 결정을 내릴 수 없다.

중국말로 진행되는 이야기라 답답했는지 오프라가 물었다. 마영정이 임화평의 이야기를 통역해 주었다.

모나나가 대뜸 말했다.

"내가 돌아갈 수 있다면 방법이 있을 것 같아요. 사는 것은 걱정하지 않아도 돼요. 우리 호텔에 일자리 얼마든지 있어요. 아! 그리고 보니 영정도 호텔리어잖아요? 적응 쉽게 하겠네. 어라? 그리고 보니 오프라도 호텔리어네."

오프라가 깔깔거렸다.

"내가 어떻게 호텔리어야, 도미토리어지?"

"오프라! 하와이로 이민 오면 어때요? 우리 같이 살면 재밌을 것 같은데?"

"좋지. 텔아비브보다야 하와이지. 꼭 한 번 가보고 싶었는데, 자식놈 결혼하면 도미토리 팔아버리고 이민이나 갈까? 하와이에서 관성이하고 영영이 자라는 것 보면서 사는 것도 재미있을 것 같아."

의기소침해 있던 마영정도 상상의 나래를 펴며 대화에 끼어들었다.

임화평은 금세 심각함을 버리고 깔깔거리는 세 여자를 보며 고개를 저었다. 아무리 생각해도 여자는 알다가도 모를 존재다.

'불안한 마음을 내색하지 않으려는 몸부림이려나?'

임화평은 슬그머니 고개를 돌려 말없이 앉아 있는 위동금을 바라보았다. 내색하지 않으려 하지만 상당히 우울한 표정이다. 임화평이 보기에 위동금은 중국을 떠나려 하지 않을 것 같았다. 위동금이 듣지 못한 마영정의 이야기를 떠올리면 주동자 급인 그의 부모가 생존해 있기 어려운 상황이다. 그럼에도 불구하고 임화평은 위동금에게 그 자신의 미래를 위해 중국을 떠나라고 말할 수가 없다. 그가 할 수 있는 것이라고는 세 여인 모르게 그의 어깨를 토닥여 주는 것뿐이다.

⚜

서문완영의 말처럼 서문영락의 위상은 흔들림이 없었다. 그가 항주에 돌아오자마자 명천의 수뇌부들이 앞을 다투어 환영의 뜻을 밝혔다. 원로원인 혜명원의 원주 뇌명신까지 노구를 이끌고 찾아와 서문영락의 위치를 공식적으로 확인해 주었다.

오랫동안 자리를 비웠음에도 불구하고, 서문영락의 공백이 그다지 크게 느껴지지 않는 것은 오로지 한 사람, 서문완영의 노력이 크다 할 것이다. 위화감없는 복귀에 서문영락은 서문완영에게 치사하고 곧바로 업무에 임했다. 변한 것은 천무전주와 같이 노차신과 비슷한 반열의 나이 든 수뇌 급 인물들이 명혜원으로 물러나고 40대의 젊은 피가 그 자리를 차지했다는 것뿐이다. 젊은 수뇌부들이 서문영락에게 충성을 맹세한 것은 당연한 일이다. 그 덕에 서문영락은 단순한 소천주가 아닌 천주 대리로서 천주의 집무실인 천룡전을 차지했다.

전당강(錢塘江)이 내려다보이는 오운산(五雲山) 기슭에 자리한 명천의 본가. 외벽을 한 바퀴 도는 것만도 두 시간 이상 걸릴 것 같은 규모다. 역사에 없는 건물이니 신축물임에 틀림이 없는데, 외형은 오래된 장원처럼 보인다. 담 안쪽의 건축물들은 다섯 개의 건물군으로 이루어져 있는데, 정중앙에 위치한 것이 천룡전이고, 그 좌측에 천무전, 그리고 우측에 광목당의 본부인 천안전이다. 천룡전의 뒤쪽에는 명천 안의 서문가라고 할 수 있는 와룡전이 장원 안의 장원의 형태를 취하고, 그 뒤쪽에 원로원인 혜명원이 녹음 짙은 숲 속에 자리하고 있다. 그 외에 장원 구석구석에 크고 작은 건물들이 있다.

천룡전 평심당은 명천의 천주만이 사용하는 개인 집무실이다. 천생 무인답게 천주 서문재기의 집무실은 소박하다. 꼭 필요한 책상과 손님맞이용 소파를 빼면 가구라고 할 만한 것이 없다. 그저 벽을 장식하는 몇 가지 미술품과 방의 구석에 자리한 도자기 몇 개가 단조로움을 벗어나게 해줄 뿐이다. 특이하다 할 만한 것은 책상 뒤쪽에 있는 고풍스러운 검가(劍架)와 그 뒤쪽 벽 전체를 차지하고 있는 검은 대리석에 새겨진 글씨 정도다.

오랑캐의 말발굽 아래 천하가 짓밟힌 지 어언 백여 년. 만민이 압제에 신음하건만 하늘은 가혹하게도 대기근만 주셨다. 참다못한 천자께서 청정수도를 깨시고 마침내 천하안민의 깃발을 세우시니, 탄식만 앞세우던 노필부도 용기를 얻어 혈하로 뛰어들었다. 사나운 물길과 거친 산야를 미친 듯이 넘나들다 보니 어느새 머리카락과 수염에 허연 서리가 내렸다. 언제 끝나나 생각할 겨를도 없이 내 손으로 시체의 산을 쌓고 피의 바다를 만들었을 때에야 마침내 천자께서 천명대업을 이루셨도다.

족함을 알고 귀향의 뜻을 밝히니 천자께서 용안에 용루를 담으시고 옷깃을 잡으셨다. 노필부가 '어깨를 짓누르는 전장의 망령들을 지친 노구로 감당하지 못하겠나이다' 하며 간곡하게 다시 청했다. 천자께서 끝내용루를 쏟아내시며 마지못해 허락하시고, 과분하게도 노필부를 충성공에 봉하신 후 가문을 세세토록 이어가라 하시며 친히 세가의 현판을 내리셨다.

　서문가의 자손들은 명실상부한 세가로 거듭나라는 천자의 지엄한 명을 각골명심하라. 이름뿐인 세가는 내가 열었으니 자손들은 정진 또 정진하여 진정한 세가로 이끌기 바라노라.

　글귀는 서문가를 서문세가로 이끈 중흥조 혈해검존(血海劍尊) 서문제도(西門濟道)의 유시다. 검은 돌에 지력으로 판 듯 고풍스럽게 보이나, 그 역사는 장원과 때를 같이한다. 결국 그렇게 보이도록 만들었을 뿐인 위작이다.

　서문제도의 유시를 등에 지고 앉아 있는 사람은 서문영락이다. 심각한 표정으로 파일을 읽고 있다. 소파에는 중국풍의 검은색 실크 드레스를 입은 서문완영이 식은 용정차를 앞에 둔 채 앉아 있다.

　서문완영은 무표정한 얼굴로 피해 보고서를 읽고 있는 서문영락을 바라보다가 안타까움이 드러나는 눈을 감췄다. 슬플 때와 분노할 때 오히려 표정을 드러내지 않는 서문영락임을 잘 아는 탓이다.

　탁!

　서문완영은 서문영락이 보고서를 내려놓았음을 느끼고 눈을 떴다.

　"아저씨들 유해는?"

　"이곳으로 모셔오라고 했어."

　"총 따위에 맞고 가셨다? 어떻게 이해해야 될까?"

　1차 보고서다. 자세한 내용은 아직 확인되지 않았다. 피해 상황과 시신 발견 당시의 간단한 정황 정도만 적혀 있다.

"부검 결과가 나와 봐야 알겠지만, 장소가 나빴다고밖에 볼 수 없어. 암도는 폭 1m, 높이 2m에 불과해. 신법이 무용지물인 이상, 거리를 둔 상태라면 총 가진 놈이 압도적으로 유리했을 테지. 사 아저씨라면 피할 곳이 없었을 거야. 노 아저씨라고 별다른 방법이 있을 것 같지도 않고."

"칼도 맞았다면서?"

"두 분이 어디 비도 따위에 당하실 뿐이야? 총 맞고 저항할 수 없는 상태에서 맞았겠지."

서문영락이 눈살을 찌푸렸다.

"명뇌 1팀 전원이 사망했는데, 총상이 없다? 이상하잖아?"

"응. 이상해. 그것도 많이. 그래서 어쩔 수 없이 부검 지시를 해야 했어. 가능하면 그냥 보내드리고 싶었는데……. 상세 보고서 기다릴 거야?"

"안 되겠지? 명뇌 1팀 다 죽었는데."

"응, 안 돼. 놈들이라면 우리 데이터 금방 열람할 수 있을 거야."

"수세군. 그것도 심각한……. 일단 노출될 만한 사람들은 모두 이곳에 집결시켜야겠군."

이번에는 서문완영이 아미를 좁혔다.

"막기만 하게?"

못마땅한 상황이지만 당장 어떻게 할 수 있는 것이 없어 보인다. 서문영락은 꾀주머니 서문완영의 의견을 기대하며 물었다.

"우리 어디 있는지 다 알게 될 텐데, 정부에 하소연이라도 할까?"

"동방미루, 미끼로 쓰자. 맹호대 모아놓으면 칠 거야."

"뒤를 치자고? 맹호대 아깝잖아? 쓰고 버릴 패가 아니야."

"누가 죽인대? 동방미루에도 암도 있잖아? 이번에 놈들도 칠 할 이상 죽어나갔어. 용병들 모을 수 있을까? 어려울걸. 한 번 더 공세에서 타격을 입으면 만큼으로도 나서는 놈들 없을 거야. 그러면 누구를 데리고 올까? 놈들이 숨겨놓은 진짜를 쓸 수밖에 없을 거야. 그들을 잃으면 타격이 제법 클 걸? 여기저기 손 벌릴 데 많은 놈들이지만, 개인적인 복수야. 놈들 알잖아? 도움받으면 그게 다 빚 되는 거야. 가문을 생각하면 쉽게 못할걸. 자존심도 걸릴 거고. 지난번 그 살수 놈이 별장에서 했다는 것처럼, 동방미루 날려 버리더라도 버릇 고쳐 줘야지."

"좋아! 그런데 매튜 세이건, 직접 치고 싶은데? 용병 놈들 목숨으로 아저씨들 목숨을 대신할 수는 없어. 치면 우리가 많이 곤란해지려나?"

서문완영은 식은 용정을 비우고 단호하게 말했다.

"아니야. 쳐! 하지만 매튜 세이건 하나로는 안 돼. 알다시피 매튜 세이건은 황제야. 그런데 황자가 하나밖에 없어. 그러니까 이왕 치려면 사무엘 세이건도 쳐야 돼."

"개인적인 복수다? 그렇군. 황제와 황태자가 죽고 나면 제국은 신하들의 이전투구로 혼란해진다? 매튜 세이건의 집안일이니까 후임이 누가 되든 우리와 싸울 가능성은 낮다, 이 말이지?"

"어디 보통 인간들이야? 성공하기 어려울 테지만, 그래도 상관없어. 우리가 세이건 가의 직계를 노릴 담량이 있음을 알게 되면 그놈들도 망설일걸? 그놈들도 미국이라는 나라와 똑같아. 정의와 평화라는 명분을 앞세워 세계 각지에 전쟁을 일으키고 그걸로 돈을 벌어. 자기 나라에 생채기 하나 나지 않으니까 게임처럼 자꾸 반복하잖아. 본토가 피 흘리게 되면 그 짓 함부로 못할걸. 세이건 놈들도 마찬가지겠지. 원초적인 폭력 앞에서는 그놈들도 돈 많은 보통 인간에 불과해. 자기들도 죽을 수 있다는 것을 느끼게 되면 함부로 날뛰지 못할 거야."

서문완영은 환하게 웃었다.

서문영락이 그 미소에 화답하며 낮게 소리쳤다.

"유가신!"

고풍스런 여닫이문이 열리고 정장 차림의 30대 중년인이 들어와 허리를 접었다.

"한 시간 후 천명당(天命堂)을 열겠다. 의제는 전쟁이다. 준비하라!"

천명당을 열 수 있는 권한을 가진 사람은 천주의 직위에 있는 사람뿐이다. 천주 대리인 서문영락이 개당을 명한다는 것은 논란의 여지가 있을 테지만, 노차신과 사문학의 죽음이라면 충분한 명분이 된다. 덕분에 서문영락은 천주 대리로서의 권위를 다시 한 번 세울 기회를 잡은 셈이다.

이 천명당이 열리면 참석 가능한 수뇌부는 모두 모여 천주의 명, 즉 천명을 받들어야 한다. 일단 받아들여지면 이후 서문영락의 행보에 걸림돌이 될 만한 것은 아무것도 없을 것이다.

"존명!"

유가신이라는 중년인이 허리를 접어 보이고 방을 나섰다.

"임항!"

이번에는 검은 무복 차림의 사내가 들어와 허리를 접었다.

"내 주위로 한 조만 남기고 모두 미국으로 보낼 것이다. 표적은 매튜 세이건과 사무엘 세이건. 방법은 상관없어. 암전대가 모두 다 죽거나 일이 성공할 때까지 시도한다. 미리 준비하라!"

암전대의 새로운 대주 임항은 서문영락의 명에 단 한마디 토도 달지 않고 허리를 접었다.

제5장
당신이 적이라면 끔찍할 거요

황윤길은 회장실 앞에서 걸음을 떼지 못했다. 유태성이 원하는 결과와는 너무나 동떨어진 결과를 보고해야 하기 때문이다. 비서진들의 눈총이 느껴지자 황윤길은 어쩔 수 없이 방문을 두드리고 심호흡한 다음에 방문을 열었다.
 황윤길이 들어서자 유태성은 서류에서 눈을 떼고 돋보기를 책상 위에 내려놓았다.
 "어떻게 됐어?"
 사흘 전, 명천에서 보내온 CD를 확인한 유태성은 마침내 유현조의 납치범에 대한 확신을 할 수 있었다. 임화평이 직접 했다는 증거는 하나도 없었지만, 벌거벗은 차수경을 짐짝 다루듯이 끌고 다니는 임화평의 모습과 심장이 사라진 채 타버린 차수경의 시신만으로 증거는 충분했다.
 유태성은 특수 경호팀 가운데 저격에 능한 이들을 보내 임화평을 죽여 버리라고 발광을 했다. 황윤길은 유현조의 시신만은 찾아야 하지 않느냐는 말로 그를 진정시켰다. 물론 시신을 찾기 위해서가 아니라 임화평을 찾기 위해서 시간을 벌 생각이었다.

황윤길은 여우답게 마종도에게 미행을 붙였다. 임화평이 아무리 집과 차를 버리고 통장의 돈까지 뽑아서 잠적했더라도 마종도의 주변을 살피다 보면 언젠가는 찾을 수 있을 것이라고 확신한 것이다. 그것도 임화평이 아닌 서양 놈들에게 죽어버린 것이다.

임화평을 찾을 실마리는 사라지고 유태성의 독촉은 심해졌다. 오늘도 한 조각 실마리조차 찾지 못한 상태에서 보고하러 온 것이다.

"죄송합니다. 찾기 어려울 것 같습니다."

유태성은 의외로 화를 내지 않았다. 대신 눈을 감고 의자 깊숙이 몸을 묻었다. 계속 미적거리는 것을 보고 미루어 짐작한 것이다.

"그렇단 말이지? 그러면 돌아오길 기다리는 수밖에 없나?"

황윤길은 망설이다가 입을 열었다.

"회장님, 그놈이 안 돌아오길 바라는 게 낫습니다. 아니, 돌아오지 못하게 해야 합니다."

유태성이 눈을 번쩍 뜨며 황윤길을 노려보았다.

"뭐야? 나보고 내 자식 죽인 놈이 이 세상을 버젓이 활보하도록 놔두란 말이야?"

황윤길은 무서웠다. 눈앞의 유태성이 아니라 다시 돌아올 임화평이 무서웠다. 그는 유태성의 노성에 굴하지 않고 말을 이었다.

"그놈은 우리 쪽에서 뒤통수쳤다는 사실에 앙심을 품고 있습니다. 돌아오더라도 모습을 드러내지 않을 겁니다. 그렇게 되면 회장님 가족분들도 무사할 수 없습니다. 차수경을 치료했던 병원을 폭파시켜 버린 놈입니다.

차수경의 배를 갈라 심장을 뜯어내고 불태워 버린 놈입니다. 차수경을 경호하던 자들 오십여 명을 죽여 버린 희대의 살인잡니다. 그놈 돌아오면 어떻게 되겠습니까?"

"끙!"

유태성은 다시 눈을 감고 침묵했다. 아들 하나 죽었다고 나머지 식구들마저 위험에 빠뜨릴 수는 없다. 열 포졸이 도둑 하나 못 잡는다. 일단 막 나가면 살인을 밥 먹듯이 하는 놈을 무슨 수로 막는단 말인가. 그런 흉악한 놈이라도 먼저 찾을 수 있다는 확신만 선다면 상관없다. 총이든 대포든 퍼부으면 되니까. 하지만 모습을 드러내지 않는 놈은 유령이나 마찬가지다. 그 위험성을 감수하기에는 부담이 너무 크다.

"하아! 막아. 그 CD, 김 지검장에게 개인적으로 전해. 차수경을 죽인 범인으로만 몰아서 우리 쪽 일은 발설되지 않도록 내부적으로 조용히 처리하라고 해. 수배 떨어지면 입국하기 힘들어지겠지. 그렇다고 그놈 포기하겠다는 말 아니야. 찾아! 무슨 짓을 해도 좋아. 돈이 얼마가 들든 상관없어. 어떻게든 찾아서 정리해."

황윤길은 내심 안도의 한숨을 내쉬고 말없이 허리를 접은 후 방을 빠져나왔다.

'그 인간이라면 밀입국하는 정도는 문제도 안 될 거야. 이거, 이민이라도 가야 하나? 회장이 날 놓아줄까?'

황윤길은 복잡한 머리를 벅벅 긁으며 비서실을 빠져나갔다.

⚜

새로 구한 선불폰의 첫 통화 상대는 토네이도다. 그를 통해 라미엘과 연결됐다.

"어디? 상해?"

광목당을 치고 이틀 만이다. 그런데 벌써 상해로 이동한 모양이다.

"곤란하군. 차가 필요한데, 구해줄 수 있나? 그래? 마리오 란자? 그거 클래식 가수 이름 아닌가? 어쨌든 알겠다. 내일쯤 도착한다고 보면 되겠군. 다시 전화하겠다."

전화를 끊고 위동금을 바라보았다.

"상해로 가야 한다. 따라올 생각 하지 마라. 당분간 가족들 돌보면서 수련이나 하고 있어라. 어떻게든 찾아낼 테니까 절대 위험한 짓 하지 마. 가족들까지 위험해진다는 거 명심하고."

위동금이 무겁게 고개를 끄덕였다.

임화평은 위동금의 어깨를 토닥여 주고 자동차 키를 건넸다. 위동금은 왜 택시를 타고 오라고 했는지 알아차렸다.

"금 사장에게 맡겨두어라. 앞으로 1년 동안 찾으러 가지 않으면 팔아도 좋다고 전해."

임화평은 가방을 뒤져 원통형의 금속 막대 세 개를 꺼냈다. 길이 20㎝ 정도에 지름 1㎝ 정도의 검은색 막대로, 한쪽만 구멍이 뚫려 있고 막대 위에 작은 단추 두 개가 있다.

"이걸 줘야 할지 말아야 할지 고민 많이 했다. 내가 상해에 가 있는 동안 무슨 일이 생길지 모르는 터라 어쩔 수 없이 주는 거다. 절체절명이라고 생각될 때가 아니면 쓰지 마라. 잘못 쓰면 사람 잡는다."

"뭡니까?"

"매화수전이라는 암기다. 여기 첫 번째 단추를 누르면 안전 고리가 풀린다. 두 번째 단추를 누르면 겨냥한 쪽으로 작은 화살이 날아간다. 작다고 무시하면 안 돼. 시험해 보니 사거리가 50m가 넘더라. 근거리에서는 총이나 마찬가지야. 사람의 머리나 몸 중심부는 절대 겨냥하지 마. 그냥 도주용 정도로 생각해. 무슨 말인지 알겠어?"

사실 임화평이 암도에서 월터 PPK의 여벌 탄창을 챙긴 것도 그가 쓰기 위해서가 아니라 위동금에게 주기 위해서다. 하지만 총을 주기에는 위동금의 나이가 너무 어리다. 총을 믿고 무모하게 행동할까 봐 걱정되었다. 매화수전으로 바꾼 것은 그 때문이다. 쓸 수 있는 화살은 겨우 세 대. 그것만으로 어리석은 짓을 시도하기는 어렵다는 판단으로 건넸다.

임화평은 위동금이 매화수전을 조심스럽게 갈무리하는 것을 보고 고개를 끄덕였다.

"감정에 치우쳐 행동하지 마라. 늘 관성이와 영영이부터 생각해. 네가 바깥세상과 소통할 수 있는 창구 역할을 해주지 못하면 살아갈 수 없는 연약한 아이들이다. 감정에 치우친다는 생각이 들면 먼저 그 아이들 얼굴을 떠올려. 믿는다."

"예. 저도 뭐가 우선인지 알고 있습니다."

"가끔 전화하마. 가자! 조양구의 국제 금융 중심까지 데려다 다오."

임화평은 위동금의 어깨를 두드리고 대형 배낭을 챙겨 든 채 일어섰다.

빈관을 빠져나온 임화평은 곧바로 조양구의 국제 금융 중심을 찾았고, 그 근처에서 세계적인 렌터카 업체 에이비스를 발견했다. 차를 빌리는 일은 예상보다 훨씬 쉬웠다. 신분증부터 그 어느 것 하나 필요하지 않았다. 그가 한 일이라고는 '마리오 란자'라는 유명한 성악가의 이름을 댄 것뿐이다.

제공된 차는 2000년형 BMW E46이라는 모델이다. 임화평은 평생 처음으로 BMW에 몸을 싣고 북경을 빠져나갔다.

"좋구먼. 이름값 하네. 고맙게 써주지."

❖

BMW는 1,500㎞ 이상을 달려놓고도 지친 기색 하나 없이 상해 외탄에 진입했다. 1842년 아편전쟁의 패배로 인하여 맺을 수밖에 없었던 불평등조약 난징조약에 의거하여 상해에 세워진 열강들의 거리, 상하이조계. 외탄은 이 상하이조계의 후신이다. 중국인들이 멸시를 받던 그 거리는 이제 눈부시게 발전한 중국의 상징처럼 변했다.

임화평은 초행길임에도 불구하고 상해의 상징이 된 동방명주 덕에 어려움없이 길을 찾았다. 오른쪽으로 빌딩 숲, 왼쪽으로 황포강을 두고 느긋하게 움직이던 그의 눈에 목적한 건물이 들어왔다.

샹그릴라 상하이 호텔이다. 외탄 곳곳에 보이는 고풍스러운 건물들과는 확연하게 구분되는, 오픈한 지 3년째가 되는 호화로운 호텔이다.

정문 앞에 차를 세우고 배낭을 꺼낸 후 도어맨에게 팁과 함께 키를 넘기자 벨맨이 다가왔다.

"됐네. 조심스럽게 다뤄야 할 것들이 들어 있어서……."

배낭을 멘 채 호텔 안으로 들어서자 제이슨이 손을 들어 보이며 미소 지었다.

임화평도 미소 지으며 말했다.

"살아 있었군."

"농담이 늘었군요. 그런데 땀 한 방울 안 흘리시는군. 난 문밖에 나가기만 해도 숨이 턱턱 막히던데, 혹시 그 무공이라는 것에 자동 온도 조절기라도 붙어 있소?"

알아듣기 쉬우라고 최대한 느리게 말하는 제이슨의 배려에 임화평은 미소 지었다.

"차 좋더군. 에어컨 시원해."

두 사람이 엘리베이터에 올라서자 제이슨은 18층을 누르고 호주머니에서 카드키 한 장을 꺼내 건넸다.

"내 옆방이오."

"옆방? 이제 감시 안 하나?"

제이슨은 피식 웃는 것으로 대답을 대신했다.

"카멜라가 안아주지 않는다고 짜증을 내서 말이오."

"내 귀 밝아. 살살해."

"하! 이제야 좀 같은 사람 같구먼. 전에는 무슨 귀신하고 다니는 줄 알았소."

그때 땡! 소리와 함께 엘리베이터 문이 열렸다. 제이슨은 1,809호를 가리키며 말했다.

"저 방이오. 나는 8호에 있소. 일단 씻고 쉬시오. 라미엘은 저녁 늦게나 올 거요. 데리러 가겠소."

임화평은 고개를 끄덕이고 방문에 카드키를 댔다. 문고리를 잡아 돌리며 지나가듯 물었다.

"그날 결과가 어땠나?"

제이슨이 눈살을 찌푸리며 고개를 저었다.

"우리 팀을 제외하고 살아 나온 자가 모두 팔십칠 명이었소. 반이 죽은 셈이오. 문제는 그 뒤였소. 흩어진 이후로 살해당한 자가 사십삼 명이오. 그 검은 놈들에게 뒤를 밟혔나 보오. 우리 팀도 둘 죽었소. 결과적으로 25퍼센트 정도만 살아남은 셈이지."

임화평은 고개를 끄덕이고 방 안으로 들어갔다. 호텔을 전전했던 임화평이 지금까지 묵었던 곳 가운데 가장 넓고 호화로운 싱글 룸이다. 거실이 분리된 스위트도 아닌데, 넓이는 작은 스위트를 필적했다. 배낭을 내려놓고 창가로 향했다. 상해의 상징이라는 동방명주와 황포강이 눈앞에 펼쳐진다. 전망까지 좋은 방이다. 남다른 대우가 느껴진다.

'그렇지. 대우받는 게 느껴져. 함께하는 동안 최선을 다해 이용해 주마.'

임화평은 곧바로 욕실로 가서 차가운 물에 머리를 디밀었다.

라미엘의 방은 21층의 스위트다. 샹그릴라 호텔 측의 분류로는 디럭스 파빌리온 리버뷰 룸이라는 괴상한 명칭으로 불리는 방이다. 동행인이라고 해봐야 토네이도 한 사람뿐인데 방은 운동장만 하다.

"어서 오세요."

라미엘이 드물게 미소 지으며 임화평을 반겼다.

"사부! 왜 이렇게 늦었소?"

동양의 사제지간에 관하여 들은 게 있는지, 토네이도가 사부라고 부르며 반겼다.

"그날 속을 좀 다쳤어. 회복하느라고 시간 좀 잡아먹었다."

카멜라까지를 포함한 다섯 사람이 넓디넓은 거실의 소파에 자리 잡았다.

라미엘이 음료를 권하며 말했다.

"제이슨을 많이 도와주었다고 들었습니다. 진심으로 감사드립니다. 우리가 도움을 결코 잊지 않는다는 사실을 곧 아시게 될 겁니다."

"적의 적은 동지 아니겠나? 돕는 게 당연하지. 이건 선물."

임화평은 작은 가방 하나를 탁자 위에 올려놓았다. 라미엘은 의아한 눈빛으로 가방과 임화평을 번갈아 바라보았다.

"선물? 뭡니까?"

"그날 암도를 찾아 결국 그 늙은이를 죽일 수 있었어."

"오! 끝내 처리하셨군요. 사실 그날의 성과는 흡족하지 못했습니다. 실속은 하나도 차리지 못했지요. 늙은이와 주요 인물들을 놓쳤고, 기대했던 정보도 얻지 못했습니다. 그나마 늙은이를 죽였다니 속이 좀 풀리는군요."

라미엘의 반응에 임화평은 기분이 좋았다. 그가 제공하는 것이 싼값으로 취급되지 않을 것으로 판단한 것이다.

"그 당시 그 늙은이만 있었던 것은 아니었어. 수행원이 몇 있었지. 이것들을 중요하게 생각하는 것 같아서 챙겨왔어."

임화평은 우선 검은 가죽 가방을 열었다.

"컴퓨터 하드 드라이브 맞지? 이쪽은 문외한이라서 내용을 알아볼 엄두도 내지 못했어. 그쪽이라면 문제없겠지?"

임화평이 다섯 개의 하드 드라이브를 보여주자 라미엘이 반색하며 자신의 앞으로 가져갔다.

"오오! 굉장해. 바로 이걸 원했습니다. 놈들이 건물에 불을 질러 버리는 바람에 하나도 얻지 못했는데……. 고맙습니다. 이제야 투자한 보람을 느끼게 됐습니다."

임화평은 시큰둥한 표정으로 말했다.

"컴퓨터도 감기에 걸린다더군. 바이러스에 잡아먹히고 나를 원망하지 마. 펑! 하고 터져도 난 모르는 일이야."

"하하하! 그런 건 신경 쓸 필요없습니다. 우리가 다 알아서 하지요. 그런데 이건 뭡니까? 이것도 그들에게서 얻은 겁니까?"

라미엘이 꺼낸 것은 노트북이다.

"잠금장치가 걸린 알루미늄 서류 가방이 있어서 열어봤더니 그거 하나가 덜렁 들어 있더군. 그것도 일종의 컴퓨터지? 난 그거 어떻게 켜는지도 몰라. 그쪽에서 알아서 해. 아! 그러고 보니 이거 가지고 있던 녀석은 사진에도 있던 놈이었어. 제이슨, 사진 있나?"

제이슨이 일어나서 컴퓨터가 자리한 고풍스러운 책상의 서랍을 뒤졌다. 그가 인물을 중심으로 촬영된 사진들을 꺼내 탁자로 돌아오자마자 임화평은 사진에서 노차신과 함께 있는 마종도를 지적했다.

"이놈이야."

"고맙습니다. 늙은이의 측근이라고 생각했던 자로군요. 이자에게서 얻은 것이라면 상당한 정보를 얻을 수 있을 겁니다. 정말 큰 도움을 주셨습니다. 충분한 보상을 기대하셔도 좋습니다. 혹시 따로 원하는 게 있습니까?"

"일단 부탁이 하나 있어. 쓸 만한 정보가 있으면 공유해 주게. 그쪽에서 비밀로 하고 싶은 것은 굳이 원하지 않아. 하지만 한 가지, 법륜대법 탄압과 관련된 자료는 반드시 넘겨주게. 명천의 뒤를 캐면서 크게 신세진 사람이 있어. 그가 그 자료를 원해."

"어렵지 않습니다. 관련 정보가 있다면 아예 책으로 만들어 드리지요. 그리고 또?"

"나 현재 무국적자야. 신분을 증명할 그 무엇도 없는 사람이지. 가진 것은 모두 위조한 것들뿐. 가능하다면 합법적인 신분증명서를 만들어주면 좋겠어. 더 이상 숨어서 살고 싶지는 않아. 어느 나라 신분증이든 상관없어. 그 나라에서 떳떳하게 살 수만 있다면 그만이야."

만들어 준다면 결국 미국 여권이 될 것이다. 어쩌면 영주권부터 사회보장번호까지 모두 합법적으로 만들어 줄 것이다. 최악의 경우를 생각하면, 그것은 여러모로 쓸모가 있을 것이다.

라미엘은 그에게서 보기 드문 환한 미소를 지었다.

"그것은 부탁이라고 할 것도 없지 않습니까? 이번 일이 끝나면 당연히 모셔갈 생각이었습니다. 그 문제에 대해서는 신경 쓰지 마세요. 다 알아서 하겠습니다."

"고맙군. 그런데 정보를 얻는 데 며칠 걸리겠지? 한 이틀 다녀올 곳이 있는데, 괜찮은가?"

"괜찮긴 한데, 어딜 다녀오시려고?"

임화평은 탐색하는 라미엘의 눈을 바라보면서 쓰게 웃었다.

"영파라는 곳이네. 여기서 멀지 않아. 젊었을 적의 추억이 어린 곳이지. 아들놈 어미를 그곳에서 만났어."

"아! 다녀오세요. 이것들 덕분에 계획을 전면 수정하게 생겼습니다. 적어도 사나흘은 할 일이 없을 것 같군요."

"그럼 먼저 일어나겠네."

임화평은 가볍게 목례하고 일어서자 라미엘도 경계심을 버린 듯 일어나 손을 내밀었다. 임화평은 처음으로 라미엘과 악수를 하고 거실을 가로질렀다. 여덟 개의 눈동자가 등을 따라나선 것이 느껴졌다.

임화평은 피식 웃으며 문고리를 잡았다.

'하드에 든 데이터가 나와야 이 시선들이 떨어져 나가겠군. 뭐, 편한 대로 하라고. 지금은 진심으로 돕고 있는 거니까.'

※

영파는 항주만을 사이에 두고 북쪽의 상해와 마주 보고 있는 남쪽의 항구 도시다. 불로초로 진시황을 사기 친 방사 서복이 중국 역사상 처음으로 대외 교류를 시작한 곳으로 알려진 도시이기도 하다. 영파는 7세기에 이미 중국의 3대항구로 알려졌고, 11세기에 연해무역의 중심지로 자리 잡았으며, 남송이 이 영파 근교의 항주를 도읍으로 정함에 따라 번영 일로를 달렸다. 원대에도 영파의 위상은 떨어지지 않았다. 오히려 번창하여 원과 교역하려는 외국 상인들은 모두 이 영파로 몰렸다. 당시 영파에서는 해동인과 왜인을 보는 것이 당연한 일이었으며, 내륙에서 보기 힘든 아라비아 상인과 흑인들조차도 심심치 않게 볼 수 있었다.

국제항 영파의 쇠퇴는 명 초부터 시작되었다. 명조가 영파를 중심으로 하는 원양무역을 금하고 연해무역마저 엄중한 제한 조치를 하자 침체 일로를 걸을 수밖에 없었다. 그 후 영파를 통하여 교역하던 왜는 그 정체성을 상인에서 해적으로 바꾸었다. 안 그래도 쇠퇴하던 영파는 왜구들의 무력시위로 인하여 그 후로도 오랫동안 침체기를 벗어나지 못했다.

임화평은 쓸쓸한 눈빛으로 낯선 영파의 전경을 훑었다. 영파임에는 분명한데 그가 알던 그 영파는 아니다. 그가 알던 영파는 눈앞에 쪽빛 바다가 있고 등 뒤에 푸른 숲이 있는 곳이다. 수십 척의 배가 서로 다른 모양을 자랑하며 오가고 그 배에서 세상에 사는 모든 사람들이 오르내리던 곳이다. 지금 그의 눈앞에 보이는 영파는 개성없는 하얀색 아파트가 줄줄이 늘어서 있고 그 사이에 간간이 숲 흉내를 내는 나무들이 보인다. 금모래, 갈색 개펄이 있던 그곳에 각이 진 시멘트 조형물이 줄줄이 늘어서 있다.

임화평의 개인적인 느낌과는 달리, 영파는 상당히 깨끗한 분위기를 지닌 도시다. 고적과 현대식 건축물들이 보기 싫지 않게 잘 어우러지고 도로 역시 잘 정비된 상태로 깨끗하게 유지되는 편이다. 다만, 영파의 현대적인 분위기가 향수에 젖어보려고 방문했던 그의 눈에 거슬렸을 뿐이다.

"500년이 지났잖아. 도대체 뭘 기대했는데?"

임화평은 쓴웃음을 지으며 일률적인 모양의 아파트 단지를 바라보았다.

확신은 할 수 없지만 그쯤일 것이다. 강과 바다가 만나는 그곳 어디엔가 큰 집이 있었다. 한때 활기찬 해동인들의 집이자 일터였던 곳, 세상의 온갖 인종들이 드나들던 곳, 세상 온 천지에서 모인 신기한 풍물들이 중국 전역으로 퍼져 나가던 곳, 강남해류표국이 거기에 있었다.

"어차피 이렇게 사라져 버릴 곳이었다. 왜 그렇게 욕심을 내었더냐? 그 탓에 네놈들 역시 망하지 않았더냐? 그냥 팔라고 했어도 될 일이었다. 무력 시위하고 비워 달라고 했어도 될 일이었다. 어차피 해금 조치로 다른 활로를 모색할 수밖에 없었다. 그냥 비워주고 다시 시작할 수도 있었다. 세월이 이렇게 지나고 보니 그저 허무하지 않으냐?"

같은 뿌리를 지녔다고 스스럼없이 다가오던 해동인들, 훈도시에 게다만 신고도 부끄러움이 없던 왜인들, 터번을 두르고 구부러진 곡도를 찬 아라비아인들이 해금 조치로 인하여 하나둘씩 모습을 감추었다.

강남해류표국은 갑자기 줄어든 물량에 활기를 잃었다. 항주 인근에서 모인 내륙의 물품들을 북경으로 옮겨가는 일마저 없었다면 문을 닫아야 했을 것이다. 그만큼 어려웠다. 가만히 놓아두었다면 문을 닫고 새로운 일을 찾든지, 고사하여 결국 뿔뿔이 흩어졌을 것이다.

절강성의 패자로 떠오른 서문세가는 그 잠깐의 시간을 참지 못했다. 영향력을 확대하는 과정에서 남쪽과 북쪽을 연결하는 해로의 필요성을 느끼게 된 순간, 절묘한 위치를 차지하고 있는 강남해류표국이 대상으로 선택되었다. 차라리 무력, 재력, 권력을 앞세워 압박했으면 어쩔 수 없이 물러섰을 것이다. 대놓고 죽이겠다고 했으면 원없이 싸워보기라도 했을 것이다.

서문세가가 선택한 방법은 음모였다. 북경행 표물을 맡겨 표국을 비우게 하고, 해적들을 모으고 사주해 표국과 표선을 동시에 쳤다. 표국은 아비규환지옥으로 돌변하고 표선은 침몰했다. 그때 기다렸다는 듯이 나타난 이들은 당시 항주만 인근의 해안 지방을 돌며 협객행을 한다는 서문세가의 주력 정명대(正明隊)였다. 해적들은 썰물처럼 빠져나갔고, 정명대는 어쩔 수 없이 뒷수습에 주력했다.

그 당시 살아남은 사람은 새로 사귄 돌고래 친구에 빠져 바닷가를 떠나지 않았던 해륙표국주의 둘째 아들과 표국의 재정을 담당하던 이길영의 어린 딸뿐이었다. 바로 그들이 임화평과 이동동이다.

당시 임화평은 해륙표국이 내려다보이는 언덕 위에 숨어 똑똑히 보았다. 부상자를 모으던 정명대원들이 신음을 흘리는 사람들의 심장에 칼을 꽂았다.

정명대가 표국을 정리하고 나서 얼마 후 서문세가의 사람이 표국의 주인 자리를 차지했다. 이미 주인이 없는 곳. 해륙표국과 맺은 계약서가 명분이 되었고, 서문세가의 권세가 신속한 행정 처리를 강요했다.

그 후 임화평은 오로지 복수심 하나만을 가슴에 품고 세상을 떠돌다가 사부를 만났다. 20년 세월이 흐르는 동안, 임화평은 서문세가를 세상에서 지워 버렸고, 그의 목숨이 다했던 그날, 원흉 서문연강(西門延康)까지 처리할 수 있었다.

마지막이 얼마 남지 않았을 때, 임화평은 서문연강에게 해륙표국을 왜 그렇게 처리했는지를 물었다. 처음에는 모른다고 했다. 모르는 척한 것이 아니라 정말로 기억하지 못했던 것이다. 억지로 기억을 끌어내게 만들어서 들었던 서문연강의 대답은 간단명료했다. 화족의 시대가 왔는데도 원대에 번영했던 해동인들이 남의 땅에서 편안한 꼴을 보기 싫었다는 것이다.

임화평은 당시 남은 생명력을 모두 소진하면서 광소를 터뜨렸다. 이유가 너무나 어이가 없어서 웃었고, 서문연강이 이름처럼 평안함을 이끌어 나가지 못하는 신세가 되었음이 통쾌해서 웃었다.

임화평은 그때의 웃음을 떠올리며 하늘을 올려다보았다.
"악연의 실을 참 굵게도 짜셨습니다. 재미있습니까? 설마 용서해야 풀어주는 그런 악독한 실은 아니지요? 그걸 바라셨다면 헛수고하신 겁니다. 바랄 걸 바라세요. 성인처럼 살 수 있는 바탕이나 마련해 주고 그런 걸 바라셔야지, 저만 괴롭게 만들어놨는데 용서가 됩니까? 저 인간입니다. 어리석어요. 답을 주지 않으시면 모릅니다. 우리 정인이, 제 마누라, 우리 초영이 엄마가 인과응보 믿었다는 거 아시지요? 저 말입니다, 제가 인과응보의 칼이라고 생각하고 삽니다. 제가 착각한 겁니까? 과거에는 서문세가였습니다. 지금은 명천입니다. 왜 나쁜 놈들이 세상 떵떵거리고 삽니까? 저보고 인과응보 실현하라고 무대를 이렇게 꾸몄다고 생각할 수밖에 없습니다. 착각이라구요? 그럼 죽는 그날까지 착각 속에서 살렵니다. 할 일 끝내신 무대 감독께서는 구경이나 잘하세요."

이틀을 예정했던 영파행은 당일로 끝났다. 변해 버린 모습에 미물고 싶은 생각이 사라져 버렸기 때문이다. 다음날, 특별히 할 일이 없던 임화평은 상대적으로 한가한 카멜라를 대동하고 호텔 근처의 동방미루라는 식당으로 향했다. 소빙빙과 함께 처리했던 소도조의 조장 목인강이 맹호대의 본부라고 알려준 그 식당이다.
"우와! 이게 식당이란 말이지요? 엄청나네요. 그런데 이렇게 큰 식당은 대개가 맛이 없던데……."
중국의 경제수도인 상해에서, 그것도 땅값 비싼 외탄에서 천 평이 넘는 땅에 이층 건물을 짓는다는 것은 낭비다. 그럼에도 불구하고 동방미루는 당당하게 존재하고 있다. 상해의 주인이라도 된다는 화려한 외관을 자랑하며 웅자를 뽐내고 있었다.

"아직 이른 시간인데 손님 많잖아. 음식 잘하나 보지."

오전 11시 반. 점심시간으로는 아직 이름에도 불구하고 황포강이 보이는 창가 쪽 자리는 거의 다 차 있다. 이층에 올라가서야 창가 쪽 한자리를 차지하고 메뉴판을 살폈다.

"음? 회양 요리 전문점인가?"

"회양 요리? 그게 뭐예요?"

"이 근처에 회안과 양주라는 도시가 있어. 그 앞 글자를 따서 회양 요리라고 하지. 우리 중국의 대표적인 요리 가운데 하나야. 역대 황실 요리사를 가장 많이 배출한 지역이라는데, 그 사람들을 뭉뚱그려 회양방이라고 했다더군. 그 지역에는 특히 나라가 독점하는 상품인 소금을 취급하던 상인들이 많았지. 그 옆 도시 남경은 한때 명나라의 수도이기도 했고, 인근의 항주와 소주 등은 옛 중국의 문화의 요람이었지. 엄청난 부자들과 권력자들이 모여 살다 보니 요리가 발전할 수밖에 없었을 거야. 내가 시킬까?"

목적이 있는 방문이지만 어쨌든 식당이다. 억눌러 놓았던 요리사의 본색이 저절로 드러났다.

'이렇게 하고 싶었지, 초영이를 데리고 다니면서.'

임화평이 벨을 누르자 붉은색 치빠오를 입은 귀여운 아가씨가 주문을 받기 위해 다가왔다. 해분사자두(蟹紛獅子頭), 양계취선(梁溪脆鮮), 수정효육(水晶肴肉), 폭오화(爆烏花)와 함께 소롱포(小籠包)를 시키고 나니 카멜라가 물었다.

"게 시켰어요? 상해 게 유명하잖아요?"

"어디서 듣긴 들었나 보네. 구월 암게, 시월 수게라는 말이 있다. 지금은 제철이 아닌 셈이지. 우리 중국 사람들이 흔히들 하는 말이 있어. 철이 아니면 먹지 않고 유명하지 않으면 먹지 않는다는 말이지. 상해 게가 유명하다고 해도 철이 아닌 경우에는 먹지 않아. 관광객들이나 비싼 돈 주고 맛없을 때 먹는 셈이지. 우리 두 사람이 다 먹지 못할 만큼 시켰으니까 두세 개 정도는 카멜라의 입에도 맞을 거야."

카멜라는 손을 저으며 활짝 웃었다.

"에이, 가이드북 보고 그냥 하는 말이에요. 일본의 스시가 유명해도 제 입에는 별로더라고요. 상해 게라고 다르겠어요? 내가 히스패닉계라서 그런지 몰라도 자극성이 강한 음식이 좋더라고요."

임화평은 비운 찻잔에 차를 따르며 고개를 끄덕였다.

"멕시코 쪽 음식 좋아하겠네?"

"물론이죠. 특히 할리스코의 그 스파이시한 맛은 정말 끝내주죠."

"그럼 중국 요리 중에서는 사천 요리 쪽이 잘 맞겠군. 거기 더운 데라 맵게 먹는 경향이 있거든."

"그래요? 그럼 저녁에는 사천 요리 먹으러 가요."

"며칠 할 일도 없는데 요리 탐방이나 다닐까? 리셉션에 물어봐야겠다. 사천 요리 잘하는 데 있는지."

"그런데 어벤저는 요리에 대해서 많이 아네요?"

임화평은 그 순간 카멜라에게 그의 정체를 파악할 수 있는 단서를 준 게 아닌가 하여 '아차' 했다.

"우리 중국 사람들은 먹는 것에 목숨 거는 경향이 있거든. 그리고 내 직업이 직업이다 보니 여기저기 돌아다니면서 식도락을 즐기는 편이지. 돈 뭐 하러 벌어? 다 잘 먹고 잘살자고 하는 짓 아냐?"

임화평의 미소에 카멜라는 낮게 깔깔거리며 박수를 쳤다.

"그렇지요? 우리 같은 사람들이 먹는 재미도 없으면 무슨 낙으로 살겠어요. 어휴! 아프리카 같은 데 일 나가면 정말 환장해요. 씨레이션이 제일 맛있다니까요."

500년 전을 살던 사람, 한국의 구시대를 살던 임화평의 의식 속에서 여자는 약한 존재, 혹은 보호해 줘야 할 존재라는 의미가 강하다. 그런 그에게 거친 용병 세계에서 거리낌없이 생활하는 카멜라는 특이한 존재다. 한편으로는 신기하고 한편으로는 안쓰럽다. 물론 임화평은 카멜라가 꽤 많은 살인을 했던 사람임을 알고 있다. 어쩌면 임화평이 짐작하지 못할 정도로 잔혹하게 사람을 죽였을지도 모른다. 그러나 임화평이 겪어본 카멜라는 성정이 담백하여 뒤끝이 없고 히스패닉답게 정열적으로 사는 사람이다.

"카멜라 정도면 사회생활 잘할 것 같은데, 왜 지금의 일을 하지?"

임화평이 아는 것만으로도 3개국어를 하는 카멜라다. 활달하고 강인하며 용모도 그다지 빠지지 않는다. 거친 훈련을 통한 탄탄한 몸매에 화장기 없이도 건강미인이라는 소리를 들을 만한 얼굴이다. 그리고 노력형이다. 어릴 때 차이나타운 옆 동네에서 살았던 그녀는 힘든 군 생활 중에서도 대학에서 중국어를 상당한 수준으로 익힌 재원이다. 도대체 왜 죽음의 경계에서 오가는지 이해할 수가 없다.

밝았던 카멜라의 얼굴에 쓴웃음이 떠올랐다.

"일단은 계약에 묶여 있어요. 회사 돈으로 공부했거든요. 융자도 미리 받았고. 죽거나 서른다섯까지니까 아직 2년 남은 셈이죠, 그때까지 살아 있다면 말이에요. 그때나 돼야 다른 삶을 생각해 볼 처지가 되는 거예요. 잘 모르겠어요, 지금처럼 살다가 얌전히 사회생활 할 수 있을지. 생각해 보세요. 내숭 떨며 어렵게 남자 하나 건졌는데, 가볍게 시작한 말다툼이 격해져 그 인간한테 화가 났다? 어우! 지금 생각으로는 주먹부터 나갈 것 같은데요. 크크크큭!"

킥킥거려도 그다지 밝게 느껴지지 않았다. 그녀의 활달한 성격이 위장일지도 모른다는 생각이 들었다. 나이를 먹어도 여자는 여전히 어렵다. 남자같이 느껴지는 카멜라일지라도.

"제이슨은?"

"그냥 섹스 파트너예요. 거칠고 불안한 생활을 하다 보니 몸으로라도 위안을 느끼고 싶은 것뿐이에요. 제이슨도 마찬가지 생각일 거예요."

그때 음식이 나오기 시작했다. 오랜만에 요리사의 마음이 되어 요리를 즐겼다. 카멜라도 상당히 만족스럽다는 얼굴로 요리 하나하나를 음미하면서 먹었다. 네 가지 요리에 더해 소롱포까지 시켰는데 남은 음식이 그다지 없다.

다시 차 한 잔을 마신 임화평은 과장되게 배를 톡톡 두드려 보이며 말했다.

"맛있게 먹었으니까 밥값하는 시늉 정도는 해야겠지? 화장실 좀 다녀올게."

창밖 풍경에 관심도 없으면서 굳이 이층으로 올라온 이유는 일층에 특이한 점이 없기 때문이다. 건물 전체의 넓이와 공간 배치 상황을 비교해 보면 일층은 식당의 구조 그 이상이 아니다. 하지만 이층은 다르다. 전체 면적이 일층과 다름이 없음에도 식탁이 있는 공간이 절반에 불과하다. 주방이 일층에 있음에도 불구하고 공간이 작다는 것은 관계자 외에 출입을 금하는 공간이 지나치게 크다는 뜻이다.

임화평은 기감을 널리 퍼뜨리며 금지 구역 근처를 배회했다.

무전기를 든 종업원이 밝은 영업용 미소를 지으며 다가왔다.

"손님, 도와드릴까요?"

"화장실 찾는데······."
"따라오시지요. 이쪽입니다."
종업원은 미소를 잃지 않고 화장실을 향해 손을 뻗으며 앞장서서 걸었다. 화장실로 들어간 임화평은 지퍼를 내리고 잠시 소변기 앞에 서 있다가 손을 씻고 자리로 돌아왔다.
"그 녀석, 보통 식당이나 다름없다고 하더니만, 그게 아니야. 무인이라고 할 만한 놈들이 제법 있더라고. 이제 그만 가지."
일층으로 내려가 카운터로 가는 중에 심각하게 이야기하는 두 사람이 눈에 띄었다. 한 사람은 손님인 듯하고 다른 한 사람은 지배인 정도의 연륜이 엿보이는 종업원이었다. 굳이 두 사람을 주목한 것은 홀이 바쁘게 돌아가는 와중에 종업원이 손님과 마주 앉아 있기 때문이다.
"상당한 수준이군."
임화평은 중얼거리듯 말하고 카운터로 갔다.
"어이쿠야. 너무 비싸!"
640위안, 한화로 환산하면 10만 원이 넘는다. 아무리 물가가 비싼 상해라고 해도 요리 네 가지에 만두 하나의 값으로는 지나치게 비쌌다.
임화평은 가벼워진 지갑을 바라보며 과장되게 울상을 지었고, 카멜라는 그 모습에 또다시 깔깔거렸다.

⚜

서문완영은 모니터를 뚫어지게 바라보다가 머리를 긁적였다.
"이거, 뭐야? 내상이 없어?"
24인치 평면 모니터에 올라와 있는 두 장의 서류는 노차신과 사문악의 부검서다. 두 사람 모두 무공에 의한 내상이 없다. 노차신의 코뼈가 내려앉고 그 주변에 멍이 든 것 말고는 특별한 것이 없다. 결과적으로 총 맞아 죽었다는 뜻이다. 그리고 그렇게 생각하면 이상할 것도 없다. 무인보다는 총잡이에게 압도적으로 유리한 환경이었으므로 어쩌면 당연한 일일지도 모른다. 그럼에도 불구하고 서문완영이 곤혹스럽게 느낀 것은 명뇌 1팀의 죽음이다. 그들은 모두 목뼈가 부러지거나 질식사했다. 물론 내공을 지닌 무인에게 당했다는 증거는 하나도 없다. 문제는 노차신과 사문악, 두 사람과 명뇌 1팀 간의 거리다.

"그 거리면 두 양반 모두 알았을 거 아냐? 어떻게 그렇게 쉽게 당할 수가 있지, 9㎜ 권총 따위에? 먼저 갔다가 되돌아오기라도 한 건가? 아니야. 사 아저씨면 몰라도 노 아저씨라면 물러섰어야 돼. 적어도 그 자리에서 총 따위에 맞아 죽는다는 것은 말이 안 돼."

서문완영은 다시 모니터를 주시했다. 사문악의 것은 볼 필요가 없다. 너무 명백하니까. 근거리에서 여섯 발을 맞고 미국 MC사의 비도에 이마가 꿰뚫렸다. 총 맞아 죽었다는 사실을 의심할 여지가 없다. 하지만 노차신은 다르다. 분명히 네 발을 맞았다. 머리와 가슴, 그리고 두 무릎이다. 그리고 두 개의 비도가 두 어깨에 꽂혔다. 그런데 맞은 위치가 너무나 정확하다. 사문악의 경우 여섯 발을 맞았지만 치명적이지 않다. 모두 급소를 빗겨 맞았다. 통로를 꽉 채우는 거구로 피하려고 노력하여 즉사를 면했다는 뜻이다. 하지만 근거리에서 여섯 발을 맞는 바람에 저항 능력을 상실했고, 결국 이마에 비도를 맞아 죽었다. 반면에 노차신은 모두 정확하게 맞을 곳을 맞았다. 아예 저항할 생각도 하지 않았다는 듯이.

"코 주위와 사타구니 사이의 외상을 보면 분명히 싸웠어. 피하지도 못하고 주요 부위에 모두 총상을 입었다는 것은 못 움직이도록 제압되었다는 뜻이겠지. 고환이 깨졌다면 고스란히 맞을 수밖에 없었겠지. 그런데 내상도 입지 않고 어떻게 그 상황까지 갔을까? 그게 가능하기나 해? 부검 제대로 한 거야?"

결국 돌고 돌아 제자리다. 부검서를 보기 전까지만 해도 세이건 측에 노차신과 사문악을 제압할 수 있는 고수가 붙었다고 확신했다. 그러나 부검서는 확신의 증거를 주기는커녕 의혹만 커지게 만들었다. 내공도 없는 인간이 근신박공으로 노차신에게 저항하지 못할 만큼의 부상을 입혔다는 것은 서문완영의 상식으로 도저히 이해할 수가 없다. 노차신의 현란한 쇄혼지를 뚫고 근접한다는 것 자체가 외공으로 금강불괴를 이루지 않는 한 불가능한 일이다.

"전신을 보호할 수 있는 호신구? 미국이라면 가능할 수도 있으려나? 그런 걸 입고 소리없이 움직인다? 가능해? 몰라."

서문완영은 두 손으로 머리카락을 헤집었다. 그때 방문 밖에서 인기척이 났다.

"당주! 2팀장입니다."

"들어와요!"

정장사내가 들어와 고개를 숙였다. 사내는 파일 하나와 디스켓 한 장을 책상 위에 내려놓았다.

"북경, 상해, 항주의 호텔 투숙객 확인이 모두 끝났습니다. 용병으로 활동 가능한 남녀의 숫자가 너무 많습니다. 가족 단위 투숙객들을 제외한다고 해도 대상자가 너무 많아 선별하기가 힘듭니다. 대상 연령의 패키지 여행자들조차 제외시킬 수 없다 보니 실제 확인하기에 무리가 많습니다."

"음! 북경은 일단 제외시키세요. 북경 본부의 데이터를 통해 알아낼 수 있는 우리 사람들은 안가로 대피시키고, 대기 상태인 평정의 철사자들은 모두 불러 내려요. 특별 경비 구역을 담당하는 자들도 반으로 줄여 불러 내리세요. 지난번 북경 본부에서의 적의 화력에 모자람없는 화력을 갖추라고 하세요. 상해와 항주는 예정대로 조사 진행하세요. 우리 텃밭입니다. 그리고 조직들마다 흑랑대 잔뜩 깔아놓은 이유가 뭡니까? 인력이 모자라면 의심받지 않을 한도 내에서 모조리 동원하세요. 빈관과 삼성 이하 급 호텔은 공안들이 매춘 단속 많이 다니지 않나요? 그들도 이용하세요. 우리 쪽 사람 없는 상급 호텔은 일단 데스크 직원 매수하고 확인한 후에 우리 사람 투입하면 시간 절약할 수 있잖아요. 그 작업 끝나면 소주, 양주, 소흥 등 인근 관광지 역시 같은 작업 실시하세요. 미리 알고 있어야 당황하지 않습니다. 모이는 장소가 따로 있을 거예요. 골목골목 샅샅이 훑어서 반드시 찾아내세요. 치고 나오기 전에 말살합니다. 시간 싸움인 것 알지요?"

"촌각을 아끼겠습니다."

"상해 맹호대에서는 연락 온 것 없나요?"

"아직 특별한 조짐이 없다고 합니다."

"그래요? 소천주의 지시가 곧 내려갈 테니까, 천부전주께 훈련원에 있는 인원들까지 모두 불러들일 준비하라고 전하세요. 내 명령이 아닌 천주대리를 대신한 공지임을 분명히 밝히세요. 가서 일 보세요."

정장사내가 고개를 숙인 후 방을 나섰다.

서문완영은 한숨을 내쉬고 뻣뻣해진 목을 주물렀다.

"진진아! 차 다오."

잠시 후 비취색의 짧은 치빠오를 입고 머리를 궁형으로 틀어 올린 아름다운 아가씨가 자기 주전자와 찻잔을 들고 방으로 들어왔다. 방 한쪽 탁자에서 찻잔에 차를 따라 뚜껑을 덮고 책상 위로 옮겨왔다.

서문완영은 환하게 웃으며 말했다.

"고마워!"

문진진이 배시시 웃으며 고개를 살짝 숙인 서문완영의 뒤로 가 그녀의 어깨를 주무르기 시작했다.

"음! 역시 우리 진진이 손이 약손이야!"

서문완영은 뚜껑을 열고 찻잔을 들어 향을 음미한 후 입으로 가져갔다. 찻잔을 내려놓은 서문완영이 고개를 돌려 문진진을 바라보며 미소 띤 얼굴로 말했다.

"하! 좋다. 네가 타 준 용정도 최고고 너도 최고야!"

문진진이 그녀의 왼쪽 어깨로 고개를 숙였다. 두 사람의 입술이 자연스럽게 맞부딪쳤다.

⚜

닷새 만에 라미엘을 다시 만났다. 의외로 방 안에는 라미엘 혼자밖에 없었다. 제이슨이야 일이 있어 나간다고 말했으니 없는 게 당연하지만, 라미엘의 보디가드 격으로 따라다니던 토네이도가 없는 것은 의외였다. 더 이상한 것은 탁자 위에 두 개의 컵이 놓여 있다는 사실이다. 남은 것은 얼음물 같은데 양주 냄새가 은은하게 남아 있고, 컵 하나에는 루즈 자국이 선명했다.

'온더록스에 루즈 자국이라? 이 녀석도 색욕은 있나 보군.'

임화평과 카멜라가 앉자 침실에서 로브 차림의 라미엘이 검은색 가죽 가방을 들고 나왔다. 늘 단정한 모습을 보이던 그가 로브 차림으로 나오자 카멜라도 놀란 눈으로 바라보았다.

임화평이 묘한 미소를 짓자 라미엘은 탁자 위의 컵들을 치우고 가방 대신 올려놓으며 살짝 눈살을 찌푸렸다.

"이상한 상상은 하지 마세요. 예상하지 못한 손님이 왔을 뿐입니다."

임화평이 미소를 지우지 않은 채 말했다.

"누가 뭐라고 했나?"

라미엘은 고개를 저으며 가방을 가리켰다.

"말씀하신 것들입니다. 그리고 작은 선물도 준비했습니다."

임화평은 의아한 표정으로 가방을 열었다. 내용물을 하나씩 꺼내보았다. 먼저 꺼낸 것은 전화번호부 두께의 파일이다. 깨알 같은 글자가 촘촘한, 600페이지가 넘는 기록이 파일 사이에 끼워져 있다.

"그건 부탁하신 법률대법과 관련된 자료들입니다."

임화평은 건성으로 내용을 살피고 옆으로 내려놓았다. 그리고 라미엘에게 목례했다.

"고맙네."

대충 본다는 느낌을 받았지만, 라미엘은 임화평의 무성의함을 탓하지 않았다. 부탁할 때 이미 임화평이 원하는 자료가 아님을 밝힌 탓이다.

임화평은 다시 가방에서 검은색 천 파우치를 꺼냈다. 설명을 요구하는 임화평의 눈빛에도 라미엘은 아무 말도 하지 않았다. 그저 빙긋이 웃을 뿐이다.

'직접 보란 뜻인가?'

파우치의 지퍼를 열고 내용물을 꺼냈다. 임화평의 눈이 커졌다. 내용물은 미국 여권 하나와 통장 하나, 그리고 명함집 크기의 가죽으로 된 지갑 하나였다. 여권은 육 개월 여행 비자와 입국 스탬프까지 완벽하게 구비되어 있었다.

"벌써?"

"제가 그 정도 능력은 됩니다. 우리는 능력있는 사람을 홀대하지 않습니다. 앞으로도 실망하지 않으실 겁니다. 그리고 이름이 없다 하셔서 제 임의로 이름을 제트 왕으로 지었습니다."

통역을 맡고 있던 카멜라가 환하게 웃으며 축하해 주었다. 라미엘과 카멜라에게 고마움을 표시하고 통장을 펼쳤다. 잔고는 200만 달러다. 임화평은 이게 뭐냐는 눈빛으로 라미엘을 바라보았다.

"앞으로의 관계를 위한 계약금 정도로 생각하십시오. 당장 쓸 수 있는 돈은 아닙니다. 하지만 입국 신고 하는 즉시 자동으로 사용 승인되도록 조치해 두었습니다. 미국 정착 자금 정도로 생각하시면 되겠군요."

"이것도 고맙군. 미국에서의 노후가 기대돼. 그러면 이제 난 미국 영주권자가 된 셈인가?"

"그렇다고 보시면 됩니다. 서류 처리도 이미 끝난 상탭니다. 관련 서류는 그 가방 안에 있습니다."

파우치의 내용물 가운데 마지막으로 지갑을 열었다. 들어 있는 것은 한 장의 카드다. 통장이나 카드나 모두 시티은행의 것이다. 아직은 세이건을 드러내고 싶지 않은 것이다.

"그 카드는 여기서 활동하시는 동안 활동 자금으로 사용하시면 되겠습니다. 미화로 30만 달러까지 인출이 가능합니다."

굳이 준다는데 거절할 생각은 없다. 거절해 봤자 의심만 살 뿐이고. 임화평은 지갑을 흔들어 보이며 카멜라를 바라보았다.

"이거, 반가운 선물이야. 안 그래도 카멜라가 너무 먹어서 지갑이 얇아졌는데 이젠 돈 걱정 안 해도 되겠어."

카멜라는 통역하지 않고 중국어로 말했다.

"쳇! 내가 먹으면 얼마나 먹는다고 그런 소리를 해요? 원래 빈털터리였던 것 아니에요?"

"맞아! 빈털터리에 가까웠지. 오랫동안 버는 것 없이 명천의 뒤만 쫓다 보니 제법 두둑하다고 생각했던 자금이 달랑거리기 시작했어. 고맙게 잘 쓰겠다고 전해줘."

카멜라가 웃으며 고개를 끄덕이고 라미엘에게 말했다. 늘 차갑게 미소만 짓던 라미엘이 낮게 웃음을 터뜨렸다. 처음 듣는 웃음소리다.

임화평은 영주권과 관련된 서류 봉투 외에 가방에 남은 마지막 물건인 노트북을 꺼낸 후 의아한 표정으로 라미엘을 바라보았다.

"내가 말 안 했던가? 노트북은 내게 무용지물이야."

"명천과 관련된 자료가 너무 많아서 책으로 만들기는 어려웠습니다. 단순히 데이터를 열람하는 정도라면 5분이면 배울 수 있을 겁니다. 카멜라가 쉽게 가르쳐 줄 거예요."

"카멜라! 정말이야? 나 같은 기계치도 5분이면 컴퓨터를 다룰 수 있나?"

"딱 한 가지, 데이터 확인 방법만 배운다면 그럴 수 있지요. TV 리모컨 누르는 것과 다를 바 없으니까요. 하지만 그거 알게 되면 그냥 컴퓨터 쓰는 정도는 금방 배울 수 있어요."

"그런 거야? 잘됐네. 엄두가 안 나서 포기했는데, 이번에 한번 배워봐야지. 선생님! 잘 부탁드립니다. 식사는 걱정 마세요. 이걸로 다 해결해 드리지요."

임화평이 지갑을 흔들자 카멜라가 깔깔거리며 웃었다.

임화평이 라미엘에게 밝은 웃음을 보이며 다시 한 번 고마움을 표시했다.

"그런데 명천은 어떻게 처리할 생각인가? 내게 이런 선물을 준 것 보면 대충 분석이 끝났을 텐데……. 물론 자세한 것을 알려 달라는 건 아니야. 다만 효율적으로 상대할 수 있는 놈들은 내가 했으면 하네."

사실 하드에서 데이터를 뽑아내는 일은 사흘 전에 끝났다. 사흘 동안 그 내용의 사실 여부를 확인하는 작업을 했을 뿐이다. 노차신이 죽었음을 확인한 것이 아니라서 하드 자체가 역공작의 일환일 수 있다는 의심을 했기 때문이다. 사흘 작업으로 확인한 내용은 모두 사실로 판명됐다.

"중국에서 지속적으로 움직이기는 힘듭니다. 그래서 한 번에 끝내기로 했습니다."

"항주 본부를 치겠다?"

"그렇지요. 일단 히트맨들을 동원했습니다. 먼저 그들의 주변부를 한곳으로 몰아넣을 생각입니다. 우리가 알고 있다는 것을 그들도 알고 있을 테니 알아서 준비하겠지요. 저들의 대비 상황을 확인한 후 압도할 힘을 집결시켜 수뇌부를 붕괴시켜 버릴 생각입니다. 말씀하신 대로 수뇌부가 사라지면 여우들이 대장을 하겠다고 싸우다가 사라지지 않겠습니까?"

보통은 상대의 방비를 허술하게 만들어놓고 친다. 하지만 라미엘은 반대로 할 생각이다.

'몰아넣고 폭탄이라도 떨어뜨릴 생각인가?'

임화평은 미국 사는 놈답다는 생각을 하며 말했다.

"그렇다면 나는 당분간 할 일이 없는 셈인가? 오늘 받은 것도 있고 하니 여기 상해에서 한군데 건드려 볼 생각인데, 상관없겠지? 들었지? 카멜라와 함께 사전 조사 차 다녀온 곳이 있어. 맹호대의 본부인데, 북경에서 우리 쪽의 피해를 강요했던 그 검은 무복의 사내들 정도의 실력자들이 상당히 많아. 나도 히트맨이니까 도움이 될 것 같은데, 어떤가?"

라미엘은 기분 좋게 미소를 지었다. 호의에 호의로 답하려는 임화평의 태도가 상당히 마음에 든 것이다. 전술적으로 좋은 방법이다. 단지 사람 수를 줄여놓는다는 의미보다는 상대의 대응 패턴을 확인할 수 있는 방법인 탓이다.

"편한 대로 하십시오. 다만, 당신은 우리에게 꼭 필요한 사람이라는 사실을 명심해 주세요. 저는 당신과 함께 미국으로 돌아가고 싶습니다."

"몸조심하지. 가도 되겠지? 이 컴퓨터라는 놈 한번 써보고 싶군."

"그러세요."

임화평과 라미엘은 거의 동시에 일어나 서로에게 손을 뻗었다. 라미엘의 손을 쥔 임화평이 싱긋 웃으며 말했다.

"다시 한 번 선물 고맙네."

"최소한의 성의입니다. 더 많은 것을 드릴 수 있게 되면 좋겠군요."

"그렇게 될 걸세. 그럼."

두 사람은 다시 서로를 향해 미소를 보냈다.

⚜

카멜라의 호언대로 임화평이 노트북 자료 검색에 필요한 지식을 얻는 데는 5분이 걸리지 않았다. 단추 하나로 먹통 화면에 빛이 들어왔다. 윈도우 2000 프로페셔널이라는 글자가 뜨는 바탕화면에 아이콘이라고는 달랑 '브라이트 스카이'라고 이름 붙은 노란색 폴더 하나가 전부다. 원래 아이콘이라는 것이 몇 개 더 있었지만, 카멜라가 당장은 필요없다며 모두 숨겨 버렸다.

임화평은 어색하게 더블 클릭을 하고 위아래 방향키와 마우스만으로 명천과 관련된 자료들을 열람했다. 중국어와 영어가 뒤섞인 것으로 보아 자료는 순수한 명천의 것이 아니라 세이건 가의 손에 한 번 걸러진 모양이다.
"음! 컴퓨터도 별거 없고, 자료도 별거 없네."
자료는 책 수십 권 분량이다. 하지만 대개의 자료들은 임화평에게 별 의미가 없는 것들이다. 숫자, 알 수 없는 이름, 주소, 전화번호 등을 대충 훑고 계속해서 클릭해 가며 페이지를 넘겼다. 그렇다고 자료의 내용이 가벼운 것은 아니다. 명천과 관련된 정재계, 혹은 암흑가의 정보가 산더미다. 세이건 가 쪽에서 이용하려고 한다면 상당히 유용한 것들이 많을 것이다. 그러나 신문기사나 소설처럼 완전한 문장으로 이루어진 문서가 아니라면 임화평에게는 암호나 다름없다.
"내가 나서서 설쳐 봤자 효과적이지 못하겠군. 일단 이쪽 일에 협조하다가 관계가 끊어진 후에나 자세히 살펴보고 남은 것들을 처리해야겠어."
화면의 창을 끄려던 임화평은 무심코 눈에 들어온 흑랑이라는 단어의 전후를 살폈다.

2000년 3월 13일, 청도방 흑랑 7호 37신—조양구 망경 2구 창연대하 입찰 개입.

언뜻 봐서는 중요한 것 같지도 않고 무슨 의미인지도 알 수 없다. 그러나 임화평은 흑랑이라는 단어가 무엇을 뜻하는지 알고 있다. 즉, 정보의 내용은 청도방에 잠입한 흑랑대 7호가 보내는 서른일곱 번째 소식이다. 망경 2구에 있는 창연대하라는 빌딩의 신축에 청도방이 개입했다는 뜻일 것이다.
임화평은 그 정보의 전후에 존재하는 모든 단신들을 훑었다. 폭력 조직들에서 암약하는 흑랑대원들이 보내온 정보 묶음이다.

"이거 재미있네. 이것만 봐서는 누군지 모르겠지. 하지만 당사자들은 잘 알 거야. 몇 사람 정도로 대상을 줄일 수 있을 것이고, 흑랑대 정도라면 무술도 상당히 뛰어난 편일 테지. 알려주면 상당한 혼란이 일겠는데……."

그 외에 관심을 끌 만한 것들은 전국에 산재한 명천 조직원들의 근거지들이다. 하지만 그것에도 곧 관심을 끊었다. 히트맨들이 타깃으로 잡은 이들이 아마 그들일 것이다. 임화평이 굳이 나서지 않아도 정리가 되거나 어둠 속으로 스며들게 되어 있다. 그들 정도의 하수인들마저 일일이 찾아가 죽일 생각은 없다. 기대대로 수뇌부가 붕괴한다면 그들은 그대로 흩어질 것이기 때문이다.

임화평은 라미엘에게 흑랑대와 관련된 사실을 건의해 보기로 하고 노트북을 닫았다. 노트북을 탁자 위에 그대로 둔 채 탁자 한쪽에 놓여 있던 파일을 집어 들고 침대로 갔다.

양반다리를 한 채 무릎 앞에 책을 펼쳐 놓고 읽기 시작했다. 정리된 자료의 내용은 명천과 관련된 정보 정리법과 다름이 없다. 활자가 눈에 잘 들어오지 않았다. 그럼에도 불구하고 임화평은 가능한 한 차분히 읽어나갔다.

"엄청나군."

노동교양소라고 이름 붙은, 전국에 산재한 수용소의 숫자만 해도 이십여 곳이 넘었다. 하지만 그 관할이 정부에 있다 보니 수용된 사람들의 이름조차 나열되어 있지 않고 단순히 숫자로 기록되어 있다. 숫자의 합계만 해도 대충 4만이 넘는다. 2차 수용소로 넘어간 사람들의 수치는 빠져 있으니 그보다 훨씬 더 많다는 뜻이다.

광목당이 직접 관리하는 것은 그들이 의학 연구소라고 부르는 2차 수용소부터다. 정부 관할의 1차 수용소에서 선별된 사람들이 2차 수용소로 옮겨지고 그곳에서 또다시 일급과 이급, 그리고 삼급으로 분류된다. 일급 대상자들은 광목당 산하의 북경과 상해 선민병원에서 사용되고, 이급과 삼급 대상자들은 전국 각지의 종합병원에서 사용된다. 대개의 이급 대상자들은 세계 각지에서 찾아온 외국인들과 중국 내에서 나름대로 지위와 재산을 가진 자들에게 사용되고, 삼급은 일반인을 대상으로 사용되는데, 이 삼급의 경우 돈이 목적이라기보다 의사들의 데이터 확보와 수술 경험치를 쌓는 데 이용된다.

"찾았다!"

임화평이 눈을 번득이며 바라보는 장은 북경 선민병원과 관련된 자료다. 그곳에서 우상과 차수경이라는 이름을 발견했다. 그리고 그 아래쪽에서 여섯 명의 이름을 찾아냈다. 세 명은 주치의, 세 명은 환자다. 간과 각막, 그리고 신장이식을 행한 의사와 수혜자들이다.

임화평은 차가운 눈으로 이름들을 노려보다가 자리에서 일어나 메모지와 볼펜을 찾아서 돌아왔다. 여섯 명의 이름을 꼼꼼히 기록하고 지갑에 넣어두었다.

"세상이 빛으로 가득하겠지? 곧 가겠다. 남은 삶 충분히 즐겨라. 여한이 남지 않도록!"

임화평은 폐부에 고여 있던 무거운 공기를 토해내고 다시 책자를 넘겼다. 그가 눈여겨보는 장은 하북성 적성에 위치한 2차 수용소의 수용자 명단이다.

'한 인간에 대한 기록이란 것이 이렇게 단순할 수도 있는 것이구나.'

세 장에 걸쳐 기록된 것은 사람의 이름, 성별, 나이, 장기 공급자로서의 등급, 그리고 수용, 혹은 이송이라는 수용자의 현 상태뿐이다.

임화평은 이름들을 손으로 짚어가며 하나씩 살폈다. 한 줄에 다섯 명씩 한 페이지당 오십여 줄에 이른다. 모두 여섯 페이지니까 적성 수용소에 수용되어 있거나 거쳐 간 사람만 천오백에 달한다는 의미다.

임화평이 찾아낸 것은 세 개의 이름이다.

진관청(남 34세, 일급, 001217 이송).
진관청(남 35세, 이급, 010229 이송).
오명신(여 32세, 일급, 수용 중).

진관청이라는 이름은 진영영의 아버지 이름이다. 2차 수용소에서 분류되어 이송되었다는 것은 죽었다는 것과 다름이 없다. 비슷한 나이의 동명이인 두 사람 모두 이송되었으니 진영영의 아버지를 찾기는 불가능할 것이다. 하지만 위관성의 어머니 이름인 오명신은 현재 수용 중인 상태다. 마영정의 증언에 따르면 2차 수용소에서는 드러나게 가혹 행위를 하지 않는다. 수용실에서 나갔다가 돌아오지 않는 이들이 있다고 했으니, 그들은 이송되었을 것이다.

"수용 중이라면 구할 수 있다?"

마영정이 왔을 때의 위관성의 얼굴이 떠올랐다.

"하! 어쩐다?"

오명신 한 사람을 구하는 것은 어렵다 해도 가능한 일이다. 문제는 수용되어 있는 나머지 사람들이다. 풀어줄 수는 있지만 뒷감당을 할 능력이 없다. 만리장성 이북에 위치한 한적한 수용소에서 풀려난 이백이 넘는 사람들을 모두 돌본다는 것은 불가능한 일이다.

"가만히 놔두면 어차피 죽을 사람들인가?"

고개를 젓고 다시 명단을 재확인했다. 위청원, 기옥진, 위문충이라는 이름은 눈을 씻고 봐도 없다. 마영정의 증언에 의하면, 2차 수용소에조차 옮겨지지 못한 사람은 살아도 산 사람이 아니다. 그리고 1차 수용소에는 명단이라는 것 자체가 없어 그 위치조차 알 수 없다.

"이걸 동금이에게 보여줘야 하는가? 실망이 클 텐데……."

임화평은 결단을 내리지 못하고 파일을 덮었다.

❦

서문완영은 답답함을 그대로 드러내며 말했다.

"벌써 스물둘이나 당했어. 어떻게 하지? 용병이 아닌 히트맨들을 동원했더라고. 가만히 놔두면 하부 조직 다 무너지게 생겼어."

북경과 상해 곳곳에서 명천과 관련된 사람들이 죽어나가거나 실종되고 있다. 대개는 강도나 뺑소니와 같은 사건 사고를 위장해서 벌어지는 일들이고 드물게는 총격으로 당한 자들도 있다. 북경에서처럼 대규모 용병들을 동원하여 굵직한 거점을 타격할 것이라는 예상과는 전혀 다른 움직임이다.

서문영락은 침중한 표정으로 물었다.

"대상자들 많이 줄었어?"

서문완영은 탁자 위에 내려놓은 파일을 들추지도 않고 곧바로 대답했다.

"상해에 이백십팔 명, 항주에 이백육십칠 명이 의심스럽다는 보고야. 모두 원거리 감시 붙여놓았어."

"더 줄여야 하지 않아? 모두 다가 그쪽 놈들일 것 같지는 않은데?"

"연령대와 체격 조건, 과거의 입국 기록, 행동 양식이나 무의식적인 움직임, 나흘 이상의 호텔 체류 기간을 고려해서 줄인 게 그 정도야. 따로 아지트가 있다면 더 많을 수도 있다는 뜻이지."

용병으로 활동하는 자들은 대개가 군 경력자다 보니 20대 후반에서 40대 중반까지의 건장한 사람들에게 집중했다. 무더위가 식별에 도움을 준다. 복장으로 가릴 수 있는 체격을 다른 계절에 비해 알아보기 쉽다. 걸음걸이나 주변을 바라보는 시선을 고려하고, 정기적으로 중국 출입을 해왔던 자들을 제외한 후, 비즈니스를 위한 방문이 아닌 것 같은데도 한곳에 오래 머무는 자들을 선별했다. 아무리 외국인이라도 숨어 있는 자들까지 찾기는 어렵다. 북경 본부에 있다가 살아남아 용병들의 뒤를 쫓은 암전대원들이 용병들 대부분을 호텔까지 쫓았다는 증언에 따라 그나마 찾기 용이한 호텔부터 뒤진 것이다.

최상의 방어는 공격이라는 말처럼, 선공하고 싶은 마음이 굴뚝같다. 하지만 현장에서 잡은 것도 아닌데 함부로 핍박할 수는 없다. 잘못되면 외교 문제로 비화되기 때문이다. 지금껏 중국 정부가 대외적으로 취해왔던 방식대로 모르쇠로 일관하면 그뿐이지만, 내부적으로는 추궁이 따를 것이다. 노차신의 죽음에도 불구하고 고위 공직자들과의 유대에는 큰 변화가 없다고 해도 그 라인을 함부로 쓸 수는 없다.

"이렇게 계속 당할 수는 없지. 동원할 수 있는 사람은 우리가 더 많다. 한 번 더 확인해 보고 마취탄이라도 써! 데려와서 아닌 놈들 풀어주고 의심 가는 놈들은 소각 처리해 버려. 시체가 안 나오는데 지 놈들이 뭐라고 할 거야?"

서문영락의 목소리에 짜증이 어려 있다. 대리일망정 천주의 자리에 있는데, 소소하다면 소소한 문제까지 관여를 해야 된다는 사실에 화가 난 것이다. 서문완영은 서문영락의 말에 맞장구치며 그의 기분을 풀어주었다.

"그러면 되겠네. 난 왜 그 생각을 못했지? 오늘부터 바로 시작할게."

서문완영은 긴말하지 않고 방을 나섰다. 서문가의 친정 체제가 시작되면서 서문완영의 영향력도 덩달아 커졌고, 이제는 천무전주마저 그녀를 무시하지 못했다. 명천은 곤란한 지경에 빠졌지만, 서문완영은 그 곤란함을 나태해진 조직을 일신할 기회로 여기며 정신없이 움직였다.

홀로 남은 서문영락은 눈을 감고 심호흡하여 들뜬 마음을 가라앉히려고 노력했다.

"젠장! 사람 든 자리는 몰라도 난 자리는 쉽게 안다더니, 아저씨가 그립군."

노차신이 있었다면 서문영락이 바쁘게 움직일 이유가 없다. 중간에서 귀찮은 일을 모두 처리해 주기 때문이다.

"한편으로는 잘 가신 셈인가? 실수가 너무 컸어. 살아 계셨다면 문책하지 않을 수 없었을 거야. 제기랄! 아버지는 도대체 뭐 하시는 거야?"

서문재기가 있어봤자 할 일이 없다는 것은 잘 안다. 그는 명천의 정신적 지주다. 존재하는 것만으로 상대를 굴복시킨다. 천성이 무골인 그는 무공이 별달리 필요하지 않은 세상의 무인 집단인 명천 내부를 단속하는 데 유용하다. 그가 있어서 이 사태를 어떻게 해결해야 하느냐고 묻는다면, 그는 말없이 미국으로 건너가 손수 세이건 일가를 죽이려 할 것이다. 그게 그의 방식이다. 하지만 지금의 서문영락은 직접 움직이는 아버지가 필요한 것이 아니다. 서문영락이 버겁게 느끼는 짐을 지고 버틸 사람이 필요하다. 그렇게만 된다면 책임감 때문에 냉정을 잃고 짜증을 낼 일은 없을 것이다.

"아버지, 이제 그만 돌아오시지요. 벌써 3년이 넘었습니다."

권력은 부모형제와도 나눌 수 없다고 했지만, 서문영락은 천주 자리에 연연하지 않는다. 세상이 넓다는 것을 잘 알고 있기 때문이고, 천주가 아니라도 그의 앞길을 방해할 존재가 없다는 것을 알고 있기 때문이다.

"젠장맞을! 나 이런 스타일 아닌데, 왜 이렇게 약해진 거야? 온실 속 화초 같잖아. 정신 차리자, 서문영락!"

⚜

"정말 괜찮겠어요?"

카멜라의 말에 임화평은 빙긋 웃으며 고개를 끄덕였다.

"혼자가 편해. 카멜라, 이 일 끝내고 미국으로 가게 되면 널 내 비서나 시범 조교 같은 걸로 붙여 달라고 해야겠어. 주말마다 맛있는 것 먹으러 돌아다니자. 중국에서는 내가 샀으니까 미국에서는 네가 사."

'내가 미국 가면 뭘 할 수 있을까' 라는 질문에 카멜라는 용병 아카데미의 교관이 될 가능성이 많다고 대답했다. 실제로 라미엘도 세이건 가 산하의 용병 아카데미에서 그런 식으로 임화평을 쓸 생각이다.

임화평은 나름대로 정이 들었다고 할 수 있는 카멜라가 피비린내 나는 전선에서 물러서기를 바랐다. 임화평의 말처럼 이루어질 수는 없겠지만 마음만은 진심이다.

"그럼 좋죠. 하지만 내가 사는 건 좀······. 대신 내가 끝내주는 글래머로 애인 하나 붙여드리지요. 딜(Deal)?"

"좋아! 대신 예뻐야 돼?"

"물론이죠."

"좋아! 쏴!"

임화평의 말에 카멜라는 야무지게 고개를 끄덕이고 석궁을 들어 올렸다. 그들이 있는 곳은 황포강과 동방미루가 동시에 보이는 십이층 빌딩의 옥상이다.

퉁!

가느다란 밧줄을 매단 화살이 어둠을 가르며 동방미루의 옥상에 있는 대형 저수조의 상부에 내리꽂혔다. 카멜라는 밧줄을 여러 번 잡아당겨 단단하게 고정되었음을 확인한 후 임화평을 바라보았다.

"정말 괜찮겠어요?"

"또 묻는군. 난 무모한 짓 안 해. 할 수 있으니까 하는 거야. 괜히 여기 남아 있지 말고 밧줄 회수하자마자 제이슨에게로 돌아가."

검은색 군복에 검은 마스크까지 쓴 임화평은 검은 배낭 하나를 메고 서슴없이 밧줄 위로 뛰어올랐다. 빌딩은 십구층, 동방미루는 겨우 이층이다. 두 건물 사이의 거리는 30m. 결국 두 빌딩을 연결한 밧줄은 급경사를 이루고 있다.

"나중에 보자."

"어벤저! 미국 가면 제일 먼저 행글라이딩부터 가르쳐 줄게요."

"나 높은 곳 싫어해."

그 순간 임화평의 신형은 밧줄 위를 질주했다. 마치 급경사에서 스키를 타는 것처럼 빠른 속도로 동방미루를 향해 미끄러져 내려갔다.

"세상에! 저게 어떻게 가능한 거야?"

홀로 남은 카멜라는 야공을 가르며 어둠 속으로 사라져 버린 임화평의 뒷모습을 놓치고 고개를 설레설레 흔들었다. 그리고 잠시 후 밧줄이 세차게 흔들렸다. 카멜라는 급히 밧줄을 잡아당겨 회수하고 가방에 석궁과 밧줄을 넣은 후 빌딩을 떠났다.

빌딩 옥상에 안착한 임화평은 그 즉시 배낭을 열어 검은 주머니 하나를 꺼냈다. 명천이 만든 회선표를 상의 오른쪽 호주머니에 넣고 열두 개의 얇은 비도를 왼쪽 호주머니에 넣었다. 그가 마지막으로 꺼낸 것은 석궁에 매달았던 것과 같은 종류의 밧줄 10m짜리 한 묶음과 방독면이다.

빨래줄 용도로 사용될 것이 분명한 기둥에 밧줄을 묶어두고 방독면을 허리 벨트에 맨 후 밧줄을 잡고 건물 후면의 이층 창문으로 내려갔다. 두 발로 창문 위쪽을 밟은 채 몸을 숙여 검은 코팅이 벗겨진 흠집 사이로 안쪽의 상황을 살폈다. 며칠 전 그가 동방미루에 왔을 때 접근해 보려 했던 '관계자 외 출입 금지' 구역의 일부다.

십여 평의 기형적으로 긴 공간에 이층 침대 네 개가 나란히 놓여 있는 것으로 보아 종업원용 숙소인 모양이다. 방 안에는 세 사람이 있다. 한 사람은 침대에 누운 채로 영화를 보고 있고, 또 한 사람은 침대 이층에 책상다리를 한 채 앉아서 면포로 60cm가량의 짧은 도를 닦고 있다. 그리고 또 한 사람은 일인용 소파에 앉아 귀에 이어폰을 낀 채 눈을 감고 다리를 까딱거리고 있다.

임화평은 지금 시간이 새벽 3시가 넘었다는 사실을 상기해 내고 눈살을 찌푸렸다.

'이 시간에 어떻게 자는 놈이 하나도 없어?'

침대 방에 있는 자들까지 모두 깨어 있다는 것은 그들이 낮과 밤을 바꿔 산다는 뜻이다. 동방미루는 유명한 식당이다. 일반인이 많은 낮 시간 때 쳐들어오지는 않을 것이라고 생각했을 것이다.

'후! 어디 보자. 기도는 그때 그 소도조 정도인가? 칼 닦는 놈 첫 번째, 영화 보는 놈 두 번째, 음악 듣는 놈 세 번째다.'

임화평은 여닫이 유리 창문의 걸쇠를 확인했다. 기대대로 열려 있다.

'하긴 고만고만한 놈들이 모여 있으니 경계심이 있을 턱이 없지.'

일반 군인들이 상대라면 하나같이 일당백의 무인들이다. 그들이 기다리고 있는 적은 용병들. 사방을 감시하고 있다면 언제 올지도 모르는 적들을 대상으로 굳이 긴장하고 있을 필요는 없을 것이다.

임화평은 몸을 벽과 수직이 되도록 세우고 세 자루의 비도를 꺼내 두 자루를 오른손에, 그리고 한 자루를 왼손에 쥐었다. 호주머니 덮개를 여미고 다시 박쥐처럼 거꾸로 매달렸다.

왼손을 창문 틈에 대고 빠른 속도로 열어젖혔다. 그 순간 칼을 닦고 있던 사내가 고개를 들었다.

퍽!

대응하기에는 임화평과의 거리가 너무나 가까웠다. 사내는 눈을 부릅뜬 채 두 손으로 목젖에 꽂힌 비도를 쥐고 임화평을 바라보다가 옆으로 무너졌다. 그 순간 두 번째와 세 번째 비수가 거의 동시에 날아갔다. 두 번째 비도는 영화를 보던 사내의 숨골에, 세 번째 비도는 음악을 듣던 사내의 미간에 꽂혔다.

임화평은 소리없이 방 안으로 스며든 후 차분히 창문을 닫았다. 세 사내를 일견한 후 낄낄거리는 웃음소리와 두런두런 이야기하는 소리가 들려오는 문 앞으로 다가가 문 건너편의 상황을 살폈다. 기감에 잡히는 사람 수는 이십여 명에 가깝다.

임화평은 방독면을 쓰고 배낭에서 원통형 캔 두 개를 꺼내 든 후 문을 살짝 열었다. 그리고 그 순간 원통형 캔 두 개를 바닥에 찍어 촉발 장치를 건드림과 동시에 옆방으로 집어 던졌다.

푸쉬쉬쉬!

두 개의 캔이 세차게 가스를 내뿜으면서 휘돌았다.

"뭐, 뭐야?"

옆방에서 놀란 외침과 부산스러운 움직임이 들려왔다.

임화평은 문 옆에 붙어선 채 차분히 수를 셌다.

'아홉, 열!'

일명 무능화 가스다. 독이 아니라 테러 진압용으로 종종 사용되는 마약 성분의 강력한 마취제 펜타닐과 할로세인의 혼합물이다. 펜타닐이 순간적으로 뇌의 활동을 정지시키면 할로세인이 무의식 상태로 빠지게 만든다.

임화평은 양손에 비도를 쥔 채 천천히 방문을 열었다. 사람들의 상태는 기대 이상이다. 코앞에서 흡입한 사람들은 이미 널브러져 있고 거리를 두고 있던 이들은 발을 질질 끌며 문을 향해 비틀비틀 걸어간다. 문이 열린 것으로 보아 누군가는 이미 빠져나간 모양이다.

'설명은 들었지만, 생각보다 더 위력적이군. 암기를 쓸 필요도 없겠어.'

임화평은 빠른 속도로 문을 향해 뛰어갔다. 문 앞에 이른 사내의 머리카락을 잡아당겨 쓰러뜨리고 그 즉시 비도로 사내의 아킬레스건을 그어버렸다. 그리고 나머지 사내들의 아킬레스건 역시 차례로 끊어버렸다.

무공을 익혔지만 무덕(武德)을 배운 적은 없다. 그가 익힌 무공 자체가 복수를 위해 만들어진 것이기 때문이다.

복수행을 나선 지금 생명을 거두는 데에 망설일 이유가 없다. 하지만 지금까지 예상보다 더 많은 생명을 거두었다. 복수행 이전의 삶과는 너무나 괴리되는 행로다. 전생의 삶이라면 재고할 필요도 없는 생각이지만 지금은 흔들린다.

잊으려 해도 조혜인의 의연한 죽음이 마음속 한구석에 남아 있다. 어색한 손길로 위관성과 진영영의 머리를 쓰다듬으며 소망원 아이들을 떠올린다. 모나나의 애잔한 미소에서 이정인의 그만하라고 말리는 얼굴이 연상된다. 누군가 뒤에서 잡아당기는 듯, 손속에 망설임이 어린다.

이제는 위협이 되지 않는 상황에서까지 죽이고 싶지 않다는 생각을 하게 되었다. 소도조 조장 목인강의 말처럼, 그렇게 살 수밖에 없도록 어릴 때부터 키워진 인간들이다. 다른 삶을 생각하지 못하도록 세뇌된 자들. 한때 그도 그렇게 살아왔기에 동병상련이 느껴지기도 한다.

그렇다고 가만히 내버려 두면 결국 다시 싸우게 될 테니까 아킬레스건을 끊어버렸다. 굳이 아킬레스건을 자른 이유는 가능한 한 무공을 드러내지 않기 위해서다. 명천에서 임화평의 정체를 눈치채고 세이건 쪽과 한마디라도 오간다면 세이건 쪽으로부터 뒤통수를 맞을 수도 있기 때문에 생명의 위협을 느끼지 않는 이상 무공을 드러낼 생각은 없다.

한 가지 더 노리는 바가 있다면, 명천의 사후 처리다. 쓸모가 없어진 수하들을 어떻게 처리하느냐에 따라 명천의 결속력이 달라진다. 다시 말해서 버리느냐, 돌보느냐에 따라 세이건 쪽에 대응하는 소속원들의 마음가짐이 달라질 것이다.

임화평의 입장에서는 어느 쪽이라도 상관없다. 버리는 경우 명천을 더 쉽게 상대할 수 있을 것이고, 돌보는 경우 세이건 쪽과 양패구상할 수도 있을 것이다. 어느 쪽이 되든지 간에 임화평이 힘들 일은 없다. 걸리는 사람이 있다면, 인간적으로 정이 가는 카멜라뿐이다.

나간 자는 있는데 가스에 대한 경계심 탓에 아무도 오지 않았다. 임화평은 처음 침투했던 방으로 되돌아와 다시 옥상으로 올라갔다. 그리고 밧줄을 풀어 자리를 옮기고 처음 침투했던 방의 반대쪽으로 내려갔다. 텅 빈 사무실이다. 연기가 모락모락 올라오는 담배가 재떨이 위에 놓여 있는 것으로 보아 조금 전까지 사람들이 있었다는 뜻이다.

임화평은 방독면을 내버리고 상의 호주머니 덮개를 개방된 상태로 놓아둔 채 네 자루의 비도를 양손에 나누어 쥐었다.

문밖에서 커다란 외침 소리가 들려왔다.

"문 열어 환기시켜! 독가스 아니야, 이 자식들아! 아직 살아 있는 거 보면 몰라? 숨 멈추고 들어가 창문 열어!"

임화평은 문 옆에 붙어 서서 밖을 내다보았다. 그가 조금 전에 가스를 살포했던 방까지 연결된 긴 복도에 사람들이 가득했다. 한눈에 보아도 이십여 명은 족히 될 인원이다.

조금 전의 그 목소리가 다시 들려왔다.

"어떻게 된 거야? 처들어온 놈들 어디 있어? 경비실, 이 개자식들! 도대체 뭐 하는 거야? 연락해 봐!"

무전기 치직거리는 소리가 들리고 몇 마디 오갔다.

"대주! 사방 그 어디에도 의심스러운 자들은 안 보인답니다."

"뭐야? 그럼 누가 한 짓이라는 거야? 귀신한테 당했다는 소리야?"
그때 다른 목소리가 들려왔다.
"대주! 암도로 갑니까?"
"미친놈! 거긴 왜 가? 온 놈이 없다잖아? 멀쩡한 건물을 날려 버릴 거야? 누구 좋으라고?"
임화평은 맹호대주의 뒤통수를 확인하며 차갑게 웃었다.
세이건 측이 광목당의 하드를 얻었음을 명천 측에서 모를 리 없다. 하드에는 동방미루가 맹호대의 중요 거점이라는 정보가 포함되어 있다. 그럼에도 불구하고 동방미루에 드나드는 무인들의 숫자는 오히려 늘었다. 수세적 입장에 처해 있으면서도 올 테면 오라고 배짱 부리는 형국이다. 이상하다고 생각했는데, 쳐들어오면 암도로 피신한 후 동방미루를 날려 버릴 생각을 하고 있었다. 경제적 손실에는 신경 쓰지 않는다는 메시지와 쉽게 당해 주지 않는다는 경고를 동시에 하려 했을 것이다.
'확실히 통은 큰 놈들이야. 이거, 꽤나 비쌀 텐데. 땅은 그대로 있을 테니 괜찮다는 건가? 자! 이제 어떻게 한다? 나머지도 정리해?'
석어도 맹호대수 정도는 지워 버리고 싶었다. 드러난 기세를 보면 경우에 따라 충분히 위협적인 상대가 될 수 있는 상대. 비도도 여유있고 좁은 복도라 지형적으로도 유리하다. 하지만 숫자가 너무 많다. 싸우는 중에 한두 놈만 빠져나가 버리면 무공이 드러난다.
'이 정도면 내가 쓸 만하다는 것 정도는 충분히 보여준 셈이지? 최소한 항주의 본부를 칠 때까지는 나라는 의심을 살 만큼 드러내지 않는 것이 좋아. 오늘은 이쯤에서 물러서자. 일단 북경부터 다녀와서 다음을 생각해 보는 거야.'
임화평은 물러서기로 마음을 정하고 들어왔던 창문을 통해 바닥에 내려섰다. 그리고 그 즉시 전력을 다해 빌딩 숲 안으로 뛰어갔다. 동방미루의 창문이 연속적으로 열리면서 사람들이 얼굴을 내밀었지만, 그때는 이미 임화평의 신형이 빌딩 숲 안으로 사라진 후였다.

❧

임화평의 방 창문 쪽에 있는 네 개의 의자가 모두 찼다. 며칠 보이지 않던 토네이도까지 찾아온 것이다.

"치어스(Cheers)! 보텀즈 업(Bottoms Up)!"

네 개의 청도 맥주 캔이 허공에서 부딪쳤다가 떨어지고 네 사람이 동시에 맥주 캔을 입으로 가져갔다. 목을 뒤로 꺾어가며 바닥까지 맥주를 비운 네 사람이 기분 좋게 맥주 캔을 내려놓았다. 임화평을 제외한 세 사람이 다시 맥주 캔 하나씩을 땄다. 임화평이 술을 좋아하지 않는다는 사실을 아는 탓에 그에게까지 강권하지는 않았다.

"스물둘? 셋은 죽고, 나머지는 아킬레스건을 끊어버렸다고? 그런데 왜 깨끗이 처리하지 않고?"

임화평은 제이슨의 의문에 쓸모없어진 자들이 버려지는 경우에 생길 일을 설명해 주었다.

"난 사람을 대량으로 지워 버리는 것에는 익숙하지 않아. 표적만을 노리는 청부업자라고. 너희들도 총 들고 있으니까 쉽지, 손으로 일일이 그 짓 한다고 생각해 봐. 하나둘이면 몰라도 학살한다는 생각이 들면 기분이 다를 걸?"

제이슨과 카멜라가 수긍한 듯 고개를 끄덕였다. 임화평은 흥을 돋우기 위해 그들이 원래 가지고 있던 계획을 이야기해 주었다.

"거기 안 치길 잘했네. 어우! 그 자식들, 용병 몇 잡자고 건물 날릴 생각을 했단 말이야? 배포가 보통이 아니구먼."

"나중에 역으로 한번 건드려 봐도 괜찮을 거야. 암도가 있다면 틀림없이 황포강 쪽으로 통할걸? 근처에 놈들 소유의 빌딩이 없다면 틀림없을 거야. 한 번 놀래켜 줄 필요가 있다면 암도를 통해서 뒤집어놔! 혼비백산할 테니까."

제이슨이 웃으며 고개를 설레설레 흔들었다.

"당신 같은 사람이 적이면 정말 끔찍할 거요."

카멜라가 제이슨과 어깨동무를 하며 부언했다.

"적인 걸 알고 능력까지 알면 아마 더 끔찍할걸? 잠조차 자지 못할 거야. 연기처럼 스며들어서 목줄을 다 끊어놓고 사라져 버릴 테니까."

제이슨이 가슴에 손을 짚고 과장되게 안도의 한숨을 내쉬자, 다른 이들이 모두 웃음을 터뜨렸다.

임화평이 토네이도를 보며 물었다.

"어이! 며칠 안 보이던데, 가르쳐 준 건 꾸준히 하는 거야?"

토네이도는 자랑스럽게 말했다.

"친구 놈들이 몇 왔소. 신나게 술 펐지. 그런데도 아침에는 빼먹지 않고 수련했소. 요즘 몸이 많이 좋아진 것 같아 기분이 좋소."

'친구들? 선생터에 친구를 불러? 세이건 가 사람들? 같은 능력자? 흠! 어쨌든 전력을 급상승시킬 놈들이겠지.'

임화평은 굳이 그 친구들이 누구인지 묻지 않았다. 공연히 분위기 좋은데 의심 살 발언을 하고 싶은 생각은 없다.

"잘됐군. 꾸준히 하라고. 그런 수련은 단번에 결과가 나오지 않아. 적어도 몇 개월은 해야 겨우 효과가 나타나지. 아! 그리고 제이슨, 잠깐만!"

임화평은 탁자 위에 굴러다니는 빈 맥주 캔들을 쓰레기통에 던져 놓고 탁자 아래쪽에 내려놓았던 노트북을 올렸다. 그리고 전원을 켜고 흑랑대에 관련된 자료들을 열었다.

"이것 좀 봐봐! 흑랑대가 뭐 하는 놈들인지 알지? 이 정보, 각 조직들에게 알려주면 어떻게 될까?"

"아! 그거 정말 좋은 아이디어요. 안 믿더라도 최소한 조사는 해보겠군. 결국 사실이라는 것을 알고 나면 조직마다 대대적인 청소 작업이 벌어지겠어. 명천도 타격이 꽤 크겠는데?"

"지금 여기저기 헤집고 다니는 놈들 많다며? 그 인원이 다 어디서 나온 걸까? 수족들이 잘려 나갈 거야. 그렇게 되면 우리 쪽은 더 느긋하게 움직일 수 있겠지."

임화평과 제이슨은 심심상인의 심정으로 마주 보며 미소 지었다.

"좋소. 추진해 보겠소. 라미엘이 좋아할 거요."

"아! 그리고 나, 며칠 휴가 간다고 전해줘."

"어디 가시게?"

"법륜대법과 관련된 자료도 전해주고 며칠 쉴까 해서. 항주를 칠 계획이 서면 꼭 불러줘. 내 복수는 완성해야지."

지난밤에 한 일이 있다 보니 이제 의심도 하지 않는 눈치였다. 제이슨은 순순히 고개를 끄덕였다.

"알겠소."

임화평은 탁자 밑에 있는 맥주 캔을 바라보며 말했다.

"나도 하나 더 마실까?"

카멜라가 기분 좋게 웃으며 맥주 캔 하나를 건넸다.

제6장
드디어 마지막 표적인가?

히트맨들은 사고사로 위장하여 명천의 주변부를 때리고 있다. 명천은 상해와 항주 주변의 호텔들을 뒤져 용병으로 짐작되는 자들을 납치, 소각해 버렸다. 끊임없는 소모전이다.

북경, 상해, 항주 근동에는 피바람이 불지 않는 날이 없지만, 일반 사람들은 그다지 체감하지 못하고 있다. 사고사야 인구 많은 중국에서 흔하디흔한 일이고, 외국인들의 납치 또한 식당이나 사우나, 혹은 술집에서 은밀하게 이루어지고 있어 알 수가 없다. 신분이 확실한 사람에 한해 돌려보내지는 경우도 있지만, 납치범이 누군지 알 수 없는 상태에서 본인이 입을 꾹 다물고 있는 바에야 다른 사람들이 알 수 있는 일이 아니다.

"미끼들이 하나둘씩 사라지고 있다? 미리 싹을 잘라 버리겠다는 뜻이겠지? 당연한 조치군. 당장 내가 필요한 일은 없지? 알았어. 수고!"

북경, 상해, 항주 인근의 호텔에서 기생하고 있는 자들은 정보에 밝지 못한 삼류 용병들이다. 건달이나 마찬가지로 돈만 주면 무슨 일이든 서슴지 않는 자들이다. 일류 용병이라고 다를 바 없겠지만, 적어도 그들은 세상 돌아가는 것을 알고 정보를 이용할 줄 알 뿐만 아니라 본능적으로 위기에 민감하다. 이미 북경 본부를 친 용병들이 어떻게 되었는지를 아는 탓에 쉽게 의뢰에 응하지 않는다. 물론 일류 용병들 가운데서도 돈이 궁한 처지에 이른 자들 몇이 죽을 자리를 향해 발을 뻗기는 했다. 하지만 소수다. 그리고 그들은 호출되기 전까지 그냥 호텔에 머물러 놀기만 하면 된다는 의뢰가 자신들을 미끼로 쓰려는 의도라는 것 정도는 눈치채고 있다. 조심하면 쉽게 당하지 않는다고 생각하고 참여한 것이다. 하지만 그들도 명천의 손길을 벗어나지는 못할 것이다.

'이쪽이나 저쪽이나 똑같은 놈인 것은 마찬가지야. 독한 놈들! 하기야 내가 그런 말을 할 자격은 없지.'

북경 금대호텔의 512호실에 짐을 푼 임화평은 카멜라와의 통화를 끝내고 화장실로 들어갔다. 거울을 보고 간만에 본래의 얼굴로 돌아왔다. 석고상처럼 딱딱하게 굳은 얼굴이 눈앞에 드러났다.

"아! 죽겠군."

임화평은 소태 씹은 표정으로 얼굴을 마사지하기 시작했다. 꼭 석고상을 만지는 기분이다. 마사지는 30분 가까이 계속되었다. 그제야 겨우 무표정하게 자신의 얼굴을 바라볼 수 있게 되었다. 그 얼굴에 웃음을 더하려면 또 다시 며칠은 지나야 할 것이다. 다시 한참 동안 온수와 냉수로 번갈아가며 얼굴을 다독이다가 한 시간 만에 침대로 돌아왔다.

새벽 2시. 눈을 뜬 임화평은 캐리어 속에서 작은 배낭 하나만을 꺼내 등에 메고 짐을 단속한 후에 소리없이 창문을 열었다. 사층이 없는 오층이다. 높이는 20m에 가깝다. 임화평은 서슴없이 창문 밖에 매달렸다가 한 손으로 창문을 닫고 손을 놓아버렸다. 발끝이 땅에 닿는 순간 한 바퀴를 구른 후 옷에 묻은 먼지를 툭툭 털고 호텔의 후문 쪽 어둠 속으로 사라졌다.

오전 9시.
"아! 512호 키를 가지고 나와 버렸네. 오늘 못 들어갈지 모르니까 신경 쓰지 말고 방 그대로 놔두세요. 청소할 필요없어요. 예."
금대호텔로의 전화를 끊고 건국호텔의 로비를 빠져나왔다. 자연스럽게 입구에 대기하고 있던 폭스바겐 파사트에 올랐다. 운전자는 위동금이다.
"이제 가자! 길 찾을 수 있지?"
위동금은 상기된 표정으로 고개를 끄덕였다.
"예. 팔달령까지는 몇 번 다녀왔고 나머지는 지도 확인 다 해두었으니까 문제없어요."
차는 곧 호텔을 벗어나 북경의 북쪽으로 달렸다. 중간중간 이정표를 확인해 가면서 찾아가는 곳은 하북성 적성이다. 팔달령을 지나 다시 한 시간 반 남짓 걸려서 적성에 이르렀다. 주변이 장성으로 둘러싸인 작은 도시다.
오후 3시. 표적인 성심의학연구소가 눈앞에 드러났다. 석성의 중심지에서 북쪽으로 20분가량 더 가야 보이는 곳. 야트막한 산기슭에 외로이 서 있는 빛바랜 하얀색 삼층 건물이다. 외형에 신경 쓰지 않은 직사각형의 건물로, 규모는 선민병원의 특수동보다 조금 더 커 보인다. 건물 외곽에는 담을 대신하여 철조망으로 사유재산임을 명확히 했고, 정문에는 호텔 싱글 룸 크기의 상당히 큰 경비실이 있다. 경비는 군복형의 검은 유니폼을 입은 두 사람이 서고 있다. 그리고 경비견과 함께 정기적으로 철조망을 따라 돌고 있는 이인 일조의 두 팀이 있다.
"생각보다 그다지 삼엄한 편은 아닌 것 같구나."

불과 1㎞ 남짓의 거리에 있는 성심의학연구소 역시 북경 본부의 하드에 그 간략한 정보가 수록되어 있다. 그러나 선민병원을 내버려 둔 세이건 측이 의학 연구소까지 칠 것이라고는 생각지 않았는지, 경비 수준은 통상적이라는 수준을 벗어나지 못하고 있다.

그럴 만도 한 것이, 적성은 관광지가 아니다. 관광객들이 만리장성이라고 주로 가는 곳인 팔달령을 한참이나 더 지나야 나오는 곳이다. 외국인들이 나타나면 신기하게 여길 만한 곳이다 보니 드러나게 방비를 하지 않는 모양이다.

망원경을 무릎 위에 내려놓고 위동금의 얼굴을 바라보았다. 위동금은 임화평의 무표정에 못지않은 딱딱한 표정으로 의학 연구소를 뚫어지게 바라보고 있다. 하루 내내 그 표정이다. 가족들의 생사를 짐작하거나 알게 되었기 때문이다. 살아 있다고 확신할 수 있는 사람은 숙모 오명신뿐이고, 외숙부 진관청은 죽은 것으로 짐작된다. 그리고 부모와 숙부는 생사를 알 수 없다. 명단에 이름조차 나와 있지 않다. 마음이 편할 턱이 없다.

임화평은 위동금의 굳은 어깨를 두드리며 말했다.

"대충 다 보았다. 그만 가자. 가서 밥 먹고 한숨 자고 다시 나오자꾸나."

위동금은 무겁게 고개를 끄덕이고 차를 돌렸다.

세차게 비를 뿌릴 것 같은 날이다. 초저녁부터 회색빛 구름이 짙어지더니, 이제 피부가 끈끈한 습기를 머금었다.

밤 12시 45분. 연구소로 향하는 외길인 1차선 시멘트 길에서 벗어나 차를 숨겼다.

"먼저 들어가 위협이 될 만한 자들을 제압해 놓고 마지막으로 경비실을 칠 것이다. 너는 근처에 대기해 있다가 신호하면 들어와. 날 돕는답시고 어설프게 접근하지 마라. 짐 된다! 알겠니?"

임화평의 목소리에 깃든 단호함을 느끼고 위동금은 분명하게 고개를 끄덕였다.

"매화수전 믿지 마! 놈들은 총을 가지고 있다. 실패하는 순간 죽어."

위험하다는 것을 알면서도 굳이 위동금과 동행한 것은 임화평이 오명신의 얼굴을 알지 못하기 때문이다. 그리고 한 번은 보여주고 싶었다. 지금 현재 임화평은 위동금이 하고 싶어하는 일을 못하게 막고 있다. 그가 하고 싶어하는 일을 하려면 어떤 일을 해야 하고 어떤 각오를 가져야 하는지, 오늘 그 이유를 보여주려는 것이다.

"걱정 마세요. 신호 기다리겠습니다."

"좋아! 가자!"

두 사람은 숲을 헤치며 빠른 속도로 연구소를 향해 다가갔다. 정문을 100m 앞두고 임화평은 위동금을 남겨둔 채 연구소의 좌측으로 내달렸다.

안력을 돋워 야투경을 낀 듯한 시력으로 철조망 위에 설치된 두 대의 감시 카메라를 살폈다. 일정한 속도로 좌우로 오가는 감시 카메라의 움직임을 숫자를 세어가며 확인했다. 움직이는 속도와 그 사노를 고려하니 사각이 보였다. 전기 철조망까지의 거리는 30m. 2초 안에 그 거리를 주파해야 한다. 보통 사람이라면 그 사각을 파고들 만큼 빠르게 움직이지 못할 테지만 임화평에게는 무리한 일이 아니다.

파바밧!

순간 이동하듯 사각을 파고들어 곧바로 허공으로 치솟았다. 3m 높이의 철망을 단숨에 뛰어넘어 허공에서 다시 탄궁이형으로 신형을 이동했다. 그리고 20m를 쉴 새 없이 달려 또 한 번 도약했다. 건물의 벽을 밟고 뛰어 올라 가볍게 삼층 창문에 매달렸다. 한 마리 도마뱀이 되어 빠른 속도로 창문과 창문 사이를 넘나들었다. 마침내 열린 창문 하나를 찾아내고 안으로 들어갔다. 들어선 곳은 붉은 전등이 곳곳에 켜져 있는 어둡고 음침한 삼층 복도다. 구석에 휴지통 겸용 재떨이가 놓여 있고 등받이가 없는 플라스틱 간이 의자 두 개가 있는 것으로 보아 상주자들의 흡연과 대화를 위한 공간인 모양이다.

조심스러운 걸음으로 복도를 가로질렀다. 좌우에 꽤 많은 방이 있는데, 모두 불이 꺼져 있다. 연구동이라기보다는 연구실 사람들이 취침용으로 사용하는 방들인 듯했다.

엇갈려 놓은 두 개의 계단군(階段群)을 밟으며 이층으로 내려갔다. 방 하나하나가 삼층의 방에 비해 현저하게 크고 또 유리창을 통해 내부를 엿볼 수도 있다. 이층 전체가 연구실인 모양이다. 삼층과 달리 불이 환하다. 하얀 가운을 입은 세 사람이 남아 있다. 그들 가운데 한 사람이 살색의 가죽을 들어 만지고 살폈다.

'인피? 저런 식으로 벗겨지지는 않을 텐데, 인공 피부인가?'

임화평은 마지막 계단을 남겨둔 채 눈을 감고 기감을 퍼뜨렸다. 열두 명의 기척이 뚜렷하게 느껴졌다. 그의 시야에서 벗어난 사람이 아홉 명 더 있다는 뜻이다.

뚜벅뚜벅!

갑자기 들려온 발걸음 소리는 일층에서 이층으로 올라오는 계단에서 나는 소리다. 임화평은 즉시 물러서서 계단의 모퉁이를 돌아 몸을 낮췄다. 이층에 오른 사람은 곧바로 삼층으로 향하는 계단을 밟았다. 계단 밟는 소리와 부스럭거리는 소리가 동시에 들렸다.

임화평은 시멘트로 마감한 계단 난간에 몸을 숨긴 채, 올라오는 사람이 모퉁이를 돌기를 기다렸다.

쉿!

유니폼 차림의 사내가 계단 모퉁이를 돌자마자 임화평은 튕기듯이 일어나 손끝으로 사내의 전신을 두드렸다. 사내가 눈을 부릅뜨고 입을 벌리는 순간 임화평의 손끝은 사내의 아혈을 제압했다.

임화평은 무표정한 얼굴로 사내를 바라보다가 그대로 들고 삼층 공용 화장실로 들어갔다. 다섯 칸의 화장실 가운데 창가 쪽 화장실에 사내를 밀어 넣고 그 자리에서 옷을 벗겨 갈아입었다. 조금 작은 듯 어색했지만 크게 불편할 정도는 아니다.

임화평은 내의만 입은 채 말뚝처럼 서 있는 사내의 귀에 대고 속삭였다.

"대답해도 좋고 안 해도 좋아. 시간은 많다. 하지만 네 입장에서는 가능한 한 빨리 대답하는 게 좋을 거다. 대답은 눈으로. 예는 한 번, 아니오는 두 번. 알겠어?"

사내가 머뭇거리자 임화평은 그 즉시 사내의 손가락 하나를 부러뜨렸다. 눈을 찢어져라 부릅뜬 사내는 눈에 확연히 보이도록 눈을 감았다가 떴다. 예상보다 쉽게 이루어진 굴복이다. 기감에서 느껴지는 수준은 선민병원의 경비원들 수준이다. 굳이 내공을 사용할 필요가 없는 상대. 모두가 그 정도라면 예상보다 쉽게 일을 끝낼 수 있을 것 같았다.

"가벼운 예고편이었다. 너 같은 잔챙이를 굳이 죽이고 싶은 생각은 없어. 충실히 대답하면 살려준다. 전체 경비원의 수가 스물이 넘는다. 예, 아니오?"

손가락을 부러뜨리면서도 표정에는 아무런 변화가 없었다. 그런 얼굴을 바라보는 피해자의 입장에 서면 공포밖에 느낄 것이 없는 법이다. 사내는 재빨리 두 번 눈을 감았다가 떴다. 끝내 얻어낸 답은 마흔다섯이다. 하지만 실질적으로 경비를 서는 자들의 수는 반이다. 열하나가 건물 외곽 경비에 투입되어 있고, 나머지는 지하에 있다. 경비실은 문 앞에 하나, 그리고 건물 일층의 입구에 하나가 있다.

"쉬는 경비원들이 합숙하는 방이 있나?"

"지하?"

"지하에 사람들 갇혀 있다. 그지?"

"경보가 울리면 외부에서 지원 오는 사람들이 있나?"

"경보를 울리는 곳은 일층 경비실?"

사내는 모든 질문에 눈을 한 번 깜빡였다.

"알았다. 성실히 대답했다면 내가 다시 돌아오는 일은 없을 거다. 한숨 자라."

임화평은 사내의 머리를 쳐 기절시키고 혈을 풀어주었다. 케이블 타이로 손발을 묶고 재갈을 물린 후 화장실 문을 닫아걸고 문 위쪽 빈 공간을 통해 빠져나왔다. 세면기 앞의 대형 거울을 통해 옷매무새를 가다듬고 모자를 눌러썼다. 그리고 배낭에서 원통형 알루미늄 캔 하나를 꺼내 배낭의 옆 호주머니에 넣어두었다. 동방미루에서 쓰고 남은 무능화 가스다.

"잊지 마라. 회수해야 한다. 여기서는 임화평이야."

스스로에게 다짐하고 못과 회선표를 언제든지 뽑아 쓸 수 있도록 상의 포켓 속에 수납한 후 이층을 거쳐 접객실과 사무실 중심의 일층으로 내려갔다.

"정문 경비실에 셋, 주변 경계에 넷, 화장실에 하나. 그렇다면 일층 경비실에 남은 자는 셋뿐인가? 화장실에서 자는 놈은 운이 좋군."

하나라면 소리없이 제압할 수 있지만, 셋이면 곤란하다. 만에 하나의 실수조차 용납하지 못하는 상황에서 모험을 할 수는 없다. 두 개의 못을 꺼내어 들고 경비실을 찾았다. 서슴없이 들어가 상황을 살폈다.

책상 위에 두 발을 올려놓고 야한 사진이 가득한 잡지를 보던 경비원 하나가 고개를 돌렸다. 임화평은 무표정한 얼굴로 사내의 머리를 가볍게 후려쳤다.

경비실 안에 또 다른 문이 있다. 주저하지 않고 문을 열었다. 모니터를 바라보던 두 사람이 동시에 고개를 돌렸다. 그 순간 임화평의 손에서 못 하나가 떠났다. 왼쪽 사내의 이마에 못이 박혔다.

사내가 앞쪽 기계들을 향해 손을 뻗으려 하자 임화평은 5㎝ 길이의 은빛 못을 만지작거리며 말했다.

"죽고 싶으면 움직여!"

사내는 두 손을 들고 천천히 일어섰다.

임화평은 사내의 목을 움켜쥐고 말했다.

"가능하면 피 덜 묻히며 살고 싶다. 어떻게 해야 경보기를 작동 불능으로 만들지? 경보가 울리더라도 너 하나 죽일 시간은 충분하다는 걸 알아줬으면 좋겠다."

사내가 바르르 떨면서 기기를 조작했다. 그리고 임화평을 바라보며 고개를 끄덕였다.

"철조망 경계조의 교대 시간은?"

사내는 벽시계를 힐끔 본 후에 15분 남았음을 말해주었다.

"나가야 들어오나, 들어와야 나가나?"

"원칙은 나가는 게 먼저인데, 요즘은 한 조씩 들어오면 나갑니다."

"좋아! 감시 카메라는 어떻게 끄지?"

사내가 감시 카메라의 통제 장치를 향해 손을 뻗었다.

"지금은 말고, 어떻게 해야 돼?"

사내가 조작법을 가르쳐 주자 임화평은 사내의 머리를 쳐 기절시키고 케

이불 타이로 손발을 묶었다. 그리고 바깥으로 나가 기절한 사내를 데리고 들어와 그에게도 같은 조치를 취하고 중앙 통제실을 빠져나왔다.

"남은 건 13분. 지하에 있는 놈들, 제압이 가능한 시간인가?"

임화평은 마음먹은 순간 곧바로 지하로 내려갔다. 무능화 가스를 꺼내 들고 오른손에는 못 두 개를 들었다. 거침없는 움직임이다. 지하에 내려가자마자 왼쪽의 합숙실 문을 열었다. 코 고는 소리가 요란하다. 무능화 가스의 사출구를 벽에 찍어 열고 입구에 놓은 후 문을 닫았다. 문고리를 잡은 채 버텼다. 안에서 문을 열려는 시도가 있었지만 금세 잦아들었다.

"어이, 거기서 뭐 해?"

그 순간 못이 날아갔다. 목젖에 못이 박힌 사내가 눈을 부릅뜬 채 두 손으로 목을 잡고 무릎 꿇었다. 못을 한 움큼 빼 들고 지하층을 누볐다. 보이는 족족 던져 비명을 토하기 전에 숨을 끊어놓았다.

"뭐야?"

두 명의 경비원이 놀란 얼굴로 달려왔다. 그들이 홀스터에서 총을 뽑아 들려는 순간 못 두 개가 빛살처럼 날아가 그들의 이마를 꿰뚫었다.

"일곱! 여덟! 셋 남았다. 어딘가? 그렇지. 거기 있었구나."

또 하나의 못이 날아가 방금 전 두 사람이 튀어나온 작은 방에서 얼굴을 내민 또 한 사람의 이마에 박혔다.

"이제 둘 남았다!"

주변을 두리번거렸다. 지하층의 구조는 간단했다. 쇠창살이 아닌 강화 유리섬유 소재로 벽을 대신한 감방이다. 한 방에 이십여 명이 들어가는 감옥이 한쪽 벽면을 모두 채우고 있고, 지하로 내려오는 계단의 좌측에 합숙실과 경비원 휴게실, 그리고 사무실이 있다. 그리고 계단 우측에 선민병원 특수동에서 보았던 수술실 두 개가 연이어 붙어 있다.

임화평은 유리벽을 통하여 감옥 안을 바라보며 눈살을 찌푸렸다. 목불인견이다. 죄수복 같은 주황색 유니폼을 입은 사람들이 내무반 같은 나무 침상 위에 줄줄이 늘어져 자고 있다. 변기와 세면기가 있는 곳이 칸막이로 가려져 있을 뿐, 다른 어떤 편의 시설도 보이지 않는다.

몇몇 사람들이 깨어 벽을 통해 임화평을 애절한 눈빛으로 바라보고 있다. 당장 풀어줄 수도 있지만 시기상조다. 임화평은 그 눈길을 애써 무시하고 귀를 기울였다. 소리가 들리는 곳은 수술실 쪽이다.

헉헉거리는 남자의 목소리.

임화평은 곧바로 수술실로 갔다. 경비원 하나가 여인을 수술대에 걸쳐 놓고 하의만 벗은 채 유린하고 있다. 여인은 목석처럼 드러누워 천장만 바라보고 있다. 마영정의 말대로라면 2차 수용소에서는 잔혹 행위가 없을 것인데, 그것이 아닌 모양이다. 넋이 반쯤 나간 상태다 보니 자신이 당하지 않았던 것을 전체의 상황으로 말했던 것이다.

임화평은 사내의 뒤통수를 후려쳤다. 지금까지와는 달리 내기를 주입하시 않은 손이다. 사내가 놀라서 뒤돌아보았다. 그 순간 임화평의 주먹이 그의 얼굴에 꽂혔다. 안면이 함몰된 사내는 꼿꼿한 하물을 자랑하며 벽에 처박혔다.

임화평은 두 다리를 벌린 채 멍하게 누워 있는 여인을 바라보다가 그녀의 벌어진 가슴을 여며주고 바닥에 떨어져 있는 주황색 바지를 그녀의 하복부 위에 올려주었다.

임화평은 그대로 움직이지 않는 젊은 여인을 바라보다가 말없이 수술실을 나가 옆 수술실로 옮겨갔다. 같은 상황이다. 또다시 같은 일을 하고 수술실을 빠져나와 시간을 확인하고 재빨리 일층으로 올라갔다.

모니터실에서 감시 카메라의 작동을 멈춘 후에 경비실에서 기다렸다.

한 조가 들어오는 순간 두 개의 못이 일직선으로 날아가 두 사내의 목에 박혔다. 그리고 다시 5분을 기다렸다.

문이 열렸다.

"왜 안 나와?"

소리를 지르던 사내의 이마에 못이 박혔다. 애초에 가졌던 일말의 동정심은 수술실에서 이미 사라져 버렸다. 임화평은 곧바로 튀어나가 뒤따라 들어오던 사내의 얼굴을 주먹으로 후려쳤다.

"이제 남은 자는 정문 경비실의 셋뿐인가?"

곧바로 정문을 향해 달렸다. 개들이 짖는 소리가 들려왔지만 무시했다. 의아한 눈초리로 바라보는 사내의 목젖에 못을 꽂아주고 거침없이 경비실로 들어가 손을 내뻗었다. 원투 스트레이트를 직방으로 맞은 사내가 머리로 경비실 유리창을 깨고 널브러지는 순간 임화평은 몸을 휘돌려 팔꿈치로 남은 한 사내의 턱을 후려치고 다시 손바닥으로 넘어지는 사내의 뒤통수를 후려쳤다.

임화평이 경비실을 벗어나자 어둠 속에서 위동금이 배낭 하나를 멘 채 달려왔다.

"너한테 보여주고 싶지 않은 모습이다만, 어쩔 수 없구나."

위동금은 떨리는 눈길로 널브러진 세 구의 시체를 바라보았다. 그제야 위동금은 자신이 하고픈 일을 하려면 살인을 해야 할지도 모른다는 사실을 깨달았다. 손끝에서부터 전율이 일었다.

임화평은 애써 위동금을 진정시키지 않았다. 살인에 대한 변명도 하지 않았고 그 당위성에 대해서도 설명하지 않았다. 눈으로 보고 있으니 굳이 말로 설명해 줄 필요가 없다. 그저 사체를 충분히 살펴볼 수 있도록 시간을 주었을 뿐이다.

"그만 가자. 숙모 찾아야지."

너무 긴 시간을 주면 의도를 눈치챌까 봐 적당한 선에서 끊었다. 위동금이 겨우 정신을 차리고 그의 뒤를 따랐다. 곧바로 지하로 내려간 임화평은 닦다가 던져 둔 걸레들처럼 여기저기 널브러져 있는 시신들 때문에 얼어붙어 있는 위동금에게 감방을 가리키며 말했다.

"네 숙모 먼저 찾아라. 아직 문은 열지 마."

임화평의 말이 끝나기가 무섭게 위동금은 두 손으로 짝! 소리가 나도록 얼굴을 후려치고 벽을 향해 달려갔다. 임화평이 그 뒤를 따라가 문에 달린 작은 창을 열었다. 깨어 있던 몇 사람이 문 앞으로 왔다.

"사람들 모두 깨우시오. 곧 나가게 해주겠소. 소란이 일면 도와줄 수 없소. 거기, 당신 말이오. 책임지고 통제하시오. 곧 문을 열겠소. 당신만 먼저 나오시오. 내 말을 듣고 모두에게 설명해 준 다음에 움직여야 하오."

임화평은 문 앞으로 온 사람들 가운데 눈빛이 살아 있는 한 사내를 지목했다. 그러고 나서 열두 개의 감방에 모두 같은 조치를 취했다.

그때 위동금은 감방 하나하나를 살피다가 다섯 번째 방에서 마침내 오명신을 찾았다.

"숙모!"

위동금이 소리쳤지만 오명신은 멍한 눈으로 바라볼 뿐이다. 알아보지 못한 것이다.

임화평은 위동금의 어깨를 두드리며 말했다.

"조금만 참아. 우선 문부터 열어라."

임화평은 일호에서, 위동금은 십이호에서부터 문을 열기 시작했다. 지목받은 사람들이 하나씩 문을 나섰다.

"여기는 하북성 적성이오. 여러분이 그 모습으로 한꺼번에 빠져나가면 대다수는 다시 붙잡힐 수밖에 없소. 우선 정신이 온전한 사람을 가리시오.

군 경력이 있는 사람, 무술을 한 사람, 혹은 완력에 자신있는 사람들을 뽑아서 데리고 나오시오."

사람들이 다시 들어가 사람들을 데리고 나왔다. 거의 오십여 명이 감방에서 나섰다. 임화평은 그들 가운데 아직 멍한 눈빛을 한 남자들의 뺨을 후려쳐 정신을 되돌렸다.

"경비원들은 모두 제압했소. 남은 이들은 이층 연구실과 삼층 숙소에 있는 연구원들뿐이오. 여러분은 곧바로 이층과 삼층으로 올라가 그들을 제압하고 그들의 옷과 지갑 등을 챙기시오. 숙소에 있는 모든 옷을 남김없이 가지고 나오시오. 그들이 전화할 수 없도록 무력하게 만들어야 하오. 그리고 몇 명은 남아 경비원들의 옷과 지갑을 챙기고 자동차 키가 있으면 모두 수거하시오. 돈이 될 만한 것들은 모두 챙기고 은행 카드도 빼앗아 비밀번호를 알아오시오. 무슨 짓을 해도 상관없소."

한 사람이 조심스럽게 손을 들며 물었다.

"그렇게 하면 뒤탈이 없을까요?"

"당신들은 이미 뒤탈 걱정할 필요가 없는 사람들이오. 당신들이 여기 있는 이유는 튼튼한 장기를 가졌기 때문이오. 여기 그대로 있다가는 남에게 장기를 기증하고 죽을 뿐이오. 당신들에게 남아 있는 단 하나의 선택은 생존뿐이오. 가시오."

사람들이 복도에 널브러져 있는 경비원의 시신들로부터 무기가 될 것을 챙겨 계단으로 몰려 올라갔다.

"됐다. 이제 가봐라."

연신 혀로 입술을 축이던 위동금은 그 순간 오호실로 뛰어갔다. 문 안으로 들어선 위동금은 갑자기 속도를 줄이고 조심스럽게 한 여인에게로 다가갔다. 파리한 안색의 30대 중반의 여인이다. 위동금이 바로 앞에서 바라보는데도 여인은 여전히 멍한 눈으로 바라볼 뿐이다.

위동금은 눈물을 글썽이며 조심스럽게 여인을 안았다. 여인은 무방비 상태로 위동금의 포옹을 받아들였다.

"숙모, 저 동금이에요."

여인은 여전히 반응이 없다. 위동금은 숨이 막힐 정도로 여인을 꽉 껴안으며 그녀의 귀에 대고 말했다.

"숙모, 관성이가 기다려요, 관성이. 숙모 아들 관성이가 엄마 돌아오길 애타게 기다리고 있어요. 숙모, 정신 차려요. 위관성! 생각 안 나요?"

"관성? 관성이? 내 아들! 내 아들 관성이!"

"그래요. 관성이!"

위동금은 두 손으로 그녀의 두 뺨을 누르고 그녀의 두 눈 앞에 얼굴을 가져갔다.

"저 모르겠어요? 동금이에요. 조카 동금이. 관성이에게 데려다 주려고 왔어요."

"동금이? 동금이, 내 조카 동금이! 동금아!"

여인의 눈에 눈물이 맺혔다, 뿌옇던 눈빛을 씻어내는 눈물이. 그녀가 천천히 두 팔을 들었다. 위동금은 눈물 어린 얼굴로 활짝 웃으며 그녀를 세차게 껴안았다. 여인도 엉거주춤 위동금을 껴안았다. 그리고 그녀의 두 팔에 조금씩 힘이 들어갔다.

"동금아! 으흐흐흐흐흑! 동금아! 너 정말 동금이 맞지?"

"맞아요!"

밖에서 바라보고 있던 임화평은 그제야 긴 한숨을 내쉬었다. 그때 비명 소리가 연이어 들려왔다. 임화평은 움직이지 않았다. 무엇 때문에 나는 소리인지 짐작했기 때문이다. 잠시 후 위층으로 올라갔던 사람들이 다시 내려왔다. 옷에 피를 묻힌 사람, 얼굴에 피가 튄 사람도 있었다. 보지 않아도 무슨 일이 있었는지 쉽게 짐작하게 만드는 모습들이다. 그동안 갇혀 있던 울분을 푼 모양이다.

임화평은 그들이 연구원들을 다 죽였더라도 상관하지 않을 생각이다. 하지만 한편으로는 서글펐다. 그들은 모두 법륜대법을 수련하는 사람들이다. 법륜대법이 그 수련의 원리로 주창하는 것이 바로 진(眞), 선(善), 인(忍). 참됨과 선함과 인내를 생활철학으로 삼아 덕을 쌓는 삶을 추구하는 법륜대법 수련자들은 호전적이지 않다. 그러나 탄압받아 쌓인 울분은 어찌할 수 없는 모양이다.

'그래서 인간적이지 않은가? 용서는 성인이나 할 짓이다.'

임화평은 법륜대법 수행자들의 행위로부터 위안을 얻고 다시 사람들을 모았다. 그들이 품고 왔던 옷가지들을 바닥에 내려놓았다.

"지금 시간이 새벽 2시 36분이오. 아침까지는 충분한 시간이 있소. 사람들이 정신을 수습하게 만들고 이곳을 빠져나가야 하오."

임화평은 그들이 지금까지 어떤 상황에 빠져 있었는지, 연구소를 빠져나간다고 해도 어떤 처지가 될지를 분명하게 설명해 주었다.

"아까도 말했다시피 여러분은 최우선 과제는 생존이오. 온전한 정신이 아니면 결국 다시 잡히고 말 것이오. 시작합시다."

사람들은 다시 감방으로 돌아가 감방 동료들을 소리치고 다독여 상황을 설명했다. 남자들 대부분은 제정신을 차린 반면 여자들 몇몇은 쉽게 정신을 차리지 못했다. 수술실에서의 일과 같은 경험을 했던 젊은 여인들이 대개 그러했다.

임화평은 그런 여인들을 직접 찾아다니며 뺨을 치고 물을 뿌려 정신을 차리게 만들었다. 그리고 온전한 정신의 여인을 찾아 그들을 다독이게 만들었다. 예쁘장한 얼굴을 가진 젊은 여인 몇몇이 흉기가 될 만한 것들을 집어 들고 널브러져 있는 경비원들에게 달려갔다. 악을 쓰며 화풀이했다. 그것으로 모자라 합숙실까지 들어갔다.

비명에 가까운 악쓰는 소리를 듣고도 임화평은 말리지 않았다. 분노를 풀지 못하면 한이 쌓인다. 제정신을 차리고 나가야 한다. 나중에 살인에 대한 후유증이 생길지 모르지만 당장 오늘이 급하다.

잠시 후 여인들이 울면서 나와 바닥에 퍼질러 앉았다. 멍하니 하늘을 보다가 선혈이 낭자한 서로의 모습을 보며 부둥켜안고 엉엉 울었다. 비교적 나이가 많은 여인들이 다가가 그들을 다독이기 시작했다. 그리고 한쪽에서는 상대적으로 정신이 멀쩡한 남자들이 분주하게 움직였다.

임화평은 실속없이 분주하기만 한 사람들 모두에게 샤워를 권했다. 샤워하면서 생존법을 생각하기를 권했다. 당장은 어찌할 바를 모르고 있지만 한때 모두 사회생활을 했던 사람들이다. 정신을 차리고 자신의 처지를 깨닫게 되면 나름의 방법을 마련할 사람이 적지 않을 것이라고 생각했다.

사람들이 하나둘씩 샤워장으로 들어가고 나오는 동안, 임화평은 돈을 모았다. 연구원들과 경비원들의 주머니를 탈탈 털었지만 모인 돈이라고는 현금 5만 5천 위안 정도와 금붙이 몇 개, 그리고 은행 카드 이십여 장이 전부다.

임화평은 위동금의 배낭에서 현금 다발 오십 개를 꺼냈다. 100위안짜리 백 장 묶음이니까 모두 50만 위안이다. 한화로 8천만 원 정도 된다. 한 사람이 쓴다면 적지 않은 돈이다. 그러나 사람이 이백이 넘는다. 개인당 지급할 수 있는 돈이라고 해봐야 2천 위안 정도다. 임화평은 일단 일률적으로 2천 위안씩 지급했다.

"내가 해줄 수 있는 전부요. 부디 살아남기를 바라오."

임화평은 우선적으로 걸어서 먼 길을 갈 수 있는 남자들에게 금붙이를 나눠 주고 떠나보냈다. 그리고 강건한 남자들을 남겨 여인들을 차에 태우고 떠나게 했다. 여인들에게는 그룹을 지어주고 2천 위안을 더 지급했다. 2천 위안 더 보태준다고 며칠이나 더 버틸지 모르겠지만, 상대적으로 생존 능력이 떨어진다는 판단하에 더 지급한 것이다. 그리고 그들 가운데 가장 멀쩡한 사람에게 카드와 비밀번호를 알려주고 나머지 사람들을 맡겼다.

'서로 의지하면서 버틴다면 살아남을 사람이 늘어날 수도 있겠지.'

대부분이 노숙자 신세를 면하지 못할 것이다. 나가는 순간부터 그들에게 있어 세상은 사지다. 그것을 알면서도 현실적으로 더 도와줄 방법이 없다. 그저 그들 스스로 살길을 찾기 바랄 뿐이다.

마지막 남은 이들은 성격이 호전적으로 변한 젊은 남자 이십여 명이다. 그들은 남기를 자청한 자들로, 아직 무일푼이다.

임화평은 그들과 함께 무능화 가스에 당한 사내들을 처리하고 알루미늄 캔을 회수했다. 목숨이 붙어 있는 자가 몇 있었지만 사내들의 손길에서 생을 마쳤다.

"아침에 출퇴근하는 사람들이 들어올 거요. 미리 경비원으로 변장하고 있다가 그들을 구금하고 얻어낼 것들을 모두 얻어낸 후에 떠나시오. 여기는 이미 당신들 손에 쥐어진 곳. 서둘다가 일을 그르칠 필요없소. 차분하게 일을 처리하고 조심해서 떠나시오."

남은 사내들 가운데 한 사내가 고개를 숙였다.

"고맙습니다, 선생님! 이 은혜는 죽을 때까지 잊지 않겠습니다."

"살아남는 것이 내 작은 도움에 보답하는 길이오. 놈들이 보란 듯이 살아남으시오."

남은 사내들 모두가 고개를 숙였다. 그제야 임화평은 오명신을 부축한 위동금과 함께 연구소를 떠났다. 그때가 새벽 5시 13분이었다.

북경에 도착한 때는 아침 10시가 조금 넘은 즈음이었다. 오명신이 위관성을 빨리 보고 싶어 안달했지만, 위동금은 위관성 등이 처한 현재의 상황을 설명하고 그녀를 다독였다.
　　간호사의 옷을 빼앗아 입은 오명신에게 운동복과 모자를 사주고 밥을 먹였다. 바깥 공기를 마신 덕인지 오명신은 오히려 마영정을 처음 만났을 때보다 온전한 정신을 유지했다. 임화평과 차분하게 인사도 나누고 위관성의 지난 1년에 대해 조곤조곤 묻기도 했다. 이야기를 다 듣고 또 몇 차례 통곡을 했지만, 곧 정신을 차리고 임화평과 위동금에게 거듭 감사의 말을 했다.
　　"영영이 엄마가 수용소에서 고생을 많이 해서 그런지 대인기피증이 생겼소. 특히 남자의 얼굴을 바라보지 못하오. 오명신 씨가 잘 다독여 가며 서로 의지하고 살아야 할 거요. 관성이를 생각해서라도 약해지면 안 되오. 알겠소?"
　　마영정의 미모를 알고 있는 오명신은 수용소에서 당했을 그녀의 고초를 떠올리며 눈을 삼았다. 다시 뜬 그녀의 눈에는 강한 빛이 어렸다.
　　"열심히 살겠습니다. 정말 고맙습니다."
　　임화평은 내심 다행이라고 생각하고 차에서 내리며 위동금에게 말했다.
　　"저녁에 찾아가마. 이제 들어가라."
　　충격적인 경험 탓에 위동금은 상당히 위축되어 있다. 자신이 섣부르게 끼어들려고 했던 일이 얼마나 위험하고 참담한 일인지 확실하게 깨달은 것이다.
　　"늘 조심하세요."
　　임화평이 하는 일의 성격을 구체적으로 알게 된 상황이다 보니, 짧으나마 걱정하는 마음이 그대로 드러났다.
　　임화평은 피식 웃으며 고개를 저었다.

드디어 마지막 표적인가? 273

"너나 조심해라, 이 녀석아. 간다."

장을 보고 아파트로 간 임화평은 퉁퉁 부은 눈으로 열렬히 환영하는 위관성을 만났다. 엉겨 붙는 진영영과 달리 늘 한 발자국 떨어져 예의 바르게 행동했던 아이인데, 눈물을 뿌리며 달라붙었다.

간만에 솜씨를 발휘해 모두에게 성찬을 제공했고, 또 간만에 진영영에게 무릎을 내어주었다. 마영정과 오명신은 나란히 앉아 서로의 손을 꼭 잡고 놓지 않았다. 갖은 고초를 겪은 사람끼리의 유대감이 느껴졌다.

식사를 마치고 아이들이 잠자리에 들자, 임화평은 모나나 등과 마주 앉아 상황을 설명해 주었다.

"곧 대대적인 전쟁이 있을 거요. 명천의 수뇌를 치는 큰 전쟁이니 명천에서도 가만히 있지 않을 거요. 그들이 세이건의 수뇌를 친다면 두 사람이 돌아갈 수 있는 길이 쉽게 열릴지도 모르겠소. 그렇게 되지 않더라도 일단 법륜대법의 탄압과 장기 적출에 대한 증거는 확보했으니 이것을 어떻게든 공론화한다면 두 사람은 각자의 대사관을 통해 정상적인 방법으로 돌아갈 수 있을지도 모르겠소. 다만 세이건에 대해서는 언급하지 말아야 하오. 누군지 모르는 일로 해야 하오. 그래야 위험이 줄어들 것이오."

각자의 고향에서 장기 매매와 관련되어 중국에서 납치되었다는 사실이 공론화되면 모나나와 오프라는 한동안 신문 지상에 오르내릴 수도 있다. 화제가 되면 대사관을 통하더라도 세이건 가의 손길에서 벗어날 가능성이 있다. 그것을 이해한 두 사람이 미소를 지으며 고개를 끄덕였다.

모나나가 활짝 웃으며 말했다.

"제가 전에 중국에 함께 온 친구가 있다고 했지요? 그녀는 엠네스티에 소속된 인권운동가예요. 증거가 있다면 그녀가 쉽게 이슈화할 수 있을 거예요."

"좋은 방법이군. 하지만 그녀가 직접 나서면 내가 곤란해져. 세이건 측이 그녀와 모나나 사이의 연관 관계를 아는데 그들로부터 얻은 증거를 그녀가 쓰면 결국 내가 노출되게 되어 있어. 그녀가 아닌 다른 누군가가 나서야 돼. 그리고 아직은 시기상조야. 내가 발을 쉽게 뺄 수 있을 때까지만 참고 기다려 줘."

"우리 신경 쓰지 마시고, 제발 조심하세요."

임화평은 굳은 얼굴에 억지로 미소를 떠올리며 자리에서 일어났다.

"자! 난 또 상해로 가봐야 하오. 모두들 갑갑하겠지만, 조심 또 조심하도록."

임화평이 현관에서 슬리퍼를 벗고 신발을 신자 모나나가 갑자기 뛰어와 임화평의 목에 매달렸다.

"정말 고마워요. 조심하세요."

모나나는 임화평의 뺨에 뽀뽀를 하고 물러섰다.

"흠!"

임화평은 어색하게 헛기침하고 급하게 문을 열었다. 오프라가 깔깔거리는 모습을 보며 문을 닫았다.

"허! 도대체 무슨 생각을 하는 건지……. 내가 인질범이 아니니 스톡홀름 증후군이라는 것도 아닐 테고, 도대체 무슨 뜻이야?"

임화평은 연애 경험이 없는 사람이다. 이정인과는 결합은 사랑이라기보다 숙명에 가까운 것이고, 그녀 외에 여자가 없었으니 모나나의 눈빛과 행동에 당황하지 않을 수 없다. 모나나와 남녀 사이의 감정이 싹틀 만한 교감이 없다. 구해준 후로 얼굴 몇 번 마주친 게 전부다. 백마 탄 왕자와 잠자는 공주가 되기에는 임화평이나 모나나 모두 나이가 너무 많다.

"과민반응인가? 모나나는 미국인이잖아. 걔네들한테는 그냥 인사 정도인 건가? 모르겠군."

임화평은 당혹스러운 표정으로 고개를 저으며 엘리베이터로 향했다.

⚜

자본 앞에 보수와 진보는 의미가 없다. 흔히들 자본가들은 보수주의자로 알려졌지만, 유대계 자본들은 자신들의 진영이 나눠진 것처럼 보이도록 보수와 진보를 모두 지원한다. 이익이 있는 곳이라면 정치적 성향 따위는 아무런 의미가 없는 셈이다.

대외적으로 세이건 월러비의 이사회 운영위원으로 알려진 사무엘 세이건은 오늘 비크맨 타워 호텔 컨벤션 홀에서 열린 민주당 상원의원 에드워드 스미스의 지지 모임에 참석했다.

사무엘 세이건은 그리스 조각상 같은 얼굴에 흐릿한 미소를 지으며 물었다.

"얼굴이 왜 그래? 재미없었나?"

사무엘 세이건과 나란히 걷던 흑발의 여성이 눈살을 찌푸렸다. 얼굴을 구겼음에도 미모가 흐려지지 않는 지적인 이미지의 미인이다. 어깨를 드러내는 심플하고 대담한 디자인의 은빛 드레스가 그녀의 미모를 더욱 화사하게 만든다.

"지루했어요. 에드워드 그 사람은 미국이 다른 나라들을 빨아먹지 않으면 살아갈 수 없는 나라라는 걸 아직도 깨닫지 못하는 모양이에요. 그따위 연설이라니……. 새롭기라도 하면 또 몰라. 세계 평화를 위한 지속적인 외교적 노력? 지겹지 않아요? 의료보험 등 사회보장제도의 확대와 극빈층 아동 지원? 도대체 재원은 어디서 마련하려고 그런 말도 안 되는 소리를 할까요?"

사무엘 세이건이 킥킥거리며 말을 받았다.

"그걸 몰라? 나보고 기부도 많이 하고 세금도 많이 내라는 소리잖아. 그런데 나의 실비아가 오늘따라 상당히 시니컬하네. 우리 미국이 흡혈귀처럼 느껴지잖아? 하지만 에드워드 그 영감탱이가 모르고 그따위 연설을 했다고 생각하면 당신이 아직 순진한 거야. 그 영감탱이도 정치인이라고. 열렬히 지지해 주는 순진한 유권자들을 위한 립 서비스 정도는 해줘야 할 것 아니야. 당신 공부 좀 더해야겠어."

"제가 그 영감을 너무 무시한 건가요? 하기야 정치판에서 30년을 굴렀는데 그걸 모를 리 없겠네요. 공부 열심히 할 테니까 저 자르지 마세요."

사무엘 세이건의 비서이면서 애인이기도 한 실비아 펄롱은 우아한 얼굴에 어울리지 않게 혀를 내밀었다. 사무엘 세이건은 그녀의 귀여운 제스처에 빙그레 미소 짓고 고풍스러운 호텔 로비를 향해 걸음을 옮겼다. 실비아가 옆에서 따라 걷고 두 사내가 그 뒤를 바짝 따랐다.

묘한 그림이다. 말없이 따르는 두 사내. 행동 양식은 선형석인 경호원인데, 그들의 외양을 보면 그렇지가 않다. 한 사내는 대꼬챙이처럼 마른 체구에 큰 키, 그리고 날카로운 외모를 지닌 백인이다. 또 한 사내는 작은 키에 오동통한 몸매, 그리고 부드러운 미소를 지닌 흑인이다. 코미디계의 콤비로 나서도 성공할 것으로 보이는 겉모습이다. 그렇다고 경호원이 아니라고 말하기도 이상하다. 금융제국 세이건 가의 후계자 사무엘 세이건에게 경호원이 붙지 않는다면 오히려 이상한 일일진대, 두 사람 외에 달리 경호원이라고 생각할 만한 사람이 없다.

그들이 호텔 입구에서 주변 정리를 하는 경찰들을 헤치고 나오자 검은색

리무진이 미끄러지듯이 다가왔다.

바로 그때 경찰들 뒤쪽에서 세 개의 검은 그림자가 허공으로 튀어 올랐다. 검은 정장 차림의 동양인들이다. 그들이 동시에 두 손을 앞으로 뻗었다.

퓨퓨퓨퓨퓨퓻!

여섯 개의 매화수전에서 발사된 검은 화살이 오직 한 사람, 사무엘 세이건을 향해 빛살처럼 날아갔다. 사무엘 세이건이 눈을 부릅떴다. 하지만 그는 그 순간에도 실비아를 품 안으로 끌어들이며 등을 보였다. 15m 거리에서 발사된 여섯 개의 화살이 사무엘 세이건의 등을 꿰뚫으려는 순간 통통한 흑인이 미소를 지으며 손을 뻗었다.

공간이 일렁이는 순간, 여섯 개의 화살이 무형의 장벽에 부딪쳐 튕겨 나갔다.

다시 몸을 돌린 사무엘 세이건은 얼음장처럼 차가운 눈으로 동양인들을 노려보았다.

"저격 다음은 급습인가? 창의성이 없군. 내 동생을 죽인 놈들이 겨우 저런 수준이라니, 죽어 마땅한 놈들이야."

그 순간에도 세 명의 동양인은 땅에 착지하자마자 품속에서 짧은 칼을 뽑아 들고 쇄도했다.

통통한 흑인이 사무엘 세이건의 앞을 막고 동양인들에게 손을 뻗었다.

웅!

손바닥에서 시작된 미세한 공기의 파동이 동양인들에게로 뻗어나갔다. 쇄도하던 동양인들이 벽에 부딪친 듯 걸음을 멈추었다. 그 순간 흑인이 차문을 열었다.

"훗! 위험했어. 스피어, 나 먼저 간다. 경찰도 있고 좋겠네. 확실한 정당

방위잖아? 타시죠!'

실비아가 다급히 차에 오르고 사무엘 세이건이 차에 한 발을 올리는 순간, 스피어라고 불린 마른 사내가 쇄도하는 동양인들에게 손을 뻗었다.

짜자작!

손끝에서 불꽃이 튀는 듯한 소리가 들리더니 세 줄기 번개가 동양인들에게 뻗어나갔다. 동양인들이 당황한 눈빛으로 번개를 향해 칼을 휘둘렀다. 도신을 하얗게 달군 검기가 뻗어 나오며 번개와 부딪쳤다.

파파팡!

검기와 번개의 충돌로 인해 허공에서 하얀빛이 스파크를 일으켰다. 동양인들은 번개를 막아냈으나 대신 걸음을 멈춰야 했다.

스피어는 하얀 이빨을 드러내며 두 손을 비볐다가 좌우로 펼쳤다. 맞닿았던 손가락 사이에서 다섯 줄기 번개가 고무줄처럼 늘어졌다. 하나하나가 손가락 끝에서 나왔던 작은 번개와는 비교도 안 될 크기다.

그때 사무엘 세이건을 차에 태우고 뒤따라 타려던 통통한 흑인이 눈을 부릅떴다. 그가 차에 한 발을 올리는 순간 빠른 출발을 위해 공회전하던 리누진이 하얀 연기를 내뿜으며 떠나 버렸고, 통통한 흑인은 어쩔 수 없이 바닥에 나뒹굴었다.

"스피어!"

세 동양인에게 집중하고 있던 스피어는 통통한 흑인의 놀란 외침에 고개를 돌렸다. 그리고 그 순간 빠른 속도로 떠나가는 차를 향해 손을 내뻗었다. 이미 생성되어 있던 다섯 줄기 번개가 허공을 가르며 차를 향해 날아갔다.

"이런!"

차가 너무 좋았다. 다섯 줄기 번개에 직격을 당했음에도 불구하고 차는 단 한 번 주춤거리지도 않고 떠나갔다.

드디어 마지막 표적인가?

"뭐야? 라이트닝 프루프까지 되는 거였어?"

스피어는 재빨리 고개를 돌려 세 명의 동양인을 바라보았다. 하지만 그들은 이미 시야에서 사라져 버렸다. 보이는 것이라고는 멍한 얼굴로 자신을 바라보고 있는 경찰들과 구경꾼들뿐이다.

스피어가 겨우 일어서는 통통한 흑인에게 말했다.

"실드! 어떻게 된 거야? 틀림없이 루이였어?"

"루이가 틀림없었어. 영문을 모르겠다니까."

루이는 카레이서 출신에 경호원 교육까지 이수한, 신분이 확실한 운전사다. 사무엘 세이건의 차를 운전한 기간만 해도 7년이 다 되어간다. 그동안 단 한 번의 실수도 없이 충직하게 임무를 수행해 왔는데, 오늘 갑작스럽게 이상한 행동을 한 것이다.

"당황해서 빨리 떠날 생각만 했을지도 몰라. 전화 걸어봐!"

스피어의 말에 실드가 급히 전화기를 꺼냈다. 미소를 잃은 그의 얼굴이 점차 일그러졌다.

"받지 않아."

"하!"

스피어는 허망한 눈빛으로 허공을 올려다보았다. 스피어와 실드 콤비. 최강의 경호 콤비다. 실드는 대기를 이용하는 능력자다. 공격력은 상대를 밀어내는 정도에 불과하지만 방어막을 치는 능력만큼은 상상을 불허한다. 총알을 튕겨내고 포탄을 비껴 나가게 만들 정도다. 생김새와는 달리 물리적인 위기 감지 능력이 초감각적이라서 위기 시에는 자연스럽게 방어막을 전개한다. 그 같은 능력 덕분에 지난번 저격 역시 쉽게 막아냈다. 반면 스피어는 걸어다니는 다연발 테이저건이다. 번개를 다루는 능력자로서 그 능력이 공격에 특화되어 있다. 열 개의 손가락을 통하여 자유자재로 번개를 쏘아내 다수의 공격자도 쉽게 상대한다. 실드가 경호 대상자를 막고 스피어가 공격하면 그 어떤 상대라도 물리칠 수 있다. 그런데 오늘 치명적인 실수를 했다.

"루이! 실드가 아직 안 탔잖아?"

차가 49번가(49th Street)를 달리는 와중에 사무엘 세이건은 화가 단단히 난 얼굴로 말했다. 그러나 운전사 루이는 대답 대신 운전석과 뒷좌석 사이의 차단막을 올렸다.

"뭐야? 뭐 하자는 짓이야, 루이?"

딸깍!

사무엘 세이건의 외침에 루이는 오토 도어록을 올리는 것으로써 대답을 대신했다.

차는 오래 달리지 않았다. 5번가(5th Avenue)에 합류하기 전에 좌회전하여 빌딩 사이의 골목으로 들어갔다. 차가 멈췄다.

실비아의 드러난 어깨를 감싼 채 불안한 눈빛으로 운전석을 바라보던 사무엘 세이건은 중간 차단막이 반쯤 내려가는 순간 소리를 지르려고 했다. 하지만 그는 입을 열 수가 없었다. 뒤돌아보는 루이의 삭막한 눈빛 때문이다.

'검은 눈동자?'

루이는 모자를 벗고 목 아래에 손을 넣어 자신의 얼굴 가죽을 벗겼다.

"꺄악!"

실비아가 날카롭게 비명을 지르는 동안 루이의 얼굴 가죽이 완전히 벗겨졌다. 생전 처음 보는 동양인 하나가 무표정한 얼굴로 사무엘 세이건을 바라보았다.

사내는 모자를 벗어두고 운전석 밑에 있던 사각 상자를 꺼내 단추를 눌렀다. 그리고 처음으로 입을 열었다.

"틱톡! 틱톡! 이제 17초 남았군. 잘 가라고!"

"안 돼!"

사내는 끝내 삭막한 얼굴에 표정을 드러내지 않고 차 문을 열고 밖으로 나갔다. 사무엘 세이건은 사내가 골목 밖으로 사라지는 것을 보면서 문을 열어보려고 안간힘을 다했다. 패닉 상태에 빠져 있는 실비아의 무릎에 머리를 놓고 두 발로 유리창을 후려 찼다.

쿵! 쿵! 쿵!

스피어가 생각했던 것처럼 차가 너무 좋았다. 세찬 발길질에도 유리창에는 흠집 하나 나지 않았다.

쾅!

차가 폭발하면서 허공으로 튀어 올랐다. 근처에 있는 유리창이 모두 깨어져 나갔다. 그제야 그렇게 깨지지 않던 차 유리창이 날아가고 문짝도 떨어져 나갔다. 그리고 세이건 가의 유일한 직계 상속자 사무엘 세이건 역시 서른다섯의 젊은 나이로 세상에서 떨어져 나갔다.

⚜

작년까지만 해도 매튜 세이건의 인생은 부족함이 없었다. 평생 단 하나의 사랑이었던 아내를 일찍 잃은 것이 불행이었을 뿐, 만족스러운 삶이었다. 하지만 이제 그는 의지할 부모도, 사랑하는 아내와 딸도, 대를 이어줄 후계자도 없는 외로운 노인이 되었다.

"안 돼! 이럴 수는 없어! 사무엘, 내 아들! 으흐흐흐흑!"

적당히 하다가 멈출 용의도 있었다. 중국의 폭력 조직 가운데 상당히 머리가 깨인 조직의 하나라고 생각했는데, 새롭게 구해온 하드 드라이브에서 얻은 정보를 보니 만만하게 볼 수 있는 상대가 아니었다. 말살을 목표로 한다면 세이건 가 역시 상당한 피해를 감수해야 할 상대였다. 피해는 둘째 치고 뒷감당도 쉽지 않아 보였다. 일단 물리적인 공격을 멈추고, 시간이 좀 걸리더라도 상대를 천천히 고사시키는 쪽으로 공격 방식을 바꾸려던 중이다. 하지만 이제는 멈출 수 없게 되었다.

매튜 세이건은 책상에 머리를 찧으며 두 손으로 머리카락을 쥐어뜯었다. 한참 동안 오열하던 그가 으드득 소리가 날 정도로 이를 갈며 고개를 들었다. 그의 두 눈이 분노로 불타올랐다.

"스피어! 실드!"

졸지에 죄인이 되어버린 스피어와 실드는 바닥에 무릎을 꿇고 마치 동양인들처럼 이마로 바닥을 찧었다.

"가라! 중국으로 가! 다 죽여 버려! 그 버러지들을 하나도 남김없이 죽여 버려!"

스피어가 맹세했다. 실드가 다시 머리를 조아렸다.

"저희들에게 사신의 칼날이 떨어지는 그날까지 적들을 말살하겠습니다, 마스터!"

사무엘 세이건을 경호하는 일조차 부탁이었다. 그러나 적의 말살하라는 것은 명백한 명령이었다.

스피어와 실드에게 있어 세이건 가 가주의 명령은 지상과제다. 그들은 세이건 가로부터 풍요로움을 제공받았고 만사를 결정하는 데 있어 자유 의지를 부여받았지만, 단 한 가지, 세이건 가 가주의 명령만큼은 거부하지 못하도록 키워졌다.

스피어와 실드는 다시 한 번 고개를 숙이고 방을 나섰다. 그들이 문을 닫으려는 순간 매튜 세이건의 서재에서 허허로운 목소리가 흘러나왔다.

"이제 내게 남은 것은 아무것도 없는 셈인가? 그렇다면 주저할 일, 못할 일이 뭐가 있을까?"

세상을 지배하는 사람들 가운데 하나라는 소리를 듣는 매튜 세이건이다. 금융제국의 황제. 재산은 측량할 길이 없고 인맥은 뻗치지 않은 곳이 없다. 하지만 모든 것이 허망할 뿐이다.

물론 그가 가진 것을 물려받을 방계의 족속들은 적지 않다. 모두 세이건이라는 성을 쓰는 사람들로서, 이름만 대면 세상 사람들이 알고 부러워할 존재들이다. 하지만 그는 지금껏 단 한 번도 그들에게 자신의 힘을 물려주겠다는 생각을 하지 않았다.

의지할 만큼만 준다.

'조금만 더! 더! 더!' 를 외칠 만큼만 준다.

기대지 않을 수 없을 만큼, 기꺼이 손발이 되어줄 만큼만 준다.

그것이 방계의 친족을 생각하는 매튜 세이건의 마음이었다. 사무엘 세이건에게도 그렇게 가르쳤다. 그런데 그 사무엘이, 그의 모든 것을 물려받을 사무엘이 죽고 없다. 이제 매튜 세이건에게 남은 것은 물려줄 수도 없는 힘과 분노뿐이다.

매튜 세이건은 책상 위의 은종을 흔들었다. 조용히 문이 열리고 연미복 차림의 노인이 들어와 조심스럽게 고개를 숙였다. 그가 바로 매튜 세이건과 평생을 같이한 세이건 가의 집사 마틴 댄포드다. 원래 라미엘을 가르치고 나서 은퇴했는데, 라미엘이 중국에서의 일을 책임지는 바람에 어쩔 수 없이 다시 불려 나와 한시적으로 일하고 있다.

"마틴, 라미엘을 호출해 주게."

마틴 댄포드는 조용히 고개를 숙이고 다시 문을 닫았다. 마틴 댄포드는 한숨을 내쉬고 고개를 저었다. 매튜 세이건은 조용하고 차분한 사람이다. 가진 것에 비해 지나치게 청교도적인 삶을 살아온 사람이다. 그가 분노했다. 그리고 지나치게 힘을 숭배하는 후임 집사 라미엘을 호출했다. 마틴 댄포드는 두 사람의 대면 후에 나올 결정을 생각하기도 싫었다.

'후우! 하지만 불러야겠지? 주인님의 결정이다.'

매튜 세이건에게 있어 마틴 댄포드의 충고는 상당히 잘 먹히는 편이다. 그것은 현명한 마틴 댄포드가 때와 장소를 잘 구분하기 때문이다. 지금은 충고를 할 시기가 아니다. 차라리 매튜 세이건과 라미엘의 대면 이후에 도출될 결정이 틀어지지 않는 정도에서 라미엘이 지나친 행동을 하지 않도록 설득하는 편이 낫다.

'다시 나오지 말았어야 했는데……. 라미엘! 왜 중국까지 간 거냐? 왜 나를 불렀어?'

마틴 댄포드는 평생 단 한 번 후회할 만한 짓을 저지른 적이 있다. 매튜 세이건의 지시로 어쩔 수 없이 저지른 짓이기는 해도, 그때 말리지 못하고 동참했던 것을 지금까지 후회하고 있다. 하지만 그때는 그도 지금의 라미엘처럼 젊었다.

은퇴하던 그날, 마틴 댄포드는 라미엘에게 간곡하게 부탁했다. 자신처럼 후회할 짓은 하지 말고 살라고.

세이건 가를 떠나서 한동안 평온한 삶을 살았다. 그런데 다시 불려왔을 뿐만 아니라 또다시 격변의 한가운데 서게 되었다.

'라미엘! 나를 부르지 말았어야 했다. 이제 겨우 평안을 찾았다고 생각했건만…….'

라미엘로서는 어쩔 수 없는 선택이었을 것이다. 바브라가 죽고 난 후의 매튜 세이건을 젊은 집사 라미엘이 감당하기에는 어려웠을 것이다. 그래서 꾀를 낸 것이 그를 불러내고 현장으로 도망치는 것이다. 라미엘의 입장에서는 현명한 선택이었을 것이다. 마틴 댄포드야말로 상처 입은 매튜 세이건을 다독일 수 있는 유일한 인물이니까.

마틴 댄포드는 방으로 돌아가 전화기를 집었다.

⚜

"죽었다? 그렇게 쉽게? 허!"

서문영락의 얼굴에 황당함이 깃든 미소가 어렸다. 너무나 예상 밖이어서 당황할 정도다. 아무리 거목이라도 도끼질하다 보면 결국 베어지기 마련이다. 하지만 단 두 번의 도끼질에 잘려 나갈 것이라고는 생각도 하지 못했다.

"내가 무식한 나무꾼이고 그쪽이 속 빈 거목이었던 건가? 이거, 골치 아프게 된 것 같은데?"

서문완영도 한숨을 쉬며 크게 고개를 끄덕였다.

"설마 그렇게 쉽게 갈 줄은 몰랐어. 거기에 초능력자들이라니? 매튜 세이건이 화가 많이 났을 거야. 여길 직접 치려는 미친 생각을 할 거야."

노차신은 자신의 죽음 값으로 너무나 큰 것을 챙겨 간 셈이다. 사실 세이건 부자를 죽이라는 명령은 쉽게 완수되지 못할 것이라는 생각하에 내린 것이었다. 두어 번 실패하면 경계는 강화되고 죽이기는 더 힘들어질 것이고, 그것만으로도 직접 노릴 수도 있다는 경고로는 충분하다는 생각이었다. 그런데 죽고 싶지 않으면 적당히 하라는 경고가 메시지 이상이 되어버렸다. 이제 남은 것은 한쪽이 말살될 때까지 계속될 전쟁뿐이다.

지금까지의 전쟁은 맛보기에 불과했다. 서로 죽이고 죽였지만, 죽어나간 사람들은 하수인이 대부분이다. 하지만 사무엘 세이건의 죽음으로 양상이 달라졌다. 매튜 세이건이 물러설 수 없게 되었다.

"이제 어떻게 하지? 이제 와서 화해는 불가능하겠지?"

서문영락의 물음에 서문완영은 무겁게 고개를 저었다.

"이제 남은 건 두 가지 선택뿐이야. 선공이 아니면 방어 후 공격!"

"선공이야 총력을 다해 매튜 세이건을 죽이는 것일 테고, 방어 후 공격은 무슨 뜻이지?"

"초능력자가 등장했어. 그들이라면 아저씨들의 죽음도 설명할 수 있지 않을까? 숫자가 얼마나 될지 모르겠지만, 이제부터 투입될 거야. 우리는 대처 방법을 몰라. 거기다가 끌어모을 수 있는 용병들은 모두 끌어모을 거야. 우선 수성에 신경 쓰고, 분석해서 적절한 방법을 가진 후에 치는 거지. 후자가 성공 가능성은 높겠지만, 상대의 능력을 모르는 상태라 예상보다 훨씬 더 큰 손실을 볼 수도 있어."

"음! 어떻게 한다?"

서문영락이 이마를 쥐고 고뇌에 빠지자 서문완영은 안쓰러는 눈빛으로 바라보았다. 서문영락이 물려받을 명천이다. 의견을 피력할 수는 있지만 결정은 온전히 서문영락의 것이다. 서문완영이 할 수 있는 일은 기다리는 것뿐이다.

서문영락은 마침내 고개를 들었다. 눈 밖으로 드러나던 고뇌의 빛은 사라지고 결연함만이 남아 있다.

"이왕 이렇게 된 것, 공방을 따로 구분할 필요없다. 이쪽에서는 수성 준비를, 저쪽에서는 매튜 세이건을 찾자. 사무엘 세이건이 죽은 이상, 매튜 세이건이 사라지면 일은 싱겁게 끝날 수도 있다. 임항에게 연락하여 매튜 세이건을 찾는 데 총력을 다하라고 전해. 원하는 것이 있으면 뭐든지 지원해주고."

서문완영은 밝게 웃으며 힘껏 고개를 끄덕였다.

"그렇게 할게. 헛수고에 불과하게 될지 모르지만, 수성 준비 한 번 정도 해보는 것도 나쁘지 않아. 불러 모을 수 있는 자들 모두를 불러 모으면 굉장하겠지? 명천에 대한 자부심을 심어줄 것이고, 또 각자의 위치를 확인시켜 기강을 확립할 좋은 기회가 될 거야."

"그래. 그러면 되는 거야. 위기는 기회의 다른 말일 뿐이니까. 그런데 이제 보니 너 얼굴이 많이 상했구나. 잠은 자가면서 일해."

서문영락이 쓴웃음을 지으며 서문완영의 뺨을 쓰다듬었다. 서문완영은 서문영락의 손 위에 자신의 손을 얹고 미소 지었다.

⚜

호텔 로비에서 USA Today 한 부를 집어 들고 방으로 올라온 임화평은 헤드라인부터 차분히 읽어나갔다. 읽고 이해할 수 있는 부분이야 30퍼센트도 못 되지만, 여권을 받은 이후로 중영사전 하나를 옆에 놓고 꾸준히 챙겨 보고 있다. 미국으로 가는 것에 대한 자신의 기대감을 보여주기 위해서다.

"응? 사무엘 세이건? 세이건 윌러비? 이거 뭐 하는 직책이야?"

임화평은 중영사전을 뒤적여 정체 모를 직책을 알아냈다. 이사회 운영위원이라고 해석할 수 있는 직책인데, 어떤 일을 하는 사람인지는 여전히 알 수 없다.

"세이건이라? 세이건 윌러비라고 했으니까 그 세이건과 관련이 있는 인간이겠지? 이렇게 대서특필된 것을 보면 영향력이 있다는 뜻인데……. 이 게 괴한에게 납치되어 차가 폭발했다는 뜻이지? 아시아인? 명천 소속이라면 이제부터 본격적인 전쟁인가?"

그때 때마침 카멜라가 들어왔다. 평소와는 달리 밝지 않은 표정이다.

"표정이 왜 그래? 기분 나쁜 일 있어?"

카멜라가 맞은편 의자가 털퍼덕 주저앉았다.

"라미엘이 울더라구요. 이유를 물어도 대답해 주지 않았어요."

"울어? 그 얼음조각 라미엘이?"

카멜라는 심각한 표정으로 고개를 끄덕였다.

"어제 오후부터 울기 시작했다나 봐요."

"허! 그거참, 난 그 인간이 로봇이 아닌가 의심했는데, 인간은 인간이구나."

카멜라가 힘없이 피식 웃었다.

"어벤저를 처음 봤을 때 나도 그렇게 생각했다구요."

"그때야 나도 긴장했고, 또 어색해서 그랬지. 하지만 지금은 아니잖아. 나와는 달리 라미엘은 일관성이 있어. 웃어도 기계처럼 웃는다고. 피식! 무슨 타이어 바람 빠지는 소리도 아니고, 웃음소리가 그게 뭐야?"

"크크큭! 당신이 내 기분을 풀어줄 것이라고 생각도 못했네요."

임화평이 눈살을 찌푸리며 말했다.

"너도 남자처럼 웃지 마. 이상해. 얼굴은 예쁘장하게 생겨 가지고 무슨 웃음소리가 그따위야? 용병 티내는 거야?"

"크크큭! 정말 내 웃음소리가 이상해요?"

마침내 분위기가 풀어졌다.

임화평은 그제야 신문을 내보이며 물었다.

"여기 이거, 이사회 운영위원이라고 해석하는 게 맞지? 뭐 하는 직책이야? 은행 감사 같은 건가? 은행 직원이면 별 대단한 사람도 아닌 것 같은데, 왜 미국에서 제일 잘나간다는 신문이 대서특필하는 거지?"

가끔씩 신문을 통해 임화평의 영어 교습을 해주고 있는 카멜라는 그제야 신문을 자신의 앞으로 돌려놓았다.

"이거였구나."

"응? 무슨 대답이 그래?"

다시 안색이 침중해진 카멜라는 임화평을 바라보았다. 망설이는 기색이 역력하다.

"음! 혹시 이 사람하고 라미엘하고 친구인가? 말하지 말아야 될 내용이면 말하지 마. 알고 싶지 않아. 난 영어 공부 하자는 거지, 기사 내용이 궁금한 것은 아니야."

카멜라는 빙긋 웃으며 입을 열기 시작했다.

"어차피 어벤저도 우리와 같은 곳에 소속될 거니까 굳이 비밀로 할 필요는 없겠네요. 우리 워리어스 실드(Warriors's Shield)는…… 아! 제이슨과 제 동료들이 소속되어 있는 용병 기업 명칭이 워리어스 실드예요. 이 워리어스 실드는 사실 세이건 가의 산하에 있는 용병 기업이래요. 그래서 일도 대개는 세이건 가와 연관된 기업 쪽 일을 많이 해요. 제3세계 전쟁, 농업 플랜트나 비밀을 요하는 사설 연구소 혹은 기업 사영지 경비, 위험 지역 요인 경호 등 일거리는 넘치지요. 어벤저의 경우, 우리 워리어스 실드 산하의 전술 연구소 교관으로 일하게 될 거예요. 연구소라고 해서 진짜 연구소는 아니고, 용병들의 기량 상승을 위한 재교육장 정도로 생각하면 되요."

"그럼 라미엘은 워리어스 실드의 중역이나 사장 정도 되고, 신문에 난 이 사람은 세이건 가의 사람이라는 뜻인가?"

"라미엘은 세이건 가의 집사장이래요. 그리고 이 사무엘 세이건은 세이건 가의 후계자구요. 즉, 이 사무엘 세이건이라는 사람이 라미엘의 작은 주인이라는 뜻이지요. 그리고 내가 라미엘과 일하는 건 이번이 처음이에요.

제이슨과는 예전부터 인연이 있었던 것 같구요. 그래서 라미엘이 제이슨을 경호원 겸 워리어스 실드와의 연락관으로서 곁에 두는 거지요."

임화평은 아랫입술을 쭉 빼며 고개를 설레설레 흔들었다.

"집사? 그거 영화 보면 제비 같은 양복 입고 집주인들 차 나르고 옷 받아 주는 사람 말하는 거잖아? 얼음조각 라미엘이 그런 일 하는 사람이란 말이야? 뭔가 잘못 알고 있는 거 아니냐?"

카멜라가 빙긋 웃으며 고개를 저었다.

"풋! 영화에서나 그렇지요. 사실 저도 그런 줄 알았는데, 제이슨의 말에 따르면, 있는 집의 집사들은 대단한 권위를 가진 사람들이라나 봐요. 하긴 대가문의 살림을 책임지는 사람이니 권한도 크겠지요. 왕실의 집사는 백작, 혹은 자작 같은 귀족 작위를 가지고 있다고 하더군요. 세이건 가는 미국에서 가장 큰 가문 가운데 하나예요. 대가문인 세이건 가의 집안 대소사를 책임지는 사람이 라미엘이라는 뜻이지요."

"그런 거야? 그렇다면 라미엘이 우리와 함께 중국에서 하고 있는 일은 세이건 가와 관련된 기업의 일이 아니라 세이건 가의 사적인 일이라는 뜻이네. 하! 대단하군."

임화평이 혀를 내두르자 카멜라가 의아한 표정으로 물었다.

"뭐가 대단해요?"

"결국 은행 집 하인 두목이 명천이라는 거대 마피아 조직을 고양이 쥐 잡 듯이 잡고 있다는 뜻 아니야?"

"풋! 크크크크! 세이건 가의 집사장을 은행 집 하인 두목이라고요? 말은 맞는 것 같은데, 그렇게 말하니까 정말 웃기네? 어벤저, 은행 집 하인 두목 정도가 자기 재량으로 합법적인 여권을 만들어 주고 230만 달러를 줄 수 있을 것 같아요? 아프리카나 아시아가 아닌 미국 영주권이라고요."

임화평은 과장되게 손바닥으로 이마를 쳤다.

"그렇구나. 집사라는 게 대단한 거네."

임화평은 세이건 가의 힘을 다시 한 번 느꼈다. 한국에서 미국 여행 한 번 가려고 하면 아주 복잡한 절차를 거쳐야 한다고 들었다. 어중간한 사람은 비자 발급조차 되지 않는다고 했다. 그런데 영주권을 마음대로 내어줄 수 있다면 정부에 막대한 영향력을 행사한다는 뜻일 것이다. 거기다가 200만 달러 정도의 거금이라면 어지간한 기업의 책임자도 함부로 쓸 수 없는 금액이다. 그 정도 금액을 집사장이 재량껏 쓸 수 있다는 것만으로도 세이건 가의 힘을 충분히 느낄 수 있다.

"어벤저, 내가 말한 것, 비밀이에요. 아직 말해도 좋다는 허락을 못 받았어요. 제가 라미엘의 정체를 아는 것도 제이슨의 애인이기 때문이지, 라미엘이 알려줘서 안 것이 아니거든요."

"알았어. 얼음조각 라미엘이 은행 집 하인 두목이라는 사실을 안다고 해서 내가 어디에 써먹겠어? 카멜라 입장이 난처해지는 일은 하지 않아. 일어나 봐. 믿어준 보답으로 맨손 기술 하나 가르쳐 주지."

카멜라는 환하게 웃으며 벌떡 일어났다. 임화평은 그냥 기술을 가르쳐 주지 않는다. 카멜라가 마음껏 공격하게 놔두고 오랫동안 방어하다가 간단히 제압한다. 그때 '어떻게 했어요?'라고 물으면 그 기술을 가르쳐 준다. 그것은 단순히 새로운 기술 하나를 배우는 것이 아니다. 임화평에게 아무런 위협이 안 된다는 사실을 알기 때문에 카멜라는 실전과 마찬가지의 상태로 마음껏 몸을 풀 수 있다. 동료 용병들에게는 감히 할 수 없는 일이다. 그리고 임화평이 가르쳐 주는 기술은 간단하기 그지없지만 실전에서 매우 유용하게 사용할 수 있는 것들이다.

임화평은 섬세하다. 그가 가르치는 기술들은 모두 약자의 입장에서 상대의 힘을 이용하여 제압하는 기술들이다. 실제로 동료들에게 실험하여 그들을 간단하게 제압할 수 있었다. 오늘 또다시 한 가지 기술을 배우게 될 것이고, 그녀의 생존 능력은 조금 더 상승될 것이다.

"와!"

임화평의 말에 카멜라는 득달같이 달려들었다.

오랜만에 용정을 앞에 놓고도 임화평은 차가 식도록 놓아두었다.

"세이건 가의 유일한 직계 후계자가 죽었다. 유일한 후계자라? 전쟁의 끝이 보이는 건가? 이렇게 되면 명천은 일단 내 손으로 마무리할 수 있다. 하지만 세이건은? 라미엘도 대상이 되어야겠지? 그 두 사람을 처리하는 정도로 모나나와 오프라의 안전이 확보될까? 두 사람 정도면 어렵지 않다. 내 손에 죽게 되면 명천의 잔당 짓이라고 생각할 테니까. 문제는 소재 파악과 제거 시기야. 어떻게 한다? 항주를 칠 때 가시적인 성과를 보여준다? 큰 공을 세우면 빠른 시간 내에 만날 수 있을지도 몰라. 세이건 쪽이 진다면 일은 더 간단해지는 건가?"

생각을 정리하고 나서 차를 마셨다.

"다시 끓여야겠군. 그나저나 출세했군. 고급 호텔 객실에서 다구까지 준비해 놓고 느긋하게 용정을 마시다니."

그때 노크 소리가 들렸다. 임화평이 문을 열어주자 제이슨과 카멜라가 들어왔다.

"다 늦게 무슨 일이야? 차 줄까?"

제이슨이 의자에 앉으며 고개를 저었다.

"며칠 내로 항주로 이동할 거요."

임화평은 포트에 생수를 부으며 물었다.

"결정된 건가?"

"D-Day는 정해지지 않았지만, 이번 주를 넘기지는 않을 것 같소."

"그런가? 위성사진 같은 게 있으면 좀 봤으면 좋겠는데……."

임화평은 카멜라와 약속한 대로 그가 알고 있다는 사실을 내색하지 않았다.

"내일 아침이면 볼 수 있을 거요. 라미엘이 부탁합디다. 내일 먼저 항주로 가서 분위기 좀 살펴 달라던데, 괜찮겠소?"

라미엘의 부탁이 아닌, 제이슨 본인의 생각이었을 것이다. 라미엘이 중국에 있는 최고 명령권자인 것은 분명하나 군사적인 식견은 그다지 높은 사람이 아니다.

임화평은 속으로 웃을 뿐, 겉으로 내심을 드러내지 않았다.

"물론이지."

물 끓는 소리가 들리기 시작했다.

"그럼 항주의 호텔에 예약해 두겠소."

"그럴 필요없어. 호텔을 뒤지고 다닌다며? 난 중국인으로 갈 거야. 신경 쓰지 마. 알아서 할 테니까."

"하기야 그쪽이 안전할 테지. 그럼 따로 필요한 것 없소?"

"싸움질하러 가는 게 아니니까 특별히 필요한 건 없어. 위성사진 정도면 될 것 같군."

"떠나기 전에 볼 수 있도록 준비하겠소. 위험한 일은 하지 마시오. 분위기나 알아봐 달라는 거지, 위험을 감수해 가면서까지 정보를 얻고자 하는 뜻이 아니오. 라미엘은 어벤저 당신이 생각하는 것보다 당신의 능력을 더 높이 사고 있소."

"그런 말 들으니 기분이 좋군. 전에도 말했지만, 난 무모한 짓은 안 해.

조력자들이 잔뜩 있는데 왜 사지로 혼자 들어가? 걱정하지 말라고. 일 다 끝나가는 시점에서 죽고 싶은 생각은 없어. 영주권까지 얻었는데 미국 물 한번 먹어봐야지."

임화평은 차를 우릴 수 있도록 만든 도자기형 컵에 물을 부었다. 간단하게 찻잎을 씻고 다시 물을 부었다.

"좋소. 그럼 내일 봅시다."

제이슨이 일어섰다. 카멜라도 일어섰다. 말 한마디 없던 카멜라가 문 앞에서 임화평의 손을 잡으며 말했다.

"조심해요."

"당연하지. 글래머 여자 소개시켜 준다며?"

"물론이죠. 은퇴한 용병 선배라 좀 거칠긴 하지만, 어벤저라면 쉽게 감당할 수 있을 거예요. 강한 남자한테는 양같이 순해지거든요."

"기대하고 있다고. 잘 자!"

"잘 자요."

카멜라가 나가자 문을 닫았다. 다기를 들고 탁자로 자리를 옮겼다.

"드디어 마지막 표적인가?"

북경에 아직 여섯 사람이 남아 있다는 것을 기억하고 있다. 하지만 그들은 표적이 아니다. 설거지 뒤끝에 남는 음식찌꺼기일 뿐이다. 명천을 청소하고 나서 쓰레기통에 넣어버리면 그만이다.

"이거, 맛이 왜 이래? 가짜 용정인가?"

임화평은 찻잎들을 쓰레기통에 부었다.

제7장
그냥 미사일 한 방 날리면 안 돼?

서문완영은 보고서 파일을 들고 서문영락에게로 갔다. 인기척을 내고 방문을 열었을 때 그녀가 본 것은 서문영락의 연무 모습이다. 집무실의 빈 공간에서 기마 자세를 취한 채 눈을 감고 두 팔을 휘젓고 있다. 부드럽게 원을 그리는 두 개의 손바닥에서 무형의 기운이 흘러나와 두 손의 움직임에 따라 서문영락의 전신을 휘돈다. 기운을 느낄 수 있는 자가 보았다면 서문영락이 철옹성처럼 느껴질 것이다.

때론 돌풍처럼 격렬하게, 때론 봄바람처럼 부드럽게.

'탄, 흡, 회의 절묘한 조화! 나누어 펼치는 것조차도 어려운 일이거늘……. 천라장(天羅掌)을 저 정도까지 익혀내다니, 역시 오빠는 기재야.'

몸 밖으로 흘러나온 기운은 대기와 동화하여 흩어질 수밖에 없다. 서문영락은 흩어지려는 그 기운을 약간의 손실도 없이 붙잡아두고 있다. 내기를 뻗어내고, 빨아들이고, 휘둘러 대기마저 동화시키고 그것으로 몸을 보

그냥 미사일 한 방 날리면 안 돼? 299

호한다. 무형단공장이 창이라면 천라장은 방패다. 호신강기의 현실적인 대안으로 만들어진 천라장으로 몸을 보호하는 이상 총알조차 위협이 되지 못하리라.

우웅!

서문영락의 손짓에 따라 그의 몸을 휘돌던 내기가 그의 두 손바닥 사이에 모였다. 서문영락은 매우 신중한 태도로 두 손을 합장하듯 모았다. 내기는 단 한 줌도 새어나가지 못하고 그의 몸 안으로 회수되었다.

짝짝짝짝짝!

서문완영이 박수를 치자 서문영락이 눈을 뜨며 싱긋 웃었다.

"왔어?"

"오빠! 대성을 축하해!"

서문영락은 소파에 걸쳐 놓았던 수건으로 얼굴에 맺힌 땀방울을 닦으며 말했다.

"대성은 무슨. 아직 실전에서는 그렇게까지 하지 못한다. 너 온 것도 몰랐잖아. 하지만 멀지는 않은 것 같구나. 그 축하 미리 받으마. 그건 그렇고, 오늘은 또 무슨 괴로운 소식을 가지고 왔니?"

서문완영은 소파에 앉아 파일을 탁자 위에 내려놓으며 싱그러운 미소를 지어 보였다. 안 그래도 한 줌 사기가 느껴지지 않는 청순한 얼굴이다. 길거리에서 그 미소를 흘렸다면 지나가던 청년들을 앞 다투어 꽃집으로 달려가게 만들었을 것이다.

"오늘은 좋은 소식 하나에 나쁜 소식이 하나야. 어느 쪽 먼저 들을래?"

서문영락은 수건을 일인용 소파에 던져 두고 서문완영의 맞은편에 앉았다.

"좋은 소식 하나에 나쁜 소식 하나면 본전은 되는 셈인가? 일단 나쁜 쪽 먼저 듣자. 마지막에 웃으련다."

서문완영은 말 대신 파일을 서문영락 앞으로 돌려놓았다. 서문영락이 파일을 들어 펼쳤다.

"음! 평정의 소사자만도 못한 놈들인가?"

"소각 처리한 놈들이 모두 327명이야. 그런데 그놈들 모두가 삼류 용병, 아니, 동네 양아치 같은 쓰레기들이었어. 비행기 왕복 티켓에 호텔비와 용돈 좀 받고 죽을 자리인지도 모른 채 기어들어 온 놈들이야. 용병 수준에서 쓸 만하다고 할 만한 자들은 3퍼센트가 안 돼. 우리 쪽 관심을 돌려놓으려는 미끼였다는 뜻이지."

파일은 상해와 항주, 그리고 인근 도시의 호텔을 뒤져 잡아낸 용병들의 성분 분석표다. 프로 의식이라고는 눈곱만큼도 찾을 수 없는 자들이고, 철사자의 수준에 비견될 만한 자들은 십여 명에 불과했다. 결국 적의 주력은 하나도 색출하지 못한 셈이다.

"놈들이 올 거라고 가정한다면, 결국 온전한 적들을 맞이해야 된다는 뜻이구나. 제기랄!"

"우리도 충분히 대비가 되어 있어. 니무 실망하지 마. 그리고 긴달민도 못한 놈들이지만, 그놈들이 모두 총 들고 달려든다고 생각해 봐. 세이건이라면 무기 하나는 빵빵할 거 아니야. 많이 귀찮았을 거야. 귀찮은 파리, 모기들 다 때려잡았으니까 이제 벌들만 치우면 된다고 생각해."

"애초부터 쉬울 거라고는 생각지 않았다. 그리고 그다지 나쁜 소식도 아니구나. 그럼 이제 좋은 소식 들려다오."

서문완영은 소파에 몸을 깊숙이 묻고 다리를 꼬았다. 치빠오처럼 옆이 터진 원피스라 그녀의 늘씬한 다리가 허벅지까지 드러났다. 그녀는 두 손을 깍지 껴 무릎 위에 올려놓고 환하게 웃었다.

"아빠한테 연락 왔었어."

"응? 뭐라고 그랬어? 아버지한테서 연락이 와? 너한테?"

"응! 오빠한테 직접 하면 잔소리 들을 거라면서 나한테 하셨어."

서문영락은 소파의 등받이 상단에 머리를 기대고 천장을 올려다보며 한숨을 토해냈다.

"그래서? 뭐라고 하시든? 돌아오시겠대?"

"오빠 천주 대리 그만하고 천주하래. 귀찮대."

서문영락은 벌떡 일어나 서문완영이 서문재기라도 되는 것처럼 사납게 노려보았다.

"뭐야? 지금이 어떤 시국인데 그런 말씀을 하시는 거야? 너, 상황 설명 제대로 했어?"

서문완영은 서문영락의 사나운 기세에도 불구하고 입가에 맺힌 미소를 지우지 않았다.

"다 알고 계시던데, 뭐. 나도 모르는 비선이 있나 봐."

서문영락은 다시 한숨을 토하며 자리에 털퍼덕 주저앉았다.

"완영아, 그게 도대체 어떻게 좋은 소식이라는 거냐? 이 오빠 속 뒤집어 죽이고 네가 천주할래?"

서문완영이 장난스럽게 미소 지으며 오른손 검지를 올려 보였다.

"한 가지, 딱 한 가지를 오빠 천주 되는 기념으로 선물하신다더라. 아빠 지금 미국에 있대. 오빠가 고민하는 그것, 아빠가 해결해 주신다고."

"매튜 세이건? 지금 혼자서 매튜 세이건을 없애러 가셨다는 거냐?"

"아니. 혼자는 아니야. 내가 갈 거거든. 이참에 미국 가서 브로드웨이하고 허리우드 구경이나 실컷 하고 와야지."

"너 지금 이 오빠랑 장난하자는 거냐? 이 비상시국에 광목당주가 어딜

간다는 거야? 아버지보고도 그냥 돌아오시라고 그래."

서문완영은 고개를 저었다.

"이제 남은 건 총칼로 하는 전쟁뿐이야. 나 하나 있다고 도움이 될 것 같아? 그리고 아버지의 개천신공이 구성에 달했다고 하셨어. 오빠도 알잖아? 익히기는 어렵지만 일단 성취를 보면 두려울 게 없는 무공이 개천신공이야. 매튜 세이건을 처리하시고 느긋하게 대성을 노리시겠다는 뜻이지. 나쁘지 않아. 전력 누수 크게 줄인 채로 전쟁을 끝낼 수 있을 거야."

"그럼 넌 왜 가겠다는 거냐?"

"아빠, 세이건 가가 어디 붙어 있는지도 모르실걸? 오랜만에 얼굴도 보고 가이드 노릇 좀 하려고. 그리고 명뇌 2팀과 3팀은 외부로 돌릴 거야. 어차피 물리적인 도움이 안 될 사람들이니까. 그래야 손실을 입더라도 복구하기 쉬울 테지."

서문영락은 손바닥으로 얼굴을 비비다가 손가락으로 관자놀이를 누르며 생각에 잠겼다. 서문완영은 다리를 꼰 자세 그대로 침묵을 지켰다.

서문영락이 마침내 고개를 들고 자신은 아무것도 모른다는 듯한 서문완영의 눈을 바라보았다.

"얼마나 있다가 올 거냐?"

"한 반년?"

"농담하지 말고."

서문완영은 눈을 찡그리며 혀를 쏙 내밀었다.

"열흘만 버텨. 그 안에 끝내고 올게."

"일주일!"

"너무 빡빡한데?"

"암전대 있잖아. 모두 붙여주마."

"좋아, 최선을 다해볼게. 견뎌. 그때는 판세가 완전히 바뀔 테니까."
"그래. 나 죽기 전에 돌아오너라."
서문완영은 눈살을 찌푸리면서 자리에서 일어났다.
"에이, 재미없는 농담이야. 놈들이 온다는 확신도 없잖아. 어쨌든 미안해. 어려울 때 곁에 있어주지 못해서."
"조심해서 다녀와라."
서문완영은 미소 띤 얼굴로 고개를 끄덕이고 방을 나섰다.
서문영락은 문이 닫히는 것을 확인한 후 소파의 등받이에 머리를 기댄 채 눈을 감았다.
"아버지가 가셨다면, 조금만 버티면 싸움은 끝난다."
버틴다 함은 약세를 인정한다는 뜻이다. 그것은 힘이 모자라서가 아니라 상대를 모두 파악하지 못해서 나온 말이다. 미지의 능력자들, 막나가는 경우 현대의 첨단 병기까지 동원할지도 모르는 적들의 능력을 모두 파악하지 못한 상태인데, 명천은 그 이름처럼 드러나 버렸다. 약세일 수밖에 없다. 하지만 항주는 명천의 홈그라운드다. 상대가 막나가자고 할 때를 대비한 조치까지 취해두었다.
"놈들! 이곳을 치는 순간 너희들도 드러난다. 그때는 한 놈도 이 중국 땅을 떠나지 못하게 만들어주마. 올 테면 와라!"

⚜

'태어날 곳은 소주, 살 곳은 항주, 먹을 곳은 광주, 죽을 곳은 유주'라는 말이 있다. 옛날부터 항주는 늘 중국인들이 꼭 한 번 살아보고 싶은 곳으로 지목된다.

시인묵객들의 마음의 고향, 항주!

임화평이 항주 땅에 발을 디디는 것은 이번이 세 번째다. 500년 전에 한 번, 지난번 영파행의 여로에서 한 번, 그리고 오늘이다.

임화평은 주저함없이 서호의 동북쪽에 위치한 호빈로(湖濱路)로 향했다. 항주에 자리한 주요 호텔들이 모두 모인 곳, 서호의 전경을 환하게 보이는 곳이다. 호변을 따라 줄줄이 늘어선 크고 작은 호텔들을 보면 망설일 만도 하건만, 임화평은 곧바로 한 호텔로 접어들었다.

서명대빈관(西明大賓館).

정문에 차를 대고 키를 꽂아놓은 채로 캐리어를 벨맨에게 넘겼다. 호텔 로비 정중앙 벽에 커다란 검은 대리석이 붙어 있다. 거기에 음각으로 적힌 글은 서호를 찬양하는 소동파의 시다.

물빛 반짝이는 맑은 날이 정말 좋아.
산색이 아득한 비 온 뒤도 역시 좋아.
서호를 서시에 비유코자 한다면
옅은 화상, 진한 화장 어떻게 해도 어울려.

'비 막 개고 쾌청한 날 서호에서 술 마시며'라는 긴 제목의 시다.

리셉션 데스크로 가기 전에 임화평은 잠시 걸음을 멈춰 시를 음미했다.

'서시는 피부가 안 좋았던가? 서호 물빛 탁한 것은 세상이 다 아는데 서시에 비유해? 이왕 화장을 한다면 짙은 화장이 낫겠군. 하기야 나하고 무슨 상관인가? 난 서시보다 동파육이 더 좋아.'

임화평은 피식 웃으며 데스크로 향했다.

깔끔한 유니폼 차림의 예쁜 아가씨가 환대했다.

"10년 만이군. 그땐 마누라와 함께였는데 이젠 혼자로군. 아! 미안. 쓸데없는 말을 했군. 사흘 정도 머물 생각이네. 가능하면 서호가 보이는 방을 주게. 너무 높지 않았으면 좋겠어."

'미안합니다, 손님'이라고 대답할 줄 알았다. 관광지 호텔에 예약도 하지 않고 와서 서호가 보이는 방을 내달라고 하면 돌아올 대답은 당연히 없다는 쪽이다. 하지만 아가씨는 보조개가 쏙 들어가는 예쁜 미소를 지으며 키를 내어주었다.

'허! 있었어? 생각 잘못했군.'

미끼들이 쓰던 방이 비었다는 것을 생각지 못했다.

"아! 다행히 방이 있었군. 고맙네."

벨맨의 안내를 받으며 방으로 향했다. 칠층 15호다. 지은 지 10년이 넘었지만, 호텔의 전체 분위기로 단아함과 고풍스러움을 취한 탓에 세월의 흠집보다는 심신을 안정시키는 차분함이 느껴진다. 방의 인테리어 역시 안정적이다. 화사함 대신에 편안함을 취했다. 손때 묻은 듯한 고가구에 베이지 톤의 실내장식으로 안정감을 주고 황토색 실선으로 밋밋함을 없앴다.

임화평은 벨맨에게 팁을 주고 방문을 닫았다.

"그놈들 참, 무슨 생각을 하는 건지……. 하필이면 호텔인가?"

임화평이 서명호텔로 숙소를 잡은 것은 이 호텔의 자리가 과거 서문세가가 있던 곳이기 때문이다. 그러니까 호텔 이름인 서명은 서호의 서가 아닌 서문의 서를 의미하고 명은 명천을 뜻하는 것이다.

임화평이 모르는 것은 이 호텔이 명천이 지은 것이 아니라 사들인 곳이라는 사실이다. 이미 호텔로 허가가 난 곳이라 명천은 아예 서명호텔을 본가의 접객청 형태로 사용하고 있다. 만약 누군가가 스위트룸을 원한다면, 늘 만실이라는 답을 듣게 될 것이다.

"어쨌든 종업원들은 별다를 바 없는 것 같고, 그럼 손님들 분위기와 이 주변부터 살펴볼까?"

임화평은 반팔과 반바지, 그리고 벙거지 모자를 썼다. 그리고 제이슨에게 제공받은, 비밀 수납 공간이 구비된 소형 배낭을 멘 채 방을 나섰다.

밤 11시. 어둠을 친구 삼아 오운산의 숲 속을 떠도는 검은 인영이 있다. 임화평이다.

파바바밧!

오후부터 구름이 짙어 달마저 모습을 감춘 어두운 날이건만 임화평은 시계가 불량한 숲 속에서도 거침없이 질주했다. 겨우 250m 전방에 명천의 본거지가 있음에도, 임화평은 마치 한계선이 그어진 것처럼 거리를 유지한 채 달리고 멈추기를 반복했다. 감시 카메라 때문이다.

임화평은 바위 그늘 아래 몸을 숨기고 가부좌를 튼 채 눈을 감았다. 기감을 퍼뜨리고 주변의 기척과 소리에 집중했다. 임화평의 귀가 움찔거렸다.

'음! 여기도 마찬가지군. 상당한 시간과 노력이 필요했을 텐데, 과연 중국인인가?'

기척이 느껴지는 곳은 땅 아래쪽이다. 묘하게도 본거지와 적당한 거리를 둔 채 원을 그리듯이 퍼져 나간다. 땅굴 파는 일이 쉬운 일이 아니다. 임화평은 장강의 범람으로 인한 홍수를 막기 위해 모래주머니를 들고 강으로 뛰어드는 중국인들의 물결을 떠올렸다.

'아무리 그렇다 해도 그건 아니야. 암도! 본거지에서 이 근처까지의 암도가 이미 완성되어 있다는 뜻인가? 조금만 더 들어가 볼 수 있으면 확인할 수 있을 텐데, 아쉽군. 다시!'

임화평은 곧바로 일어나 다시 달리기 시작했다. 또다시 200m를 달려 같은 행동을 반복했다. 임화평은 고개를 설레설레 흔들고 오운산을 내려갔다.

'베트콩 전술인가? 뒤통수치기 좋겠군. 알아도 정확한 위치를 모르면 곤란해져. 하지만 더 머무는 것은 무리다.'

임화평은 곧바로 전당강 강가로 내려왔다. 숨겨둔 자전거를 타고 전당강가를 따라 등려군의 노래를 흥얼거리며 시내로 돌아왔다. 서호 강변에서 진가를 구분할 수 없는 소홍주 반병과 꼬치 몇 개로 요기를 대신한 후 얼굴을 붉게 만들어 호텔로 돌아오니 12시가 조금 넘었다.

'할 수 있는 일은 여기까지군. 이제 기다리기만 하면 되는 건가?'

⚜

뉴욕 주 브루클린에 위치한 주택가.

크지는 않지만 깔끔한 이층 주택이다. 방이 네 개에 화장실이 세 개다. 외부에서 보면 그냥 중, 상류층의 일반적인 주택이지만, 내부 설비는 모두 최신식이다. 그 집 앞에 캐딜락 한 대가 멈춰 섰다. 차에서 내린 사람은 정장 차림의 중년 백인이다.

사내는 초인종을 누른 후 곧바로 집 안으로 들어갔다.

"오랜만입니다, 아가씨!"

사내는 트레이닝복 차림으로 소파에 앉아 책을 읽고 있던 여인 서문완영을 향해 고개를 숙였다.

"오랜만이에요, 임 대주. 고생했더군요. 앉으세요."

임항은 서문완영의 맞은편에 조심스럽게 앉았다.

"예상보다 성과가 좋더군요."

"저도 의외의 결과라서 당황했습니다. 버리는 패로 시도했는데, 손실없이 성공해 버렸군요. 죄송합니다."

"아니, 괜찮아요. 결과만 좋으면 다 좋은 거 아닙니까. 사흘 후 새벽이에요. 그 일만 잘 마무리하면 만사 오케이지요. 들어와 있는 암전대를 모두 투입하세요."

임항은 난처한 기색을 드러내 보였다. 면구임에도 불구하고 표정이 선명하다.

"왜?"

"아직 세이건 저택의 정확한 위치를 알아내지 못했습니다. 경비 상태 역시 알지 못합니다. 위치를 알아낸다고 해도 지금 상태에서라면 희생이 클 겁니다. 암전대 모두를 버리실 생각입니까? 시간을 조금만 더 주십시오."

세이건 가의 저택을 아는 사람은 몇 없다. '대충 어디 근처'라고 아는 사람도 별로 없다. 그리고 아는 사람조차 그 집 안에 발을 들인 사람은 거의 없다. 세이건 가의 접대는 늘 마제스틱 클럽에서 이루어진다. 온갖 편의 시설을 다 갖춘 곳이라 손님들도 불만이 없다. 오히려 초청받은 것을 영광으로 생각한다. 세이건 가를 미국에 들어온 지 얼마 안 되는 암전대가 단기간에 알아내기란 힘들 것이다.

서문완영은 코끝을 찡끗거리는 장난스러운 미소를 지으며 고개를 저었다.

"암전대는 우리 명천의 가장 중요한 전력입니다. 애써 키웠는데 왜 버려요?"

서문완영은 소파 옆에 놓여 있는 갈색 서류 봉투를 집어 들어 임항에게로 던졌다. 임항은 서문완영의 눈치를 살피고 나서 서류 봉투를 열었다.

"이건?"

임항이 꺼내 든 것은 한 장의 사진과 손으로 그린 듯한 도면, 그리고 영어로 쓰여진 한 장의 서류다. 임항은 사진에 주목했다. 그가 그토록 찾아내려고 애썼던 그곳일 것이다. 화려함보다는 장중함을 택한 옅은 황토색의 저택이다. 중세의 성곽과 같은 요철 모양의 담 왼쪽으로 롱아일랜드의 쪽빛 바다가 보인다.

　"여기서 지척이지요? 내일 배 타고 나가보세요. 바다 보이지요? 그 저택에 세이건이 있어요. 이 롱아일랜드에 그 정도 저택이 몇 채나 될까요? 쉽게 찾을 겁니다. 그리고 그 도면이 내부 구조예요. 손으로 그린 것이라 조악하긴 하지만 틀린 곳은 많지 않을 겁니다. X표 된 곳들이 통상적으로 경계를 서는 위치라고 하니까, 경계가 강화되었다고 가정하고 침투 루트를 잡으면 될 거예요. 상대는 세이건입니다. 희생을 감수할 수밖에 없겠지요. 하지만 세이건을 경호하는 초능력자들 때문에 상대적으로 경비원들의 수는 많지 않은 것 같군요. 그 자료들을 참고한다면 우리 쪽 희생을 제법 줄일 수 있을 거예요."

　영문 서류에는 세이건 가의 고용인들과 경비원의 수, 감시 카메라의 위치, 기타 보안 설비들의 종류와 해제 방법, 경비견의 종류와 숫자까지 적혀 있다. 그 정도 정보면 희생자의 숫자와 침투 시간을 비약적으로 줄일 수 있을 것이다.

　'후우! 이 정도 정보면 맨땅에 헤딩하라는 의미는 아니지. 그나마 다행이로군.'

　죽으라면 죽을 수밖에 없는 것이 임항의 입장이다. 죽어야 한다면 자살돌격대가 아닌 살수로서 죽고 싶다. 자료를 살펴보니 다행스럽게도 자살돌격대로 죽으라는 뜻은 아니다. 수하들에게 무조건 돌격이라는 무식한 명령을 내릴 필요는 없게 된 것이다.

"큰 도움이 될 겁니다."

임항은 사진과 도면, 그리고 서류를 다시 한 번 살폈다. 아무리 광목당주라도 알아낼 수 없는 것들이다. 결국 세작이 있다는 뜻이다. 정보의 질로 보아 그것도 상당한 윗선이다. 자료가 반갑긴 한데 이해할 수 없는 일이 있다. 고급 정보를 얻을 수 있는 세작이 있다면 북경 본부가 사라지는 피해는 입지 않았을 것이다. 하지만 임항은 그에 대해서 물어볼 만큼 어리석은 사람은 아니다.

"이걸로 내가 할 일은 끝마친 겁니다. 나머지는 임 대주 손에 달렸어요."

"그런데 천주께서는?"

"번거로운 것 싫어하시잖아요. 당일 그대들의 기파를 따라 그 자리로 나가실 거예요. 걱정 말고 가보세요. 하나라도 더 살려 돌아가려면 연구 열심히 해야 될 겁니다."

임항이 일어나서 고개를 숙이고 집을 나섰다.

홀로 남은 서문완영은 입가에 부드러운 미소를 지으며 일어났다.

"간만에 아빠 밥이나 해드릴까?"

서문완영은 콧노래를 흥얼거리며 주방으로 향했다.

임화평이 제이슨과 카멜라를 만난 것은 나흘 만이다. 합류 장소는 항주만에서부터 전당강을 거슬러 올라온 바지선이다.

임화평은 배낭에서 한 장의 사진과 항주 관광 지도 하나를 꺼내 선실의 넓은 판자 위에 놓았다. 임화평은 관광 지도의 한곳에 손가락을 짚었다.

"여기가 명천 소유의 서명호텔이다. 명천 측 사람들이 상당수 있어. 칼잡이라기보다는 총잡이들 쪽에 가까워. 연락받고 뒤를 칠 병력이겠지. 몇 명인지는 확인할 수 없었다. 호텔 객실 두 층을 다 쓰는데, 방 밖으로 나오는 놈들은 몇 없어. 한 방에 둘만 잡아도 일백 이상이야. 그리고 이 호텔 주변에도 꽤 있어. 별 볼일 없는 놈들일지라도 총 들면 귀찮은 것 이상일 테지. 그리고 항주 거리 곳곳을 돌아다니는 놈들이 많아. 조폭들 같은데, 아마도 우리를 찾아다니는 것 같아. 그리고 여기, 여기, 여기. 곳곳의 분위기가 칼날 같아. 지근거리니까 지원 부대를 배치해 두었다는 느낌이야. 이놈들의 지원을 끊을 수 있는 방법을 미리 마련해 두는 게 좋을 거야. 나머지는 난 몰라. 이런 일은 내 스타일 아니니까."

제이슨이 고개를 끄덕이며 관광 지도를 살폈다. 관광 지도는 의외로 유용하다. 정확한 거리와 지형을 확인하는 것은 힘들어도 단순화된 상태라 포인트를 짚기 편하다. 특히 임화평처럼 군 경험이 없는 사람들에게는 관광 지도 쪽이 군사용 정밀 지도보다 보기 편할 것이다.

"진입로가 단순하군. 여기 용정로와 지강로 입구만 틀어막으면 쉽게 막을 수 있을 것 같소."

"그게 쉽지만은 않을 거야. 여기 녹지에서부터 본거지가 있는 이 오운산 근처까지, 곳곳에 소규모 정찰대들이 돌아다니고 있어. 그들의 홈그라운드야. 몸을 숨길 만한 곳은 다 알고 있을 테니까 우리 쪽에서 미리 매복한다는 건 현실적으로 어려운 일이야."

"그 정도는 방법이 있소."

"하기야 프로들이니까 알아서 하겠지."

임화평은 옛 서문세가의 재판을 보는 듯한 오운산 본거지의 사진을 관광 지도 위에 올려놓고 붉은 펜으로 장원의 주변에 몇 개의 원을 그렸다. 그리고 장원에서 외곽 쪽으로 원과 겹치는 몇 개의 선을 그었다.

"땅굴이 있더라. 주변 250m까지 뻗어 있어. 원래 있던 암도에 여러 갈래로 길을 확장한 모양이야. 암도라는 것이 대개는 전혀 엉뚱한 곳까지 뚫려 있잖아? 어디라고 정확하게 지적할 수가 없어. 개미굴 같으니까. 베트남 게릴라전을 연상하면 될 거야. 용병들의 작전 방식에는 문외한이지만, 치는 입장이라면 상당한 피해를 감수해야 할 것처럼 보이는군."

제이슨은 카멜라의 얼굴을 바라보며 눈살을 찌푸렸다. 카멜라도 심각한 표정으로 고개를 가로저었다.

제3세계의 황량한 계곡이나 중동의 사막 같은 곳이면 아무런 문제가 안 된다. 목적은 말살이다. 강력한 화력을 투사하여 초토화시키고 정리하러 들어가면 된다. 하지만 이번 표적은 강대국인 중국의 주요 도시에 있다. 중국의 육대고도(古都) 가운데 한 곳으로, 역사적 유물이 많고 관광객도 많다. 또한 절강성의 성도이기도 하다.

투사할 수 있는 화력이라는 것이 제한될 수밖에 없다. RPG나 자동소총에 수류탄 정도에 준하는 수준이다. 항공 지원도 없고 포대 지원도 없다. 최대의 지원 병력이라고는 분대 수준도 못 되는 능력자들 여덟 명인데, 그들은 따로 할 일이 있다. 수뇌부의 말살이다. 사실상 제이슨 등은 능력자들이 목적을 달성할 수 있도록 도와주어야 하는 지원 부대인 셈이다.

가장 큰 문제는 지형이다. 목표는 낮은 산의 중턱에 위치해 있다. 사방 어디로 올라가든 닿기 전에 들키게 되어 있다. 그런데 암도까지 있다. 전후좌우 어디에서 총탄이 날아오더라도 이상하지 않다는 뜻이 된다.

카멜라가 얼굴을 펴지 못한 채 말했다.

"어차피 우리가 결정할 일 아니잖아? 골드스타인 대장에게 정보만 전달하면 우리 할 일은 끝나. 작전 짜는 건 그 사람 일이니까. 그래도 암굴이 있다는 사실을 알게 된 게 다행이야. 일단 돌아가자."

"후우! 몰아넣는 게 아니었어. 생각보다 많잖아. 사지인지 알면서도 가게 생겼어. 어벤저, 이거, 내가 챙겨도 되겠소?"

제이슨이 가리킨 것은 사진과 지도다. 임화평은 마치 미국 사람처럼 어깨를 으쓱하는 것으로써 대답을 대신했다. 제이슨이 가방에 사진과 지도를 챙겨 넣는 동안 임화평은 카멜라의 어깨를 토닥였다.

"살아남아. 마지막이잖아."

이번 중국의 작전에 임한 용병들에 한하여 계약 조건과 상관없이 원하는 자들은 계약을 종료할 수 있게 되었다. 카멜라는 현재 그 특전으로 인하여 상당히 고무된 상태다. 나중에 다시 돌아오게 될지라도 일단은 은퇴할 생각인 듯했다.

"어벤저도요."

표정이 여전히 무겁다. 임화평은 한숨을 내쉬며 제이슨을 향해 말했다.

"그냥 미사일 한 방으로 깨끗이 끝내면 안 되나? 어차피 중국에서 대규모로 총질하고 돌아다니는 것 자체가 미친 짓이잖아? 성공하더라도 이 나라 빠져나가는 일이 쉽지는 않을 거야. 그럴 거면 놈들이 모여 있을 때 미사일 몇 개 날려 버리는 게 편하지 않나? 사진 보니까 아녀자들이나 아이들은 모두 소개시킨 것 같던데."

제이슨은 쓴웃음을 지으며 고개를 저었다.

"그건 뒤탈이 너무 많은 방법이오. 당신 말대로 중국이잖소? 미국이라도 부담스러운 나라요. 잡아뗀다고 해서 쉽게 넘어갈 수 있는 일이 아니오."

"너희들이 잡혀도 마찬가지 아닌가?"

"우린 돈에 팔려 다니는 용병들이오. 국적과는 상관이 없다고 잡아뗄 수 있지. 그리고 잡히기 전에 죽어야지요. 중국에서 잡히면 어차피 살아날 수 없잖소."

임화평은 눈살을 찌푸리며 카멜라를 바라보았다. 카멜라는 자조적인 미소를 지으며 어깨를 으쓱했다.

"미사일을 못 쏜다면 불 지르는 건 어때? 사면이 다 숲이야. 날씨도 건조하지. 불나기 좋은 곳이잖아? 살인은 하면서 방화는 안 돼? 토네이도 말 들어보니까 동료들 가운데 불하고 친한 녀석도 있더군. 그 친구가 불 지르고 토네이도가 장난 좀 치면 그럴듯할 거야. 하늘에서 기름 좀 부어주면 더 좋겠지."

"화공은 퇴로가 막힐 수가 있어서 꺼려지는 거요. 그곳에서 불나면 항주시에서도 다 보일 것 아니오? 탈출로가 곧바로 봉쇄될 거요. 공안마저 마음대로 부리는 명천이라면 그 정도 조치는 당연히 취해놨을 것이오. 문제는 그뿐이 아니오. 우리 목표는 수뇌부요. 화공을 하게 되면 우리가 진입하는 데도 문제가 되지 않소?"

"쯧쯧! 당장 죽니 사니 하면서 퇴로 걱정하나? 목적을 달성하고 뒤탈 걱정하는 게 쉽지 않을까? 작전 짜는 데 있어 어느 쪽이 더 쉽고 효율적인가. 인간은 불을 적절하게 사용할 수 있는 유일한 존재야. 머리를 굴려보면 그 정도는 해결할 수 있을 텐데."

"음! 고려해 보겠소."

"어쨌든 내 할 일은 끝난 거네. D-Day 잡힌 거야?"

"사흘 후 새벽으로 잡았소."

제이슨은 더 이상 임화평을 경계하지 않았다. 지금까지 해준 것만 해도 세작의 신뢰성을 높이기 위한 행동 이상이다. 하나하나가 모두 명천에 치명적인 행위들이다.

"너무 촉박하지 않나?"

제이슨은 대답하지 않고 씁쓸하게 미소 지었다. D-Day는 라미엘의 통보에 따른 것이다. 라미엘의 통보는 곧 세이건의 결정이다. 그것을 뒤집을 사람은 그가 아는 한 아무도 없다.

※

새벽 3시.

브루클린을 벗어난 벤츠 한 대가 롱아일랜드의 동쪽으로 달렸다. 차에 타고 있는 사람은 둘뿐이다. 운전석에 있는 사람은 검은색 여성용 정장을 입은 서문완영이고, 보조석에 앉은 이는 중국식의 검은색 무복을 입은 초로의 아시아인이다.

차는 규정 속도를 지키며 한적한 강변로를 따라 일명 로얄 랜드라고 불리는 롱아일랜드의 부촌 햄튼으로 향했다.

"저긴가?"

서문완영은 해변도로 한쪽에 차를 멈추고 세이건 가의 저택에 눈을 고정시켰다. 도로에서 저택 외벽까지의 거리는 1㎞ 남짓이다. 오로지 세이건 가 하나를 겨냥한 2차선 도로가 지형의 모양새에 따라 자연스럽게 뻗어 있다. 새벽 3시가 조금 넘은 시간인 데도 불구하고, 성곽 같은 담장 곳곳에 불이 밝혀져 있다.

"유대인답네."

묵직한 느낌의 황토색 담과 저택을 보면서 연상되는 도시가 있다. 10여 년 전 그녀가 이스라엘을 돌아보면서 가장 오랫동안 머물렀던 도시 예루살렘이다. 이슬람교, 그리스 정교, 가톨릭, 개신교를 믿는 모든 신앙인들의 성지, 예루살렘. 그 도시의 색깔을 단정적으로 말하자면 황토색이다. 특히 도시 중앙에 보존되어 있는 올드 시티는 모두 황토색을 띤 자재로 지어져 있다. 새롭게 지은 건물조차도 그 색깔에서 크게 벗어나지 못한다. 외부에서 바라보는 세이건의 저택은 마치 외부에서 올드 시티를 바라보는 느낌이다.

"아버지, 저기예요."

묵묵히 앉아 있던 초로인은 서문완영의 손가락이 가리키는 세이건 가의 저택을 향해 고개를 돌렸다. 무엇을 생각하는지 알 수 없는 무표정한 얼굴이다. 단정하게 정리된 머리카락이 안 그래도 차가워 보이는 얼굴을 얼음장처럼 느껴지게 만든다.

그때 기어 옆에 놓아둔 서문완영의 전화기가 바르르 떨렸다.

"임 대주, 시작해도 좋아요."

간단히 말하고 전화기를 내려놓았다. 그리고 차문을 열고 밖으로 나왔다. 명천의 천주 서문재기도 밖으로 나섰다. 서문재기가 먼저 하늘을 올려다보자 서문완영도 덩달아 목을 젖혔다.

야공을 가르는 이십여 마리의 커다란 새. 새의 발에 검은 그림자가 하나씩 매달려 있다. 검은색 행글라이더를 탄 암전대원들이 세이건 가를 향해 소리없이 날아가고 있는 것이다.

서문완영은 다시 세이건 가를 바라보았다. 검은 새의 발에서 검은 인영들이 지붕 위로 툭툭 떨어지는 순간 세이건 가의 주변으로 또 다른 검은 인영들이 쇄도했다.

서문완영은 세이건 가로부터 시선을 거두고 서문재기의 옆으로 다가갔다. 그리고 그의 오른팔에 매달려 그의 귀에 속삭였다.

"아버지, 때가 되었군요. 부탁해요."

서문재기가 솥뚜껑만 한 손을 들어 서문완영의 머리카락을 쓰다듬었다. 서문완영이 그의 뺨에 입술을 가져다 대자 서문재기는 손을 내리고 세이건

가를 향해 일직선으로 달려가기 시작했다.

"파팟!"

단걸음에 움직이는 거리가 20m 정도에 이르렀다. 단 몇 걸음 만에 서문재기는 어둠 속으로 사라졌다.

서문재기의 뒷모습을 바라보던 서문완영은 시선을 거두고 차에 올랐다.

※

깊은 잠에 빠져 있던 가녀린 체구의 소녀가 갑자기 침대에서 벌떡 일어나 두 무릎을 가슴으로 모으고 두 손으로 머리를 감싸 쥐었다.

"불안해! 불안해! 무서워!"

소녀가 몸을 떨면서 같은 말을 반복하자 옆에서 자고 있던 늘씬한 금발 여인이 벌떡 일어나 소녀에게로 다가갔다.

"이글 아이! 왜 그래?"

이글 아이라고 불린 소녀는 금발여인이 그녀의 두 어깨를 잡고 흔들자 갑자기 목을 뒤로 젖혔다. 그리고 두 눈을 크게 뜨면서 전율했다. 그 순간 그녀의 푸른 눈동자가 뒤집혀 흰자만 드러났다.

"와! 검은 새들이 날아와. 은빛 돌이 날아다니고 검은 화살이 피를 불러! 와! 악마들이 오고 있어."

금발여인은 소녀의 말을 악몽으로 치부하지 않았다. 소녀의 이름은 이글 아이. 토네이도나 스피어, 혹은 실드와는 달리 전통적인 분류의 초능력이라고 할 수 있는 예지력을 지닌 소녀다. 그녀의 예지력은 아직 보잘것없어서 먼 미래를 감지할 수는 없다. 소녀가 보는 미래는 겨우 5분 후. 하지만 그녀의 예지력은 위기 시에 특별한 능력을 발휘한다. 보통은 그녀가 원할 때만 볼 수 있는 미래가 위기 시에는 자연스럽게 보이는 모양이다.

5분이면 별것이 아닌 것 같아도 위기에 대처하기에는 충분한 시간이다. 예지력 말고는 아무런 물리적 능력이 없는 그녀가 매튜 세이건의 특별 경호대에 포함되어 있는 이유는 그 위기 감지 능력 때문이다.

금발여인이 소녀의 어깨를 놓자 소녀는 뒤로 넘어갔다. 금발여인은 소녀를 안아 들고 침대의 아래쪽에 손을 넣어 단추를 눌렀다. 침대가 옆으로 비켜나면서 아래쪽에 빈 공간이 드러났다. 금발여인은 소녀를 안으로 넣고 다시 공간의 벽 한쪽에 달린 단추를 눌렀다. 침대가 소녀를 삼키며 원래의 자리로 돌아왔다.

금발여인은 방 안의 책상으로 달려가 책상 밑의 단추를 눌렀다. 경비팀에게 실시간으로 경보가 울릴 것이다. 일단 응급조치를 취한 금발여인은 몸에 달라붙는 분홍색 트레이닝복을 걸치고 두 손을 내뻗었다. 그 순간 다섯 개의 손가락이 사라지고 날카로운 황금색 창이 튀어나왔다. 두 개의 창으로 변한 손을 부드럽게 휘돌리자 창은 어느새 부채가 되었다. 전신을 황금빛 금속으로 변환시킬 수 있는 그녀를 사람들은 미스 골드라고 부른다.

통합 상황실에서 따분함이 가득한 눈으로 모니터를 보고 있던 야간팀장 스티브 워렌은 갑작스럽게 울리는 알람에 짜증난 표정을 지었다. 가끔 들고양이나 쥐들이 적외선 감지기를 건드리고 간다. 이유를 알지만 확인해 보지 않을 수 없다.

"응?"

상황판에서 깜빡이는 붉은 단추를 바라보던 스티브 워렌은 갑자기 눈을 치떴다. 경보가 울린 곳은 외벽이나 경비원 숙소, 혹은 창고가 아니다. 이글 아이와 미스 골드의 방에서 발해진 경보다.

"이글 아이!"

스티브 워렌은 이글 아이가 어떠한 능력을 지닌 사람인지 아는 몇 안 되는 사람 가운데 하나다.

"비상이다. 디펜스 시스템을 가동한다."

그 순간 좌우에 앉아 있던 두 사람도 급히 자세를 고치고 자신의 앞에 할당된 모니터에 집중했다. 시뮬레이션 때와는 완전히 다른 긴장감이 느껴졌다.

스티브는 얼굴에 드러나 있던 짜증을 재빨리 걷어내고 곧바로 전체 경보를 울렸다. 성을 방불케 하는 저택의 곳곳에 자리한 경비실에서 일제히 붉은 경보가 울릴 것이고 동시에 디펜스 시스템 또한 가동될 것이다.

스티브 워렌은 긴장된 표정으로 모니터를 살폈다. 저택의 사방을 향해 설치된 감시 카메라에는 특별히 잡히는 것이 없다. 이번에는 그가 그다지 관심을 두지 않는 하늘 쪽 모니터로 눈길을 돌렸다. 그리고 그 즉시 마이크를 손에 쥐었다.

"하늘이다. 경고없이 즉시 사격하라."

그 순간 저택의 영역을 침범한 행글라이더에서 검은 그림자들이 지붕 위와 저택 곳곳에 뚝뚝 떨어져 내렸다.

"옥상 위에 침입자다. 즉시 대응하라."

스티브 워렌은 마이크를 놓는 순간 매튜 세이건이 거주하는 저택 중심부를 외부로부터 차단하는 디펜스 실드를 내렸다.

쿵! 쿵! 쿵! 쿵!

네 개의 차단막이 떨어지는 소리가 들리고 그 느낌이 발바닥을 통해 느껴지는 순간, 스티브 워렌은 안도의 한숨을 내쉬었다. 일단 매튜 세이건의 안전을 확보한 셈이다. 이제 차분히 응전하여 침입자를 소탕하기만 하면 된다.

스티브 워렌은 차분해진 얼굴로 다시 마이크를 잡고 모니터를 주시했다. 그의 눈이 삼십여 개의 모니터를 넘나들었다.

"A3 존에 침입자 다섯! A7 존에 침입자 다섯! B2 존에 침입자 다섯! B6 존에 침입자 셋?"

그는 의문을 접어야 했다. 모니터에 나타나는 상황이 급박하게 변하고 있었다. 지붕 위로 떨어진 자들이 저택 안으로 진입했고, 자동소총을 소지한 경비원들과 검은 인영들이 마주쳤다.

두루룩! 두루룩!

총구에서 불을 뿜는 모습에 마치 총소리가 귀에 들려오는 것만 같았다.

"헉!"

스티브 워렌은 총알 구멍이 난 채 찢어진 걸레 조각이 되어야 할 검은 인영들이 벽을 타고 달리는 모습을 보며 눈을 치떴다. 그들이 손을 내뻗는 순간 경비원들이 머리를 뒤로 젖히며 픽픽 쓰러졌다.

"대원들은 조심하라. 적들은 벽을 타고 달릴 정도로 날렵하다. 총 대신 날리는 무기를 쓰니 모두 주의하라."

그가 애타는 목소리로 경고의 메시지를 날리는 순간에도 경비원들이 얼굴과 목을 붙잡고 쓰러지고 있다.

"젠장! 저러다 다 죽겠군."

무슨 까닭인지 몰라도 집 안으로 들어섰던 흑의인들이 곧바로 몸을 돌려 저택 밖으로 달려나갔다. 그때 외부 모니터에서 또 다른 침입자들이 보이기 시작했다.

경보가 울림과 동시에 저택 주변은 이미 낮처럼 밝아져 있다. 주변 땅 곳곳에 매설된 지둔형 라이트와 담장 위에 설치된 서치라이트들 때문이다.

침입자들은 그 빛의 길을 당당히 밟으며 단거리 육상 선수만큼이나 빠른 속도로 달려오고 있었다.

스티브 워렌의 좌우에 앉은 사내들이 손놀림이 바빠졌다.

투투투투투투투퉁!

두 사내의 손놀림에 따라 담 안에 은폐 설치된 원격 제어형 이연장 기관포가 불을 토했다. 당황스럽게도 컴퓨터로 제어하는 기관포가 한낱 인간의 속도를 따라가지 못했다. 이연장 기관포들로 인한 흑의인들의 피해는 십여 명에 불과했고, 그나마도 상대가 던진 자석 폭탄에 의해 제어력을 잃어가고 있었다. 그리고 어느새 흑의인들 대부분이 담벼락 아래쪽 기관포의 사각으로 들어섰다.

"히든 스피어 발동!"

5m에 이르는 담 곳곳에서 동작 감응 센서에 반응한 창이 튀어나왔다. 하지만 그것마저도 흑의인들을 막아내지 못했다. 그들은 갑작스럽게 튀어나온 창들을 지지대 삼아 나무 타는 다람쥐들처럼 담 위로 솟구쳐 올랐다.

"이럴 수가! 팀장님, 놓쳤습니다."

스티브 워렌은 긴장된 눈으로 담 안쪽을 비추는 모니터를 훑었다.

"맙소사! 도대체 몇 명이나 넘어온 거야? 다 죽었다."

행글라이더로 침입한 자들과 같은 복장을 한 자들이다. 대충 떠올려 봐도 칠팔십에 이른다. 4조 8문의 기관포의 포화와 히든 스피어를 뚫은 자들을 남은 경비원들만으로 감당하기는 힘들 것이다.

"인간들 맞아? 1마일이 넘는 거리를 그 속도로 달려오다니……."

스티브 워렌이 보는 세이건 가의 경비 상태는 완벽에 가깝다. 첨단을 달리는 경비 시스템은 특수부대 수준의 침입자들을 가정하고 그 능력의 120퍼센트 수준으로 만든 방어 시스템이다. 외부 침입은 이연장 기관포들과 히든 스피어가 막아내고, 내부 침입자들은 디펜스 월에 의지한 마흔 명의 전직 특수부대 출신 경호원들과 담장에서 저택 사이의 곳곳에 설치된 트랩들로 막아낸다. 더구나 이글 아이라는 조기 경보기나 다름없는 초능력 소녀까지 보유하고 있다. 미국에서 가장 치안 상태가 좋다는 롱아일랜드 햄튼에 자리한 저택이라면, 지나쳐도 너무 지나친 과잉 방어 시스템을 갖춘 셈이다. 스티브 워렌은 지금까지 세이건 가가 뚫릴 것이라는 상상을 단 한 번도 해본 적이 없다.

침입자들은 상상을 불허할 정도로 빨랐다. 컴퓨터가 잡지 못한 것이 아니라 그 컴퓨터를 이용하는 인간들의 손이 그들을 따라잡지 못했다. 자그마치 1마일이다. 침입자들은 뛰고 뒹굴고 날아 한순간에 그 거리를 주파해 버렸다. 게임하듯 마우스를 잠깐 비틀면 겨냥이 가능함에도 불구하고 팔 할 이상을 놓쳐 버렸다.

저택 내부에서의 움직임도 눈이 튀어나올 만큼 놀라웠다. 마치 다 알고 있다는 것처럼 편한 길을 놔두고 어려운 길만 골라서 날아다녔다. 애써 설치해 놓은 동작 감응 부비트랩들을 모조리 피해간 것이다. 디펜스 월에 의지하여 대응 태세를 취하던 경비원늘도 짐입자들과 서택에서 밖으로 빠져나간 침입자들의 협공에 걸려 별다른 힘도 써보지 못한 채 죽어가고 있다.

사방에서 총성이 울리고 비명 소리가 들린다.

"911에 연락해."

왼쪽의 사내가 911을 호출하는 순간 모니터 한쪽에 그가 앙모하는 여인 미스 골드의 모습이 드러났다.

"위험해! 미스 골드!"

흑의인들이 저택을 향해 거침없이 쇄도했다. 그 순간 미스 골드가 나선 것이다. 그들이 미스 골드를 향해 손을 뻗었다. 그때 미스 골드가 두 손을 내뻗어 원을 그렸다. 스티브 워렌은 자신의 눈을 의심했다. 미스 골드의 두 손이 황금빛 부채가 되어 겹쳐지는 순간 아름다운 황금빛 방패가 검은 화살들을 튕겨냈다.

미스 골드가 쇄도했다. 황금빛 부채는 어느새 금빛 창으로 변해 앞으로 뻗어나갔다. 두 흑의인을 꿰뚫고 사라진 금빛 창은 어느새 날카로운 황금도가 되어 다시 두 흑의인의 목을 베고 지나갔다. 신화에 나오는 전쟁의 여신이 현신한 듯한 모습이다.

뒤쪽으로 처져 있던 마지막 흑의인이 60㎝가량의 짧은 칼을 뽑아 들고 미스 골드에게 쇄도했다. 그가 칼을 휘두르는 순간 은빛 도신에서 빛이 흘러나왔다. 미스 골드가 두 칼을 교차하여 칼을 막아내는 순간 흑의인이 발을 내뻗어 미스 골드의 배를 후려 찼다.

"저런! 개자식이!"

미스 골드를 염려하며 욕설을 토해내는 순간 놀랍게도 그녀를 후려 찬 흑의인이 뒤로 튕겨 나갔다. 그때 미스 골드가 오른손을 내뻗었다. 가느다란 창이 5m를 뻗어나가 흑의인의 머리를 뚫었다.

"저 정도였던가?"

스티브 워렌이 놀란 눈으로 모니터 속의 미스 골드를 바라보는 순간 그녀가 카메라로 시선을 주었다. 그녀가 이어 마이크를 통해 말했다.

"스티브! 다음은 어디야?"

스티브 워렌은 급히 정신을 차리고 마이크를 들었다.

"어디랄 것도 없소. 지금 사방에서 몰려오고 있소."

"젠장! 알았어. 바쁘겠군."

미스 골드가 그 조각 같은 얼굴을 비틀어 버리자 스티브 워렌은 상황을 잊고 아쉬움을 토했다. 그러나 그도 프로다. 금세 냉정을 되찾고 모니터를 주시했다. 하지만 그가 할 수 있는 일이 별로 없다. 살아 있는 경비원보다 죽은 이들이 더 많다. 남은 인원으로는 담장 앞까지 달려온 흑의인들을 감당하기 어렵다.

"전 대원에게 알린다. 제자리에서 버텨라. 경찰이 올 때까지만 참아."

최소한 매튜 세이건의 안전은 확보된 상태다. 이왕 저택이 쑥대밭이 된 이상, 더 이상의 희생은 쓸모없다는 것이 그의 생각이다.

푸쉬쉬!

그때 바람 빠지는 소리와 함께 안전문이 열렸다. 스티브 워렌은 굳이 돌아보지 않았다. 50㎝의 합금 벽인 안전문을 열기 위해서는 카드키 외에 여덟 자리의 비밀번호를 입력해야 하고 동시에 지문과 홍채 인식 시스템을 통과해야 한다. 그것이 가능한 사람은 스티브 워렌 자신을 포함하여 단 네 사람밖에 없다. 한 사람은 매튜 세이건의 곁에, 한 사람은 중국에, 한 사람은 바로 옆방에 있다. 결국 상황실로 들어온 사람은 주간 근무를 마치고 휴식을 취하고 있던 동료 저스틴 말론일 것이다.

"왜 이렇게 늦었어?"

모니터를 주시한 채 물었다. 두 대의 매화수전과 목을 긋는 한 자루 은빛 칼날이 대답을 대신했다. 누군가 고개라도 한번 돌려서 봤으면 저항이라도 해봤을 텐데, 상황실의 세 사람은 서로 누군가가 봤을 거라는 생각을 했던 것이다. 결국 스티브 워렌과 두 동료는 자신을 죽인 사람의 얼굴도 보지 못한 채 세상과 이별했다.

스티브 워렌을 의자에서 밀어낸 흑의인은 사람의 눈과 손가락 하나를 바닥에 팽개치고 눈앞의 생소한 기계들을 둘러보며 중국말로 중얼거렸다.

"중앙 안전문 차폐 장치라, 어떤 거라 그랬더라?"

따다다다다당!

두 개의 부채를 이어 붙인 원형의 방패에 수십 개의 암기가 부딪쳤다가 바닥으로 떨어졌다. 미스 골드는 두 개의 부채를 동시에 털었다. 그 순간 부채는 두 줄기 황금창으로 변해 두 흑의인의 가슴과 이마를 동시에 꿰뚫었다. 그녀의 앞에는 어느새 십여 구의 시신이 나뒹굴고 있다. 흑의인들의 거침없던 행보는 일단 그녀의 앞에서 멈춘 셈이다. 하지만 그것으로 안심할 수 없다. 잠시 주춤거렸을 뿐, 겁을 먹거나 물러설 기미를 보이는 흑의인들은 없다.

미스 골드는 마지노선에 서 있다. 그녀가 물러서면 곧바로 저택이다. 저택을 제외한 나머지 영역은 이미 흑의인들에게 점령된 상태다.

'마스터의 아트 컬렉션이 전부 날아가겠군. 아까워!'

저택이 곧 아트 갤러리다. 바로크미술을 편애하는 매튜 세이건의 취향에 따라 루벤스와 램브란트의 그림들, 베르니니의 조각들이 저택 곳곳에 전시되어 있다. 매튜 세이건은 단 한 번도 그 그림과 조각들이 진품이라고 말한 적이 없지만, 세계 곳곳의 박물관에 진품이라고 전시된 것들 가운데 많은 것들이 위작일 가능성이 높다. 저택에 있는 베르니니의 조각들 같은 경우는 위작이라고 생각하지만, 그것도 확신할 수는 없다.

스스로 예술 애호가라고 생각하는 미스 골드다. 틀에 박힌 듯한 바로크 미술은 그녀의 취향이 아니지만, 그렇다고 거장의 작품들을 폄하할 생각은 없다. 달력 보듯이 그들의 작품을 볼 수 있다는 사실만으로 늘 즐겁다. 보존하고 싶은 마음은 간절하나 아쉽게도 가능한 일이 아니다. 몸이 두 개가 아닌 바에야 저택 주변의 흑의인들 모두를 막아낼 능력은 없다.

짜증이 겹친 미스 골드는 낮게 욕설을 토했다.

"개자식들! 주름살 짙어지겠네."

올해 나이 스물여덟의 미스 골드는 여전히 아름답다는 소리를 듣고 있다. 골드바처럼 매끈하고 반짝이는 피부 덕분에 북반구 미인 소리를 듣는 그녀가 주름살 걱정을 하는 이유는 얼마 전 중국에 가 있는 토네이도가 한 말을 듣고부터다.

능력을 쓰면 쓸수록 빨리 늙는다.

여자로서 걱정하지 않을 수 없는 전언이다. 그 말의 이론적 배경마저 그럴 듯하여 개소리라고 치부하면서도 무의식적으로 능력 사용을 자제해 왔다. 하지만 오늘은 그럴 수 있는 상황이 아니다. 벌써 이십여 명을 처리했음에도 불구하고 흑의인들은 꾸역꾸역 몰려오고 있다. 몇 명 처리함으로써 주춤거리게 만들기는 했지만, 또다시 몰려들 것이다.

곤란했다. 순간 반응이 예상을 한참 웃돈다. 그녀가 아는 특수부대 출신들과는 비교도 할 수 없을 만큼 빠르다. 디펜스 시스템이 쉽게 무너진 것도 그 때문일 것이다. 디펜스 시스템의 가상 적은 상당한 무게의 군장을 지닌 훈련된 군인들이지, 벽을 밟고 달리고 일순간이나마 하늘을 날 수 있는 괴인들이 아니다.

'도대체 이런 놈들이 어디서 나온 거야? 브라이트 스카이라는 그 중국 놈들인가? 곤란해, 곤란하단 말이야.'

그녀의 능력에는 약점이 있다. 한 가지를 사용하면서 다른 것을 사용할 수 없다. 두 손으로 동시에 세모와 네모를 그리기 어렵듯이, 방패를 사용하는 중에 창이나 칼을 쓸 수 없다. 전신 방어도 가능하지만 그때는 공격을 하지 못한다. 상대가 그것을 눈치채면 그녀는 전신 방어 모드를 펼쳐 놓은 채 샌드백처럼 서 있어야 할 것이다.

'젠장! 전신 방어 능력이 가장 피곤한데. 갑자기 늙어버리면 어떻게 하

지? 머리카락이 벌써 푸석푸석해지는 느낌이네. 섀도와 스프링이 도와주면 편할 텐데.'

도움을 바라기는 어려운 상황이다. 그림자 인간 섀도와 물의 능력자 스프링은 현재 안전 차단막이 내려진 저택 중앙부에서 매튜 세이건을 근접 경호하고 있을 것이다. 안전 차단막을 다시 열지 않는 이상 그들도 나올 수 없게 되어 있다. 그들 외의 능력자라고는 이글 아이밖에 없으니, 결국 그녀 혼자서 나머지를 다 처리해야 한다.

'아니지. 그냥 버티면 돼. 사이렌 소리 들리잖아. 얼마 남지 않았어. 후! 나도 중국 보내달라고 해야겠다. 토네이도가 사부로 모신 그 인간을 꼬드겨서 늙지 않는 비법을 배워야겠어.'

미스 골드는 자신도 모르게 오른손 중지로 눈가의 주름을 만졌다. 하지만 흑의인들의 눈에는 그녀가 욕설로 도발하는 것처럼 보일 수밖에 없다.

그들이 재차 달려들려는 순간, 쿵! 소리를 내며 검은색 중국옷을 입은 노인이 갑작스럽게 허공에서 떨어져 내려섰다.

"천주를 뵙습니다."

흑의인들이 일제히 한쪽 무릎을 꿇고 초로인을 향해 고개를 숙였다.

미스 골드도 자연스럽게 노인을 살폈다. 아무런 감정도 담기지 않은 초로인의 눈과 마주쳤다.

'뭐야? 뭐, 저런 눈빛이 다 있어? 죽은 사람 같잖아?'

그 순간 초로인의 전신에서 가공할 기운이 흘러나왔다.

고오오오오오!

꼼짝도 하지 않고 서 있음에도 불구하고 초로인의 옷자락은 폭풍을 맞는 듯 펄럭이고 있다.

"하! 살아 있다고 자랑이냐? 성격 지랄 같네. 말로 해, 말로."

그때 초로인이 뚜벅뚜벅 걸어 미스 골드를 향해 다가왔다.

쉭!

스스로의 위축감에 짜증이 난 미스 골드가 신경질적으로 오른손을 내뻗는 순간 손은 날카로운 창이 되어 초로인의 가슴을 향해 날아갔다. 초로인도 주먹을 내뻗었다.

우웅!

주먹에서 일렁이는 무형의 기운이 세차게 뻗어 나와 창과 부딪쳤다.

쩡!

묘한 금속성이 울려 퍼지는 순간 미스 골드는 인상을 찌푸리며 뒤로 물러섰다. 10㎝ 두께의 철판도 뚫어버리는 황금창이 한낱 뼈와 가죽으로 된 주먹 하나를 감당하지 못하고 튕겨나 버렸다.

급하게 창을 회수하고 손을 살폈다. 오른손 중지가 욱신거렸다. 그녀는 평생 지금처럼 당황해 본 적이 없다. 늘 자신만큼은 어떤 상황에서도 죽지 않을 것이라고 확신해 왔는데, 초로인 앞에서 그 자신감이 사그라지고 있다. 느껴보지 못했던 압박감을 초로인이 선사하고 있는 것이다.

"재미있는 기술, 아니, 능력인가? 신기해!"

초로인 서문재기의 입에서 처음으로 목소리라는 것이 흘러나왔다. 낮고 음산한 목소리다. 그 순간 무슨 생각을 하는지 알 수 없게 만들던 그의 불투명한 눈빛도 붉은빛을 드리우며 반짝였다.

팟!

두 손을 좌우로 펼치는 순간 옷자락 펄럭이는 소리와 함께 그의 신형이 미스 골드에게로 날아갔다. 두 무릎조차 구부리지 않는 고절한 신법이다.

눈 한 번 깜빡이는 순간 서문재기의 신형은 오 장을 단축하여 미스 골드의 코앞까지 이르렀다. 깜짝 놀란 미스 골드는 공격할 엄두도 내지 못하고 급하게 전신 방어 모드를 전개했다.
 신체 강화는 서문재기의 손이 노리고 날아오는 가슴부터 변하기 시작하여 전신으로 퍼져 나갔다. 미스 골드의 전신이 한순간에 황금빛으로 물들었다. 황금 조각상을 보는 듯, 얼굴마저 금빛 금속으로 뒤덮였다. 그 순간 서문재기의 손바닥이 회오리치듯 휘돌면서 미스 골드의 가슴을 후려쳤다.
 쩡!
 금속성이 섞인 소리와 함께 미스 골드가 가랑잎처럼 날아가 저택의 정문 안에서 처박혔다. 평소 저택 입구에서 사람들의 발걸음을 멈추게 만들었던 베르니니의 '두루마리를 든 천사' 상이 미스 골드의 신형과 충돌하면서 박살이 났다. 천사의 상반신을 대신하여 늘어져 있던 미스 골드가 꿈틀거리며 일어났다.
 울컥!
 미스 골드가 피를 토하며 손으로 가슴을 눌렀다. 움푹 들어간 금속성 피부가 원래의 모습으로 복원되면서 또 한 차례 피를 토했다. 그녀는 자신의 발 앞에 토해진 선혈을 생경한 눈으로 바라보았다.
 '피를 토해? 이 내가?'
 미스 골드는 오만상을 찌푸리며 가슴을 움켜쥐었다. 평생토록 한 번도 느껴보지 못한 극통이었다. 처음으로 느껴보는 죽음의 느낌이었다. 그녀는 천천히 다가오는 서문재기를 노려보다가 현관 안으로 뛰어들어 갔다.
 상대는 혼자서는 도저히 상대할 수 없는 괴물이다. 그를 상대하기 위해서는 자신과 같은 능력자가 아닌, 현대의 병기가 필요하다고 생각했다. RPG를 퍼붓든지 발칸포를 쏟아부어야 답이 나올 인간이다. 그녀로서는 어떻게 상대해야 할지 감도 못 잡았는데, 버텨봐야 할 수 있는 일이 없다. 결국 그녀가 선택한 것은 도주다.

미스 골드가 저택 안으로 사라져 버리자 서문재기는 곧바로 걸음을 멈췄다. 그리고 오연히 뒷짐을 지고 허공을 향해 말했다.

"금강불괴는 아닌 것 같군. 정리하라!"

임항이 절도있게 허리를 접어 보이고 손가락으로 지시하자 남은 흑의인들 가운데 반수가 집 안으로 쇄도해 들어갔다.

임항이 남은 이들에게 말했다.

"경찰들을 저지하도록!"

남은 흑의인들도 사방으로 흩어져 다시 담을 넘었다.

홀로 남은 서문재기는 저택으로부터 등을 돌려 난장판이 된 정원을 바라보았다. 자연을 통째로 옮겨오는 방식의 중국 정원과는 달리 잘 가꾸어진 숲을 옮겨온 듯한 서양식 정원이다. 자연스러움보다는 관리와 통제가 반드시 필요한 방식으로 정렬되어 있다. 곳곳이 부서지고 시체가 널려 있기 전이라면 나름대로 멋이 느껴졌을 것이다.

"쓸데없이 사치스럽군."

서문재기는 볼 가치도 없다는 듯이 다시 정문을 향해 몸을 틀었다.

⚜

그르르르륵!

세상의 그 누구도 뚫을 수 없다던 디펜스 실드가 다시 올라가기 시작했다. 50㎝ 두께의 티타늄으로 된 디펜스 실드가 방어해 내는 공간은 매튜 세이건이 주로 생활하는 방, 서재, 거실, 그리고 집사장의 방 정도의 좁은 구역이다. 장시간 거주하기는 부적합하지만 오늘 같은 위기 시에 안전을 확보하기에는 충분하다. 일종의 패닉룸 개념으로 만들어진 것이다.

디펜스 실드가 해제된다는 것은 두 가지 의미로 해석할 수 있다. 첫째는 안전이 확보되었을 경우다. 그리고 두 번째는 침입자들에 의해 강제로 열린 경우다.

매튜 세이건은 디펜스 실드가 올라가면서 만들어진 틈새를 통해 들려오는 총성에 눈살을 찌푸렸다. 명백히 두 번째 경우다.

매튜 세이건의 등 뒤에 설 수 있는 몇 안 되는 사람 가운데 한 사람 마틴 댄포드가 인터컴을 통해 상황실과의 연결을 시도했으나 실패했다.

"주인님, 상황실까지 진입한 것 같습니다. 일단은 아래층으로 내려가셔야겠습니다."

일인용 소파에 앉아 있던 매튜 세이건은 가늘고 주름진 손을 불끈 쥐며 자리에서 일어났다. 어금니를 꽉 깨문 듯 표정이 굳어 있다.

"가지."

매튜 세이건이 실크 로브 차림으로 앞장서자 마틴 댄포드와 하늘거리는 하얀 원피스에 유난히 창백한 얼굴을 지닌 여인이 뒤를 따랐다. 서재로 옮겨간 매튜 세이건은 고서적만을 모아둔 책장 앞으로 다가가 단테의 신곡을 뽑았다가 다시 꽂았다. 책장이 기계음을 내며 물러났다가 왼쪽으로 밀려가 사라졌다. 고풍스러움이 사라지고 현대적이고 차가운 모습이 드러났다.

깔끔한 벽에는 디지털 숫자 판 하나만 덜렁 붙어 있다. 마틴 댄포드는 매튜 세이건의 앞으로 나가 숫자 판 앞에 섰다. 여덟 자리의 비밀번호를 입력하자 아무것도 없던 벽에서 엄지 하나 들어갈 공간이 생겼다. 마틴 댄포드가 오른손 엄지를 구멍에 넣자 다시 작은 카메라 하나가 나타났다. 눈을 대는 순간 붉은빛이 홍채를 확인했다. 그리고 잠시 후 벽이 갈라졌다.

매튜 세이건이 말했다.

"섀도! 스프링!"

매튜 세이건의 발아래 맺혀 있던 작은 그림자가 갑자기 늘어나면서 새까만 옷을 입은 건장한 흑인으로 변해 일어났다. 그의 옆으로 여인이 섰다.

"마스터!"

"골드를 도와 적을 말살하라. 한 놈도 살려 보내지 마!"

두 사람의 지상 과제는 매튜 세이건의 보호다. 어지간해서는 매튜 세이건의 곁에서 벗어나지 않는 두 사람이 아무런 이의도 제기하지 않고 고개를 숙였다. 매튜 세이건이 향하는 지하 쉘터야말로 세상에서 가장 안전한 곳이라는 사실을 알기 때문이다. 쉘터는 핵전쟁을 대비하여 지하 100m 밑에 만들어놓은 방공호다. 빈손으로 들어가도 1년은 너끈히 살 수 있을 뿐만 아니라 정해진 사람이 아니면 엘리베이터 문조차 찾지 못하도록 설계되어 있다.

두 사람이 사라지자 매튜 세이건은 입을 꾹 다문 채 엘리베이터에 올라섰다.

⚜

일백이 와서 일흔 남짓이 살아남았다. 아직 살아서 신음하는 자들이 몇 있겠지만, 잡히기 전에 자결하도록 훈련받은 자들이니 죽은 셈 치는 게 편하다. 세이건 가를 초토화시킨 대가로는 상당히 양호한 결과다.

이제 남은 적은 그들의 목표가 되는 곳으로 통하는 복도를 가로막은 두 여자뿐이다. 백설공주라는 별명을 붙여도 이상하지 않을 하얀 옷의 여인은 처음 보지만, 황금 피부를 가진 여인은 이미 경험했다. 처음에는 생소한 능력이라 당황했으나 천주와 싸우는 모습을 보았다.

몸놀림은 상당히 빠른 편이다. 정확히는 공수의 전환이 빠르다. 하지만 암전대의 누구라도 그 정도는 가능하다. 많은 희생자 생긴 이유는 전대미문의 특이한 능력과 그 능력에서 비롯된 무기 자체의 강력함이다. 암기를 주로 쓰는 암전대원들이 쉽게 적응하지 못한 것이다. 하지만 이제 약점은 대충 파악했다. 초식의 현란함이 없다. 힘으로 밀어붙여야 한다. 그저 많은 무기를 가진 외문기공의 고수 정도로 치부하면 그만이다. 분명히 피를 토했다. 내상을 입을 수 있는 존재라면 깨질 때까지 두드리면 그뿐이다.

'하지만 저 여인은……'

임항이 걱정하는 사람은 하얀 옷의 여인이다. 미인이라고 할 수는 없지만 독특한 분위기 때문에 신비롭게 느껴진다. 그 신비한 분위기와 능력을 확인하지 않았다는 사실 때문에 섣불리 달려들지 못한다. 그러나 더 이상 지체하기 힘들다. 등 뒤에서 천주가 다가오는 것이 느껴지기 때문이다.

임항은 네 사람을 지목했다.

"금도금한 계집을 맡아라. 둘은 방어만 한다. 둘은 내기를 사용해 깨질 때까지 쳐라."

다시 네 사람을 지목해 하얀 옷의 여인을 공격하게 했다. 어떤 능력이 있는지 몰라 특별한 지시를 내리지 못했다.

"무리할 필요없다. 대응법을 찾을 때까지 힘을 빼놔. 가라!"

여덟 흑의인이 복도를 꽉 메운 채 튀어나갔다.

파파파팟!

동시에 내뻗은 손에서 은빛 광채를 발하는 마름모꼴 암기들이 두 여인을 향해 날아갔다.

미스 골드는 즉시 부채를 만들어 전신을 보호했다.

따다다당!

네 개의 암기가 바닥에 떨어지는 순간 두 명의 암전대원이 벽과 천장을 타고 그녀의 등 뒤로 돌아갔다. 다시 암기들이 쏟아져 나왔다. 미스 골드는 어쩔 수 없이 전신 방어 모드를 전개하고 암기를 몸을 막아냈다.
"젠장! 스프링! 놈들이 내 약점을 알아냈어. 도와줘!"
마침내 미스 골드는 샌드백이 되어버렸다.
"몸으로 받아버려!"
스프링은 그녀대로 바빴다. 스프링이라는 이름처럼 그녀의 전신에서 맑은 물이 샘물처럼 흘러나와 전신을 뒤덮었다. 한마디로 경이로운 광경이다. 따로 수원(水源)도 없는데 저절로 물이 생성되었다.
휘류류류!
물을 와류를 이루어 그녀의 몸을 감돌았다. 물속에 퍽퍽! 소리를 내며 꽂힌 암기들이 그녀의 몸 주위를 몇 바퀴 돌아 원심력의 도움으로 다시 튀어나갔다.
네 명의 흑의인은 갑작스럽게 되돌아온 암기를 피하기 위해 분분히 물러서며 공간을 어지럽혔다. 그 순간 스프링은 두 손을 교차하여 어깨를 붙잡았다가 세차게 내뻗었다.
촤아아아아!
그녀의 전신을 감싸고 있던 물이 폭포수가 되어 뻗어나갔다. 피할 공간이 없다 보니 네 명의 암전대원은 전신에 기력을 끌어올리고 버텼다.
퍼버버벅!
물줄기의 힘은 예상 외로 약하기 그지없다. 바가지로 물을 떠 세차게 뿌리는 정도에 불과해서 물을 맞은 암전대원들이 오히려 당황했다. 그 순간 아래로 흘러내려 갔어야 할 물이 덩어리가 되어 그들의 얼굴을 감쌌다. 숨 쉴 구멍을 잃은 암전대원들은 몸부림을 치며 두 손으로 물을 털어냈다. 하지만 손끝에 털려 나갔던 물방울은 자석처럼 본류에 합류하여 암전대원들의 호흡을 막았다.

"바보 같은 놈들! 물속에서 숨 못 참아? 침착해! 그 괴물 같은 년을 죽이면 물도 힘을 잃는다."

하지만 들릴 리가 없다. 물속에서 당황한 사람은 살 수 없다. 네 명의 암전대원은 이미 바닥에 누워 떨쳐도 떨려 나지 않은 물 덩어리와 죽음의 사투를 벌이고 있다.

"가라!"

다시 네 명을 지목하는 순간 암전대원 넷이 튀어나갔다. 그들은 처음부터 두 자루의 짧은 도를 꺼내 들고 스프링을 향해 달려갔다. 다시 물 덩어리들이 쏟아져 나오자 암전대원들은 호흡을 멈춘 채 두 자루의 도를 맹렬하게 휘돌렸다.

파파파파파파파파!

물 덩어리를 베고 또 벴다. 칼로 물 베기에 불과했지만 계속해서 베어지는 물 덩어리들은 쉽게 하나로 뭉쳐지지 않았다. 도기에 베인 물 덩어리들은 조금씩 증발하여 그 크기가 줄어들었다.

퍼버버버버벅!

여덟 줄기의 도기가 스프링의 몸을 감싼 물과 부딪쳤다. 사방으로 물방울이 튀어나갔다. 그러나 방울방울 흩어져 바닥에 떨어진 물방울들은 쇳가루가 자석에 끌리듯 바닥을 달려 본류에 합류했다. 하지만 네 명의 암전대원은 포기하지 않았다. 베고 또 베어 조금이라도 스프링에게 더 가까이 다가가려고 노력했다.

스프링의 미간에 잡힌 주름이 굵어졌다. 그 순간 물줄기는 세차게 휘돌아 스프링의 몸에서 떨어져 나와 그 영역을 넓혔고 한순간에 네 명의 암전대원을 휘감았다.

"가라!"

다시 네 명의 암전대원이 달려가 허공으로 튀어 올랐다. 그들은 거의 동시에 도를 앞으로 내뻗어 스프링의 머리 위로 다이빙했다.

"흐아아아아!"

스프링이 악귀처럼 변한 얼굴로 괴성을 토해내자 그녀의 전신에서 새롭게 물줄기가 솟아올랐다.

"물러서!"

허공을 난자하며 물방울을 튕겨낸 네 명의 암전대원이 사방으로 흩어졌다. 그때 임항의 뒤쪽에서 비명이 치솟았다. 임항이 고개를 돌리는 순간 암전대원 하나가 목을 부여잡고 컥컥거리며 주저앉았다. 마치 자살이라도 한 것처럼 공격자가 보이지 않았다. 그 순간 또 한 사람의 암전대원의 등 뒤에서 검은 그림자가 일어나 흑인의 형상으로 변했다. 그가 하얀 이를 드러내 보이며 임항을 향해 미소 지었다. 동시에 그의 손에 쥔 검은 단도가 암전대원의 목을 갈랐다.

"놈!"

임항의 손에서 비도가 발출되는 순간 섀도는 다시 그림자가 되어 바닥으로 스며들었다. 검은 그림자가 또 한 사람의 암전대원에게로 스멀스멀 기어가 그의 그림자와 합류했다. 임항은 곧바로 그림자를 향해 비도를 발출했지만 비도는 대리석에 꽂힐 뿐이다.

바로 그때 천주 서문재기가 나타나 섀도가 숨어든 그림자 주인의 목을 잡아 허공으로 집어 던졌다. 암전대원이 샹들리에 위에 매달리는 순간 그림자가 사라졌고, 섀도는 검은 덩어리가 되어 벽을 타고 서문재기의 그림자 속에 숨어들었다.

"천주!"

그냥 미사일 한 방 날리면 안 돼?

임항이 비명을 질렀으나 서문재기는 임항에게 손바닥을 내보여 접근을 저지하고 자신의 그림자를 바라보며 싱긋 웃었다. 서문재기는 자신의 그림자 위에 쪼그리고 앉아 손바닥을 그림자 위에 댔다.

"퍽!"

대리석 바닥이 산산이 부서져 사방으로 튀어나갔다. 돌가루와 함께 흩어졌던 그림자 조각들이 바닥을 타고 다시 서문재기를 향해 당겼다 놓은 고무줄처럼 돌아왔다.

"이놈도 재미있군."

서문재기는 다시 일어나 앞으로 걸어갔다. 그가 걷자 암전대원들이 좌우로 물러났고, 그는 기세를 발하여 더욱 세차게 암전대원들을 물러나게 만들었다. 암전대원들이 벽에 붙듯이 물러나자 그는 뚜벅뚜벅 걸어 미스 골드에게로 다가갔다.

"물러나!"

네 명의 암전대원이 비켜서자 서문재기는 임항을 돌아보며 말했다.

"통로를 열어라!"

바로 그 순간 스프링이 물 덩어리를 던져 서문재기의 얼굴에 뒤집어씌웠다. 서문재기는 여덟 명의 익사자와 물 덩어리를 빤히 바라보면서도 아무런 조치를 취하지 않고 그대로 맞았다. 마치 투명한 오토바이 헬멧을 쓴 듯한 모습으로 서문재기는 스프링을 향해 미소 지었다. 서문재기는 스프링을 지나 두려운 눈빛으로 그를 바라보는 미스 골드에게로 다가갔다.

미스 골드는 미칠 것만 같았다. 한 몸에 섀도의 그림자를 달고 스프링의 물 덩어리를 뒤집어쓴 채로 천천히 다가오는데도 물러설 수가 없다. 전신을 옭아매는 기묘한 압박감 때문이다.

"섀도! 스프링! 어떻게 좀 해봐! 이 인간, 괴물이란 말이야!"

텅! 텅! 텅!

전신 방어 모드를 전개한 채 주춤주춤 물러서는 미스 골드의 앞쪽에 그녀가 뒷걸음질친 발자국이 뚜렷하게 드러났다. 그녀가 두려워하는 모습을 보면서도 스프링이 할 수 있는 일은 없다. 상대의 공격을 수막으로 방어하고 상대를 익사시키는 것이 그녀의 능력이다. 이미 익사시키려고 물을 뒤집어씌워 놓았다. 물이 흩어지지 않도록 의지를 발하는 것이 그녀가 할 수 있는 최선이다. 스프링은 서문재기의 그림자 속에 숨어 있는 섀도에게 기대하고 있다.

벽까지 물러난 미스 골드는 이를 악물며 몸을 웅크렸다. 그리고 두 손을 머리 위로 모아 전신을 비틀며 튀어나갔다. 거대한 금빛 드릴로 변한 미스 골드의 신형이 서문재기를 꿰뚫을 듯 날아갔다.

우웅!

서문재기는 오른손에 내기를 끌어올려 인간 드릴을 향해 내뻗었다.

가가가가가강!

인간 드릴과 서문재기의 손에서 생성된 기막이 부딪쳐 귀청을 찢을 듯한 소리를 냈다. 인간 드릴이야말로 미스 골드의 최후의 수단이나. 그것을 전개하고 나면 몸이 녹초가 된다. 무방비 상태가 되기 때문에 지금껏 단 한 번도 실전에서 써본 적이 없다. 하지만 그것도 괴물 서문재기를 깨기에는 역부족이었다.

서문재기는 손을 뒤로 뺐다가 세차게 내질렀다. 인간 드릴은 회전을 멈추고 뒤로 튕겨 나가 벽에 부딪친 후 바닥에 널브러졌다. 미스 골드는 완전한 인간이 되어 정신줄을 놓아버렸다.

서문재기는 미스 골드의 머리맡으로 걸어가 그녀의 금발을 붙잡았다. 바로 그때 그의 등 뒤로 그림자가 일어나 흑인의 형상으로 변했다.

섀도는 검은 단검을 서문재기의 목으로 가져갔다.

쾅!

서문재기는 가만히 있었을 뿐인데 섀도의 신형은 포탄처럼 튕겨 나가 천장에 부딪쳤다가 떨어졌다. 하지만 섀도의 피 묻은 입가에는 미소가 어렸다. 무형의 기운이 전신을 강타하는 순간 분명히 서문재기의 목줄을 그었기 때문이다.

서문재기가 돌아섰다. 핏방울 하나 맺히지 않은 서문재기의 목을 확인한 섀도의 눈은 부릅떠질 수밖에 없었다. 섀도는 절망했다. 그의 능력은 그림자로 화할 수 있는 것뿐이다. 그림자로 변해 있을 때 그는 그 어떤 물리적 타격에도 손상을 입지 않는다. 그 한 가지 능력만으로 최상의 암살자가 되었다. 하지만 그에게도 다른 이들처럼 약점이 있다. 상대에게 물리적 타격을 입히려면 본래의 면목을 찾아야 한다는 것이다. 그리고 그때는 그도 상대의 공격에 취약해진다.

서문재기는 그 취약점을 노렸다. 순간적으로 발해진 호신강기로 그의 전신을 으깨어놓은 것이다. 섀도의 내상은 최악이었다. 그나마 서문재기와 함께 죽을 수 있게 되었다고 스스로를 위로했건만 미스 골드의 말처럼 서문재기는 괴물이었다.

섀도가 눈을 부릅뜬 채 죽어버리자 서문재기는 다시 미스 골드의 늘씬한 몸을 들어 올려 그대로 가슴을 후려쳤다. 다시 벽에 부딪쳤다가 앞으로 널브러진 미스 골드는 자신의 죽음을 인식하지도 못한 채 죽어버렸다. 이제 남은 사람은 스프링뿐이다.

서문재기가 스프링을 향해 돌아섰다. 그의 머리를 감싸고 있는 물 덩어리가 여전한 만큼 서문재기의 입가에 맺힌 차가운 미소 역시 여전했다.

스프링은 두 눈을 바르르 떨면서 경련을 일으키는 오른손을 정문 쪽으로 내뻗었다. 그녀의 몸을 감싸고 있던 두터운 수막이 조금씩 얇아지면서 정문을 향해 한줄기 물길이 트였다. 그 순간 스프링은 물길을 따라 재빨리 정문을 향해 이동했다. 그녀의 움직임은 절정의 신법을 펼친 것만큼이나 빨랐고, 그 어떤 소음도 들리지 않을 만큼 은밀했다.

휘리릭!

파공음이 들리는 순간 서문재기는 이미 스프링의 앞길에 서 있었다. 스프링의 놀란 눈과 서문재기의 붉은 눈이 마주쳤다.

스프링은 지금까지 누구를 두려워한 적이 없다. 그녀의 동료들 말고는 세상에 적이 없다고 생각하고 살았다. 하지만 세상은 넓었다. 동료 둘과의 합공에도 옴짝달싹하지 않는 괴물이 눈앞에 있다. 스프링은 두려움에 정신을 빼앗겨 자신의 몸을 감싼 물 덩어리들을 세차게 휘돌렸다.

서문재기는 차가운 미소를 지은 채 냇가에 손을 담그듯이 와류에 손을 댔다. 그리고 물장구치는 아이처럼 손바닥을 와류 안으로 찔러 넣었다. 슬그머니 손을 뺀 서문재기가 미소에 미소를 더했다. 그리고 두 손을 모두 와류 속에 찔러 넣었다.

퍼버버버벅!

물방울이 연이어 튀어나가며 물줄기가 줄어들었다. 스프링은 비명을 지르듯이 기합을 토해내 줄어드는 물줄기들을 보충했다. 서문재기의 얼굴을 감싸고 있던 물 덩어리마저 본류로 스며들었다. 그러나 서문재기의 두 손은 보이지 않을 정도의 속도로 물줄기를 후려쳤다. 흩어진 물줄기가 다시 합류하는 속도보다 그의 두 손이 흩어버리는 물이 더 많아지자 바닥이 물바다가 되었다. 그때 서문재기는 오른손을 길게 내뻗어 손아귀로 스프링의 목을 잡았다.

콰아아아아!

스프링의 전신을 휘돌던 와류들이 그녀의 몸을 타고 흘러내렸다.

"끄윽!"

서문재기의 손에 목이 잡힌 스프링은 한낱 가녀린 여인에 불과했다. 그저 목숨을 구걸하고픈 약한 여인이다. 제발이라고 말하고 싶었지만 목이 쥐어진 상태라서 목소리가 나오지 않았다.

서문재기는 짙은 미소를 지은 채 왼손 중지로 그녀의 미간 사이를 찔렀다. 내가중수법이다. 스프링의 뇌는 한순간에 곤죽이 되어버렸다. 세이건 가의 비밀 병기인 열두 명의 S포스 가운데 셋이 그렇게 어이없이 죽어버렸다.

임항은 품속에서 작은 렌즈 통을 꺼내어 오른쪽 눈에 렌즈를 끼고 오른손 엄지에 얇은 인피를 붙였다. 비밀번호를 입력하고 지문을 찍고 안구를 스캔한 후 차분하게 기다렸다.

우우우우웅!

기계 돌아가는 소리와 함께 엘리베이터의 문이 나타났다. 그 순간 임항의 등 뒤로 서문재기가 나타났다. 통로를 확보하라는 말을 한 지 5분도 못되어 그토록 애를 먹이던 초능력자 셋을 처리하고 나타난 것이다.

"한 조만 남기고 나머지는 철수시켜!"

임항은 즉시 고개를 숙였다.

"존명!"

지금까지 세작으로부터 얻은 정보는 100퍼센트 사실과 일치했다. 지하 기지에 관한 정보도 사실이라면 굳이 한 조를 남길 필요도 없을 것이다. 지하기지에 있으리라고 짐작되는 사람의 수는 단 세 명에 불과하다. 매튜 세이건과 집사장, 그리고 지하 기지에서 평생을 살아온 장애인 운영 요원 한 사람뿐이다.

　임항의 지적을 받은 자들만 남고 나머지는 모두 밖으로 나갔다. 임항이 서문재기를 바라보았다. 서문재기는 무표정한 얼굴로 고개를 끄덕였다.

　임항은 남은 열 명의 흑의인 가운데 다섯을 엘리베이터에 타게 했다.

　"통로를 장악하고 대기하라!"

　임항의 명령에 다섯 흑의인이 고개를 숙였다. 그들 가운데 하나가 하강 버튼을 눌렀다.

　우우우우우웅!

　팡! 후두둑!

　가가가가가가강!

　꽝!

　듣기 싫은 기음이 연이어지고 마침내 폭발 소리가 들리는 순간 임항을 눈을 감았다. 엘리베이터가 추락한 것이다.

　"문 열어!"

　서문재기의 명령에 눈을 번쩍 뜬 임항은 다시 엘리베이터의 문을 열었다. 보이는 것이라는 시커먼 공동과 뿌옇게 올라오는 먼지뿐이다. 먼지가 가라앉는 순간 임항은 남은 다섯 사람에게 눈짓했다. 그들은 곧바로 검은 공간 안으로 뛰어들어 갔다.

　임항은 서문재기에게 고개를 숙이며 말했다.

　"먼저 내려가겠습니다."

　서문재기가 고개를 끄덕이는 순간 임항도 검은 공간 속으로 뛰어들었다.

　두루루루루루루룩!

　뒷짐을 진 채 기다리고 있던 서문재기가 소리를 듣고 눈살을 찌푸리며 공간 안으로 뛰어들었다. 두 개의 벽을 번갈아 밟아가며 100m 정도를 떨어져 내렸다. 마침내 임항의 곁에 내려섰을 때 그를 기다리고 있던 흑의인들은 셋뿐이었다. 통로가 눈앞에 보이는데 임항을 포함한 네 사람 모두가 통로에서 비켜나 있었다.

"무슨 일이냐?"

임항이 대답했다.

"마지막 통로인 듯한데, 그 끝에 장애물이 있습니다. 곧 처리할 테니 잠시만 기다려 주십시오, 천주!"

벽에 손끝과 발끝을 꽂아 허공에 매달려 있던 서문재기는 말없이 고개를 끄덕였다. 조금 전에 들었던 괴이한 소리와 두 흑의인의 부재, 그리고 벽에 뚫린 수십 개의 총알 구멍을 보고 상황을 이해한 것이다.

원래 엘리베이터의 지하층 출구가 되어야 할 곳에 매달려 있던 임항은 품속에서 은빛 단도를 꺼내 통로 안쪽으로 내밀고 그것을 비틀어 도면에 비친 통로의 상황을 살폈다. 통로의 길이는 기껏해야 20m 정도다. 폭 2m에 높이 3m 정도의 직사각형의 하얀 대리석 통로인데, SF영화에서나 볼 수 있을 듯한 우주선의 통로 같은 느낌이다.

통로의 끝에 이상하게 생긴 차량이 한 대 서 있다. 골프장의 전기 자동차처럼 생긴 자그마한 차량인데 전면에 사람의 상반신을 가릴 정도의 두꺼운 플라스틱 실드와 여섯 개의 총구가 보이는 총이 달려 있다. 그리고 그 총 뒤에 40대 중반 정도로 보이는 중년 백인이 비장한 표정으로 임항이 있는 통로의 끝을 노려보고 있다.

'M134 A1 미니건? 흠! 1분에 4,000발이 나간다는 괴물이지?'

임항은 남은 흑의인 셋을 향해 물었다.

"자석 폭탄 남은 것 있나?"

두 흑의인이 품속에서 수류탄 크기의 알루미늄 캔을 꺼내 들었다.

"던져!"

두 흑의인은 대기 시간 5초로 세팅한 후 아래쪽 마개를 비틀어 통로 안으로 힘껏 던졌다. 두 개의 자석 폭탄은 날아가는 순간 총신의 재질에 이끌려 그대로 총신 위에 달라붙었다.

꽝!

폭음이 들리는 순간 임항은 다시 도신을 내밀었다. 중년 백인은 조각조각 깨어진 방탄유리에 만신창이가 된 채 목을 뒤로 꺾고 널브러져 있다.

임항이 세 흑의인에게 고개를 끄덕이자 그들이 통로 안쪽으로 쇄도했다.

"이상없습니다."

목소리를 듣는 순간 임항이 서문재기를 바라보았다. 서문재기가 통로로 들어서고 임항이 뒤를 따랐다. 차 뒤쪽의 모습은 세이건 가의 거실을 그대로 옮겨온 듯한 느낌이다. 벽에 걸린 그림이며 가구, 그리고 전등의 모습까지도 판박이다.

임항은 전면과 좌우의 문을 바라보며 소리쳤다.

"매튜 세이건을 찾아!"

세 흑의인이 세 개의 문으로 흩어졌다. 주방으로 향하는 전면의 문을 연 흑의인이 소리쳤다.

"여깁니다."

서문재기가 먼저 움직이고 그 뒤를 임항과 나머지 두 흑의인이 따랐다. 서문재기가 문을 지나 처음 본 것은 반대쪽 유리문 앞에 있는 소형 모노레일이다. 그리고 그 모노레일의 유리창을 통해 매튜 세이건이 서문재기를 노려보고 있다.

임항 등이 유리문을 향해 달려갔다. 그 순간 모노레일이 출발했다. 그리고 모노레일이 사라진 그 통로의 입구가 티타늄 문으로 막혀 버렸다. 임항이 당황한 표정으로 서문재기를 바라보았다.

"물러난다!"

육중한 티타늄 문을 바라보던 서문재기의 결정은 신속했다. 그는 곧바로 거실 쪽으로 물러났다. 임항 등이 뒤를 따라 거실로 들어서는 순간 천지를 경동시킬 정도의 폭음과 함께 태풍이 휘몰아쳤다. 그 태풍에 휘말린 임항은 가랑잎처럼 날아가면서 서문재기의 육신이 부서지고 불에 타오르는 모습을 바라보다가 나락 속으로 빠져들었다.

'천주, 당신도 나처럼 뼈와 살로 된 인간이었구려.'

영원히 깰 수 없는 잠에 빠져듦을 자각하면서도, 임항의 입가에는 미소가 맺혔다.

⚜

모노레일은 길이 1.2km의 완만한 경사로를 시속 20km의 느린 속도로 달렸다. 매튜 세이건은 모노레일의 유리창을 통하여 통로를 규칙적으로 밝히는 전등을 바라보면서 문득 주마등이라는 말을 떠올렸다.

"허허허! 딸 잃고 아들 잃더니, 이제 노쇠한 육신을 누일 공간마저 잃었는가? 내 삶이 왜 이 모양이 된 것인가? 끝날 때가 된 것인가?"

두 다리를 모으고 얌전히 앉아 있던 마틴 댄포드는 매튜 세이건의 허무함 가득한 얼굴을 안타깝게 바라보았다.

"주인님이 곧 세이건이십니다. 주인님이 머무시는 곳이 주인님의 집인데, 어찌 집을 잃었다 하십니까? 기운을 내십시오. 아직 보아야 할 것이 많지 않습니까?"

평생을 세이건 가의 집사로 살아온 마틴 댄포드로서는 매튜 세이건의 심정이 이해 못 할 것이 아니었다. 지금의 그라면 모든 것이 허무하게만 느껴질 것이다. 무슨 말을 해도 위로가 되지 않을 것이다. 평생을 매튜 세이건의 심신을 평안하게 해주려고 헌신해 왔지만, 지금 당장 매튜 세이건에게 필요한 것은 평안이 아님을 잘 알고 있다. 그의 기운을 북돋울 수 있는 화제는 단 하나, 복수뿐이다.

매튜 세이건이 씁쓸하게 미소 지으며 마틴 댄포드를 바라보았다.

"그렇군. 내 곁에는 아직 자네가 있었어. 그래, 봐야 할 것도 남아 있구먼. 적어도 그놈들의 끝은 보고 가야지. 마틴, 혹시 자넨가?"

마틴 댄포드는 매튜 세이건의 질문을 쉽게 이해했다. 매튜 세이건에게 굴욕감을 안겨준 오늘의 일은 내통자가 없다면 이루어질 수 없는 일이다. 적에게 통합 상황실이 열린 일이며, 지하 기지로 통하는 문이 열린 일은 누군가가 알려주지 않았다면 결코 가능한 일이 아니다. 그것을 가능하게 만들 수 있는 사람은 현재 단 세 명뿐이고, 그 가운데 한 사람은 매튜 세이건 본인이다. 남은 두 사람은 전, 현직 집사장들. 그 가운데 마틴 댄포드는 1년 하고 삼 개월이나 세이건 가를 떠나 있었다. 마음 한편으로 섭섭하기는 했지만, 마틴 댄포드는 매튜 세이건의 심정을 이해했다.

"아닙니다."

매튜 세이건은 쉽게도 고개를 끄덕였다. 마틴 댄포드는 이미 예순여섯이다. 1년 전 아내를 잃었고 둘 사이에 자식은 없다. 매튜 세이건과 같이 고독한 인생이다. 플로리다에 콘도가 있고, 뉴욕에도 작으나마 집이 있다. 통장에는 죽을 때까지 부족하지 않을 만큼의 돈이 있다. 평생을 헌신해 온 집사를 위한 매튜 세이건의 배려. 그런 그에게 배신할 이유를 찾을 수가 없는 것이다.

"그럼 라미엘이라는 뜻인가?"

그 또한 믿어지지 않았다. 함께해 온 세월이 11년이다. 그사이에 라미엘이 신뢰하지 못할 행위를 한 적은 단 한 번도 없다. 마틴 댄포드와는 달리 차고 냉혹한 면이 있지만, 엄격하고 꼼꼼하며 충심이 남다르다는 점에서는 다름이 없다. 게다가 라미엘에게는 배신할 동기가 없다. 명천 따위가 매튜 세이건이 라미엘에게 제공하는 것 이상을 제공할 수 있을 리 없다. 매튜 세이건이 죽는다고 해서 라미엘이 그 자리를 이을 수 있는 것도 아닌 바에야 세이건 가의 집사장 자리를 박차게 할 유혹거리가 있을 것이라고는 상상할 수 없는 것이다.

"혹시 바브라 아가씨를?"

마틴 댄포드는 차마 말을 끝맺지 못했다. 적들은 지문 인식과 망막 스캔을 통과했다. 중국에 가 있는 동안 검사를 명목으로 본을 떠냈을 가능성은 충분했다. 비밀번호야 알아내려고 하면 어떻게든 알아낼 수 있을 것이다.

"그럴 가능성도 있겠군."

매튜 세이건이 고개를 끄덕이는 순간 모노레일이 멈췄다. 넓은 공간이다. 보이는 것이라고는 공간을 밝히는 전등 몇 개와 은빛 롤스로이스 한 대, 그리고 길거리에서 흔히 볼 수 있는 대중 세단의 베스트셀러 포드 토러스 초창기 모델이 한 대 있을 뿐이다.

마틴 댄포드가 두 개의 키를 꺼내며 말했다.

"롤스로이스는 피할까 합니다."

"그래, 그게 좋겠지."

"일단 호텔로 모시겠습니다."

매튜 세이건은 힘없이 고개를 끄덕였다. 세이건 가의 소유로 되어 있는 곳은 함부로 갈 수 없다. 평생 타본 적이 없는 포드에 오르려 하니 무겁게 가라앉아 있던 가슴에서 무언가가 울컥 넘어오려 했다. 매튜 세이건은 어금니를 꽉 깨물고 토러스를 향해 걸었다. 마틴 댄포드가 바쁘게 걸어가 먼저 차 문을 열었다. 그때 롤스로이스에서 동아시아계 여자가 내렸다.

"어머! 이 차에 기름없나요? 좋은 차 놔두고 왜 그런 싸구려를 타려 하시나요, 세이건 씨?"

짙은 흑발에 흑요석 같은 눈빛이 유독 돋보이는 30대 초반의 아름다운 여인, 서문완영이다.

매튜 세이건과 마틴 댄포드는 얼음장 같은 눈빛으로 서문완영을 노려보았다.

"브라이트 스카이에서 왔느냐?"

서문완영은 마틴 댄포드에게로 천천히 다가가며 환하게 미소 지었다.

"그렇겠지요? 노인장이 마틴 댄포드?"

마틴 댄포드는 한순간에 서문완영의 전신을 훑었다. 특히 주의 깊게 본 곳은 가슴과 허리까지 이어지는 선이다. 몸에 달라붙어 여성적인 면을 부각되는 검은색 정장에는 그 어떤 어색한 돌출물도 느껴지지 않았다.

"나이 지긋하신 분이 음흉도 하셔라. 봐줄 만하지요?"

"아시아인치고는 그렇구나. 그런데 가진 게 없어 보이는군."

나이 예순여섯의 마틴 댄포드는 아직 정정하다. 규칙적이고 절제하는 생활에 꾸준한 운동으로 나이답지 않은 완력을 지녔다. 그리고 한때 경호원 교육을 이수하며 유도와 복싱을 배웠고 지금도 운동 삼아 꾸준히 해오고 있다. 무기도 없는 젊은 여자 하나 정도는 쉽게 감당해 낼 자신이 있다.

마틴 댄포드는 주먹을 몇 번 쥐어본 후 서문완영을 향해 다가갔다.

"이런? 내 취향이 아닌데 너무 저돌적으로 대시하시네요."

서문완영은 피식 웃으며 마틴 댄포드의 앞으로 걸음을 옮겼다. 마틴 댄포드는 신사라고 불러도 손색이 없는 사람이다. 함부로 여자에게 주먹을 휘두를 몰상식한 사람이 아니다. 하지만 지금은 상황이 달랐다. 세 사람밖에 몰라야 하는 공간을 침입한 사람은 아무리 아름다운 여자라도 적일 수밖에 없다.

쉿! 쉿!

젊은이 못지않은 근육에서 뻗어 나온 강한 원투 스트레이트다. 그러나 마틴 댄포드는 무기도 들지 않은 여자가 홀로 나타나 도발적인 언사를 하는 이유를 생각했어야 했다. 여성의 아름다움을 나약함과 동일시하는 것은 남자들의 착각일 뿐이다.

서문완영은 마틴 댄포드의 주먹을 얼굴만 비틀어 피해내고 곧바로 손칼을 만들어 그의 날갯죽지 아래를 연이어 찔러 넣었다. 미는 듯이 가볍게 찔렀을 뿐인데도 마틴 댄포드는 힘없이 두 팔을 늘어뜨린 채 불신 어린 눈빛으로 서문완영을 바라보았다.

"괜히 혼자 온 게 아니란 건 생각해 보지 못하셨나요?"

서문완영은 부드러운 미소를 지은 채 마틴 댄포드에게 한 발 물러났다.

"이 정도면 피 튀지 않으려나? 써봤어야 알지?"

서문완영은 등 뒤에서 월터 PPK 한 자루를 꺼냈다.

"짠! 없는 줄 알았죠? 친절하신 우리 의뢰인께서 왼쪽 가슴에 딱 두 방만 쏴달라고 부탁했답니다. 이자 같은 것 없이 어머니 한 발, 본인 한 발, 요렇게 두 발이라더군요. 살 수 있다면 다시 건드리지 않겠다고 했습니다. 버텨 보세요."

서문완영은 마틴 댄포드의 가슴에 총구를 겨눴다. 그 순간 마틴 댄포드는 이제 곧 자신의 가슴에 날아와 박힐 두 발의 총알이 누구의 선물인지 깨달았다.

"라미엘! 네가 그 아이였더냐?"

월터 PPK의 총구가 불을 뿜었다. 두 발의 총알은 정확하게 마틴 댄포드의 심장에 꽂혔다. 마틴 댄포드는 힘없이 무릎 꿇고 앉아 서문완영을 올려다보았다.

"라미엘에게 미안하다고 전해다오. 평생 후회했다고……."

마틴 댄포드는 희미하게 웃으며 앞으로 고꾸라졌다.

"기회가 된다면……. 이제 당신만 남았군요, 세이건 씨."

매튜 세이건은 서문완영 대신 마틴 댄포드의 등을 바라보았다.

'그 아이? 무슨 뜻이었나, 마틴?'

서문완영은 매튜 세이건의 허무한 눈빛을 바라보며 혀를 찼다.

"이런, 이런! 세상 다 살았다는 눈빛이네요? 하긴 그것이 현실이기도 하군요. 원초적인 폭력 앞에서는 세상을 막후에서 지배한다는 당신도 한낱 힘없는 늙은이에 불과하겠지요."

그제야 매튜 세이건은 서문완영을 바라보았다.

"마틴이 한 말이 무슨 뜻이냐? 그 아이라니? 미안하다니?"

서문완영은 왼손 검지를 들어 좌우로 흔들며 귀엽게 눈살을 찌푸렸다.

"전 모른답니다. 전 다만 의뢰인이 전하라는 말만 전했을 뿐이지요. 아! 당신에게도 전하라는 말이 있군요. 지금 들으시겠습니까? 대답은 물론 '예스' 겠지요?"

매튜 세이건은 무겁게 고개를 끄덕였다. 서문완영은 목소리까지 변조하여 남자처럼 말했다.

"나 라미엘 세이건은 아버지를 증오합니다."

서문완영은 품속에서 편지 봉투 하나를 꺼내 매튜 세이건에게 건넸다.

매튜 세이건은 혼이 나간 사람처럼 편지 봉투를 개봉했다. 발행 연도는 다르지만 매년 같은 결과를 보여주는 세 장의 친자 확인 서류들이다.

매튜 세이건이 눈을 치떴다.

"헉! 설마?"

매튜 세이건은 난잡했던 그의 부친을 반면교사로 삼아 청교도적인 삶을 살아온 사람이다. 아내를 사랑했고 자식들을 아꼈다. 담배나 마약에 취하지 않았고 술은 절제했다. 하지만 그도 사람인지라 실수없이 살 수는 없었던 모양이다. 정확히 말하면 그것은 실수라고도 할 수 없다. 결혼하기 전의 일이었으니까.

베첼러 파티를 핑계로 친우들과 떠났던 37년 전의 유럽 여행, 암스테르담, 폭음, 그리고 창녀가 원인이 되었다. 매튜 세이건이 기억하는 것은 단 하나, 그가 깨어났을 때 그의 옆에 아름다운 여인이 벌거벗고 자고 있었다는 것이 전부다. 그리고 잊었다. 그 후로 그는 절대로 취할 때까지 술을 마시지 않았다.

30년 전, 네덜란드에서 같은 내용의 편지가 거듭 날아왔다. 그의 아이를 낳았으나 아이 때문에 생활이 힘들어 도움이 필요하다는 내용이었다. 처음에는 무시했다. 실수 자체를 인정하지 않았다. 아무런 기억도 나지 않을 만큼 폭음을 했는데 여자와 관계를 했을 리 없다고 생각했다. 관계를 했다고 해도 상대는 창녀다. 누구 씨인지 어떻게 알 것인가.

여자는 조용히 살 테니 아이를 편하게 키울 수 있을 만큼만 도움을 달라는 내용의 편지를 거듭 보냈다. 그리고 그 강도는 점차 강해져 소송을 불사하겠다는 협박으로 이어졌다. 사실이든 아니든 간에, 매튜 세이건의 명예에 커다란 상처를 안길 일이었다.

신경이 곤두선 매튜 세이건은 극단적인 선택을 하고 말았다. 세이건 가의 명예를 최우선으로 생각하는 충직한 집사 마틴 댄포드를 통해 두통거리를 영원히 지워 버리라고 명령했던 것이다.

그때는 두 사람 모두 젊었다. 그 명령은 결국 실행되었고, 마틴 댄포드는 살인청부업자로부터 가슴에 총을 맞은 창녀와 아이의 사진을 증거 사진으로 받게 되었다.

"맙소사! 그 아이가 정녕 내 아이였단 말인가?"

매튜 세이건은 세 장의 서류를 든 두 손을 바르르 떨었다.

"자! 제 할 일은 거의 다 끝난 셈이군요. 이제 마지막 한 가지 일만 끝내면 의뢰가 완료됩니다. 아직 대금은 못 받았지만요. 세이건 씨! 당신에게도 두 발이면 충분하겠지요? 아! 보통 이런 경우, 마지막 할 말을 묻더라구요. 마지막으로 남길 말이 있습니까?"

매튜 세이건은 파르르 떨리는 눈동자를 억지로 바로 하며 서문완영을 똑바로 바라보았다.

"라미엘에게, 라미엘 그 아이에게 결정을 이해한다고……."

"저런! 나 또 1억 달러 줄 테니 살려 달라고 할 줄 알았는데, 아쉽게도 평범한 아버지 같은 소릴 하시네요. 실망했습니다. 그럼 안녕히!"

여인이 환한 미소를 지으며 총을 들어 올렸다.

매튜 세이건은 멍한 눈으로 총구를 바라보았다. 그 순간 총구가 연이어 불을 토했다. 금융제국의 황제 매튜 세이건이 빠주는 이 하나 없는 공동에서 하나에 1달러도 못 되는 싸구려 파라블럼 탄알 두 발에 초라하게 생을 마감했다.

매튜 세이건의 시신을 내려다보던 서문완영은 모노레일이 들어온 그 통로로 시선을 옮기며 중얼거렸다.

"조금 전에 땅을 울릴 만큼 강렬한 폭음이 들려왔는데, 그 양반 무사하시려나?"

고개를 갸웃거린 서문완영은 잔디밭의 일부로 위장되어 있는 공동의 출구를 향해 걸어갔다. 벽에 달린 레버를 당기자 철문이 일어났다. 서문완영은 다시 한 번 매튜 세이건과 마틴 댄포드의 시신을 바라보았다.

"아는 사람이 없으니 발견되기도 힘들겠네요. 과연 금융제국의 황제. 볼품은 없지만 규모만큼은 황제의 무덤에 못지않군요. 편히 쉬시길! 아! 당신들의 마지막 말은 아쉽게도 전달되지 못할 겁니다. 당분간 공조 체제를 유지해야 하는데, 당신들 말에 감동해서 등 돌리면 곤란하잖아요?"

서문완영이 돌아서서 나가자 철문이 원상태로 돌아왔다. 외부에서 보면 해변 도로에 가까운 주변 지형과 완벽히 조화되는 잔디밭의 일부다. 멀리 보이는 저택은 그 형체를 알기 어려울 정도로 철저하게 파괴되고 매몰되어 있었다. 서문완영의 말처럼, 앞으로도 한참 동안 매튜 세이건의 시신이 발견되기는 어려울 것이다.

제8장
오늘 다 죽어버리면 좋겠는데…….

서문영락은 수화기를 들고 자리에서 벌떡 일어났다.

"정말이냐? 매튜 세이건이 죽었다? 아버지는? 하기야 쉽게 가실 분이 아니지. 그럼 또 숨으신 건가? 알았다. 암전대의 피해는? 겨우 서른넷 살아남았어? 임항까지 죽었단 말이냐?"

서문영락은 '끄응' 소리를 내며 자리에 앉았다. 백하나가 가서 서른넷이 남았다면 피해가 너무 크다. 하지만 상대가 세이건 가라는 것을 생각하면 그다지 큰 피해도 아니다.

"어쨌든 알았다. 이제 전쟁은 끝난 셈인가? 그래, 방심하다가 당하면 억울하지. 알겠다. 넌 언제 올 거야? 그럼 모레쯤에는 볼 수 있겠구나. 수고 많았다. 쉬어라."

매튜 세이건의 죽음을 끝으로 바브라 세이건과 연관된 세이건 가의 직계는 끊어진 셈이다. 그 일과 관련된 수하들이 남아 있겠지만 명령권자가 죽

오늘 다 죽어버리면 좋겠는데……. 357

은 이상, 전쟁이 계속될 가능성은 많지 않다. 내부적 혼란에 휩쓸리거나 혼란을 가라앉히려고 정신없게 될 것이다. 방계의 누군가가 가주가 되겠지만, 그 행운아에게로 매튜 세이건의 유지가 이어질 가능성은 전무에 가깝다. 안다고 해도 골치 아프게 싸움부터 하자고 나설 일은 없을 것이다.

"확실한 후계자가 없다. 세이건 가는 이전투구의 소용돌이가 될 가능성이 커. 며칠, 며칠만 더 버티면 된다는 뜻이 되나?"

세이건 가의 참화가 매스컴에 오르내리기 시작하면 전쟁은 끝난 것이나 마찬가지가 될 것이다. 하지만 상처뿐인 승리다. 얻은 것은 하나도 없고, 잃은 것은 너무나 많다. 중국 전역은 물론 화교 세력권의 조직들 사이에 흑랑대 청소 작업이 진행 중이다. 암전대도 칠 할이 넘게 잃었고, 한국의 살수로 인한 피해도 적지 않다. 기껏 얻을 수 있는 것이라고는 세이건 가를 이겼다는 상처뿐인 영광뿐인데, 그 영광조차 누릴 수 없다. 공공연하게 알려진다면 유대 자본 전체의 공적이 될 가능성도 있다.

"권력의 속성상 불가능하지. 그들이 할 일은 우선 자본의 보존이라는 명분 아래 세이건 가를 뜯어먹는 일이 될 것이다. 그것이 아니라면……"

서문영락은 한국의 살수를 떠올렸다. 아무리 거대한 조직이라도 암약하는 살수를 잡기란 쉽지 않은 일이라는 것을 그가 증명했다. 명천도 잠적하여 유대 자본을 상대로 살수가 될 수 있다.

"우선 조직을 정비하고, 천변 계획을 반드시 성공시킨다. 난 젊어. 10년으로 안 되면 20년, 그것으로 안 되면 평생을 바친다. 언젠가는 우리 명천이 세상을 비추는 태양이 될 것이다."

이름처럼 영락하지 못하고 헌신하는 삶을 살게 되겠지만, 서문영락은 죽기 전에 세상에서 가장 높은 곳에서 내려다보는 자가 될 것임을 재차 다짐했다.

❦

 라미엘은 눈을 뜨자마자 습관처럼 노트북을 켜고 인터넷에 접속하여 메일을 확인했다. 몇 개의 메일들 가운데 다크 로즈라는 아이디로 올라온 메일을 클릭했다. 표적은 실종 처리. 의뢰가 완수되었으니 이제 대가를 지불할 차례라는 간단한 내용의 편지다.
 라미엘은 편지를 삭제하고 눈을 감았다. 한숨을 내쉬는 순간 귀에서 속삭이는 듯한 어머니의 자장가가 들려왔다.
 '라미엘! 우리 예쁜 아가 라미엘! 곧 아버지가 오실 거야. 한눈에 알아보시겠지. 그럼 우리 파리로 놀러가자꾸나. 세상이 얼마나 멋진지 보여주마. 엄마는 푸아그라에 샤토 마고를 마실 거야. 우리 라미엘은 무얼 먹고 싶니?'
 '엄마, 푸아그라에는 소테른이 어울린다고 했잖아.'
 '그래, 우리 천재 아들이 그랬지. 소테른! 달콤한 화이트 와인 맞지?'
 그 몽환 속에서 거칠게 문이 열리고 검은 양복을 입은 사내를 보는 순간, 라미엘은 눈을 뜨고 현실로 돌아왔다. 돌아가야 할 때다. 매튜 세이건의 시신을 찾지 못한다면 한동안 혼란은 있겠지만, 세이건 가의 방계들이 함부로 날뛰지는 못할 것이다. 그 혼란을 정리하고 나면 라미엘은 세이건이라는 성을 드러내며 당당히 나설 수 있다. 사무엘 세이건이 죽은 다음 날짜로 조작된 유언장이 마련되어 있고, 매튜 세이건의 이름으로 신청된 친자 확인 의뢰가 그 증거 자료가 될 것이다. 그것으로 라미엘 세이건은 당당하게 잃어버렸던 그의 자리를 찾을 수 있을 것이다.
 "시신을 찾지 못한 상황이라면 아직 시간은 있어. 돌아가도 마무리는 해

놓고 돌아가야지."

라미엘은 욕실로 가 로브를 벗었다. 벌거벗은 채 거울 앞에 선 라미엘은 거울에 비친 가슴의 작은 상처를 바라보다가 손가락으로 문질렀다. 보통 사람이라면 정확하게 심장을 관통했을 총상이다. 그러나 라미엘은 특이하게도 내장 기관이 거울을 보는 것처럼 보통 사람과는 반대쪽에 위치해 있다. 의학 용어로 전내장역위증이라고 하는 것으로, 바로 그것이 빠른 발견과 빠른 조치에 힘입어 그를 살렸던 것이다.

조숙하고 총명하며 내성적이었던 라미엘은 어머니의 편지와 그를 구해준 어머니 친구의 짐작 등을 가슴에 품고 영국으로 건너갔다. 무뚝뚝한 외숙부의 보살핌 속에서 청소년기를 보낸 라미엘은 모두가 반대하던 왕립 아카데미 버틀러 클래스로 진학하여 두각을 나타냈다. 유수의 가문에서 오퍼가 왔지만 꿋꿋하게 기다렸다. 그리고 마침내 마틴 댄포드를 만날 수 있었다.

라미엘은 단 한 번도 내심을 드러내지 않고 성실히 자신의 임무를 수행했다. 마틴 댄포드는 차가운 라미엘의 성정을 꺼려했지만 그의 능력만큼은 인정했고, 라미엘은 이백여 명의 고용인과 다섯 명의 집사를 총괄하는 집사장이 될 수 있었다. 그리고 끝내 마틴 댄포드의 입에서 결정적인 증언을 들을 수 있었다.

라미엘은 어금니를 악물고 목소리를 으깨듯 토해냈다.

"아버지, 당신에 대한 감정은 증오밖에 없습니다만, 그래도 당신이 원하시던 그 일만큼은 반드시 끝내도록 하겠습니다."

어차피 각본에 있는 일이다. 사고를 치더라도 그 모든 비난은 딸과 아들을 잃고 이성까지 잃어버린 매튜 세이건에게 쏟아질 것이다. 하지만 폭로전을 해보았자 명천에게도 유리할 것이 없다. 세이건 가가 초토화되었다.

혼자만의 잘못이 아니라 쌍방이 전쟁을 했다. 그 원인을 밝혀 나가다 보면 법륜대법의 탄압을 비롯한 비인도적인 행위와 장기 밀매에 관한 비리들이 드러날 것이다. 명천은 물론 억지 잘 쓰는 중국 정부까지도 대놓고 비난하지는 못할 것이다.

멍하게 거울을 보다가 자신의 머리를 두드리고 다시 밖으로 나온 라미엘은 전화기를 들었다.

"라미엘입니다. 오늘 저녁에 잠깐 뵐 수 있을까요? 좋습니다. 제이슨이나 카멜라가 몰랐으면 좋겠습니다. 창문 열어두지요."

라미엘은 전화기를 내려놓고 욕실로 가서 폭우처럼 쏟아지는 냉수에 몸을 맡겼다.

⚜

임화평은 그가 예상치 못했던 사람들과 함께하게 되었다. 토네이도를 포함한 네 명의 능력자이다. 토네이도를 제외하면 모두 초면으로, 상당히 화려한 면모를 보이는 사람들이다.

임화평은 바지선을 끄는 예인선의 선실에서 뉴 페이스들과 인사했다.

"토네이도를 통해 말은 많이 들었소. 파이어폭스라고 부르시오. 반갑소."

가장 먼저 입을 연 사람은 40대 중반쯤으로 보이는 중후한 중년인이다. 묘하게 친근하기도 하고 어색하기도 한 것은 그가 동양인과 백인 사이에서 난 혼혈인인 탓일 것이다. 이름에서 알 수 있듯이 불을 다루는 능력자인데 불이라는 이미지와는 달리 차분한 인상을 지닌 사내다. 실제 나이가 서른여덟이라는 사실로 비추어 보아도 능력을 과시하는 타입은 아닌 듯했다.

두 번째로 인사한 사람은 이제 서른쯤으로 보이는 코카서스 계열의 백인이다. 실제 나이는 스물둘에 불과한 애송이로, 고스트라는 이름을 가진 순간 이동 능력자다. 원래 성격이 천방지축이고 정신 사나운 능력까지 지녔지만, 토네이도의 전언에 따라 요즘은 능력을 함부로 쓰지 않으려고 노력 중이다.

"전 에버그린이에요. 그냥 그린이라고 불러요. 반가워요, 사부."

능력자들 가운데 가장 인상적인 여인이다. 보기 드문 녹발을 지닌 서른 아홉 살의 라틴계다. 갈색 톤의 건강한 피부와 콧등에 주근깨가 어린 얼굴이 오프라 주어처럼 친근하게 느껴진다. 넉넉한 아줌마의 인상과는 달리, 입가에 맺힌 밝은 미소는 이슬 머금은 풀잎처럼 싱그럽다. 전체적인 느낌이 피 흘리는 전투와는 전혀 상관이 없어 보인다.

그녀의 능력은 상당히 특이해서 임화평도 예상을 하지 못했다. 보기 힘든 녹발과 에버그린이라는 이름에서 나무나 숲을 연상하기는 했다. 그 결과 그녀의 육신이 나무와 관련된 기괴한 모습으로 변하지 않을까 짐작했다. 짧은 상상력의 한계였다. 그녀의 능력은 숲과의 동화와 그를 통한 지배다. 숲이 있어야 한다는 제약이 따르지만, 어쨌든 오늘은 상당한 도움이 될 듯했다.

특이한 것은 세 사람 모두가 임화평을 친근하게 대한다는 사실이다. 임화평은 그것이 토네이도 때문이라는 사실을 금방 깨달았다.

개인차는 있지만 그들 대부분이 실제보다 나이 들어 보인다. 특히 토네이도와 고스트는 실제 나이보다 상당히 겉늙어 보인다. 토네이도는 업무상 가장 많이 활동하는 사람이고, 고스트는 활동력이 왕성한 젊은 사람답게 능력을 과시하려는 경향이 있기 때문이다.

그들은 능력을 쓰면 쓸수록 빨리 늙는다는 말을 듣고 스스로의 외모를 평가해 보았을 것이다. 그리고 토네이도가 임화평에게 배운 요가에 대해 격찬했을 가능성이 높다.

'아직 효과를 보기는 이른데, 토네이도가 과장을 많이 한 모양이군.'

토네이도가 능력자 팀에 임화평이 합류한 이유를 설명했다. 임화평으로서는 충분히 납득할 만한 이유다.

"그러니까 내가 할 일은 이 GPS가 달린 시계를 차고 불을 지르기에 적당하고 안전한 장소를 미리 확보하는 것이다 이거지?"

시계는 타이멕스라는 회사의 심플한 군용 시계다. 토네이도가 시계를 만지작거리며 고개를 끄덕였다.

"그렇소, 사부. 장소가 확보되면 이 GPS의 신호를 좌표로 해서 고스트가 우리를 그곳으로 이동시킬 거요. 먼저 그린을 이동시켜 주변을 위장하고, 파이어폭스가 불을 내면 내가 방향을 지정하고 진화하기 어렵게 만들 것이오. 그동안 사부는 불을 보고 달려오는 적들을 저지해 주면 되오."

"어렵지 않은 일이군. 그런데 말이야, 산을 다 태우는 것도 아니고 그 정도 불장난이면 잠깐이잖아."

토네이도는 바로 의미를 깨닫고 빙긋이 웃었다.

"공식적인 부탁은 그것으로 끝이오. 나머지는 자발적으로. 개인적으로 바라는 것이 있다면 사부가 우리 뒤를 좀 봐주면 좋겠소. 우리가 상대해야 할 자들이 그들의 수뇌부요. 그들에 대해서 잘 아는 사부가 뒤를 받쳐 주면 마음이 편해질 것 같은데, 어떻소?"

"그러지, 뭐. 그런데 네 사람뿐인가? 내부에서의 싸움이라면 그린이 참여하기는 어려울 듯한데, 그러면 너무 열세야."

파이어폭스가 나머지 네 사람을 설명해 주었다. 번개의 능력자 스피어와 대기의 능력자 실드가 뒤늦게 참여했고, 그들 외에 음파의 능력자 샤우트와 한시적으로나마 인간의 마음을 조종하는 특별한 능력자 컨트롤이 있다고 했다. 그들 네 사람은 주력이라고 할 수 있는 용병대에 속해 있다가 명천 내부에서 합류하기로 했다고 말했다.

시간은 오전 11시가 조금 넘었다. 임화평은 씨레이션으로 만들어진 치킨 누들로 이른 점심을 먹으면서 파이어폭스 등의 다방면에 걸친 질문들에 응해주었다. 그들이 가장 먼저 관심을 가진 것은 무공이다. 이제 곧 생사를 걸고 경험해 보아야 할 것이기에 관심을 가지는 것이 어쩌면 당연한 일일 것이다.

"그러면 거리를 두고 상대하면 괜찮겠소?"

간단한 무공 설명에 파이어폭스가 물었다.

"일반적인 거리보다 더 먼 거리 필요해."

임화평은 간편 조리한 씨레이션을 놓아둔 낡은 식탁을 손가락으로 건드렸다. 그 순간 식탁에 손가락 한 마디가량의 구멍이 뚫렸다.

"토네이도의 바람처럼, 그들도 눈에 보이지 않는 에너지를 사용한다. 칼끝만 피했다고 무사할 수는 없어. 그들은 던진다. 비도나 작은 쇳조각. 파워는 총알과 마찬가지다."

임화평은 배낭에서 MC사의 비도를 꺼내 들었다.

"이런 비도라면 100야드 밖의 상대도 죽인다. 그리고 그들은 빠르게 달린다. 갑작스럽게 방향을 바꾼다. 거리가 중요하지 않아. 감각도 예민해. 눈에 빤히 보이는 공격은 실패한다. 그들은 당신들 경험없어. 초반이 중요해. 적응할 시간을 주면 진다."

화제는 무공 고수에 대한 대응법에서 요가와 태극권 같은 동공으로 넘어갔다. 토네이도에게 했던 말에 살을 붙여 대충 설명해 주었지만 말이 짧아 나중에 통역을 두고 다시 해주기로 했다.

낮 12시가 다 되었다. 밤을 지새워야 하는 탓에 각자 휴식의 시간을 가졌다. 그사이에 임화평은 전당강을 거슬러 올라가고 있는 예인선에서 하선하여 항주로 들어갔다.

⚜

오후 4시. 택시를 타고 들어간 곳은 용정촌의 용정문차다. 중국십대명차 가운데 수위를 차지하는 용정차의 고향이다. 개인적으로 용정을 좋아하는 임화평으로서는 작업하는 와중에 들른 용정촌이 반갑다.
"아직은 시간이 있군."
차 한잔을 마시고 인근에 넓게 펼쳐진 용정차 밭을 산책하듯 걸었다. 용정문차는 서호십경의 하나인지라 관광객과 가벼운 산행을 즐기는 항주 시민들이 자주 찾는 곳이다. 다른 관광지처럼 바글거리지는 않아도, 임화평처럼 간편복에 배낭 하나 짊어진 사람들이 자주 오간다.
'훗! 고생하는군.'
분위기가 묘하다. 간간이 느껴지는 눈길은 관광객들과 등빈객들을 몇 번이고 훑고 지나간다. 차를 파는 점원, 보여주기 위해서 차를 말리는 사람, 도로변에 주차된 차 안에 앉아 있는 사람들이 그 시선의 주인공들이다. 그 시선들은 곧잘 임화평에게도 머물렀다. 그러나 오래 머물지 않고 스쳐 지나갔다. 겉으로 드러난 임화평의 나이 든 외모 때문일 것이다.
임화평은 다른 등반객들에게 섞여 차밭을 지나 운서죽경으로 향했다. 느긋한 발걸음이 차밭 한구석의 비닐 조각들 때문에 멈춰졌다. 임화평은 흙이 잔뜩 묻고 햇볕에 빛이 바랜 비닐 봉투를 바라보며 얼굴을 와락 구겼다.

"젠장! 이제 용정도 다 마셨군. 어쩐지 맛이 옛날만 못하다 했다."

비닐 봉투의 정체는 차나무에 뿌리는 살충제 봉투들이다. 그동안 옛날 맛이 나지 않아 시대가 달라짐에 따라 자신의 입맛도 달라졌다고 생각했는데, 그것이 아니란 사실을 알게 되었다. 용정차 애호가로서 실망이 크지 않을 수 없다.

눈살을 찌푸린 채 운서죽경에 이르렀다. 대나무밭 사이로 흐르는 바람 소리가 시원해 땀을 식히기에 부족함이 없다. 한동안 바닥에 앉아 대나무밭의 풍취를 즐겼다. 시기가 아니어서 어린 죽순을 보기 힘들었지만, 먹기 위해 온 것이 아니니 아쉬울 것도 없다.

시간이 어느새 6시가 넘었다. 임화평은 사람의 눈길이 느껴지지 않는 한적한 곳을 찾아가 가부좌를 틀었다.

'저번에도 그러더니 기분이 영 안 좋군. 불쾌해. 역시 그 씨레이션이라는 것 때문인가?'

위장 장애나 배탈 같은 육체적인 불쾌함이 아니다. 보통 사람은 느끼지 못할, 미묘한 정신적 불균형으로 인한 불쾌감이다. 임화평은 불의 차크라를 활성화시켜 전신을 태울 듯이 기운을 퍼뜨렸다.

'화학약품이 많이 들어 있는 모양이야. 우리 군의 건빵 속 별과자에 정력 감퇴제가 들어 있다는 소리가 있더니, 비슷한 종류의 약품인가? 아닌데. 이건 몸이 아닌 정신에 영향을 미치는 약물이야.'

임화평은 몸이 한결 가벼워졌음을 느끼며 그 자리에서 배낭을 베개 삼아 눈을 붙였다. 화사 한 마리가 임화평의 다리를 타넘고 지나갔지만, 뱀과 임화평 모두 서로를 무시했다.

10시가 조금 넘어서 눈을 떴다. 산중의 밤은 세상과 다르다. 칠흑 같은 어둠 속에서 검은색 군복으로 갈아입고 비도와 회선표를 적절하게 분배하여 호주머니를 채웠다. 삼단봉을 챙기고 수통과 초코바와 군용 에너지바를 꺼내두었다. 더운 위장 마스크 대신에 위장 크림을 얼굴에 바르고 복장을 점검했다. 어색한 것은 여러 가지 색깔이 섞인 등산화뿐이다.

임화평은 초코바 하나를 오물거린 후 군용 에너지바를 들었다.

"이것도 군용이었지?"

에너지바를 배낭에 넣어버리고 나침반을 꺼내 방향을 확인한 후, 곧바로 길도 없는 산속을 빠른 속도로 내달렸다. 오운산 어귀에 접어들면서 임화평의 발걸음이 신중해졌다. 나무 하나하나를 세심하게 살펴 감시 카메라를 피하고, 중간중간 주변에 기감을 퍼뜨려 사람의 기척을 확인했다.

'오늘은 조금 무리를 해야겠지?'

전당강 쪽에서 불어오는 강바람을 등으로 맞으며 지난번에 한계로 정했던 250m 거리를 돌파했다. 감시 카메라의 숫자가 확연하게 많아지고 정찰조의 활동도 활발해졌다.

임화평은 100m 정도를 더 들어가 다섯 명으로 구성된 수색정찰조 한 팀을 따라갔다. 그가 세 번째로 확인한 정찰팀이다. 검은 군복 밖으로 드러난 살갗에 위장용 크림을 발라, 보이는 것이라고는 눈눈자와 오른쪽 어깨에 멘 형광 밴드뿐이다. 그들은 감시 카메라와 조우할 때마다 랜턴으로 카메라를 향해 두 번씩 윙크했다. 알아서 알려주는 감시 카메라의 위치다 보니 피해 다니는 것은 문제가 아니었다.

'이미 일상이 되어버렸군. 저번보다 긴장감이 떨어져 있어.'

100m 정도를 더 들어가 정찰팀을 놓아주고 산들바람을 등으로 맞을 수 있는 방향으로 움직였다.

'여기 괜찮군.'

네 번째와 다섯 번째 정찰팀의 정찰 루트 사이에 위치한 공간이다. 유달리 녹음이 짙고 주변 지형에 굴곡이 많다. 명천과의 거리 또한 50m 정도에 불과해 불장난 치는 순간 쉽게 뻗어나갈 위치다.

임화평은 두 그루 나무 사이의 좁은 틈에 자리를 잡고 가부좌를 튼 채 눈을 감았다. 시간이 흘러 약속된 자정에 이르렀다. 임화평의 눈앞에 두 사람이 유령처럼 나타났다. 고스트와 에버그린이다.

이능력에 어느 정도 적응이 되었다고 생각했던 임화평은 원래 있었던 것처럼 서 있는 두 사람을 보고 상당히 놀랐다.

'하! 내게 저런 능력이 있다면 이 일 끝내도 벌써 끝냈을 텐데……. 저 능력이면 상대에게는 끔찍한 자객이 되겠구나. 나라면 등 뒤에 갑자기 나타나 칼을 꽂으려는 고스트를 피할 수 있을까?'

임화평은 확신하지 못했다. 기척은 느꼈으니 긴장한 상태라면 잡을 수 있다. 그러나 조금만 마음을 놓고 있어도 당하고 말 것이다. 두 사람의 가상 승부는 시기에 따라 달라질 수밖에 없을 듯했다.

고스트는 임화평을 향해 한쪽 눈을 찡긋하고 다시 사라졌다. 나타났을 때와 같이 소리없이 사라졌다.

에버그린은 임화평에게 미소를 지으며 손으로 주변의 나무들을 일일이 짚어나갔다. 임화평은 갑작스러운 나무들의 변화에 눈을 치떴다. 구부러져 있던 나무가 허리를 펴고 뻣뻣하던 나무가 고개를 숙여 인사했다. 가지들이 뻗어 나와 지붕을 만들고 잎사귀들이 자라나 빈틈을 메웠다. 외부에서는 무성한 숲의 일부일 뿐이지만 안으로는 아담한 이글루 형태의 베이스가 만들어진 셈이다.

임화평과 에버그린은 주변의 시선으로부터 완전히 차단되었다. 에버그린은 자신이 만들어낸 공간을 보란 듯이 두 팔을 좌우로 뻗으며 어떠냐는 듯 눈웃음쳤다. 임화평이 엄지손가락을 추켜세웠다. 에버그린은 싱긋 미소 지으며 임화평의 옆에 털퍼덕 주저앉았다.

에버그린이 나뭇가지를 향해 손을 뻗었다. 가지가 길게 뻗어 나와 그녀와 악수했다. 그녀는 가지에 뺨을 대고 눈을 감았다. 다시 눈을 뜨고 고개를 든 그녀가 말했다.

"애들이 소리를 막아줄 거예요. 고생했어요, 사부."

이제는 사부가 임화평의 이름이 된 모양이다.

"고스트는 왜 당신들을 한 번에 안 옮기나?"

"능력에도 한계는 있지요. 여러 사람을 한 번에 들어 일정한 거리를 가는 게 편할까요, 한 사람씩 옮기는 게 편할까요?"

"무슨 뜻인지 알겠다."

"작전 시간은 2시예요. 그런데도 이렇게 서두르는 것은 고스트에게 시간이 필요하기 때문이죠. 다시 오려면 적어도 10분은 기다려야 할 거예요."

에버그린은 미소 띤 얼굴로 임화평의 얼굴을 빤히 바라보았다. 부담스러운 눈빛이다. 그때 에버그린이 나뭇가지를 쓰다듬으며 말했다.

"사부는 히트맨이라죠? 그런데 느낌이 좀 다르군요. 애네들이 무서워하지 않아요."

"그런가? 자연의 일부로부터 미움받지 않는다니 다행이다. 나도 사람이다. 일할 때와 쉴 때를 안다. 그리고 내 기술은 사람한테만 무섭다. 자연과는 친하다. 수련에 깨끗한 자연의 도움이 필요하다."

"아하! 그렇군요."

"나는 당신이 이해하기 어렵다. 그 아이들과 당신, 친하다. 불장난에 동참한다. 왜?"

"이상하죠? 하지만 영원히 죽는 건 아니지요. 다시 태어난다는 것을 아니까 할 수 있어요. 저 안에 있는 자들은 이 아이들이 싫어하는 것을 많이 가지고 있어요. 없어져 주면 좋아할 거예요."

없어져 주면 좋아할 것이다. 사람을 목숨을 나뭇잎 따는 행위처럼 여기는 섬뜩한 말이다. 하지만 임화평은 비난할 자격을 갖추지 못했다.

"그 아이들이 그렇게 말했나?"

"우린 말이 통하지 않아요. 교감할 뿐이지요."

"그렇다면 이기적인 해석이다."

에버그린은 씁쓸하게 웃으며 고개를 끄덕였다.

"인간이니까요. 나는 내가 이기적인 생각을 할 때 기쁨을 느껴요. 나도 인간이라고 느끼는 거지요. 이 아이들에게는 미안하게 생각해요. 하지만 이번 일이 마지막이에요. 떠나겠다고 했고 확답을 받았어요. 이제 저도 인간들 속에서 살아갈 자신이 생겼거든요."

에버그린은 아르헨티나 태생이다. 전형적인 중산층 가정에서 태어나 큰 불편함없이 살았다. 그녀가 자신의 능력을 자각한 것은 여섯 살 때였다. 어린아이답게 자신의 능력을 자랑했다. 수십 송이 꽃이 만개하는 동시에 모두 자신을 바라보게 만들었다. 반응은 그녀의 기대와 달랐다. 괴물이라고 불리고, 사탄의 자식이라고 외면받았다. 독실한 가톨릭 신자였던 그녀의 부모들은 그녀의 능력을 무서워하며 피했다.

그녀에게 주어진 것은 주위의 차가운 냉대와 부모가 주는 두 끼 밥밖에 없었다. 갇혀 살기를 육 개월. 그때 미국에서 한 사내가 찾아왔다. 부모는 흔쾌히 그녀를 내어주었고 그녀는 어쩔 수 없이 미국인의 손을 잡았다.

버림받았다는 느낌은 곧 사라졌다. 그녀는 자신과 같은 처지에 있는 사람들을 만날 수 있었다. 거기서 위로받고 능력을 개발하고 새로이 에버그린이라는 아름다운 이름을 얻었다.

그녀가 평안을 얻은 곳은 세이건 가 산하의 인간 재능 연구소다. 인간 재능 연구소는 세뇌 공작실인 타비스톡 인간 관계 연구소를 모방하여 만든 사설 연구소다. 세이건은 원래 그 방면에 큰 관심을 두지 않았지만 그에게 영향력을 행사할 수 있는 주변의 권고에 따라, 러시아에서 비밀리에 입수한 자료들을 바탕으로 뉴욕 주 시라쿠스의 외곽에 연구소를 세웠다.

큰 기대는 하지 않았음에도 러시아의 연구 데이터가 상당한 양으로 축적된 상태여서 몇 해 만에 가시적인 성과를 만들어냈다. 그들은 재능을 타고난 이들을 발굴하고 실험하여 데이터를 축적한 후, 타고난 능력이 남다른 아이들을 골라 훈련시키고 마침내 S포스를 만들어냈다. 세이건 가는 지금껏 그들을 드러내지 않고 세이건 가의 경호원 정도로 사용하면서 가끔씩 비밀 임무에 투입했을 뿐이다.

사실 에버그린에게도 연구소에 갇혀 지내는 삶은 그다지 만족스러운 것이 아니었지만, 집에서만큼 외롭지는 않았던 탓에 쉽게 적응해 낼 수 있었다. 그녀가 져야 할 의무는 검사에 충실히 임하는 정도였고, 그 외에는 자유로웠다. 그녀만의 숲을 가졌고, 함께 이야기할 친구들도 생겼다. 가끔 친구들이 죽거나 미치기도 했지만, 그것이 남다른 능력에 대한 핸디캡이라고 생각하며 적응해 나갔다. 그리고 그녀의 나이 열아홉이 되었을 때, 그녀는 연구소보다 수백만 배 넓은 세상으로 나아갈 수 있었다.

"나도 세이건 가가 나를 이용하고 있다는 사실을 알고 있어요. 하지만 그들은 이용료를 충분히 지급해 왔지요. 내게 소속감을 주었고, 자괴감 대신 자부심을 주었으며, 안락한 생활환경도 제공했습니다. 그들에게 불만은 없어요. 하지만 피를 보는 일은 더 이상 하고 싶지 않네요. 이 아이들이 싫어한다는 사실을 이제는 분명하게 느낄 수 있으니까요. 우리의 능력은 피를 부르라고 주어진 것이 아닌 것만은 분명해요. 내 능력은 다행히 살상력이 떨어지지만, 다른 친구들은 아니에요. 안타까운 일이지요. 수퍼맨이나 원더우먼처럼 틀림없이 좋은 일에 쓸 수 있는 능력인데, 어릴 때부터 배척받았던 친구들이라 세상 속에서 살고 싶어하지 않아요. 능력을 숨기고 가식적으로 살아야 하니까요. 피터팬이 우리 같은 심정이었을까요? 후우! 덴버에 작은 집을 사두었답니다. 이번 일이 끝나면 그곳으로 가 화원이나 운영하면서 보통 사람들과 어울려 살아볼 생각입니다. 사부, 일반적인 요가를 배워도 제 삶에 도움이 될까요?"

현실에서 히어로물의 주인공이 될 수 있는 능력을 지닌 자들이다. 하지만 바른 가치관을 형성할 유년 시기를 보내지 못했고, 능력을 바르게 사용하도록 이끌어줄 사람을 만나지 못했다. 비록 이용할 생각으로 도와주었지만, 의도가 어찌 되었든 간에 세이건 가만이 그들에게 도움을 주었다. 세이건 가를 안식처로 생각할 수밖에 없는 사람들인 것이다. 세이건 가가 그들에게는 네버랜드인 셈이다.

세이건 가가 처음으로 언급되었지만 임화평은 동요되지 않았다. 그저 엷은 미소를 띠며 고개를 끄덕였을 뿐이다.

"중요한 것은 수련의 방식이 아닌 수련에 임하는 마음이다. 당신이라면 나보다 더 높은 경지에 이를지도 모르겠다. 열심히 해라."

"고마워요."

그때 고스트가 파이어폭스와 함께 나타났다가 다시 사라졌다. 그리고 10여 분 후 다시 나타났을 때는 예정에 없던 통통한 흑인과 함께였다. 또 한 번 사라진 고스트는 마지막으로 토네이도를 데리고 나타났다.

토네이도는 자신이 겹쳐 입고 있던 두 벌의 방탄복 가운데 하나를 벗어 임화평에게 넘겼다. 평소라면 귀찮다고 입지 않았을 임화평도 순순히 방탄복을 착용했다. 총알이 난무하는 곳으로 들어갈 예정이라서 어쩔 수 없이 입은 것이다.

통통한 흑인이 부드러운 미소를 지은 채 임화평에게 손을 내뻗었다.

"실드라고 부르시오. 만나서 반갑소, 사부."

"반갑다, 실드."

속삭이는 듯한 말에 임화평도 속삭이며 그의 손을 잡았다.

이번 작전의 리더 파이어폭스가 시계를 보며 말했다.

"현재 시간 12시 47분이다. 1시 55분, 기름이 살포될 때까지 휴식한다. 우리 작전 시간은 정확히 1시 56분에 시작된다. 불이 확산되면 이곳으로 돌아와 아군과 조우할 때까지 잠복한다."

임화평은 현재의 위치와 명천의 본거지 사이에 있는 4개 조 이십 명의 정찰대를 미리 처리하겠다는 의견을 내려다가 마음을 바꿨다. 세이건 쪽과 합류해 있는 상태이기는 하지만 동료는 아니다. 상잔해도 상관이 없는 사람들이다. 세이건 쪽 사람들이 조금 더 끌리는 것은 사실이지만, 두 조직 가운데 그나마 낫다는 정도지, 호감을 느끼는 것은 아니기 때문이다.

인간적으로 친해진 카멜라와 묘하게 호감이 가는 에버그린이 마음에 걸리기는 하지만, 그들도 진창에 발을 담은 이상 위험을 감수해야 마땅하다.

'일단 불이 나면 앞뒤가 없는 혼란 상태가 될 것이다. 앞쪽을 미리 치운다고 해봤자 잠깐 득 보는 것뿐인데, 굳이 위험을 자초할 필요는 없지.'

임화평은 가부좌를 틀고 눈을 감았다.

실드가 호기심 어린 눈으로 임화평을 바라보면서 토네이도에게 속삭여 물었다.

"뭐 하는 거야? 요가?"

"명상이지. 자신을 돌아보는 수행법이래. 나도 해봤는데 자세도 불편하고 엉덩이가 들썩거려 집중이 안 되더라고. 난 요즘 호흡에 집중하며 몸을 움직이는 방식의 수련을 시작했어. 그게 수준에 이르면 명상도 가능해진다고 하더라고."

소곤거린다고 들리지 않는 것은 아니다. 임화평은 실소하며 눈을 떴다.

"실드라고 했지? 뜻은 알겠는데, 무슨 능력을 가졌나?"

"나는 우리가 호흡하는 공기를 움직일 수 있소. 그 능력이 방어에 특화되어 있어 실드라고 불리오."

"호! 평화적인 능력이군. 그런데 자넨 원래 계획에 없었다. 무슨 일로 왔나?"

"우선 이곳의 보호요. 그린의 능력을 못 믿는 건 아니지만, 내가 한 손 거든다면 더 튼튼한 쉘터를 만들 수 있소. 그리고 어제까지만 해도 난 내 능력을 방어에만 사용할 수 있다고 생각했는데, 그게 아니었소. 이거 아시오?"

실드가 배낭에서 꺼내 보인 것은 임화평이 써보고 작전에 사용하자고 제안했던 바로 그 무능화 가스다.

"난 이놈들의 흩어지는 성질을 제어할 수 있소. 주변에 대기의 막을 쳐서 일시적으로 봉인하는 것이지. 그것을 적들에게 날려… 펑!"

실드는 손가락을 오므렸다가 동시에 활짝 펴 폭발하는 이미지를 만들어내고 검은 피부와 대조적인 하얀 이빨을 드러내며 미소 지었다.

"독가스를 구할 수 있다면 더 효율적일 테지만, 일단은 이거라도 아쉬운 대로 써먹을 수 있지 않겠소?"

"네 이름 실드보다 벌룬이 더 어울리겠군."

실드는 풍선이라는 뜻의 새 이름이 마음에 드는 듯 낄낄거렸다.

실드의 여러 가지 가능성을 떠올리면 간담이 서늘해질 수밖에 없다. 독가스 풍선뿐만이 아니라 일정 공간을 진공 상태로 만들거나, 미세 조종으로 상대의 호흡을 빼앗는 일까지 가능하다면 공격적인 면에서 그 누구보다도 무서운 인간이 될 수 있을 것이다.

'이자뿐만이 아니라 나머지 능력자들도 체계적으로 능력을 개발하면 감당해 낼 사람이 없겠어. 쓰면 쓸수록 빨리 늙는다는 것이 대충 사실인 것이 그나마 다행인가? 효율성까지 갖추면 무서울 거야. 가능하면 오늘 다 죽었으면 좋겠는데……. 또 있겠지?

에버그린의 말에 따르면 능력 개발 연구소가 있다고 했다. 데이터를 확보하고 능력의 사용 패턴을 체계화하다 보면 과학적으로 효율성을 계측할 수 있을 것이다. 눈앞에만 다섯이 있으니, 세계 각지에 더 많은 이들이 있을 것이다. 그들을 모두 찾아내 교육시킨다면 그 무엇보다도 뛰어난 인간 병기가 될 것이다.

'후! 생각만으로도 무섭군. 하지만 내가 고민할 문제가 아니다. 당면 과제는 명천의 말살. 집중하자!'

그때 토네이도가 시계를 보았다. 1시 20분이다. 그가 가방에서 바둑돌보다 조금 더 큰 쇳덩어리 이십여 개를 꺼내 임화평에게 건넸다.

"사부, 시계 주고, 여기서 한 10m 더 나가서 이것들을 놈들 본거지 쪽으로 뿌려주시오. GPS 신호 발신기요. 대충 던져 두면 되오. 그 신호에 따라 위에서 기름을 뿌릴 거요."

"불이 달릴 길을 만들라는 뜻?"

"그렇소."

임화평은 쇳덩어리들을 바지 양쪽 호주머니에 나누어 넣고 베이스를 빠져나갔다.

※

'유네스코 지정 세계유산 답사팀' 이라는 긴 이름의 패키지 여행단이 5일이나 머물던 황산을 떠났다. 한편 6일 전 중국 영해에 들어선 프랑스 국적의 무역선 마르세이유 호가 홍콩을 거쳐 영파에 입항하여 그 선원들을 모두 항구에 내려놓았다. 그리고 그 다음날 밤 1시 40분, 전당강 하구에 머물고 있던 빈 바지선에서 검은색으로 도색한 이십여 대의 저소음 모터 행글라이더가 허공으로 치솟아 올랐다.

⚜

만위는 철사자 경력 5년째의 베테랑이다. 그런데 이 베테랑이라는 의미가 그다지 무게있는 것은 아니다. 조직의 성격을 잘 파악하고 무리없이 생활한다는 의미지, 신참들보다 뛰어나다는 의미로 쓰이는 것은 아니다.

그도 그럴 것이, 그가 지난 5년 동안 한 일이라고는 상해 선민종합병원의 특수동을 경비하는 일뿐이었다. 그 5년 동안 특별한 일이 일어난 적은 단 한 번도 없었다. 그런 그가 베테랑이라는 단어에 어울리는 특별한 경험을 했을 리 없다. 정기적으로 이루어지는 철사자의 자격 검증 평가에서 떨어지지 않기 위해 꾸준히 수련해 온 것이 전부였다. 전투 감각이라는 면에서 보면 군 복무를 끝내고 처절한 훈련이 이어지는 소사자에서 새로 철사자로 올라선 신참이 더 뛰어날 것이다. 그가 신참보다 더 나은 것이 있다면 눈치다.

'엿 같네. 이 짓을 도대체 언제까지 해야 하는 거야?'

특수동 소파에 앉아 편안하게 근무하다가 예쁜 마누라를 뒤로하고 갑자기 항주로 옮겨왔다. 한시적이라는 말을 들어 그나마 다행으로 여기고 있지만, 밤마다 숲 속을 헤집고 다니려니 입에서 단내가 난다. 그것도 벌써 열

하루째다.

'본부장 얼굴을 보면 곧 풀릴 것 같기는 한데 말이야.'

일만 어려워졌지 아무런 사건도 생기지 않는 것은 상해나 마찬가지다. 얼음장 같은 눈빛과 칼날 같은 목소리로 하도 겁을 줘서 잔뜩 긴장했는데, 날마다 그날이 그날이다. 그나마 혀끝에 송곳을 매단 듯이 찔러대던 본부장이 오늘의 훈시에서는 조금 누그러진 기색을 드러냈다. 긴장감이 완화되었음을 느끼고 나자 어제와 다르지 않은 일상이 더 지겹게 느껴진다.

'이놈도 이젠 무겁기만 해.'

그가 들고 있는 소총은 95년에 개발되어 현재 인민군과 특수부대에서 채용한 돌격소총 QBZ-95다. 그가 군에 있을 때는 개발 전이었기 때문에 사용해 보지 못했으나, 평정의 사격 평가에서 다뤄야 하는 소총이라서 사용에 불편함은 없다. 처음 그 근사한 놈을 지급받았을 때 만위는 정말 큰일이 터질 것이라고 잔뜩 긴장했으나, 이제 그 긴장감마저 사라져 총이 무겁기만 하다.

'마누라야! 바람피우면 죽여 버린다. 조신하게 있어야 돼.'

서른셋에 신혼을 맞은 만위는 너무 예쁜 아내 때문에 속병을 앓고 있다. 미용사라 밖에서 생활하는 시간이 많은데, 자신은 늘 밤 근무를 하고 있으니 마음이 편할 수가 없다. 이제는 멀리 항주까지 와 있다 보니 그 불안함이 한층 심해졌다.

만위는 습관처럼 감시 카메라를 향해 플래시의 빨간 불을 두 번 깜빡였다.

우우우우우우우웅!

신경을 건드리는 이상한 소리가 들려왔다. 매일같이 그의 피를 빨아 먹는 모깃소리는 아니었다. 평소 숲에서 나지 않는 소리, 익숙한 듯하면서도 기억나지 않는 소리다. 혹시나 해서 하늘을 올려다보았다. 역시 아무것도 보이지 않았다.

후두둑! 후두둑! 후두두두두둑!

여지없는 나뭇잎에 빗방울 떨어지는 소리다. 만위는 짜증난 얼굴로 다시 하늘을 올려다보았다.

'이상하네. 비 올 하늘이 아니었는데……'

바로 그 순간 그의 코를 건드리는 냄새는 틀림없는 가솔린 냄새였다.

만위는 대경실색하여 어깨에 부착된 무전기의 단추를 눌렀다.

"여기는 갑삼조! 적의 화공이다! 물러선다!"

상황실에 연락을 하는 것인지, 동료들에게 경고를 하는 것인지 알 수 없는 당황한 목소리가 숲 전체에 울려 퍼지는 순간 20m 앞쪽에서 갑자기 화룡이 몸을 일으켜 입을 쩍 벌리며 그를 향해 내리꽂혔다.

⚜

임화평은 파이어폭스의 손짓에 따라 꿈틀대는 화룡을 보며 놀람을 금치 못했다. 한 번의 손짓에 불길은 20m씩 뻗어나갔다.

'이건 뭐, 화염방사기가 따로 없네.'

파이어폭스는 자신을 중심으로 좌우 20m씩의 불꽃을 관장했다. 두 마리 화룡은 순식간에 덩치를 키워 특식인 가솔린의 냄새를 따라 혀를 날름거렸다. 그때 토네이도가 좌우로 손을 뻗었다. 부드러운 미풍이 화룡들의 궁둥이를 밀어 식탐을 부추겼다.

화르르르르르륵!

"으악!"

어느 재수없는 정찰조들이 화룡의 불꽃에 휘말렸다.
타타타타타타탕!
화마에서 살짝 벗어난 누군가가 맹렬하게 총질해 댔지만 실드의 손에서 생성된 방어막에 막혀 버렸고, 그 사이에 또 한 마리 화룡이 총구의 불꽃을 향해 뻗어나갔다. 불꽃에 휘말려 숲을 뛰어다니던 사내는 결국 바닥에서 꿈틀대다가 움직임을 멈췄다. 그 자리에 남은 것이라고는 형체를 알 수 없는 시커먼 덩어리뿐이다.
마침내 가솔린의 맛을 본 화룡들은 거침없이 가솔린을 핥아나갔다. 20m에 불과하던 화룡들이 한순간에 몇 배로 덩치를 불렸다. 토네이도는 화룡들에게 계속해서 커나가라고 부채질했다. 단 1분도 못 되어 화룡은 광포한 기세를 키우며 숲을 점령해 나갔다.
임화평은 타오르는 불길을 바라보며 고개를 설레 흔들었다.
'이젠 진화가 불가능해.'
그때 등 뒤에서 기척을 느낀 임화평은 곧바로 몸을 휘돌리며 손을 내뻗었다. 손끝에서 떨어져 나가 비도는 막 땅을 뚫고 치솟아 오른 검은 그림자의 이마를 파고들었다. 바로 그 순간 다시 네 개의 인영이 튀어 올라왔다. 다시 두 개의 비도가 날아가 두 명을 격살하는 순간 나머지 두 인영은 재빨리 나무들 뒤로 몸을 숨기고 총구를 내밀었다.
실드가 나서며 손을 뻗었다.
타타탕! 타타탕! 타타타타타탕!
연속적으로 총알 세례가 퍼부어졌지만 실드의 방어막은 굳건했다. 그 순간 임화평의 손에서 두 개의 회선표가 떠났다.
쉬쉿!
나무들 사이를 파고든 두 개의 회선표는 갑자기 선회하여 나무 뒤로 사라졌고, 그 순간 회선표 대신에 두 명의 검은 인영이 머리에서 피를 뿌리며 튀어나왔다.

임화평이 실드를 바라보며 말했다.

"실드! 저기에 가스!"

"오케이!"

실드는 배낭에서 두 개의 무능화 가스 캔을 꺼내 가스를 분출시켰다. 그리고 그 즉시 가스 주변의 공기를 끌어모아 가스를 감쌌다. 그의 손짓에 따라 가스를 품은 투명구가 시신의 옆을 파고들어 사라졌다. 실드는 또 하나의 공기막을 생성해 가스가 새어 나오지 않도록 구멍의 상부를 막아버렸다.

그동안에도 토네이도는 화룡들이 몸을 돌리지 않고 계속해서 전진하도록 격려했다. 화룡들은 스무 대의 행글라이더에서 뿌려진 가솔린의 냄새를 따라 명천의 본거지까지 질주했다. 행글라이더에 실었던 가솔린의 양은 얼마 되지 않았지만, GPS의 신호에 따라 길을 만들 듯 뿌려둔 터라 화룡들은 머뭇거리지 않고 담장을 뛰어넘었다.

그때 등 뒤쪽에서 두 가지 다른 종류의 총소리가 들려오기 시작했다. 두루룩거리는 소음 소총 소리와 콩 볶는 듯한 총소리다. 산으로 진입한 용병들과 명천의 외곽 경비대가 부딪친 모양이다.

파이어폭스가 말했다.

"물러선다."

일행은 에버그린이 만들어놓은 위장 쉘터로 돌아왔다. 에버그린은 지친 기색의 토네이도를 웃음으로 맞았다.

"부탁 들어줘서 고마워."

"별말씀을. 원래 계획대로 했을 뿐이야."

에버그린의 부탁은 화재로 인한 숲의 피해가 최소한이 될 수 있도록 노력해 달라는 것이었다. 토네이도가 생각해 낸 방도는 가솔린으로 불길을 만들어 최대한 빨리 명천의 본거지를 화마로 뒤덮이게 하는 것이었고, 결과적으로 성공이었다. 불은 토네이도가 일으킨 바람의 통제를 받으며 가솔린으로 뒤덮인 길을 달렸고, 불이 스쳐 지나간 곳은 전소되어 맞불을 일으킨 듯한 효과를 보였다.

임화평은 한쪽에 가부좌를 틀고 앉자 주변으로 기감을 퍼뜨렸다. 소음소총 소리와 소총 소리가 뒤섞여 들려온다. 소총 소리가 가깝게도 들리고 멀게도 들리는 것으로 보아 전장은 산 전체를 무대로 넓게 펴져 있을 것이다.

"혼전이군. 역시 땅굴이 문제인가?"

"무슨 뜻이오?"

파이어폭스의 물음에 임화평이 눈을 떴다.

"이 산 전체에 정찰대라고는 오십여 명에 불과하다. 그 정도면 단번에 뚫었겠지. 총소리는 지금도 들린다. 적이 밀리지 않는 느낌이다. 땅굴 때문이다. 땅굴에서 나온 놈들이 뒤를 치고 있다. 땅굴 알려줬는네도 대책없는 모양이야. 공안도 알 시간이다. 시간이 부족해. 곤란하군."

그때 쉘터 바로 앞까지 다가오는 자들이 있었다. 임화평이 눈살을 찌푸리는 순간 밖에서 말소리가 들렸다.

"토네이도, 어벤저!"

제이슨의 목소리다. 에버그린이 문을 개방하자 제이슨과 카멜라가 들어왔다. 제이슨은 위치 추적기를 끄고 미소 지었다.

"모두들 무사했군. 갑시다."

밖으로 나가자 위장 크림으로 떡칠을 한 일군의 용병들이 사주경계를 하고 있다. 북경에서 함께했던 제이슨 팀과 윌리 팀이다.

제이슨이 앞장서려고 나섰을 때 임화평이 막았다. 임화평은 카멜라를 바라보며 중국어로 말했다.

"혼전이다. 땅굴 때문에 생각보다 저항이 심해. 우리끼리 갔다가는 호랑이굴로 들어가는 것이나 마찬가지가 될 것이야."

"하지만 저기 보다시피 놈들은 혼란에 빠져 있소."

제이슨은 화마에 휩쓸린 명천의 본거지를 가리켰다.

"저곳으로 가자."

임화평이 가리키는 곳은 조금 전 실드가 무능화 가스를 투입한 땅굴이다.

"뒤쪽으로 뻗은 땅굴은 막아버리고 앞으로 50m만 가면 된다. 실드와 토네이도, 그리고 파이어폭스가 있는 이상 사상자 없이 전진해서 뒤통수를 칠 수 있을 거다."

넓어봤자 암도. 실드가 선두에 선다면 암도를 통째로 커버하는 방어막을 칠 수 있을 것이다. 좁은 암도에서 인간 화염방사기 파이어폭스의 위력은 극대화될 것이고, 소리없이 날아가는 토네이도의 바람 드릴은 그 무엇보다도 강력한 무기가 될 것이다.

제이슨은 쉽게 수긍하고 고개를 끄덕였다.

"좋소. 대신 실드가 수고해 주시오. 무능화 가스, 아직 남았지요?"

"오케이. 두 개밖에 안 썼소. 암도라면 나 한 사람 고생하는 걸로 충분할 거요."

실드는 배낭에서 캔 하나를 꺼내 사출구를 개방하고 땅굴 속으로 집어던졌다. 그리고 공기막을 구멍 위에 뒤집어씌웠다. 잠시 후 실드가 먼저 구멍 안으로 뛰어들고 그 뒤를 따라 사람들이 줄줄이 들어갔다.

임화평을 따라 에버그린이 들어섰다.

"당신이 할 일은 없을 것 같은데, 왜?"

"혼자 남기 싫어요. 그리고 이 정도 암도라면 내가 할 일이 있을 거예요. 가요!"

폭 60㎝, 높이 150㎝ 정도에 불과한 좁고 낮은 통로다. 그다지 빠른 속도는 아니지만 전진은 순조로웠다. 실드가 한 일은 간단했다. 가끔씩 캔 하나씩 터뜨리고 가스가 완전히 사출된 후 방어막으로 밀어낼 뿐이다.

20m 정도를 전진하여 두 갈래 길에 이르렀다. 그들이 지난 곳은 원래의 암도에 구멍을 내어 만든 가지다. 명천의 본거지로 향하는 암도는 두 사람이 나란히 걸어도 좁지 않은 꽤 잘 만들어진 암도다.

제이슨은 외곽으로 뻗어나가는 암도를 폭파하려 했다. 그때 나선 사람이 에버그린이다.

"굳이 소리를 내고 먼지폭풍을 뒤집어쓸 필요없어요. 내가 하지요."

그녀가 시멘트벽에 손을 대고 눈을 감았다. 그 순간 시멘트벽이 갈라지면서 돌 조각과 가루가 부스스 떨어져 내렸다. 그녀의 손짓에 따라 암도의 천장에서 굵은 나무뿌리들이 급격하게 자라 암도를 막아버렸다. 나무 십여 그루의 뿌리를 계속해서 끌어내려 암도를 두텁게 막아버린 에버그린이 웃으며 물었다.

"이 아이들을 뚫기보다는 지상으로 나가겠지요?"

모두가 동의했다. 출입구가 또 있는 이상, 겹겹이 암도를 막은 나무뿌리들을 잘라내며 전진하기보다는 밖으로 나가 그 구역을 지난 후 다시 내려오려 할 것이다. 그러나 에버그린은 그녀가 지난 곳마다 나무뿌리들을 끌어내려 그들의 움직임에 미리 방비했다.

❦

오늘 다 죽어버리면 좋겠는데……

명천의 넓은 연무장. 그 가운데 선 서문영락의 차가운 두 눈동자에 불타오르는 동쪽의 전각들이 맺혀 있다. 그 주위로 이백여 명에 가까운 무인들이 분노에 찬 눈빛으로 사방을 살피고 있다. 그리고 조금 더 넓게 퍼진 채 원진을 그리고 있는 이들은 평정의 철사자들이다.

누구도 불타오르는 전각들을 진화하기 위해 동분서주하지 않았다. 자동화 시설의 하나인 스프링클러들만이 불을 끄기 위해 몸부림치고 있다. 하지만 그것만으로는 진화가 불가능해 보인다. 그나마 다행인 것은 나머지 전각들이 불이 옮겨 붙기 전에 물을 흠뻑 뒤집어썼다는 정도다. 그 외에 손실은 연이어 날아온 세 발의 벙커 버스트탄 가운데 한 발이 모니터실에 직격했다는 것이 전부다. 물론 손실이 작다는 건 아니다. 화재로 인해 소실된 전각이야 다시 지으면 그만이지만, 모니터실을 잃은 것은 심각한 일이다. 당장 밖을 살필 눈을 잃었다.

'매튜 세이건이 죽었는데도 여길 쳤다?'

서문완영이 매튜 세이건의 죽음을 알려온 것이 어제 오후 6시경이다. 서머타임을 실시 중인 미국 뉴욕의 시간으로 새벽 4시경에 죽었다는 뜻이다. 그 후로 여덟 시간이 더 지났다. 매튜 세이건의 죽음이 중국에 있는 세이건의 세력에 알려지기에 충분한 시간이다.

CNN도 소식을 전파했다. 몰라서 그런지 아니면 그 파장을 우려해선지는 몰라도, 세이건이라는 이름은 발설되지 않았지만 폭격을 맞은 듯한 세이건의 저택은 그대로 방영되었다. 제목은 '닌자들, 롱아일랜드를 침공하다'였다. 복면까지 뒤집어쓴 흑의인들이 경찰과 싸우는 모습이 항공 촬영을 통하여 여과없이 방송되었다. 암전대가 뛰면서 암기를 날리고 총알을 피해 허공을 가르는 모습을 보면서, 그들이 떠올릴 수 있는 것은 영화를 통해 대중적인 캐릭터가 된 닌자라는 일본 자객이었을 것이다. 그 뉴스를 통해 일반인들이 알 수 있는 것은 별로 없다. 그러나 세이건 가와 관련된 사람들은 한눈에 알아보았을 것이다. 그럼에도 공격이 시작된 것이다.

'현장 책임자의 복수?'

예상했던 최악의 공격 방식이 화공이다. '막나가지 않는 이상, 설마 쓸까?'라고 생각하면서도, 지형상 대응법을 생각해 보지 않을 수 없었던 방법이다. 분노로 가득한 명천의 사람들이 차분하게 대응하고 있는 것도 이성을 잃지 않은 서문영락 때문이다.

'삼분지 일은 날아가겠군. 화공이라니, 용병들을 소모품으로 생각지 않고는 실행할 수 없는 작전이다.'

들려오는 총소리를 생각하면 불만 싸지른 것이 아닌, 사방에서 공격해 오고 있다는 뜻이다. 오운산에서 불길이 치솟으면 항주에서 금방 알 수 있다. 그리되면 항주 외곽은 공안들로 인하여 차단되게 되어 있다. 그것을 짐작하지 못할 세이건 측도 아닌데, 공격을 한다는 것은 용병들이 다 죽더라도 상관없다는 뜻이다.

'결국 표적인 나를 반드시 죽이겠다는 뜻이지?'

화공을 제한적으로 사용한 것도 그런 의미임이 분명했다. 산을 태워 버린다면 암도로 빠져나갈 것이라고 생각하고 일부러 버틸 구석을 제공한 것이다. 화공으로 바라는 것은 혼란이지 분사나 질식사가 아닌 것이다.

드르륵거리는 총소리가 점점 다가오고 있다. 밀리고 있다는 뜻이다. 서문영락은 주먹을 불끈 쥐고 낮게 소리쳤다.

"정패!"

서문영락의 비밀 호위로 중국에 남은 마지막 암전대의 조장 정패가 부복했다.

"가라! 놈들이 오운산을 빠져나가지 못하게 하라!"

총을 앞세운 대대적인 공격이라면 암전대의 존재가 별 의미가 없다. 그것을 잘 아는 정패는 지체없이 고개를 숙였다.

"존명!"

열하나의 암전대원이 담벼락을 뛰어넘어 숲 속으로 사라졌다.

"완안상!"

검은색 군복을 입은 중년인이 달려와 부복했다. 평정의 무력을 총괄하는 본부장이다. 군 출신으로 유일하게 천무전의 십대고수에 속하는 사람이다.

"암도는 이미 드러났다. 철사자들을 최대한 안쪽으로 뺀다. 안에서 밖으로 쳐서 놈들이 드러나게 하라. 일일이 죽일 필요없다. 막아내기만 하라. 무인들이 놈들의 뒤를 칠 것이다."

훤하게 트인 장원에서 총을 든 용병들에 맞서는 것은 불리하다. 무인들에게 유리한 장소, 숲에서 맞서는 게 낫다. 철사자들과 전투를 벌이면 상대의 위치도 드러난다. 그때 무인들로 하여금 뒤를 칠 생각이다. 굳이 죽일 필요없다고 명령한 것은 오인 사격으로 무인들이 다칠 것을 우려한 조치다.

명령의 의미를 숙지한 완안상이 고개를 숙이고 물러나자 서문영락이 다시 소리쳤다.

"맹호대주! 흑랑대주!"

흑의 무복 차림의 두 중년인이 달려와 동시에 부복했다.

"암도를 통하여 외곽으로 빠져나가 밖에서부터 놈들을 말살하라. 한 놈도 달아나지 못하게 하라!"

"존명!"

맹호대가 전통적인 무인이라면, 흑랑대는 중국의 폭력 조직에 침투시킨 세작들이다. 비무라면 맹호대에 못 미치겠지만, 그렇다고 흑랑대의 무공이 낮은 것은 아니다. 그들은 무기를 가리지 않는다. 총을 비롯한 폭력 조직에서 흔하게 쓰이는 무기들은 모두 숙달한 막싸움의 달인들이다.

두 사람이 사라지는 순간 서문영락의 주위에 남아 있던 무인들 가운데 삼분지 이가 사라졌다. 남은 이들은 열넷에 불과한 혜명원의 원로들과 천무전의 남은 십대고수, 그리고 잠룡대가 전부다.

"지휘 본부는 천안전이다. 잠룡대는 천안전을 지킨다!"

잠룡대의 현 인원은 모두 서른일곱이다. 별장 단지에서 임화평에게 죽거나 크게 다친 자들을 제외한 전원이다. 미꾸라지 한 마리 정도라고 생각했던 살수에게 일격을 당한 그들의 눈빛은 전과 달리 예기가 어려 있다. 십여 명이 죽고 십여 명이 크게 다쳤지만, 결과적으로 그 피해가 약이 된 모양이다. 서문영락의 명령에 반응하는 그들의 움직임은 일사불란, 그 자체다. 그들이 구석구석으로 스며든 천안전은 화재로부터 가장 멀리 떨어진 곳이며 화재에 대한 대비가 가장 철저히 되어 있는 곳이다. 물에 푹 담갔다가 뺀 것처럼 지붕과 외벽이 젖어 있다. 군데군데 방화사가 가득 담긴 드럼통들이 놓여 있고 그 주변으로 소화기를 비롯한 각종 소방 기구들이 준비되어 있다.

오늘 단 한 번도 서문영락의 명령에 제동을 걸거나 권위에 흠집을 낸 적이 없는 혜명원 원로들의 얼굴에는 상황에 어울리지 않는 미소가 어려 있다. 단순히 자신들의 손자나 제자들인 잠룡대원들의 믿음직한 움직임에 기분이 좋은 것은 아닐 것이다. 그들 대부분은 잠룡대원들보다 서문영락을 주목하고 있다. 몇몇은 웃음 띤 얼굴로 고개까지 끄덕인다.

서문영락은 그제야 노인들의 시선을 느끼고 뒤돌아섰다. 무거운 얼굴에 쓴웃음이 맺혔다. 노인들의 얼굴에 드리워진 미소가 무슨 의미인지 깨달은 것이다.

"숙부님들은 지금 웃음이 나오십니까?"

숙부님들이라는 말에 노인들의 뒤를 받히고 서 있던 4, 50대의 중년인 여섯이 급히 노인들의 뒤를 벗어나 서문영락의 뒤쪽으로 섰다. 그들이 바로 천무전 십대고수들 가운데 남은 여섯이다. 그리고 그들 가운데 셋은 얼마 전에 천무전의 전주와 부전주의 자리에 올랐다. 그들이 서문영락의 뒤에 섬으로써 마치 노년층과 중년층이 대립하는 듯한 모습이 그려졌지만, 사실은 노인들 뒤에서 감히 천주의 공대를 받을 수 없어 뒤로 빠진 것뿐이다.

노인들의 중앙에 선 백발노인 뇌명신은 미소를 지우지 않고 오히려 소리 내어 웃음을 터뜨렸다. 혜명원의 원주이자 사석에서 서문재기로부터 형님 소리를 듣는 원로 중의 원로다.

"소천주! 사람의 진가는 위기 앞에서 드러나는 것이오. 오늘 소천주께서 한 점 망설임없이 진두지휘하시는 모습을 보니 이 늙은이의 마음은 푸근하기 그지없구려. 그동안 우리 명천은 너무 편하게 지내왔소. 이런 위기가 꼭 나쁜 것은 아니지. 저 잠룡대 아이들 보시구려. 한번 호되게 당하고 나니 일신우일신하는 모습을 보이지 않소? 오늘 비록 피해가 적지는 않겠지만, 우리 명천의 미래는 내일 더 밝을 것이오. 오늘 일이 마무리되는 대로 소천주께서는 정식으로 천주의 위에 오르시구려. 소천주께서 늘 말씀했던 것처럼, 좁은 중국을 벗어나 천하를 경영해 보시구려."

"말씀 고맙습니다. 반드시 그리되도록 할 것입니다. 하지만 그것은 오늘이 지난 후의 일. 곧 만만치 않은 적들이 들이닥칠 것입니다. 일단 들어가시지요."

서문영락이 광목당을 향해 손을 뻗으며 앞장서 걸었다. 그 옆을 뇌명신이 차지하고 그 뒤로 열세 명의 노인과 십대고수의 여섯이 따랐다.
뇌명신이 걸으면서 물었다.
"만만치 않은 적들이란 그 초능력자들을 말하는 거요?"
"그렇습니다. 뉴욕에서 살아남은 암전대의 보고에 따르면, 그 초능력이라는 것은 기괴하기 그지없어 사술에 가깝다 했습니다. 그림자로 변해 소리없이 접근하는 놈이 있는가 하면, 번개를 발출하는 놈, 허공에 호신강기를 연상시키는 방어막을 만드는 놈, 없는 물을 만들어내 수막으로써 몸을 보호하고 물을 뒤집어씌워 익사시키는 계집, 몸을 금속으로 뒤덮어 보호하고 손으로 금속의 병장기를 만들어 휘두르는 계집도 있었답니다. 암전대는 그들 가운데 하나조차 해결하지 못했고, 결국 아버지가 나섰다 하더군요."
"해결했다 함은 결국 그들도 인간이라는 뜻. 특이해서 당황했을 뿐, 죽이지 못할 존재는 아니구려. 천주가 나서서 치웠다 함은 근접전에 약하고 침투경과 같은 내가중수법에 견디지 못한다는 뜻이니, 침착하게 대처하면 우리도 상대하기 어렵지 않겠구려. 걱정하지 마시오. 소천주가 나서기 전에 우리 늙은이들이 오랜만에 밥값을 할 터이니."
서문영락 등은 광목당의 접객청에 들어섰다. 소파에 고참 원로들이 자리 잡고, 주변 의자에 나머지 사람들이 앉았다. 여섯 명의 십대고수들은 문 바깥과 안쪽, 그리고 창가에 섰다.
서문영락의 맞은편 일인용 소파에 앉은 뇌명신은 수염을 쓰다듬으며 입맛을 쩝쩝 다셨다.
"이거, 부릴 아이들이 없으니 차 한 잔의 여유도 갖지 못하게 되었구려. 방영아, 가서 차 좀 타오너라."
천무전의 십대고수 가운데서도 첫 번째의 자리를 차지하고 있다가 이제는 천무전주의 자리에까지 오른 오방영으로서는 황당할 노릇이다. 손끝으로 시비들을 부려왔던 그에게 차 심부름이라니, 상상해 본 적도 없는 일이다.

천무전주의 자리는 노인들이 혜명원에 틀어박혀 있는 평상시라면 명천의 이인자나 마찬가지인 실세다. 그러나 뇌명신은 그의 사부다. 찍소리조차 내뱉을 수 없는 상대인 것이다.

오방영은 자신을 외면하는 십대고수의 여섯째 용기진에게 눈을 부라려 앞장세우고 어깨를 늘어뜨린 채 문을 나섰다.

서문영락은 뇌명신과 원로들의 얼굴에 드리워진 느긋함에 한결 마음이 가벼워져 자신도 모르게 미소 지었다.

제9장
내 손에 맞아 죽으면 많이 아프다

실드가 연속적으로 터뜨리고 밀어낸 무능화 가스는 밀폐된 암도에서 효율적으로 작용했다. 어둡고 습하며 공기가 탁한 암도를 타고 스멀스멀 영역을 확대해 나가는 가스를 저들은 쉽게 알아차리지 못했다. 알아차렸을 때는 이미 효력이 발휘될 때쯤이다. 무능화 가스가 효과를 발휘하는 시간 동안 기다려야 했기 때문에 전진 속도는 그다지 빠르지 않았지만 꾸준하게 나아갔다. 가끔 본래의 암도에서 뻗어나간 가지를 만날 때마다 실드는 새롭게 무능화 가스를 터뜨렸고, 용병들이 정신을 잃은 자들을 처리하여 가지에 해당하는 암도로 밀어 넣으면 에버그린이 통로를 막아버렸다.

몸통에 해당하는 암도에 들어서서 근 30m를 전진했을 때다. 앞쪽에서 느껴지던 기척이 썰물처럼 뒤로 물러섰다. 기감을 퍼뜨려 동향을 주시하고 있던 임화평이 제이슨의 어깨를 두드리며 멈추게 했다.

"암도의 적들이 갑자기 빠져나갔다. 우리 때문은 아닌 듯한데……."

무능화 가스의 축차적 투입 덕분에 지금껏 소리없이 전진해 왔다. 뒤에 남겨진 적들은 모두 정신을 놓은 후에 목숨을 잃었다. 적들 가운데 임화평 정도의 기감을 가진 사람이 있다면 몰라도 지금껏 발견된 이들은 모두 총잡이들이라 그들의 암도 진출을 느끼지는 못했을 것이다.

원인을 알 수 없는 현상이라 제이슨으로서도 주저할 수밖에 없었다. 그때 임화평이 눈살을 찌푸리며 말했다.

"다시 투입됐다. 꽤 많아. 발걸음으로 보아 무인들이다. 일단 빠졌다가 뒤를 치는 게 낫겠다."

제이슨은 임화평의 말을 들어서 손해 본 적이 없다는 것을 상기해 내고 수하들에게 손짓했다. 모두가 일사불란하게 가지에 해당하는 암도로 들어섰다. 임화평이 에버그린에게 눈짓하자 그녀가 손짓으로 거대한 나무뿌리를 끌어내려 몸통 암도와 연결되는 입구 자체를 막아버렸다. 임화평이 파이어폭스와 실드에게 소곤거렸다.

"뒤쪽의 시체들을 보면 주춤할 거야. 그때 두 사람이 수고해 주면 편하겠는데……."

두 사람은 흔쾌히 고개를 끄덕였다. 좁은 암도에서 화염방사기는 상당히 유용한 살상 병기다. 실드가 옆에서 방어해 주면 무서울 게 없을 것이다.

묘하게도 분위기는 임화평이 구심점이 된 듯했다. 이는 제이슨이 가진 임화평의 능력에 대한 신뢰와 능력자들의 임화평에 대한 호감 때문이기도 하지만, 라미엘의 지시와도 관련되어 있다. 제이슨은 제이슨대로, 능력자들은 능력자들 대로 라미엘로부터 임화평의 의견을 존중하라는 지시를 받은 것이다. 원래 용병들과 능력자들은 서로 명령 계통이 일치하지 않는 애매한 관계에 있는데, 임화평으로 인하여 어긋남이 없는 상태가 되었다.

파바바바바밧!

굳이 임화평이 아니더라도 느낄 수 있을 만큼 재빠른 움직임들이 코앞을 지나쳤다. 근 사십여 명이 지나가고 마지막 발걸음마저 지나가는 순간 임화평이 에버그린에게 눈짓했다. 그녀의 손짓에 의해 나무뿌리들이 사라졌고, 그때 실드와 파이어폭스가 튀어나갔다. 그 뒤를 따라 임화평이 나서서 그들의 등을 책임졌다.

임화평이 바라보는 곳은 전방이다. 그러나 오감이 열린 이상 등 뒤의 열기와 좁은 통로에서 발해지는 화룡음을 느끼지 못할 리 없다. 암도는 한순간에 뼈와 살을 태우는 화장장이 되어버렸다. 피할 수 있는 가지형 암도의 입구가 모두 막혀 있는 이상, 실드와 파이어폭스의 손에 살아남을 사람은 없을 것이다. 막힌 암도가 아니라면 두 사람도 쉽게 상대하지 못할 이들 사십여 명은 초열지옥에서 한 줌의 재로 화한 셈이다.

제이슨이 생살 타는 냄새에 눈살을 찌푸리며 다가왔다.

"가스에 불꽃이라? 아우슈비츠가 이러했을까?"

"아우슈비츠는 가짜라는 말이 있더군. 유대인 인구보다 더 많이 죽었다면서?"

"나도 그런 기사 읽은 적이 있소. 2차대전 당시 연합군의 손에 더 많은 독일인들이 더 끔찍하게 죽었다더군. 드레스덴 폭격에서는 일반인 20만 가깝게 죽었다 하오. 그때 쓴 폭탄 이름이 블록버스터라는 소리에 쓴웃음을 지었던 적이 있소."

임화평은 아무 일 없다는 듯이 돌아오는 실드와 파이어폭스를 바라보면서 말했다.

"용병 계속할 건가? 카멜라는 은퇴할 모양이던데……."

"저 광경과 이 냄새가 싫어지는 걸 보니 그만둘 때가 된 모양이오."

제이슨에게는 야망이 있었다. 특별한 부탁을 받을 만큼 라미엘과 친분이 쌓인 이상, 용병이 아닌 용병 기업의 관리자가 되고 싶었다. 그래서 카멜라가 은퇴를 권할 때도 묵묵부답으로 일관했다. 하지만 눈앞에 펼쳐진 지옥은 지금껏 그가 만들어왔던 지옥들보다 더 지독한 모양이다.

"수고했어, 두 사람. 앞은 무인지경이다. 입구까지 가서 일단 상황을 보자고."

몸을 축내고 온 사람들에게 지옥을 만들고 왔다고 탓할 수는 없다. 임화평은 두 사람의 어깨를 두드리고 앞장서서 나아갔다.

"먼저 간다!"

지금까지와는 달리 상당히 빠른 걸음이다. 사방으로 뻗은 암도들이 합쳐지는 곳에 이르렀다. 거기에 위로 올라가는 계단이 있다. 그 주변에서 느껴지는 기척은 단둘뿐이다.

임화평은 두 자루의 비도를 빼 들고 첫 번째 계단을 밟고 솟구쳤다. 계단조차 밟지 않고 4m를 솟구쳐 허공에서 몸을 휘돌리며 비도를 던졌다. 검은 군복을 입은 철사자 두 사람이 눈을 치뜨는 순간 비도는 이미 두 사람의 이마에 꽂혔다. 두 사람 앞에는 사단으로 쌓은 모래주머니들이 있고 그 위로 총열에 구멍이 숭숭 뚫린 기관총이 거치대에 걸쳐져 있다. 총열 바로 위로 녹색 그물이 두 사람 앞을 가로막고 있는데, 임화평이 던진 비도는 그 그물을 뚫고 두 사람의 이마마저 꿰뚫었던 것이다. 편하게 올라왔다면 등이 벌집이 되어버렸을 것이다.

임화평은 그제야 주변을 살폈다. 암도를 가리기 위한 독립된 공간이다. 벽과 문, 그리고 지붕은 장원의 전체 분위기에 맞춰 고풍스러운데 안의 구조는 간단하기 그지없다. 문 반대쪽으로 작은 창이 하나 있고, 그 외에는 장식물 하나 없이 암도로 통하는 계단뿐이다.

타는 냄새를 맡으며 열린 창을 통해 밖을 내다보았다. 눈앞에 펼쳐진 광경은 작은 인공 호수와 그 뒤로 펼쳐진 긴 담장들이다. 그리고 담장 너머로 고루거각들의 이층과 지붕이 보인다. 그 누각들 가운데 왼쪽에 있는 누각들이 불에 타고 있다. 하지만 불을 끄려는 시도는 없는 듯했고, 주변에서 인기척도 느껴지지 않았다.

'도대체 일이 어떻게 돌아가는 거야? 총소리가 여전히 요란한 걸 보면 물러선 것은 아닌데, 설마 수하들을 남겨놓고 뒤로 빠진 것인가?'

불리한 상황에서 수하들을 사지로 밀어놓고 그사이에 도주하는 것은 특별한 일이 아니다. 하지만 현재의 상황은 딱히 명천에게 불리하지 않다. 머릿수로 보나 개개인의 전투 능력으로 보나, 홈그라운드의 이점으로 보나 명천이 버티기만 하면 이길 수밖에 없는 전투다. 시간을 끌면 이번 작전에 투입된 용병들은 살아 돌아가기 힘들 것이다. 기껏해야 임화평과 능력자들, 그리고 운 좋은 몇 명 정도가 빠져나갈 수 있을 것이다.

임화평은 혼란스러움을 접어두고 계단 아래쪽에 대기하고 있는 이들을 불러올렸다.

"응?"

올라온 인원이 예상보다 많았다. 임화평이 알기로는 제이슨이 이끄는 팀원은 월리 팀을 포함하여 모두 스무 명이다. 스물두 명에서 지난번 북경 광목당을 쳤을 때 둘을 잃었다. 그런데 그들과 같은 복장을 한 이들이 모두 스물세 명이다. 임화평은 그들 하나하나를 재빨리 훑었다. 그때 한 사내가 싱긋 웃으며 손을 내밀었다.

"안녕하시오, 사부? 토네이도가 격찬하더니, 모자람이 없었소. 샤우트라고 부르시오. 특기는 듣기 싫은 노래 부르기요."

얼굴에 위장 크림을 바르고 있어 확실히 알아볼 수는 없지만, 상당히 잘생긴 중년인이다. 임화평이 손을 잡자 그가 또 한 사람을 소개했다.

"이 친구는 내 단짝인 컨트롤이오. 눈빛으로 말하는 친구라 입이 무겁소."

음울한 회색 눈빛을 지닌 중년인이 고개를 끄덕여 인사를 대신했다. 그가 한시적으로나마 사람의 마음을 조종한다는 컨트롤인 모양이다.

샤우트는 한눈에 초면이라는 것을 알게 해주는 큰 키의 마른 사내를 가리켰다.

"저 친구는 실드와 단짝인 스피어요. 번개를 품고 다니는 녀석이지."

"스피어요."

그는 그나마 이름을 밝히고 고개를 까닥였다.

샤우트가 가장 활달한 성격을 지닌 듯 나머지 두 사람을 대변했다.

"인사 나눌 시간이 없어서 그냥 따라만 왔소. 리더십이 대단하더구려. 돕겠다고 나설 일이 없었소. 우리는 개별적으로 돌아다니기를 좋아하는 놈들이라 여러 사람이 함께 일하는 방식에 서툴다오. 이번 일 끝날 때까지 잘 부탁하오."

"나도 원래 혼자 일하는 놈이다. 하지만 우리가 상대하는 놈들에 대해 내가 제일 잘 안다. 실패하면 죽으니까 최선을 다할 뿐이다. 인사 끝났지? 일하자. 제이슨, 위성사진."

제이슨과 카멜라, 그리고 윌리가 다가왔다. 파이어폭스와 샤우트, 그리고 토네이도가 능력자들을 대표해서 다가왔다. 제이슨이 위성사진을 바닥에 내려놓자 모두가 그 주위에 쪼그려 앉았다.

임화평이 인공 호수가 있는 사진의 중심부를 가리키며 카멜라를 바라보고 중국어로 말했다.

"주변 경관을 고려해 보면 우리의 현 위치는 여기쯤이다. 그런데 지금 문제는 주변에 사람들의 흔적이 없다는 것이다. 심지어는 진화 작업을 하는 이들조차 없다. 어떻게 할 건가? 나가서 살펴볼 건가, 아니면 우리 측 사람들이 올 때까지 기다릴 텐가?"

전 인원 다해봐야 스물아홉이다. 상대의 수가 얼마나 되는지 모르는 상황에서 나갔다가는 몰살되기 십상이다. 그렇다고 마냥 기다리고 있을 수만도 없다. 특히 용병들은 이번 일에 인생을 건 것이나 마찬가지다. 성공 보수가 100만 달러다. 용병들 가운데 세이건 가 산하의 용병 기업에 속해 있는 사람들은 성공하면 계약 조건에 구애됨이 없이 원하는 순간 계약이 종료된다. 남은 인생을 편하게 살 수 있는 조건을 갖추게 되는 셈이다. 그냥 물러나기에는 조건이 너무 좋다. 망설여질 수밖에 없는 상황이다.

모두가 망설이는 기색이 역력하다. 가장 느긋해 보이는 사람은 누가 뭐래도 고스트다. 섀도와 마찬가지로 순간 이동하는 단순한 능력밖에 없지만, 어떠한 상황에서도 빠져나갈 수 있다는 자신감에 여유가 만만이다. 그 외에 여유를 보이는 사람은 단짝이라는 스피어와 실드다. 창과 방패라는 이름처럼 콤비 워크가 뛰어나다 보니 위기감을 크게 느끼지 않는 모양이다.

"당장 판단 내리기가 어렵겠지. 다른 의견 없으면 이렇게 하자. 먼저 고스트에게 묻지. 눈에 보이면 GPS 없이도 그 자리로 이동이 가능한가?"

"물론이지요. 눈에 보이는 곳이라면 힘도 덜 빠지지요."

"좋아! 그런 일단은 나와 고스트가 동정을 살피고 오겠다. 결정은 다녀와서 하자. 단, 그 사이에 할 일이 있다. 그린, 암도를 다 막아버릴 수 있겠나?"

에버그린은 고개를 저었다.

"장원 안쪽에는 끌어올 만한 나무들이 없어요. 막으려면 장원 바깥에서 막아야 하는데, 큰 암도만 네 개에 작은 암도가 너무 많잖아요."

임화평은 제이슨을 바라보았다.

"암도를 무너뜨릴 만한 폭탄이 있나?"

"C-4라면 충분하오. 막는 정도라면 문제없소."

"좋아! 그린은 동쪽으로 난 암도를 그린 혼자만 통과할 수 있도록 조치해 둬. 그리고 제이슨이 나머지 암도를 무너뜨려."

"퇴로 확보?"

"맞아. 이 작전은 너무 성급하고 무모해. 이 정도 소란이 일 정도면 미사일 쏘는 것과 뭐가 다른가? 지금 산 아래 공안들 잔뜩 깔렸을 거다. 어쩌면 군이 움직였을 수도 있어. 이번 일 제대로 끝낸다고 해도 퇴로는 없다고 보아야 할 거야. 동쪽으로 난 암도는 틀림없이 전당강으로 향하고 있을 터. 암도에서 이삼 일 버티면서 탈출 기회를 엿보는 게 좋다고 생각한다. 여차하면 전당강 쪽을 뚫을 수도 있고. 우리에게는 다행히 그린과 고스트가 있다. 그린은 우리가 숨을 장소를 마련해 줄 것이고, 고스트는 시간이 걸리더라도 이곳에서 벗어나게 해줄 수 있지."

임화평이 세이건 측 사람들의 퇴로까지 생각해 줄 필요는 없다. 퇴로가 없더라도 어떻게든 빠져나갈 자신이 있으니까. 그럼에도 퇴로 확보에 노력하는 것은 그들이 수뇌부를 치지 않고 물러설 것을 걱정하는 것이다. 이는 세이건 측이 용병들에게 100만 달러라는 미끼를 건 것과 마찬가지다. 지금 상황에서 그 100만 달러를 수령할 수 있는 사람이 몇이나 될까. 임화평은 일을 끝내고 무사히 돌아갈 방도를 제시했고, 용병들은 100만 달러를 받을 수 있을지도 모른다는 희망을 가질 수 있다.

대개의 사람들 얼굴에 화색이 돌았다. 못마땅한 표정을 짓는 이는 고스트 한 사람뿐이다. 스물이 넘는 인원을 모두 안전한 곳으로 이동시키려면 진이 빠질 것임에 틀림없다. 가뜩이나 능력을 쓴 만큼 빨리 늙는다는 소릴 들어 능력을 아끼려고 노력하고 있는데, 하고 싶을 리가 없다.

"고스트에게는 특별히 능숙해질 때까지 개인 지도를 해주지."

고스트는 나이프에 대한 로망을 가진 녀석이다. 비슷한 능력을 가진 섀도가 칼 한 자루로 최고의 암살자가 되자 관심을 갖게 된 것이다. 임화평이 보기에는 차라리 사일렌서가 달린 권총이나 매화수전과 같은 원리를 가진 무기를 개발하여 등을 노리는 것이 효율적인데, 고스트는 나이프에 대한 미련을 버리지 못하고 있다.

고스트가 눈을 반짝이며 이마를 비도로 장식한 두 철사자를 바라보았다. 고스트에게 임화평의 비도 던지는 모습은 매력적인 것이었다.

"나이프 쓰는 법도 가르쳐 주면 지쳐 쓰러질 때까지 최선을 다하겠소."
"가르치는 건 어렵지 않아. 참을성이 있어야 할 거야."
"약속한 겁니다, 사부!"

임화평이 고개를 끄덕이자 고스트도 환하게 웃었다.

"그럼 우린 가자고."

임화평과 고스트가 열린 창문을 통해 빠져나가자 나머지 사람들이 퇴로 확보를 위한 역할 분담을 시작했다.

⚜

"지금 혼전 중이라 자랑스러운 우리 군을 올려 보내신다 해도 큰 효과를 보기 어렵습니다. 장군! 총소리가 약해지는 걸 보니 조금씩 제압되고 있는 모양입니다. 정 마음이 불편하시다면 헬기나 몇 대 띄워서 놈들의 희망의 싹을 잘라주시겠습니까? 우리 군의 위력 비행까지 보게 되면 절망감에 스스로 무너질 것입니다. 예, 부탁드립니다. 이번 일 정리되는 대로 제가 찾아뵙지요."

서문영락은 전화를 끊고 뇌명신을 향해 쓴웃음을 지어 보였다.

"부탁하지도 않았는데 이 양반 총질 못해서 안달이 났습니다. 사령부는 호주에 있는데 하필 왜 항주에 와 있답니까?"

상대가 남경군구 제1집단군 사령관임을 아는 뇌명신도 쓴웃음을 짓지 않을 수 없는 모양이다.

"마누라 피해서 왔지 않겠소? 어쨌든 군을 움직였으니 그 입에 웃음 짓게 해주려면 돈깨나 들게 생겼소."

"꼭 그렇지도 않습니다. 그 인간한테는 싸게 먹히는 방법이 있다더군요. 그런데 왜 이렇게 더딘지 모르겠습니다. 준비 단단히 해두었는데, 어디서 틀어졌을까요?"

시간은 벌써 2시 42분. 일 터진 지 40분이 넘었다. 그 시간 정도면 암도를 통한 대응만으로도 충분히 제압 가능한 시간이고, 그것으로 모자란다 해도 항주에 숨겨둔 병력이 도착하기에 충분한 시간이다. 그럼에도 불구하고 총성은 끊이지 않고 들리고, 이제는 폭발음까지 간간이 들려온다. 저항이 그만큼 격렬해지고 있다는 뜻이다. 생각 같아서는 숲으로 뛰어들고 싶다. 하지만 그것은 지휘자가 해서는 안 될 일이다. 갑갑함을 누르고 있자니 속이 편치 않다.

항주 시내에 준비해 둔 병력들은 산에 진입하지도 못했다. 용정에서 오운산에 이르는 길목에서 동양계 용병들에게 발목을 잡힌 것이다. 암도 역시 존재한다는 사실을 아는 이상 예상했던 성과를 거두기는 힘들 것이다. 결국 일이 틀어진 것은 임화평 때문이다. 그의 세세한 정찰이 없었다면 지금까지 버티지도 못했을 것이다.

서문영락은 일이 예상대로 흘러가지 않음에도 불구하고 그다지 초조한 기색을 드러내지 않았다. 피해가 예상보다 클 테지만, 상대의 발목을 붙잡고 늘어지는 것만으로도 이미 승패는 결정된 것이라고 판단했다.

'총소리가 가까워지고 줄어들었다. 덫에 완벽히 걸려들었다는 뜻인데, 초능력자들은 왜 코빼기도 안 비치는 것인가? 포기한 건가? 그놈들이 나타나면 이 마지막 불안감마저 털어버릴 수 있을 텐데…….'

두구두구두구두구두구!

머리 위에서 헬리콥터의 로터 돌아가는 소리가 들려오기 시작했다.

"허! 그 양반, 생긴 것하고 달리 상당히 발 빠르구먼. 이거, 초능력자 얼굴 한번 못 보고 끝나겠습니다. 매튜 세이건이 죽었으니, 이번이 마지막일 텐데 아쉽네요. 몇 놈 잡혀주면 좋겠는데, 초능력자라 어렵겠지요?"

서문영락의 느긋한 목소리에 뇌명신도 덩달아 느긋하게 마음을 가라앉혔다. 그가 보아도 상황은 끝난 것이나 다름이 없어 보였기 때문이다.

"상해에 가보시오. 기예단 공연을 보노라면 초능력이 별건가 할 것이오."

공격을 받고 있는 상황에서도 서문영락 등의 수뇌부들은 농담까지 할 정도로 여유로웠다.

⚜

고스트는 별달리 한 것도 없이 돌아왔다. 애초에 임화평이 위험에 빠질 때를 대비하여 동행한 것인데, 임화평이 신출귀몰하듯 정찰을 끝내 버리는 바람에 밀리서 졸졸 따르다가 아무 일 없이 돌아온 것이다.

임화평은 위성사진으로 광목당의 건물을 지적하며 말했다.

"여기만 사람들이 있다. 인원은 오십에서 육십 사이. 호흡에서 느껴지는 걸로는 총잡이가 아닌 칼잡이들이야. 헬기 소리 들었지? 총소리 줄어든 걸로 봐서는 다른 이들의 도움을 받기 힘들 것 같다. 다행히 이 장원 안에는 그들밖에 없다. 물론 난리를 치면 돌아올 놈들은 많겠지. 속전속결이 아니면 답이 없어. 어떻게 할 것인가?"

제이슨이 되물었다.

"칼잡이들이라고 했소?"

"그래. 칼잡이와 총잡이는 호흡과 걸음걸이부터가 다르다. 나라면 쉽게 구분할 수 있지."

"원거리에서 화력을 퍼붓고 확인 사살하면 될 것 같은데?"

제이슨은 의견을 구하듯 주위를 둘러보았다. 임화평이 샤우트를 바라보며 물었다.

"다른 사람 능력은 대충 봤다. 스피어의 능력은 못 봤지만 토네이도가 번개를 쓰는 것이나 마찬가지라고 들었다. 컨트롤은 사람의 마음을 조종한다고 했나? 어떤 상황에서 그것이 가능한가? 눈으로 말한다 했는데, 눈을 마주쳐야 하는 건가?"

섭혼술을 떠올려 물은 것이다.

"그렇소. 그래서 나와 함께 다니는 거지. 내가 듣기 싫은 소리로 혼을 빼놓으면 그때 컨트롤이 움직이지. 효력 지속 시간은 사람에 따라 다르오."

"물리적인 능력은 없고?"

샤우트와 컨트롤이 동시에 고개를 저었다.

"놀라운 능력이지만 오늘의 일에는 큰 도움이 안 되겠군. 샤우트 자네는 어떤가? 성과를 얻는 데 조건이 필요한가?"

"거리요. 50m가 한계요. 가까우면 가까울수록 효과가 크지. 상당히 광범위하게 효력을 발휘하오. 보통 사람은 한 5초 노출되는 걸로 숨이 끊어지더군요."

임화평은 샤우트가 그나마 상대하기 가장 쉽다는 생각을 떠올리며 제이슨을 바라보았다.

"우선 실드와 스피어가 샤우트를 호위하여 접근한다. 샤우트가 능력을 사용하여 놈들의 혼을 빼놓으면 화력을 일시에 쏟아붓고 확인 사살한 후 최대한 빨리 이곳으로 돌아온다. 암도로 들어간 후 입구를 파괴하고 나머지 암도 역시 무너뜨린 후 상황에 따라 퇴각한다. 내 생각은 이 정돈데, 어떤가?"

이제 와서 포기하기에는 너무 멀리 왔다고 생각하는지 반대하는 사람이 하나도 없다.

"좋아! 제이슨! 그린은 퇴로 확보를 위해 절대로 필요한 사람이다. 카멜라와 저기 저 아가씨를 남겼으면 좋겠는데, 괜찮겠나? 이 통로도 계속 유지하려면 두 사람은 있어야 할 것 같은데……."

제이슨은 입가에 가느다란 미소를 지었다. 두 사람을 호위로 붙이라고 하면 될 텐데, 굳이 사람까지 지적한 것은 카멜라를 위하는 임화평의 마음이라는 것을 아는 탓이다.

"문제없소."

갈등이 되는지 카멜라는 입술을 깨물었지만 결국 고개를 끄덕였다. 퇴로 확보의 중요성을 잘 알기 때문이다.

임화평은 마지막으로 컨트롤을 바라보았다.

"어떻게 할 텐가? 할 일이 없다 싶으면 굳이 함께 갈 필요없네."

컨트롤이 처음으로 입을 열었다.

"방해가 될 것 같소. 총 한 자루 쥐고 여기에 남아 있겠소."

컨트롤의 능력은 쓰기에 따라 상당히 유용하다. 그의 조종 능력은 사랑하는 사람을 살인하게 할 정도다. 평소 자살을 떠올려 본 사람이라면 자살하게 하는 것도 가능하다. 다만 한 가지 제약이 있다면 반드시 눈을 마주쳐야 한다는 것이다.

그가 가진 물리적인 능력이라고는 유도의 유단자라는 것 정도다. 하지만 상대가 무인이라면 내밀 만한 명함이 아니다. 정신을 조종하기도 전에 칼 맞고 죽을 것이다.

임화평은 컨트롤이 입이 무거운 이유를 그 목소리를 듣고서야 알게 되었다. 목소리가 눈빛만큼이나 음울했다. 눈을 마주하고 목소리를 듣는 것만으로도 그의 분위기에 빠져든다. 그나마 컨트롤이 자신의 능력을 사용하는 일에 있어 적극적이지 않다는 느낌이 든 것이 다행이다.

임화평은 정신을 번쩍 차리고 컨트롤의 눈을 외면했다.

"좋아! 샤우트가 능력 발휘를 끝내는 순간부터 제이슨 자네가 지휘하게. 난 백업하겠네."

"그렇게 하지요. 갑시다."

남을 네 사람을 제외한 모든 이들이 동시에 일어섰다.

⚜

정패는 주위에 남아 있던 마지막 용병의 목을 날려 버리고 그 머리를 발로 차면서 중얼거렸다.

"이 자식들, 뭘 잘못 처먹었어? 왜 이렇게 악착같이 덤비는 거야?"

용병은 돈을 위해 전쟁터, 혹은 그에 준하는 곳을 떠도는 인간들이다. 1973년 미국이 징병제를 철폐하고 시작된 민간 군사 기업은 걸프전을 거치면서 그 규모를 키웠고, 최근에는 정규전에도 뛰어들어 시장 규모를 넓히고 있다. 그들에게 있어 명예나 충성 같은 개념들은 사치에 불과하다. 신도 없고 나라도 없으며 오직 돈만 있을 뿐이다.

돈만 있다는 말은 곧 개인의 영달이 목적이라는 뜻이다. 목적을 달성하기 위해 수단 방법을 가리지 않지만, 그 목적을 달성하기 위해 자신을 목숨을 도외시하는 존재 또한 아닌 것이다.

하지만 오늘의 침입자들은 달랐다. 총을 맞고도 악착같이 달려들었다. 살려달라고 애걸하기는커녕 광기에 휩싸여 사지가 떨어져도 총을 놓지 않았다. 그로 인해 마지막 순간까지 긴장하지 못했던 동료들은 죽을 수밖에 없었다.

"제기랄!"

한숨 쉴 때가 아니다. 사방에서 들려오는 총소리는 여전했다. 아직 처리할 놈들이 많이 남아 있다. 정패는 두 명의 용병을 죽이고 스스로도 죽고 만 동료의 시신을 짜증난 얼굴로 바라보다가 어둠 속으로 스며들었다.

⚜

광목당의 건물은 옛것을 본뜬 이층 전각이다. 자주색 기와지붕에 기형적으로 긴 본체를 지닌 붉은 계통의 목조건물인데, 대략 3m 간격으로 배치되어 지붕을 떠받치는 기둥의 수만 삼십여 개가 넘는다. 중간중간 앞뒤를 틔어놓는 것으로써 단조로움을 피하고 이동의 편의를 살렸다.

광목당의 중앙에 자리한 접객청 입구를 책임진 사람은 현재 양월생과 황교화, 두 사람이다. 그들은 명천의 본전 그늘에서 갑자기 나타난 세 사람을 발견하고 동시에 눈살을 찌푸렸다. 50m도 못 되는 거리지만 어두운데다가 검은 군복을 입어 얼굴까지 구별할 정도는 아니다.

"누구지?"

양월생은 상대가 너무나 당당하게 걸어와 적이라고 쉽게 단정 내리지 못했다. 하지만 황교화는 곧바로 버들잎 모양의 비도를 꺼내 들었다.

"적이다!"

검은 군복은 철사자들도 입었지만 눈앞의 세 사람들에게는 없는 것이 있었다. 첫째는 무기, 둘째는 팔에 차고 있어야 할 형광 밴드다.

황교화가 두 자루의 비도를 동시에 던지자 양월생도 질세라 비도를 던졌다. 유독 작고 통통한 사내가 한 걸음 앞으로 나서서 오른손을 내뻗었다.

검은 공간이 일렁이는 순간 네 자루 비도가 바닥에 떨어졌다.

황교화가 놀라서 눈을 부릅떴다. 공력을 담아 던진 비도들이다. 30m의 거리라면 소총의 총탄에 못지않은 위력이 있을 텐데도 손 한 번 뻗는 것으로 막아낸 것이다.

그때 작고 통통한 사내가 물러서고 또 한 사내가 앞으로 나섰다.

"아아아아아아아아아아아!"

처음에는 무슨 미친 짓인가 했다. 그러나 음파가 귀청을 두드리는 순간 근처의 유리란 유리는 다 터져 나가고, 양월생과 황교화는 두 귀를 막고 오만상을 찌푸렸다. 소리는 두 귀를 막은 손을 뚫고 귀청을 찢어놓으면서 혈관을 수축시키고 뇌를 두드렸다. 양월생과 황교화는 그 자리에서 무릎을 꿇고 머리를 땅에 찧었다. 그들의 코와 귀에서 핏물이 흘러나오기 시작했다.

연구소에서 가장 최근에 측정한 샤우트의 고함 소리는 415데시벨이었다. 시끄러운 록밴드의 공연장 소음이 115데시벨, 제트기 엔진 소음이 135데시벨 정도니, 가공할 수준이라고 할 수 있다.

재수없게도 음파에 직격을 당한 두 사람은 고통 속에서 죽임을 당했고, 광목당 곳곳에 숨어 있던 다른 잠룡대원들은 두 귀를 막고 진저리쳤다. 몇

몇 사람들이 광목당의 그늘 곳곳에서 두 귀를 막고 비틀거리며 모습을 드러냈다.

그때 한 자루 비도가 다시 날아왔다. 앞서 날아온 네 자루의 비도보다 현저하게 느린 속도로 날아오자 샤우트의 왼쪽 한 걸음 뒤에 서 있던 실드는 여유 만만한 모습으로 오른손을 샤우트의 앞쪽으로 내뻗었다. 눈앞에 뻔히 비도가 날아오는 것을 보면서도 실드와 샤우트는 걱정하지 않았다. 누군가 고통 속에서 안간힘을 다해 던졌지만, 제대로 힘을 싣지 못해 비실거린다고 판단한 것이다.

실드가 먼저 눈을 치떴다. 그 느린 비도가 실드가 펼친 방어막을 너무나 쉽게 깨버리고 그대로 샤우트의 이마에 꽂혔다. 샤우트는 이마에 비도가 꽂힌 순간에야 눈을 부릅뜨고 그대로 뒤로 넘어갔다.

실드는 비도를 던진 주인공을 바라보았다. 천천히 손을 내리는 사람 하나가 있었다. 검은 무복 차림의 백발노인이다. 노인은 노출된 다른 사람들과 달리, 고통 대신 분노로 가득한 눈빛으로 실드를 노려보고 있다. 그 순간 노인이 또다시 손을 내뻗었다. 실드가 두 손을 동시에 내뻗으려는 순간 곁에 있던 스피어가 먼저 손을 뻗었다. 한 줄기 뇌전과 비도가 허공에서 맞부딪쳤다.

그때 본전의 뒤쪽에서 제이슨 등이 튀어나와 광목당을 향해 총을 난사하기 시작했다. 총알이 빗발치고 유탄발사기가 불을 토했다.

백발노인은 뒤로 훌러덩 재주를 넘어 한순간에 꺼지듯 사라져 버렸다. 그러나 샤우트의 고함 소리에 혼이 나가 몸을 드러냈던 잠룡대원들은 순식간에 벌집이 되어버렸다.

옛것을 좇아 지어진 광목당의 본부 천안전은 폐허가 되어버렸다. 제이슨 등은 점사로 위력사격을 이어가면서 빠른 속도로 천안전을 향해 다가갔다. 그 뒤를 따라 파이어폭스 등의 능력자들이 따랐고, 제일 끝에 임화평이 두 손에 비도를 나눠어 쥔 채 따라갔다.

샤우트가 불의의 일격에 당해 죽은 것 말고는 만사가 순조롭게 보였다. 제이슨 등은 빠른 속도로 천안전에 이르러 제정신을 차리지 못한 잠룡대원들을 손쉽게 사살해 나갔다. 하지만 거기까지였다.

쉿! 쉬쉿!

갑자기 날아온 비도들이 용병들의 이마와 미간, 그리고 목젖에 차례로 꽂혔다. 세 명이 한순간에 목숨을 잃었다.

두르륵! 두르륵! 두르르르르륵!

당황한 용병들이 보이지 않는 적들을 향해 곳곳에 총알을 퍼부었지만, 그 어디에도 인간의 기척은 발견되지 않았다. 제이슨의 판단은 빨랐다.

"물러선다."

일제히 건물로부터 떨어진 용병들은 20m의 거리를 둔 채 건물을 붕괴시키려는 듯 총과 유탄, 그리고 수류탄을 퍼부었다. 그 대열에 파이어폭스가 끼어들었다. 그의 손끝에서 뻗어나간 화룡들이 건물 벽을 훑었다. 젖은 외벽이 짜증난다는 듯 유탄과 수류탄이 부숴놓은 공간을 파고들어 건물 내부를 태우기 시작했다. 그리고 마침내 비명 소리가 들려왔고, 그 순간 십여 자루의 비도가 건물 내부 곳곳에서 날아와 용병들의 얼굴에 꽂혔다. 외마디 비명도 지르지 못한 채 아홉 명의 용병은 뒤로 날아가 땅에 처박혔다.

비도는 철저하게 총을 든 인간들만 노렸다. 악에 받친 용병들이 가진 것을 모두 건물로 퍼붓는 사이에 또다시 네 자루의 비도가 연이어 날아와 용병 셋을 잠재웠다. 남은 것은 후미에서 지휘하던 제이슨과 운 좋은 파울로뿐이다.

임화평은 제이슨에게 전음을 보냈다.

[제이슨! 물러나서 저격 지원.]

제이슨은 정신없이 총알을 쏟아내는 파울로의 뒷덜미를 잡아당기며 빠른 속도로 본전을 향해 물러났다. 바로 그 순간 또다시 두 자루의 비도가 연이어 같은 궤적을 그리며 날아와 파울로의 이마를 꿰뚫고 제이슨의 가슴을 뚫었다.

"헉!"

제이슨의 방탄복에 깊숙이 박힌 비도는 그 짧은 도신으로 인하여 치명상을 안겨주지 못했다. 제이슨은 통증을 느낄 새도 없이 벌떡 일어나 몸을 낮추고 지그재그로 달려 본전의 그늘 속으로 사라졌다.

지난 3분간 총소리와 폭음으로 채워졌던 그 공간에 갑자기 정적이 찾아왔다. 샤우트의 고함 소리 이후에 4분 만에 제이슨을 제외한 용병 모두가 몰살당한 것이다. 물론 장원 밖에서 나는 소리는 여전했다. 하지만 그 소리는 마치 딴세상에서 들려오는 것처럼 아련하게 들려 장원 안의 긴장된 정적을 방해하지 못했다.

불타는 천안전 사이사이에서 분노한 눈빛의 노인들이 하나씩 모습을 드러냈다. 검, 도, 창, 봉 등 각자의 병장기를 지닌 여덟 명의 노인이다. 그리고 마지막으로 백발노인 뇌명신과 서문영락이 나왔다.

'열? 그 총알 비 속에서 열 명이나 살아남았어? 샤우트의 고함 소리야 내공으로 고막을 보호하면 그만이니까 그렇다 쳐도, 그렇게 빈틈없는 사격에 어떻게 무사한 거지? 곤란하게 됐군.'

건물은 이미 형체를 잃었다. 지붕의 칠 할이 붕괴되고 건물 곳곳이 파괴되어 폭격당한 모습이다. 워리어스 실드는 일류 용병 집단이다. 마구 쏘아댄 듯해도 본능적으로 넘치는 곳과 모자라는 곳을 파악하고 즉각적으로 보정하여 화력을 고루 분산시켰다. 그나마 형체를 짐작할 수 있게 해주는 곳들도 총알 구멍이 가득한 가운데 불타오르고 있다. 그런 상황에서 살아남는 것 자체가 기적에 가까운 일일진대 열 명이나 살아남았다. 그 가운데 부상을 당한 것으로 보이는 이는 네 명에 불과했다. 모두 총상을 입었지만, 치명적인 부상을 입은 자는 없는 듯했다.

반면 임화평 측은 그를 포함하여 다섯에 불과했다. 파이어폭스, 토네이도, 실드, 스피어가 전부다. 예비 병력은 있지만 쓸모가 많지 않다. 장소에 구애받는 에버그린은 아예 쓸모가 없고, 컨트롤 역시 노인들이 상대라면 정신 조종을 하기도 전에 격살될 테니 나서지 않는 게 낫다. 그나마 고스트라도 있어서 다행이다.

'늙어도 뼈다귀는 튼튼한 인간들이군. 그래도 고스트와 제이슨이 잘해 주면 밀리지는 않을 것 같은데, 시간이 문제로구나. 무공을 감추고 자시고 할 상황이 아니야.'

생각을 끝내기도 전에 노인들이 쇄도했다. 임화평은 안전 고리를 푼 두 대의 매화수전을 손안에 감춘 채 움직이지 않았다. 노인들이 쇄도함에 따라 부상을 당한 네 노인이 뒤로 처지는 것이 보였기 때문이다.

오랜 콤비 실드와 스피어가 붙어 서자 토네이도가 파이어폭스의 옆으로 이동했다. 상대적으로 방어력이 떨어지는 파이어폭스를 보완해 주려는 움직임이다. 그 순간 네 명이 노인이 10m 앞까지 쇄도했다.

화르르르륵!

두 줄기 화룡이 대도를 가진 이장로 허연산과 창을 든 사장로 당만생에게로 화룡음을 토하며 날아갔다. 두 장로는 당황하지 않았다. 이미 천안전을 불태울 때 파이어폭스의 화염이 화염방사기에 못지않음을 확인한 탓이다.

두 장로들는 재빨리 좌우로 갈라져 그대로 쇄도했다. 하지만 그들이 간과한 것이 있었다. 토네이도다. 토네이도는 화염과 두 장로들 사이에 거센 바람을 내뿜었다. 사람을 상하게 할 정도는 아니었지만 장로들을 화염 쪽으로 밀어붙이기에는 충분한 위력이다.

두 노장로가 보이지 않는 바람에 밀려 화염 속에 어깨를 들이밀었다. 옷자락에 불이 붙는 순간 두 장로는 당황하여 허공으로 튀어 올랐다. 그때 토네이도의 손끝에서 칼날 바람이 튀어나갔다. 파이어폭스의 화룡이 바람의 끝자락을 물었다. 그 순간 두 장로는 서로에게 장을 내뻗었다.

팡!

벽공장이 터지면서 두 장로는 허공에서 자연스럽게 멀어져 땅에 내려섰다. 토네이도의 칼날 바람과 두 마리 화룡이 허무하게 허공을 갈랐고, 그사이에 두 장로는 옷자락에 붙은 불꽃을 털어내고 재차 달려들었다.

쉐엑!

도기와 창에서 흘러나오는 강력한 기운이 토네이도와 파이어폭스에게 날아갔다.

휘류류류류!

토네이도가 이름처럼 거센 돌풍을 만들어 그 자신과 파이어폭스를 감쌌다.

파팡!

도기와 창기가 바람에 휘말려 튕겨 나가는 순간 토네이도의 이마에 굵은 주름이 맺혔다. 토네이도가 가슴 위로 교차시켰던 두 팔을 거칠게 내뻗었다.

"지금!"

몸을 감쌌던 돌풍이 사방으로 퍼져 나가는 순간 파이어폭스의 두 손에서 또다시 두 마리 화룡이 튀어나갔다.

"우아아!"

바람에 떠밀려 정신없이 뒷걸음질치던 두 장로가 이를 악물고 바람에 버티며 도와 창을 쉴 새 없이 휘둘렀다.

파파파파파파팡!

끊임없이 이어지는 도기와 창기가 두 마리 화룡과 부딪쳤다. 화룡들은 계속해서 터져 나가는 머리를 복구하며 끈질기게 밀어붙였다.

'쉽게 승부가 나지는 않겠군.'

임화평은 실드와 스피어를 살폈다. 두 사람의 상대는 먼저 쇄도한 네 노인 가운데 나머지 두 노인이다. 두 개의 단봉을 든 혜명원의 삼장로 손인과 적수공권의 오장로 하원생이다.

네 사람의 싸움도 용호상박이다. 오랫동안 호흡을 맞춰와서 그런지 몰라도 실드와 스피어 콤비의 공수 타이밍은 절묘하다. 주공은 당연히 스피어다. 수벽권의 고수 하원생에게 막히고는 있지만 손끝에서 뻗어나가는 번개가 상당히 강력하게 보인다. 두 장로가 거리를 좁혀 위험해지는 순간이면 실드가 공기막을 넓게 펼쳐 두 노인을 멀찍이 밀어냈고, 그사이에 다시 스피어의 공격이 이어졌다.

두 장로 가운데 주공은 두 개의 검은색 단봉을 든 삼장로 손인이다. 실드처럼 수비를 맡은 하원생과는 달리 손인은 쉴 새 없이 접근을 시도했다. 쌍두룡이라고 이름 붙인 길이 50㎝가량의 굵은 철봉으로 펼치는 맹룡봉법은 스피어에게 상당히 위협적으로 느껴진다. 철봉에 번개가 닿기 전에 내기로써 번개들을 소멸시키며 쉬지 않고 전진했다. 위기 때마다 실드가 밀어내지 않았다면 손인은 어렵지 않게 타격 범위 안으로 접근했을 것이다. 실드의 방어 범위가 유달리 넓지 않다면 실드와 스피어는 견뎌내지 못했을 것이다.

'밀리고는 있지만 쉽게 무너지지는 않겠군.'

임화평은 여덟 사람의 전장에서 슬금슬금 비켜났다. 뒤처져 다가오던 네 노인의 시선이 임화평에게 쏠린 것은 당연한 일이다. 네 노인 가운데 각각 왼쪽 어깨와 오른쪽 허리가 피에 물든 두 노인이 먼저 다가왔다. 어깨에 총상을 입은 구장로 오계양은 칼을 들었고, 허리에 총상을 입은 십삼장로 서자맹은 맨손이다. 가볍지 않은 부상처럼 보이는데도 두 장로의 쇄도하는 속도는 젊은 사람 못지않게 빨랐다.

두 장로가 10m 앞까지 다가왔을 때 임화평은 슬그머니 등 뒤쪽 천룡전 본전을 바라보았다.

노도와 같은 기세로 곧바로 달려오던 두 노인이 눈을 부릅뜨며 갑자기 몸을 비틀었다. 그 순간 바닥에서 두 번 연이어 돌가루가 튀고 뒤따라 낮은 소음 총성이 울렸다. 제이슨의 지원 사격이다.

바로 그 순간 두 노인이 비틀거리며 얼굴을 일그러뜨렸다. 찰나나 마찬가지인 짧은 시간 동안 임화평을 외면했을 뿐인데 두 사람에게는 그것이 통한이 되었다. 딱 그때를 맞춰 발사된 두 대의 매화수전이 가슴과 목젖을 꿰뚫어 버린 것이다.

아무리 가까웠다고 하더라도 손을 꼼지락거리기라도 했으면 눈치를 챘을 텐데, 임화평은 두 손을 늘어뜨린 상태로 꼼짝도 하지 않았다. 타이밍을 맞춰 엄지손가락에 힘을 주었을 뿐이다. 임화평을 기이한 능력자들 가운데 하나라고만 생각했던 두 장로의 작고도 치명적인 실수였다.

두 장로가 임화평을 노려보며 무너지는 순간 그 뒤에서 절뚝거리며 달려오던 두 노인, 팔장로 진채흠과 십이장로 노호생이 노성을 토하며 바닥을 박차고 뛰어올랐다. 그들은 이를 악물고 고통을 참아내며 단번에 5m 이상을 단축했다.

바로 그때 제자리에서 꼼짝도 하지 않던 임화평이 한 걸음 내디뎠다.

쉿!

짧은 파공음이 일 정도로 빠른 이동이었다. 최초로 펼친 극성의 사영보다. 단 한 걸음에 7m의 거리를 돌파한 그때,

쉿!

한순간에 허공을 갈라 버리고 돌아온 손이 있었다. 재차 도약하여 임화평을 덮치려 했던 진채흠의 가슴에 무영제뢰수가 직격한 것이다. 진채흠은 피를 토하며 뒤로 날아갔고, 그를 뒤따라 달려오던 노호생은 두 손을 내뻗어 갑작스럽게 뒤로 날아오는 동료를 부드럽게 받아냈다.

퓽!

무사히 동료를 받아냈던 노호생이 눈을 부릅떴다. 그의 등 뒤에 있는 사람이라고는 서문영락과 혜명원주밖에 없는데, 갑자기 등 뒤에서 미약한 파동이 일더니 총알이 날아온 것이다.

두 장로가 동시에 쓰러지는 순간 임화평은 다시 사라지는 고스트에게 짧은 미소를 지어 보였다. 고스트 역시 총을 흔들며 미소를 남기고 원래 없었던 사람처럼 사라졌다.

총을 든 고스트는 임화평의 작품이다. 나이프를 놓지 않으려 했지만, 죽고 싶지 않으면 오늘 하루만이라도 총을 들라고 강권했다. 그리고 그 결과는 충분히 만족할 만했다.

단 몇 초 만에 이루어진 네 장로의 죽음으로 인하여, 열세이던 전력은 한순간에 박빙이 되었다. 아직 움직이지 않은 상대는 두 사람, 서문영락과 노인들 가운데 가장 연장자로 보이는 사람 하나뿐이다. 임화평 측에도 임화평과 고스트, 그리고 저격수로 활동 중인 제이슨이 남아 있다. 뒤지지 않는 전력인 것이다.

임화평은 서문영락을 향해 차가운 미소를 지으며 도발했다.

서문영락과 뇌명신은 상황을 낙관적으로 보았다. 초능력이라는 것은 그들에게도 분명히 생소하고 신기하며 위력적으로 느껴진다. 하지만 충분히 위협적이지 않다는 것이 그들의 판단이다. 살상 범위가 상당히 넓으나 기교가 모자라고 능력 발현을 위한 찰나의 지체가 눈에 띈다. 장로들 정도의 무인이 맞상대한다면 어렵지 않게 제압할 수 있을 정도다. 두 사람이 모여 그 찰나의 지체를 메우고 있어 시간이 걸리지만 결국은 제압할 수 있을 것이다.

특히 쉬지 않고 엄청난 위력의 초능력을 뿜어내는 불의 능력자와 번개의 능력자는 오래 버티지 못할 것처럼 보인다. 그들의 일그러진 얼굴을 보면 내공을 극성으로 돋워 쉬지 않고 몸을 놀리는 것으로도 모자라 진원진기까지 마구 뽑아 쓰는 것처럼 느껴진다. 서문영락과 뇌명신은 장로들에게 전음을 날려 지구전을 펼치라고 지시해 두었다.

수적인 우세도 그들의 낙관에 힘을 보탰다. 남은 상대는 겨우 다섯에 불과하고, 그들 가운데 네 사람은 혜명원의 장로 네 사람에게 완전히 발이 묶인 상태다. 남은 상대는 존재감이 느껴지지 않는 중년의 동양인 하나뿐이다. 무슨 능력을 가졌는지 몰라도 네 명의 장로가 동시에 움직였으니, 지워지는 것은 순식간일 수밖에 없다. 그를 처리하고 다시 나머지 네 사람에게 가세한다면 금세 끝을 볼 수 있을 것이다.

"소천주와 노부가 굳이 힘을 쓸 필요도 없겠소. 저것 보시오. 놈들의 얼굴이 점점 일그러져 가는구려. 하긴, 저런 무식한 힘을 무한정 쓸 수는 없겠지."

"하지만 우리 측 피해가 너무 큽니다."

"이미 벌어진 일은 어쩔 수 없지 않소. 일단 수습하고 다시 키우면 되오. 이제부터 늙었다고 뒷전에 물러서서 유유자적하지 않겠소. 소천주는 앞만 보고 가시오. 좌우를 둘러보고 뒤를 받치는 것은 우리 늙은이들이 하겠소."

"고맙습니다, 숙부?"

서문영락은 말을 끝맺지 못하고 눈을 부릅떴다. 두 명의 장로가 갑작스럽게 방향을 틀고 총소리가 들렸다. 다행히 총알은 피해냈는데 두 장로가 갑자기 쓰러졌다.

"매화수전?"

그 말을 끝내기도 전에 중년의 동양인이 순간 이동하듯 쇄도해 막 재도약하려는 팔장로의 가슴에 손칼을 찔러 넣었다. 그리고 그 순간 십이장로의 등 뒤에 새로운 인물이 난데없이 나타나 총을 쏘았다. 겨우 눈 세 번 끔쩍일 사이에 네 명의 장로가 어이없게 죽어버린 것이다.

"저놈! 그 살수?"

뇌명신이 임화평에게로 움직이려 했다. 서문영락은 자신에게 비웃음을 날리는 임화평을 노려보며 뇌명신의 팔을 잡았다.

"숙부님, 저놈은 제가 맡습니다. 숙부님께서는 저격수와 나타났다 사라지는 그 유령 같은 놈으로부터 다른 숙부님들의 뒤를 봐주세요."

잔챙이 하나 도망갔다고 생각했다. 하지만 그로 인해 두 장로의 신경이 분산되었고, 그 때문에 죽음을 맞았다. 게다가 유령처럼 나타났다가 사라지는 놈도 있다. 눈에 보이는 살수 하나보다 더 위험할 수도 있다. 그리고 서문영락의 실력은 뇌명신도 잘 알고 있다. 뇌명신에 비해 모자라는 것은 공력뿐이다. 지구전으로 가면 뇌명신도 감당할 수 없는 사람이 서문영락이다.

뇌명신은 기꺼이 고개를 끄덕이고 본전을 노려보았다. 방금 전에 있던 기척이 사라졌다. 이동했다는 뜻이다.

"쥐새끼 같은 놈!"

뇌명신은 감각을 최고조로 끌어올리고 여덟 사람이 어우러지고 있는 전장을 향해 뚜벅뚜벅 걸어갔다.

홀로 남은 서문영락은 조금 전부터 단 한 번도 눈길을 떼지 않은 임화평에게로 걸어갔다. 상의 호주머니에 손을 넣고 있던 임화평도 손을 빼고 서문영락을 향해 무거운 발걸음을 옮겼다.

두 사람이 3m 거리를 두고 마주 섰다.

"복수는 충분히 했나?"

"너만 죽이면 대충 끝나는 셈이지."

서문영락은 한숨을 내쉬어 마음을 가라앉히고 차분히 말했다.

"그 정도 했으면 충분하잖아? 뭐가 억울하다고 이렇게까지 나대는 거지? 그 나이 먹도록 세상 돌아가는 이치를 몰라? 그 어떤 미사여구로 포장하더라도 결국 이 세상을 돌아가게 만드는 진리는 단 하나, 약육강식이잖아. 평범한 놈, 약한 놈, 무식한 놈, 착한 놈들의 운명은 정해진 거야. 순종하고 살아야지. 그게 세상 순리대로 사는 법이다. 왜 투정을 부리는 거야, 어린애처럼?"

임화평은 피식 웃으며 고개를 저었다.

"그건 네놈 세상 이야기고. 같은 땅 밟고 산다고 같은 세상에서 사는 거 아니다. 네놈들이 건드리기 전의 내 세상은 평안, 그 자체였어. 잘못 건드린 거야. 내 세상의 중심, 내 평안의 근거를 깨뜨린 거다. 세상 전부와도 바꿀 수 없는…… 와라! 네놈 세상의 순리에 따라 상대해 주마. 약육강식! 한때 나도 좋아했던 말이다."

"끝까지 해보겠다, 이 말이지?"

임화평은 장난스럽게 좌우를 둘러보며 차갑게 미소 지었다.

"돌아갈 길이 보여?"

서문영락은 두 주먹을 불끈 쥐며 쥐어짜듯 말했다.

"쥐새끼 같은 놈 하나가 본 천의 대업에 먹칠을 하는구나."

임화평은 코웃음 치며 담담한 표정으로 말을 받았다.

"북경의 그 늙은이가 말하던 그 대의를 말하는 건가? 지겹다. 주둥이에서 나온다고 다 사람 말이 아니거든. 악취 난다. 시궁창에나 대고 그런 소리 지껄여라."

"역시 노 아저씨를 죽인 놈도 너였구나. 죽인다!"

"왜 이래, 어린아이처럼? 약육강식이라며? 그 영감탱이가 약해서 죽은 거야. 네 세상의 순리잖아?"

팡!

한 발 내딛는 서문영락의 전신에서 무서운 기세가 풀어져 나와 자줏빛 무복을 파르르 떨리게 만들었다. 그 순간 마주 한 걸음 나아간 임화평의 두 주먹에서도 아지랑이 같은 기운이 흘러나왔다.

파파파파파파파팡!

무형단공장과 무영제뢰수가 맞부딪쳤다. 두 사람 사이의 공기가 찢어지면서 쉴 새 없이 비명을 내질렀다. 두 사람은 거의 동시에 사이드 스텝을 밟아 충돌의 반발력을 해소했다. 그 때문에 두 사람의 위치는 어느새 뒤바뀌어 있었다.

전초전이었다는 듯이 두 사람은 거의 동시에 두 손을 내렸다.

"무형단공장 말고 다른 건 없나?"

무공 명칭을 말했는데도 서문영락은 그 어떤 흔들림도 보이지 않았다.

"어떻게 알았는지 모르겠다만, 아직 시작도 하지 않았다. 그런데 넌 벌써 얼굴이 창백해지는구나. 어디, 이번에는 구성 공력을 감당해 보아라."

임화평의 얼굴이 굳어졌다. 내색하지 않으려고 했는데 얼굴에서 핏기가 사라진 모양이다. 그런데도 그 파괴력이 구성에도 못 미치는 공력에 불과하다 하니 당황스러울 수밖에 없다. 내공의 수위가 그다지 차이없음에도 불구하고 세상을 활보하던 무공과 암격 위주의 살수 무공의 격차가 위력의 차이를 보이는 것이다. 더 곤란한 점은 무영제뢰수의 이점이 사라졌다는 것이다. 무형단공장의 빠르기 역시 무영제뢰수에 못지않다 보니 임화평이 서문영락에게 우위를 점할 방도가 없다.

서문영락은 전질보를 밟아가며 속사포처럼 두 손을 내뻗었다. 임화평은 연속적으로 백스텝을 밟으며 서문영락의 두 손을 막으려 사력을 다했다. 서문영락이 압도적인 힘으로 밀어붙이려는 데 반해, 임화평은 안에서 밖으로 후려쳐 빗겨 맞추려고 노력했다. 이미 힘으로는 안 된다는 것을 몸으로 느낀 때문이다.

파파파파파파파팡!

얼댓 빈의 무형단공장을 정신없이 막아내던 그 순간 임화평의 입술 사이로 한줄기 핏물이 흘러내렸다. 서문영락이 눈을 번득이며 전력을 다하여 손을 뻗었다.

쾅!

두 번의 연이은 스트레이트로 십성의 무형단공장을 막아낸 임화평은 피를 토하며 뒤로 날아갔다. 그러나 임화평은 그 와중에도 풍중일우를 펼쳐 충격의 대부분을 해소하고 빠른 속도로 광목당을 향해 몸을 날렸다.

"이놈! 이번에는 놓치지 않는다!"

서문영락은 땅을 박차고 허공으로 솟구쳤다.

파르르르륵!

비룡행이다. 서문영락을 마주 보는 자세로 날아가는 임화평에 비해 곱절은 빠른 속도다. 광목당 안으로 사라지기도 전에 잡힐 수밖에 없는 상황이다. 그 순간 임화평은 두 주먹 안에 감추고 있던 두 개의 나한전을 세차게 내던졌다. 서문영락이 두 손을 내뻗어 나한전을 후려쳤다. 하지만 그 잠깐의 지체로 인하여 임화평은 몸을 휘돌리고 땅을 박차 광목당 안으로 사라졌다.

"서문가 개! 두고 보자! 뒤통수 조심하고 다녀라!"

"놓칠 줄 아는가?"

서문영락은 방금 임화평이 뛰어든 그 부서진 문 안으로 몸을 날렸다.

피피피피피피피피핑!

"꼼수 쓸 줄 알았다."

가진 것 전부라고 할 만한 암기들이 서문영락의 휘도는 두 손길에 말려 옆으로 튕겨났다. 이미 암수에 대비해 천라장력을 끌어올리고 있었던 것이다. 그런데 이상하게도 임화평은 재공격을 하지 않았다. 그는 서문영락이 내려선 곳에서 4m 떨어진 어둠 속에 자리 잡고 가만히 서 있다.

서문영락은 눈살을 찌푸리며 천라장력을 거두어들이고 임화평을 노려보았다. 서문영락이 두 눈을 끔뻑였다. 한 번이 아니라 연이어 끔뻑였다. 미세한 가루가 눈으로 흘러들어 가 눈이 따갑고 눈앞이 뿌옇게 보였다.

서문영락은 쉬지 않고 눈을 끔뻑이며 소리쳤다.

"이놈! 무슨 짓을 한 거냐?"

그때 임화평이 두 손을 내뻗었다. 그의 손끝에서 파란 물방울이 뻗어나가 서문영락의 얼굴을 향해 날아갔다. 아무런 공력도, 기세도 느껴지지 않았다. 눈을 끔뻑이던 서문영락은 두 손을 휘둘러 파란 물줄기를 후려쳤다. 물방울이 허공으로 튀어 올랐다가 가랑비처럼 떨어져 내렸다. 물방울의 일부가 서문영락의 얼굴 위로 떨어졌다.

그때 임화평이 삼단봉을 펼쳤다. 삼단봉의 끝을 적신 파란 물방울이 다시 서문영락에게로 날아갔다. 물방울 일부가 다시 서문영락의 얼굴 위에 떨어졌다.

"무슨 같잖은 짓이냐?"

임화평은 연속적으로 삼단봉을 휘둘러 결합력을 높이며 말했다.

"기분 이상하지 않나?"

"뭐가 이상하단 말이냐?"

"너무 소량이라서 그런가? 방금 네 입술에 묻은 그게 뭔지는 나도 몰라. 저번에 북경에서 만난 살수 같은 놈들 주머니에서 나온 거야. 바람총의 총알 안에 든 물질인데, 아무것도 아니었나? 독 아닐까 했는데 아니라면 괜한 짓 한 거고."

서문영락은 무의식적으로 침을 꿀꺽 삼켰다. 아차 했지만 이미 침은 넘어간 후였다.

임화평이 쐐기를 박듯이 말했다.

"북경의 그 영감탱이는 쇄혼지에 염왕철권을 익혔더군. 네가 부형난공장을 익힌 것을 보고 혹시나 천라장을 익히지 않았을까 생각했는데, 내 짐작이 맞더군. 어떤가? 눈에 들어간 봉천도는 부드러운 독이라던데, 괜찮나? 천라장의 특성상 제법 많이 들어가고 많이 마셨을 텐데……. 광목당 서울지부에 있던 녀석들의 어금니를 빼서 어렵게 구했는데 효과가 없으면 섭섭할 것 같아. 정말 괜찮나?"

"비겁한 놈!"

"그 소리도 지겨워. 그런데 말이야, 그 독들, 전부 네 수하들에게서 얻은 거야. 결국 네놈이 남한테 쓰라고 내준 것이잖아. 난 돌려준 것뿐이란 말이다. 호! 이제 약효가 도는가 보네. 눈에 핏발이 돋았군."

그 말을 끝내는 순간 임화평이 앞으로 쇄도했다. 일섬탈혼에 이어 천뢰만균과 신뢰분광이 뒤섞여 뻗어나갔다. 이미 돌이킬 수 없을 정도로 중독되었다고 생각한 듯, 서문영락의 손발은 심하게 어지러웠다. 서문영락은 천라장으로 그의 몸을 급히 감쌌지만 공력을 끌어올리는 순간 중독은 더 빠르게 진행된다는 생각을 떠올리는 바람에 구멍이 숭숭 뚫려 버렸다.

서문영락은 전신에서 피를 뿌리며 뒤로 날아가 이미 부서져 있던 책상 하나를 완전히 박살 내고 널브러졌다.

"우욱!"

임화평은 피 한 바가지를 시원하게 토해내고 서문영락의 시신에서 눈을 떼며 두 손을 털었다. 가루가 된 에너지바가 땀에 뭉쳐져 불쾌했다.

"쯧쯧! 생사의 기로 앞에서 그깟 일로 평정심을 잃다니, 죽는 게 당연한 거다. 소량이지만 그래도 얼굴에 묻은 건 독이 맞을 거야. 바람총에서 빼낸 게 맞으니까. 너무 억울해하지 말라고. 애송이!"

처음부터 제대로 싸웠으면 양패구상했을 것이다. 그만큼 뛰어난 무공의 소유자지만, 서문영락은 평생 동안 단 한 번도 자신의 안위를 걱정해야 하는 상황을 만나보지 못했다. 강호가 사라진 세상에서 유일하게 무공을 지닌 단체의 수장이 도대체 누구와 생사결을 해볼 것인가. 가진 무공에 비해 경험이 너무 일천한 것이다. 임화평의 입장에서 서문영락은 야성이 박제된 동물원의 사자나 마찬가지다. 괜히 그를 애송이라고 불렀던 것이 아니었다.

임화평은 부서진 건물 안의 어둠 속에서 밖을 바라보았다. 서문영락과 싸우는 사이에 그들의 싸움은 종장에 이르렀다. 토네이도는 반으로 쪼개진 채 널브러져 있고, 실드는 바람 빠진 풍선 꼴이 되어 무릎을 꿇고 있다. 스피어 역시 목이 떨어진 채 바닥을 나뒹굴고 있다. 실드의 모습으로 미루어 짐작해 보면, 더 이상 뽑아 쓸 수 없을 만큼 기운을 소모해 탈진해 버린 것 같았다. 그렇다고 그들이 맥없이 죽어버린 것은 아닌 모양이다. 명천 쪽의 상황도 비슷해서 남은 사람은 뇌명신뿐이다.

마지막 남은 두 사람, 파이어폭스와 뇌명신의 싸움도 끝을 향해 치달리고 있다. 노인의 손끝이 가슴을 향해 날아오자 파이어폭스는 결국 스스로를 태워 전신을 불덩어리로 변화시킨 채 노인을 향해 달려갔다. 파이어폭스가 불타오르는 노인의 손목을 붙잡은 채 울부짖듯 소리쳤다.

"고스트!"

그 순간 고스트가 파이어폭스의 손에서 벗어나려던 노인의 등 뒤에 나타나 연달아 총알을 쏟아냈다. 남은 총알을 모두 퍼부은 모양이다. 뇌명신은 벌집이 되는 것으로 모자라 전신을 불태우며 무너졌다. 동귀어진이라는 목적을 달성한 파이어폭스도 촛농처럼 녹아내려 핏물로 변했다.

끝내 살아남은 사람은 고스트와 시체나 다름없는 실드뿐이다.

고스트가 실드에게 걸어갔다. 그때 담장 너머로 십여 명의 군인이 나타나 총을 갈겼다. 고스트는 화들짝 놀라 사라져 버렸고, 홀로 남아 표적이 되어버린 실드는 두 손을 내뻗으며 절규했다.

"고스트!"

임화평은 차가운 눈으로 벌집이 되어버린 실드의 최후를 확인했다.

"내상도 가볍지 않은데 굳이 같이 갈 필요없겠지? 이쯤에서 사라지는 게 낫겠군."

시간을 확인해 보니 겨우 2시 57분이다. 꽤나 먼 길을 돌아왔다고 생각했는데, 불이 난 후로 채 한 시간도 지나지 않은 것이다.

임화평은 한 덩어리 그림자가 되어 어둠 속으로 스며들었다.

❦

오운산 전투가 끝난 지 만 이틀이 지났다.

임화평의 노크에 문을 열어준 사람은 제이슨이다. 토네이도가 죽었으니 어쩌면 당연한 일일지도 모른다.

"역시 살아 있었군."

광목당 북경 본부를 치고 나서 한 번 써먹었던 농담이다. 하지만 제이슨은 그때처럼 가볍게 받아넘기는 대신 쓰게 웃었다. 팀원 모두가 죽고 임화평이 배려했던 카멜라와 캐시, 두 사람만 살아남았다. 유구무언일 수밖에 없다.

제이슨은 임화평의 백짓장처럼 창백한 얼굴을 보며 걱정스레 물었다.

"얼굴이 많이 안 좋소. 괜찮은 거요?"

임화평은 힘없이 웃으며 고개를 끄덕였다.

"죽을 것 같은 기분이야. 하지만 싸움질만 안 하면 괜찮아. 한 일주일 더 고생하면 될 거야. 라미엘은?"

"짐 싸는 중이오."

임화평은 조금 힘겹게 느껴지는 발걸음으로 거실로 향하면서 고개를 끄덕였다.

"돌아갈 모양이군."

"같이 가지 않을 거요?"

임화평은 거실 소파에 차분히 앉으면서 어깨를 으쓱했다.

"누가 뭐라 해도 난 중국인이야. 정리는 하고 떠나야지. 며칠 늦게 갈 생각이야."

제이슨은 납득한 얼굴로 소파에 앉았다.

"카멜라는?"

"위험해서 먼저 떠나보냈소."

"그런가? 미국에서나 볼 수 있겠군. 연락처는 주고 가."

"도착하면 그녀가 먼저 전화할 거요. 그동안 고마웠다고 전해 달라고 합디다."

"에버그린도 떠났나?"

"그녀 역시 고스트와 함께 미국으로 돌아갔소."

그때 정장 차림의 라미엘이 미소 띤 얼굴로 거실로 나왔다. 그리고 그의 옆에 토네이도 대신 컨트롤이 음울한 표정으로 따라 나왔다.

"생각보다 일찍 청부를 완수했다."

"확인했습니다. 정말 수고하셨습니다."

"별말씀을. 대가는 충분했다."

서문영락의 죽음을 확보하기 위해 라미엘이 임화평에게 따로 지급한 돈은 모두 3백만 달러다. 북경 광목당에서 얻은 하드 드라이브의 대가로 받은 2백만 달러가 있으니 미국 땅을 밟는 즉시 임화평은 현금 5백만 달러를 가진 부자가 된다.

임화평은 이번 작전에 대해 여전히 혼란스럽다. 상당히 냉철하게 느껴지는 라미엘답지 않은 작전이었다. 다른 것은 다 제쳐 두고 결과만 봐도 알 수 있다. 작전에 참여한 이백여 용병 가운데 살아남았다고 확인된 용병의 수는 단 세 명, 제이슨과 카멜라, 그리고 캐시가 전부다. 용케 빠져나간 용병이 있을 수도 있지만 많지는 않을 것이다. 능력자들의 손실도 크다. 살아남은 이들은 눈앞의 컨트롤과 먼저 도미한 에버그린, 그리고 고스트가 전부다. 그 가운데 에버그린은 떠날 테니 임화평이 아는 능력자들 가운데 세이건 가에 남을 자는 컨트롤과 고스트뿐인 셈이다.

임화평은 두 가지 정도의 이유를 떠올렸다. 먼저 용병들에게 지급될 돈을 아끼려는 수작이다. 참여 보수 10만 달러에 성공 보수 100만 달러를 약속했다. 이백여 명이 모두 살아남았다면 2억 달러 이상 지불해야 한다. 임화평으로서는 전혀 현실감을 느낄 수 없는 액수다.

두 번째는 모종의 정치적인 이유다. 여러 가지 제약이 따르는 가운데 적의 수괴라고 알려진 서문영락만큼은 반드시 죽이길 원했다면 그럴 수도 있다고 생각했다. 어차피 도우려고 나선 임화평에게 따로 의뢰까지 해가며 기한없는 청부를 했던 것만으로도 가능성을 엿볼 수 있다.

'이유가 무엇이었든지 간에 이제 끝난 일이고, 나와는 상관이 없는 일이지.'

세이건 가든 명천이든 호감 가는 대상들이 아니다. 죽을 놈이 죽었다고 생각하는데 굳이 그 이유를 물을 필요가 없다. 임화평은 한결 부담을 던 얼굴로 미소 지었다.

라미엘은 다리를 꼬고 그 위에 두 손을 얹으며 임화평의 창백한 얼굴을 빤히 바라보았다. 임화평이 어색함을 느낄 정도로 침묵이 흘렀다. 임화평이 막 그 침묵을 깨려는 순간 라미엘이 선수를 쳤다.

"500만 달러면 한 사람이 편안한 노후를 보내기에 충분한 돈이지요. 그런데 그 돈, 쓸 수 있을지 모르겠습니다."

임화평은 시리게 느껴지는 라미엘의 미소를 보며 눈살을 찌푸렸다.

"무슨 뜻으로 하는 말인가? 여권과 그 돈, 못 쓴다는 말인가?"

"돈과 여권에는 아무런 하자도 없습니다. 이미 제 손을 떠난 돈이지요. 당신에게 불상사가 일어난다고 해도 회수할 수 없는 돈입니다. 미국 땅을 밟는 즉시 모두 쓰셔도 말릴 사람은 없습니다. 신분도 문제가 없습니다. 그걸 처리할 필요를 못 느꼈을 뿐만 아니라 시간도 없었거든요. 제가 걱정하는 건 당신이 과연 미국 땅을 밟을 수 있을까 하는 문제지요, 임화평 씨!"

임화평은 순식간에 권총을 뽑아 든 제이슨을 본 후 다시 라미엘의 얼굴을 바라보았다.

"허! 언제부터 알고 있었나?"

"한 나흘 됐지요. 꽤 놀랐습니다. 그 얼굴이 당신 얼굴이 아니라지요? 감쪽같군요."

"어떻게 알았지? 명천에서 나온 정보인가?"

"맞습니다. 정보원이 있지요. 그런데 상당히 차분하시군요."

임화평은 깍지 낀 손을 풀어 천천히 소파 팔걸이에 얹었다.

"내가 당황할 이유가 있나? 네게 잘못한 거 있어?"

"없습니다. 오히려 많은 도움을 주셨지요. 당신이 아니었다면 나는 이토록 빨리 내 뜻을 이룰 수 없었을 겁니다."

임화평은 제이슨을 바라보았다. 그는 지금까지의 친분 따위는 기억도 나지 않는 얼굴로 소음기가 장착된 글록 17을 임화평의 가슴에 겨누고 있다.

"그런데 제이슨은 왜 저러고 있어?"

라미엘이 빙긋 웃었다.

"당신과 같은 이유입니다. 복수! 배다른 동생이긴 하지만 바브라는 어여쁜 아이였지요. 그 아이만큼은 진심으로 아꼈습니다. 아이러니군요. 당신으로 인해 그 아이가 죽었고, 그 덕에 나는 내 일을 시작할 수 있었는데, 당신을 용서할 수 있는 상황은 아니군요."

"배다른 동생? 매튜 세이건까지 실종됐다. 죽었겠지. 이제 라미엘 세이건이 새로운 황제인가? 집사에서 단숨에 황제? 거참, 놀라운 변신이군. 매튜 세이건을 죽인 건 결국 너라는 소리군."

짝! 짝! 짝!

라미엘은 진심으로 감탄한 얼굴로 절도 있게 박수를 쳤다.

"배운 것 없는 요리사라더니, 상당히 명석하시군요. 영어 는 걸 보니까 머리 좋다는 게 실감이 납니다. 머리가 굳을 나이인데. 어쨌든 거기까지 아셨으니 살려 드리고 싶어도 그럴 수가 없게 되었군요."

"하! 좋아! 죽음 앞에서도 인간의 호기심은 어쩔 수가 없군. 하나만 묻지. 그 멍청한 작전, 일부러 그런 건가?"

"당연하지요. 어차피 뿌리 뽑기 힘든 조직이잖습니까? 까불지 말라는 경고와 쉽게 물러설 수 있을 정도의 명분만 얻을 생각이었습니다. 싸움이 길어지면 미국에서의 제 스케줄이 빡빡해지니까요. 물론 일회용 병사들에게 지출하는 돈이 너무 많다는 생각도 했지요. 이제는 제 주머니인데 아껴야 잘살지요."

"쯧쯧! 죽을 놈들은 생각하는 게 어떻게 그렇게 똑같으냐? 사람을 쓰고 지우면 되는 숫자로 생각하는 그 버릇, 어떻게 안 되겠냐?"

라미엘은 임화평의 힐난을 조롱기 어린 미소로 대답했다.

"추모비라도 세워서 이름 낱낱이 새겨 넣을까요? 62억 가운데 200, 간단해서 좋지 않습니까? 사라졌던 그 순간 채워졌을 숫잡니다. 곧 62억 중의 1이 사라지겠군요. 그 순간 1이 또 생기겠지요?"

임화평은 결국 기대했던 대답을 얻지 못했다. 그저 라미엘의 대답이 진실이 아님을 알았을 뿐이다.

"죽는 마당에 그 정보 제공자 좀 알면 안 되나?"

"하나만 묻는다고 하시지 않았나요? 궁금증 다 풀어주면 재미없지요. 제 아버지가 아실 테니까, 정 궁금하시거든 올라가서 물어보세요."

임화평은 차갑게 웃으며 제이슨을 바라보았다. 그리고 컨트롤을 보고 또다시 라미엘에게로 시선을 고정시켰다.

"위로 올라갈지 아래로 내려갈지는 모르겠지만, 누가 갈지는 예상 가능하군. 권총 한 자루를 믿고 내 죽음을 입에 올려? 나를 어느 정도는 알 텐데, 정말 자신있나?"

"얼굴만 봐도 상태가 안 좋다는 건 누구나 알 수 있겠군요. 하지만 그것만 믿고 일을 벌일 만큼 순진하진 않지요."

그 순간 컨트롤이 눈을 부릅떴다. 그 음울한 눈을 마주 보지 않음에도 불구하고 임화평은 전신이 나른해짐을 느꼈다. 임화평은 꼿꼿했던 목을 가누지 못하고 소파의 등받이에 전신을 늘어뜨렸다.

컨트롤이 입가에 차가운 미소를 머금고 임화평의 앞으로 다가왔다. 임화평으로서는 처음 보는 미소다. 컨트롤은 임화평의 얼굴 앞에 자신의 얼굴을 들이대고 초점이 흐릿해진 임화평의 눈을 지그시 바라보았다.

"내 진정한 능력은 눈이 아니라 여기서 나오는 거야. 측정해 보니까 7m 안에 있는 사에게는 영향력을 행사하는 데 문제없더군. 굳이 눈을 마주 볼 필요 없어. 물론 눈을 마주하면 다양한 명령이 가능하지만, 어차피 죽을 사람을 피곤하게 할 필요는 없겠지, 기운만 빼놓으면."

컨트롤은 손가락으로 자신의 머리를 두드리며 이를 드러내 보였다.

바로 그 순간 임화평도 하얗게 웃으며 또렷한 눈으로 컨트롤의 눈을 마주 보았다. 컨트롤의 눈동자에 파문이 일었다. 하지만 임화평의 눈을 본 사람은 컨트롤밖에 없다.

퍽!

임화평의 오른손이 컨트롤의 배에 꽂히는 순간 컨트롤의 전신이 활처럼 휘어진 채 라미엘에게로 날아갔다. 라미엘은 갑자기 날아와 자신의 무릎에 앉는 컨트롤에게 짓눌렸다. 총구를 내렸던 제이슨이 즉각적으로 반응하여 방아쇠를 당겼다.

팅!

임화평은 소파에 앉은 모습 그대로 왼팔만 움직여 총알을 막아냈다. 제이슨은 눈을 찢어져라 부릅뜬 채 연속적으로 방아쇠를 당겼다. 하지만 임화평의 왼팔은 무리없이 총알들을 튕겨냈다.

임화평이 일어섰다. 그 순간에도 글록 17은 총알을 토해냈지만, 임화평은 고개를 저으며 천천히 오른손을 내뻗었다.

풋!

아무것도 없던 임화평의 오른손에서 검은 화살 하나가 발사되었다. 매화수전이다. 화살은 곧바로 제이슨의 미간을 꿰뚫었다.

"내가 전에 말했지, 내게 근거리를 허용하면 총은 무용지물이라고."

임화평은 신형이 허물어진 제이슨의 앞으로 걸어가 글록 17을 집어 들었다.

"그 총 참 총알 많이도 나오는구나."

글록 17의 장탄 수는 열일곱 발이다. 제이슨이 열한 발을 소모했으니 아직 여섯 발이 남아 있다.

임화평은 눈을 부릅뜬 채 바닥에 구겨져 있는 제이슨의 시신을 내려다보며 혀를 찼다.

"넌 처음부터 정이 안 가더라."

컨트롤에게 깔려 버둥거리던 라미엘이 컨트롤을 바닥으로 밀어냈다.

컨트롤은 두 손으로 바닥을 짚고 피를 게워내다가 고개를 들어 임화평을 바라보았다.

"어, 어떻게?"

임화평은 바지 안으로 손을 넣어 왼쪽 엉덩이 부위에서 열십자로 투명 테이프가 붙은 피 묻은 압정 하나를 꺼냈다.

"예상했기 때문이지. 이것 때문에 많이 아팠다. 그리고 나 정도로 수련을 한 사람은 그 어떤 것에도 쉽게 흔들리지 않아."

임화평은 글록 17을 컨트롤의 미간에 겨누고 곧바로 방아쇠를 당겼다.

임화평은 소파에 그대로 앉아 있는 라미엘에게로 시선을 옮겼다. 라미엘도 허망한 눈빛으로 임화평을 바라보았다.

"아트 오브 워(Art of War) 알아? 거기에 적혀 있다. 적을 알고 나를 알아라. 백 번 싸워도 패하지 않는다. 넌 너만 알고 나를 몰랐다. 스스로 똑똑하다고 자부하는 놈들이 자주 범하는 실수지. 히든카드는 없나?"

그 순간 임화평의 상반신이 세차게 휘돌았다. 그의 오른쪽 팔꿈치에 둔탁한 충격이 느껴졌다. 임화평은 아무 일도 없다는 듯 몸을 바로 하고 다시 라미엘에게 물었다.

"예상한 일이고, 이미 익숙해진 기척이다. 이런 짓 할 생각이었으면 놈은 내게 능력을 드러내지 말아야 했어. 그리고 녀석에게 총 쓰라고 충고했다. 나도 총 쓴다. 남자의 로망? 죽음 앞에서는 똥이다! 이런 놈 말고 또 숨겨둔 패 없나?"

라미엘은 임화평의 팔꿈치에 관자놀이를 격타당해 뻗어 있는 고스트를 바라보며 전신을 부르르 떨었다. 임화평으로서는 처음 보는 연약한 감정의 표현이다.

임화평은 글록 17로 고스트의 가슴을 쏘았다.

"허! 그 총 참, 총알이 아직도 나오는군."

임화평은 글록 17을 바라보며 고개를 내젓다가 고스트의 시신을 내려다 보았다.

"새도가 어떤 놈인지 몰라도 너처럼 까불다가 죽었을 거다."

라미엘이 떨리는 눈으로 임화평을 바라보며 말했다.

"혀, 협상의 여지가 있습니까?"

"없다. 노후 자금으로 500만 달러면 충분하잖아? 처음부터 널 처리할 생각으로 왔어. 그래야 모나나와 오프라가 안전할 테니까. 이 총에 총알이 남아 있기를 기도해. 내 손에 맞아 죽으면 많이 아프니까."

임화평은 무표정한 얼굴로 글록 17을 라미엘의 가슴에 겨누며 한국어로 말했다.

"잘 가!"

"안 돼!"

퓽!

라미엘은 곧바로 소파에 목을 기대고 억울하다는 듯이 눈을 부릅떴다.

총구를 내려놓았던 임화평이 묘한 표정을 지으며 라미엘의 시신을 바라보았다.

"이 총 꽤 센가 보군. 반응이 너무 즉각적인데? 심장이 터져도 그렇게까지 빨리는 안 죽거든."

임화평은 라미엘의 이마에 다시 한 발을 박아 넣었다.

"62억 중의 1, 갔다. 1 다시 태어났을 거다."

임화평은 글록 17을 제이슨의 몸 위에 던져 버리고 느긋하게 방을 빠져나갔다. 방을 나선 그의 얼굴은 언제 창백했냐는 듯이 멀쩡했다.

종언(終言)

오, 바라타족의 아들이여. 언제든지 정의가 무너지고 정의가 아닌 것이 판을 치는 때가 되면 나는 곧 나 자신을 나타내느니라.
올바른 자를 보호하기 위하여, 악한 자를 멸하기 위하여, 그리하여 정의를 다시 세우기 위하여, 나는 시대에서 시대로 태어난다.

〈바가바드기타 중에서〉

2001년 10월 3일. 모나나 나스트와 오프라 주어는 각자의 대사관을 통해서 정식으로 미국과 이스라엘로 송환되어 그리운 가족의 품에 안겼다. 사라 윌슨을 통한 엠네스티의 사전 홍보가 있었지만, 9.11 테러와 그에 관련된 온갖 뉴스, 그리고 음모론의 대두로 인하여 두 사람은 큰 화제가 되지 못했다. 하지만 그들의 납치와 관련된 세이건 가의 사람들이 모두 죽고, 명천 역시 유명무실해지는 바람에 위험성과 번잡함을 피했으므로, 두 사람은 오히려 안도했다.

2001년 10월 11일. 모나나 나스트와 오프라 주어가 귀국하고 위동금 일행마저 홍콩으로 빠져나간 후 임화평은 다시 상해와 항주를 돌며 서문가의 마지막 피붙이, 서문완영을 찾기 시작했다. 보름 동안의 탐색에도 불구하고 서문완영은커녕 명천의 잔재조차 찾지 못했다. 완전히 흩어져 버린 것이다. 임화평은 어쩔 수 없이 북경으로 돌아갔다.

2001년 11월 5일. 임화평의 권고에 따라 홍콩으로 빠져나갔던 위동금 일행은 엠네스티의 주선을 통해 가족과 함께 하와이로 망명했다. 모나 나스트 일가의 도움으로 도착 즉시 안정된 삶을 살게 되었음은 당연한 일이다. 위관성과 진영영은 아름다운 자연 속에서 마음껏 뛰놀 수 있게 되었다.

2001년 11월 12일. 이날은 세 명의 의사와 세 명의 환자를 뒤쫓던 임화평이 마침내 복수를 완료한 날이 되었다. 임초영의 일주기 되는 날이라 감회가 남다른 날이기도 했다. 가슴속에 미진함은 남아 있었지만, 명천의 잔당들이 흩어져 버린 것으로 만족하고 서문완영은 뇌리에서 지우기로 했다. 자료에 따르면, 서문완영은 서문가의 직계임에도 불구하고 명천의 재정 담당자에 광목당 항주 지부장 정도다. 일단 초영이의 죽음과는 직접적인 관련이 없다고 판단하고 잊기로 한 것이다. 라미엘에게 정보를 제공한 음모자 역시 잊기로 했다. 자기들끼리 지지고 볶는데 그가 굳이 관여할 필요성을 못 느꼈던 것이다.

임화평은 이중원과의 통화로 자신이 차수경 살인범으로 한국에서 수배되었다는 사실을 알게 되고, 어쩔 수 없이 제트 왕이라는 미국인 신분으로 일단 도미했다. 모험하는 심정으로 시도했는데, 라미엘의 말에 거짓이 없어 입국할 수 있었다. 하와이로 옮긴 임화평은 에릭 나스트의 친구인 하와이 주지사의 도움으로 피스 포레스트로 개명할 수 있었다.

임화평은 한동안 한국으로 돌아가 입국을 막은 유태성을 손봐줄까 고민도 했지만, 의연하게 죽음을 맞은 유현조와 조혜인이 떠올라 그냥 참기로 했다. 더 이상의 피를 보고 싶지 않았기 때문일 것이다.

2002년 1월 17일. 위동금이 전한 중국의 법륜공 수련자 탄압에 대한 자료들을 토대로, 엠네스티를 비롯한 국제 인권 감시 기구들이 일제히 중국의 국가적 만행에 대해 성토하고 합동 성명을 발표했다. 그로 인해 그동안 소문으로만 알려져 왔던 법륜공 수련자들에 대한 장기 적출 사례가 국제적으로 알려졌고, 중국은 국제 언론의 집중포화를 맞았다. 하지만 중국 정부는 위동금이 전한 자료의 출처가 국가기관의 것이 아닌, 존재하지 않는 가상의 단체라며 범세계적인 비난을 일축했다. 그러나 위동금이 전한 자료의 내용이 너무나 구체적이고 그 증인 또한 생존해 있는 터라, 중국은 끝내 비난에서 벗어나지 못했다. 위동금이 전한 명천의 자료는 후일 각 인권 단체들이 시행할 실태 조사의 바탕이 되었다.

2002년 2월 15일. 중국 중앙정치국 위원이자 상해시 서기인 이박동(62세)과 상해시장 오륭(53세)이 공식 석상에서 사라졌다. 중앙정부와 상해시정부의 발표에 따르면 건강상의 이유로 사의를 표하고 모처에서 요양 중이라고 했지만, 석연치 않은 구석이 있었다. 두 사람 모두 한때 건강이 좋지 않아 상해시 한 병원에서 요양한 것은 사실이나 2년 전 건강을 되찾은 모습으로 나타나 최근까지 활발하게 활동해 왔다. 그리고 며칠 전 신문과 방송에 나타난 모습에서 그 어떤 병색도 드러내지 않았는데, 갑작스럽게 사라진 것이다. 의문 제기에도 불구하고 정부와 시정부는 더 이상의 언급을 거부했다.

그로부터 며칠 뒤, 사라졌던 법륜공 수련자들 가운데 일부가 매일 조금씩 풀려나기 시작했다. 그러나 그 수는 전체에 비하면 극히 미미한 수준에 불과했다. 중앙정부는 그 일에 대해 어떠한 언급도 하지 않았지만, 그것은 일종의 인권 감시 기구들에 대한 유화적인 제스처로 해석되었다. 하지만 그 같은 행동은 비난을 모면해 보려는 얄팍한 속임수에 불과하다고 다시 인권 감시 기구들로부터 빈축을 샀을 뿐이다.

그 같은 일련의 움직임에 임화평은 상당히 고무되었다. 위동금에게 일부 전한 자료 일체를 수십 부 카피해 중국의 영향력있는 부처에 무차별 발송한 사람이 바로 임화평이었다. 중국 측 소식을 늘 주목하고 있던 임화평은 상해 출신 정치국 위원과 상해시장이 밀려난 데에는 그가 자료에서 알아차리지 못한 무언가를 중국 정부가 알아냈기 때문이라고 막연히 짐작해 보았다. 그리고 그 짐작은 사실이었다. 이박동과 오류는 명천이 만들어낸 천변자였으니까. 결국 임화평의 행사는 중국 정부의 명천에 대한 배신감을 불러일으켰고, 결과적으로 명천을 권력으로부터 떼어놓게 만들었다.

2006년 4월 27일, 하와이.

임화평은 미국에 대해 별 관심이 없는 사람이다. 아메리칸 드림에 대한 환상도 없고, 그렇다고 미국의 대외 정책을 비난할 생각도 없다. 정의, 평화, 인류 공영 같은 구호들은 어차피 이상향에서나 통할 허구니까.

임화평의 미국에 대한 이미지라면 그저 돈 많이 들여 볼 만한 영화를 많이 만드는 나라, 개나 소나 총 들고 다녀서 밤에 나돌아 다니기 힘든 나라라는 정도다. 한국에서 문제없이 잘살았고, 역사 짧은 나라에 볼 게 뭐 있나 싶어 미국 여행을 하고 싶다는 생각조차 하지 않고 살아왔다.

임화평이 라미엘에게 미국 여권을 얻으려 했던 것은 매튜 세이건을 명천이 처리 못하면 직접 처리할 생각을 가지고 있었기 때문이다. 그런데 어쩌다 보니 5년째 하와이에 눌러 살게 되었다. 돈도 많으니 화려하게 살겠다고 생각하는 사람이 있다면 천만의 말씀이다. 원래 놀아본 사람이 잘 노는 법이다. 그리고 여행이나 가야 노는 법이지, 생활을 하면 관광지든 뭐든 상관이 없는 법이다. 하와이에서의 임화평의 삶은 한국에서의 삶과 그다지 차이가 없다. 그나마 나은 점은 압구정에 비해 자연에 보다 가까운 생활을 한다는 것 정도인데, 조망권 좋은 아파트에서 산다고 매일같이 바깥 내다보는 사람 몇이나 될까. 처음 샀을 때와 손님들 찾아왔을 때 몇 번뿐이다.

마당에서 아침 수련을 마친 임화평은 샤워를 끝내고 서재로 들어갔다. 자연스럽게 컴퓨터를 켜고 인터넷에 접속한 후, 한국의 포탈로 들어가 기사를 열람했다.
"호! 유태성이가 개과천선했구나. 건드리지 않은 보람이 있구먼."
기사는 그동안 유독 사회사업에 인색하게 굴었던 현승그룹의 회장 유태성이 1천억 원의 사재를 출연해 미혼모들의 자립을 돕고 고아나 결손가정 아이들의 교육을 지원할 재단을 설립한다는 내용이다. 재단의 운영은 사회적 약자들을 돕는 데 헌신적이라고 알려진 가톨릭계 인사에게 맡겨 운영의 투명성을 확보했다고 되어 있다. 기사는 할 때 화끈하게 하는 유태성 회장이 사회적 책임을 져야 할 기업들의 귀감이 되었으면 한다는 글로 끝을 맺었다.
"고민 참 오래도 했다."
2002년 3월, 임화평은 하와이에서의 생활이 안정될 즈음에 이중원에게 맡겨두었던 테이프들을 회수하여 유현조와 관련된 테이프와 그의 유서를 이스라엘의 오프라를 통해 유태성에게 보냈다. 입국을 막은 데에 대한 일종의 보복이다. 당시 유태성이 급환으로 입원했다는 뉴스를 들었는데, 다행인지 불행인지 몰라도 심장마비나 뇌졸중은 피했던 모양이다. 결국 이번 재단 설립은 유현조의 유서에 따른 결정이었을 것이다. 그 결정 하나 하는 데 4년이 걸린 셈이다.
"아무튼 기분 좋은 날이네. 오늘은 좀 일찍 출근해 볼까?"

임화평은 다른 기사들을 잠시 검색하다가 컴퓨터를 껐다.
"내가 나를 모르는데……."
임화평은 김국환의 타타타를 기분 좋게 흥얼거리며 서재를 나섰다.

와이키키 해변 도로에 자리 잡은 마카이오 호텔 오아후 본점은 3년 전 퓨전 차이니즈 레스토랑을 냄으로써, 경제적인 가격으로 가장 맛있는 중국 음식을 먹을 수 있는 호텔로 유수의 관광 정보지에 등재되었다.
마카이오 호텔의 차이니즈 레스토랑 샹그릴라의 폐점 시간인 저녁 9시. 주방장 임화평은 뒷정리에 여념이 없는 종업원들을 뒤로하고 탈의실로 들어갔다. 자신의 라커에서 마로 된 반바지와 푸른색이 주종을 이루는 하와이안 셔츠로 갈아입고 탈의실을 벗어났다.
"먼저 간다."
임화평이 주방을 들여다보며 말하자 다양한 인종의 여섯 주방 식구가 제각각의 방식으로 인사했다. 평생 하와이에서 살아온 두 명의 하와이안 원주민들과 한 명의 백인, 그리고 한 명의 중국계 하와이인은 손을 흔들었고, 2년 전 한국에서 건너온 송기후도 미소 띤 얼굴로 고개 숙여 인사했다. 오직 위동금만이 심각한 표정으로 다가와 말했다.
"아저씨! 드릴 말씀이 있는데요."
임화평은 위동금의 얼굴을 빤히 보다가 씁쓸한 표정으로 말했다.
"결심했니? 표정 보니까 알겠다. 자세한 이야기는 집에서 하자."
보나마나 중국으로 돌아가겠다는 말일 것이다. 원래 그는 중국을 떠나고 싶어하지 않았다. 하지만 임화평이 진영영과 위관성의 미래, 오명신과 마영정의 안정, 위동금의 부족한 결단력을 이유로 억지로 등을 떠밀었다. 몸은 하와이에 와 있지만 마음은 언제나 중국에 가 있을 것이다.

그동안 좋은 말로 말려왔으나 이번에는 임화평도 허락할 생각이다. 꾸준한 수련으로 인해 제 한 몸 건사할 정도는 된다. 중국에 남아 있는 돈도 300만 위안 정도는 되니까 경제적으로 곤란한 일은 없을 것이다. 사람을 다치게 할 용기가 없는 그가 가서 무엇을 할 수 있을지 모르겠지만, 부모를 찾기 위해 노력하지 않았다는 것이 평생의 한으로 남는 것보다는 무언가를 하는 게 좋다는 것이 그의 생각이다.

레스토랑을 벗어난 임화평은 종이로 된 쇼핑백 하나를 들고 느긋한 걸음으로 호텔 로비를 통과했다. 종업원들이 친근한 표정으로 인사했다.

문을 나서려는데 뒤쪽에서 누군가가 불렀다.

"피스! 나 잠깐 보고 가게."

모나나의 아버지이며 마카이오 호텔의 사장인 에릭 나스트다. 임화평은 눈살을 찌푸리며 되돌아가 사장실로 들어갔다. 소파에 앉자마자 에릭 나스트가 한숨을 내쉬며 처량한 목소리로 말했다.

"벌써 4년이 넘었네. 계속 지금처럼 살 텐가?"

임화평은 난처한 표정으로 볼을 긁적였다.

2001년 11월, 처음 하와이에 발을 디뎠을 때만 해도 에릭 나스트는 임화평에게 고마워하면서도 한편으로 그를 꺼림칙하게 여겼다. 그가 중국에서 무슨 짓을 했는지 대충 짐작했고, 그런 그에게 모나나가 호감을 드러냈기 때문이다. 쉽게 정착할 수 있도록 경제적인 지원을 하여 마음의 빚을 갚을 생각이었는데, 놀랍게도 임화평은 미국 내에 상당한 재산을 가지고 있었다. 그때부터 에릭 나스트는 임화평을 어떻게 대해야 할지 몰라 전전긍긍했다.

다행히 임화평은 점잖은 사람이었고, 또 자신의 처지를 잘 인식하고 있는 사람이었다. 모나나와 격의없게 지내기는 했지만, 일정한 거리를 두려고 노력했다. 모나나의 호감이 일반적인 사랑의 감정과 다른 것이라고 생각하던 에릭 나스트는 임화평의 태도에 안도했다. 알아서 선을 그어주는 임화평의 태도가 유지되는 한, 모나나의 감정이 곧 식을 것이라고 예상했던 것이다.

그 후로 에릭 나스트는 임화평과 모나나 사이에 개입하지 않으려고 노력하는 한편 최대한 객관적인 시선으로 임화평을 관찰했다. 그의 결론은 불행하게도 임화평이 괜찮은 사람이라는 것으로 귀결됐다.

임화평은 생각과는 달리 힘을 앞세우는 사람이 아니었다. 우선 성격은 유쾌하면서도 진중하고 동정심이 많았다. 중국에서 무슨 일을 했든지 간에 천성은 선량하다고밖에 말할 수 없다. 그는 집을 구하고 남은 재산의 대부분을 고아들을 위해 써달라고 기부했다. 450만 달러에 이르는 거금이었다. 그리고 쉬는 동안 늘 근처의 보육원을 방문하여 아이들을 돌보고 허드렛일을 하는 것으로써 소일했다. 차이니즈 레스토랑 샹그릴라를 맡은 후에도 시간 여유가 있을 때마다 보육 시설을 찾았다. 적어도 하와이에 정착한 이후로 흠 잡을 곳 없는 삶을 살고 있다.

에릭 나스트에게 모나나와 임화평의 결합을 반대할 명분이 없었다. 굳이 흠을 잡자면 나이 정도인데, 그 정도 차이가 나는 부부는 주위에서도 흔하게 볼 수 있다. 이미 독립한 딸의 선택에 그 정도 문제로 흠집 잡기는 어려웠다.

에릭 나스트는 임화평의 곤란해하는 얼굴을 바라보다가 한숨을 내쉬었다.

"이제 그만 받아주는 게 어떤가? 혹시 나 때문이라면 신경 쓰지 말게. 지금껏 자네를 꺼림칙하게 여겨왔다는 사실을 인정하네. 하지만 내가 자네 입장이었더라도 똑같이 했을 것이네. 물론 나는 재주 많은 자네와 달리 장렬히 산화했겠지. 자넨 아비로서 당연한 일을 한 거야. 이제 새로운 인생을 사는 셈이니, 제대로 살아야지. 모나나, 괜찮은 녀석이지 않는가? 볼 때마다 안쓰러워. 자네에게 딴 여자가 생기지 않는 한 그 녀석 마음은 변하지 않을 거야."

임화평도 남자다. 오랫동안 이정인을 유일한 연분으로 생각하고 살아왔지만, 그녀가 죽은 지도 벌써 10년이 훌쩍 넘었다. 그런 상황에서 모나나같이 심신 건강하고 아름다운 여자가 4년이라는 긴 세월을 한결같이 해바라기처럼 자신만 바라보는데 흔들리지 않을 수 없다. 그 유혹에서 버틸 수 있었던 것은 악령처럼 그의 손에서 떨어져 나가지 않는 피의 흔적 때문이다.

'뭔가 남은 것 같단 말이지. 찜찜하단 말이야. 그걸 털어버리지 않고서는 곤란해.'

임화평도 인간인 이상 외롭다. 욕정이 문제가 아니라 따뜻한 가슴이 그립다. 살갗끼리 부딪치는 그 친밀감이 그립다. 얼굴을 마주 보고 속마음을 드러낼 수 있는 편안함이 그립다. 모나나는 그 그리움을 채워주기에 적격인 사람이다. 많은 사람의 피를 묻힌 그의 손을 보지 않고, 그의 가슴속 공허함을 직시하며 슬퍼해 주는 여자다. 모나나라면 임화평의 과거를 억지로 지우거나 부인하지 않고 자신의 가슴속에 나누어 품고 조금씩 녹여줄 수 있을 것이다. 하지만 가슴 한구석에 남아 있는 불안감이 모나나와 거리를 두게 만든다.

'하지만 지금 이대로 살아간다면 모나나는 행복하지 못할 것이고 나는 나대로 부담스러울 거다. 떠나야 하나? 상처가 될 텐데?'

임화평은 결정을 내리지 못하고 뒤통수를 긁적였다.

"저 같은 인간이 뭐가 좋다는 건지……. 어쨌든 에릭의 마음은 잘 알겠습니다. 그 문제, 더 이상 외면하지 않고 진지하게 고민해 보겠습니다."

임화평은 그의 애마인 중고 BMW R1200RT에 몸을 싣고 다이아몬드헤드의 앞을 지났다. 바다에서 불어오는 시원한 밤바람이 복잡한 머리를 식혀 주었다. 입가에 감도는 짭조름한 소금기를 느끼며 15분 만에 샌디 비치 인근에 있는 집에 도착했다.

인근 주택가에서 벗어난, 한적한 곳에 자리 잡은 집이다. 임화평은 그 집을 사고 개축하는 데 45만 달러를 지출했다. 잡지나 인터넷에 실릴 만한 멋진 집은 아니지만 상당히 크고 여유롭다. 하와이 전통 주택을 모방한 지붕이 높은 단층 주택으로, 한국식으로 표현하자면 대지 이백여 평에 건평 육십 평 정도의 넓은 집이다. 사치를 모르는 그가 큰돈을 들여서 그 집을 산 이유는 세이건으로부터 얻은 공돈이라는 이유도 있었지만, 그 집을 한국의 친지들이 별장처럼 이용해 주었으면 하는 마음 때문이다.

지난 4년간 제법 많은 사람들이 찾아왔다. 보육사를 네 명이나 고용하여 여유가 생긴 한용우 부부가 왔다 갔고, 마침내 송아현과 결혼에 골인한 오형만이 신혼여행을 대신하여 한 번 다녀갔으며, 이중원 부부도 이제 이소은이 된 딸을 데리고 매년 한 번씩 놀러 오고 있다. 윤태수는 현승의 눈치를 보느라 한 번도 다녀가지 못했지만, 언젠가는 편하게 놀러 올 때가 있을 것이다.

그 외에도 집을 이용하는 사람은 많다. 일단 송기후는 정식 동거인이다. 샌디 비치의 주택가에서 위관성, 진영영 등과 함께 사는 위동금도 실제로는 임화평의 집에서 사는 것이나 마찬가지다. 이제 임화평을 편하게 바라볼 수 있게 된 마영정과 오명신도 정기적으로 찾아와 집을 청소해 놓고 가고, 아이들도 시시때때로 놀러 온다. 한마디로 돈값을 하는 집이다.

임화평은 거실에 환하게 불이 켜진 것을 보고 눈살을 찌푸렸다.

"누군가?"

임화평은 바이크를 차고에 넣어두고 왼팔을 주무르며 집 안으로 들어갔다.

거실은 임화평이 좋아하는 장소다. 수련하기에 충분한 넓은 정원과 울타리를 대신한 하와이안 대나무 숲을 볼 수 있는 그곳에서 노래를 틀어놓고 차 한잔을 마시며 책을 읽거나 영화를 보는 것이 그가 평소 휴식하는 방법이다. 그곳에 생전 처음 보는 여인이 주인처럼 소파에 편히 앉아 있다. 청순미가 돋보이는 상당히 아름다운 동양 여인이다.

임화평이 들어서자 여인은 밝게 미소 지으며 하와이 가이드북을 탁자 위에 내려놓았다.

"누구신가?"

영어로 물었는데 답은 중국어로 돌아왔다.

"편안하셨나요, 임화평 씨? 아니면 피스 포레스트 씨라고 불러드릴까요?"

임화평은 피식 웃으며 여인에게 등을 보이고 정원으로 향하는 대형 유리문을 열었다.

"나와주겠나?"

임화평은 그녀가 누구인지 쉽게 짐작했다. 그녀에게서 풍겨 나오는 기도, 숨기려 해도 흘러나오는 그 기도가 익숙했기 때문이다. 한순간 어떻게 찾았는지 궁금했지만, 금세 의문은 풀렸다. 그와 관련되었다고 생각되는 인물들의 주변을 훑다가 모나 나스트의 주변에서 그를 찾아냈을 가능성이 높다. 중국인이라면 피스 포레스트에서 임화평을 연상하는 것은 너무나 쉬운 일이었을 것이다.

여인은 싱긋 웃으며 자리에서 일어났다.

"집주인께서 그리 말씀하신다면……."

임화평은 열 명은 족히 자리할 수 있는 나무 탁자 앞에 섰다. 바비큐 파티를 위해 직접 만든 것이다. 그가 돌아서서 맞은편 의자를 향해 손을 뻗었다. 여인이 그가 가리킨 나무 의자에 앉자 그도 앉았다.

"하도 소식이 없어서 그날 죽은 것 아닌가 생각했는데, 살아 있었군. 그런데 어째서 혼자지? 명천은 완전히 망해 버린 건가, 아니면 쫓겨난 건가?"

여인 서문완영은 싱긋 웃으며 고개를 저었다.

"내가 누군지 짐작하시는군요. 당신과 라미엘이 예상 이상으로 분탕질을 쳐놔서 고생 많이 했습니다만, 지금은 어느 정도 자리를 잡았답니다. 뭐, 예전만 하겠습니까마는 일단 내부 정리는 끝낸 셈이지요."

실제로 서문완영은 괴멸에 가까운 타격에서 명천을 다시 세우기 위해 많은 노력을 기울여야 했다. 웨스트게이트 그룹과 선민종합병원을 포함한 명천의 드러난 재산과 인력들은 모두 중국 정부에 귀속되어 버렸고, 권력으로부터 외면당하고 심지어는 쫓기기까지 했으니 그 고생 말로 다 표현할 수 없을 정도였다. 숨겨둔 재산과 남은 인력 그리고 용문관을 기반으로 해서 이제 겨우 내실을 다진 정도라, 현재의 명천은 과거의 성세 오분지 일에도 미치지 못하는 규모다.

"그거, 불행한 소식이군. 그럼 명천은 여전히 서문가의 것인가?"

"글쎄요. 사람들은 그렇게 아는데, 실제로도 그런가 하면 그건 장담을 못하겠군요."

임화평은 서문완영의 얼굴을 빤히 바라보며 침묵을 지키다가 고개를 끄덕였다.

"그렇군. 서문영락과 많이 닮은 것 같지는 않군. 배, 아니, 씨가 다른가?"

서문완영의 낯빛이 변했다가 다시 원래처럼 미소 띤 얼굴로 돌아갔다.

"호호호호! 모르고 하신 말씀 맞지요? 그렇다면 정말 명석한 분이시군요. 누구도 알아차리지 못했는데, 단번에 짐작해 내시네요. 맞아요. 씨가 다르지요."

"그래서 서로 죽여주자고 라미엘과 거래를 했군."

"라미엘이 그 말까지 하던가요?"

"아니. 그런 말을 할 시간이 없었지. 그냥 정황상 그랬을 거라고 짐작했을 뿐이야."

서문완영은 손가락을 튕기며 환하게 웃음 지었다.

"이래서 와보지 않을 수 없었던 거예요. 라미엘이 죽었다는 것을 안 순간 당신의 짓임을 직감했지요. 라미엘이 무슨 말을 지껄였는지 몰라 명천을 세상 밖으로 내놓을 수가 없더군요. 당신이 다시 나타나 제 뒤통수를 칠까 봐 두려웠지요."

"무슨 말인지 알겠다. 그러니까 내가 나타나 네 정통성에 흠집을 낼지도 모른다? 그럴 생각 없었는데. 내가 한 건 우리 딸 복수였다. 명천을 끝장내려고 갔던 건 아니야. 그 덕분에 너는 완전히 잊고 있었어. 우리 딸의 죽음과는 직접적인 연관이 없는 듯해서 말이야."

서문완영은 아쉽다는 표정으로 혀를 찼다.

"미리 말씀해 주시지. 그걸 알았다면 그 먼 길을 외로이 오지는 않았을 텐데요. 자! 일단 왔는데, 이제 제가 어떻게 해야 할까요?"

임화평은 어깨를 으쓱하며 고개를 저었다.

"그건 잊고 살던 내가 말할 게 아니라 찾아온 그쪽에서 말해야지. 예상 가능한 선택지는 두 가지. 지금까지처럼 서로 모른 체하고 살거나 내 입을 영원히 봉해야겠지. 어느 쪽이든 난 상관없어."

서문완영은 혀를 쏙 내밀어 귀엽게 웃었다.

"글쎄요. 어떻게 할까요? 혹시 저하고 같이 가실 생각은 없나요? 절정에 이른 무인이 요리사라니, 그런 생활 따분하지 않나요? 뒷골목을 재정비하려면 당신 같은 실력자가 절실하거든요. 누구에게도 명령받지 않게 해드리지요. 어때요?"

"음! 나는 피가 무서워."

"어머나! 농담도 잘하시네요. 이렇게 되면 제 선택의 폭이 너무 좁아지잖아요? 이제 하나밖에 안 남았군요."

임화평이 두 손바닥을 위로 하고 어깨를 으쓱했다.

"싫은 건 어쩔 수 없잖아? 그런데 혼자 가능하겠어?"

"자신이 없으면 혼자 왔을 리 없지요."

그 순간 두 사람이 동시에 두 손으로 탁자를 짚었다.

쾅!

두 사람이 동시에 불어넣은 공력을 견디지 못한 탁자는 산산조각이 나서 사방으로 비산했다. 그사이에 두 사람은 자신을 향해 비수처럼 날아오는 나뭇조각들을 튕겨내며 자리에서 물러났.

두 사람은 서로가 상대의 힘에 밀려난 것이 아님을 잘 알고 있다. 공력만큼은 백중세라는 뜻. 임화평으로서는 놀라운 현실이다. '여자가' 라는 이유가 아닌, 나이 차 때문이다.

"상당하군."

"예상 밖이로군요. 일개 살수라는 생각은 하지 않았지만, 오늘날 팔성에 이른 개천신공에 근접할 만한 수련법이 남아 있을 것이라고는 생각도 못했어요. 혼자 온 게 조금은 후회가 되는군요."

서문완영은 차갑게 웃으며 허리춤으로 손을 가져갔다.

챙!

허리띠 밑에서 뽑혀 나온 것은 1m가량의 하늘거리는 연검이다.

임화평이 피식 웃으며 말했다.

"역시!"

서문완영은 연검을 가볍게 휘둘러 보이며 방긋 웃었다.

"역시? 무슨 뜻인가요? 설마 혼자 검을 빼 들었다고 비난하시는 건 아니겠지요? 이해하세요. 난 권장에 소질이 없거든요."

"생사투에 비겁한 게 어딨나? 무기라면 나도 있어."

임화평이 뒤로 손을 내뻗었다. 그 순간 바닥에 흩어진 바비큐 도구 가운데 하나인 쇠꼬챙이가 2m의 거리를 날아와 임화평의 손아귀에 빨려 들어갔다.

"학! 허공섭물?"

서문완영이 눈을 치떴다. 눈동자가 파르르 떨렸다. 그럴 수밖에 없는 것이, 현재 서문완영의 공력으로서는 2m의 거리를 격하고 물건을 끌어올 수 없다. 박빙이라고 생각했던 공력 차가 현저하다는 뜻이 된다.

"허공섭물? 아니야. 좀 나은 거지. 여기기 이넌 어기로 한 거야."

임화평은 그 힘의 근원이 하단전이 아닌 상단전임을 친절하게 가르쳐 주었다. 그 말은 곧 여섯 번째 차크라를 뚫었다는 의미다. 그랬다. 복수를 끝내고 난 후 가슴속 부담감을 대부분 털어버렸다. 자연에 가까운 환경에서 집착을 버리고 나니 지혜의 차크라는 자연스럽게 뚫려 버렸다. 얼어놓고도 잊고 살았던 부가적인 능력을 오늘 처음 사용한 것이다.

"알지? 능력자들과 어울리다 보니 능력 발현의 원리를 대충 알겠더라고. 흔히들 염력이라고 부르는 거야."

그제야 흔들렸던 서문완영의 표정이 차분해졌다. 그녀가 다시 미소를 지으며 말했다.

"그것참, 다행이군요. 깜짝 놀랐잖아요."

서문완영이 가볍게 연검을 휘둘렀다. 은색 연검은 은은한 광채를 발하며 빳빳하게 곤두섰다. 임화평도 스테인리스 스틸로 만든 70㎝ 길이의 쇠꼬챙이를 내뻗어 중단세를 취했다.

두 사람은 동시에 쇄도했다. 빳빳하게 곤두섰던 연검이 일순간 흐물흐물해지면서 허공을 유영했다. 검신에서 뿜어져 나온 은은한 광채가 뿌연 연기가 되어 임화평을 감싸려는 듯이 날아왔다. 탄현복룡구절의 절초인 운중성연(雲中盛宴)이다. 그 순간 임화평의 쇠꼬챙이에서도 날카로운 검기가 뻗어 나갔다. 뇌전연환살검의 절초 천뢰만균이다.

짜자자자자작!

수십 줄기로 분화된 검기가 검기로 이루어진 구름을 찌르고 헤집어 흩어 놓았다. 그리고 그 혼돈 사이에서 튀어나온 한줄기 번개가 서문완영의 미간을 찔렀다.

'이, 이건?'

서문완영은 임화평이 천뢰만균에 연이어 펼친 신뢰분광의 초식에 당황하여 눈을 치떴다. 그녀가 탄현복룡구절의 일초식인 몽중성연을 펼친 것은 일단 임화평의 검력을 신중하게 확인해 보려는 시도였다. 어차피 세상에 처음 선보인 탄현복룡구절의 절초. 일초식이라고 해도 그 현란함을 단번에 파악하고 반격에 나설 수 없을 것이라고 확신했다. 그러나 임화평은 탐색의 성격을 지닌 서문완영의 공격에 전 공력을 쏟아부었다. 초식 자체의 날카로움에 힘을 더해 몽중성연을 압도해 버린 것이다. 그리고 그렇게 연이어 펼쳐진 두 초식을 서문완영은 너무나 잘 알고 있다.

서문완영은 눈을 부릅뜨고 뒷걸음질 치면서 임기응변의 식으로 연검을 마구 흔들었다.

채채채채채채챙!

한줄기 번개는 제대로 공력이 실리지 못한 연검의 물결을 계속해서 뚫고 들어갔다. 몇 번의 충돌로 그 기세가 반감되기는 했지만 그 정도의 힘이라도 맞으면 치명상을 입을 수밖에 없다. 그때 갑자기 위력이 감소된 신뢰분광이 허물을 벗고 날카로운 일섬탈혼으로 되살아났다.

채채채채채채챙!

연검을 일곱 번이나 휘둘러 일섬탈혼의 기세를 죽였는데, 그 순간 다시 쇠꼬챙이 끝에서 빠르면서도 무거운 기운이 흘러나와 서문완영의 전신을 짓눌렀다. 풍중뇌격이다. 서문완영의 연검을 움직이지도 못하게 짓눌러 버린 기운 한가운데서 또다시 한줄기 날카로운 검기가 뻗어 나왔다.

'이 상태로는 도저히 막을 수 없다.'

서문완영은 입술을 깨물고 연검을 놓았다. 그리고 쉬지 않고 다가오는 한줄기 검기를 향해 오른팔을 내밀었다. 자살 행위나 마찬가지의 대응이다. 팔 하나에 만족할 기세가 아니다. 그걸 모를 서문완영이 아니었음에도 그녀는 섬기를 향해 팔을 내밀고 대신 왼손으로 허공에 튀어 오른 연검을 잡아갔다.

쩡!

검기와 팔이 부딪쳐서 날 수 없는 소리다. 억지로 밀고 들어오던 임화평의 쇠꼬챙이마저 서문완영의 팔과 맞닿았다. 서문완영은 하얗게 웃으며 왼손에 쥔 연검을 꼿꼿하게 만들어 임화평의 가슴을 향해 내뻗었다.

거칠게 쇄도하던 임화평은 절망 어린 표정을 지으며 왼팔을 내뻗었다. 그때는 이미 서문완영의 연검에 충분한 공력이 깃들어 있었다. 연검에서 검기가 발출되는 그 순간 임화평의 왼팔이 검기에 부딪치고 다시 연검과 부딪쳤다.

쩌쩡!

서문완영은 눈을 치뜨며 임화평의 왼팔을 바라보았다. 그 팔에 거미줄 같은 붉은 문신이 드러나 보였다. 서문완영은 믿을 수 없다는 듯한 눈빛으로 자신의 배를 내려다보았다. 복부에 박혀 덜렁거리는 쇠꼬챙이를 보는 순간 서문완영의 아름다운 얼굴이 일그러졌다.

어느새 멀찍이 물러서 있던 임화평이 다가서자 서문완영은 연검을 놓아 버리고 그대로 무릎 꿇었다.

임화평은 서문완영을 내려다보며 씁쓸한 미소를 지었다.

"넌 처음부터 검탄만천지(劍彈滿天地)를 펼쳤어야 했다. 그것만은 아직 막아낼 자신이 없었거든."

서문완영은 일그러진 얼굴로 임화평을 올려다보며 물었다.

"오빠의 시신을 보고 설마 했는데, 정말 회, 회천살문의 맥이 아, 아직까지 이어지고 있었나?"

서문완영의 입에서 한 줄기 핏물이 흘러내렸다.

임화평은 무정한 눈으로 그녀를 내려다보며 대답했다.

"놀랐나, 서문연강?"

"어, 어떻게 그 이름을?"

2001년 여름 장마가 한창일 때, 임화평은 명천의 꼬리를 찾지 못한 채 한가한 시간을 보냈다. 그 당시 그는 회천살문 지하 수련장이 매몰된 서천목산을 찾았다. 그곳은 명대에 임화평의 뒤를 쫓았던 서문세가의 정예들이 암동의 인위적인 붕괴로 인하여 몰살을 당했던 곳이고, 막판까지 추적했던 서문연강도 임화평과 기관의 협공을 당해 끝내 죽었던 곳이다.

임화평이 그곳을 찾은 것은 단지 과거를 회상하려는 의도가 아니었다. 임화평은 당시 동부를 붕괴시켜 복수를 완료하고 그 자신만 빠져나가려고 암도를 마련해 두었다. 그곳으로 들어가 혹시라도 남아 있을지 모를 자신의 유해와 당시 유용하게 사용했던 보패를 거둘 생각이었다.

닷새 만에 겨우 암도의 입구를 발견하고 들어갔지만 임화평은 아무것도 찾아내지 못했다. 이미 누군가가 발굴해 간 것이다. 임화평은 그때 확신했다, 당시 그곳에 묻혔던 누군가도 임화평처럼 전생을 기억해 내고 발굴해 갔다는 것을.

임화평이 서문완영을 의심한 것은 집에 도착했을 바로 그때부터였다. 전에 경험해 보지 못한 왼팔의 쩌릿함을 느끼는 순간 또 다른 보패의 출현을 의심했다. 그리고 서문완영이 연검을 꺼내 든 순간 그녀가 바로 서문연강의 화신임을 깨닫게 되었다. 가문의 비기가 검법임에도 불구하고 명천의 그 누구도 서문가의 검법을 익히지 않았다는 사실에서 비롯된 확신이다. 결국 서문연강이 검법을 독점했던 것이다.

"어쩔 수 없었겠지. 여자로 태어났을 뿐만 아니라 서문가의 핏줄로도 태어나지 못했으니까. 시대의 조류에 따른 것이겠지만, 연검으로 바꾼 것은 훌륭한 선택이었다. 예전보다 훨씬 난해했어. 무심안을 완성하지 못했다면 천뢰만균으로도 완전히 막아내지 못했을 거야."

"그, 그렇다면 넌?"

"그래, 난 널 두 번 죽이는 셈이다. 그때는 나도 죽었지만 이번에는 사는구나."

"아하하하하하! 하늘이, 하늘이, 이런 개 같은 하늘이!"

그녀의 삶은 정말 더러웠다. 서문재기는 다섯 살이 된 서문완영을 무릎 위에 앉혀놓고 더러운 짓을 해댔다. 그때는 그냥 이른 나이에 어미를 잃은 딸을 안타까워하고 예뻐해 주는 것으로만 생각했고 남들이 보기에도 그러했다. 철이 들 무렵 아버지라고 불렀던 늙은이에게 처녀를 잃고 그제야 그 이유를 알게 되었다. 그것은 비틀린 애정 정도가 아닌 바람난 마누라에 대한 분풀이였다. 그 이후로도 오랫동안 서문재기의 노리개로 살아야 했다.

만약 그녀의 전생을 기억할 수 있게 해주었던 그 교통사고가 없었다면 서문완영은 자살하고 말았을 것이다. 그때부터 그녀는 복수와 함께 원래 자신의 것이었던 명천을 되찾기 위한 장정을 시작했다.

서문재기는 괴물이었다. 과거의 무공을 모두 기억한다고 해서 남다른 재능을 지니고 오랜 수련을 해온 서문재기를 감당할 자신이 없었다. 감당할 수 있다고 해도 명천을 합법적으로 이어받으려면 함부로 서문재기를 죽여서는 안 될 일이었다.

다행히 서문재기는 무광이었다. 무광을 유혹하기에 가장 좋은 방법은 무공이라는 생각에, 몰락한 서문세가의 생존자가 남긴 세가의 기록을 위서로 만들어 서천목산의 발굴을 유도했다. 전생에서 죽었던 그 장소를 먼저 찾아 삭은 뼈나마 남아 있는 자신의 유골을 발견하고 그 옆에 미리 옛것처럼 만들어두었던 가짜 개천신공과 호가무사들의 무공을 놓아두었다.

서문재기는 운우섭혼대법의 유도 법문이 가미된 개천신공에 흠뻑 빠져 결국 수련에 들어갔다.

서문완영이 아는 한 최고의 섭혼력을 자랑하는 운우섭혼대법에는 두 가지 단점이 있다. 미리 유도 법문을 각인시켜 두어야 한다는 것과 오직 정사 중에만 시전할 수 있다는 것이다. 하지만 섹스 토이 노릇을 하던 서문완영에게는 어렵지 않은 일이었다. 서문재기를 꼭두각시로 만들고 폐관을 핑계로 잠적시킨 후 주변의 호감을 사며 때를 기다렸다. 그리고 숙명처럼 나타난 라미엘과 협상하여 서문영락을 죽게 만들고 마침내 무공을 드러내어 자연스럽게 명천을 차지했는데…….

"그래, 정말 엿 같은 하늘이지? 제발 다음 생에는 서로 다른 세상에서 살

자. 나도 이제 사람답게 살아보고 싶다."

일단 손을 쓰면 끝장을 보는 사람이 임화평이다. 서문완영에게로 천천히 다가갔다. 한 걸음 앞이다. 손만 뻗으며 그녀의 뇌를 흩어놓을 수 있을 거리다.

손을 들었다. 바로 그 순간 그의 가슴과 뒤통수에 둔중한 압박감이 느껴졌다. 임화평은 곧바로 땅을 박차고 허공으로 튀어 올랐다. 조금 전까지 그가 서 있던 그 자리의 뒤쪽 땅에 구멍이 뚫렸다.

픙!

뒤늦게 가느다란 총성이 귓전을 스치고 지나갔다. 그 순간 허공을 휘돈 임화평의 신형이 땅에 내리꽂혔다. 네 줄기 압박감이 전신에 꽂혔다. 임화평은 재차 몸을 날려 대나무 숲으로 들어갔다.

파바바바밧!

허공에서 십여 줄기의 검은 인영들이 떨어져 내렸다. 행글라이더에서 떨어져 내린 암전대들이다. 두 명의 암전대원이 서문완영을 부축하여 물러서는 동안 니머지 십여 명의 암전대워들이 대나무 숲을 향해 무차별적으로 암기와 총알을 쏟아부었다.

임화평은 용형신법으로 대나무 사이를 헤치며 일단 숲 밖으로 나갔다. 그냥 물러설 생각은 없다. 서문완영이 임화평의 정확한 정체를 알게 된 이상, 반드시 죽여야 후환이 없을 것이다. 그냥 넘어간다면 그 화가 모나나 위동금 가족 혹은 송기후에게까지 미칠 것이다.

임화평은 땅을 스치듯 지나치며 500원 짜리 동전만 한 돌멩이들을 주워 들었다. 그리고 그 즉시 대나무 숲에 재진입해 가장 굵은 대나무 위로 솟구쳤다. 그 순간에도 총알들이 그의 발밑을 스치고 지나쳤다.

'저격수가 문제로구나.'

당장 저격수들을 어떻게 해볼 수 없는 상황이다. 100m를 훌쩍 넘긴 그의 기감으로도 잡을 수가 없으니 짜증만 날 뿐이다.

임화평은 대나무의 꼭대기를 밟자마자 순간적으로 천근추를 펼쳤다가 몸을 가볍게 만들었다. 천근추를 펼치는 순간 대나무는 활처럼 휘어졌고, 몸을 가볍게 하는 순간 그의 신형은 대나무 숲을 넘어 마당 위에 나타났다.

쉬쉬쉬쉭!

갑자를 훌쩍 상회하는 그의 공력이 담긴 네 개의 돌멩이가 암전대원 넷을 한 순간에 무너뜨렸다. 임화평이 땅에 발을 딛는 순간 가장 가까이에 있던 두 암전대원이 광기에 찬 눈빛을 드러내며 득달처럼 달려왔다.

무영제뢰수를 내뻗으려던 임화평은 두 사람의 눈빛을 보는 순간 그 즉시 허공으로 튀어 올라 몸을 둥그렇게 말고 공중제비를 돌았다.

콰쾅!

파신제멸공 같은 동귀어진의 수법이 아니었다. 폭약의 도움을 받은 강력한 폭발이었다. 두 암전대원의 육신은 파편이 되어 사방으로 퍼져 나갔다.

"큭!"

임화평은 땅에 내려서자마자 울컥 피를 토하며 한쪽 무릎을 꿇었다. 사람의 육신을 산산이 분해할 정도의 강력한 폭발이 지근거리에서 터지면서 임화평의 등짝 또한 너덜너덜한 걸레가 되었다. 그 충격은 외상으로 그치지 않고 내부까지 뒤흔들었다.

퓽퓽!

두 발의 총알을 왼팔로 겨우 막아냈지만 몸을 움직일 여력은 남아 있지 않았다. 그 순간 그의 등과 이마 그리고 가슴에 둔중한 압박감이 느껴졌다.

"젠장!"

끝인가 하는 순간 압박감이 사라지고 눈앞에 있던 암전대원 넷이 전신 곳곳에서 피를 뿜으며 쓰러졌다.

'누구?'

임화평의 눈에 의혹이 어린 순간 뒤에서 익숙한 목소리가 들려왔다.

"어벤저! 괜찮아요?"

임화평은 오만상을 찌푸리며 몸을 뒤틀었다.

"카멜라! 에버그린?"

⚜

마당으로 들어선 사람들은 카멜라와 에버그린, 그리고 생소한 세 명의 중년 남자다. 에버그린을 제외한 모두가 소음 소총으로 무장하고 있다.

카멜라와 에버그린이 좌우에서 임화평을 부축했다. 그들이 거실로 통하는 유리문 앞에 이른 순간 또 다른 이남 일녀가 마당으로 들어섰다.

임화평은 그들을 신경 쓰지 않고 안으로 들어가 소파에 앉았다.

"괜찮아요, 사부?"

에버그린이 걱정스러운 눈빛으로 물었다. 임화평은 쓴웃음을 지으며 고개를 끄덕이고 걸레가 된 하와이안 셔츠를 벗었다. 그는 카멜라에게 등을 보였다.

"파편 몇 개 꽂혔어. 빼줘. 구급상자는 저기 서랍에 있다."

카멜라는 입을 굳게 다물고 고개를 끄덕인 후 욕실로 들어가 수건을 찾아서 가지고 왔다. 등에 범벅이 된 핏물을 닦아내고 에버그린이 가져온 구급상자에서 핀셋을 꺼내 등에 박힌 네 개의 파편을 빼냈다. 소독하고 붕대로 상처를 단단히 감은 후에야 임화평은 카멜라에게 미소를 지어 보였다.

"한 일주일 됐나?"

"어떻게 알았어요?"

"저기 저 친구와 저 아가씨 식당에 왔었지?"

임화평은 카멜라의 여섯 동료 가운데 하나를 턱짓으로 가리켰다. 지적 당한 두 사람은 피식 웃으며 손을 들어 보였다.

"구해준 걸 보니 일단 세이건 쪽은 아닌 것 같고, 왜 날 찾아왔지?"

카멜라는 콧등에 주름을 잡으며 장난스럽게 말했다.

"먼저 고맙다고 해야 하는 거 아니에요?"

"미리 밥 많이 사줬잖아."

"쳇! 남자가 쫀쫀하기는. 알았어요. 솔직하게 말할게요. 우리는 피스 키퍼라는 음지의 무장 조직에 속해 있어요. 일종의 드러나지 않은 무장 비정부기구(NGO)라고 보면 되지요. 드러난 NGO들이 할 수 없는 일을 무력을 동원해서라도 해내는 것이 우리들이에요. 세계 특히 제3세계에서 벌어지는 비인도적인 행위에 무력 개입하여 행위를 중단시키거나 명분있는 반군들을 지원하지요. 사욕을 위해 세계 각지에서 음모를 꾸미는 조직들을 해체하는 것도 우리 단체의 목표 가운데 하나예요. 나와 저들은 모두 한때 피해자였지요. 조직원들 대부분이 비슷한 처지예요."

NGO는 한마디로 '바른길로 가자'는 시민 활동 조직이다. 시민의 힘으로 권력과 자본을 견제하고, 사회적 약자의 이익을 대변하며, 공공성을 확보하기 위해 시민들이 자발적으로 모여 활동하는 비정부기구다. 자율, 참여, 연대를 주요 이념으로 삼고, 국가권력의 개입을 배제한 채 공공의 이익을 위해 보상과 대가없이 자원 봉사 활동을 하고 있다. 오늘날 그들은 환경, 인권, 평화, 빈곤 구제, 개발 등 국제사회 전반에 걸친 방대한 영역을 활동 무대로 삼아 국경을 넘나든다.

임화평도 몇몇 NGO에 관심을 두고 있다. 그가 특히 관심을 두고 있는

NGO는 국경없는 의사회다. 1999년 유고 전쟁 당시, 코소보에서 세르비아의 인종 청소로 인하여 대량의 난민들이 발생했다. 그 당시 '글로벌 케어'라는 한국 NGO가 사태 발생 20일 만에 의사, 간호사, 행정원들로 구성된 20명의 선발대를 급파한 적이 있다. 그들이 도착했을 때 국경없는 의사회는 이미 구호 활동을 벌이고 있었는데, 놀랍게도 사태 발생 이틀 만에 도착해서 구호 활동을 벌였다. 일하다가 소식 듣고 그 자리에서 휴가 내고 청진기 하나 목에 건 채 달려간 셈이다. 임화평은 당시 그 기사를 읽고 NGO의 대략적인 개념을 이해했다.

'허! 무장한 NGO라? 과격파 비정부기구가 되나? 하기야 말로 해서 안 들어먹는 놈들은 주먹질을 해줘야 정신 차리지.'

임화평은 눈길을 돌려 에버그린을 바라보았다.

"사람들 속에서 평범하게 살겠다고 하지 않았나?"

에버그린은 쑥스럽다는 듯 얼굴을 붉혔지만, 이내 미소를 짓고 말했다.

"그게 생각처럼 쉽지 않더라구요. 몇몇 사람들에게 들키고 나니 주변의 시선이 확 바쉬어 버리더군요. 불편해서 살 수가 있어야지요. 그때 카멜라가 찾아왔어요. 능력을 타고난 아이들을 올바르게 인도하는 삶도 괜찮겠다 싶어 참여하기로 했어요."

"슈퍼맨의 대모가 되기로 했다?"

"그런 거지요."

임화평은 다시 카멜라를 바라보았다.

"인사하러 온 건 아닐 테고, 결국 내가 필요해서 왔겠지?"

"우리의 힘은 아직 미미해요. 오죽하면 제가 미군에 입대하고 일부러 돈까지 빌려가며 워리어스 실드에 위장 잠입해 그들의 노하우를 훔치려고 했을까요? 어벤저의 도움이 필요했어요. 그런데 당신 삶이 너무 평화롭더라구요. 피스, 그 이름 그대로더군요. 저자들을 운 좋게 발견하지 못했더라면 당신 앞에 나타나지 못했을지도 몰라요. 어벤저! 아니, 피스! 좀 도와주세요. 이상은 높지만 현실은 절박해요. 당신의 능력이 절실하게 필요합니다. 도와주세요. 제발!'

임화평은 카멜라의 눈을 피해 천장을 올려다보며 쓴웃음을 지었다.

'이게 당신이 안배한 제 운명입니까? 확 비틀어 버리고 싶군요. 이제 좀 마음 편히 사나 싶더니, 정말 가만히 놔두질 않으시는군요.'

목숨 빚을 졌다. 거부할 수 없는 숙명처럼 느껴졌다. 한숨 나오는 팔자다. 때를 맞춘듯이, 죽음을 의연하게 받아들였던 조혜인의 얼굴이 떠올랐다. 비틀면 또다시 하늘이 비틀어 버릴 것이 분명한 터라 말없이 고개를 끄덕일 수밖에 없었다.

카멜라와 에버그린의 얼굴에 화색이 감돌았다.

임화평은 사람들을 두루 바라보고 나서 카멜라에게 말했다.

"조건이 있다. 모두 네 가지다. 사람들 오기 전에 우선 마당부터 좀 치워줘."

말이 끝나는 순간 카멜라를 제외한 모두가 마당으로 나갔다. 에버그린마저도 뒷마무리를 위해 따라 나간 것이다.

"두 번째. 방금 전 그놈들 찾을 수 있지? 보통 사람이면 죽을 정도의 부상을 입었다. 지금 처리하지 않으면 내 주변 사람들이 위험해져. 그들을 처리하지 못하면 너와 함께 갈 수 없다. 하와이를 벗어나기 전에 어떻게든 찾아."

카멜라는 대답 대신 핸드폰을 꺼내 단축다이얼을 눌렀다.

"그 검은 놈들 찾을 수 있겠어? 좋아! 대단한 놈들이니까 찾아도 가까이 붙지는 말고, 그렇다고 놓쳐서도 안돼. 그들이 하와이를 벗어나면 우린 최고의 교관을 잃어. 그래, 수고!"

카멜라는 어떠냐는 듯이 눈웃음을 쳤다.

임화평이 미소를 지으며 고개를 끄덕였다.

"세 번째는 뭐죠?"

"네가 속한 조직이 네 말과 다른 행동을 보이거나 그 성격이 변질되는 순간 미련없이 돌아설 것이다."

"그건 걱정하지 않아도 돼요. 우리는 변질될 수 없는 사람들이에요."

"그건 네 생각이고. 힘을 쥐면 생각이 달라지는 게 사람이다."

"두고 봐요. 절대, 절대 그럴 일 없을 거예요."

"그래, 두고 보자."

"마지막 네 번째는 뭐예요?"

"1년의 반만 가르친다. 나머지 반은 나를 위해 쓸 거다. 무조건 육 개월 휴가야."

"예? 그건 좀……. 우리, 배워야 할 사람 많단 말이에요."

임화평은 머리 위쪽으로 손을 올려 소파의 뒤쪽 벽을 가리켰다. 카멜라는 무의식적으로 그 손길을 따라갔다. 그녀의 눈에 삽힌 것은 앙상한 아프리가 어린아이를 품에 안은 오드리 헵번의 사진이다. 참으로 곱게 늙은 모습이다.

"한 손은 나를 위해, 다른 한 손은 다른 사람을 위해. 저 아름다운 여인이 한 말이다. 네 일에 참여하는 것은 왠지 운명이라고 느꼈을 뿐, 내 스스로가 간절히 원하는 일은 아니다. 일단은 내 자신을 위한 삶도 필요해. 네 일에 동참하면서 정말 내가 해야 할 일이라고 느껴지면 그때는 휴가를 줄인다. NGO잖아? 그거, 자기 일하면서 무보수로 자원봉사하는 거 아냐? 그리고 돈 없지? 휴가 동안 번 돈, 기부하지. 거래 성립[Deal]?"

카멜라는 한숨을 내쉬며 고개를 끄덕였다.

"어쩔 수 없지요."

임화평이 손을 내밀자 카멜라가 그 손을 잡았다. 카멜라가 갑자기 장난스러운 표정으로 말했다.

"혹시 섹스 파트너 필요없어요? 난 괜찮은데?"

임화평은 미소를 띤 얼굴로 고개를 저었다.

"네 섹스 파트너는 죽을 운명이잖아."

"당신이 죽였잖아요."

임화평은 카멜라의 손을 꼭 쥐어주며 진중한 목소리로 말했다.

"나, 함께하고픈 사람이 생겼다."

카멜라가 혀를 쏙 내밀었다.

"하! 아쉽네. 그때보다 젊어져서 기분 좋았는데. 그런도 헛물만 켠 건가?"

임화평은 소파에서 내려가 바닥에 가부좌를 틀며 말했다.

"할 말 끝났으면 놈들이나 찾아. 난 뒤집어진 속부터 가라앉혀야겠다. 한 시간쯤 걸릴 거야."

임화평은 카멜라의 대답을 듣지 않고 눈을 감았다. 카멜라가 혀를 차며 나가는 소리를 듣는 순간 임화평은 입 밖으로 한숨을 토해냈다.

"제 이름 임화평입니다. 반쪽짜리 평안 정도는 용납해 주십시다. 하늘같은 아량이라는 말 모르십니까?"

하늘은 대답해 주지 않았고 임화평 역시 대답을 기대하지 않았다.

『무적자』 完